Katrin Seddig, geboren in Strausberg, studierte Philosophie in Hamburg, wo sie auch heute mit ihrer Familie lebt. Über ihren Roman «Runterkommen» (2010) schrieb die *taz*: «Ein brillantes Debüt ... Anrührend, witzig und nüchtern.» Über «Eheroman» (2012) meinte *Der Tagesspiegel*: «Grandios, wie Katrin Seddig jeder ihrer Figuren einen eigenen Ton verleiht»; zuletzt erschien 2017 «Das Dorf». Katrin Seddig wurde mit dem Calwer Hermann-Hesse-Stipendium 2020 und für einen Auszug aus «Sicherheitszone» mit dem Hamburger Literaturpreis 2019 ausgezeichnet; für diesen Roman wurde sie 2020 mit dem Hubert-Fichte-Literaturpreis der Stadt Hamburg geehrt.

«G20 als Familienroman: Nichts weniger als das wollte Katrin Seddig. Es ist ihr hervorragend gelungen. Das Buch, über das man reden wird.»
Hamburger Abendblatt

«Eindrucksvoll ... Katrin Seddig erzählt ihren klug konstruierten Familienroman in einer geschmeidigen, vielseitigen Sprache.» *WDR*

«Das überzeugende Porträt einer Familie, deren Bande im Zuge des G20-Gipfels in Hamburg 2017 zu zerreißen drohen.» *Madame*

«Katrin Seddig versteht es, die Verletzungen und Bedürfnisse ihrer Figuren auf eine Weise freizulegen, die grausam und gütig, komisch und wahrhaftig zugleich ist.» *Jury des Hubert-Fichte-Preises*

Katrin Seddig

Sicherheitszone

Roman

Rowohlt Taschenbuch Verlag

Veröffentlicht im Rowohlt Taschenbuch Verlag, Hamburg, April 2022

Covergestaltung any.way, Hamburg,
nach einem Entwurf von Anzinger und Rasp, München
Coverabbildung Jose A. Bernat Bacete / Getty Images
Satz aus der Questa bei Pinkuin Satz und Datentechnik, Berlin
Druck und Bindung GGP Media GmbH, Pößneck, Germany
ISBN 978-3-499-00706-4

Die Rowohlt Verlage haben sich zu einer nachhaltigen Buchproduktion verpflichtet. Gemeinsam mit unseren Partnern und Lieferanten setzen wir uns für eine klimaneutrale Buchproduktion ein, die den Erwerb von Klimazertifikaten zur Kompensation des CO_2-Ausstoßes einschließt.
www.klimaneutralerverlag.de

FSC www.fsc.org
MIX
Papier aus verantwortungsvollen Quellen
FSC® C014496

«Es ist gut, dass die Hamburgerinnen und Hamburger in diesen Tagen solidarisch zusammenstehen, damit unsere Stadt weltoffen und liberal bleibt. Das war, ist und bleibt die Stärke dieser freien Stadt.»

Olaf Scholz, letzte Sätze der Regierungserklärung vor der Hamburgischen Bürgerschaft zu den Vorkommnissen im Zusammenhang mit dem G20-Gipfel

«Ich ziehe das Chaos der Hölle dem Chaos der Ordnung vor.»

Wisława Szymborska

Am Donnerstag, dem 6. Juli, wird Paul Jonas von einem Polizisten mit einem Schlagstock auf den Kopf geschlagen. Er hockt, zusammengesackt, auf der Flutmauer, und über ihm und neben ihm, um ihn herum tobt ein Kampf, den er nicht mehr versteht, weil er nicht mehr denkt.

Das Gehirn ist allerdings immer aktiv. Der Mensch denkt auch dann noch, wenn er nicht mehr bewusst denkt. Immer denkt der Mensch auf irgendeine Weise. Auch wenn er das später nicht mehr glaubt, weil er nur das glaubt, woran er sich erinnern kann. Aber Erinnerungen sind nicht die Wahrheit. Was die Wahrheit ist, das weiß man nicht. Jeder Splitter Erinnerung ist Teil einer Wahrheit. Und es gibt sehr viele Wahrheiten, mehr, als es Menschen gibt.

Paul Jonas hockt zusammengesunken auf der Flutmauer und denkt etwas, von dem er später nichts mehr wissen wird.

Erster Teil

Früher hatten sie richtigen Winter. Harten, blauen Schnee. Helga zieht ihren hellbraunen Steppmantel an und geht in den Hof. Sie schaut in den Himmel, aus dem sich ein Gewicht auf sie senkt. Sie spürt den Druck im Nacken und über den Augen. Sie muss die Pillen nehmen. Sie spaziert ein Stück, den Weg entlang, an den Häusern der Nachbarn vorbei. Wenn sie einen müden, kleinen Hund hätte. Sie hätte gern einen Hund, einen, der nicht mehr so heftig am Leben zieht, der – wie sie – das Gemäßigte liebt, der klein und kindlich ist, dem sie auf dem Schoß die Kletten aus dem Fell ziehen könnte.

Auf dem Bürgersteig knirscht der Sand. Vorsichtig setzt sie ihre Beine voran. Sie sieht die anderen Leben in den Fenstern. Sieht die Späher-Loknecht, wie sie die Lichterketten aus der Hecke zieht, was glubscht die so?, und Renate Lübcke, auch so 'ne Kadreiersche, fegt die Auffahrt zur Garage, in einem Kleid! Sie grüßt, ohne die Miene zu verziehen. Bewegen soll sie sich. Aber der Druck auf ihren Kopf nimmt zu. Sie muss die Pillen nehmen. Einmal bleibt sie stehen und fragt sich, wo ihr Haus ist. Sie muss sich konzentrieren. Sie darf sich nicht so ihren Erinnerungen hingeben. Aber das meiste in ihr ist jetzt Erinnerung. Früher war es nicht so. Jetzt wird es immer mehr. Es umfängt sie, und sie geht darin umher wie in einem alten Haus. Es ist ein Heimkehren. Sie weiß, was das bedeutet, aber es macht ihr keine Angst. Sie hustet und spuckt auf den Boden.

In einem Winter hatten sie eine Schaufel im Flur. Am Morgen mussten sie sich auf die Straße hinausschaufeln. Der Schnee kam zur Tür herein, und da mussten sie sich dann einen Weg bahnen. Den brauchten sie, weil sie einkaufen mussten, in die Schule und zur Arbeit. Aber die Stadt lag so voller Schnee. Die Straßen waren weiße Betten, und alles versank in diesem dicken Schnee. Jeden Morgen rannten Gretchen und sie hubbernd zum Fenster, um zu sehen, ob es über Nacht noch mehr Schnee gegeben hatte. In diesem Winter erfror Hedwig Wisnewski, eine alte Nachbarin, die ein Eichhörnchen im Käfig hielt und einen Raben, der an einer Schnur festgebunden war. An dieser Schnur flog er im Haus herum und verhedderte sich manchmal. Hedwig Wisnewski war eine Deutsche, die einen Polen geheiratet hatte. Einen Brennholzhändler, der ein Jahr nach der Hochzeit starb und ihr sehr viel Brennholz hinterließ, das sie einfach nicht mehr verkaufte. Sie erfror inmitten dieses ganzen Brennholzes, das nur wenige Meter vom Haus jahrelang in einer Scheune gelagert hatte. Sie waren manchmal zu Hedwig Wisnewski gegangen, weil sie die Kinder mit alten, aufgeweichten Bonbons lockte. Hedwig Wisnewski stand krumm gebeugt, strich ihnen mit zittrigen Händen über ihre Köpfe und weinte stumm. Sie weinte andauernd. Niemand wusste, warum. Die Tränen liefen einfach so aus ihr heraus. Und deshalb gingen sie nicht besonders gerne zu ihr. Trotz der Bonbons, die doch schmeckten, wenn man sie erst einmal angelutscht hatte. Und trotz des Eichhörnchens, das sie aus dem Kaburr ließ und das herumturnte, an den Gardinen hochkletterte und mit einem Satz heruntersprang, wenn sie ihm einen Nusskern hinhielten. Und der Rabe flog im Kreis mit seiner Schnur und schrie: *Reb, reb, reb.*

Helga bleibt stehen. Sie sieht sich um. Sie weiß genau, wo sie ist. Sie kennt die Straße und jedes Haus, auch die neuen Häuser kennt sie. Sie kennt die Bäume und Sträucher, die Hecken und jede einzelne Gehwegplatte. Aber manchmal ist es so, dass sie, obwohl sie alles kennt, nicht mehr weiß, wo sie ist. Das Kleine ist noch da, aber das Große ist vergangen. Als ob sie jeden Millimeter dieser Welt kennt, aber die Welt als Ganzes ihr fremd ist. Wie kann das sein? Das sind immer nur kurze Momente, und manchmal ist ihr sogar, als ob sie sie, trotz der sie ankommenden Furcht, auskostet. Als ob sie sich, in diesen Momenten des Vergessens, ein anderes, ein ganz neues Leben aussuchen könnte.

Im Schnee entstanden tief eingeschnittene Wege, bläulich, hohe Wände zu beiden Seiten. Dann entstanden Verbindungen zwischen diesen Wegen, und je mehr Wege es gab, desto höher wurden die Wände; es entstanden Gebirge aufgeworfenen, vereisten Schnees. Am Morgen waren die Wege wieder eingeschneit, man musste schippen, die Wände wurden noch höher.

Der Vater steht in der Diele, hat eine dicke Arbeiterjacke an, zwei Hosen übereinander, und Schneeklumpen hängen in seinem Bart. Zornig tritt er mit den Füßen gegen den grausamen Schnee, der morgens zur Tür hereinfällt, er ist kein Arbeiter und nicht für körperliche Arbeit gemacht. Die Mutter schaufelt heimlich, wenn der Vater weg ist, die Wege richtig frei. Die Mutter hat mehr Kraft in den Armen, aber der Vater sagt, dass es eine Männerarbeit ist. Die Männer schaufeln den Weg frei, und die Frauen kippen mit warmem Wischwasser graue Löcher in den Schnee.

Als es endlich aufhörte zu schneien, fand das Eissegeln

statt, da lief sie mit Gretchen und Martha hin, und sie sahen zu, bis ihnen die Zähne klapperten, dann rannten sie nach Hause, wo es Plinsen gab oder Klunkersuppe mit Zucker und Zimt.

Sie zieht die Nase hoch und schnuppert. Sie sehnt sich nach Zucker und Zimt. Sie hatten schwere, steife Mäntel an, und ihre Stiefel waren zu eng mit den dicken, gestrickten Strümpfen. Ihre Füße waren taub gefroren und schmerzten dann im Warmen, als würden sie auseinandergerissen. Aber sie sagten nichts. Nie sagten sie was.

Als sie zurück zu ihrem Haus kommt – es ist ja gar nicht wahr, dass sie die Welt nicht mehr kennt –, tun ihr die Knie weh, und ein feuchtes Stieben ist in der Luft, ein Regen fein wie Staub, da sieht sie, noch bevor sie wieder richtig auf den Hof eingebogen ist, etwas Merkwürdiges. Sie bleibt am Torpfeiler stehen und späht. Thomas tritt mit einem Koffer aus der Haustür. Er geht drei Schritte auf den Hof, wendet sich um und blickt zurück zum Haus, und sie steht hinter dem Pfeiler und sieht ihn, es stiebt, und der Druck nimmt zu. Sie muss die Pillen nehmen. Nach einer Weile steigt er, mit dem Koffer in der Hand, die Treppe hoch, die in die kleine Wohnung führt, die sie über der Garage ausgebaut haben. Die Fenster erblühen gelb, und sie sieht seine Silhouette. Sie spuckt noch einmal auf den Boden, obwohl sie gar nicht mehr richtig Spucke im Mund hat.

«Plawucht!», zischt sie und geht würdevoll über den Hof wie eine Frau, die genau das Leben hat, das sie wollte.

Natascha Koschmieder faltet die Wäsche zusammen, während sie im Fernsehen einen Jacques-Tati-Film zeigen. Weihnachten ist vorbei. Er wollte warten, bis Weihnachten vorbei ist, hat er gesagt, weil er es Weihnachten nicht tun wollte, die Familie zerstören. Er wollte ihnen allen das Fest nicht verderben. Das ist rührend von ihm, denkt sie, dass er ihnen das Fest nicht verderben wollte. Sie stellt das Bügelbrett hinter dem Sofa auf und legt sein hellblaues Hemd darauf. Sie stellt mehr Dampf ein. Es zischt. Kalkiges Wasser tropft auf den Stoff. Sie wischt einen kleinen, braunen Krümel Kalk mit der Fingerspitze weg. Dann sieht sie durch das tiefe Fenster über den Hof hinüber. Aus dem kleinen Schornstein qualmt es ein paar Minuten lang, dann hört es wieder auf. Er kriegt das Feuer nicht an, denkt sie. Es ist so lächerlich, dass er drüben eingezogen ist. So lächerlich. Den Raum über der Garage haben sie vor ein paar Jahren als Gästewohnung ausgebaut. Es war *ihre* Idee gewesen, ihr Projekt. Sie hatte so eine Idee von einer Wohnung gehabt, die ganz anders als ihr Haus war. Ihr Haus, das Haus, in dem sie wohnt, ist gar nicht ihr Haus. Es gehört Helga. Aber es ist ihr Zuhause. Sie haben die Kinder hier aufgezogen. An den Wänden hängen Fotografien aus Helgas und Walthers Leben, neuere Fotos aus ihrem und Thomas' Leben und natürlich die Kunst der Kinder. Die Kinder haben zu den üblichen Anlässen Dinge für sie angefertigt, die Bilder haben sie stets an der Wand aufgehängt, anderes in die Regale gestellt. Das Haus ist immer voller geworden. Sie haben nicht versucht, ein anderes, moderneres Haus daraus zu machen. Sie haben es sich immer voller gestellt, und sie hat sich immer wieder gesagt, dass sie es so mag, so voller Erinnerungen, so warm. Nur manchmal hat sie eine kühle Sehnsucht bekommen, nach Leere, nach einer weißen Wand, nach Design und nach der Frische eines Neuanfanges. Sie hätte Geschmack gehabt, sie hätte gewusst, wie man einen leeren Raum einzurichten gehabt hätte. Und aus diesem Grund, und nicht dem vorgeschobenen, hatte sie die Gästewohnung haben wollen. Ein anderes Leben in einer hellen, klaren Wohnung, darum ging es. Eine Option. Einen eigenen Raum, jungfräulich, von ihr erschaffen.

Während der vorletzten Sommerferien hatten ihre Nichten Karla und Marie zwei Wochen dort gewohnt, dann ihre Mutter, als sie sich im letzten März in Eppendorf im Krankenhaus behandeln ließ. Im Oktober dann ein Freund von Thomas, der bei seiner Frau rausgeflogen war. Ronald Park war ein unangenehmer Mensch gewesen, und sie hatte nicht verstanden, wie Thomas ihn bei ihnen hatte wohnen lassen können. Er dankte es ihnen viel zu wenig, dass er in ihrem Haus schlafen konnte. Karla und Marie hatten der Wohnung mehr Schaden zugefügt, das ist schon wahr, in nur zwei Wochen hatten sie eine Kerbe in die Schlafzimmertür gehauen und einen Fleck auf die Armlehne des Sofas gemacht, den man, ganz blass, immer noch sehen konnte. Aber das waren unschuldige Sachen, sie waren jung, die Nichten, sie waren unbesonnen und lebten wie die Pflanzen. Sie breiteten sich aus, nahmen sich Raum und kannten keine Verfeinerung. Aber sie bedankten sich, sie buken Natascha Muffins und schenkten ihr eine Schürze. Die Schürze war schrecklich, aber sie meinten es lieb. Die Schürze hat sie dann tatsächlich angefangen zu tragen. «Koch dich glücklich!», steht darauf. Es macht ihr gar nichts mehr aus, eine Schürze beim Kochen zu tragen, im Fernsehen tun sie es auch, und es schützt ja wirklich vor Flecken.

Ronald Park allerdings hatte, in ihren Augen, die

Wohnung entweiht. Eines Abends hatte er eine Frau mitgebracht. Sie hatte von ihrem Schlafzimmer aus gesehen, als sie beim Schlafengehen das Fenster kippte, wie er mit einer Frau in Trenchcoat die Treppen hochschlich, sie hörte sie leise reden. Sie schauspielerten, wie sie übertrieben vorsichtig die Treppe emporstiegen, als könnten sie ertappt werden, und sie kam sich verhöhnt vor, von diesem Schauspiel gegenüber ihrem Haus, gegenüber ihrem Fenster. Sie kicherte in ihrem Trenchcoat, die blöde Kuh, und Ronald Park küsste sie oben vor der Tür, bevor er aufschloss. Natascha beobachtete, barfuß und frierend in ihrem gebügelten Schlafanzug hinter dem Vorhang stehend, wie sie innen das Licht anschalteten, wie sie sich als schwache Schatten bewegten. Dann ging das Licht irgendwann aus.

«Was gibt's denn da zu sehen?»

«Er hat wen mitgebracht.»

Sie hatte sich umgedreht und das Licht ausgeschaltet. Dann hatte sie nicht schlafen können. Sie hatte immer nur daran denken müssen, was dieser Mann dort in ihrer Wohnung, in ihrer Bettwäsche, wohl mit dieser Frau tat, während sie hier in ihrem eigenen Leben neben ihrem eigenen Mann lag, der schon lange schlief. Es war ihr vorgekommen, als würde dieser Ronald Park ihr ihr Leben wegnehmen, das von ihr vorbereitete, von ihr entworfene Leben.

Aber dann zog er wieder aus, und sie ging hinüber und putzte die Wohnung, die gar nicht dreckig war. Er war sorgfältig mit ihr umgegangen, anders als Karla und Marie, die sie aber liebte und denen sie alles verzieh. Sie lüftete durch, sie bezog die Betten neu, und am liebsten hätte sie die Bettdecke weggeworfen. Im Laufe der folgenden Monate erhielt die Wohnung etwas von ihrer Jungfräulichkeit zurück. Sie wurde nicht benutzt. Manchmal, wenn Thomas nicht da war, ging sie hinüber und setzte sich auf das Sofa. Es war eine schöne Wohnung. Sie saß auf dem Sofa und atmete die saubere, die neue Luft ein. Es gab kaum Erinnerungen in diesem Raum. Nur ein paar Besuche, die keine Bedeutung mehr hatten. Es war alles fast noch so, wie sie es bestimmt hatte. Es war ihre Wohnung. Ihr unbekanntes Leben.

Sie hängt das hellblaue Hemd auf einen Bügel und trägt es hoch ins Schlafzimmer. Hängt es in seinen Schrank, zu seinen anderen Hemden. Alle von ihr gebügelt. Jedes einzelne dieser Hemden hat sie in der Hand gehabt. Sie hat es aus der Waschmaschine geholt, es unten im Wäschekeller aufgehängt, denn er mag sie aus dem Wäschetrockner nicht. Die Nähte ziehen sich im Trockner zusammen, und sie werden weich. Weich mag er seine Hemden nicht, sie sollen etwas steif sein, und gebügelt. Sie bügelt seit vielen Jahren seine Hemden. Sie bügelt sie nicht, weil er es verlangt, es ihr jemals gesagt hätte. So ein Mann ist er nicht, denkt sie. So ein Mann – ist er nicht. Sie setzt sich auf die Kante des Bettes, ihrer beider Bettes. Aber, denkt sie, was für ein Mann ist er? Was für ein Mann? Sie zwingt sich, nicht durchs Fenster auf die Garagenwohnung zu schauen. Sie sitzt auf der Kante des Ehebettes und schaut auf den Fußboden. Vor ihr der geöffnete Schrank mit seinen verschiedenen Hemden, hinter ihr das Fenster und der Hof, und dahinter, irgendwo in diesem Raum, da ist er. Wenn der ganze Hof und alles drum herum als eine Wohnung zählen würde, denkt sie, dann würden sie immer noch zusammenwohnen, in gemeinsamen Räumen. Dann wäre es gar nicht so weit weg, wo er jetzt ist. In Schlössern, denkt sie, muss es so gewesen sein. In Schlössern haben sie sehr weit auseinandergewohnt, damals. Sie haben sich manchmal kaum gesehen. Wenn sie sich nicht sehen wollten, dann haben sie sich nicht gesehen. Sie haben ja damals auch aus anderen Gründen geheiratet, denkt sie. Nicht aus Gründen wie wir, denkt sie, und denkt eine Weile über diese Gründe ihrer Heirat nach und kommt zu keinem Ergebnis. Dann steht sie auf, im Schlafzimmer ist es ganz dunkel geworden, und sieht jetzt doch hinüber, sie stellt sich hinter den Vorhang und sieht hinüber zu den Lichtvierecken. Es sind drei Fenster, dicht nebeneinander. Das Licht ist warm. Er wird es schön haben, denkt sie. Und dann wird sie endlich wütend. Wie kann er es wagen, in diese Wohnung zu ziehen? Wie kann er es wagen, dieses von ihr eingerichtete Leben zu betreten? Wie kann er es wagen, sie hier zurückzulassen, während er dieses neue Leben beginnt, in *ihrer* Wohnung. Sie ist so wütend, dass sie knurrt.

Natürlich hat sie es vermieden, an die Frau zu denken. Sie weiß nichts über sie. Es ist nur irgendeine Frau. Sie war vielleicht zu schockiert gewesen, um Fragen zu stellen. Was ist das für eine Frau? Liebst du sie? Willst du zu ihr ziehen? Habt ihr Pläne? Solche Fragen hätte sie vielleicht stellen sollen. Aber sie hat gar keine Fragen stellen wollen. Sie hat gedacht, dass sie diese Frau nicht interessiert. Sie ist ja noch gar nicht richtig existent. Sie ist ein Phantom. Sie hat gar keinen Namen.

Und dann sieht sie von hinterm Vorhang aus, dass er drüben telefoniert. Er läuft im Raum herum, die Hand am Ohr, und telefoniert. Und da ist die Frau plötzlich da, ist in ihrem Schloss, in ihren weiten Räumen, da läuft sie herum, ist da, ohne von ihr bemerkt worden zu sein. Sie ist ein Eindringling, eine Kammerzofe, die sich in ihrer Schönheit, mit ihrem jugendlich unschuldigen Körper, ihren dicken Zöpfen und ihrer weißen Haube in ihr Leben gedrängt hat. So ein Biest, denkt sie. Und da redet er mit ihr und denkt, sie merkt es nicht. Jetzt ist diese Schlampe auch noch in meinen eigenen Räumen, denkt sie, und dass sie nicht Schlampe denken möchte, sie ist doch gar nicht so ein Mensch. Was hat er aus mir gemacht?, denkt sie – eine Frau, die Schlampe denkt über eine andere Frau, das hat er aus mir gemacht. So eine bin ich jetzt geworden. Eine bemitleidenswerte Frau, der man vielleicht verzeihen muss, dass sie Schlampe über eine andere denkt. Eine Frau mit Schürze, die im Wohnzimmer vor dem Fernseher seine Hemden bügelt. Seine Hemden bügelt, während er drüben in meiner Wohnung mit seiner Schlampe telefoniert. Schlampe, denkt sie, schon wieder, über diese Frau, die sie gar nicht kennt. Dieses unschuldige, junge Ding. Und wenn sie gar nicht jung ist? Sie will nicht darüber nachdenken. Sie will überhaupt nicht mehr nachdenken. Jedenfalls nicht solche Gedanken, die sich nicht steuern lassen. Sie will nicht von diesen Gedanken beherrscht werden, die sie nur herumwirbeln, sie im Griff haben, während sie sie nicht im Griff hat. Sie muss ihre Gedanken in den Griff bekommen!

Sie löst sich von dem Vorhang. Er telefoniert auch nicht mehr. Sie geht die Treppe hinunter, den leeren Wäschekorb unter dem Arm, bringt ihn in den Keller. Dann geht sie in die Küche, um das Abendessen zu kochen. In der Küche steht Helga und trägt ihre Schürze um den spitzen Bauch gebunden. *Koch dich glücklich!*

Sie zogen zwei Monate später schon in die erste Etage, während sie von dort aus das Erdgeschoss renovierten. Sie sprachen in dieser Zeit über ein Kind. Aber sie bekamen noch lange keins. Sie bekamen ein Haus, aber kein Kind. Bekamen eine Mutter, aber kein Kind.

«Wruken gibt's», Helga hantiert am Herd. «Ich dachte, ich helf dir ein bisschen, an so einem Tag.»

Natascha starrt auf das Gemüse, Fleisch, die Zutaten, die Helga auf dem Tisch aufgehäuft hat. Helga tätschelt ihr die Schulter.

«Du weißt, Imke isst kein Fleisch.»

«Wir können es ja rausnehmen.»

Natascha schüttelt den Kopf.

«Du kannst kein Fleisch in das – was überhaupt? – tun. Wenn du Fleisch reintust, dann isst sie es nicht.»

«Aber ich kann es doch rausnehmen. Wenn du nicht weißt, was Wruken sind ...», sie schüttelt den Kopf, «das weiß doch jeder, was das ist, das sind Steckrüben.»

«Helga, sie kann doch eine Fleischbrühe von einer Gemüsebrühe unterscheiden. Das ist doch Fleischsuppe, auch wenn du das Fleisch später rausnimmst.»

«Aber wie soll ich denn Wruken kochen, ohne Rindfleisch?»

Natascha zuckt mit den Schultern. Imke kommt in die Küche.

«Ohne Rindfleisch kann man keine Wruken kochen», sagt Helga streng zu Imke.

Imke starrt sie an.

«Ich bin sowieso gleich weg.»

«Du gehst weg?», fragt Natascha.

«Zu Freunden.»

«Kommst du wieder?»

«Weiß nicht», sagt Imke. «Mal sehn.»

«Sagst du Bescheid?»

«Hm.»

Als sie aus der Küche ist, sagt Helga: «Sie kann wohl plachandern, wie sie will?»

«Warum nicht?»

«Da kann doch auch mal was passieren. Kennst du diese Freunde?»

«Ich vertraue ihr.»

«Das kann man in diesem Alter nicht. Siebzehn.»

Sie sagt es abfällig, als wäre die Zahl eine Krankheit. Sie setzt das Rindfleisch mit den Knochen auf, die sie aus ihrem eigenen Kühlschrank mitgebracht hat, schneidet die Steckrüben, die Mohrrüben, die Kartoffeln.

«Habt ihr denn früher immer gewusst, wo eure Söhne waren?»

«Ja, das wussten wir. Sie haben immer gewusst, wann sie zu Hause zu sein hatten. Da gab es feste Regeln. Das geht nicht anders. Und dann ist sie auch noch ein Mädchen.»

Natascha weiß von Thomas, dass seine Eltern kaum etwas von den Jungs gewusst hatten. Sie hatten sie belogen über fast alles, was sie taten. Thomas hatte ihr Geschichten erzählt. Sie waren in der Nacht oft aus dem Fenster geklettert. Waren auch erwischt worden, von Walther, der dann Strafen verteilte. Aber all diese Dinge hatte Helga wohl vergessen, oder sie wollte sie vergessen.

«Was ist bei einem Mädchen anders?», fragt Natascha.

Helga trocknet sich die Hände an einem Küchentuch ab.

«Einem Mädchen kann viel zustoßen. Es ist eine Menge Packzeug unterwegs.»

Mit Packzeug, weiß Natascha, meint Helga kriminelle Ausländer. Kriminelle Ausländer findet sie ein großes Thema.

«Ich kann sie nicht einsperren. Und wie gesagt, ich vertraue ihr.»

«Vertrauen ist ja schön ...», sagt Helga und blickt sie so an, vielsagend, spöttisch, mitleidig. Mit ihrem alten

Gesicht. Sie hat ein rundes Gesicht, einen ganz anderen Schädel als Thomas. Sie hat ein breites, rundes Gesicht und eine rostrote Dauerwellenfrisur. Sobald weißes Haar nachwächst, geht sie zu ihrer Friseurin. Sie trägt weite, seidige Blusen mit kräftigen Mustern, schmale Hosen, die an ihrem spitzen Bauch weit sein müssen. Im Winter zieht sie feingestrickte Pullover über die Blusen. Sie strickt diese Pullover mit sehr komplizierten Mustern in ihrer Wohnung unter dem Dach vor dem laufenden Fernseher. Sie strickt und isst dabei Vollkornkekse, weil sie glaubt, dass die gesund sind, und sieht sich Filme im ZDF an. Manchmal hört sie ostpreußische Volkslieder und weint.

«Meinst du, ich hätte meinem Mann nicht vertrauen sollen?», fragt Natascha.

Helga wiegt den Kopf.

«Als Frau muss man immer auf der Hut sein.»

«Was soll das heißen? Ich hätte mehr achtgeben sollen? Ich hätte misstrauischer sein sollen? *Ich* habe etwas verkehrt gemacht?»

Darüber hat sie ja tatsächlich nachgedacht. Die ganze Zeit schon. Darüber, was sie verkehrt gemacht hat. Zu Hause trägt sie immer diese ausgeleierte rote Hose. Manchmal wäscht sie sich vier Tage lang die Haare nicht. Seit zwei Jahren macht sie keinen Sport mehr. Oft hat sie sich nicht dazu durchringen können, ihm zuzuhören, sich mit ihm zu unterhalten. Sie hat nicht versucht, seinen Körper zu lieben, hat seinen Körper nicht mehr verehrt. Dabei muss er verehrungswürdig sein. Er ist verehrungswürdig. Sie seufzt in körperlicher Hingabe an ihren verlorenen Ehemann. Sie blickt auf die Schürzenschleife über dem schmalen Becken ihrer Schwiegermutter. Auf den kleinen, flachen Po unter der Schleife. Die Riemen ihrer Kunstlederpantoffeln über den Hacken.

«Kind», Helga dreht sich von der Arbeitsplatte zu ihr um, «ich bin doch auf deiner Seite.»

Das Fleischwasser blubbert. Fleischbrühendampf hängt in der Luft. Die Küchenscheiben beschlagen. Natascha öffnet das Fenster.

«Du bist doch noch nie auf meiner Seite gewesen.»

Helga zuckt mit den Schultern.

Nach einer Weile sagt sie: «Klunkersuppe.» Als würde sie das Wort in ihrem Mund probieren. Natascha sieht sie fragend an.

«Das kennt ihr nicht. Das gab's, als noch richtig Winter war.»

Während es draußen regnet und er auf dem gelben Sofa fernsieht, denkt er an Nathalie, bei der er nicht sein darf, weil sie ihre Familie zu Besuch hat. Im Fernsehen küssen sie sich, und es läuft auf Sex hinaus. Aber was er sieht, das ist nicht echt. Es ist auch gar nicht so gedacht. Es ist übertrieben, soll die Menschen vor dem Fernseher erreichen, das Wollen und das Müssen darin. Denn es ist ja so, dass der Fernseher klein ist und um ihn herum das Fenster, die Gardinen und die Wand, die leere Blumenvase und die Leisten zwischen Wand und Fußboden, die einen sauberen, hübschen Übergang schaffen. Sie wollen sich immer so heftig, sie müssen immer so sehr, dass das Zögernde, das Unentschlossene, das es echt machen würde, nie vorkommt. In Wirklichkeit ist es ja ein Hin und Her. Ein Überwältigtsein, das dann von einem Erschrecken, Zurückweichen abgelöst wird. Und nur durch dieses Zurückweichen entsteht ja ein neues Verlangen und Einanderwollen. Und dann der Alltag, die Unvollkommenheit der Körper, das Abgestoßensein, denn in all dem Begehren, in der Anbetung ist auch immer eine Abstoßung enthalten, in allem ist ja, denkt er und kratzt sich am Sack – hier in dieser Wohnung kann er sich ungestört am Sack kratzen, so oft und so lange er will, und er hat eine Gewohnheit draus gemacht –, immer auch das Gegenteil enthalten, das können sie im Film einfach nicht zeigen. Da gibt es nur eine Bewegung in eine Richtung, denn dieses Zagen ist ja hauptsächlich in den Köpfen und drückt sich in kaum mehr aus als in einem Wimpernschlag, einem etwas schwächeren oder auch zu starken Druck, wenn man plötzlich den inneren Kontakt verliert zu dem, den man begehrt.

Es hatte geregnet, und sie hatte auf dem Parkplatz vor der Schule gestanden, ans Auto gelehnt, und geraucht. Der Regen war über ihr Gesicht gelaufen, über ihr Haar, auch ihre Zigarette musste gleich ausgehen. Er hatte Imke mit dem Auto zur Schule gefahren, ihr Fahrrad war kaputt, zur dritten Stunde, weil die ersten Stunden ausgefallen waren.

«Sie werden ganz nass», hatte er zu Nathalie gesagt und sie angestarrt, hemmungslos, wie ihm später bewusst wurde.

«Wirklich?», hatte sie gesagt, und das war ihm wie eine Provokation vorgekommen. Als ob sie ihn herausfordern wollte.

Es gab ein Geplänkel, ein albernes Hin und Her, wie es solchen Bekanntschaften vorausgeht. Ein Spiel zwischen Mann und Frau, ein durchsichtiges Spiel.

Und dann hatte er ihre Telefonnummer bekommen und war nach Hause gefahren. Diese Telefonnummer war für einige Tage in seinem Kopf verschwunden, er wollte sie vergessen, er erlaubte sich gar nicht, an diese Telefonnummer zu denken, denn es war ja ganz und gar unmöglich, dass er sie anrief. Es war albern, undenkbar, seiner nicht würdig, und er schämte sich des Geplänkels mit dieser offensichtlich viel jüngeren Frau, die noch nicht einmal wusste, dass er verheiratet war. Zugleich war er immer mehr besessen von dieser Telefonnummer, von der Möglichkeit, diese Frau in die Arme zu nehmen. Ihre Provokation war ihm direkt in den Schwanz gefahren und hatte sein Denken verwirrt. Sein Körper war seiner Frau ja entwöhnt, sein Körper orientierte sich neu.

Er rief sie an einem Nachmittag vom Laden aus an, er zitterte ein bisschen dabei, war aufgeregt wie ein Kind, er rief an, und sie ging nicht ran, nur die Mailbox, und bevor er es sich überlegen konnte, sagte er: «Ich wollte ja anrufen. Ich dachte, also, ich wollte einfach anrufen. Das ist alles. Ich bin Thomas Koschmieder, vom Parkplatz, als es geregnet hat. Jedenfalls hast du jetzt meine Nummer.»

Er hatte sie vorher noch gar nicht geduzt, aber er schaffte es nicht, sie jetzt zu siezen. Das passte nicht zu diesem Anruf, der ihm vollkommen misslungen vorkam. Er wünschte, es wäre ihm souveräner gelungen.

Am Abend, als er mit Natascha vor dem Fernseher saß, rief sie zurück. Kaltblütig ging er mit dem Telefon raus auf den Hof.

«Nathalie», sagte sie. «Ich hätte nicht gedacht, dass du anrufst.»

«Na ja», sagte er, «ich auch nicht.»

Dann schwiegen sie, weil sie sich gar nicht kannten und nicht wussten, was sie reden sollten. Sie schwiegen nicht lange, nur ein paar Sekunden, und hörten den Atem des anderen und wurden vielleicht davon schon erregt.

Vielleicht war das Entscheidende dieses Telefonates das Schweigen zwischen ihnen.

«Wir könnten doch», schlug sie vor, «vielleicht mal einen Kaffee trinken, irgendwo.»

Sie verabredeten sich also, und er erfuhr, dass diese Nathalie, diese nassgeregnete Frau mit diesem hellen, offenen Gesicht, eine Lehrerin war, Lehrerin an der Schule seiner Tochter. Und sie erfuhr, dass er ein verheirateter Mann war, der Vater einer Tochter, die sie unterrichtete.

Trotz dieser Umstände schliefen sie zwei Wochen später miteinander. In ihrer Wohnung. Sie ging so zielstrebig vor, dass es ihn erschreckte. Sie sorgte ganz allein für ihre Lust, und er half ihr dabei, obwohl es ihn erst verwirrte, sich ihren wortlosen Anweisungen zu fügen. Aber bald machte es ihm Spaß. Er musste sich nicht mehr bemühen, er konnte einfach mit ihr schlafen. Sie wollte oft, und wenn sie nicht wollte, dann brauchte er sich auch gar keine Mühe zu machen, dann wurde es nichts. Alles war klar zwischen ihnen. Dass ihr Körper so kräftig und bestimmt war, dass sie so selbstbewusst für ihre Lust sorgte, das erstaunte ihn, und er begann, sie zu bewundern und zu lieben.

Während es draußen regnet und er auf dem Bett fernsieht, denkt er an Simon. Im Fernsehen küssen sie sich, es läuft auf Sex hinaus. Aber Sex wird nicht gezeigt. Wenn er Sex sehen will, muss er den Computer anschalten. Aber da geht es alles so schnell, und es lohnt sich eigentlich gar nicht, den Computer anzuschalten. Es ist auch immer das Gleiche, und er hat eigentlich gar keine

Lust auf das ganze Gebumse, das ist ja alles widerlich und auch ein großer Beschiss. Die geben sich doch gar keine Mühe. Die arbeiten nur was ab. Das sieht man genau. Das ist nicht, was er will. Er weiß gar nicht richtig, was er will. Er denkt an Clark. Schön war das auch nicht, am Ende nur Schmerz und Scham. Er schämt sich immer noch, wenn er daran denkt.

Er steht auf und geht rüber zu Oma.

«Hast du an die Pillen gedacht?»

Sie kommt ihm im Bademantel entgegen, das Gesicht dick mit Creme eingeschmiert, es riecht nach Parfüm. Sie parfümiert sich immer ein. Die ganze Etage stinkt danach, er selbst riecht oft danach, seine Sachen, weil er ja auch in dieser Luft wohnt, sein Zimmer riecht danach, und er ist dankbar, dass niemand, den er kennt, in dieses Zimmer hineinschnuppern kann. Das Strickzeug liegt auf dem Couchtisch, ihre Kekse und ein halbvolles Glas Milch. Der Fernseher ist auch bei ihr an, da küssen sie sich, die Gleichen, beim Bumsen sind sie immer noch nicht angelangt. Und wenn das kommt, schaltet sie dann um?

«Wenn ich dich nicht hätte, mein Alexander», sagt Helga und nimmt die Pillen aus dem Schrank.

«Du denkst ja nicht dran.»

«Ich denke schon dran, aber dann vergesse ich's wieder.»

Er küsst sie auf die Haare, über die sie, für die Nacht, immer eine Art künstliches Spinnennetz zieht. Er nimmt ihren großen, puppenhaften Kopf in seine Hände, die danach kleben, von der dicken Creme, und steckt seine Nase in das eingesponnene Haar.

«Pass doch auf, meine Frisur!», schimpft sie.

Es gibt nichts Schöneres, als die Nase in Helgas versponnenen Muff zu stecken, ein zartes, künstliches Gewebe wie Zuckerwatte, chemisch süß duftend.

«Ich hoffe, du schläfst heut Nacht besser.»

Sie winkt ab.

«Bald schlaf ich für immer.»

«Hör doch auf zu spinnen!»

Er hasst es, wenn sie sowas sagt. Sie sagt es mit Absicht, damit ihm das weh tut und er sie noch mehr liebt. Und sie schafft das, immer. Er seufzt und geht in sein Zimmer.

Als er fünf war, haben sie ihm gesagt, dass er adoptiert ist. Erst hat er sich darunter nichts vorstellen können. Er hatte ja Eltern. Dass seine Mutter ihn nicht geboren hatte, das hatte ihn so wenig interessiert, wie es andere kleine Kinder interessiert, dass ihre Mutter sie geboren hat. Erst als ihm eines Tages der erschreckende Gedanke zugeflogen war, dass es dann eine andere Frau geben musste, die ihn zur Welt gebracht hatte, erst da hatte er das Seltsame seiner Situation begriffen. Der Gedanke an eine andere Mutter war ihm so absurd vorgekommen, so unangenehm, dass er ihn loswerden wollte. Er hatte eine Zeitlang große Angst davor gehabt, dass die andere Mutter auftauchen und ihn mitnehmen könnte. Er hatte sich so in den Gedanken hineingesteigert, dass er heimlich seine Sachen sortiert und überlegt hatte, welche Dinge er mitnehmen wollte. Er hatte solche Angst vor diesem in ungewisser Zukunft liegenden Ereignis gehabt, dass er es sich irgendwie auch schon herbeiwünschte, um die endlose Qual des Wartens loszuwerden.

Die Eltern hatten damals einen Kinderpsychologen zu Rate gezogen, Dr. Wörschredt, als sie meinten, sie würden mit ihm nicht zurechtkommen. Sie sagten, er wäre oft abwesend. Es war eine Zeit des großen Verabschiedens, auch von seinen Freunden in der Schule hatte er sich verabschiedet, erzählte ihnen, dass er bald weggehen würde. Es war ihm, im Nachhinein, wie ein echter Abschied vorgekommen, denn nach dieser Episode war er wirklich ein anderer, auch neue Freunde hatte er sich gesucht.

Die Eltern waren erleichtert gewesen, als sie erfahren hatten, dass es nur die Angst war, die ihn so verändert hatte. Dass er Angst davor gehabt hatte, die Familie verlassen zu müssen. Diese Angst, sagten sie, könnten sie ihm nehmen. Damit würden sie klarkommen.

Wir lieben dich. Du bist unser Sohn. Wir sind deine Eltern. Du musst uns nicht verlassen.

Und er ist immer noch hier. Er wohnt noch unter ihrem Dach. Er ist zweiundzwanzig und wohnt bei seinen Eltern. Es ist nett in seinem Zimmer. Er mag die Dachschrägen und die dunklen Holzbalken. Alles ist ordentlich aufgeräumt. Er putzt jedes Wochenende die Fenster, saugt unter dem Bett, wischt Staub und wechselt die Bettwäsche. Er hat alle seine Sachen, die DVDs, seine Star-Wars-Figuren und die Bücher über die polizeiliche Ausbildung sortiert und in dem weißen Regal aufgereiht. Seine Kleider liegen und hängen ordentlich im Schrank. Wenn er unruhig und schlecht gelaunt ist, dann geht er ins Bad und lässt Wasser in den blauen Eimer laufen. Er nimmt einen sauberen Lappen und fängt an, sein Zimmer zu putzen. Er hockt auf den Knien und wischt die Fußleisten, holt den Staub von den Bücherrücken und wischt bis in den letzten Winkel. Er putzt auch Helgas Wohnung, sie kriegt es nicht mehr so gut hin. In die Ecken geht sie nicht. Unter dem Sofa bleibt es dreckig. Sie krümelt auch, zunehmend krümelt sie herum, mit ihren Keksen und Broten, die sie sich mit vor den Fernseher nimmt. Sie scheint es gar nicht zu sehen, dass andauernd alles vollgekrümelt ist.

Er liegt auf seinem Bett und spielt mit dem Handy. Er schreibt: «Mir ist so heiß. Und Bier ist alle.» Er schreibt das an Simon. Aber er schickt es nicht ab. Er schreibt noch ein paar andere Nachrichten an Simon. Die erste hätte er vielleicht noch abschicken können, aber diese hier, die er jetzt schreibt, die kann er nicht abschicken. Er schreibt: «Ich möchte dich küssen.» Dann schreibt er: «Du bist schön.» Dann: «Ich steh auf deinen Rücken. Deinen Arsch. Deine Brust. Deine Haare.» Dann schreibt er: «Ich will dich ficken.» Dann lässt er die Hand mit dem Handy sinken. Mit ausgebreiteten Armen liegt er im Bett. Ich will dich ficken. Wenn er das abschicken würde.

Er denkt an das Mädchen, das er mit Simon und Ralph zusammen gesehen hat. Sie tranken Bier und laberten so rum, dummes Zeug, einfach nur so, und da saß dieses Mädchen und wartete vielleicht auf jemanden, schmal, kurze dunkle Haare, in weiten Hosen, sie hatte große Schneidezähne, wenn sie lächelte, und sie lächelte immer wieder und sah von ihrem Platz aus immer wieder zu ihm her.

Sie mögen ihn. Solange sie nicht wissen, dass er Polizist ist. Manchmal, wenn es so einfach gewesen war, wenn ein Mädchen sehr hübsch war, klug und freundlich, wenn sie zusammen über etwas gelacht hatten, wenn sie sich so rübergebogen hatte, zu ihm hin, dann hatte er sich überwunden. Er hatte es eine Zeitlang sogar richtig gewollt. Er hat die Mädchen genießen wollen. Er hat sich aber, zu jedem einzelnen Schritt, überwinden müssen. Er hat ihnen ihre Schönheit zugestehen müssen, denn hübsch waren sie ja alle gewesen, diese Mädchen, die sich ihn ausgesucht hatten. Er hat sich das Anziehende an ihnen erklären müssen, es sich fassbar machen, er hat mit ihnen plaudern, flirten und sie dann verführen wollen. Aber sie hatten diesen Part mehr als er übernehmen müssen. Er hat das Plaudern, Flirten und Verführen nicht besonders gut gekonnt. Es war zu schwer gewesen, es hatte ihn angestrengt. Sie küssten ihn, und er küsste sie. Er versuchte sogar, mit ihnen zu schlafen. Aber sie waren dann nie weiter gekommen als bis dahin. Es war einfach nicht das Richtige. Er gestand es sich ein und hörte damit auf. Es erleichterte ihn, und er konnte wieder entspannter mit ihnen sein. Er ist gerne mit Frauen zusammen. Er hat Respekt vor ihnen, vor ihrer Andersartigkeit, und er schätzt sie, weil sie sich solche Mühe geben, weil sie sich anstrengen. Die Frauen, so kommt es ihm vor, strengen sich mehr an als die Männer. Sie kommen damit nicht weiter, aber es ist ihm immer angenehm gewesen, mit Frauen zusammenzuleben. Mit der Mutter, der Schwester und der Oma. Mit dem Vater ist es anders gewesen, er hat im Haus nicht so gelebt. Er hat am Esstisch gesessen, er hat ferngesehen, und es hat auch Gespräche gegeben. Aber im Haus *gelebt* haben nur die Frauen. Und er. Vielleicht, so fühlt er ganz unklar, ist es doch eine natürliche Sache, dass der Vater jetzt getrennt von ihnen lebt, in dem Haus auf dem Hof. Vielleicht ist das besser.

Er döst auf dem Bett, da tönt sein Handy in seiner ausgestreckten Hand. Er weiß, von wem er die Nachricht bekommen hat, er hat es so eingestellt, dass Nachrichten von Simon anders klingen als Nachrichten von anderen.

«Sitzen im *Vierundzwanzig*. Kommst rum?»

Es gefällt ihm nicht, dass Ralph vermutlich der andere Teil vom «wir» ist, mit Ralph nimmt es immer dieselbe Richtung, da labern sie immer nur rum und fallen vielleicht noch unangenehm auf, aber er zieht sich seine Hose an, er kämmt seine Haare, er putzt die Zähne, dann verlässt er das Haus. Der Himmel ist dunkel, aber das Licht aus den beiden Häusern, dem großen mit den vielen Fenstern und den drei kleinen über der Garage, erhellt noch den Hof. Es ist kalt. Es ist viel zu kalt und viel zu spät. Er startet den Wagen, der, wie schon der Volvo, immer vor der Garage parkt, weil in der Garage zu viel Zeug steht. Er hat ihn sich selbst gekauft, von seinem selbstverdienten Geld, einen Citroën C4 in Weiß, mit Lederlenkrad, Alufelgen, Sitzheizung und allem Schnickschnack. Ein Auto, das er nicht braucht. Ein Familienwagen. Darum fahren auch alle mit diesem Auto, außer Imke, die hat noch keinen Führerschein, die wird wahrscheinlich auch keinen brauchen. Imke hasst sein Auto. Imke hasst seinen Beruf. Seine Ordnung, seine Freunde, seine Musik und seine Klamotten. Imke hasst alles an ihm. Nur ihn hasst sie nicht. Er hasst sie auch nicht. Er liebt kaum einen anderen Menschen so wie diese größte Schlampe auf der Welt.

Siehst du die Weiber da drüben?», sagt Simon. «Die sind doch ganz fabelhaft.»

Fabelhaft, das sagt er seit einer Weile. Er hat das Wort irgendwo gehört. Und jetzt sagt er es andauernd.

«Die sind nicht schön oder so, aber ich finde sie ganz fabelhaft», sagt Simon und lächelt. Er will die Weiber gar nicht anmachen. Alexander ist erleichtert. Er ist ein bisschen betrunken, und wenn Simon betrunken ist, also noch nicht richtig besoffen ist, sondern noch kurz davor, dann betritt er die weiten Hallen der Liebe. Dann liebt er die Menschen, alle Menschen liebt er dann. Sein Herz weitet sich durch Alkohol. Und in diesen Momenten liebt er auch Alexander. Er legt seinen Arm um ihn und drückt ihn. Alexander riecht seinen Bieratem.

«Die sind viel zu gebildet, für uns», flüstert Simon. «Die wollen uns gar nicht.»

«Da kannst du recht haben», sagt Alexander.

Simon ist ein großer, starker Mann. Er trainiert im selben Studio wie Alexander, nur mit mehr Biss, mit mehr Wut. Es ist ihm wichtig, stark zu sein. Er hat ihn schon öfter beim Duschen gesehen, und da reden sie dummes Zeug und schäumen sich wie wild unter den Armen ein und betrachten sich verstohlen. Seine Oberarme sind wie riesige, zum Sprung gespannte Froschschenkel, mit diesen Äderchen und in dieser Angespanntheit, und seine Waden sind so rund wie die Waden von Alexanders Cousine René. Ein kleiner Streifen flaumigen Haares wächst von unten zum Bauchnabel empor. Alexander seufzt. Simon hat ein blau-weiß gestreiftes Poloshirt von Lacoste an. Poloshirts von Lacoste sind seine Ausgehkleidung. Sein Gesicht ist braun, auch im Winter. Seine Gesichtszüge sind hart, aber er hat eine unkontrollierte, sehr bewegte Mimik. Er kneift die Augen zusammen und kraust die Nase, er sieht oft gequält aus, wie ein Kind, das plötzlich die Nerven verliert, wegen einer Sache, die nur das Kind versteht und die es nicht in der Lage ist, der Welt begreiflich zu machen. Er hat keine Beherrschung in seinem eisernen, braunen Gesicht.

«Mit wem warst du hier?», fragt Alexander.

«Mit wem?» Simon sieht ihn an.

«Du hast *wir* gesagt, in der SMS.»

«Mit wir hab ich mich gemeint», sagt Simon.

«Dich?»

«Und die Frauen.»

«Diese Frauen?»

«Diese Frauen.»

Alexander nickt. Er bestellt sich ein Bier. Eins kann er trinken.

«Du hast doch mit diesen Frauen gar nichts zu tun, man, Alter? Hast du gedacht, die reden mit dir? Warst du so optimistisch?»

«Ich habe gar nichts gedacht. Es hat sich besser angehört.»

«Wir hat sich besser angehört?»

«Mehr so nach Gesellschaft.»

Alexander nickt. Simon bestellt zwei Helbinger für beide.

«Trink!»

«Ich bin mit dem Auto.»

«Trink!»

«Du musst morgen arbeiten. Das hast du doch nicht vergessen?»

Simon winkt ab. Er kippt seinen Schnaps runter. Dann grübelt er über morgen nach, Alexander sieht es ihm an. Morgen kommen die Bremer ins Volksparkstadion. Simon ist immer für den HSV. Er ist Fan, und er kann den Hass der anderen Fans vielleicht verstehen. Aber er steht immer auf einer Seite. Alexander steht auf keiner Seite. Er ist ein Polizist, der seine Arbeit macht. Er beobachtet sich selbst mit Stolz, wie er ordentlich und neutral dabei ist. Er ist keiner, der ausrastet, er ist professionell. Kann sich zusammenreißen. Er hat sich etwas ausgedacht, was er sich denken kann. Er denkt: *Das geht dich nichts an.* Wenn es heikel wird, dann denkt er immer: *Das geht dich nichts an.* Und dann ist es, als würde er die Dinge damit von sich weghalten. Er hat es von Helga. Er hat ihr von seinen Problemen erzählt. Wie er fühlt, welche Wut er manchmal empfindet. Sie hat gesagt: «Mein Alex, das geht dich nichts an.» Er hat ihr erzählt, dass er einen Einsatz nicht gut findet, dass er sich nicht wohlfühlt bei bestimmten Dingen, die er zu tun hat. Da hat sie gesagt: «Mein Alex, das geht dich nichts an.» Und daran muss er denken, in solchen Situationen. Es hat geholfen. Es hilft. Er sagt es fest vor sich hin: *Es geht dich nichts an.*

Für Simon ist das alles anders. Alexander hat versucht, ihm etwas von Helgas Lebensweisheit in die Einsätze mitzugeben, aber Simon hat ihn nur angesehen und den Kopf geschüttelt. «Sag mal, spinnst du, Alter? Es geht mich nichts an? Das ist mein Einsatz!»

Einmal hat Alexander ihn weinen sehen. Es war nach einem Fußballspiel, die Bayern waren da gewesen, ein Riesentheater, und es war ganz unverständlich, wo die alte Frau in dem Getümmel nach dem Spiel auf einmal hergekommen war. Sie lag plötzlich auf der Straße, auf dem Rücken, wie ein verlorenes Kleidungsstück, inmitten der taumelnden Menge, sie trug einen Mantel aus einer Art ganz kurzen, grauen Felles, wie Katzenfell, hatte er gedacht, ob es Mäntel aus Katzenfell gab? Und aus ihrer knochigen Hand war ein Strauß Unkraut gefallen, die einzelnen Pflanzen lagen auf der Straße verteilt. Es war ihm nicht klar, ob es sich um gekaufte Blumen gehandelt oder ob sie irgendwo etwas ausgerissen hatte, ob sie vielleicht verrückt gewesen war. Sie mussten um sie herumstehen, damit sie nicht zertrampelt wurde, und sie erfuhren später, dass sie gestorben war, bevor der Krankenwagen sie in dem Getümmel erreicht hatte. Simon hatte bei ihr gekniet, das Visier hochgeklappt, und Tränen waren über sein Gesicht gelaufen, während rundherum ein Sturm tobte. Er hatte sich dadurch nicht direkt unbeliebt gemacht. Die anderen mochten es, wenn man Gefühle zeigte, gegenüber den richtigen Menschen. Sie hätte ihn an seine Oma erinnert, hatte Simon gesagt, aber Alexander glaubte es nicht. Simons Oma war eine starkgeschminkte, laute Frau, die belegte Brötchen in einem Fischladen im Billstedt Center verkaufte. Wie sollte diese lebhafte, unwirsche Frau ihn an das Knochenbündel auf der Erde erinnert haben? Simons Weinen ging auf etwas anderes zurück. Womöglich auf Überforderung.

«Das Spiel.» Simon grinst und blinzelt müde mit den Augen.

«Na ja, das wird schon was geben.»

«Aber demnächst», sagt Simon und nimmt sich Alexanders Kümmel vor, «da kommt G20. Schon mal dran gedacht?»

«Ich denk nicht viel nach.»

«Es hat auch keinen Sinn. Du machst halt, was du machen musst. Ist ja auch nicht so, dass du groß denken sollst. Du sollst die Klappe halten und tun, was sie dir sagen. Das ist alles. Und das gefällt mir daran.»

«Machst du dir Sorgen wegen G20?»

«Ach was», sagt Simon.

«Und am Ende stehen uns die da gegenüber», sagt Alexander und hebt den Kopf Richtung der Frauen, der fabelhaften Weiber.

«Solche wie die», sagt Simon. Und nach einer Weile: «Und deine Schwester.»

«Wie kommst du auf sowas?»

«Na ja, ich hab sie gesehen. Mit so ...»

«Mit so was?»

«Mit so Zecken halt.»

«Wieso Zecken?»

«Na, weil sie so aussehen. Du weißt doch, wie die aussehen. Pass mal auf, mit wem die rumhängt, deine Schwester. Pass da mal lieber auf!»

Imke läuft vorbei an beleuchteten Garagen und Einfahrten, an Hecken, an Büschen voller auf- und abtanzender kleiner, weißer Lichter, an wandhohen Fernsehbildern, Golden Retrievern vor dem Kamin und blinkenden Weihnachtsbäumen, läuft vorbei wie an störrischen, alten Erinnerungen. Die Reste vom Silvesterfeuerwerk sind schon aufgekehrt, ein einzelner Weihnachtsbaum liegt, wie gerade erst in der Baumschule abgesägt, neben dem Gehweg, den Fuß in der Luft, und etwas Flatterndes hat sich in seinen Haaren verfangen: ein verklebtes Hamburger Wochenblatt. Räder quietschen auf den Schienen.

Vor dem Bahnhof Wandsbek kommt ihr eine Frau in einem gelben Anorak entgegen, die einen Hund hinter sich herzieht, der auch einen gelben Anorak trägt. Der Hund absolviert mühsam Schritt für Schritt, die Frau wartet, bis der Hund bei ihr ist, dann geht sie weiter, soweit es die Hundeleine erlaubt, wartet wieder. Der Hund seinerseits beginnt seinen schweren Marsch erst, wenn sie stehen geblieben ist, nie gehen sie gemeinsam, zur gleichen Zeit. Wie viel Geduld kann man haben?, fragt sich Imke. Wie viel Geduld? Müssen sie denn gehen? Müssen sie denn überhaupt gehen, wenn sie nicht wollen?

Als die Frau vor ihr angelangt ist und stehen bleibt, bleibt Imke auch stehen: «Er hat keine Lust mehr, was?»

Die Frau hat die Kapuze ihres gelben Anoraks so fest um ihr Gesicht gebunden, dass ihr an den Rändern eingeschnürtes Gesicht herausquillt wie das einer Knetfigur. So weich und nachgiebig scheint das rötliche, leicht geschwollene Gesicht zu sein, als könnte man, wenn man wollte, ein ganz anderes Gesicht in es hineinkneten.

«Wie bitte?»

«Der Hund. Er will gar nicht mehr laufen.»

Die Frau sieht den Hund an, der die Frau ansieht, als würden sie sich gar nicht kennen oder sich wundern, dass sie einander haben.

«Wir haben Arthrose», sagt die Frau und meint vielleicht den Hund, aber vielleicht hat sie auch Arthrose. Vielleicht haben sie alles zusammen, der Hund und sie.

«Der Arme», sagt Imke.

Der Hund kommt heran und schnüffelt an Imkes Stiefeln, er riecht nach Hund. Der Geruch berührt Imke in der kalten, klaren Luft wie der überwältigende Geruch eines ganzen Pferdestalles. Der gelbe Anorak des Hundes ist in kleine Rhomben abgesteppt. Er hebt den Kopf und sieht Imke aus verklebten Augen an, wie, als hätte er eine Frage.

Winzige Schneeflocken taumeln durch die Luft, klein wie graue Fliegen. Punkte auf der Netzhaut. Der Hundegeruch und die Kälte und die winzigen Punkte verbinden sich zu einer kompakten Erinnerung für irgendwann später. Im Sommer. In der Nacht.

«Er ist einfach nur dickköpfig», sagt die Frau und lächelt angestrengt, ihre Lippen zittrig offen.

«Er hat bestimmt Schmerzen?»

«Das macht doch nichts», sagt die Frau und lächelt, noch stärker zittern ihre Lippen. «Das ist er doch gewohnt.»

Imke nickt, obwohl sie es nicht versteht und es ihr plötzlich vorkommt, als ob dies alles in einem isolierten Raum stattfindet, in dem sie nur getestet wird. Die Frau hat ja recht. Der Hund ist dickköpfig, jetzt sieht sie es ja selbst. Die Dinge verändern sich, sobald man Einblick bekommt. Die meisten Sachen sind verborgen.

Die Bahnstation ist so tot, als würde niemals mehr eine Bahn kommen. Die Station ist immer so. Eine stille Station, in der Menschen nur stören. Zu anderen Zeiten sind schon welche da. Aber dann ist es vielleicht eine ganz andere Station. Am Abend und im Winter sind da keine. Jedenfalls nicht heute. Heute schneit es in ganz kleinen Flocken, und durch einen verschmierten, dunklen Himmel schimmert matt und verwischt ein weißer Mond.

Hier wohnt sie. Zwischen den türkisfarbenen, rechteckigen Pools. Surrend öffnen sich abends die Garagentore. Schlanke Frauen fegen in offenen Steppmänteln, unter denen sie enge Rollkragenpullover tragen, den Gartenweg. Freundlich reden sie mit dem Gärtner und ziehen wie nebenbei ein welkes Blatt aus ihrem langen, glatten Haar. Am Wochenende spazieren kleine Mädchen, in den Reitstiefeln, die sie so gerne tragen, dass sie damit schlafen gehen – und die Eltern erlauben es, so sind diese Eltern –, mit dem Vater durch die Grünanlage. Abends üben sie dann noch einmal das hübsche Klavierstück, bevor sie den Fernseher einschalten.

Sie hätte nicht gedacht, dass sich in ihrer Familie jemals etwas ändern würde. Sie hat schon sehr lange gemerkt, dass die Zeit einfach stehenbleibt. Dass sie selbst darin feststeckt, dass sie niemals richtig rauskommt, dass ihre Kindheit niemals zu Ende geht. Diese Kindheit zieht sich endlos dahin. Sie geht ja immer noch zur Schule. Sie wirft ja immer noch jeden Abend ihre Klamotten auf den runden Ikea-Teppich vor ihrem Bett. Sie klappt immer noch denselben hellblauen Toilettendeckel hoch, jeden Tag mehrmals, und ihre Eltern sind wie Bäume, neben denen sie wurzelt, eine freundliche Gewissheit.

Aber wenn sie gleich bei Miguel ist, mit Elisabeth, Lara, Paul, Elias, Victoria und Maja, dann kann sie sagen: *Olla! Mein Vater ist über die Garage gezogen.*

Und Lara wird sagen: *Krass!*

Während sie schon in der Bahn sitzt und alldem entgegenfährt, kommt ihr ein Gedanke: Vielleicht zieht die Anorak-Frau den Anorak-Hund wie eine Art kranken, kleinen Teil von sich selbst hinter sich her. Sie hofft, jemandem von diesem Gedanken erzählen zu können.

Am Nachmittag trifft sie Frau Marquart mit ihrem Hund. Sie und der Hund tragen beide den gleichen Anorak. Was sie sich da wohl drauf einbildet! Sie gehen ein Stück zusammen.

«Möchten Sie vielleicht ein Stück Linzer Torte? Ich habe zu Hause so eine schöne Linzer Torte», sagt Frau Marquart.

Helga schüttelt den Kopf.

«Ich möchte lieber nichts mit mir rumschleppen», sagt sie.

«Sie können sie bei mir essen», sagt Frau Marquart.

«Wir haben ja sowas auch zu Hause», sagt Helga, «Torten haben wir, Kuchen, der ganze Schrank ist voll.»

Sie möchte auf gar keinen Fall zu Frau Marquart. Frau Marquart möchte sie immer mit zu sich nehmen, sie ist auch so eine Kadreiersche. Immer sucht sie einen Vorwand. Und es ist gar nicht sicher, das mit der Linzer Torte.

«Wissen Sie, ich darf ja sowas gar nicht essen», sagt Frau Marquart.

Helga zuckt mit den Schultern.

Es ist kalt geworden. Eigentlich gar nicht so kalt, aber windig ist es und nass, die Luft wie Eis in ihrem Gesicht. Die Klunkersuppe kommt ihr in den Sinn. Und von da ihr Appetit auf Linzer Torte.

«Haben Sie denn wirklich Linzer Torte?», fragt sie.

Hoffnungsvoll blitzen Frau Marquarts Augen auf.

«Fast noch die ganze. Ich darf ja sowas gar nicht essen.»

Helga nickt. Natascha ist nicht für Torte zu begeistern. Sie bäckt nicht. Keine einzige Torte hatten sie zu Weihnachten. Nicht mal Kuchen, nur gekauftes Gebäck.

«Ein Stück würde ich nehmen», sagt Helga.

«Ich mach uns auch Kaffee», sagt Frau Marquart.

In Frau Marquarts geducktem Haus riecht alles nach Hund. Helga bleibt im Eingang zu Frau Marquarts Wohnzimmer stehen. Seit langem schon ist sie in keinem fremden Haus mehr gewesen. Sie kennt alle Häuser und Gebäude, die sie regelmäßig betritt, seit vielen Jahren. Sie kennt den Friseurladen und die Boutique, in der sie ihre Kleidung kauft. Sie kennt den Supermarkt und kennt die Wohnungen der drei Frauen, mit denen sie sich manchmal zum Canasta trifft.

Die Fremdheit schlägt ihr entgegen wie eine böse Erinnerung, und sie hält sich am Türrahmen fest. Sie wollte gar nicht in ein fremdes Haus. Alles ist fremd.

«Ist Ihnen nicht gut?», sagt Frau Marquart.

«Ich hab die Pillen gar nicht mit», sagt Helga. Sie geht, mit Unterstützung von Frau Marquart am Arm, zum Sofa, wo sie sich neben einem Stapel Zeitungen niederlässt. Jemand müsste hier aufräumen, denkt sie. Es riecht alles nach Hund. Und nach Fremdheit, der Geruch ist so stark, dass ihr schlecht wird. Sie atmet schnell, dann lehnt sie sich im Sofa zurück und legt ihre Hände im Schoß zusammen.

Frau Marquart kommt mit Kaffee und Linzer Torte aus der Küche.

«Hier», sagt sie, «Linzer Torte.»

«Wenn Sie sie doch nicht essen können?», sagt Helga.

«Wie bitte?», sagt Frau Marquart.

«Sie sagten, dass Sie sie nicht essen können», sagt Helga.

Frau Marquart schweigt. Helga fragt sich, ob sie sie beleidigt hat.

«Ich komme ja aus Österreich», sagt Frau Marquart, «aus Weißkirchen an der Traun.»

Helga fühlt sich verpflichtet, nachzufragen, obwohl sie im Kopf mit anderem beschäftigt ist. Sie essen beide Torte, auch Frau Marquart, obwohl sie sie nicht essen darf, und Frau Marquart erzählt von Weißkirchen an der Traun und ihrem deutschen Mann und ihrem Leben in Hamburg. Helga nickt freundlich und verständnisvoll, sie hat ein ganz eigenes, eingeübtes Gesicht dafür, und denkt daran, wie sie im Türrahmen stand und die Fremdheit ihr wie etwas Altbekanntes entgegenschlug.

In einer Atempause der Frau Marquart, als sie sich etwas auserzählt hat, sagt Helga blitzschnell: «Wir mussten ja im Winter weg, wir packten alle unsere Sachen auf einen Wagen, der gehörte den Wiemers, die Jungen von denen, Karl und Fritz, die waren so jung schon im Krieg, der Karl war achtzehn, und der Fritz war neunzehn, als er musste. Ich kroch mit Gretchen unter die Bettdecken, oben auf dem Wagen. Unsere Mutter saß neben dem alten Wiemer auf dem Kutschbock, seine Frau hinten bei uns, unter dem Zelt.»

«Noch Kaffee?», fragt Frau Marquart.

Die Pferde schnauben, ihr Atem dampft in der Kälte. Es sind viele Menschen unterwegs, auf denselben Wegen wie sie, wie schwarze Ameisen wimmeln sie auf den Wegen durch die frostig weißen Felder, überall nur Steine und hartgefrorene Erde, keine Rübe liegt da mehr. Sie können die Front hören. Das Donnern.

«Wir haben eigentlich alles dalassen müssen. Unser Zimmer, das von Gretchen und mir, ist noch voll gewesen, weil wir die Sachen gar nicht mitnehmen konnten.» Nur das Album hatte sie mitgenommen, in dem so viel Unsinn dringestanden hatte, aber damals war ihr das Album wertvoll vorgekommen, doch daran denkt sie nur kurz und erzählt nichts davon. «Wir schliefen bei Bauern, zu viert in einem Bett, oben auf dem Boden, oft auch auf dem Fußboden, nur eine Pferdedecke drunter. Da war eine Frau, die hatte keine Haare mehr und hat nicht mal ein Kopftuch getragen, hat so», Helga fasst sich vorsichtig an ihr aufgeplustertes Haar, «gar nichts da gehabt als kahlen Kopf. Und die gab uns Pflaumenmus. Auf einer frischen, warmen Stulle!»

Dick ist die Frau, rote Flecken auf ihren dicken Wangen, und sie reicht ihnen, die sie schmutzig in dieser Kammer sitzen, auf großen Betten, mit ihren schmutzstarrenden Schuhen an den Füßen und ganz verkrampft und zitternd von der Kälte, da reicht ihnen diese kahlköpfige Frau warme Stullen mit Pflaumenmus, und Gretchen fängt an zu weinen. Sie weint so sehr, dass sie die Stulle gar nicht essen kann. Sie würgt an der Stulle rum, und Helga gönnt Gretchen die Stulle nicht, weil sie sie nicht mit der rechten Freude essen kann.

«Ich erinnere mich noch ganz genau an diese Pflaumenmusstulle, als wäre es eben erst gewesen. Und wie mir der Kiefer noch geklappert hat, während ich die Stulle gekaut hab.»

Frau Marquart legt ihr ein zweites Stück Linzer Torte auf den Teller, ungefragt, und gierig schlingt Helga es in sich rein, Bissen um Bissen. So etwas Leckeres hat sie schon lang nicht mehr gegessen, das muss man schon sagen. Frau Marquart sieht es gern. Wie eine Mutter lächelt sie. Dann nimmt sie ein Stück krümeligen Rand, das von der Torte abgebrochen ist, und legt es dem Hund in seinen Korb. Der Hund stubst es mit der Nase an, schnappt es und schmatzt mit der Zunge nach, leckt sich das weiße Maul. Fast ein bisschen wie Pfiffi, nur nicht so klug.

«Wir mussten über das Haff, weil die Russen schon da waren, auf der anderen Seite, von den Polen her. Über die Frische Nehrung Richtung Westen, wo es später nicht mehr ging, auch wegen der Russen. Aber da ging es noch, und wir konnten rüber. Und dann dachten wir, dass wir es geschafft hatten. Wir dachten immer wieder, dass wir es geschafft hatten. Aber wo wir auch hinkamen, die Russen kamen nach.»

Die Marquart nickt. «Ja, die Russen», sagt sie.

Am Ende hat sie geglaubt, dass sie immer weitermüssten. Immer weiter, immer weiter, für immer, und niemals wo ankommen.

«Da war ein kleiner Junge auf dem Weg, weit und breit kein Mensch. Der Wiemer packte ihn zu uns unter die Decke. Aber dann war der Junge plötzlich tot. Wir ließen ihn im nächsten Dorf. Sie wollten ihn gar nicht nehmen, die dachten, dass es unser Junge wäre. Wir wussten nicht mal, wie er hieß.»

Auf der Flucht starb dann auch die Mutter, ähnlich still wie der kleine Junge. Aber das will sie der Marquart nicht erzählen. Gehustet haben ja alle, das hieß ja nichts.

Erst als die Mutter vom Kutschbock kippt, bringen die Wiemers sie in ein Krankenhaus, wo sie am nächsten Tag an Lungenentzündung stirbt. Wenn sie zu Hause wäre, würde sie jetzt eine Pille nehmen.

«Da waren Gretchen und ich ganz allein unterwegs, mit den Wiemers. Wir waren ein bisschen wie ihre Kinder. Die Wiemers hatten ja die Jungs, aber die Jungs waren weg, und keiner wusste, ob sie sie wiedersehen würden. Sie sahen sie auch nicht wieder, aber das konnten sie damals nicht wissen.»

Als sie das gesagt hat, fällt ihr auf, dass die Marquart gar nicht verstehen kann, warum sie jetzt mit der Gretchen und den Wiemers allein unterwegs ist, weil sie das von der Mutter ja ausgelassen hat, aber die Marquart guckt nur so und sagt nichts. Sie guckt und nickt, und da geht es ihr auf, dass die Marquart gar nicht zugehört, sondern an ihre eigenen Sachen in Weißkirchen an der Traun gedacht hat.

«Ich muss jetzt gehen», sagt sie und erhebt sich mühselig, mit beiden Händen am Couchtisch abgestützt, aus dem tiefen Sofa.

«Hat es denn geschmeckt?», sagt die Marquart.

«Ich esse sonst nur Vollkornkekse», sagt Helga und nickt ihr freundlich und distanziert zu. Sie fühlt sich wieder vollkommen sicher.

«Ich darf ja sowas gar nicht essen», sagt Frau Marquart.

Miguel steht in einer schwarzen Jogginghose vor dem dampfenden Herd, auf dem zu viele Nudeln in einem zu kleinen Topf überkochen. Es blubbert und spritzt, der Wasserdampf hängt in der Küche, und Miguel zuckt mit einer Gabel in der Hand zu *Hood Politics* von Kendrick Lamar. Kendrick Lamar ist sein Gott und *To Pimp a Butterfly* seine Bibel. Eine kleine Box dröhnt auf dem Küchentisch, auf dem sieben verschiedene Ketchups stehen, etliche Flaschen Astra und zwei Becks-Gold, ein paar Tüten ja!-Paprikakartoffelchips und eine Alnatura-Tüte mit Karotten.

«Buffet», sagt Miguel, zeigt mit der Gabel auf den Tisch und zuckt und spricht jedes einzelne Wort von Kendrick Lamar mit, als wäre er selbst zu Kendrick Lamar geworden. Imke drückt seinen feuchten Körper kurz an ihren und stellt zwei Flaschen Astra und einen riesigen Schokoladenweihnachtsmann zu den anderen Sachen auf den Tisch.

Miguel hat eine eigene Wohnung, die nicht wirklich seine ist. Es ist die seines Bruders Enzo, der aus Madrid nicht wiedergekommen ist, wegen Andrea, die an der Universität Complutense Touristik studiert. Sie will nicht nach Deutschland, und Enzo will nicht nach Spanien. Es gefällt ihm in Deutschland besser als in Spanien. Aber Andrea ist in Madrid. Wenn Miguel Glück hat, bleibt Enzo in Madrid. Wenn er Glück hat, heiratet Enzo Andrea und bekommt mit ihr vier Kinder, und dann kann Miguel seine Wohnung behalten.

Die Wohnung ist klein, sie liegt an der lauten, stinkenden Stresemannstraße.

«Sie sollten den Verkehr verbieten», sagt Miguel.

«Den ganzen Verkehr?», fragt Lara. Ihre Eltern haben drei Autos. Einen Sharan fürs Einkaufen und den Urlaub, einen Mitsubishi Colt, den ihre Mutter durch die Stadt fährt, und einen alten, gepflegten Porsche, der Stolz ihres Vaters. Lara wohnt bei ihren Eltern in ihrem Kinderzimmer, wie sie fast alle noch bei ihren Eltern wohnen.

Fast alle gehen sie noch zur Schule. Die meisten auf ein Gymnasium.

«Ich hasse diesen Verkehr», sagt Miguel. «Weißt du, wie viele Autos hier jeden Tag vor meinem Fenster entlangfahren, Lara? Dreißigtausend.»

«Alter!», sagt Elias.

«Krass», sagt Lara.

«Zweitausendsiebenhundert Lkws.»

«Zählst du die?», fragt Elias.

«Das kannst du nachlesen, zum Beispiel auf Wikipedia», sagt Elias.

Das Fenster steht offen, der Nudeldampf zieht von der Küche durch das Zimmer, in dem sie sitzen, nach draußen, und von dort dröhnt unaufhörlich der Straßenverkehr. Linienbusse, kleine Stadtautos, ein Martinshorn, Mopeds, Motorräder und vor allem die Lkws, die großen Lieferwagen, die Trucks, es ist ein dauerhafter, an- und abschwellender Lärm.

«Sie bringen uns alle um», sagt Miguel, holt den Nudeltopf aus der Küche und stellt ihn auf den kleinen Couchtisch. Die Nudeln sind unten angebrannt und stinken.

«Es gibt bald die ersten Treffen, wegen G20», sagt Victoria. «Ich weiß es von Hannes aus dem Gängeviertel.»

«Was?», fragt Lara.

«Es geht um G20. Das hast du doch schon gehört, Lara?» Miguel schüttelt den Kopf.

«Doch», sagt Lara. «Aber ist es denn nicht gut, dass sie sich treffen? Ich weiß schon, es sind alles Arschlöcher, aber ist es nicht besser, wenn sie sich treffen, als wenn sie sich nicht treffen? Es ist doch gut, wenn sie reden, wenn die Leute miteinander reden. Ich meine ...»

«Haben dir das deine Eltern erzählt? Oder dein PGW-

Lehrer, Maschke, ist das nicht Maschke, der so ein Fan von diesem Koenen ist?», sagt Elisabeth.

«Welcher Koenen?», fragt Miguel.

Maja springt vom Couchtisch auf. Maja ist klein und hat ganz dünne Haare, die elektrisch von ihrem Kopf abstehen. Ihre Stimme klingt wie die eines Kindes. Chips springen aus ihrem Mund, als sie spricht.

«Weißt du, warum sie sich treffen? Worum es denen geht? Denkst du, denen es geht um unsere Zukunft? Es geht ihnen nur darum, ihre eigenen Interessen durchzusetzen. Sie wollen einfach nur ...», sie fuchtelt mit den Händen vor Lara herum, «noch besser Geschäfte machen können. Auf unsere Kosten. Auf Kosten der Armen. Auf Kosten der Gesellschaften, die nicht so ... geschmeidig sind, noch nicht so entwickelt. Sie sind unmoralisch. Sie reden von Hilfen, aber sie sind unmoralisch. Ihre Afrikaförderung ist ein Witz. Sie bringt den Europäern nur Gewinn ein. Beschäftige dich mal mit Politik, Lara!»

Lara schießen Tränen in die Augen.

«Schrei sie nicht an», sagt Miguel, «du bist doch auch nicht arm.»

Maja setzt sich wieder hin und isst ihre Nudeln auf. Eine einzelne pinke Haarsträhne fällt ihr ständig ins Gesicht.

«Wir müssen was machen», sagt Victoria. «Egal, was die anderen machen, wir müssen was machen.»

«Blockaden», sagt Paul. Er war im letzten Jahr im Wendland dabei gewesen. Seine Eltern hatten ihn von der Polizei suchen lassen, weil er eine Woche weg war. Aber dann war er einfach wieder da und hatte ihnen nichts erzählt, nicht, wo er war, und nicht, was er getan hatte. Sie hatten es darauf beruhen lassen, weil sie ihn – *nicht verlieren* wollten, wie er erzählte. Aber sein Vater hatte ihn verprügelt. Und selbst dadurch hatten sie ihn nicht verloren. Nicht auf die Art, dass er ausgezogen wäre, das kam erst später. Sie hatte nicht verstehen können, dass verprügeln in Ruhe lassen heißen konnte. Und sie war sich auch nicht sicher gewesen, was das hatte heißen sollen, verprügeln, schlug sein Vater richtig auf ihn ein? Sie hatte bisher niemanden gekannt, der von seinen Eltern verprügelt wurde. In Paul ist sehr viel verborgen. Sie kann es oft alles nicht verstehen.

«Blockieren ist gut», sagt Imke und kaut an den Nägeln, obwohl sie nicht mehr viel davon hat, alle Fingerkuppen sind zerfleddert. Sie stellt sich vor, wie sie auf der Erde sitzt und ein Polizist sie wegträgt. Sie stellt sich vor, wie sie sich ganz hart machen würde, ganz starr. Ihr wird heiß, wenn sie daran denkt. Sie kriegt gleich Punkte vor den Augen, noch bevor wirklich etwas passiert ist, nur durch die Vorstellung, das gibt ihr zu denken.

«Du würdest mitmachen?», fragt Paul. Er sitzt neben ihr und sieht Imke an. Er hat zarte Hände, und er trägt Cordhosen, an denen der Cord schon abgerubbelt ist. Seine Augen sind oft wie kleine Schlitze. Imke nickt.

«Schön», Paul nickt, als wäre es damit jetzt alles abgesprochen.

«Da werden die Bullen aber Schiss kriegen, wenn sie die Imke auf dem Boden sitzen sehen», sagt Elias, «wie sie das ganze G20 blockiert.»

Miguel lacht.

«Mehr als vor dir, du Affe!», sagt Victoria.

«Darum geht es doch gar nicht», sagt Paul. «Viele müssen es sein, alle zusammen, man muss zusammenhalten. Habt ihr überhaupt schon mal blockiert?»

Sie schauen auf den Boden, der voller Chipskrümel und Staubflusen ist.

«Es geht um den Widerstand. Und der Widerstand, der ist doch …, der ist mental. Es geht darum, da zu sein. Das ist alles. Wir müssen da sein. Wir müssen alle da auf der Straße sein. So viele wie möglich.»

Dann stopft er sich eine Hand Chips in den Mund.

«Ich werde da sein», sagt Imke.

«Ist nicht dein Bruder 'n Bulle?», fragt Elisabeth, die bisher noch gar nichts gesagt hat.

Imke sitzt mit Paul bei Miguel auf dem Sofa. Sie sind alleine geblieben, während Miguel mit Victoria und Elias beim Penny Astra holen. «Ach, ich bleib hier», hat Paul gesagt und gegähnt und sich auf dem Sofa ausgestreckt. Sie ist dann auch geblieben.

Draußen ist es bald dunkel. Es regnet ans Fenster. Irgendwo im Haus klopft jemand rhythmisch gegen die Heizung. Paul hängt tief in der Sofaecke, die eckigen Knie in den Cordhosen ragen spitz auf, mit ganz kleinen Augen sieht er die Decke an.

«Ich versteh das nicht», sagt Imke. «Wenn du da sitzt, also bei der Blockade, dann tragen die dich einfach weg, und dann war's das, oder? Ich verstehe nicht, was es bringt, wenn wir da sitzen, und sie tragen uns dann weg und aus. Es kommt mir sinnlos vor.»

«Es ist nicht sinnlos. Erst einmal müssen sie uns ja wegtragen. Das braucht schon einige Zeit.»

«Zeit, darum geht's? Ich dachte, bei 'ner Blockade geht es ums Blockieren.»

«Wenn es sehr viele wären, richtig viele, dann könnten sie nicht alle wegräumen. Es kommt immer darauf an, wie viele es sind. Und wenn es nicht so viele sind, dann dauert es halt nicht so lange.»

«Paul?»

«Imke?»

«Warum machst du das? Ich meine, glaubst du, dass es was bringt?»

Paul sieht sie an. Er zuckt mit den Schultern. Dann lächelt er.

«Es bringt auch nichts. Sie werden nicht deshalb aufhören, nicht wegen uns. Klimaabkommen kippen, Flüchtlinge ertrinken lassen, aufrüsten, geht dann alles danach weiter, währenddessen sogar.»

«Aber warum sollen wir es dann machen?»

«Weil es das ist, was wir machen *können*. Wir können sie vielleicht für eine Sekunde aufhalten. Vielleicht länger. Damit sie wenigstens merken, dass es da noch was anderes gibt, Leute, die anders denken, und dass wir uns das nicht einfach gefallen lassen.» Er lächelt wieder, wie ein Mensch, der ein bisschen peinlich berührt ist, und sie weiß nicht, ob von seinem eigenen Reden oder ihren Fragen.

«Und wir sind im Recht?», fragt Imke schroff. «Du denkst das natürlich, ich denke das auch, ich weiß ja, dass wir im Recht sind, wegen der Sachen, die du aufgezählt hast. Ich weiß, ich möchte nur …, ich hätte gerne eine Sache, die wirklich gut …, die funktioniert und die auch was bringt. Das hört sich vielleicht dumm an.»

Er sieht sie an. Aus einem Augenwinkel.

«Ich würd sowas auch nicht sagen», sagt Imke, «wenn die anderen da wären.»

Ohne seine Position zu ändern, legt Paul seine Hand ganz vorsichtig auf Imkes Hand, die auf dem Sofa liegt. Imke sieht ihn an. Sie weiß nicht genau, warum sie nicht mitgegangen ist. Sie geht ja gerne mit den anderen einkaufen. Sie stellt sich vor, wie Elias sich wieder billige Süßigkeiten aussucht, und die anderen reißen ihm die aus der Hand, weil sie von Nestlé sind, und dann schubsen sie sich und beschimpfen sich wie die Kinder, und das machen sie mit Absicht, weil sie gerne auffallen.

Das Heizungsklopfen hat aufgehört. In der Wohnung unter ihnen läuft laut ein Fernseher. Sie zieht ihre schwitzende Hand unter der Pauls hervor. Eine Weile sitzen sie so da, und sie kann mit dem Gespräch nicht wieder anfangen, sie schafft es einfach nicht, etwas zu sagen. Dann greift sie nach seiner Hand, die immer noch da liegt, wo ihre drunterlag, und hält sie von oben jetzt fest.

Dann kommen die anderen zurück.

Elias sagt: «Was'n hier passiert?»

Und Victoria sagt: «Wie lange waren wir weg?»

Paul rutscht zu Imke und legt seinen Arm um sie. Sie legt ihren Kopf an seinen Hals.

Draußen ist es windig, und die Bäume tanzen in alle Richtungen. Helga steht am Fenster, ihre linke Hand liegt auf dem Fensterbrett, und sieht den Bäumen zu. Wenn sie sich bewegen, sind sie wie Tiere oder sogar wie Menschen, denkt sie. Vögel liegen auf dem Wind und lassen sich elegant zwischen den Bäumen fallen. Dunkle Wolken ziehen schnell über den kalten, weißen Himmel. Sie zieht ihren Sessel ans Fenster. Das Wetter wühlt sie auf. Aber natürlich passiert nichts. Sie ist enttäuscht, schon während sie diese unbestimmte, aufgewühlte Erwartung überkommt. Es wird nichts passieren. Was denn auch? Sie kennt das

Gefühl, nur diese Erwartung lässt sich einfach nicht abstellen. Sie ist wie ein Anfall jugendlicher Dummheit.

Sie seufzt, schiebt den Sessel zurück und holt einen Staublappen aus der Küche. Sie wischt die Möbel, und zwischendurch öffnet sie das Fenster, um den Lappen im Wind auszuschütteln. Sie muss das Fenster festhalten, und der Staub weht ihr ins Gesicht. Auf der Kommode staubt sie die Kinder ab, Imke und Alexander, in Hagenbeck vor einer Giraffe. Dann Walther und sie vor einem Haus im Schwarzwald, im Hintergrund dunkle Tannen. Sie sitzen auf einer Holzbank vor weißer Wand. Ein Besen neben der Haustür. Blumen im Kasten am Fenster. Walther trägt einen Strohhut. Sie waren spazieren gegangen, erinnert sie sich. Aber es ist keine richtige Erinnerung, weil sie sich schon so oft daran erinnert hat, keine Erinnerung an den Spaziergang mehr, eher eine Erinnerung an die Erinnerung. Sie sind ins Dorf hinunterspaziert, zu einem Flüsschen, haben ins Wasser geschaut, das fast übergetreten war, das Ufergras zum Teil schon überschwemmt, und die kleine Brücke, auf der sie standen, war ganz schwarz und rutschig vor Nässe. Das Dorf war ganz still und sauber. Alle Häuser und Gärten waren ihr so sauber vorgekommen, vielleicht war es sogar ein Feiertag, sie weiß es nicht mehr. In einem Gasthaus tranken sie ein Glas Wein und aßen etwas. Ein Jäger saß am Ofen, mit zwei Hunden, die zu seinen Füßen lagen, und die sahen sie und Walther misstrauisch an, mit schwarzen, aufmerksamen Jagdaugen.

«Was die Köter hier zu suchen haben?», sagte Walther. Sie befürchtete gleich, der Jäger könnte es gehört haben.

Plötzlich wird Helga überflutet, von Sehnsucht nach dem Haus im Schwarzwald. Sie will auf der Brücke stehen und dem Wasser zusehen, wie es am Ufer leckt und wie das Ufer Bröckchen Erde und Grasbüschel, Stöckchen und Pflanzen abtreten muss, und alles treibt auf dem schäumenden, braunen Wasser. Sehnt sie sich nach Walther? Sie sieht ihn an, sein Gesicht unter dem Strohhut. Sie weiß es nicht.

Sie stellt das Bild zurück und nimmt ein anderes in die Hand, das schief im Rahmen steckt, der zu groß für das kleine Bild mit dem gekräuselten Rand ist. Die Fotografie war in ihrem Album mitgereist, in ihrem kleinen Pappkoffer, bis nach Friedland und später nach Hamburg: Helga, in einer kurzen Häkelhose mit Trägern und einem Latz vor der nackten Brust. Um den Po herum ist die Hose aufgeplustert, am Rand, an den dicken kleinen Schenkeln eine einfache Häkelspitze. Sie ist auf diesem Bild vielleicht drei Jahre alt, sie trägt nichts als diese Häkelhose und in den zarten, wie weiß aussehenden Haaren eine riesige Schleife. Sie steht mit Martha Hand in Hand auf einem Weg zwischen jungen Bäumen, die an Stützpfählen angebunden sind. Die jungen Bäume werfen scharfe Schatten auf den Weg, auch ihre Körper werfen scharfe Schatten. Sie und Martha sind mit den jungen Bäumen auf diesem abendlichen Weg eins gewesen. Wenn diese Bäume sich bewegt hätten, dann auf dieselbe Weise wie sie und Martha, jung und ungestüm. Die dreijährige Helga hat einen dicklichen Oberkörper, ein rundes Gesicht und einen einfältigen Blick, als wäre sie eben erst in diese erstaunliche, ihr vollkommen entsprechende Welt geworfen worden. Martha an ihrer Seite, in einem langen Kleid, das Helga immer noch vertraut vorkommt. Sie muss es oft getragen haben. Oder ist diese Vertrautheit auf der Kommode entstanden, in all den Jahren in Marienthal?

Alles ist noch da. Die Befürchtung, der Jäger könnte sie gehört haben, das Haus im Schwarzwald, der See im

Dorf, die kleine Imke, der kleine Alexander, die Giraffe, die Sehnsucht, die Unruhe, die Angst und die Erwartung. Alles immer noch da. Sie besprüht sich am Hals mit *Ô de Lancôme*. Dann ordnet sie mit den Händen ihr Haar.

Von sich als Kind hat sie nur dieses eine Foto. Das Album hat sie auch noch, aber darin stehen nur dumme Sprüche, die nichts wert sind. Sie weiß gar nicht, wie ihre Klassenkameradinnen darauf gekommen waren, ihr solche dummen Sprüche in das Album zu schreiben. Aber sie weiß es natürlich doch, sie hat ja selbst solche dummen Sprüche in die Alben ihrer Klassenkameradinnen geschrieben.

Draußen wanken die Bäume und schütteln ihre Äste. Regen klatscht an das Fenster.

Es hatte ja in diesem Urlaub im Schwarzwald sehr viel geregnet. Später trat das Flüsschen wirklich über und überschwemmte das untere Dorf. Die Hunde paddelten im Wasser, die Menschen wateten vollbepackt aus ihren Häusern. Sie spazierten jeden Tag bis an den Rand des Wassers, Walther und sie, und starrten stumm auf den See, in dem ein Dorf stand.

Ein letztes Mal schüttelt sie den Staublappen in den Wind. Er fliegt ihr aus der Hand und wirbelt über den Hof. Zufrieden beobachtet sie ihn, er fliegt in die Bäume und verfängt sich in den Ästen, da flattert er eine Weile, als grüße er sie, dann gelingt es ihm, sich zu befreien, wird dann aber vom Wind auf die Erde gewirbelt, wo er in eine Pfütze eintaucht und schwer vom Wasser liegen bleibt.

Thomas geht um die Pfütze herum. Er müht sich mit einem geblümten Schirm ab, zieht die Kapuze über den Kopf. Sie spuckt auf den Hof und knallt das Fenster zu.

«Plawucht!»

Jetzt geht er zu ihr.

Er liegt gerne in ihrem rissigen Ledersessel und beobachtet sie, wie sie vom Badezimmer in das Schlafzimmer läuft, in dem fädenziehenden Frotteebademantel und ihren fettfleckigen Pantoffeln.

«Ich könnte dich besuchen kommen», sagt sie und setzt sich auf seinen Schoß. Sie duftet nach ihrem Bad, nach der Haarwäsche. Er schließt seine Arme um ihren dampfenden, duftenden Bademantelkörper und drückt sie an sich.

«Das ist nicht so gut.»

«Warum nicht?»

«Sie würden dich sehen.»

«Siehst du!»

Sie windet sich aus seinen Armen und springt auf.

«Und deshalb ist es kein Ausziehen. Es ist kein Ausziehen, wenn man auf seinem eigenen Hof wohnt, über seiner eigenen Garage.»

«Es ist eine Übergangslösung.»

«Was für ein Übergang denn? Man geht irgendwo weg, und dann geht man irgendwo anders hin. Wozu brauchst du einen Übergang? Bei dir zu Hause? Isst du bei ihnen? Seht ihr zusammen fern? Reparierst du ihre Dusche? Bügelt sie deine Wäsche?»

«Ich weiß es nicht. Gott! Ich weiß es doch auch nicht, wie es sein wird.»

In Wirklichkeit sieht er Natascha vor dem Fernseher bügeln. In ihrer roten Hippiehose. Die Haare fallen ihr ins Gesicht. Diese Eifrigkeit. Das Zischen, wenn der Dampf austritt, das fehlt ihm plötzlich, das sind die Dinge, die ihm fehlen, in seinem kühlen Raum über der Garage. Nur dass er vorher nicht gewusst hat, was es bedeutet. Warum tut sie das?, denkt er. Warum bügelt sie so engagiert? Was hat das zu bedeuten?

Auf seines Vaters Beerdigung trug Natascha ein Kleid, das zwar schwarz war, aber trotzdem falsch. Es war ein Ausgehkleid, kurz und eng. Sie hatte so sexy in diesem Kleid ausgesehen. Sie hatten sie angestarrt, in Rendhorsts Waldrestaurant, wo sie den Kaffee tranken, mit den anderen Gästen, wo es Suppe gab und ein Muschel-Buffet. Muscheln hatte sein Vater überall gegessen, wo er sie kriegen konnte. Eine Portion Muscheln. Austern, wenn er sie bekam. Er lutschte sie aus auf eine genießerische Art. Es hatte ihm missfallen, wie sein Vater diese Muscheln aß. Wie ein Schwein. Der Mutter hatte es auch missfallen. Aber sie hatte nie was gesagt. Sie hätte sowieso nie etwas gesagt. Sie seufzte nur. Sie räumte den Tisch ab und seufzte, ihr Leben lang räumte sie den Tisch ab und seufzte. Sie hatte kleine Zeichen, winzige Gesten, wie ein Alphabet von Geheimzeichen, und er war sich sicher, sein Vater konnte dieses Alphabet lesen. Er verstand das ausgezeichnet, aber er ignorierte es. Das war sein Teil dieser Aufführung: dass er es nicht so weit kommen ließ, den stummen Aufstand der Mutter wahrzunehmen. Ein Aufstand war es dann auch gar nicht. Es war nichts. Aber im Stillen, ganz leise, da haben sie miteinander gerungen. Und seine Mutter muss auch Mittel gehabt haben ...

«Ich könnte auch bei *dir* einziehen, vorübergehend.» Er ist froh, dass ihm das eingefallen ist.

Sie sieht ihn an, während sie in ihre Abendsachen schlüpft. Eine dunkelblaue Samthose, ein enges weißes T-Shirt. Die Pantoffeln.

«Na was, das gefällt dir auch nicht?»

Sie zuckt mit den Schultern.

«Ich habe es gern, wenn du hier bist. Ich fühle mich gut mit dir.» Sie kommt auf ihn zu, küsst ihn, streichelt seinen Kopf.

«Aber?»

«Ich möchte nicht, dass es alles gleich so alltäglich wird. Ich möchte nicht deine Wäsche bügeln.»

«Das macht doch schon meine Frau.»

Er lächelt, damit sie sieht, wie lässig er die Dinge zu sehen imstande ist.

«Ja, natürlich macht sie das. Das sagte ich doch. Ich neide ihr das nicht. Ich möchte nicht an ihrer Stelle sein. Ich werde das – damit du das richtig verstehst – niemals für dich tun. Das ist nicht meine Vorstellung von einer Beziehung.»

«Niemals?» Er macht immer noch Spaß.

Sie schüttelt den Kopf.

«Auch nicht, wenn ich meine Hände nicht mehr benutzen kann?»

«Also, wenn du deine Hände nicht mehr benutzen kannst ...»

Dann könnte er sie nicht mehr anfassen. Sie nicht mehr streicheln.

«Du könntest doch nicht mit mir Schluss machen, nur weil ich meine Hände nicht mehr benutzen kann, nach einem schlimmen Unfall ... Da könnte ich doch nichts für.»

Sie zuckt mit den Schultern, und ihr Bademantel öffnet sich.

Es ist ja alles ein Spaß, aber etwas Bitteres mischt sich mit rein. Dieser Drang, immer weiter zu gehen, böse zu werden, gemein. Sie zu demütigen, zu verletzen.

Ich bin glücklich, zwingt er sich zu denken und küsst ihre Brust. Er ist sehr froh über seine Hände. Es ist etwas Gieriges an ihm und gleichzeitig etwas Böses, eine Leere, die er mitempfindet, als würde er in Wirklichkeit gar nichts wollen können, als würde er sein eigenes Wollen nur aufbauschen, weil er das Nichtwollen, die Leere, fürchtet. Er hat diese in ihrem Ursprung künstliche Gier noch nie vorher empfunden. Er liebt sie, als könnte sie ihm jeden Moment entzogen werden, er liebt sie, als dürfe er sie nicht lieben, als nehme er sich etwas, das ihm nicht zusteht, das ihm aber irgendwo doch zusteht, das die ihm nur nicht erlauben, ihm wegnehmen wollen. Die anderen, die Welt. Die einem Menschen ja nie gibt, was ihm zusteht. Immer zu wenig, immer eine Enttäuschung. Aber jetzt triumphiert er und greift nach dieser schönen, jungen Haut. Nach diesem Duft. Nach dem glatten Bauch, der noch kein Baby in sich hatte. Er kommt sich schuldig vor, weil er sie sich nimmt, weil er so gierig nach ihr greift, obwohl er sie ja in seinem tiefsten Inneren noch nicht einmal wirklich will. Er ist ein großes, altes Tier aus dem Wald. All diese Gedanken machen ihn noch wilder, und die Trauer über seine eigene Dunkelheit macht dieses Gefühl tief. Er liebt sie voller Schuldgefühle und voller Dankbarkeit danach. Er liegt neben ihr in ihrer birkenweißen Bettwäsche und betrachtet ihre Finger, die in seinem grauen Brusthaar spielen. Sie ist gut. Sie ist laut. Diese Frauen sind hemmungslos, denkt er und reiht sie irgendwo ein, als wäre sie eine von vielen, ein Exemplar. Sie schämen sich gar nicht. Sie leben voller Lust. Es gefällt ihm nicht, dass diese Frauen bei anderen Männern dieselbe Lust empfänden, weil sie dazu gar nicht einen bestimmten Mann brauchen, sondern einfach einen Mann. Einen wie ihn. Er ist durchschnittlich gut und begabt dabei. Er ist kein sexuelles Wunder, dem muss er ins Gesicht sehen. Er hat Natascha nicht zum Schreien gebracht. Er hatte anfangs Mühe gehabt, sie zum Orgasmus zu bringen, war zum Lieben zu schwach gewesen. Seine damals noch ganz neuen Gefühle von tiefer Verbundenheit hatten ihn körperlich geschwächt.

«Es täte unserer Beziehung nicht gut, wenn du hier einziehen würdest», sagt Nathalie, «wir sollten mehr für uns sein. Unabhängig. Ich mag diese Wohnung. Ich fühle mich frei. Ich kann alles tun, wie ich will. Wenn jemand anderes da ist ... dann ist das auch eine Instanz, eine Kontrollinstanz.»

«Ich bin eine Instanz?»

«Du wärst dann jedenfalls da. Immer wärst du da. Wenn ich dich jeden Tag sehe, bist du nichts Besonderes mehr.»

«Nichts Besonderes. Das würde aber heißen, ich bin nur deshalb etwas Besonders, weil ich nicht jeden Tag da bin. Das Besondere hängt gar nicht mit mir zusammen, sondern damit, dass ich selten bin.»

«Aber das ist per Definition so. Besonders ist das Gegenteil von alltäglich.»

«Wäre ich jeden Tag hier, dann wäre vielleicht meine Anwesenheit alltäglich, Liebling, aber nicht meine Person. Meine Person kann sich durch An- oder Abwesenheit gar nicht ändern. Egal, wo ich bin, ich bin immer derselbe Mensch.»

«Das glaube ich schon mal gar nicht», sagt Nathalie.

«Ich weiß nicht, worauf du hinauswillst. Natürlich verhalten sich Menschen verschiedenen Menschen gegenüber unterschiedlich. Und an verschiedenen Orten sind sie unterschiedlich. Aber man ist doch immer derselbe Mensch.»

«Dann mag ich es halt lieber, wie du bist oder wie du dich verhältst, wenn du nicht täglich hier bist.»

«Aber den anderen Thomas, den, der immer da ist, den kennst du doch gar nicht. Wie kannst du ihn ablehnen?»

«Ich will ihn nicht kennenlernen.»
«Aber warum denn nicht?»
«Ich bin mir sicher, es verlangt mir zu viel ab.»

Am Bus trifft sie Elisabeth.
«Hey.»
Elisabeth grinst. «Was hast du denn an?»
«Vereinskleidung. Ich bin im Schwimmverein.»
«Ah», sagt Elisabeth, «Sport.»
«Und wo gehst du hin?»
«Zu meinem Vater.»
«Ich dachte, du hast keinen Vater.»

Elisabeth zuckt mit den Schultern. «Jeder Mensch hat einen Vater. Oder nicht? Jeder Mensch. Nur, was heißt das? Heißt das was, wenn man 'nen verschissenen Vater hat? Ich hatte keinen, jetzt hab ich einen, herzlichen Glückwunsch! Er ist hier aufgetaucht, vor zwei Monaten war er plötzlich wieder da. Er war in Australien, in Dänemark, in Russland, er war überall, er hat einen internationalen Beruf, mein Vater. Der ist ein gefragter Mann, weißt du. Ein gefragter Mann. Mein Vater! Er hat 'ne Frau, Kinder. Sind bestimmt alle ganz reizend.»

Sie starrt auf die Straße, als erwarte sie den Bus. Sie wischt sich mit dem Handballen über die Stirn.

«Ich fahre auch nicht hin. Ich fahre nicht. Warum soll ich dahin fahren?» Sie lächelt Imke an. Sie schwitzt im Gesicht, hat rote Flecken. Sie trägt einen dunkelgrünen Hoodie, mit ausgeleierten, eingerissenen Bündchen an den Ärmeln. Darunter noch einen ganzen Haufen anderer Kleidung, der Kragen eines Hemdes lugt am Ausschnitt heraus, ein schwarzer Rolli, und auf dem Kopf hat sie eine schwarze St.-Pauli-Mütze.

Imke sieht zu Johanna und Emily, die in der Bushaltestelle auf der Bank sitzen, ihre Rucksäcke mit den nassen Sachen auf dem Schoß.

«Na ja, wenn du nicht fahren willst. Dann fahr halt nicht. Musst du ja nicht. Oder?»

Elisabeth zuckt mit den Schultern.

Aber dann kommt der Bus. Als Elisabeth in den Bus steigen will, fällt Imke etwas ein, das sie fast schon vergessen hatte, jetzt aber dringend noch sagen muss: «Mein Bruder ist zwar Bulle, aber er ist nett.»

Elisabeth dreht sich um und grinst.

«Nett?»

Sie grinst noch, als sie von ihrem Fensterplatz auf Imke schaut.

Johanna und Emily starren sie an.

Imke sagt: «Sie ist dick, nicht?»

Johannas und Emilys Gesichter verziehen sich.

Emily erzählt von *13 Reasons Why*, das sie auf Netflix guckt. Sie kann es voll verstehen, dass Hannah sich umbringen wollte, sagt sie und beißt in eine Lakritzschnecke. Sie sagt, wenn sie es mitkriegen würde, dass jemand gemobbt wird, dann würde sie echt ausrasten.

«Findet ihr nicht, dass sie echt dick ist?», sagt Imke.

Johanna und Emily starren sie an.

«Und wie sie rumläuft, die Klamotten, ich glaube, sie duscht höchstens einmal die Woche», sagt Imke. «Ich dachte vorhin ... ich glaube, sie riecht.»

«Warum ...», setzt Johanna an. Sie streicht ihr langes, glattes, noch ein wenig feuchtes Haar hinter ihr Ohr. Aber mehr schafft sie nicht, zu sagen. Sie hat große, helle

Augen, und ihre Augenbrauen sind so gleichmäßig geschwungen wie Mondsicheln.

«Du spinnst doch», sagt Emily. Sie sitzen ganz hinten im Bus, alle drei nebeneinander, etwas erhöht, weil die hinteren Sitze eine Stufe über den anderen liegen. Eine sauerstoffarme, chemisch riechende Wärme liegt im Bus, er ist halb leer.

«Warum sagt ihr's nicht?», sagt Imke. «Warum sagt ihr nicht einfach, was ihr denkt?»

«Ich denke sowas nicht», sagt Johanna.

«Du spinnst doch», sagt Emily schon wieder.

«Sie besucht ihren Vater», sagt Imke. «Sie kennt ihn gar nicht. Er ist immer unterwegs gewesen. Immer international. Und jetzt besucht sie ihn.»

«Aha», sagt Johanna.

«Mein Vater wohnt jetzt über der Garage», sagt Imke.

«Blöd», sagt Johanna. Ihre vollen Lippen zucken. Ihre Augen schwimmen in Feuchtigkeit, als wollte sie gleich weinen, aber es kommt wahrscheinlich vom Chlorwasser.

«Warum kannst du es verstehen, dass Hannah sich umbringt?», fragt Imke. «Nur wegen der paar Probleme, die sie hat?»

«Mann, Imke, du willst sie doch bloß provozieren», sagt Emily.

«Sie hat Probleme», sagt Johanna, «ein Grund würde schon reichen, sich umzubringen.»

«Und sie hat dreizehn», sagt Emily und lacht.

Imke lacht auch. Sie ist plötzlich erleichtert. Sie weiß nicht, was mit ihr los ist, warum sie so gemein ist und so wütend auf Elisabeth und Johanna und Emily.

Dann erzählt Johanna von der Jeans, die sie sich gekauft hat, die eine voll schöne Figur macht, die sich aber leider Roberta jetzt auch gekauft hat. Imke hört nicht mehr zu.

Sie schließt die Augen, lehnt den Kopf an die Scheibe. Sie ist sehr viel geschwommen. Sie liebt das Schwimmen. Wenn Elisabeth auch schwimmen würde, denkt sie. Sie könnte doch auch schwimmen oder irgendetwas anderes Sportliches tun. Sie denkt an die ausgeleierten, zerrissenen Bündchen, die zu lang waren, der ganze grüne Pulli war zu groß, aber wahrscheinlich mag sie es, wenn sie ihren Körper in diesen Sachen unterbringen kann. Den dicken Bauch, die großen Brüste, die ganze Schwere, die in ihr wohnt. An Elisabeths feuchtes, rotfleckiges Gesicht denkt sie, an ihre wütenden Lippen, die sie immer zusammenpresst. Während ihre Wange an der Scheibe klebt, denkt sie an die Elisabeth, die jetzt im Wohnzimmer ihres internationalen Vaters und seiner Familie sitzt. Nur ihre ausgefransten Ärmel liegen auf dem Tisch, die Hände sind darin verkrochen. Mit den Augen der fremden Familie schaut Imke auf die grüne, ausgefranste Elisabeth, und sie möchte einen Schirm um sie stellen, der sie schützt vor diesen Menschen, die sie gar nicht kennen. Sie werden es vielleicht nicht sagen, denkt sie. Sagen tun sie nichts. Aber sie werden sie ansehen.

Sie wird von Wut überrollt, ganz schlecht wird ihr vor Wut. Sie kneift die Augen zusammen. Öffnet sie wieder. Draußen rollt träge die Stadt vorbei. Grau und ohne Freuden. Diese Hannah hat sich zwar umgebracht, aber das ist nur im Film. Sie weiß gar nicht, was das Problem ist. Das Problem ist viel komplizierter. Das Problem ist das Komplizierte an sich. Dass man gar nicht mehr sagen kann, wie alles wirklich ist. Muss denn Elisabeth zu ihrem Vater fahren? Muss sie dick sein? Muss sie selbst schwimmen gehen, und muss sie gemein sein? Könnte es nicht auch alles ganz anders sein? Sie sieht Johanna neben sich. Warum sieht sie diese Serie? Glaubt Johanna an diese Filmprobleme? Sie hat doch keine, sie hat doch selber überhaupt keine Probleme, mit ihren glatten Haaren und ihren hübschen Lippen. Sie schwimmt wie ein Fisch und macht ein Einser-Abitur. Sorgen macht sie sich um ihre Jeans, weil Roberta die gleiche hat.

Imke betrachtet Johanna, aber an Johannas Oberfläche kann sie das Rätsel nicht lösen, wie Johanna wirklich ist und ob sie Probleme hat und Gedanken in sich, die sie in einem Bus nicht äußern wird. Gedanken, nach denen Imke greifen könnte, die ihr Johanna klarer machen. Menschen bringen sich gar nicht aus einem oder dreizehn Gründen um. Sondern höchstens, weil sie es alles nicht mehr verstehen können.

Aber Elisabeth in ihrer großen, grünen Jacke, mit den vielen Klamotten darunter und vor allem mit den Sätzen, die sie sagt. Man kann sie viel besser ansehen. Man kann sie besser verstehen.

Am nächsten Morgen geht sie nicht zur Schule. Es fällt gar nicht auf. Es steht bei ihnen ja jeder auf, wann er will, und frühstückt, was er will, und geht dann aus dem Haus oder nicht. Sie geht nicht aus dem Haus. Sie bleibt im Bett und sieht draußen eine harte, kalte Sonne aufgehen. In ihrem Rucksack vor ihrem Bett liegt noch das Knäuel nasser Schwimmsachen.

Sie hat die Nacht kaum geschlafen. Irgendwann hatte sie einige Folgen Simpsons auf ihrem Laptop geguckt, und dann war sie müde geworden. Sehr müde. Sie war endlich eingeschlafen, und am Morgen, als der Wecker geklingelt hatte, war sie liegen geblieben.

Erst schläft sie wieder ein, aber nicht für lange, dann steht sie auf und schaut hinaus auf den Hof. Da steigt ihr Vater auf sein Fahrrad, mit Helm, wie ein Idiot, Klammern an den Hosenbeinen, und radelt eiernd in seinen Laden. Sie beneidet ihn, weil er eine Arbeit hat, bei der er selbst über alles bestimmt.

Als sie klein war, hat er sie manchmal mitgenommen. Einen ganzen Arbeitstag lang hat sie zwischen den Möbeln rumstehen müssen.

Am Abend hatte ihr Vater zur Mutter gesagt, und sie hatte es gehört: «Sie hat einfach keine Phantasie.»

Um zehn macht er den Laden in der Lagerstraße auf, und um fünf nach zehn sitzt er in seinem Büro und schaut auf irgendwelche Papiere. Um diese Zeit verschwimmt immer sein Blick, und er fühlt sich so müde, als wäre es Mitternacht. Er fühlt sich so müde, wie sich nur ganz alte Leute müde fühlen können. Jedenfalls stellt er sich diese Müdigkeit so vor. Es ist eine ganz wichtige Sache, diese Müdigkeit abzuschütteln. *Die* kriegen mich nicht, denkt er manchmal. Einfach so. Es beruhigt ihn. Er denkt immer, *die*, aber er weiß nicht genau, wer *die* sind.

Wenn Leute in den Laden kommen, gibt es einen Ton, und über dem großen, dunklen Buffet ist eine kleine Kamera versteckt. Durch diese Kamera kann er vom Schreibtisch aus die Leute beobachten, wie ein Spion. Die Leute scheinen zu wissen, dass sie beobachtet werden. Sie verhalten sich fast gar nicht merkwürdig. Sie stehlen so gut wie nie. Es ist auch schon vorgekommen. Er hat eine Diebin beobachtet, war vor Spannung erstarrt vor seinem Bildschirm, und hat es nicht können, die Diebin stellen. Nicht aus Angst. Aus Gründen der Identifikation. Es war eine Frau in einem weiten, braunen Steppmantel, sie stahl einen Teller, einen Zierteller von KPM, bemalt mit Fasanen auf einem Feld. Sie hat ihn sich erst angesehen, fuhr mit der Hand darüber, zärtlich und etwas zu lange, und sicherlich überfiel sie da die Gier. Sie sah sich andere Sachen an, eher uninteressiert, da wusste er es irgendwie schon, dass sie das Fieber gepackt hatte. Dass sie diesen Teller haben wollte. Da hätte er hinausgehen und sie begrüßen, bedienen müssen. Das hätte er schon viel früher tun müssen, denn es ist unhöflich, nicht im Laden zu erscheinen, wenn die Glocke geht, wenn eine Kundin den Laden betritt. Aber er hat sie weiter beobachten müssen. Ob sie den Teller nehmen würde? Er hat mit ihr gefiebert. Er hat sie selber dahin kriegen wollen, durch Suggestion sogar, dass sie den Teller stiehlt. Und als sie, ganz plötzlich, den Teller wirklich genommen hatte, da schlug sein Herz wie eine Maschine, er bekam fast keine Luft mehr und hoffte mit jeder Faser seines Herzens, dass sie es tun würde, als hinge sein Leben davon ab, und beruhigte sich erst nach einer Weile, kam erst wieder zu sich, als sie den Teller dann wirklich unter ihren Mantel gesteckt hatte und schon wieder weg war.

Er sah es sich alles noch einmal in der Aufnahme an und empfand dasselbe noch einmal, nur in schwächerer Form. Und natürlich hat er darüber nachdenken müssen, was man für ein Mensch ist, wenn man sich wünscht, bestohlen zu werden. Wenn das größte Abenteuer im Sichbestehlen-Lassen besteht.

Er hat einen Angestellten, Ludger Frieling, der kommt nachmittags zur Unterstützung, wie es anfänglich hieß. Es fällt Thomas immer schwerer, ihm in sein zitterndes Gesicht zu sehen. Er weiß nicht, wann Ludger plötzlich auf eine so greisenhafte Art alt geworden ist. Und jetzt kann er ihn nicht mehr entlassen. Wenn in Ludger Frielings Leben das Entlassenwerden erst einmal anfängt, dann wird es nicht mehr zu stoppen sein. Ludger Frieling wird vielleicht aufhören zu leben, wenn er aufhört zu arbeiten. Und das Merkwürdige ist, dass mit Ludgers einsetzender Greisenhaftigkeit seine Strenge zunahm. Er ist so streng, als gehöre der Laden ihm. Er verscheucht die Kunden mit seiner eigenwilligen Unerbittlichkeit.

«Ludger, nun sei doch nicht so», sagt er zu ihm. Aber mehr Kritik schafft er nicht.

Ludger ist misstrauisch. Er stellt sich gegen ihn. Als wolle Thomas sich mit den Kunden gegen den Laden verbünden. Als gehöre der Laden Ludger und nicht ihm. Und wohin soll das führen, hat er schon öfter gedacht, wenn es schlimmer wird mit Ludger? Und eigentlich ist es ja schon schlimm mit Ludger. Er seufzt. Er muss Rechnungen und Mahnungen schreiben. Er will sich einen Tisch bei Frau Dr. Riedinger ansehen, und er hat versprochen, einen Restaurator für den Jugendstil-Sessel des alten Kröchling zu finden. Der alte Kröchling hat dem jungen Kröchling, der mit Immobilien handelt, aber eigentlich nur das Geld des alten Kröchling verjubelt, diesen Sessel eigenhändig aus dem Haus getragen, weil der junge Kröchling sehr schlecht mit dem Sessel umgegangen war. Er hatte Ketchup auf dem Bezug verkleckert und einen Riss in die Armlehne gemacht. Beides auf einmal, eine rücksichtslose Zerstörung an einem Sessel, dem hundertsiebzehn Jahren lang nie etwas zugestoßen war. Als der alte Kröchling in seinen mageren Armen diesen Sessel voller Wut aus dem Haus des jungen Kröchling trug und zu Thomas brachte, war er darüber fast kollabiert. Thomas hat einen Notarztwagen rufen müssen. Sonst wäre der alte Kröchling vor seinem Laden vielleicht noch gestorben.

Der junge hatte den Sessel vom alten Kröchling zum Einzug in seine von den Eltern bezahlte Eigentumswohnung in Eppendorf am Leinpfad geschenkt bekommen, samt anderen alten Möbeln, die er mit hässlichem Designerzeug kombinierte, wie ihm der alte Kröchling berichtet hatte. Voller Abscheu.

«Sie hätten dieses Schmuckstück nicht Ihrem Sohn überlassen sollen», hat er später zu Kröchling gesagt. «Er kann das einfach noch nicht schätzen.»

Kröchling hat ihn angesehen, über seine Brille hinweg. «Denken Sie, ich habe ihm nicht gesagt, was der wert ist?»

«Haben Sie?»

«Es ist doch schon ganz gleich», hat Kröchling gesagt und irgendwo hingestarrt, in die Ferne, in sein Leben, auf seinen Sohn, den Immobilienmakler. Für einen Moment ist er ganz weg gewesen, mit allen Gedanken ganz bei der Verdorbenheit seines Sohnes.

«Narr», hat er gemurmelt, «nutzloser Narr!»

Der bräunlich gemusterte Sessel steht jetzt hinten in seinem Verkaufsraum. Es ist unüblich, die Leute sollen ihre einmal erworbenen Sessel schon selbst zum Restaurator oder zum Polsterer bringen, aber sollte er dem alten Kröchling das sagen? Nachdem er fast sein Leben drangegeben hatte? Es geht ja bei diesen Leuten nicht um Geld, Geld haben sie genug. Was ist es dann? Sie sind enttäuscht, denkt er. Sie sind überzeugt, über wichtige, andere Werte als das Geld zu verfügen. Er hat es schon oft bemerkt, wie verächtlich sich die Reichen über ihr Geld äußern. Als wollten sie gar nicht reich sein. Als gäbe es etwas viel Erstrebenswerteres, was sie natürlich auch glauben zu besitzen. Das sie ausmacht, ihre Persönlichkeit, ihre Fähigkeiten, ihr Charakter. Den Reichen, hat er festgestellt, ist das alles viel wichtiger als den Armen.

Als wäre ihnen alles schwerer, als wären sie alles, was sie sind, *trotzdem*. Immer *trotzdem*, trotz des Wohlstandes.

Das kommt dabei heraus, denkt er, wenn man so aufwächst, so mit dem ganzen Geld seiner Eltern. Wenn man eine Eigentumswohnung am Leinpfad geschenkt bekommt. Dann fällt ihm ein, dass auch er im Haus seiner Eltern wohnt und dass er den Laden seines Vaters weiterführt. Eine leise Selbstverachtung steigt in ihm auf.

Er hat Linguistik studiert, es hat ihm eine Weile sogar Spaß gemacht, dass sein Vater nicht einmal gewusst hat, was Linguistik ist. Aber im Laufe der Jahre, in denen er Seminare besuchte und Texte las, verlor er den Mut. Wofür sollte er das studieren? Was wollte er werden? Er hatte immer gedacht, dass es nicht wichtig wäre zu wissen, was man werden wollte, weil man ja immer schon irgendetwas wurde. Er hatte gedacht, dass alles irgendwohin führte, man musste nur einen Weg gehen. Und das ginge immer so weiter, ohne Ende, bis zum letzten Ende, bis zum Tod. Und was nach dem Tod sein würde, darum bräuchte er sich keine Gedanken zu machen. Nach dem Tod brauchte kein Mensch Pläne. So verworren und ziellos und grundlos optimistisch war er damals gewesen.

Aber er verlor den Mut. Sein bester Freund an der Universität, Iver Sandberg, brach das Studium ab und begann eine Tischlerlehre, eine zu dieser Zeit irgendwie beliebte Ausbildung. Andere begannen Theater zu spielen oder in Bands und kamen nur noch selten zu den Vorlesungen. Jüngere, Engagiertere rückten nach, und er stellte fest, dass er nicht so klug war wie sie. Er lernte schwerer, er wollte vielleicht auch gar nicht mehr lernen. Irgendwann kam es ihm so vor, als ob sein Kopf voll sei. Der Gedanke setzte sich fest. Er saß manchmal in den Vorlesungen und verstand kein Wort, weil er die ganze Zeit dachte, dass sein Kopf voll sei. Er verlor sich in dieser Vorstellung, die Furcht vor der eigenen Unfähigkeit wurde größer, er nannte es später für sich: die Zeit der kleinen Depression. Er arbeitete in einer Pizzeria, um eigenes Geld zu haben, und das war das Einzige, was noch gut lief. Pizzas zu machen und zu verkaufen, das traute er sich zu. Nur in dieser heißen Pizzeria war er frei von Furcht. Wenn ihm der Schweiß den Rücken runterlief.

Die Eltern merkten nichts, weil er schon mit zwei anderen in einer kleinen Wohnung am Grindelberg wohnte. Er ging irgendwann nicht mehr zur Uni, nur noch in die Pizzeria. Oder saß in Parks herum, abends vor den Kneipen, wo er welche kannte. Dort lernte er Natascha kennen. Natascha fand ihn toll. Sie zweifelte nie an ihm. Er spiegelte sich in ihr und fand ein gar nicht so übles, ein wenig verschüttgegangenes Bild von sich selbst wieder. Er war immer noch Thomas Koschmieder. Groß, klug und witzig.

Er muss sich um diesen verfluchten Sessel kümmern. Er kennt zwei Polsterer, die in Frage kommen, aber der eine ist im Moment im Libanon, ein Freak, der viel auf Reisen ist, das wird ihm das Geschäft ruinieren, Thomas beneidet ihn anfallartig; und der andere, der bessere von den beiden, weil ihm das Geschäft das Wichtigste ist, weil er ein geschäftlicher Freak ist, ein Mann, der in der Polsterei, in alten Möbelstoffen und Sesseln aufgeht, mit dem ist er in eine Auseinandersetzung verstrickt, über einen Preis, den sie für eine Arbeit ausgehandelt hatten. Sie hassen sich. Dennoch muss er den jetzt anrufen, und er muss Schreibkram erledigen. Er hat Frau Mersch, die das eigentlich macht. Aber die ist krank. Sie ist seit dreiundzwanzig Jahren bei ihm angestellt und seit anderthalb Jahren sehr viel krank. Es ist nie was Ernstes, aber eine

Sache folgt auf die andere. Vielleicht ist sie doch ernsthafter krank. Vielleicht ist sie auch irgendwie am Ende und will nicht mehr. Junge Leute sollte man einstellen, denkt er und schreckt vor der Vorstellung zurück, einen jungen Menschen um sich zu haben, einen jüngeren Menschen als er selbst, weil er dann der alte Mensch wäre.

Er nimmt den Stift in die Hand und starrt auf das Papier, dann legt er den Stift wieder hin und geht durch den Laden. Er besieht sich all die kleinen Gegenstände, die Porzellanfiguren, die Uhren, die Vasen, die Briefbeschwerer und die antiken Schreibtischgarnituren. Den Schmuck. Er hat sehr viele teure, wertvolle Sachen im Laden. Er ist kein Trödler mehr wie sein Vater. Der hätte sich auch nicht als Trödler bezeichnet, es war schon einiges Wertvolles im Laden, als er den Laden übernommen hatte. Aber sein Vater ist über das Land gezogen und hat den Leuten ihr altes Zeug abgeschwatzt, bis zum Schluss ist er über das Land gezogen mit seinem kleinen Lieferwagen, dem Hanomag. Er hat die Leute auch ein wenig, oder sogar mehr als wenig, übers Ohr gehauen. Er liebte dieses Rumziehen und sogar die Leute, die er übers Ohr haute. Die vielleicht am allermeisten. Wie ein Arzt, der einem Patienten ein krankes Organ entnimmt, und dem Patienten geht es danach besser. Genauso hat der Vater über die Leute gesprochen, als hätte er ihnen etwas entfernen müssen. Damit es ihnen besser ginge, damit ihnen allen geholfen war.

«Sie haben mich übers Ohr gehauen! Diese verfluchten Bauern! Diese Knicker! Die Kammer voller Speck, aber kollabieren fast, wenn man ihnen die Kommode rausträgt. Durch ihre ordinären Dielen!»

Wieso denn die Dielen ordinär wären?, fragte die Mutter. Sie versteht die Geschäfte des Vaters nicht, oder eigentlich doch, aber sie will ihn reizen. Das hat Thomas schon als kleiner Junge begriffen. Als ihn diese Erzählungen des Vaters sehr interessiert haben.

«Na, das steht doch alles voller Gummistiefel und Misteimer und Blumentöppe und Dreck. Riecht wie im Stall in den Dielen.»

«Das glaub ich man nicht», sagt die Mutter.

Und dann ging es los, der große stumme Streit, der ewige Streit zwischen der Mutter und dem Vater, der die anderen beschuldigte, ihn übervorteilt zu haben, während er in seiner Geschichte doch eigentlich beweisen wollte, dass er selbst es gewesen sei, der das Geschäft gemacht hatte. Als Beweis seiner Tüchtigkeit, gegenüber der Mutter, die ihre eigene Tüchtigkeit zu beweisen hatte. Was ihr nicht immer gelang. Dann saß sie in der Küche und weinte, aber vor Wut. Und wenn er sie besonders ärgern wollte, dann sagte er: «Das Weib wird nie so individuell wie der Mann.»

Dass das ein Zitat von Jean Paul ist, hat Thomas erst im Studium erfahren. Natürlich hat sein Vater behauptet, dass er die Leute nicht übers Ohr hauen würde.

Er gebrauchte immer eine Wendung, *eine große Tragödie*, wenn er sein Mitgefühl ausdrücken und an eine Sache kommen wollte. Er gebrauchte es in allen Zusammenhängen. *Ihre Frau ist krank? Eine große Tragödie. Die Trockenheit? Eine große Tragödie. Der Sohn ist frech? Sowas ist eine große Tragödie.* Dazu setzte er ein einstudiertes Gesicht auf. Thomas hat ihn ab und zu am Wochenende begleiten dürfen. Trotz der Scham über die Unverschämtheiten seines Vaters waren die Fahrten im dunklen, nassen November über die Dörfer – es kommt ihm so vor, als ob sie immer in dieser Jahreszeit stattgefunden haben, in zwei Pullovern und mit Mütze auf dem Kopf, im kalten, lauten Hanomag – eine seiner schönsten Erinnerungen. Trotz des bekundeten Mitgefühls für die Tragödien seiner Kunden war der Vater im Grunde frohsinnig und machte gern Spaß. Möglicherweise war das überhaupt sein Hauptantrieb, möglicherweise suchte er dort draußen diesen Spaß. Und hat er ihn ja auch gefunden. Bei der Frau Anneliese Wittchen in Westerhorn. Thomas hörte irgendwann, dass der Vater ihr eine Abfindung zahlte, damit sie *Ruhe gibt*. Die Familie hat von *der Wittchen* gewusst, die Brüder haben *die Wittchen* förmlich vor sich gesehen, so viel ist heimlich von ihr die Rede gewesen. Vielleicht hat es auch noch andere gegeben, aber *die Wittchen* war etwas wie eine zweite Frau für den Vater. Und wer weiß, vielleicht hat er sie geliebt? Man konnte damals ja die Frau nicht verlassen, wie er das für Nathalie jetzt tut. Man musste immer weitermachen, und dann suchte man sich eben den Spaß und die Freude in der weiten Landschaft Schleswig-Holsteins.

Sein Vater hatte den Laden mit einer Menge Krempel vollgestopft gehabt, wie eine große, staubige Rumpelkammer. Für Kinder und Träumer, Menschen, die gerne wunderliche französische Filme gucken, in denen die Darsteller plötzlich zu tanzen anfangen.

So sah es im Laden seines Vaters einmal aus, als er ihn übernahm. Die wertvollen Sachen mit dem Plunder vermischt. *Für jeden etwas dabei*, hatte sein Vater gesagt und war auf das Durcheinander stolz gewesen. Er sagte auch: *Mit jedem musst du anders sein*, und meinte damit die Kunden und die Übers-Ohr-Gehauenen. Seine Kunden lockte dieses Durcheinander an, sie meinten, hier selber Schnäppchen machen zu können. Sein Vater hatte sich auch oft dumm gestellt, er hatte verschiedene Verkaufsstrategien. Er gab jedem das Gefühl, etwas Besonderes erstanden zu haben, auch wenn es eine billige Vase war. Er war ein Zauberer und ein Bescheißer. Ein Menschenfreund und ein Menschen-übers-Ohr-Hauer. Und auf seinen Wegen hat er auch die eine oder andere Frau überzeugt, von sich und seinen Fähigkeiten.

Thomas ist ein anderer Verkäufer als der Vater. Er kennt sich besser aus. Er ist die Sache wissenschaftlich angegangen und hat sich mit den Antiquitäten beschäftigt, es war eine Art zweites, zielgerichtetes Studium gewesen. Er hat das Gerümpel entfernt. Seine Kunden fühlen sich durch Kram beleidigt. Sie wollen das Gefühl von Exklusivität, vertrauen seinem Wissen und seiner Vorauswahl. Die Zeit der charmanten Gauner ist vorbei. Der Zauber ist dahin. Thomas seufzt. Die Menschen sind so profan geworden. Die Geschäfte sind profan. Alles beugt sich einem höheren Gott, der Effizienz. Sein Vater hatte Freude am Handeln gehabt. Er hatte, um eine Mark zu erhandeln, sich fünf andere Mark entgehen lassen. Das würde man heute nicht mehr machen. Heute ist Zeit das Wertvollste, es gibt heute keine Zeit mehr. Zeit hatte man damals noch im Überfluss. Vielleicht am meisten nach so einem Krieg, denkt er. Wenn sehr viele Menschen sterben, dann wird vielleicht dieses Übermaß an ungelebter Zeit frei und auf die anderen Menschen verteilt.

In seinem hellen, sauberen Laden gibt es vor allem Auserlesenes. Auch immer noch Kleinzeug, aber jeder Gegenstand hat eine Geschichte. Die kleinen Sachen locken die Leute an, sie sehen einen Hahn aus Meißener Porzellan und kaufen dann ein Buffet. Oft genug haben sie auch klare Vorstellungen, und er muss solch ein Buffet besorgen. Er kann einiges besorgen, er ist tatsächlich ein Besorger geworden, man kennt und schätzt ihn. Aber manchmal, besonders in letzter Zeit, kommt es ihm so vor, als verachte er diese Anerkennung. Als hätte er seine Zeit verplempert, sein Herzblut in etwas Falsches gesteckt. Aus Feigheit, aus Schwäche. Aber es fällt ihm dann trotzdem nichts ein, was sonst hätte sein können, was er zu tun versäumt hätte. Und vielleicht, denkt er dann in seiner Beklemmung, gibt es so etwas gar nicht. Vielleicht ist in ihm eine Leere gewesen, die er einfach mit dem Erstbesten auffüllte. Vielleicht ist er ein Mensch ohne Bestimmung gewesen. Vielleicht ist es ganz egal, was man tut. Aber es beruhigt ihn nicht. Es lässt ihn starr zurück, zwischen all seinen Essgarnituren und Vasen und Schäferinnen und Sekretären und Sofas.

Früher hat er Imke manchmal mit in den Laden genommen. Aber sie hat hier nichts mit sich anfangen können, hat sich nur gelangweilt. Dabei muss so ein Laden mit den alten Dingen doch ein Paradies für ein Kind mit Phantasie sein.

In der großen Pause verlässt Imke die Mädchen, mit denen sie sonst die Zeit verbringt, und schlendert zu Elisabeth, die mit Victoria auf der Tischtennisplatte sitzt.

Sie kennt Elisabeth und Victoria erst durch Miguel näher, mit dem sie in einer Tut-Gruppe eine Projektarbeit über Obdachlose gemacht hat. Sie haben die Obdachlosen interviewt und gefragt, ob sie sie für das Projekt fotografieren dürfen. Alle haben bereitwillig von ihrem Leben erzählt und sich für die Fotografie zurechtgesetzt. Es war Imke vorgekommen, als wären die Obdachlosen, die sie interviewt hatten, nicht die Obdachlosen, an denen sie sonst täglich vorbeigeht. Als gehörten sie einer anderen Gruppe an, einer falschen, einer gefakten Gruppe. Sie wollte andere suchen, die echter waren. Aber Miguel hatte bestimmt, dass sie genug hätten.

«Es gibt keine echteren», hatte er gesagt. «Du hast einfach eine falsche Vorstellung.»

«Ich habe überhaupt keine Vorstellung», hatte sie gesagt.

«Na bitte. Und darum sind die jetzt anders, die haben Eigenschaften, und deine Obdachlosen, die du dir angeblich nicht vorgestellt hast, die hatten keine. Obdachlose sind auch nur Menschen. Enttäuscht dich das jetzt?»

Was sie am meisten beschäftigt hatte, war die Tatsache, dass alle Obdachlosen, die sie interviewt hatten, immer mal wieder versucht hatten, ein anderes Leben zu führen, aber es war immer ein Haken dabei gewesen. Sie konnten einfach nicht aus der Lage rauskommen.

«Ich bin nicht dafür geeignet, mit jemand zusammenzuleben», sagte ein zerknitterter Mann ohne Schneidezähne freundlich lächelnd, und sein Mund war eine große, traurige Öffnung. Das war schon die Erklärung für sein Leben. Damit konnte er sich abfinden. Konnte auf der Straße liegen, sich betrinken, sich einnässen, sein Schlafsack war voller Flecken, und alles, weil er nicht dafür geeignet war, mit jemandem zusammenzuleben. Eine fürsorgliche Freundin hatte ihn mal aufgenommen, zweimal sogar, aber dann wieder vor die Tür gesetzt.

Victoria hält die Arme verschränkt, ihr Kopf baumelt vor der Brust, die Augen sind geschlossen, als würde sie im Sitzen schlafen. Elisabeth kaut an einem Brot, neben ihr eine offene Brotdose, und blinzelt Imke entgegen, die ihr aus Richtung der Sonne entgegenkommt. Eine Gruppe Siebtklässler spielt Fußball. Die Übrigen schlendern in Grüppchen herum. Aus einem offenen Fenster dringen Klänge einer Gitarre und das Geschepper eines Schlagzeuges. Sie üben für die Kulturnacht. Verstohlen huschen Quang und Denniz aus der Neunten hinter den Geräteschuppen des Hausmeisters. Dort wird geraucht, manchmal gekifft. Der Boden ist voller Kippen. Imke hat auch schon den Hausmeister selbst dort rauchen sehen, ganz gekrümmt, als würde er den Rauch so besser in sich hineinsaugen können, und das kurz bevor er mit einer Harke die Kippen zusammenfegte. Draußen, auf dem Parkplatz, zwischen den Autos, stehen die Raucher aus Imkes und Elisabeths Jahrgang. Die tun schon so, als würden sie ihr Rauchen verachten, als wäre es eine lästige Sucht und sie könnten schon gar nicht mehr anders. Sie drücken die Zigarettenstummel erwachsen vor dem Schulgelände in einen Mülleimer mit extra Aschenbecher.

«Wie ist es bei deinem Vater gewesen?», fragt Imke und zieht sich auf die Tischtennisplatte hoch.

Elisabeth holt ihr Handy aus der Hosentasche, während sie weiter ihr Brot kaut, und öffnet einen Film.

«Sie haben gesagt, dass sie Musik machen, und da sag ich natürlich, dass ich's sehen will.»

Ein schlanker Mann mit Glatze spielt Klavier. Sein Oberkörper beugt sich vor und zurück, er blickt immer wieder in die Handykamera und zwinkert, theatralisch spielt er und sich selbst parodierend. Hinter ihm steht ein Mädchen mit einem messerscharfen Pony, das versunken Geige spielt. Zusammengekniffene Augen unter einer zartgetönten Brille, gewölbte Lippen, leicht geöffnet, ab und zu huscht die Zungenspitze drüber. Daneben die Mutter, zart wie die Tochter, olivgrüner Seidenoverall, glänzend schwarze Haare.

Sie singen *Let it be.*

Victoria brüllt: «Let it be!»

Zwei Siebtklässlerinnen drehen sich erschrocken um.

«Na? Na?», sagt Elisabeth.

«Phantastisch», sagt Imke.

«Detlef, Akiko und Yuna. Akiko ist Japanerin, aus Osaka.»

«Und Yuna ist also deine Sister?», sagt Victoria und legt Elisabeth den Arm um.

Elisabeth starrt Victoria an.

«Sie hat sie mitgebracht. Sie ist 'ne reine Japanerin. Sie hat einen japanischen Vater. Mit meinem Vater hat sie Mirko. Aber der hat nicht mitgemacht bei der Vorstellung. Der sitzt da am Tisch.»

«Von Mirko hast du keinen Film gemacht?», sagt Victoria, den Arm immer noch um Elisabeth.

Elisabeth zuckt mit den Schultern.

«Er wollte nicht. Ich konnte ihn ja schlecht filmen, wenn er's nicht will.»

«Ist er denn nett?», fragt Imke.

«Nett?»

Elisabeth starrt sie so verständnislos an, dass Imke sich schämt.

«Sicher ist der nett, Lissi, die ganze Familie ist doch nett, oder?», sagt Victoria.

«Macht ihr sowas bei euch auch?», fragt Elisabeth Imke.

«Was meinst du?»

«Na, Musik und sowas.»

«Was denkst du denn? Wir sind doch nicht so wie die. Wir sind ganz anders. Meine Eltern können überhaupt keine Instrumente spielen.»

Es geht ihr auf, dass ihre Familie für Elisabeth, genau wie für sie selbst die Obdachlosen, zu einer Gruppe gehört, in der alle etwas gemeinsam haben und in der sie alle, für Elisabeth, auch gleich scheinen. Die Gruppe hieße wohl: *Familien, die zusammen in eigenen Häusern wohnen.* Davon hat Elisabeth eine Vorstellung, und die hat sie jetzt mit dem gemeinsamen Musizieren noch genauer vor Augen.

«Außerdem, mein Vater ist ausgezogen», sagt Imke.

«Wegen 'ner anderen?», sagt Elisabeth.

«Krass», sagt Victoria.

Imke nickt. Von hinter dem Schuppen kommen Quang und Denniz. Der Aufsichtslehrer, Herr Prünzel, steuert vom Schulportal aus geradewegs auf sie zu. Sie fangen alle an zu kichern, die Jungs lachen mit hohen Stimmen.

«Erwischt», sagt Victoria.

«Lissi», schreit Miguel aus dem Fenster, «komm hoch. Du musst dir das anhören.»

Elisabeth verschließt ordentlich ihre Brotdose. Imke und Victoria folgen ihr, hoch in den Raum, wo die Instrumente stehen. Robert Koster spielt Gitarre, Julius Steeg den Bass, und Miguel haut schwitzend auf das Schlagzeug ein. Konzentriert und mit gerunzelter Stirn hört Elisabeth sich das an.

«Ich weiß nicht», sagt sie dann. «Am Anfang sind die anderen zu langsam, oder du bist zu schnell. Und am Schluss bist du zu laut. Die Becken sind zu laut, man hört die Gitarre gar nicht mehr. Und da soll doch dann noch Roza drauf singen.»

Miguel nickt.

«Aber besser als letztes Mal, viel besser», sagt Elisabeth.

Alexander fegt den Hof mit einem Laubbesen. Der Wind hat überall Schmutz verteilt, alte Blätter, Ästchen, besonders in den Winkeln zwischen Zaun und Hecke zum Nachbargrundstück hängt eine Menge Zeug. Einen toten Vogel, von anderen Vögeln zerhackt und blutig, hebt er auf eine Schaufel und trägt ihn zum Mülleimer. Der Vogel liegt auf der Seite, die Flügel am Körper, die kleinen Beinchen zittern von der Bewegung. Ein paar der Federn glänzen in der Sonne, ein ganz leichter Wind bewegt die Federchen. Am Kopf sieht er schlimm aus. Aber Alexander muss ihn einfach ansehen. Obwohl er sich nie für Vögel interessiert hat, würde er gerne wissen, was es für einer ist. Er lässt ihn in eine der beiden Mülltonnen fallen, und da liegt er auf all dem Unrat, jetzt mit dem hellen Bauch nach oben, und sieht immer noch verletzlich aus.

Im Kindergarten war er einmal als Vogel zum Fasching gegangen. Er weiß nicht mehr, warum. Vielleicht fand er Vögel schön, als kleines Kind. Er kann sich gar nicht mehr daran erinnern, seine Erinnerung besteht nur aus einem Foto, das sie haben, und er kann sich nur an das erinnern, was auf dem Foto zu sehen ist. Sie haben es mehrmals in der Familie erzählt, wie etwas Lustiges, eine lustige Geschichte über ihn. Es war sein allererster Fasching gewesen, mit vier Jahren. Nur deshalb hat er sich so etwas ausdenken können, als Vogel gehen. Sie haben ihm Federn an seine Sachen geklebt und um den Kopf ein Gummiband mit Schnabel gelegt. Stolz steht er da, der kleine Vogel Alexander. Oma Helga hatte abgeraten, haben sie ihm erzählt. Nach diesem ersten beschämenden Fasching, an dem ihm die anderen Jungs gesagt haben, als was ein Junge gehen könne und als was nicht, ging auch er als Indianer, einmal als Pirat. Helge Pietsch kam, als sie in der

Vorschulgruppe waren, einmal als Hexe zum Fasching, mit Besen und krummer Nase. Da zeigte Alexander im Toberaum mit dem Finger auf Helge und sagte: «Hä? Helge geht als Mädchen! Helge geht als Mädchen!» Er war froh, als Helge weinte. Er weiß noch heute, dass er froh darüber war. Niemand durfte als etwas gehen, das nicht passte. Das wusste er genau, das hatte er bitter lernen müssen.

Als er mit dem Fegen fertig ist, sieht der Hof immer noch nicht richtig ordentlich aus. Pfützen stehen in der Einfahrt. Die kann er schlecht entfernen. Im Wasser spiegelt sich der blaue Himmel, die Pfützen liegen wie hellblaue Flecken auf dem grauen Beton. Seinen Wagen hat er vor dem Tor stehen lassen, damit er beim Fegen nicht im Weg ist. Alexander geht den Hof ab, und er findet, dass die vergammelten hohen Gräser neben der Einfahrt wegmüssen. Er packt sie, aber sie lassen sich nicht so leicht herausreißen. Er holt den Rasentrimmer aus dem Schuppen und beginnt vorsichtig, die langen Gräser am Rande des vermoosten Rasens zu kürzen. Aber der Trimmer verhakt sich immer wieder in den harten Stielen. Schließlich tippt ihn von hinten jemand an.

«Was machst du denn da?», fragt Helga.

«Ordnung», sagt Alexander, «einer muss es ja machen. Der Hof hat ja schlimm ausgesehen.»

«Aber so geht das doch nicht, mein Alexander», sagt Helga. «Das Pampasgras kannst du doch nicht abmähen. Das wächst ja auch wieder nach. Das kannst du mit der Heckenschere schneiden.»

Alexander bringt den Rasentrimmer wieder in die Garage.

«Ich weiß nicht», sagt er zu Helga, «was der da in der Garage macht. Richtet der sich da jetzt ein?»

Helga schüttelt den Kopf.
«Schämen sollte der sich.»
Beide sehen sie hoch, zu der Wohnung über der Garage.
«Kommst du bald, Alex? Ich hab einen Nusskuchen im Ofen.»

Kuchenduft in der Wohnung, und im Fernsehen läuft ein alter Film, in dem sich Jürgen Prochnow in den Freund seiner Tochter verliebt. Als es zu einer Liebesszene zwischen ihm und dem Jungen kommt, schaltet Helga weg.
«Schweinkram», sagt sie.
Alexander lacht.
«Können ja machen, was sie wollen», sagt Helga, «aber zeigen müssen sie es ja nun nicht. Soll jeder, wie er will, aber im Fernsehen?»
«Im Fernsehen bilden sie das Leben ab», sagt Alexander.
«Das Leben?», sagt Helga.
Darauf möchte er nichts mehr sagen. Er hört ihr manchmal gerne zu, aber er möchte jetzt nicht, dass sie wieder von ihrem Leben anfängt, das ihr unerklärlicherweise, trotz aller Strapazen und allen Unglücks, die Krieg und Flucht ihr beschert haben, besser und richtiger vorkommt als alle Leben sonst. Und vor allem die Leben, die gerade in voller Blüte stehen. Alle leben sie falsch. Natürlich ist dieses ihr Leben länger, als seines bisher gewesen ist. Er steht auf, um die Krümel um sie herum aufzusaugen. Er hätte sich doch ganz gerne die Szene mit Jürgen Prochnow und dem Jungen weiter angesehen. Einfach so, wie sie das spielen. Oft schaltet er sogar weg, wenn er einmal so etwas sieht. Pornos sind etwas anderes. Zärtlichkeit zwischen Männern erschreckt ihn immer mal wieder. Aber das hätte er jetzt doch gerne gesehen. Er schüttelt die Tischdecke

auf dem Teppich aus und saugt die Krümel weg. Er saugt auch unter den Hausschuhen von Helga und hebt dazu ihre mageren Knöchel hoch, sie lacht kurz. So eine kleine Tonne von Bauch und unten magere Beinchen, wie der kleine Vogel, der unten im Müll liegt, denkt er.

Er war fünf Jahre alt, da lief er ins Schlafzimmer der Mutter. Er ging an ihr Schmuckkästchen und hängte sich ihre Ketten um. In ihrem Spiegel betrachtete er sich. Er lief ins Bad, nahm ihren Lippenstift aus dem Spiegelschrank und malte sich die Lippen rot. Dann tänzelte er ins Wohnzimmer, wo sie saßen, die Eltern, die Großeltern, Onkel Hans mit Tante Eleonore, Tante Caroline und Onkel Jonathan, sein Cousin Jens und die dünne, schweigende Cousine Mona, mit der er niemals auch nur ein Wort sprach.

«Ich bin eine Frau», flötete er mit hoher, verstellter Stimme und wiegte sich in den Hüften. Die Verwandten lächelten. Onkel Hans war der Einzige, der laut lachte.

«Da fehlt aber noch ein Kleidchen», sagte er. Onkel Hans war ein einfacher und gutmütiger Mensch. Alexander mochte ihn gern.

Danach verkleidete er sich öfter als Frau. Er hatte Auftritte mit noch mehr Schminke, mehr Schmuck. Die Verwandten lachten lauter, die Eltern schmunzelten. Etwas in ihren Gesichtern verunsicherte ihn. Er spürte, dass sie das nicht gern hatten, aber sie verboten es ihm nicht, und er mochte diesen Erfolg bei den Familienfeiern. Damals wusste er schon, dass er adoptiert war. Kurz nach seinem fünften Geburtstag hatte er es erfahren.

«Wir haben dich sehr lieb», hatten sie ihm gesagt.

Und das hatte ihm Angst gemacht. Stand es denn nicht außer Frage, dass sie ihn liebten? Musste man das versichern? Dann konnte es so sicher nicht sein.

Er steckte sich Tennisbälle unter das T-Shirt, er tänzelte und flötete mit spitzen Lippen, wie er es weniger bei echten Frauen als bei Schauspielerinnen in alten Filmen gesehen hatte.

«Der Junge wird immer besser», schrie Onkel Hans und schlug sich auf den Schenkel und verschluckte sich am Bier.

Alle waren sie da vielleicht schon ein bisschen betrunken gewesen, vielleicht hatten sie auch deshalb so doll gelacht. Es war ein Meer von Lachen, in dem er sich wiegte wie in Gold. Er war ein Star, ein sechsjähriger Star. Er verließ das Zimmer, denn zu lange, das hatte er schon gelernt, durfte er das nicht treiben, dann waren sie genervt und schimpften ihn aus.

Er schloss die Tür hinter sich, blieb dann stehen und lauschte, denn wenn sie weiterlachten, ihn vielleicht lobten, wollte er nichts davon verpassen.

«... warmer Bruder», sagte irgendjemand, vielleicht Tante Eleonore.

«Das hat doch gar nichts zu bedeuten», sagte die Mutter, «das machen alle Kinder. Das ist eine Phase.»

«Unsere haben das nicht gemacht», sagte Tante Eleonore.

«Das ist ein Kind!», mischte sich Onkel Hans ein. «Red doch nicht so 'nen Quatsch, Mann! Der macht doch nur Spaß!»

«Na, ich sag nichts dazu», sagte Tante Eleonore.

Dann redeten sie über was anderes. Er ging in das Zimmer seiner Mutter, nahm die Ketten ab, lief ins Bad und wischte sich die Schminke ab. Er wusste nicht, was ein warmer Bruder war. Aber er wusste, dass es den Eltern unangenehm sein würde, wenn er ein warmer Bruder würde. Er war schon nicht ihr richtiges Kind, und jetzt musste er zusehen, dass er nicht noch ein warmer Bruder wurde. Obwohl er nur eine sehr schwache Ahnung davon hatte, was es sein konnte, es hatte wohl etwas mit den Ketten und dem Getue zu tun. Wenn er das tatsächlich nur aus Freude am Spiel getan hätte, wäre sein schlechtes Gewissen kleiner gewesen. Aber er hatte immer gespürt, dass die Eltern, die Verwandten, dieses Spiel auch mit Furcht betrachteten, ausgenommen Onkel Hans, der in den Dingen nie etwas anderes sah, als was sie an der Oberfläche zu sein schienen. Er hatte eine gewisse Lust empfunden, es hatte ihm Spaß gemacht, sich die Lippen anzumalen. Und er hatte sogar eine heimliche Freude am Schrecken der Eltern gehabt. Dass sie sich mühten, diesen Schrecken nicht zu zeigen. Er hatte eine Macht verspürt, die Macht, sie zu verstören. Aber dies alles war nur ein unbestimmtes Gefühl gewesen. Jetzt war etwas ausgesprochen worden, was ihn selbst verstörte. Wenn aus ihm eines Tages ein warmer Bruder wurde, dann konnte es sein, dass sie aufhören würden, ihn zu lieben. Sie hatten ihm vorher niemals gesagt, dass sie ihn liebten. Das war so, er hatte es einfach gewusst. Erst als sie ihm sagten, dass er adoptiert war, hatten sie es für nötig gehalten: Sie liebten ihn, *obwohl* er adoptiert war. Und wenn er sie nun enttäuschen würde, indem er ein warmer Bruder wurde, dann würden sie vielleicht damit aufhören. Ihre Stimmen in diesem Raum voller Verwandten, ihre gequälten Antworten, die verrieten ihm deutlich, dass er sie sehr unglücklich machen würde, wenn er ein warmer Bruder würde. Und das Verkleiden als Frau hing damit zusammen. Er hörte also damit auf. Er nahm den Lippenstift nicht mehr in die Hand. Nur Onkel Hans fragte mal, was aus der hübschen kleinen Frau geworden wäre.

«Das tut er jetzt nicht mehr», sagte dann der Vater.

Sie legt ihm ein Stück warmen Kuchen auf den Teller. Auf einem Teewagen vorm Fenster stehen ihre Blumentöpfe. Ein Käfer marschiert über die Hortensie. Sie pustet ihn ab. Er fällt auf den Boden, sie greift ihn rasch. Mit einem Stück Küchentuch zerquetscht sie ihn zwischen den Fingern und wirft ihn in den Abfalleimer. Sie sieht zu Alexander, der zufrieden seinen Kuchen isst, seinen Lieblingskuchen. Ein prächtiger Mann, denkt sie. So groß und kräftig, und mit so viel Anstand. Immer räumt er auf und kümmert sich um alles.

«Schmeckt's?», sagt sie, zufrieden schon im Voraus, die Antwort sieht sie ja.

Er nickt. Er ist so ein Mann wie Karl Wiemer, fällt es ihr ganz plötzlich ein, genau so ein Mann ist das, und Karl Wiemer mochte sie, auch wenn er nicht ihr richtiger, sondern nur ein Ersatzvater war. Wenige Männer in ihrem Leben haben eine größere Bedeutung gehabt. In ihrem ersten Zuhause war ihre Mutter wichtiger gewesen als der Vater, der eine eigenartige Schwäche hatte. Sie könnte es nicht genau sagen, es ist mehr eine Empfindung, eine dunkle Empfindung, die sie sich selten oder gar nicht gestattet, immerhin ist er ihr Vater. Das Väterliche darf man nicht beflecken.

«Ein bisschen erinnerst du mich an Karl Wiemer, mein Alexander.»

Er schneidet sich ein zweites Stück ab. Er weiß ja nicht, wer Karl Wiemer ist. Er will es nicht wissen, er fragt ja nicht. Sie seufzt.

Sie waren in Friedland, im Auffanglager, Gretchen und sie, und wohnten mit den Wiemers in einer Nissenhütte, so hießen diese Hütten mit den runden Dächern, in der Mitte stand ein Ofen und rundherum die Betten, und sie gewöhnten sich an sie, sehr schnell gewöhnten sie sich an die Wiemers, als hätte es die Eltern gar nicht gegeben. Die Abwesenheit der Eltern war in der Vergangenheit verschwunden, die Vergangenheit war ein Loch. Sie redeten nicht darüber, Gretchen und sie. Über nichts wurde geredet als über das, was gerade war. Und das ist auch richtig so, weil das, was ist, das Wichtigste ist. Aber jetzt, wo sie alt ist, kommen die Dinge alle zu ihr zurück, ganz von alleine, selbst die ganzen Sachen, die sie damals in der Nissenhütte niemals gedacht hat, die kommen auch zu ihr, als würden sie in diese Zeit jetzt gehören und machten hier einen Sinn. Im Bett liegt sie und fragt sich, wie sie ohne ihre Mutter noch sein kann, obwohl die Mutter so lange doch schon weg ist und sowieso weg wäre, jetzt, nach der langen Zeit, selbst wenn sie nicht unterwegs gestorben wäre. Aber sie liegt im Bett und denkt, dass sie es ohne ihre Mutter nicht mehr aushält. Und manchmal fragt sie sich sogar, wann ihr Vater kommt, obwohl ihr Vater doch dann gekommen ist. Alles verschiebt sich, und Gedanken, die sie früher nie gedacht hat, die kommen jetzt ganz von alleine in ihr hervorgekrochen, und sie kann sich gar nicht dagegen wehren. Es ist ungerecht. Sie ist den Umständen ja meistens gut angepasst gewesen, die Wiemers haben gesagt, sie wäre ein starkes Mädchen, aus gutem Holz geschnitzt. Und jetzt passiert so etwas, dass sie sich, in ihrem Alter, nach den Eltern sehnt, und sie möchte am liebsten alles erzählen, weil es sie so drückt und an ihr rüttelt. Man muss es sich ganz genau überlegen, was man erzählt und was nicht.

«Karl Wiemer hatte ein Holzbein und hat deshalb nicht in den Krieg gemusst. Er war ein fröhlicher Mann.»

«Bin ich ein fröhlicher Mensch?», fragt Alexander.

«Als Kind bist du fröhlich gewesen, wie du dich immer

verkleidet hast, da hatten sie alle immer viel Spaß mit dir. Da bist du fröhlich gewesen.»

«Und jetzt nicht mehr?»

Sie schafft es kaum, über ihn nachzudenken, weil sie so überwältigt wird, von den Gedanken an Karl Wiemer und Friedland und die Nissenhütte. Fröhlich kommt Alexander ihr nicht vor. Aber gerade das gefällt ihr ja an ihm, seine Ernsthaftigkeit.

«Ich kenne dich doch gar nicht, wie du mit deinen Freunden bist.»

Alexander zuckt mit den Schultern.

«In Friedland, damals, da gab es nicht viel zu lachen. Und doch waren wir froh», sagt sie und steckt sich die Kuchengabel in den Mund.

«Das gibt's immer noch», sagt Alexander, «da sind unsere Flüchtlinge untergebracht, weißt du das?»

Sie schüttelt den Kopf.

«Was da alles für Packzeug ins Land kommt», sagt sie und erschrickt, wegen Alexander. Er kommt ja vielleicht auch aus einem anderen Land, zumindest seine Mutter, sein Vater. Ein wenig dunkel ist er, aber das ist etwas anderes, etwas ganz anderes. Er sieht ja trotzdem deutsch aus und ist auch ganz deutsch, in seiner ganzen Art.

Anny Wiemer war sehr still. Sie war keine Frau wie die Mutter, die alles in der Hand hielt. Sie war ja sowieso nicht Helgas Mutter, und deshalb stellten Helga und Gretchen keine Ansprüche. Gretchen übernahm die Hausarbeit und bekam bald eine Anstellung bei einem Rossschlachter. Helga ging wieder zur Schule.

«Wir kamen dann bei einem Bauern unter, Knuth Janssen. Da gab es mehr Essen, aber der Alte war jähzornig und schlug die Frau mit dem Gürtel. Das war Karl Wiemer nicht recht. Aber er durfte sich nicht einmischen, denn wir aßen ja sein Brot.»

«Schweine, die ihre Frauen schlagen!», sagt Alexander.

Karl Wiemer fand keine Arbeit, mit seinem Holzbein. Er ging jeden Tag los und versuchte es. Schließlich teilte man ihnen zwei Zimmer in einem Häuschen im Alten Land zu, da wurde es dann alles besser.

«Gretchen heiratete den Rossschlachter, den, bei dem sie gearbeitet hat, Manfred Podleschny, der hatte zwei kleine Kinder von seiner ersten Frau, die war gestorben. Da hatte Gretchen gleich alles. Ein Haus, einen Garten und die Schlachterei. Und bekam dann bald das dritte Kind dazu, den kleinen Jürgen. Ja, Gretchen hat richtig Glück gehabt, damals. Er war schon was älter als sie, aber mit dem Haus und allem, da hat sie Glück gehabt damals.»

Sie blieb dann allein bei den Wiemers, bis eines Tages der Vater vor der Tür stand. Etwas war mit seinem Gesicht, er sah ganz anders aus. Das war nicht gewesen, was sie sich die ganze Zeit erhofft hatte, das war etwas Erschreckendes, und ihre Hoffnung hatte sich schnell ins Gegenteil verkehrt. Hatte sie sich lange gewünscht, ihr Vater würde kommen und sie in eine Art familiäre Heimat holen, fürchtete sie jetzt, bei ihm wohnen zu müssen. Er war nicht fröhlich, er war im Gesicht ganz zerstört, etwas hatte ihn getroffen, von der Wange zum Jochbein hoch war er repariert worden, aber alles war schief. Und schlimmer war sogar noch, was er sagte, wie er redete, ganz anders als früher. Er wollte nicht über den Krieg reden, nicht über die Vergangenheit, er wollte nur *endlich wieder leben*, immer wieder, auch die Jahre drauf, wenn er getrunken hatte, *endlich wieder leben.* Es erschreckte sie, wie er das sagte, so böse, so hart. Sie hatte immer das Gefühl, er erwarte etwas von ihr, erwarte, dass sie ihm das verschaffte, dieses *Endlich-wieder-Leben.* Er fand eine Arbeit in Hamburg, im Hafen. Er passte nicht auf, hatte getrunken und wurde von einer herabfallenden Ladung zum Invaliden gemacht.

«Endlich wieder Leben!», sagt Helga.

«Du?», fragt Alexander und zwinkert.

Sie schüttelt sich.

«Ei, das möchte ich wirklich nicht.»

Als sie, das Haarnetz aufgesetzt und ihr Gesicht dick eingecremt, still auf dem Kissen liegt, es ist schon halb elf, da denkt sie immer noch: *Endlich wieder leben.* Was sollte das denn bedeuten? Hatte er gedacht, dass nur das schöne Leben ein Leben ist? Zählt das andere, das unglückliche Leben, nicht? Was müsste man denn für Stücke aus dem Leben herausreißen, und würde der Rest dann überhaupt noch richtig zusammenpassen, wenn man das weglassen würde, das Unglückliche? Das Unglückliche war ja überall verkleckert, über das ganze Leben war auch immer was Trauriges und Erschreckendes verkleckert, über das Fröhliche hinweg, und darum ließ es sich gar nicht trennen und war eher so ein Gemisch, denkt sie und verreibt noch einmal die schon verteilte Creme auf ihrer weichen Haut. Vielleicht hat sie zu viel genommen, aber der Haut tut es gut. Am anderen Morgen sieht sie immer viel besser aus, wenn sie abends dick Creme aufträgt.

Sie sieht ihren Vater im Gasthof Werner, in grauen Hosen mit dünnen weißen Nadelstreifen, er wischt sich den Schaum aus dem Bart und diskutiert mit dem Schmedel das Tagesgeschehen.

«Kommst du, Vater?», sagt sie und zupft ihn am Hemd. «Kommst du nach Hause?»

Sie steht auf. Sie muss die Pillen nehmen.

Im Februar gehen sie ins Knust zum ersten Jugend-gegen-G20-Treffen.

Imke setzt sich, Paul bleibt, an die Wand gelehnt, stehen. Sie sieht ein paar Leute aus ihrer Schule, hebt kurz die Hand, dann kommen Miguel und Elisabeth, später auch Lara mit Elias. Sie bleiben alle bei Paul an der Wand stehen. Aus irgendeinem Grund, sie weiß selbst nicht, warum, bleibt sie sitzen. Sie hätte sich vielleicht nicht gleich hinsetzen sollen, denn Paul ist ja stehen geblieben, die Arme verschränkt, ernsthaft guckend. Als dann die anderen kommen, spürt sie einen Impuls, aufzustehen, aber etwas hält sie zurück. Es ist so ein Kampf zwischen dem Ich-Sein und dem Wir-Sein. Ein Widerstand. Sie möchte nicht etwas tun, nur weil die anderen es tun. Sie möchte eigene Entscheidungen treffen, und an die muss sie sich erst herantasten. Das geht aber nicht, wenn sie ihr alle schon sagen, was es ist, wie es ist und wie einzuschätzen, in dem einen oder anderen Fall. Sie bleibt also sitzen und ist nicht glücklich darüber. Aber auch nicht unglücklich. Sie wartet, angespannt.

Im Saal sind vielleicht zweihundert, dreihundert Leute, schätzt sie unsicher. Sie zählt die ersten Reihen und multipliziert und zählt dazu die, die stehen. Auf der Bühne, wo sonst die Bands spielen müssen – sie war noch nie hier, wenn eine Band spielte –, werden Reden gehalten. Sie bemüht sich sehr, hinzuhören, was ihr schwerfällt. Sie sollen sich zu Fünfergruppen zusammenfinden, durchmischt, das wäre wichtig, sagen sie, weil man sich am besten mit Leuten zusammentue, mit denen man nicht sowieso immer rumhängt. Imke sieht zu Paul hin. Wie er an der Wand lehnt, mit den Händen in der Jeans, die ihm von den Hüften rutscht, sodass der Rand seiner

Unterhose herausguckt, die wirklich eine Unterhose ist und keine Shorts, der Rand einer blauen Unterhose, und in dem großen, ausgefärbten Pullover, da liebt sie ihn und erschaudert. Das ist Liebe, denkt sie erstaunt, so fühlt sich das an, mit diesem kleinen Schmerz dabei, aber während sie es denkt, befindet sie sich auch in diesem Außerhalb und ist fast fühllos. Und diese Spaltung oder Doppelung ihrer selbst lässt sie ganz woanders sein.

«Wollen wir?», fragt das Mädchen neben ihr. Zwei Mädchen und zwei Jungs und sie. Die Mädchen sind befreundet, haben sich also nicht ans Mischen gehalten, denkt sie und betrachtet sie mit der Strenge einer Lehrerin. Sie stehen erst im Raum und sehen sich um, manche sind schon unterwegs, andere reden heftig miteinander, aber dann stolpert Imke mit ihrer Gruppe zur Treppe, und sie lassen sich nieder. Einer von ihnen, ein großer Rothaariger, redet sehr viel, schon gleich zu Anfang. Imke starrt ihn an und hört gar nicht, was er sagt. Er redet und redet schon, bevor sie eigentlich mit dem Reden angefangen haben, sie als Gruppe. Bevor sie etwas beschlossen, einen Anfang gemacht haben. Aber er redet für sich selbst, und er ist an ihnen gar nicht interessiert. Ein Leuchtturm, denkt sie. Der andere Junge sagt, er heißt Jesse. Der Leuchtturm sagt seinen Namen nicht, an seiner Jacke steckt ein Button, auf dem steht: *Ich scheiß auf euch.* Die Mädchen sagen, dass sie Jana und Lene heißen, Imke sagt ihren Namen. Dann starren sie den redenden Rothaarigen an, wie hypnotisiert. Sie bemüht sich, zuzuhören, aber sie sieht sich auch um, sie muss es einfach. Paul ist in einer Fünfergruppe mit vier Mädchen untergekommen. Sie sitzen auf dem Fußboden, im Schneidersitz, und kichern. Ein Mädchen mit kurzen Haaren beugt sich zu Paul und flüstert ihm was ins Ohr. Ihr Kopf mit den fast abrasierten

Haaren lehnt fast an Pauls Kopf, ihre Köpfe sind wie zwei glatte, seidige Kugeln, denn auch Paul hat ja so kurze, fast abrasierte Haare, nur ein wenig kantiger, ein wenig viereckiger ist sein Kopf und fast ein wenig kleiner als der Kopf der Frau. Was flüstert sie ihm in sein Ohr, was die anderen nicht hören sollen, wo sie sich doch alle gar nicht kennen? Muss sie ihm etwas ins Ohr flüstern? Hätte sie diese Mitteilung nicht ebenso gut laut machen können? Punkte schwimmen vor Imkes Augen, kleine, schmierige Punkte, von der Mitte weg auf die Ränder zu, und die Geräusche sind weit weg und blechern. Sie dreht sich weg von Paul und kehrt zurück in ihren Kreis. Sie sieht den Rothaarigen an, der immer noch redet.

Sie sollten sich überlegen, was ihre Schwerpunkte sind, wogegen sie demonstrieren wollen, fällt ihr ein, das haben sie gesagt, deswegen sitzen sie hier, auf der Treppe. Der Rothaarige schreibt, während er redet, in schwungvollen Buchstaben mit einem Filzstift Text auf das A3-Blatt, das sie bekommen haben. Jesse ist begeistert, er bemüht sich, den Rothaarigen zu beeindrucken und Ideen zu liefern:

«Gegen die Ausbeutung in der Dritten Welt», sagt Jesse, «Gegen die Zerstörung der Umwelt – Gegen Waffentransporte in Kriegsgebiete.»

Aber der Rothaarige redet, ohne ihn zu beachten. Plötzlich sieht Jesse aus, als wäre er kurz davor, sich mit dem Rothaarigen zu prügeln, der ihn ignoriert und nur Sachen aufschreibt, die ihm gefallen und die teilweise überhaupt nichts mit Politik zu tun haben, Sätze wie: «Du bist nicht deine Mutter.» – «In meiner Welt gibt es keinen Maßstab.» – «Morgen war gestern.» So Sätze schreibt er hin, und es sieht so aus, als fielen sie ihm eben erst ein und als berauschte er sich an diesen Sätzen, die er vielleicht für tiefsinnig hält, als berauschte er sich an sich selbst.

«Hör mal, du!», sagt Imke. «Ich bin nicht wegen solchem Scheiß hier! Sowas kannst du in dein Tagebuch schreiben.»

Der Junge, der Jesse heißt, lacht.

«Oh», sagt der Leuchtturm.

«Wir sollten erst mal miteinander reden, bevor du was aufschreibst», sagt Jana so leise, dass Imke es kaum verstehen kann.

«Ja, wir sollten uns erst mal abstimmen», sagt Lene und kratzt sich im Gesicht. Sie hat ganz gerötete Wangen. Vielleicht hat sie Neurodermitis.

«Wenn das so ist ...», sagt der Rothaarige, lehnt sich auf der Treppe zurück und legt seinen Kopf unter die Stiefelspitze einer über ihm sitzenden Frau. Träumerisch starrt er zur Decke, grinst und streckt sich. «Ich dachte irgendwie, wir wären uns einig.» Er hält das Papier über seinem Bauch hoch. «Wer will, welchen Kandidaten hätten Sie gerne?»

«Was ist das denn jetzt für 'n Mist?», sagt Jesse. «Hier muss sich doch niemand profilieren.»

«Wer profiliert sich denn?», fragt der Rothaarige.

Imke schnappt ihm das Papier aus der Hand.

«Also bitte, wogegen sind wir? Was können wir machen? Kreativ und medienwirksam, wie sie's gesagt haben.»

Sie spürt, dass sie ein bisschen rot wird. Keine Punkte tanzen mehr vor ihren Augen. Auch wenn sie Paul hinten bei den Mädchen sitzen und lachen sieht, jetzt und hier hat sie dem Leuchtturm das Blatt aus der Hand genommen.

«Wir müssen sie blockieren», sagt Jesse. «Sie dürften gar nicht durchkommen. Wenn wir uns alle auf die Zubringerstraßen setzen würden, richtig viele ...»

«Ich würde gern was Symbolisches machen, was Künstlerisches», sagt Lene.

«Es müsste richtig groß sein. Überdimensional», sagt Jana.

«Aufblasbar», sagt der Rothaarige.

Jetzt lachen sie alle, es geht gar nicht anders. Auch wenn der Leuchtturm triumphiert, dass er sie wieder alle gekriegt hat, ist das Lachen was Schönes, es bringt sie wieder zusammen.

«Wogegen? Das ist das Erste: dass wir wissen müssen, wogegen wir sein wollen», sagt Imke. «Und warum», fällt ihr plötzlich ein, «sind wir *überhaupt* gegen das G20-Treffen, ich und Jesse und Jana und Lene und ... der Leuchtturm?»

«Wer ist der Leuchtturm?», fragt der Rothaarige.

Alle sehen ihn an. Er nickt.

Dann fragt er sie, ob sie Lust hätte, mal mit ihm irgendwas Privates zu machen.

«Was ist das, 'ne Anmache?», fragt Imke.

«Klar», sagt der Rothaarige.

Imke grinst, sie kostet es sogar aus, dann sagt sie: «Nein, eigentlich nicht.»

«Hähähä», sagt Jesse, «hähä!»

«Ph!», macht der Rothaarige und winkt ab. Aber er lächelt auch. Sie trinken Viva-con-Aqua-Wasser und Fritz-Cola und sind fast wie eine kleine Familie. Imke empfindet Zuneigung zu allen, auch wenn sie an jeder und jedem einzelnen von ihnen etwas ablehnt, einzelner charakterlicher Auffälligkeiten wegen. Aber insgesamt empfindet sie Zuneigung, sogar Dankbarkeit, weil sie alle gemeinsam dieselbe Richtung haben.

Später stellen sie sich draußen für ein Foto auf der Holztreppe zwischen Knust und Hanseplatte auf. Sie recken die Fäuste, halten Spruchbänder hoch: *Kein Bock mehr auf Kapitalismus. No G20.* Es ist etwas Vorweggenommenes, wie eine Hochzeitsprobe, so etwas tun sie in amerikanischen Filmen, und jetzt tun sie das auch hier. Lydia aus ihrer Tut-Gruppe hat eine Cousine, die auch so eine Hochzeitsprobe veranstaltet hat wie im Film, aber in einem Film, wo alle ganz, ganz schlecht spielen. Dann, bei der wirklichen Hochzeit, hat Lydia erzählt, war es ihr vorgekommen, als ob die ganze Hochzeit nur eine Wiederholung gewesen wäre. Künstlich, unwirklich, weil sie es ja alles schon einmal getan hatten. «Irre komisch, wie nicht echt», hatte Lydia gesagt, «voll peinlich, ich würde lieber spontan heiraten. Komplett ohne Vorbereitung. Auf jeden Fall ohne Probe.»

Ab da sind sie dann zweimal im Monat beim Jugendrat.

Sie hört von einem Mädchen in ihrem Alter, einem Mädchen mit einer sehr ruhigen Stimme, dass jährlich 8,8 Millionen Menschen verhungern und dass sie bis zweitausendfünfunddreißig eine neue Erde brauchen, weil dann alle Ressourcen aufgebraucht sein werden. Zweitausendfünfunddreißig, denkt sie, wird sie fünfunddreißig Jahre alt sein und Paul sechsunddreißig. Dann werden sie vielleicht zwei Kinder haben, oder keines. Denn Paul möchte keine Kinder in *dieser* Welt haben, sagt er, und ihr tut es leid, weil sie noch nicht weiß, ob sie in *dieser* Welt nicht trotzdem Kinder haben will. Eine andere Welt kriegen sie ja nicht. Es macht sie wütend, und sie weiß nicht genau, auf wen sie alles wütend sein soll, auf die Reichen, die Konzerne, aber auch auf die normal Verdienenden mit ihren normalen Leben mit ihren normalen Urlauben, ihren Flugreisen und ihrem Zweitwagen, ihren Unmengen an Klamotten und ihren Erdbeeren aus Ägypten, ihrem Hunger nach Fisch und Fleisch, die sich ganz normal fühlen, die ihre eigene Verantwortung einfach nicht einsehen wollen. Oder auch ein bisschen auf Paul, weil er nicht an sie denkt und an ihre Kinder, die vielleicht trotzdem leben wollten, auch wenn es in dieser Welt sein müsste. Sie stellt sich ihre Kinder vor, wie sie Hand in Hand durch eine Wüste gehen, alles ist ganz trocken, Bäume ohne Blätter oder Nadeln stehen wie tote Stümpfe herum, überall Autowracks, ein Wind bläst Staub über die Wüstenwege, und die Häuser sind hoch und aus grauem Beton, die Menschen leben nur noch in ihren Häusern, mit künstlichen Nahrungsmitteln. Sie kann sich das eigentlich nicht richtig gut vorstellen, und ihre Kinder hätten trotz allem ja immer noch sie als Mutter. Paul als Vater, das kann sie sich nicht vorstellen. Sich selbst als Mutter stellt sie sich auch immer nur als die vor, die sie jetzt ist, also siebzehnjährig. Aber das sind nur Bilder aus einem Film, nicht die Wirklichkeit, die Wirklichkeit wird so nie sein, redet sie sich zu.

Aber sie ist nicht sehr zuversichtlich und hat oft Angst. Sie träumt manchmal schlecht, und wenn sie wach ist, dann versucht sie, sich an etwas Gutes zu klammern, an den Garten hinterm Haus, den sie immer noch haben, an die Bäume, das Gras, das alles noch da ist, es hat ja gestern geregnet, und es kann ja auch alles ganz anders kommen, sie könnten auch überschwemmt werden oder erfrieren, so genau weiß man es nicht. Der Gedanke an die Überschwemmung mildert den an die Austrocknung ein wenig ab, als würden sich die gedachten Extreme gegenseitig ein wenig aufheben.

Dann ist der Gedanke an Kinder wieder so fern wie nur irgendwas. Es spielt eigentlich gar keine Rolle, sagt sie sich, es ist alles Theorie, um Kinder geht es doch gar nicht wirklich. Sie fühlt sich manchmal ganz hilflos und manchmal sogar ganz alt in ihrer Weltfurcht. Und manchmal, nachts, in dunklen Momenten in ihrem Kinderzimmer, scheint ihr das Leben wie ein großer Betrug. Nichts scheint mehr das zu sein, was es einmal war. Die Mutter nicht mehr die beste aller Mütter, sie altert, lässt sich gehen, auf eine verletzende Art, mit ihrer roten Bügelhose und in ihren gemusterten Röcken, die schief sitzen, vorne länger und hinten kürzer – dass sie das nicht sieht! Der Vater lächerlich, in seinem Garagenhaus, mit seiner Lehrerinnen-Freundin, wie er plötzlich demonstrativ Fahrrad fährt, als wäre das eine große Sache, wie er jung sein will, jünger, als er ist. Das Haus – peinlich vollgestopft mit Krimskrams, selbst ihr Zimmer bedrückt sie, mit den von Sticker-Resten befleckten Regalen und dem lila-grün gestreiften Kinderteppich. Alles ist klein und beschämend. Auch das, was in der Zukunft auf sie wartet, weil sie sich einfach dem Kleinen und Beschämenden nicht wird entwinden können. Dann liegt sie unter ihrer Decke und atmet und spürt ihr Zimmer um sich herum, ihre Kindheit um sie verteilt, sie kann nicht entfliehen. Und gleichzeitig schreckt sie der Verrat – der Verrat an sich selbst, ihrem alten kindlichen Vertrauen, sie kann nicht mal weinen, sie kann nur liegen und atmen, gelähmt von der Gewalt ihrer Gedanken, und irgendwann schläft sie ein, und dann ist es Morgen, und die Nacht bleibt zurück wie ein schmutziges Stück Wäsche. Es gibt ja etwas zu tun. Man muss sich nur anstrengen.

Am Morgen schneidet sie dann Obst auf einem Brett und betrachtet ihre Oma, die sich müht, das Ceranfeld zu säubern, während ihre Mutter dazukommt und deshalb eine Szene macht.

«Es stört mich nun mal», sagt ihre Oma. «Ich kann es einfach nicht ertragen, wenn er so krisselig ist.»

Sex ist ihr bekannt, aus dem Fernsehen, aus Filmen. Sie hatte schon gesehen, wie Menschen sich leidenschaftlich anderen Menschen hingaben. Sie wälzten sich und stöhnten, und es war sehr viel Liebe im Spiel oder auch glühende Leidenschaft, die alles hinwegfegte und überwand und verschlang. Sie hatte auch schon Pornos gesehen. Da war es mehr so eine sportliche Bewegung, Geschlechtsteile wurden hergezeigt wie auf Wandtafeln beim Arzt, groß, rot, roh. Wie Fleisch beim Metzger, wie die abgeschnittenen, angebotenen Stücke Fleisch oder Fisch auf Eis. Die ganze geschwollene, rote Tierhaftigkeit an einem Menschen, ausgeleuchtet und abgetrennt vom Menschen. Die Menschen oft muskulös, die Frauen mit Brüsten wie Kugeln, schmalen Bäuchen, runden Ärschen, klatsch, klatsch, klatsch, federn sie auf- oder ineinander. Stellungswechsel, dann wieder klatsch, klatsch, klatsch, zwischendurch Töne und Geräusche aus den Mündern, wie aus scheinbar ganz anderen Mündern als denen, die zu sehen sind und die Vorstellung geben, so etwas wird nachsynchronisiert. Wird sie mal selbst solche Geräusche machen? Wird so ein Geräusch wie von selbst aus ihr herauskommen, wird die Erregung, das Tun, wie von selbst aus ihr kommen? Oder wird sie eher das tun, was sie schon gesehen hat, und die Geräusche machen, die sie schon gehört hat, sicherheitshalber, damit es dem ähnelt? Aber das kann sie sich nicht vorstellen, das möchte sie nicht, etwas nachmachen, ihr Eigenes möchte sie tun, auch wenn sie noch nicht weiß, was das ist und ob es überhaupt da sein wird, das eigene Geräusch, die eigenen Bewegungen, das ganze Eigene. Diese Fragen hat sie sich gestellt. Das beantwortet kein Film. Auch nicht das Internet, auf Fragen von anderen in den Foren. Solche Fragen werden nicht gestellt. Eher Fragen, was normal ist, was man darf und so fort, was normal ist, und die anderen in den Foren antworten, was sie tun würden, wenn ihnen dies und jenes passierte oder sie dies und jenes denken oder fühlen würden.

Und das erscheint ihr besonders merkwürdig, dass sie von anderen erfahren wollen, was sie selber gerne möchten. Als ob das, was die anderen möchten, sie in ihrem eigenen Möchten beeinflussen könnte.

Wusstet ihr von Anfang an, wie sein Penis aussieht? Woher sollte sie das wissen? Welcher Anfang war gemeint? Am Anfang des Kennenlernens? Wie soll man da den Penis gesehen haben? Sie hat noch nie Pauls Penis gesehen. Andere Jungs haben ihn vielleicht gesehen, beim Duschen, auf der Toilette. Jungs sehen ständig Penisse von anderen Jungs, sie stehen beim Pinkeln nebeneinander, da brauchen sie ja nur einen kurzen Blick zu werfen, und dann wissen sie es. Soll es denn etwas bedeuten, wie er aussieht? Kann es sein, dass der Penis abschreckend ist, hässlich, nicht ansehnlich? Dass sie ihn ablehnen wird, sobald sie ihn sieht? Kann er denn so verschieden von denen sein, die sie immerhin schon gesehen hat, im Fernsehen, im Internet, auf Abbildungen, ja selbst bei ihrem Vater oder ihrem Bruder, wenn sie sich am See umgezogen haben? *Ist Juckreiz nach dem Sex normal? Wo spritzt euer Freund gerne hin? Ab welchem Alter ist Selbstbefriedigung normal?* Sie weiß sehr viel über sehr viele Dinge, theoretisch. Man darf ja alles, was einen anderen erwachsenen Menschen nicht verletzt und wenn der andere es will. Das steht da meistens, das haben sie auch in der Schule gesagt, in diesen Aufklärungsstunden und Gesprächen, in der Broschüre von ProFamilia, aber viele wollen allerhand unvorstellbare Sachen, ganz viele Menschen wollen unglaubliche Sachen, und andere wollen genau das nicht und wissen nicht, ob sie das *ihrem Freund* sagen können und wie, und dann wird ihnen immer geraten, es ihm zu sagen. Sie hat sich in Foren durch viele Fragen gelesen, aber wie es dann sein wird, wenn man *gar* nicht weiß, wie es ist, nicht mal die einfachsten Sachen, weil man sie noch gar nicht ausprobiert hat, das steht da nicht. Die Leute fragen ja erst, wenn sie Sex hatten, und vielleicht fragen sie, ob es normal ist, noch keinen gehabt zu haben. Fragen nach dem «normal» sind sowieso die häufigsten Fragen. Ob das, was man erlebt hat, normal ist, nicht, ob schön oder schlecht – ob es normal ist. Vielleicht war es nicht schön, was sie erlebt haben, aber immerhin war es normal, und dann machen sie sich keine Sorgen mehr um den Rest, dann können sie darüber hinwegkommen, dass es nicht schön war, vielleicht sogar unangenehm oder schmerzhaft. Dann würden sie es sogar wieder tun, dieses Unangenehme oder Peinliche, Hauptsache, sie und ihr Partner, der das von ihnen wünscht, sind normal.

Imke selbst lehnt dieses Normale jetzt schon für sich ab, warum müssen denn die Dinge unbedingt normal sein? Normal ist doch nichts Schönes oder Schlimmes, es ist einfach gar nichts, denkt sie, angepasst ist das, dumm ist das, denkt sie. Und gleichzeitig versucht sie doch immer mehr herauszubekommen, was normal ist. Sie kann sich von dem Normalen gar nicht befreien, sondern ist ihm schon vollkommen unterworfen. So ist es mit diesen Informationen.

Pornographischer Sex ist Sport, so hat sie das gesehen, im Internet.

Es hat also in ihrer Vorstellungswelt diese zwei Arten von Sex gegeben, den Liebessex aus Liebesfilmen und den Sportsex aus Pornos. Den Liebessex hat sie albern gefunden, den pornographischen Sex abstoßend. Deshalb hat sie keine Ahnung gehabt, wie richtiger Sex, also ihr Sex mit Paul, sich gestalten würde. Sie ist ja schon siebzehn, und mit siebzehn sollte man, ihrer Auffassung nach, Sex haben. Die meisten Mädchen, die sie kennt, haben schon Sex gehabt. Die stellen schon Fragen, ob dies oder das normal ist.

Bei ihrem ersten Versuch, mit Paul Sex zu haben, war es schiefgegangen. Sein Penis hatte nicht in irgendwas besonders ausgesehen, den würde sie nicht wiedererkennen unter zwanzig anderen, aber vielleicht würde sich das noch ändern; er hatte sie aber auch nicht abgeschreckt. Er war klein geworden, während sie es versuchten, das Reinstecken, und Paul hatte sich genervt auf den Rücken gedreht und die Decke betrachtet. «Das kommt halt vor», hatte er gemurmelt.

Ihr war klargeworden, dass sie keine Ahnung hatte, was vorkommt und was nicht. Sie hatte gedacht, *er* würde es machen, *er* würde Ahnung haben und es schon machen. Sie hatte gedacht, sie bräuchte nur mitzumachen, es ihm nachtun, ihm folgen. Er hatte schon vor ihr Sex mit Mädchen gehabt. Aber nun hatte *er* das Problem gehabt.

Sie waren dann, nach diesem Vorfall, oft zusammen gewesen und hatten sich geküsst und gestreichelt, und sie hatte gespürt, dass sein Penis hart wurde. Aber sie hatte auch gespürt, dass er Angst hatte, vor irgendwas, davor, dass er wieder weich wurde? Da hatte sich ihre Rolle geändert. Wenn er Angst hatte, dann musste sie ihm helfen. Diese aktive Rolle, in die er sie mit seiner Angst drängte, dass sie sich um seine Lust bemühte, zaghaft und ungeschickt, lernend, ermöglichte es ihr, selbst zu einer Lust zu finden.

Und so kommt es am 18. Februar, einem Samstagnachmittag, in seinem Souterrainzimmer in Dulsberg, wo ein Sonnenstrahl durch den Fensterschacht auf das Kopfkissen fällt, endlich zu dem, was sie sich ersehnt hatte: zu einem befriedigenden Ergebnis in ihrem Geschlechtsverkehr. Es ist nicht so wie in Liebesfilmen und auch nicht wie in Pornofilmen. Sie geben beide keinen Laut von sich. Sie sind rasch fertig und liegen danach einander in den Armen. Imke ist irritiert, weil er weint. Sie merkt es erst nicht, aber dann spürt sie das Nasse an ihrem Hals.

Dann spricht er plötzlich von sich. Er erzählt von seinen Eltern. Sein Vater hatte ihn geschlagen, die ganze Kindheit hindurch, bis er ausgezogen war, in dieses Souterrainzimmer in Dulsberg. Er hasst ihn nicht. Er kann nicht verstehen, sagt er, dass sein Vater ihn nicht auf andere Weise lieben konnte, ohne ihn zu schlagen. Er rätselt immer noch über seinen Vater und seine Art, ihn zu lieben. Warum er so geworden ist. Warum er sich nicht ändern kann.

Imke sagt: «Er liebt dich nicht. Wenn er dich schlägt, dann liebt er dich doch nicht. Du möchtest das vielleicht, aber er liebt dich nicht.»

«Du bist so dumm», sagt sie dann nach einer Weile, weil er dazu schweigt. «So dumm!»

Sie ist so wütend auf ihn, weil er seinen Vater anscheinend immer noch liebt. Und weil er glaubt, dass sein Vater ihn liebt.

Er sieht sie hilflos an, er ist hochgerutscht, lehnt an der schmutzigen, raufasertapezierten Wand.

«Du verstehst das nicht. Er ist kein schlechter Mensch. Er hat sich nur nicht unter Kontrolle. Es tut ihm leid, hinterher tut es ihm echt leid. Er weint sogar.»

«Und wenn. Es ist ja wohl das Mindeste, dass es ihm leidtut. Er schlägt dich, und du hast Mitleid mit ihm? Und wenn mein Vater mich schlagen würde? Wie fändest du das?»

«Wenn er dich schlagen würde? Den würde ich umbringen.»

«Oh Mann, du bist so blöd. Echt.»

Sie ist so wütend, etwas übertrieben sogar, so empfindet sie das, übertrieben wütend, und direkt nach diesem ersten befriedigenden Geschlechtsverkehr und nach dem Weinen und nach diesem *Den-würde-ich-Umbringen*, dass sie sich anzieht und geht.

Ihr Vater, den er umbringen würde wollen, obwohl er es gar nicht könnte, da ist sie sich sicher, denn er kann ja nicht einmal seinen Vater umbringen, nicht mal wütend auf ihn kann er sein, sitzt in der Garage auf einer Kiste, in der staubigen Dunkelheit zwischen den Ersatzreifen und den Werkzeugen des Großvaters, mit einer Flasche Bier in der Hand, und erkundigt sich nach dem Schwimmen. Warum sie mit dem Schwimmen aufgehört hat.

Dieses dumme Schwimmen! Sie sieht ihren Vater an, diesen armen, alten Vater, den sie alle als einen Verräter empfinden, weil er die Familie verlassen hat. Aber er würde sie doch niemals schlagen, niemals. Dieser Vater wäre zum Schlagen nicht fähig. Er liebt vielleicht Frau Börner, die einmal ihre Vertretungslehrerin war. Die kühle Frau Börner, die die Schüler ein bisschen von oben herab behandelt, enge Jeans und pastellfarbene Pullover und T-Shirts trägt, sie sieht immer frisch aus, die Frau Börner, gesund, stark – was will die, denkt Imke plötzlich, mit diesem Vater hier, der in der Garage auf der Bierkiste sitzt, mit den grauen Stoppeln im Gesicht, mit dem Alter schon im Nacken?

Frau Börner steht manchmal draußen auf dem Parkplatz, an ein Auto gelehnt, und raucht. Sie sieht gar nicht so aus, als ob sie jemanden braucht oder als ob sie sich jemals in irgendwas verstricken könnte, etwas Geheimnisvolles oder Gefährliches, in eine dieser leidenschaftlichen Liebesgeschichten, als ob sie keuchen und schreien könnte und Dinge murmeln, in Ekstase und Leidenschaft, so etwas ist bei Frau Börner schwer vorstellbar. Sie würde eher lachen und die Augen verdrehen und sich was anderem zuwenden. Den klaren und ernsthaften Dingen.

Vielleicht liebt er sie, denkt sie, vielleicht liebt ihr alter Vater diese kühle Frau Börner. Vielleicht sogar so sehr, wie sie Paul liebt. Und sie denkt an Paul, den sie auf seiner Matratze zurückgelassen hat, nackt, mit nassen Augen und der dummen Liebe zu seinem schlagenden Vater. Und sie denkt, dass sie diesen Paul liebt. Egal, wie dumm er ist. Es ist ja Wut, denkt sie, ich bin ja nur so wütend, dass er seinen Vater liebt, weil ich ihn hasse. Ich hasse seinen Vater, weil er ein Schwein ist. Weil er Paul verprügelt hat. Den schönsten und liebsten Menschen auf der Welt. Sie liebt ihn auch wegen seiner Angst. Weil er sie dazu gebracht hat, ihn zu lieben. Weil sie auf diese Art das Lieben gelernt hat. «Armer Paul», flüstert sie und denkt auch: *Armer Papa*. Auf seiner Kiste in der Garage. Wie er da nur lebt, denkt sie, so allein. Trotz uns und Mama und seiner Frau Börner. Wie die Männer doch einsam sind, denkt sie. Sie weiß gar nicht, warum sie das denkt. Es ist ihr eben erst eingefallen. Und vielleicht stimmt es.

Thomas sieht sich im Internet Bilder von Venusfliegenfallen an. Wie die Käfer und Fliegen geschnappt werden, wie die Blätterfalle zuschnappt, wenn diese dummen Tierchen sich so sorglos auf ihnen niederlassen, mit ihren tastenden Rüsseln, und sich da etwas erhoffen, Nahrung vielleicht oder einen gemütlichen Platz, und wie sie dann gefangen werden, wie sie blitzschnell in der Falle sitzen, eben noch frei und schon gefangen, aussichtslos gefangen, selbst zur Nahrung geworden, das erregt ihn. Es ist ihm nicht ganz klar, was ihn daran erregt, aber es erregt ihn ohne Zweifel. Wie sie dann kläglich herausschauen, diese Käfer oder Fliegen, zwischen diesem Gitter der Blattauswüchse, diesen Fingerchen oder Härchen oder Stacheln. Und manchmal schaffen sie es auch wieder hinaus, manchmal zappeln sie und strampeln und kommen plötzlich frei und fliegen davon, diese bereits dem Tode geweihten Käfer oder Fliegen, manchmal können sie dem Tod noch entwischen. Wie in einem spielerischen Albtraum, der aber Wirklichkeit ist und gar kein Traum, in dem man aus Gitterstäben entflieht, oder bevor der Abgrund sich öffnet, das Beil auf einen niedergeht, der Mörder sich auf einen stürzt oder der Schuss einen trifft. In letzter Minute entkommt man, erwacht sogleich, keuchend und schwitzend und unendlich froh, dass man, wieder einmal, entkommen ist. Aber auch enttäuscht, dass man dieses Entkommen nicht auskosten konnte, im Traum, dass es kein Triumph ist. Das Erwachen nimmt das weg, ebenso, wie es den Tod wegnimmt, wenn man in den Abgrund stürzt, der Mörder einen erwischt und der Schuss einen trifft. Ebenso wenig, wie man die Rettung im Traum erleben kann, kann man seinen Tod erleben. In der Sekunde des Todes ist man immer schon wach.

In den meisten Fällen kleben die kleinen Käfer und Fliegen fest, verstricken sich noch mehr, wenn sie zappeln und strampeln, und dann sitzen sie fest und sterben langsam, als Nahrung einer Pflanze. Wie demütigend! Wo doch das Tier der Pflanze weit überlegen ist, wie der Mensch dem Tier, der auch nicht gern dem Tier als Nahrung dient. Ein Skandal, wenn ein Mensch einmal gefressen wird. Es kommt ja hier gar nicht mehr vor. Selbst die Wölfe, die sie wieder angesiedelt haben, haben noch keinen Menschen gefressen. Und wenn sie es täten, würden sie ausgerottet werden, aufs Neue würden sie ausgerottet. Das Fressen ist nur von oben nach unten gestattet, nicht andersherum. Außer im Fall dieser Venusfliegenfallen.

Er sitzt vor dem Laptop in seinem Zimmer über der Garage und springt von den Venusfliegenfallen zu anderen Dingen, und besonders die biologischen Themen erregen ihn. Es gibt, denkt er, eigentlich keine biologischen Themen, die nicht erregend sind. Der ganze Kampf um Überlegenheit, um Leben und Sterben. Und wie die Lebewesen Organe herausbilden, um etwas tun zu können, die ihnen einen Vorteil gewähren. Tiere und Pflanzen, in ihrer schamlosen Zielstrebigkeit auf ihren eigenen Erhalt hin, sind erregend. Ihnen zuzusehen ist erregend.

Das Thema der Geburt fällt ihm ein, die Geburt ist eine ihn auf dunkle Weise erregende Sache in der Tierwelt. Wie etwas aus einem Körper herausgedrückt, herausgeworfen wird, das beunruhigt, das verärgert ihn sogar, weil es ein so gewalttätiger, so schmerzhafter und unschöner Vorgang zu sein scheint, nicht gut eingerichtet von der Natur, unnötig brutal, und das ganze Blut!

Der Geburt eines Kalbes hat er beigewohnt, als sie im Allgäu waren, auf dem Hof eines stolzen Bauern. Danach schien die Kuh so leer zu sein, das Kalb so überflüssig, dem Elend der Mutterlosigkeit anheimgegeben, denn *diese* Mütter waren ja nur auf der Welt, um einer anderen Rasse als der ihrigen mit ihrer Mutterschaft zu dienen. An der Brust der Kühe nuckeln sie ja alle, an Milchflaschen, schmausen von Käseplatten, er ja auch, und seine eigene Schlechtigkeit hatte ihn ganz mürbe gemacht, hatte ihm Kopfschmerzen bereitet. Am Abend zuvor hatte er Frischkäse mit Schnittlauch auf frischem Bauernbrot gegessen. Das arme Kalb hatte dann noch ein paar Tage an der Mutter Brust gehabt, aber dann wackelte es allein auf seinen dünnen Beinen dahin, ins Außen geworfen, ins schlechte, kalte Außen.

«*Musst* du mich dem aussetzen!», hatte er fast gefleht, als Natascha ihn zum Ereignis der Kalbung von der Terrasse geholt hatte, wo er bis dahin friedlich gesessen hatte, mit Musik in seinen Ohren, Beethoven, und die zerklüftete Landschaft betrachtete, die grünen Wiesen und die sauberen Autos auf dem Parkplatz vor dem Haus.

Wenn einmal etwas geboren wird, dann ist es vorbei mit dem Spaß. Das ist ja auch der Sinn, denkt er und betrachtet Feuerkäfer, wie sie mit den Hinterteilen aneinanderhängen und nur mühsam ihre Wege machen, über riesige Grashalme und Erdkrumen auf ihren Feuerkäferwegen. Es ist ja nun mal so eingerichtet, dass der ganze Spaß am Ende zur Geburt führt. Nach der Geburt dann geht der Sinn daran verloren. Deshalb sollten Paare sich darüber im Klaren sein, vorher schon, dass es mit der Geburt der Kinder vorbei ist mit dem Spaß. Der Drang ist weg. Man muss noch miteinander schlafen, weil sie sagen, dass es zu einer Ehe gehört. Es wird erwartet, dass man sich liebt, weil man Kinder hat. Man soll sich lieben und begehren, und dabei ist es damit doch vorbei. Der

Zweck ist erfüllt. Die Kinder sind da, also, was wollt ihr noch Spaß? Denkt ihr etwa, das Leben wäre Spaß?

In Gedanken, während er sich weiter durch die Pflanzenwelt klickt, hält er eine feurige, verächtliche Rede vor all den Heiratenden. Das Schlürfende, Schmatzende, die Auswüchse und das Zerfleischende, das Sich-Jagende, Einander-Verschlingende, das lässt ihn nicht los. Träge im Wüstensand verdauende Schlangen, die Ausbeulungen anderer Tierkörper am Leib, als wären dies ihre fremdartigen, fehlgebildeten Nachkommen, die sich in einer Art fehlgerichteter Entwicklung nach innen und zurückentwickelten, die wieder in die Mutterschlange eingingen, Teil von ihr wurden.

Selbst als sie Alexander bekommen hatten, den sie ja nicht selbst gezeugt hatten, selbst da, als Natascha also keine Nachwirkungen einer Geburt, keine hormonellen und körperlichen Veränderungen durchmachen musste, selbst da war es erst einmal vorbei gewesen mit dem Sex.

Sie holten ihn gemeinsam ab, und sie waren erstaunt, als sie ihn im Arm hielten. Er war ein kräftiger Junge, drei Wochen alt, und sie hatten Glück gehabt, ein so kleines Kind adoptieren zu dürfen. Ältere Kinder gab es eine ganze Menge, aber kleine waren schwer zu kriegen. Sie hofften, dass der Schaden an einem so kleinen Kind nicht so groß sei. Denn dass ein von seinen Eltern nicht gewolltes und weggegebenes Kind einen Schaden haben musste, dessen waren sie sich sicher. Sie glaubten an alles Natürliche. Von der Natur war es nicht so eingerichtet, dass man sein Kind weggab und ein anderer es aufzog. Oder doch? Hatte er im Internet nicht eine Katze gesehen, die kleine Igel säugte? Den Tieren wird das Unnatürliche ja nicht so unterstellt wie den Menschen. Eher wie ein Kuriosum, eine Laune und also doch ein Produkt der Natur. In dem Moment, wo sie sich als Kuriosum, als Laune der Natur zeigen, wird dieses Verhalten dann gleich mit menschlichen Gefühlen umhüllt, in sie eingekleidet, damit sie erklärbar sind, diese komischen Tiere. Die Katze ist fürsorglich, mitleidend, sie adoptiert die fremden Igelchen, wie süß, wie lieb. Auch wenn dieselbe Katze vielleicht einst ihr Junges auffraß. Aber das will keiner wissen.

Alexander war ein kräftiger Junge mit schwarzen Augen, langen Wimpern und einem dicken Haarschopf. Er sah nicht aus wie er und nicht wie Natascha. Er war viel hübscher als sie. Ein Geschenk, das ihnen nicht zustand.

Sie holten ihn mit einer nagelneuen Babyschale ab, und die fiel Natascha kurz vor der Haustür aus der Hand. Alexander war im Auto während des Fahrens eingeschlafen, und da er vorher lange geweint hatte, wollten sie den erschöpften kleinen Jungen nicht aus dem Sitz herausnehmen. Sie wollten ihn so ins Haus tragen und warten, bis er ausgeschlafen hätte. Natascha hatte ihn selbst nehmen wollen, und da war er ihr, kurz vor der Haustür, aus der Hand gefallen. Einfach so. Ihre Hand, so erklärte sie es ihm später, war einfach aufgegangen, wie bei einem Schwächeanfall, der Griff war ihr entglitten und die Schale mit dem Kind auf den Hof gefallen.

Alexander erschrak, er schnappte nach Luft, er sah sich um, mit weit aufgerissenen Augen, die ja noch gar nichts erkennen konnten, selbst wenn sie sehen gekonnt hätten, und dann stülpte er die Lippen vor, kniff die Augen zusammen, runzelte die Stirn und fing an, erbärmlich zu schluchzen. Er schnappte immer wieder nach Luft und setzte zu immer heftigeren, erbärmlicheren Schluchzern an, sodass Thomas immer nur einen Gedanken hatte: Dass sie das, was sie ihm hier antaten, niemals wiedergutmachen konnten.

Dass Natascha ihn fallen gelassen hatte, konnte sie nicht verwinden und sich nicht verzeihen. Lange musste *er* den Jungen überall hintragen. Nicht einmal vom Wickeltisch wollte sie ihn heben, und wenn er nicht da war, dann musste seine Mutter ihn nehmen. Natascha traute sich nicht zu, den Jungen wirklich angemessen pflegen zu können – eine Sorge, die sie später bei Imke nie hatte. Mit dem zerbrechlichen Mädchen war sie robuster umgegangen, sorglos fast, als hätte sie mehr Berechtigung dazu.

Alexander war kein Teil von ihr selbst. Er war ein Geschenk, etwas Wertvolles, das ihnen anvertraut worden war, also konnte es nicht sein, dass sie schlecht mit ihm umgingen, ihn fallen ließen. Es kam ihm vor, als ob ihnen dieses Kind auf viel größere Art ausgeliefert war, als ihnen je ein eigenes Kind hätte ausgeliefert sein können. Ein eigenes Kind genießt eine Art egoistischen Schutz auf Seiten der Eltern. Aber ein fremdes Kind, das eigentlich andere Eltern hat, das man vielleicht nie wird lieben können?

«Was ist, wenn wir es nicht lieben können?», hatten sie sich immer wieder vorher gefragt. «Wir werden es lieben!», hatte Natascha sich immer trotzig selbst geantwortet. Es war eine Aufgabe, und sie wollte sie erfüllen. Und nun hatte sie ihn fallen lassen. Noch bevor er ins Haus gekommen war, war er gefallen, und sie hatten beide sofort gewusst, dass sie ihm etwas antaten. Thomas hatte im selben Moment angefangen, ihn zu lieben. So einfach war das gewesen. Er hat in dieses gerunzelte, gequälte, erschütterte Gesichtchen gesehen, das zu einem großen Schreien ansetzte, das sich fremd in der Welt fühlte, in die sie es entführt hatten, und er hatte es geliebt.

«Was ist das für ein Hübscher!», hatte seine Mutter dann gerufen. «So ein Hübscher!» Sie war ganz außer sich gewesen. Und hatte auf ihre Weise Besitz von ihm ergriffen. Sie hatte ihn in der ersten Zeit oft bei sich gehabt, war sogar nachts mit ihm herumgegangen, wenn er geschrien hatte. Sie, und nicht Natascha. Natascha hatte sich das Baby von ihr aus der Hand nehmen lassen.

Er wurde ein freundliches Kind. Er gewöhnte sich schnell an sie. Er spielte den Erwachsenen gerne etwas vor. Als er im Kindergarten war, verkleidete er sich gern, er schminkte sich rote Lippen, und die Erwachsenen liebten ihn dafür. Er war ein Charmeur, ein beliebtes und lustiges Kind. Seine Noten waren mittelmäßig, aber er war beliebt bei den anderen Kindern und den Lehrern. Die Lehrer, vermutete er, benoteten Alexander besser, als er war, weil sie ihn so gern hatten.

Ein weißer Hengst bespringt auf Youtube eine dunkelbraune Stute. Er gleitet ab, stürzt herunter und versucht es wieder. Die Stute wirkt willig und dennoch unglücklich. Sie leidet, weil es einfach sein muss, weil die Welt so beschaffen und weil es ihre Bestimmung ist, das Leiden ist ihr eingegeben. Sie nimmt es hin. Willig steht sie da, die Beine gespreizt, um nicht unter der Last des Hengstes zu stürzen. Der Hengst umklammert sie mit seinen Vorderbeinen und bekommt etwas Menschliches in dieser Umarmung, die ja nur ein Festhalten ist. Zärtlichkeit gehört nicht zur Paarung.

Was machst du denn da?», sagt Helga.

Thomas sitzt auf seinem Sofa und starrte auf seinen Computer, er hatte nicht bemerkt, dass sie hereinkam.

«Und was machst du hier?»

«Ich wollte dir was bringen.»

«Aber kannst du nicht anklopfen oder klingeln oder irgendwie Bescheid geben?»

«Aber es ist doch mitten am Tag?»

«Du kannst doch nicht einfach bei anderen Leuten so hereinplatzen.»

«Bei anderen Leuten?»

Thomas seufzt, er lehnt sich auf dem Sofa zurück.

«Mutter», sagt er, «was willst du?»

Sie legt drei gerahmte Bilder auf seinen Couchtisch. Auf dem einen sind sie und sein Vater zu sehen, es ist ihr Hochzeitsfoto, das auch bei Thomas und Natascha eine Zeitlang im Regal stand. Dann war es runtergefallen, weil es eines der Kinder angestoßen hatte, und dann hatte niemand das Glas ersetzt. Seitdem liegt es irgendwo im Schrank. Auf dem zweiten ist Thomas mit seinen Brüdern Peter, Joachim und Hans zu sehen. Sie stehen auf der Terrasse, in Hemden und kurzen Hosen, es war Pfingsten, und sie wollten in die Stadt, zum Hafen, da waren sie mit Reinhard Strom verabredet, zum Eisessen. Thomas ist vier Jahre alt auf diesem Bild, er trägt lange Kniestrümpfe zu kurzen, blauen Latzhosen, sie weiß es noch, sie sieht das ganze Bild wie in Farbe, auch wenn es schwarzweiß ist, sogar den Rhododendron sieht sie in rosa mit dunkelgrünen Blättern. Farben sind ihr immer sehr präsent gewesen, auch bei den Hüten ist es ihr nützlich gewesen, dass sie so einen feinen Blick auf die Farbe hatte. Peter, der direkt hinter ihm steht, mit eingeknicktem Bein, eine Hand auf Thomas' Schulter, trägt als Einziger lange Hosen und ein hochgekrempeltes, weißes Hemd, das Haar nach hinten gekämmt, er muss neunzehn gewesen sein, sie hat das Bild schon so oft betrachtet und durchrechnet, sie kennt das Bild auswendig, hat jeden Gedanken dazu schon gedacht. Peter ist neunzehn gewesen, ein junger Mann. Rechts und links vom kleinen Thomas stehen Joachim und Hans, Joachim war siebzehn und Hans elf. Joachim verzieht ein wenig das Gesicht, er hat immer Fratzen gemacht und Gesichter geschnitten, Walther hat es auf die Palme gebracht, und sie hat ihn immer beruhigen müssen. Wenn man es weiß, sieht man auf dem Bild, dass Hans sich das Lachen kaum verkneifen kann, wegen dem, was Joachim wieder getan hat. Irgendetwas Komisches hat er immer angestellt. Er war immer ein bisschen frech.

Auf dem dritten Bild ist die Familie im Urlaub. Thomas' Familie. Es ist ungefähr zehn Jahre alt, hier weiß sie es nicht genau, sie waren auf einer Insel, das weiß sie auch nicht mehr, sie ist ja nicht dabei gewesen. Sie haben ihr das Bild geschenkt, auf dem sie auf einem Felsen sitzen, Natascha, die Kinder und er. Ein anderer Tourist hat sie fotografiert. Natascha trägt einen langen Rock und flache Sandalen. Ihre Haare wehen ein wenig im Wind, sie sieht aus wie ein junges Hippiemädchen.

«Was soll das?», fragt Thomas.

«Du kannst sie aufstellen. Ich weiß ja nicht, wie sie das machen, aber war gar kein Problem. Bei Översen, es kostet nicht viel, und die Rahmen haben sie auch gleich da. Haben sie direkt von den alten Bildern gemacht, ei guck sie dir an, ich finde ja fast, sie sind besser als die alten, ich finde fast, sie sehen frischer aus, findest du nicht?»

Thomas sieht die Fotos gar nicht an.

«Man könnte sie neben den Fernseher stellen, oder auch in dein Schlafzimmer, aber auf dem Fensterbrett ginge auch, nur beim Fensteraufmachen, da fallen sie am Ende runter, am besten wäre doch neben dem Fernseher ...»

«Weißt du, das ist sehr nett», unterbricht sie Thomas, «aber ...»

Sie wartet, was das *aber* ist.

Thomas hebt abwehrend die Hände.

«Gut», sagt er, «ich finde einen Platz.»

Sie nickt. Sie geht zur Tür. Sie sieht auf seine Hände, und sie fragt sich, ob er diesen Computer jetzt wieder öffnen und sich den Film mit den Pferden weiter ansehen wird. Der Gedanke drückt sie ganz nieder. Als sie die Treppe hinuntergeht, tun ihr die Knie weh. Nicht schön, diese steile Treppe, aber es musste ja nun sein.

Als sie in ihrem Sessel sitzt, nimmt sie die alten Bilder in die Hand. Es klopft an ihrer Tür.

«Ja?», sagt sie. Sie kann es nicht leiden, dass sie klopfen. Natascha und Imke klopfen. Es muss eine von beiden sein.

Imke kommt herein, einen Stapel Handtücher zwischen Hand und Kinn.

«Wir haben sie mit abgenommen», sagt Imke.

«Danke schön», sagt Helga, würdig nickend. «Leg sie auf den Tisch.»

«Soll ich sie nicht gleich in den Schrank legen?»

«Einfach auf den Tisch.»

Imke legt die Handtücher hin. Dann steht sie da. Sie ist nicht hier zu Hause wie Alexander. Sie ist selten hier oben, bei ihr.

«Was machst du da?», fragt sie.

«Ich sehe mir die alten Bilder an. Ich habe sie ganz neu nachgemacht.»

«Die alten Bilder?» Imke kommt heran.

«Siehst du das? Das sind die Brüder. Deine Onkel.»

«Ich weiß», sagt Imke, «ich kenne das Bild.»

Helga will erzählen. Sie tippt auf das Bild mit den Jungen, bis Imke sich schließlich neben sie hockt. Helga weiß, dass sie das nicht mag, dass sie kein Interesse an der Familiengeschichte hat. Aber ein bisschen Einfluss will Helga doch nehmen, Imke muss das doch wissen.

«1950 bekam ich Peter.» Sie zeigt auf ihn, auf seinen Kopf, und lächelt Imke an. Imke nickt.

«Er war ein ruhiges Kind.»

Blass und zart, schlief viel. Er ähnelte ihrer Schwester Gretchen, als sie ein Kind war. Peter erfüllte alle Erwartungen seines Vaters und entlastete die nach ihm kommenden Brüder von diesen Erwartungen.

«Er lernte gut und wurde Optiker.»

Er war der Sohn des Vaters. Der Mutter brachte er nicht viel Zuneigung entgegen. Sie versorgte ihn, aber sie liebte ihn nicht. Nicht besonders. Natürlich musste sie ihn lieben, aber in ihr war zu dieser Zeit nicht viel Liebe vorhanden. Schon als er so blass in seinem Korb lag, da hatte sie nicht viel empfunden. Er war so ruhig. Wenn er schreien würde, dachte sie, dann hätte sie vielleicht etwas empfinden können.

«Es gab nie Ärger mit Peter. Er heiratete eine tüchtige Frau, Evelyn, sie führte ihm die Bücher, als er das Optikergeschäft in Hannover eröffnet hat.»

Auch damit war Walther sehr zufrieden. Nur dass in dem stillen Jungen, der alle Aufgaben des Lebens zu aller Zufriedenheit meisterte, noch etwas steckte, das Walther nicht hätte wissen wollen, das sie aber immer geahnt hatte. Jetzt, wo alles so gezeigt wird, im Fernsehen und überall, ist sie sich fast sicher. Evelyn und er sind geschieden, auch wenn sie immer noch zusammen in seinem Laden arbeiten. Sie arbeiten zusammen wie Freunde.

«Aber mit der Evelyn ist er doch nicht mehr zusammen?», fragt Imke.

«Sie arbeitet noch bei ihm. Sie verstehen sich ja gut.»

Helga war im Oktober mit Thomas und Natascha bei Peter in Hannover gewesen, sie waren essen im Max Malloschke, und ein Freund von ihm war mitgekommen. Ein stiller, sympathischer Mann. Das ist er wohl, hatte sie gedacht und sich extra nett zu diesem Bernhard verhalten. Zum Glück, hatte sie gedacht, hat er ja ein Kind mit Evelyn. Das andere war wohl unvermeidlich. Immerhin hatte er es eine Weile unterdrücken können. Jetzt war man ja der Ansicht, dass man sowas gar nicht unterdrücken sollte.

«Nach Peter habe ich dann bald Joachim bekommen, zwei Jahre später war das.»

Der war ganz anders gewesen, den hätte sie richtig lieben wollen, aber er hat sich nicht lieben lassen. Er hatte immer gestrampelt und später um sich geschlagen, wenn sie ihn hatte in den Arm nehmen wollen. Er hatte gebrüllt, und sie hatte Angst gehabt, dass Walther es hörte. Er war wild und laut gewesen, hatte die ganze Kindheit lang rumort und war dann einfach ausgezogen. Zu dieser älteren Frau, die dann so ein Theater gemacht hatte, bei der Beerdigung. In ihrem Haus war er doch wohl gestorben, so viel kann ihre Liebe ja nicht ausgerichtet haben, oder?

«Ein richtiger Rabauke war das. Ein Spaßmacher.»

«Hat er sich nicht umgebracht?», fragt Imke.

Helga zuckt mit den Schultern.

«Das musst du jetzt nicht sagen.»

«Aber er hat sich doch umgebracht?»

«Es hat an dieser Frau gelegen. Er ist ja immer so ein fröhlicher Junge gewesen.»

«Was war mit der Frau?»

«Sie ist ja viel älter gewesen als er.»

«Opa Walther ist doch auch älter gewesen als du.»

«Das ist doch was anderes.» Sie merkt, dass Ärger in ihr aufsteigt, wie so oft, wenn sie mit Imke redet. Sie redet so schlau, als würde sie sie von vornherein verurteilen. Als wäre es nicht ganz was anderes, wenn der Mann älter ist, als wenn die Frau älter ist. Als wüsste Imke das nicht oder, schlimmer, als würde sie es nicht gelten lassen. Und so ist es auch, Imke lässt nichts von dem gelten, was sie für richtig hält. Fast nichts. Sie überlegt sich immer was, das anders ist. Sie will immer was Neues für sich haben, eine ganz andere Lebensart.

«Und dann kam achtundfünfzig Hans», fährt sie wütend fort, obwohl oder gerade weil sie sich sicher ist, dass Imke an dieser Familiengeschichte kein Interesse hat oder noch nie gehabt hat.

«Mit dem hatte ich nie Ärger. Er war korrekt und anständig.»

Bis es sich herausstellte, dass er log, die ganz Zeit, über alles log. Vielleicht aus Angst. Er hatte Angst vor Walther und Angst vor dem Lehrer und vor den anderen Kindern.

«Er kam ganz gut zurecht im Leben, er hat ja jetzt ein eigenes Autohaus in Osnabrück. Er ruft jeden Sonntag an und holt sogar die Kinder ans Telefon.»

Und Eleonore hält ihm die Stange, dies ranzige, überparfümierte Weib mit ihrer Art, sie immer zu fragen, ob sie was bräuchte. Eine alte Klunker, denkt sie, eine alte Klunker, die hat er irgendwo aufgelesen, die war doch nichts wert gewesen, bevor er sie aufgewertet hat, mit seinem Autohaus.

«Obwohl die Frau ...», sagt Helga.

«Was ist mit der Frau?»

«Kellnerin im Steakhaus ist sie gewesen und hat zwei Kinder von einem gehabt, der im Gefängnis gesessen hat. Mit so einem hat sie Kinder gemacht, die Hans dann hat mitaufziehen müssen. Ärger gibt es in jeder Familie. Ich sage ja nichts. Ich würde es ihm nie sagen, was ich von ihr denke. Das bringt ja nichts ein. Die Kinder können ja nichts dafür.»

Aber lügen tun die Kinder auch. Sie lügen am Telefon, sie machen ihr was vor, sie interessieren sich gar nicht für sie.

«Oma, ich muss jetzt gehen», sagt Imke.

Helga hält sie am Arm fest.

«Und dann kam euer Vater, neunzehnhundertfünfundsechzig, da war ich schon fünfunddreißig, viel zu alt, aber so ist es nun mal gekommen, was will man machen?»

Thomas, der ist ihr am nächsten von ihren Kindern. Der konnte sich gar nicht von ihr fernhalten, dafür war er zu weich. Er war immer so voller Ärger und Anstrengung, er brauchte sie richtig. Bei Thomas konnte sie abwarten, sie lauerte richtig darauf, wenn er einen seiner Zusammenbrüche hatte, weil er enttäuscht war, weil er etwas nicht konnte oder etwas nicht klappte.

Helga beugt sich ganz dicht zu Imke, die sie immer noch fest am Arm hält. Sie flüstert fast: «Einmal ist sein kleines Segelflugzeug auf einem Baum hängen geblieben, aber Walther wollte nicht raufsteigen, weil der Baum zu hoch war. Weil es zu gefährlich war. Dann kam er zu mir, mit Tränen in den Augen.» Helga lächelt.

«Er hielt sich zurück, aber sobald er bei mir war, schrie er los: *Er holt ihn nicht runter, er holt ihn nicht runter!* Und wischte sich die Augen und heulte, als würde ihn die Sache umbringen.»

Und da empfand sie Genugtuung, sie wurde gebraucht, sie konnte ihre Arme um ein Kind schlingen, konnte helfen, indem sie es an ihren eigenen, einsamen Körper drückte, bis sein zuckendes Körperchen zur Ruhe kam.

«Und dann?», fragt Imke in einem schon frechen, weil gelangweilten Ton.

«Ich bin auf die Leiter gestiegen und habe es mit dem Apfelpflücker runtergeholt. Walther habe ich gesagt, der Wind hat es runtergeweht.»

«Das ist ja ... Mannomann», sagt Imke.

Aber Thomas hatte gesehen, was sie getan hatte, und schwieg und liebte sie, so hoffte sie, dafür.

«Und jetzt sowas», sagt Helga, «am Ende ...», sie lässt eine Pause und blickt auf die Schrankwand, «dankt es einem niemand.»

«Was meinst du damit?», fragt Imke.

«Das wirst du schon noch sehen, wenn du selber Kinder hast. Wenn du überhaupt welche willst.»

«Mal sehn», sagt Imke und reißt sich endlich von ihr los. «Wenn ich das alles so höre, dann vergeht mir das glatt.»

«Aber schön isses auch!», ruft ihr Helga hinterher, als sie die Tür schon hinter sich zugemacht hat. Sie will sie nicht gewinnen lassen. Immer geht Imke mit so einem Triumph aus der Tür.

Beim Einkaufen trifft Natascha ausgerechnet Ronald Park, den Mann, der einmal in ihrer Garagenwohnung wohnte, und nicht nur wohnte, der auch eine fremde Frau die Treppe emporführte, während sie an der Gardine stand, in ihrem Schlafzimmer, frierend, empört und hilflos. Sie konnte es diesem Ronald Park ja nicht verbieten, eine Frau mit in sein Bett zu nehmen, auch wenn dieses Bett ihr gehörte, diese Wohnung ihr gehörte, das Sofa, die ganze Einrichtung. Sie hätte sich nur lächerlich gemacht, sie konnte gar nichts sagen, nur empfinden, Abscheu zum Beispiel.

Ronald Park nimmt vor ihr Butter aus dem Kühlregal und scheint sie erst in diesem Moment erkannt zu haben, obwohl sie vermutet, dass er sie vorher schon gesehen hat und absichtlich zur selben Butter griff, zu der sie gerade greifen wollte, sodass ihre Hände sich fast berühren.

«Natascha!», sagt er und sieht sie freudig an.

Sie nickt ihm zu und legt ihre Butter in ihren Einkaufswagen.

«Wie geht es dir?»

Er sagt nicht *euch*, sondern *dir*. Er weiß es wohl schon, dass sie eine Verlassene ist.

Sie zuckt mit den Schultern.

«Es war so großzügig, dass ich damals bei euch wohnen durfte. Wirklich.»

«Na ja», hört sie sich sagen. «Die Wohnung stand ja leer.»

Und wieder fragt sie sich, ob er weiß, dass die Wohnung jetzt nicht mehr leersteht.

«Ich weiß», sagt Ronald und wischt sich mit beiden Händen über das Gesicht. «Aber trotzdem. Es war sehr nett.»

«So bin ich wohl», sagt Natascha, «nett.»

Ronald blickt sie jetzt interessiert an. Er hat eine Schramme unter dem Auge, einen blutigen kleinen Kratzer.

«Nicht doch», sagt er und schüttelt den Kopf. «Nicht auf solche Art und Weise. Du bist doch nicht auf solche Art nett.»

«Auf welche Art bin ich denn nett?»

«Du bist gar nicht nett», sagt er und schüttelt den Kopf und legt eine Hand auf ihre Schulter. Vielleicht weil er sieht, dass sie gleich zu weinen anfängt. Sie schüttelt seine Hand ab: «Ich habe eigentlich gar keine Zeit, weißt du.» Abrupt schiebt sie ihren Wagen in eine andere Richtung.

Aber er verfolgt sie, er lässt sie nicht entkommen.

Schließlich, vor den Nudeln, bleibt sie erschöpft stehen.

«Was rennst du mir denn nach?»

«Ich weiß nicht», sagt er. Er wischt sich übers Gesicht und verwischt das Blut, das in winzigen Tropfen auf der Schramme hockte.

«Du hast Blut in deinem Gesicht», sagt sie.

Er betrachtet seinen Handrücken, an dem ein wenig von dem Blut klebt.

«Ich mache immer alles falsch», sagt Ronald Park. «Ich wollte es irgendwie wiedergutmachen. Die ganze Sache. Ich weiß, dass du böse warst, damals, als ich bei euch wohnte. Ich weiß nicht, weshalb eigentlich, ob wegen allem oder wegen irgendeiner bestimmten Sache, aber glaub nicht, ich hätte das nicht gemerkt. Und als ich dich jetzt gesehen habe, da dachte ich: Ich nutze die Chance ... Aber ich weiß nicht. Ich mache immer alles falsch.» Er schüttelt den Kopf.

«Mein Gott», sagt sie.

«Wir können doch», sagt Ronald, «jetzt beide fertig einkaufen, die Sachen zum Wagen bringen, und dann gehen wir noch einen Kaffee trinken.»

«Ich muss nach Hause», sagt Natascha. «Das taut doch auf.»

Aber sie hat nichts Gefrorenes im Wagen liegen.

«Du hast doch gar nichts Gefrorenes», sagt er.

Er macht sie verrückt.

«Gut», sagt sie schließlich, als ließe sich diese Sache einfach nicht mehr abwenden, und sie sagt es so, dass er das Gedehnte, das Gequälte dabei merken muss. «Trinken wir noch einen Kaffee.»

Sie schieben ihre Wagen zur Kasse, in seinem liegt nicht viel drin, und bezahlen. Sie bringen die Sachen zu ihren Wagen und treffen sich dann vor dem Bäckereistand im Eingangsbereich des Supermarktes.

«Ihr habt euch getrennt?», fragt er. Sie sitzen an einem runden Plastiktisch, auf dem ein Topf künstlicher Blumen neben einem verklebten Zuckerspender steht. Hinter dem Glastresen wartet eine träge Frau mit gelben Haaren und Lippenpiercing, die sie aus Langeweile unauffällig beobachtet. An den Kassen sind Schlangen, aber Kaffee trinken will um diese Zeit niemand.

«Wir haben uns nicht getrennt. Thomas hat mich verlassen. Er hat eine andere Frau kennengelernt.»

Ronald schüttelt den Kopf.

«Wie konnte er das nur tun?»

Natascha muss plötzlich lachen.

«Wie er das tun konnte? Das ist normal. Alle tun das. Das kommt einfach vor. Du hast das doch auch getan. Du hast doch auch deine Frau verlassen. Warum redest du immer so ... geschwollen?»

Ronald starrt sie an. Das Blut auf seiner Schramme ist ein bisschen verschmiert und getrocknet, neben der Schramme ist jetzt ein blasser, roter Schimmer, wie Rouge, wie eine Schminke auf der einen Wange. Er ist Tischler, fällt ihr ein. Thomas kennt ihn, weil er Möbel aufarbeitet. Sie kann ihn sich so, praktisch, mit den Händen arbeitend, gar nicht vorstellen. Eher könnte er, denkt sie, eine bestimmte Art beruflich Gescheiterter sein. Schauspieler oder Fotograf, irgend sowas. Einer, der was Kreatives macht und erfolglos ist.

«Rede ich geschwollen?», sagt Ronald.

«Ein bisschen. Schon.»

Ronald zuckt mit den Schultern. Sie sieht, sie hat ihn gekränkt.

«Wie ist das, seine Frau zu verlassen?», fragt sie ihn plötzlich, sie hatte das gar nicht vorgehabt.

Er überlegt.

«Weißt du, es war keine Beziehung mehr. Wir haben uns nicht geliebt. Ich denke, auch Charly hat mich nicht geliebt. Aber wir hatten keine Ahnung. Wir waren einfach dumm.»

«Wie kann man ...?», will sie fragen, aber sie spricht nicht weiter und kann es nicht richtig formulieren, und sie weiß nicht einmal, ob es richtig ist, was sie denkt und was sie hätte fragen wollen. Es ist zu intim, und sie kennt ihn gar nicht.

«Weißt du, was sie eines Morgens zu mir gesagt hat? Sie hat gesagt, sie fände es einfach besser, wenn sie alleine frühstücken könnte. Sie hat gesagt, sie könne mir nicht dabei zusehen, wie ich morgens mein Müsli löffele. Sie könne es einfach nicht ertragen, dass ich kein normales Frühstück esse. Ein normales Frühstück, das wäre das gewesen, das sie zu sich nimmt, ihr Frühstück normal, meines nicht, so ist das. Und weißt du, was das Verrückte daran ist? Ich fand es eine gute Idee. Ich wollte auch lieber mein Frühstück ohne sie essen. Im Grunde, und das wurde mir erst nach und nach bewusst, im Grunde war alles besser ohne sie, sogar das Schlafen. Ich sah mir auch lieber Filme ohne sie an, weil sie immer dazwischenredete und sich aufregte, als wären sie echt, als würden diese Schauspieler die echten Menschen sein. Und sie regte sich nicht nur über die Figuren auf, sie schrieb diese Eigenschaften der Figuren dann den Schauspielern zu, weißt du, sie konnte Schauspieler und Figuren einfach nicht unterscheiden, man hätte meinen können, dass sie dumm ist. Sie war aber nicht dumm, sie hatte nur ein paar Spleens ... Sie war sogar sehr klug, aber sie lebte diese Spleens richtig aus, sie ließ sich richtig gehen, wenn du verstehst. Vielleicht gerade weil sie in Wirklichkeit klug war. Sie wollte gerne ab und zu auch mal dumm sein, was weiß ich. Wenn Menschen sich nicht lieben, dann sollten sie nicht zusammenleben. Es ist so schon schwierig, jeden Tag miteinander zu frühstücken. Die Krümel am Mund des anderen zu sehen, wie er schmatzt und kleckert und schnauft und vielleicht auch riecht. Aber wenn man sich nicht liebt, dann ist es die Hölle. All die kleinen Dinge, die man teilt, die sind die Hölle, wenn man sich nicht liebt. Es ist, wie wenn man jemanden immer wieder an derselben Stelle streichelt. Zuerst ist es sehr schön, aber dann wird es unangenehm und am Ende unerträglich. Man streichelt sich tot.»

«Warum hast du sie dann überhaupt geheiratet?»

Ronald zuckt mit den Schultern.

«Ich habe mich geirrt. Vielleicht, weil sie so schön war. Und so klug. Ich dachte, ich liebe sie.»

«Vielleicht hast du dich nicht geirrt. Vielleicht hast du sie doch geliebt.»

Ronald schüttelt den Kopf.

«Sicher nicht.»

«Woher willst du das wissen?»

«Danach, nach Charly, da habe ich es erfahren, wie sich das anfühlt. Und deshalb weiß ich jetzt, was der Unterschied ist.»

«Wie schön», sagt Natascha. Sie meint es nicht so. Sie möchte nicht, dass Ronald jetzt die Liebe gefunden hat. Sie gönnt es ihm nicht, findet es richtig ungerecht, dass jemand wie er die Liebe gefunden hat, die richtige, die größere Liebe, dass er jetzt weiß, dass es sie gibt, und sie von der anderen unterscheiden kann.

Ronald zuckt wieder mit den Schultern und seufzt. «Sie hat mich nicht gewollt.»

«Wer jetzt, die echte Liebe?», fragt Natascha. «Die hat dich dann aber nicht gewollt?»

Er nickt. Sein Blick geht in die Ferne, zur Frau mit dem Lippenpiercing, die immer noch interessiert zu ihnen herschaut. Vielleicht will sie nur wissen, ob sie noch was wollen.

«Dich freut es vielleicht irgendwie», sagt Ronald.

«Warum sollte es mich freuen? So ein Unsinn. Es ist mir vollkommen egal. Ich denke nur, dass du dir was vormachst. Du glaubst nur, du liebst diese Frau, weil du sie nicht haben konntest.»

Sie nimmt ihre Tasche und ihre Jacke und hält kurz inne, als er sagt: «Vielleicht hast du recht.»

Recht will sie eigentlich gar nicht haben. Sie wollte ihn nur – irgendwie herabsetzen. Sie weiß selbst nicht, warum. Sie wollte vielleicht nur irgendeinen Mann verletzen.

Sie fährt mit den Einkäufen nach Hause. Noch beim Einsortieren in den Kühlschrank denkt sie an Ronald und an seine Schramme. Sie leidet eine Weile unter der Vorstellung, ihm das Blut abzuwischen, die Schramme vielleicht zu desinfizieren. Und als sie später mit einem Buch im Bett liegt, leidet sie unter der noch schlimmeren Vorstellung, ihn in den Arm nehmen zu müssen. Immerhin ist er auch nicht glücklich. Das ist doch immer sehr versöhnend, wenn ein anderer auch nicht glücklich ist.

Ich bin nicht glücklich darüber, dass du nicht mehr zum Schwimmen gehst», sagt Natascha zu Imke.

Imke steht in der Tür. Sie ist verabredet. Früher war ihr nicht bewusst gewesen, dass es für die Eltern so wichtig war, dass sie zum Schwimmen ging. Im Nachhinein erinnert sie sich, wie sie darüber geredet haben. *Imke geht ja zum Schwimmen. Sie schwimmt wie ein Fisch, unsere Imke.* So haben sie geredet, zu den Nachbarn, den Verwandten, den Kollegen, aber mehr haben die Blicke, ihr Lächeln gezeigt, wie gern sie davon sprachen.

«Was wollt ihr denn von mir? Warum soll ich denn unbedingt zum Schwimmen gehen? Bringt das irgendwas?»

«Wie redest du denn? Was soll es denn bringen?»

«Es ist sinnlos.»

«Was meinst du denn damit? Es hat dir doch immer Spaß gemacht, oder nicht?»

Imke zuckt mit den Schultern.

Seit sie sechs Jahre alt war, ging sie zum Schwimmen. Sie traf dort fast immer dieselben Kinder. Sie wurden zusammen älter und mit der Zeit eine feste Gruppe. Sie mochte die Mädchen, mit denen sie dort zusammen war. Sie zogen sich kichernd ihre Jeans und Sweatshirts aus, stiegen fröstelnd in ihre Badeanzüge und unterhielten sich darüber, dass Jocelyne Emma nicht zu ihrem Geburtstag eingeladen hatte, dass Susanna mit ihrer Mutter nach Kanada zu ihrem französischen Cousin fahren würde, der dort echte Schlittenhunde züchtete, dass Martha die Schule wechseln wolle, weil sie an ihrer Schule kein Latein anboten. Am meisten unterhielten sie sich aber über den Schwimmlehrer und die Schwimmlehrerin, und die Gespräche gingen immer so: *Frau Zollner-Bär hat ge-*

sagt, ich bin besser geworden. John findet, ich muss an meiner Technik arbeiten. Frau Zollner-Bär hieß immer Frau Zollner-Bär und John John, weil sie so genannt werden wollten. Und natürlich unterhielten sie sich zunehmend über die Jungs, die in der Jungs-Schwimmgruppe waren. Sie schwärmten für Mark, den besten Schwimmer, aber sie mochten auch den blassen Philipp, der die Mädchen manchmal vom Beckenrand schubste oder sich heranschlich und seine Hand auf ihre Brust legte. Dafür wurde er einmal zwei Wochen vom Schwimmen ausgeschlossen, und in der Umkleide diskutierten die Mädchen aufgeregt, wie sie reagieren würden, wenn er ihnen die Hand auf ihre Brust legte, schlagen würden sie ihn wollen. Imke war sich damals ziemlich sicher, dass sie nicht so schnell in die Verlegenheit kommen würde, denn zu dieser Zeit hatte sie noch keine Brust. Sie einigten sich, dass Philipp am ehesten Emma die Hand auf die Brust legen würde, denn Emma war ein bisschen dicklich und frühreif und hatte für eine Zwölfjährige schon einen ganz anständigen Busen. Emma selbst fühlte sich durch die Annahme geschmeichelt, sie lief eine Weile in Philipps Nähe herum, und alle beobachteten sie, denn sie hatte gesagt, sie würde ihm richtig eine knallen, aber Philipp unterließ das Busengrabschen nach der zweiwöchigen Verbannung. Als sie älter wurden, ging es immer mehr nur noch um die Dinge, die das Schwimmen betrafen. Auch Imke erzählte nichts mehr von ihrem Leben außerhalb der Schwimmhalle. Das Leben einer Heranwachsenden war zu kompliziert, als dass man es beim Umziehen hätte erzählen können. Aber das Schwimmen war immer noch dasselbe. Sie kam gern in den hallenden, nach Chlor riechenden Raum. Sie mochte das klare Muster der Fliesen, das flimmernde Licht auf dem Wasser, das Reflexionen über die Hallenwände streute, das überwältigende Blau des Beckens, in das sie sich stürzte wie in eine große, angenehme Pflicht. Etwas, das man nicht hinterfragt, weil es einfach das Leben ist. Sie schwamm so gern. Nirgendwo spürte sie ihren Körper so gut wie im Wasser. All ihre Glieder bewegten sich im Einklang, und sie spürte die Kraft in sich. Sie spürte, dass sie schneller und besser als alle anderen sein konnte, egal wobei, wenn sie nur wollte, und dieses Wissen machte sie sicher. Sie war glücklich, im Wasser. Lange Zeit war sie glücklich gewesen. Müde, wenn sie nach Hause kam und ihre nassen Sachen aufhängte, die nach Schwimmbad rochen. Sie hatte von klein auf gelernt, dass es ihr nach dem Schwimmen immer besser ging, egal, wie es ihr vorher gegangen war, egal, wie wenig Lust sie manchmal auf das Schwimmen gehabt hatte. Danach war immer eine wunderbare Verwandlung mit ihr vorgegangen. Und sie war stolz auf sich gewesen, weil sie eine gute Schwimmerin war. Sie hatte ihre Medaillen an einem Nagel im Bücherregal aufgehängt. Sie war nicht die Beste gewesen, aber sehr gut. Und das war genau das gewesen, was sie gewollt hatte.

Jetzt ist es anders. Jetzt hat sie sich mit Elisabeth angefreundet, die Sport hasst, die Schwimmhalle hasst, Badeanzüge, Körperlichkeit. Die auch nicht nett ist. Nicht auf die Art wie die Mädchen in der Schwimmhalle.

Seit sie Elisabeth und die anderen kennt, kann sie nicht mehr schwimmen gehen. Sie hat keine Zeit mehr. Eigentlich hat sie schon Zeit, aber sie will dafür keine mehr haben. Sie hat, hat sie beschlossen, jetzt einen anderen Lebensstil.

«Es gibt wichtigere Dinge, als dass ich Spaß habe.»

Sie schweigt und starrt ihre Mutter an. Dann sagt sie,

ernsthaft und mit Nachdruck, wie Paul es gesagt hätte: «Es ist nicht das Wichtigste auf der Welt, dass wir Spaß haben, auch wenn wir das glauben. Genau deswegen wird die Welt untergehen. Weil wir Spaß haben wollen.»

«So siehst du das? Du denkst, du kannst es dir nicht mehr erlauben?»

«Nein, es kotzt mich an. Ich habe einfach keine Lust mehr. Tut mir leid, wenn ihr da irgendwie enttäuscht drüber seid, aber es ist mein Leben.»

Sie trifft Elisabeth am Hühnerposten in der Innenstadt.

«Ich warte seit Stunden!», sagt Elisabeth. Sie liegt auf den breiten Holzstegen vor der Zentralbibliothek, auf dem Platz vor den großen Gestalten. Diesen riesigen Figuren mit den langen Beinen, die unbeschwert über sie drüberstaksen könnten, weil sie so gar nichts Gewichtsvolles an sich haben, keine Last und unendlich lange Beine, mit denen sie in wenigen Schritten an den Deichtorhallen wären oder am Hafen. Sie können über alles hinweggehen, diese Figuren mit den falschen Proportionen, die Frau im roten Kleid, der Mann in schwarzer Hose und weißem Hemd. Sie haben die gleiche verzerrte Figur, aber sie stehen nebeneinander, als würden sie nichts miteinander zu tun haben, obwohl jeder sie zusammen sieht. Aber das, denkt Imke, ist es nicht, was die Menschen verbindet, dass sie am selben Platz stehen und ähnlich aussehen oder dass sie ähnlich aussehen, weil sie derselben Familie angehören, das bedeutet nichts, das ist nicht das, was sie verbindet. Auch wenn sie ganz komische ähnlich Proportionen haben. Das ist nicht das, worauf es ankommt.

Elisabeth liegt auf dem Rücken und dreht nur träge den Kopf in ihre Richtung. Sie liegt auf dem Holzsteg wie ein Käfer in der Sonne.

«Seit Stunden? Du spinnst.»

«Ich war zu früh da, echt, ich lieg seit zwei hier. Ich hab Englisch ausfallen lassen.»

«Selber schuld.»

«Is schön hier. Nur die Penner stören.»

«Ja? Warum?»

«Ach, einer hat mich angemacht. Wollte gar nicht mehr gehen. Sehe ich aus, als ob ich was zu verschenken hätte?»

«Ne, du siehst arm aus», sagt Imke und betrachtet Elisabeth, die wirklich für jeden erkennbar arm aussieht. Sie trägt billige Turnschuhe ohne Markennamen, ein kariertes Männerhemd und durch langes Tragen zerrissene Jeans. Die meisten tragen ja zerrissene Jeans, die sie zerrissen gekauft haben, das ist pervers, hat Paul gesagt, ein perverser Auswuchs des Kapitalismus, der Erscheinungsformen der Verweigerung von Konsum absorbiert und pervertiert, der selbst eine Haltung der Ablehnung und Negierung zu Geld macht, und die Leute fallen drauf rein, sie inszenieren sich konsumierend als Antikonsumenten.

«Sag ich doch. Aber ich gebe jedem was, jedem, wenn ich was habe.»

«Ehrlich?»

«Manchmal mach ich's ja selber.»

«Du bettelst?»

Elisabeth blinzelt sie an.

«Ich setz mich zum Beispiel in Altona auf die Erde und stell meinen Sommerhut auf die Erde. Die Anglermütze, du weißt. Dann warte ich da, ob mir einer was gibt. Ich bin auch schon mal durch die Bahn gegangen, aber das ist echt frustrierend. Die Leute sind immer so – angepisst. Die starren immer so an einem vorbei. Als ob ich die belästige oder was.»

«Ehrlich? Ich bin schockiert.»

«Warum?»

«Ich bin nicht schockiert. Nur ein Joke. Aber ich hätte nicht gedacht, dass ich persönlich wen kenne, der bettelt. Wie ist es so?»

«Wie soll es sein? Scheiße.»

«Gibt dir deine Mutter kein Geld?»

«Meine Mutter gibt mir mal so, mal so, manchmal ist sie auch pleite, dann geht die Überweisung nicht, selbst wenn sie will.»

«Und dann kriegst du gar nichts?»

«Ich hab ja Jobs, meistens, ich bediene in 'ner Kneipe, ich trage Zettel aus, sowas. Ich komm schon klar, meistens.»

«Aber heftig stelle ich's mir schon vor, wenn ich betteln müsste.»

«Du nicht. Könntest du gar nicht.»

«Wieso?»

Elisabeth schüttelt den Kopf.

«Ich könnte es einfach mal machen.»

«Das geht nicht», sagt Elisabeth. «Du kannst nicht probeweise betteln. Du musst dich auch so fühlen, du musst dich arm fühlen, okay? Du hast doch Geld in der Tasche, und mit Geld in der Tasche denkst du doch: *Ey, du Arsch, ich bin auf dein Geld nicht angewiesen.* Ich denke aber: *Gib mir bitte, bitte Geld, nur ein kleines bisschen, dass ich mir 'nen Franzbrötchen kaufen kann oder 'nen kleines Bier.*»

«Du bettelst für Bier?»

«Na wieso nicht? Das ist auch Nahrung. Oder denkst du, nur Vollkornbrot oder Salat?»

Imke legt Elisabeth den Arm um den Hals und nimmt sie ein bisschen in den Schwitzkasten.

«Bier ist Alkohol, Lissi. Es ist Al-ko-hol.»

Elisabeth versucht, sich frei zu machen, aber Imke mit ihren Schwimmarmen ist immer noch sehr stark. Dann lässt sie sie los. Sie keuchen beide, und Imke riecht den Schweiß an Elisabeths Körper. Das Holz, auf dem sie hocken, ist warm, der Platz strahlt in der Sonne, und um sie herum rauscht die Stadt. Sie lächeln beide, beglückt von sich selbst, von ihrem Sein, Elisabeth springt auf, und Imke folgt ihr in die Bücherhalle. Drinnen nimmt sie das Gespräch wieder auf: «Gibt noch andere Möglichkeiten. Containern. Oder in Läden fragen, ob man was umsonst kriegt, altes Brot zum Beispiel. Die schmeißen doch sowieso alles weg.»

«Containern?»

«Da holt man halt das Zeug, das die Supermärkte wegschmeißen, aus dem Container. Da schmeißen die das nämlich rein. Alles noch voll gut, voll gutes Zeug. Nicht mal verschimmelt und so, fast gar nicht. Geht man abends hin, mit 'nem Rucksack. Und dann guckst du halt da rein, was die weggeschmissen haben. Obst schmeißen die weg, wenn es noch richtig gut ist, Bananen, Äpfel, alles gesundes Zeug. Darf man sich nur nicht erwischen lassen. Die wollen das lieber verbrennen, als das mir geben.»

«Tja», sagt Imke, «kann man echt nicht einsehen.»

«Du hast es nicht nötig», sagt Elisabeth.

«Ich will ausziehen», sagt Imke.

«Hübsch da?», fragt Elisabeth.

«Ja, wahrscheinlich. Es ist scheiße.»

«Alles klar, du musst da raus», sagt Elisabeth. Sie legt einen Film nach dem anderen in die Rückgabe, die Filme verschwinden auf dem Band. Dann gehen sie durch das kleine Café.

«Ich könnte was essen», sagt Imke.

«Wenn du willst», sagt Elisabeth.

«Hast du keinen Hunger?»

«Ich esse nicht auswärts.»

«Ich lade dich ein. Such dir was aus.»

«Ich will nicht, dass du mich einlädst. Ich brauche das nicht. Ich hab einfach keinen Hunger.»

«Sei doch nicht böse. Ich wollte nett sein.»

«Ich scheiß auf dein Nett.»

«Gut, dann esse ich auch nichts.»

«Du hast aber Hunger.»

«Ich esse nur was, wenn du was isst. Alleine essen bringt keinen Spaß.»

Elisabeth brüllt: «Mann!»

Ein paar Leute drehen sich nach ihnen um.

«Du willst mich einladen?», sagt sie leiser. Zufrieden lächelnd sieht sie sich um, sie genießt den Aufruhr, sie macht ganz gerne die Leute auf sich aufmerksam, sie ist gar nicht so bescheiden und dann wieder doch, weil sie mit sehr wenig auskommt und zufrieden ist. Zufrieden lächelnd sieht sie in die Runde, und die Leute sehen alle ganz schnell wieder weg.

«Du willst mich also einladen?»

Imke nickt.

«Und du hast auch richtig viel Geld dabei, denn wenn die kleine Lissi erst mal mit dem Essen anfängt ...»

«Ich hab genug.»

«Gut. Gut.»

Elisabeth bestellt zwei Frikadellen und Kartoffelsalat, Nudelsalat, ein Stück Kuchen und ein Glas Cola. Imke bestellt eine Backkartoffel und ein Wasser.

Während sie essen, sagt Elisabeth: «Und nun siehst du, warum ich fett bin. Ich esse einfach gern.»

«Ich esse auch gern», sagt Imke.

«Na ja», sagt Elisabeth.

Dann suchen sie Filme aus. Elisabeth kennt sich aus. Sie kennt Regisseure und Schauspieler. Sie braucht lange, um einige Filme auszuleihen. Wenigstens drei wollen sie sich zusammen ansehen. Die Mitbewohnerinnen sind in Polen. Victoria und Mara wollen kommen, Miguel vielleicht. Paul nicht. Paul ist zu seinen Eltern gefahren.

Sie bringen die Filme zu Elisabeth, und das erste Mal sieht Imke Elisabeths Wohnung. Alte Dielen, eine Wohnküche, in der auch der dicke, alte Fernseher auf einem lila gestrichenen Fußbänkchen steht. Überall kleben Fotos an den Wänden, einfach mit Klebstoff oder Tesa angeklebt. In Elisabeths Zimmer stehen ein Bett und ein kleines Cordsofa, ein winziger Schreibtisch mit Eisenbeinen und splittriger Holzplatte, am Fenster hängen weiße Gardinen und über dem Bett Filmplakate.

«So will ich auch mal wohnen», sagt Imke. Sie hätte nicht gedacht, dass Elisabeth so eine ordentliche, aufgeräumte Wohnung hat. Auch wenn die Wohnung nur ein Zimmer ist. Ihr wird klar, dass Elisabeth bereits erwachsen geworden ist, auch wenn man das ihren Reden nicht anhört, auch wenn sie in der Schule Schwierigkeiten hat. Aber in ihrem Zimmer und mit diesen Frauen, die in Bars und Supermarktkassen arbeiten, da ist sie eine erwachsene Frau.

«Müssen wir nur noch Bier holen und was zum Essen.»

Sie gehen Bier holen, und Imke packt noch einige andere Sachen in den Korb, Chips, Baguette, Oliven und eingelegtes Gemüse.

«Du hast 'n gutes Taschengeld, was?», fragt Elisabeth.

«Ich weiß nicht, ob es gut ist. Ich geb es halt für was aus wie Essen.»

«Klar. Warum nicht.»

«Ich find's nicht gut, dass du immer so an mir rumnörgelst. Ich kann ja nichts dafür, dass meine Eltern mir Geld geben oder dass meine Familie nicht so kaputt ist. Ich hab's mir nicht ausgesucht, Lissi. Das ist nun mal mein Schicksal.»

«Ja. Klar. Mein Reichenkind», sagt Elisabeth und streichelt Imke über das Haar.

«Denkst du, ich bin reich? Ich bin nicht reich.»

«Ich finde schon.»

«Vielleicht im Verhältnis. Zu dir.»

«Sag ich doch. Ich mein ja mich. Was denkst du, auf wen ich mich sonst beziehe? Ich beziehe mich immer auf mich, Immchen.»

Sie nehmen die Sachen in die Wohnung und machen das Bier gleich auf. Sie trinken, sitzen auf dem Fensterbrett und schauen auf die Straße. Es ist ein Abend wie Zuckerwatte. So weich und rosig, und die Luft ist süß. Alles ist ein bisschen schön. Schön warm, schön rosig, und alles ist ein bisschen wie in einem Film.

«Ich finde es gut», sagt Imke ganz weich, «dass ich dich kenne. Dass ich bei dir sein kann.»

«Ja?», sagt Elisabeth. «Du bist auch ganz in Ordnung.»

Dann sehen sie die anderen. Sie kommen alle zusammen von der Bahn. Mara und Victoria und Miguel, der die Hand hebt, zur Faust geballt.

«Eh, ihr Arschlöcher!», brüllt Elisabeth aus dem Fenster.

«Ey, du Fotze», schreit Mara von unten und strahlt.

«Alerta!», schreit Miguel mit immer noch geballter Faust in der Luft.

Und Imke fühlt sich so warm und so froh, wie sie sich noch nicht einmal mit Paul in seinem Bett gefühlt hat.

Ich bin auch sehr gern geschwommen. Einmal bin ich sogar durch den Fluss geschwommen», sagt Helga.

«Ach, wirklich?»

Natascha steht an der Spüle und sieht durch das Fenster, wo, wie auch Helga sieht, Thomas den Helm auf seinem Kopf festzurrt, auf sein Fahrrad steigt und vom Hof fährt.

«Ich war jünger als Imke, vierzehn vielleicht oder dreizehn, meine Sachen lagen im Gebüsch», sagt Helga, «die Unterwäsche hatte ich angelassen, es war abends, und ich bin mit Frieda Hörgmann geschwommen, die ist älter gewesen und hat schon einen Freund gehabt, Walther Fenns, der ist noch vor dem Krieg gestorben, er soll sich umgebracht haben, aus Angst, haben sie gesagt, aber man weiß es nicht, die Leute reden immer ...»

«Ja, und dann bist du also durch den Fluss geschwommen?», sagt Natascha. Sie stellt die Teller auf den Tisch und den Käse, sie schneidet Tomaten und gießt das Gurkenwasser von den sauren Gurken durch ihre Hände in das Spülbecken. Dann stellt sie den Herd aus und lässt die Spiegeleier auf ihre Teller gleiten.

«Ich wusste nicht, ob ich es schaffen würde. Ich schwamm erst nur mit Frieda beim Ufer herum, dann schwamm ich weiter in die Mitte hinein, und die Strömung war stark und trieb mich ein bisschen ab. Da bekam ich so einen Rappel ...» Sie lächelt Natascha an. «Ich war ganz verrückt im Kopp.»

Es lag schon eine kühle Dunkelheit unter den hohen Bäumen, aber auf den Fluss schien noch die Sonne, eine brennende, orangefarbene Sonne, und das Wasser war wie flüssiges Gold, und es hüpften lauter glitzernde Sterne drauf. Sie bekam diesen Rappel und fühlte auch die

Gefahr. Aber ihre Beine waren stark, ihre Arme waren kräftig, und die Strömung, die sie seitwärts zog, machte sie nur noch wütender. Es war, nachdem sie den Brief verlesen hatten. Auch sie hatte man in der Schule angestarrt, nicht nur Gretchen. Sie war mit Gretchen sehr eng verwandt, sie lebten Bett an Bett, auch wenn sie nur wenige Worte wechselten. Gegen die starrenden Mädchen konnte sie wenig tun, sich auch nicht mit Worten wehren, sie hätte nicht gewusst, mit welchen Worten man sich gegen eine solche familiäre Schuld hätte wehren können.

«Jungs schwammen manchmal über den Fluss. Die großen, starken. Mädchen schwammen nie über den Fluss.»

«So?» Natascha stellt zwei Flaschen Bier auf den Tisch, immer wieder zum Hof schauend, wo Thomas gar nicht mehr ist. Er war mit dem Fahrrad weggefahren, er ist jetzt bei ihr.

Und Nataschas Gedanken sind auch bei ihr, das sieht Helga.

«Ich war dann in der Mitte des Flusses», sagt Helga laut und etwas aufgebracht, «und hinter mir rief Frieda, ich soll zurückkommen. Aber ich bin immer weiter. Und dann riss der Fluss mich immer stärker mit, ich war erschöpft, richtig erschöpft auf einmal, und ich dachte, ich könnte vielleicht ertrinken. Ich schwamm und kam nicht von der Stelle, kannst du dir das vorstellen?»

«Hört sich gefährlich an», sagt Natascha, setzt sich und schiebt ihr Spiegelei auf ihre Scheibe Brot. Sie schneidet saure Gürkchen in Scheiben und gießt eine Flasche Bier halb in ihr und halb in Helgas Glas. Im Flur geht die Tür. Helga sieht sich um.

«Ich habe an Gretchen gedacht, an die Schande und an den Brief, und dann bin ich einfach weitergeschwommen, ich dachte, ich kann nicht mehr, aber ich konnte noch, man denkt ja immer, man kann nicht mehr, aber weißt du, man kann eigentlich immer noch, es ist nur eine Täuschung, der Körper will uns täuschen ...»

«Der Körper will uns täuschen? Der Körper täuscht uns nicht», sagt Natascha streng.

Helga trinkt von ihrem Bier, sie trinkt selten Bier, aber jetzt schmeckt es ihr. Sie wischt sich den Mund ab. Sie stößt einmal auf.

«Und dann ging es irgendwann wieder leichter. Auf der anderen Seite, zum anderen Ufer hin. Und ich hatte schließlich Boden unter den Füßen.»

Da stand sie triumphierend im Wasser, mitten im letzten Funkeln der untergehenden Sonne, und winkte mit den Händen über ihrem Kopf Frieda auf der anderen Seite zu.

«*Bist du verrückt?*, schrie Frieda von drüben.»

Helga lächelt versonnen, ihren Triumph auskostend wie damals. Vor ihr liegen das Brot und das Spiegelei. Aber essen kann sie nicht. Sie ist aufgewühlt. Sie hat den Fluss besiegt. Zurück ging sie es anders an. Sie schwamm langsam bis zu den gefährlicheren Strömungen. Da nahm sie ihre Kraft zusammen und stemmte sich dagegen. Sie schwamm konzentriert und spürte ihren Körper in seiner ganzen Stärke. Sie hatte einen wunderbaren, verlässlichen Körper. Sie konnte schwimmen wie ein Junge. Besser als ein Junge. Drüben ließ sie sich müde neben Frieda fallen.

Das darfst du nicht zu Hause erzählen, sagte Frieda. Sie zog ihre Sachen an und ließ sie an sich trocknen, es war eigentlich schon zu dunkel und zu kalt dafür, aber sie fand es schön, in der Dämmerung unter den Bäumen zu sitzen, sich in der Bewunderung von Frieda zu sonnen.

«Was für ein Brief? Und was war mit Schande?», fragt Natascha.

«Was meinst du?»

«Du hast es gerade gesagt, du hättest an Gretchen gedacht, an die Schande und an den Brief.»

«Das habe ich nicht gesagt.»

«Na ja, du *hast* es gesagt.»

«Es tut nichts zur Sache.»

Die Küchentür geht auf.

«Wer hat einen Brief?», sagt Alexander.

«Sie hat ihr eben einen Brief geschrieben», sagt Helga.

«Wer hat wem einen Brief geschrieben?», fragt Natascha.

«Der Maria Götz.»

«Und?», sagt Alexander und nimmt ein Glas aus dem Schrank. Füllt es unter dem Wasserhahn, trinkt. Sein Adamsapfel hüpft.

«Es standen Schweinereien drin.»

«Schweinereien?», fragt Natascha. «Was für Schweinereien?»

«Öffentlich vorgelesen haben sie es, in der Schule. Und auch noch die Tochter vom Ortsgruppenleiter.»

«Und wer hat nun diesen Brief geschrieben?»

«Gretchen doch», sagt Helga. «Rücksicht genommen hat sie keine. Hätte sie es doch für sich behalten.»

«Was? Ich kann dir nicht folgen. Du erzählst manchmal so ... konfus.»

Helga steht auf, sie schiebt den Stuhl an den Tisch, nimmt im Stehen noch einen Schluck Bier. Dann steigt sie die Treppe hoch. Sie ist wütend. Immer wollen sie einem alles aus der Nase ziehen. Immer wollen sie, dass es alles ausgesprochen wird. Ihr ist ganz heiß.

Oben nimmt sie das hübsche, mattglasige Fläschchen

von ihrer Frisierkommode und besprüht sich rund um ihren Hals mit *Ô de Lancôme.* Sie stellt den CD-Player an und setzt sich in ihren Sessel. Sie singt, und sie denkt an den Fluss, aber sie kann es nicht verhindern, dass sie auch an Gretchen und Maria Götz, an den Brief und die Blicke denken muss. An Gretchen, wenn sie neben ihr lag.

«Helga», hatte Gretchen geflüstert, als es passiert war, «ich habe es nicht gewollt. Aber ich konnte nicht anders.»

Helga hatte nichts darauf geantwortet. Sie hatte die Augen fest zugekniffen, sich weiter schlafend gestellt. Auch wenn es ihr schwergefallen war, weil Gretchen geschluchzt hat. Es war nur ein einziges Mal gewesen, dass sie versuchte, es zur Sprache zu bringen.

Man kann immer anders, hat sie ja auch gekonnt. Als das mit Reinhard Strom war. Sie rappelt sich aus dem Sessel. Sie ist ganz klabastrig, sie braucht jetzt doch die Pillen.

Sieh mal an, ein Penis!», sagt Natascha genervt. «Sowas hat man ja noch nie gesehen. Wenn ihr mal einen Penis sehen wollt, kommt ins Museum!» Aber so etwas nützt nichts, es verschlimmert alles noch. Sie lachen noch mehr, wenn man Penis sagt. Penis darf man nicht sagen, denn es reizt sie ungeheuer, nicht nur der Anblick, auch das Wort ist ihnen wie ein Niespulver, es bringt sie zum Explodieren.

«Schöne Titten», sagt einer und tut empört, als die Lehrerin ihn zurechtweist. «Darf man das nicht sagen? Sind doch schön, darf man doch wohl sagen, wenn man was schön findet, oder?»

Natascha beendet ihren Vortrag über einen Rembrandt und fordert den Titten-Jungen auf, sich ein Bild auszusuchen.

Er ist groß und dünn und zieht die Schultern vor, die Arme baumeln an seinen eckigen Gelenken wie Marionettenarme, er dreht sich so, immer leicht gekrümmt, hektisch nach allen Seiten um, um sich zu vergewissern, dass man ihn sieht. Er muss alles im Auge haben. Er ist ein Umdreher, seine Augen wandern hektisch über die Gruppe, er kann gar nicht damit aufhören, auch nicht, als er angesprochen wird. Um die Ohren rum ist er rasiert, das Haar darüber liegt länger und gegelt in einem Schwung nach hinten gekämmt auf dem Kopf wie etwas sehr Entschlossenes – aber dieses hektische Vogelgesicht. Sein Hals, sein Nackenansatz hat etwas Verletzliches, ein flaumiger Kindernacken auf diesem großen, verbogenen Körper.

«Was?», sagt der Junge, und seine Augen flitzen hin und her.

«Ich sagte, such du ein Bild aus, das dich interessiert.»

«Keins», sagt er sofort, flatternd, grinsend.

«Dich interessiert kein einziges Bild?»

Er schüttelt den Kopf.

«Interessiert mich nicht.»

Die Lehrerin mischt sich ein. «Vielleicht möchte jemand anders?», sagt sie und blickt ermunternd umher. Lehrerinnen. Müssen immer ermuntern. Halten solche Konflikte nicht aus.

«Nun, ich möchte trotzdem, dass du dir ein Bild aussuchst. Ich gebe dir zehn Minuten. Lauf ein wenig herum. Du wählst ein Bild für uns aus, irgendein Bild, das dich anspricht.»

«Und wenn mich keins anspricht?»

«Dich spricht eins an.»

«Nö», sagt er und schüttelt den Kopf.

«Wir werden sehen. Im Übrigen glaube ich dir nicht. Ich nehm dir das nicht ab. Dass du ein Mensch bist, den nichts anspricht. So ein Mensch bist du einfach nicht.»

«Woher wollen Sie das wissen?»

Sie zuckt mit den Schultern.

«Ich guck mich mal um», sagt der Junge, «aber ich sag's Ihnen gleich, mich spricht nichts an.»

«Soll ich dich ansprechen?», sagt ein blasser Junge, der etwas Kriminelles in seinem Blick hat. Etwas Schlaues, Gewitztes, hübsches Gesicht und funkelnde Augen.

«Halt's Maul, Steven!», sagt der andere und geht los. Alle sehen ihm nach. Er ist jetzt weg, ein Solitär, und er hat eine Verantwortung aufgeladen bekommen. Die Hände in den Taschen, läuft er viel zu schnell durch die Räume, und sie folgen ihm in Abstand, schlendernd. Die Gruppe ist jetzt verunsichert, wenn sie witzeln, dann über ihn. Mal bleibt der Junge vor einem Bild stehen, an anderen geht er vorbei. Schließlich kehrt er zurück. Die Hände immer noch in den Taschen, den Kopf schrägt, ein schwaches Grinsen im Gesicht.

«Hab nichts gefunden.»

«Gut.» Sie lächelt. «Dann versuchen wir es noch mal. Steven, such du doch für uns ein Bild!»

Steven ist schon da. Er ist der, der immer in genau solchen Augenblicken da ist, und man muss ihn nutzen, wie er diese Augenblicke nutzt. Steven strahlt.

«Nö», sagt der erste Junge. «Wenn der ... Ich hab eins.»

«Du hast ein Bild gefunden, dass dich angesprochen hat?»

«Angesprochen nicht. Aber ich fand's irgendwie ganz gut.»

«Gut. Gut.» Sie nickt. Sie lässt ihn vorgehen, und er bleibt vor der Landschaft mit Bauerngehöft stehen, das der Niederländer Abraham Bloemaert gemalt hat, 1629.

«Und was genau gefällt dir an diesem Bild?»

Der große Junge reißt die Augen auf. Alle starren ihn an, die ganze Gruppe erwartet etwas von ihm. Er starrt auf das Bild. Die Hände in seinen Hosentaschen sind zu Fäusten geballt, seine Schultern sind so vorgezogen, dass es aussieht, als hinge sein T-Shirt an einem Gestell. Als wäre er ein verbogenes Gestell. Als fehlte ein Teil seines Körpers, Haut und Inneres, wären da nicht der Nacken und Hals in dieser unschuldigen, feinen Stofflichkeit. Diese zarten Kinderhärchen. Eine Haarsträhne löst sich aus der Frisur und fällt zackig über seine Augen. Kurz zuckt die Faust in der Tasche, aber er lässt die Haarsträhne, wo sie hängt wie ein Komma in seinem Gesicht.

«Wie das aussieht», sagt er plötzlich, und mit einer ganz anderen, einer brüchigen, singenden Stimme, «das kaputte Haus. Wie das alles verfallen ist. Sieht cool aus.»

Natascha nickt. Und sie beginnt ihre Arbeit. Sie kann endlich vernünftig mit dieser Gruppe über ein Bild reden. Auch den anderen scheint dieses Bild zu gefallen, und sie sieht, wie der Junge plötzlich ein bisschen stolz auf seine Wahl ist. Wie sein Kopf ein bisschen glüht, jetzt glättet er die Frisur, klebt die Strähne wieder sorgfältig auf dem Kopf an, er beteiligt sich sogar ein wenig am Gespräch. Er lockert sich, er streckt sich ein bisschen. Wenn er sich streckt, ist er noch größer, noch dünner, sein Gesicht schutzlos und unschön, wie das eines großen, dummen Vogels. Wie er krächzt und verschreckt seine Flügel versteckt. Wer soll er einmal werden, in dieser verwirrenden Welt?

Sie sollten, hat sie sich oft überlegt, vielleicht ganz

allein durch eine Ausstellung, ein Museum gehen. Ihre eigene Musik dazu hören, wenn sie wollen, in ihren Kopfhörern, und sie sollten durch ein leeres Museum gehen, ohne andere Menschen, mit ihrer Musik und ihren Gedanken, nur sie, die Räume und die Wände und die Bilder. Unbeobachtet. Man sollte sie ohne Handy, nur mit ihrer Musik und den Bildern durch eine Ausstellung schicken. Ohne Gruppe, man muss ihnen den Druck nehmen, das ständige Sich-Vergewissern, das ständige Sich-Darstellen, nur dann wären sie frei für so etwas wie ein Bild. Aber sie sind zu sehr im Wachsen, mit all ihren Kräften im Sich-Positionieren gebunden, sie verausgaben sich an das Zerfaserte, Kleinteilige, Hetzende, Kurzlebige, sie sind immer am Rennen, immer im Kreis, sie kommen nicht von der Stelle, sie können nicht aufhören, sich umzusehen. Das lässt keinen Raum für eine Erfahrung, wie die Kunst es verlangt.

Mit ihren Kindern sind sie öfter in Ausstellungen gegangen, Thomas und sie. Sie hat ihnen nie etwas erklärt. Sie hat sich selbst Sachen angesehen, die sie interessiert haben, und die Kinder in Ruhe gelassen. Wenn sie Fragen stellten, dann haben sie kurze Antworten gegeben. Oft nur: Weiß ich nicht. Und woher auch sollte sie wissen, was das ist. Denn das hatten sie manchmal gefragt, besonders Alexander: *Was ist das?* Eine Installation, hätte sie vielleicht antworten können. Alexander konnte es nicht ertragen, dass etwas nicht erklärt werden konnte, er wollte immer eine Erklärung haben, er wollte nichts Ungewisses dulden. Er fing an, sich Namen für die Objekte auszudenken. *Das ist eine Falle*, hatte er ihnen erklärt, misstrauisch, ob sie ihn auslachten oder berichtigen wollten. Aber sie lachten ihn nicht aus. *Siehst du. Da ist ein verkehrtrumer Fuchs. Ein Lappenseil. Eine Klebebahn.* Er entwickelte große Phantasie, was das Benennen anging, es musste alles einen Namen bekommen, er gab den Dingen ihre Ordnung. Und sie hatte zu allem ernsthaft genickt. Jetzt geht er nicht mehr in Ausstellungen.

Das war ja sowieso nur ihr und Thomas' Interesse gewesen. Thomas sieht sich am liebsten Bilder an. Gemälde und Fotografien. An Installationen und Videokunst hat er kaum Interesse. Imke war in Ausstellungen verloren gewesen. Mit offenem Mund hatte sie in der Mitte eines Saales gestanden, sich gedreht und einen ganz leeren Gesichtsausdruck bekommen. Sie hatte hauptsächlich die Menschen betrachtet, die merkwürdigen Menschen, die in Museen herumliefen. Sie war fasziniert von ihnen, und sie belauschte ihre Gespräche. Manchmal stand sie vor einem Bild, starrte es an, sah es gar nicht und schwankte, als würde sie in ihrer trotzigen Ablehnung gleich ohnmächtig umfallen. Und so war es auch, sie stolperte oft über Schwellen oder stieß sich an einer Sitzbank, man musste immer auf sie aufpassen, die so wenig in der Kunst aufging, weil sie selbst wie ein gefährliches, sperriges Objekt war.

Nur einmal liefen ihr in der Galerie der Gegenwart die Tränen über das runde, blasse Gesicht, als sie die aneinandergenähten Plüschtiere Mike Kelleys betrachtete. Manchen Dingen, hatte Natascha damals zufrieden gedacht – zufrieden über das erschütterte Kind, zufrieden über die Tränen, zufrieden und böse, wie man als Mutter voller selbstherrlichem Ehrgeiz sein kann –, kann man sich einfach nicht entziehen. Manche Dinge wirken unmittelbar.

Sie ist vom Spazieren gekommen und hat ihn in der Garage sitzen sehen, im Unterhemd, wie er mit Imke redet und Bier trinkt. «Irgendwas ist mit ihm nicht richtig», sagt Helga laut zu sich. Sie fühlt eine Pflicht, es auch vor sich selbst deutlich auszusprechen. Eine Mutter darf sich über ihre Kinder nichts vormachen. Mit allen ihren Kindern ist was nicht richtig. Joachim hat sich umgebracht. Da ist es am offensichtlichsten gewesen. Er hatte gar nichts. Hat sich trotzdem umgebracht. Ohne Grund.

Joachim ist tot, hatte Peter am Telefon zu ihr gesagt. *Er hat sich erhängt.*

Warum?, hatte sie gefragt.

Das weiß ich nicht.

Sie hatte gedacht, dass sie ihr irgendwann sagen würden, was der Grund war. Zum Beispiel Geldprobleme. Früher haben sich die Leute wegen Geldproblemen erhängt. Aber Geldprobleme, das konnte sie in Erfahrung bringen, hatte er nicht. Er hatte gar keine Probleme, sie konnte es nicht glauben, dass er keine Probleme hatte und sich trotzdem umbringt. Aus keinem Grund. Lange war sie sich sicher gewesen, dass es einen verdeckten Grund gegeben haben musste. Aber dann hatte Thomas gesagt: *Er war wohl depressiv.*

Depressiv? Er war doch immer so lustig gewesen. Sie erinnert sich an Joachim, wie er am Falkensteiner Ufer gestanden hat, als erwachsener Mann schon, sie umarmt und so getan hatte, als wollte er sie mit sich in die Elbe ziehen.

Mutter geht schwimmen!

Ihre Schuhe waren ganz nass geworden. Sie hatte ihm eine Ohrfeige gegeben.

Als Kind hatte er rumgebrüllt und viel Theater gemacht. Sie erinnert sich vor allem an sein lautes Sein. Und weil er so war, wollte sie ihn immer ruhig haben, ihn dämpfen. Sie hätte sich nie denken können, dass Joachim sich umbringt. Eine Unglaublichkeit, dass ein Mann, der so laut und lustig ist, sich umbringt.

Es kann doch nicht sein, sagte sie immer und immer wieder.

Bis Walther sie anschrie: *Hör doch auf!*

Und dann hörte sie auf. Wie eine Maschine, die einer abgestellt hat. Es kann doch nicht sein. Hör doch auf.

Thomas ist nicht laut gewesen, er ist immer sehr angenehm gewesen. Ein freundliches, angestrengtes Kind. Er wollte alles alleine schaffen und fing an zu weinen, wenn er es nicht schaffte. Er hatte einen feuchten, schmalen Schädel, feucht von Schweiß und Tränen und Verbissenheit. Manchmal musste sie ihm einfach was hinter die Ohren geben. Damit er aufhörte, so zu sein. Aber das ging ihr mit allen ihren Jungs so. Alle sollten sie irgendwann aufhören, so zu sein, wie sie waren. Es war ihr manchmal zu viel, ihre Kinder auszuhalten.

Ich kenne ihn gar nicht, sagte sie auf Joachims Beerdigung im März 1974, als alle in der Kälte auf dem Tonndorfer Friedhof standen, unter den nackten Bäumen, unter denen schon die Krokusse blühten. *Ich kenne sie alle gar nicht.*

Na und?, sagte Walther. *Niemand kennt seine Kinder. Denkst du, deine Eltern kannten dich?* Wut, das war seine Art zu trauern. Ihre war Unverständnis. Trauern konnten sie nicht. Sie hatte geweint, aber nur, weil sie es nicht hatte verstehen können.

Sie setzt sich in ihren Sessel, die Hände in den Schoß gelegt. Ihre Eltern haben mit ihnen am Sonntag Ausflüge gemacht. Thomas macht mit seinen Kindern keine Ausflüge. Warum tut er das nicht? Gibt doch nichts Schöneres. Sie seufzt wieder. Sie nimmt die Fernbedienung, die auf dem Wohnzimmertisch liegt, und drückt auf den Pfeil. Sie lehnt sich zurück, die Augen geschlossen. Und während ihr die Augen feucht werden, singt sie mit ihrer brüchigen Stimme mit dem Männerchor mit.

Land der dunklen Wälder
und kristall'nen Seen,
über weite Felder
lichte Wunder geh'n.

Hörst du dir die CD an?», fragt Alexander. Er hat ihr die *Lieder aus Ostpreußen* im Internet bestellt. Sie steckt in der silbernen Musikanlage, die auf einem bestickten Deckchen in ihrer Schrankwand steht, und immer, wenn es sie überkommt, dann hört sie sie. Manchmal hört sie auch Hans Albers und manchmal auch Udo Jürgens, die fand sie sehr flott. Aber meistens ist ihr nach den Liedern aus Ostpreußen.

«Nie haben sie Ausflüge mit euch gemacht», sagt Helga.

«Was?», fragt Alexander.

«Bei uns wurden immer Ausflüge am Sonntag gemacht. Man muss doch seine Heimat kennen.»

Elche steh'n und lauschen
in die Ewigkeit.

«Elche?», fragt Alexander.

Helga nickt.

«Ach Junge, es war so schön.»

Alexander setzt sich in den anderen Sessel, sie legt den

Kopf nach hinten und spricht mit halbgeschlossenen Augen in die Musik hinein.

«Unsere Mutter breitete immer ein Tuch auf dem Boden aus, nachdem wir die Kiefernzapfen weggesammelt hatten. Und legte Eier hin und gebratenes Huhn. Brot und Butter. Sie goss Malzkaffee für uns ein, und wir spielten Verstecken hinter den Baumstämmen, aber Pfiffi verriet jeden. Er stöberte uns auf und bellte.»

Sie kichert. Alexander schnaubt zustimmend.

Es war eine Wärme in diesen Wäldern, eine Geborgenheit, die sie zu Hause nie empfunden hatte. Es gab zu viel zu tun, und die Eltern waren zu ernst miteinander. Es gab nur wichtige Dinge zu besprechen, die erledigt werden mussten. Das Haushaltsbuch. Die oft entzündeten Augen des Vaters. Neue Stiefel für Martha.

Martha. Wie sie um die Kiefern tanzt, viel zu gut gekleidet für den Wald. «Martha war so ein schönes Mädchen», sagt Helga und schaut Alexander streng an, denn sie möchte, dass er ein bisschen über schöne Mädchen nachdenkt. «Sie brauchte einfach schöne Kleider. Sie hatte so dickes» – sie hält eine gekrümmte Hand über den Tisch – «blondes Haar und eine herrliche Figur. Ein griechisches Gesicht, haben sie gesagt, und wie sie so ging, wie eine ganz Hohe, als wenn sie von Adel wär. Aber dann», Helga seufzt, «ging sie mit Josef weg, der ein Spieler war, und sie hätten es vorher wissen können, wenn sie nur ein bisschen aufgepasst hätten. Er hat immer Spaß mit ihr gemacht. Ich habe es gleich gewusst, dass Josef und Martha ein Paar waren.»

Vielleicht war Martha gar nicht so verrückt nach ihm gewesen wie er nach ihr, denkt sie. Martha war eigentlich nach niemandem verrückt, sie hatte eigentlich so gar nichts Unvernünftiges an sich. Sie war vielleicht mit Josef nur mitgegangen, weil er sie gefragt hatte. Und weg, das wollte sie nun wirklich.

«Sie wollte nach Berlin. Und wenn es eben mit Josef war, der war auch nicht schlechter als andere. Josef war dann ja auf seine Art ein attraktiver Mann geworden.»

Er wollte Geld verdienen. Er wollte Martha. Er riss sie, am Ende, mit sich mit. Und vielleicht war er auch wegen ihr ein Spieler geworden. Denn sie brauchte nun einmal Geld, um das Leben zu führen, das sie sich vorgestellt hatte, wenn sie schon mit einem Mann weglief. Sie brauchte einen, der ihr was bieten konnte. Und Josef hatte ihr das versprochen. So musste es gewesen sein. Es gab ein paar Fotografien aus der Zeit. Sie hat ein paarmal welche geschickt. Sie trug ein helles Kleid, einen Hut und weiße Schuhe. Wie eine Frau von Welt.

Wuchsen einst fünf junge Mädchen
schlank und schön am Memelstrand.
Sing, sing, was geschah?
Keins den Brautkranz wand.

Josef hat sich umgebracht, bevor er gewusst hat, dass sie schwanger war. Er hat Schulden gehabt, und sie hat das Kind allein zur Welt bringen müssen, und da war es vorbei mit den schönen Kleidern. Aber sie hat Glück gehabt. Ein SS-Mann hat sie genommen, *mit dem Kind.* Ein hohes Tier, Fritz Stebner. Er hat sie überall mitgenommen, weil sie so gut ausgesehen hat, mit dem griechischen Gesicht. Das Kind musste sie verschweigen. Später, als der kleine Bertram doch bei ihnen hat wohnen müssen, weil er es auf der Lunge bekam, da erzählten sie, dass Josef gestorben wäre, was ja auch gestimmt hat, und dass er Gummifabrikant gewesen wäre, obwohl er gar nichts gewesen war. Fritz Stebner hätte sich der deutschen Witwe angenommen, so sagte er. Der kleine Bertram starb an Lungenentzündung, als er zwei Jahre alt war. Er starb im Hospital, während Martha und Fritz auf einem Ball waren.»

Sie hatte nicht mitgewollt, hatte sie Helga später erzählt, sie wäre lieber bei ihrem Kind geblieben, aber er hatte es gewollt, denn auf einen Ball geht man mit Frau. Wie soll man sonst tanzen?

Dass er ruhig eingeschlafen wäre, sagten sie ihr. Aber wer weiß, was stimmt. Vielleicht ist das Sterben doch immer ganz anders und viel trauriger und grausamer, als die Verbliebenen sich das einreden, weil es schöner für sie ist, weil sie es so besser ertragen.

«Zu dieser Beerdigung sind wir dann alle gefahren. Mutter, Vater, der auf Urlaub kam, Gretchen und ich.»

Sie trugen schwarze Sachen und sahen die Menschen, die gar keine Trauer hatten, aber aus Loyalität zu Fritz Stebner am Grab eines Jungen standen, der nicht einmal Stebner irgendwas bedeutete. Der Junge war nur ein Anhängsel der Frau gewesen und hatte auch so dunkel ausgesehen. Keiner hatte gewusst, dass Josef ein Jude gewesen war. Keiner von denen, nur die Eltern, Gretchen und sie. Wenn Fritz Stebner, SS-Hauptscharführer, gewusst hätte, dass der Stiefsohn ein kleiner Halbjude war, dann hätte er Martha sicherlich nicht geheiratet. Aber der jüdische Junge war gestorben, das Problem war aus der Welt. Auch für Martha, die ihren Mann angelogen hatte, war das Problem aus der Welt. Nur dass sie dann ein neues Problem hatte. Martha bekam dann ein Nervenleiden. Nun nahm Fritz Stebner sie nicht mehr mit auf Bälle, denn sie machte ein betrübtes Gesicht und kleidete sich nicht mehr gut.

«Aber dann erholte sie sich wieder und bekam ein neues Kind, die Annemarie, die kennst du ja, die Annemarie?»

Alexander nickt. Natürlich kennt er die Annemarie, das große, steife Mädchen mit dem unbeweglichen Gesicht, das keine Meinung hat, zu nichts, aber er kennt sie natürlich nur als Frau, nicht als Kind.

«Sie gingen nach München und begannen ein neues Leben, Fritz Stebner war im Krieg, und sie lebte im Haus seiner Eltern in München. Die hatten auch ein Landhaus, da verbrachte sie ganz hübsche Sommer, am Starnberger See. Sie schickte immer Fotos. Wie sie einen Badeanzug trägt und auf einer Liege liegt. Ihr Haar so schön zu Wellen gelegt.»

Zu ihren Füßen saß das kleine Mädchen auf einer Decke und blinzelte in die Sonne. Und daneben saß ein weißer Spitz. Neben diesen Spitz hatte sie mit einem spitzen Bleistift in eine Fotografie geritzt: *Pfiffi*. Sie hatte sich einen Pfiffi angeschafft. Damals hatte es ja den anderen, den alten Pfiffi, noch gegeben. Helga hatte es merkwürdig gefunden, dass sich Martha einfach einen anderen Pfiffi hatte kaufen können und dass dieser andere Pfiffi auf diesem Bild auch noch ganz genau so aussah wie ihrer. Und am Ende, hatte sie gedacht, sitzt Martha mit ihm auf dieser Liege und kämmt ihm die Kletten aus. Und dass Martha einen neuen Mann hatte, ein neues Kind und sogar einen neuen Hund. Und alles war jünger und hübscher und kräftiger als das Alte. Sogar der neue Hund.

Sie seufzt und zuckt mit den Schultern.

«Josef war ein Guter, trotzdem. Wie er mit dem Hund gespielt hat, und er konnte so hübsche Boote schnitzen, aber vor allem, er war so gut mit Martha.»

«Trotzdem er Jude war, meinst du?», sagt Alexander.

Helga schüttelt den Kopf.

«Das war damals nun mal so. Die waren nicht so beliebt. Und das kannst du mir glauben, das hatte auch seine Gründe. Er war jedenfalls ein Guter. Er hat ja alles für sie getan, ach ...»

«Du warst wohl auch in ihn verliebt?», fragt Alexander.

Sie wirft ihm einen bösen Blick zu.

«Ich war doch ein Kind, mein Alex!»

Sie hatte Marthas neuen Mann Fritz nicht leiden können. Und sie mochte ihren alten Pfiffi und wollte keinen neuen Pfiffi haben, nur diesen. Und diesen einen Pfiffi hatte die Mutter dann getötet, und dann hatte sie nie mehr einen Pfiffi haben wollen.

«Das sind ja Geschichten», sagt Alexander und steht auf. «Ich wusste gar nicht, dass wir SS in der Familie hatten.

«Das war ja damals ganz normal. Da hat sich doch keiner was bei gedacht», sagt Helga. «Und fast hätte sie ja noch einen Juden gehabt. Am Ende ist es aber doch so besser für sie gewesen, und für Josef vielleicht auch, wenn man bedenkt, was mit denen alles noch passiert ist. So hat er ja nichts mehr davon mitbekommen.»

Alexander öffnet die Wohnzimmertür.

Junge, willst *du* denn nicht mal ein nettes Mädchen mitbringen? Lernst du denn nie mal wen kennen?»

«Lass das doch, über sowas rede ich doch nicht», sagt Alexander, die Klinke in der Hand, den Fuß schon im Flur.

«Etwas ist mit ihm nicht richtig», sagt Helga.

«Meinst du mich?»

«Deinen Vater doch. Sitzt in der Garage, in Unterwäsche. Mit dem stimmt doch was nicht, ist schon ein richtiger Plawucht.» Sie tippt sich mit dem Finger an die Stirn.

«Ich weiß nicht, wie ich es finden soll, dass wir SS in der Familie hatten», sagt Alexander.

«Das interessiert doch keinen mehr.»

Es regnet. Es gab ein kleines, ein wirklich nur sehr kleines Gewitter. Es hat ein bisschen gedonnert und geblitzt, und dann war das Gewitter weg und der Regen da. Der Regen ist viel kraftvoller als dieses kleine Gewitter. Ein Regen, der dicht und schwer auf die Stadt fällt. Die Straßen, der Himmel, alles ist dunkel und grau und wird vielleicht nie mehr hell. Er sitzt im Laden und schaut dem Regen zu. Er sehnt sich nach Nathalie. Er will so gern zu ihr. Er sehnt sich nach ihrem Körper, nach ihren Worten. Er fühlt sich, nach seinem Auszug, immer noch nicht frei. Er steckt immer noch im selben Leben. Er ruft Nathalie an, sie wollte heute Abend Arbeiten korrigieren. Aber vielleicht hat sie doch Zeit.

«Ich bin ganz verrückt nach dir.»

«Ich weiß, mir geht es ja auch so. Aber ...»

«Du hast keine Zeit.»

«Das sagte ich dir doch. Ich muss doch arbeiten.»

«Ich könnte kommen und dir dabei zusehen. Wie du über dem Schreibtisch sitzt, wie du schreibst und alles rot anstreichst und über diese schlechten Kinder stöhnst. Ich könnte dir Tee kochen oder Wein eingießen. Und dann, wenn du fertig bist, na, dann könnte ich im Bett auf dich warten.»

«Du hast keine Ahnung, wie lange so etwas dauern kann. Und dann würdest du da sitzen und warten ... Das setzt mich unter Druck, Thomas. Das ist nicht schön.»

«Ich störe dich?»

«Du störst mich nicht. Aber ... doch. Wenn ich arbeite, dann störst du mich. Weil ich dann fertig werden will. Wenn du da sitzt. Versteh das doch!»

«Ich verstehe es ja. Aber du kannst mich anrufen, wenn du fertig bist. Und dann setz ich mich ins Auto. Und dann komme ich zu dir.»

«Mitten in der Nacht?»

«Mitten in der Nacht.»

«Du bist verrückt.»

Ihre Stimme lächelt. Er freut sich. Er hat sie gekriegt. Und heut Nacht wird er sie auch kriegen. Er könnte gehen, den Laden abschließen und gehen. Es ist längst Feierabend, und er ist mit dem Rad da. Er hat angefangen, Rad zu fahren. Auch, weil er Natascha den Wagen lassen will, Alexanders Wagen. Natascha erledigt die Einkäufe für die Familie. Er erledigt nichts mehr für die Familie. Wenn er sie losfahren sieht, sie rangiert immer umständlich auf dem Hof, und das zerreißt ihm ein bisschen das Herz, dann weiß er, dass sie für ihn keine Lebensmittel einkaufen wird. Und das empört ihn, obwohl er sich immer wieder sagt, dass er kein Anrecht darauf hat, dass sie sich um ihn kümmert, für ihn kocht und seine Hemden bügelt. Er hat kein Recht mehr, die Treppe zu putzen oder das Badezimmer, was immer seine Aufgabe gewesen ist. *Das Bad ist mal wieder dran*, hatte er immer gesagt und die ganze Familie darauf hingewiesen, dass er es freiwillig übernommen hatte, dieses Bad zu putzen. Hingebungsvoll hatte er besonders die Toilette gereinigt, und es hatte ihm behagt, dass er ihr diese Arbeit ersparte. Er hatte sich in dieser niederen Arbeit gesuhlt. Er hatte, so erkennt er es jetzt, ein Gegengewicht schaffen wollen zu der vielen Arbeit, die sie auf sich nahm. Denn am Ende lag doch die

Verantwortung für den Haushalt, für die Erziehung der Kinder bei ihr. Auch wenn er ein Mann sein wollte, der sich einbrachte, der diese Arbeit mit seiner Frau teilte.

Der Regen nimmt kein Ende. Er strömt vom Himmel wie ein Schicksal. Es regnet schon den ganzen Nachmittag, regnet und regnet. Und er ist mit dem Fahrrad. Das kommt dabei raus, denkt er, wenn man mit dem Fahrrad fährt. Man steht an der Scheibe und kann nicht nach Hause fahren. Was soll er tun? Soll er sich Regensachen kaufen? Kommt es am Ende so weit, dass er in grellen Regensachen und einem Helm auf dem Kopf durch die Stadt fährt? Einen Helm hat er, das war ihm wichtig vorgekommen, als er sich das Fahrrad kaufte, obwohl er bereits bemerkt hat, dass andere Fahrradfahrer ihn eher selten tragen. Sie fahren bei Rot, sie fahren auf der falschen Seite, sie fahren viel schneller als er und scheinen sich gar nicht anzustrengen, mühelos überholen sie ihn, und sie tragen keinen Helm.

Er sieht in den Regen und kommt sich vor, als würde er bestraft. Von der Familie. Vom Wetter. Auch von Nathalie, die arbeiten muss. Immer, denkt er, muss sie Arbeiten durchsehen. Stimmt das denn? Er wird wütend bei diesem Gedanken. Warum sollte es nicht stimmen? Sie lügt ihn nicht an. Was ist nur mit ihm los? Es ist der verdammte Regen. Er hat sonst nie auf das Wetter geachtet. Jetzt ist er verdammt dazu, auf das verdammte Wetter zu achten.

Schließlich setzt er sich den Helm auf den Kopf, lässt die Rollos hinunter, gibt den Code für die Alarmanlage ein. Schon dabei wird er ganz nass. Nass steigt er auf das nasse Fahrrad, setzt sich auf den nassen Sitz, der sofort seinen Hintern nässt. Er fährt durch den Regen, und der Regen fällt durch ihn hindurch. Er fällt durch seine Arme und Beine, durch die Öffnungen seines Fahrradhelmes, durch seinen Kopf. Er fällt durch seine Gedanken. Seine Brille ist undurchsichtig vor Tropfen. An einer Kreuzung hält er an. Unter dem schmalen Vordach einer Reinigung stehen Frauen in weißen Kitteln und rauchen. Sie reden kein Wort. Sie stehen nur nebeneinander, stoßen den Rauch aus und dampfen aus ihren roten, aufgeweichten Gesichtern, während der Regen vor ihre Füße fällt. Die chemische Sauberkeit dünstet aus ihnen raus, dünstet aus der Abluft des Ladens und umhüllt ihn wie ein sauberes, gestärktes Laken.

Er steckt die Brille in die Tasche. Jetzt ist er halb blind. Die großen Lkws spritzen ihn an, aber er ist ja schon nass. Er fährt voller Wut, aber der Regen nimmt ihm langsam die Wut weg. Er wird weicher, und dann wird ihm klar, dass dieser Regen ihn nicht mehr treffen kann. Er ist bereits durch und durch nass, so nass, als sei er aus dem Schwimmbad gestiegen. Es ist nicht kalt, er friert nicht, auch weil er so heftig strampelte in seiner Empörung und Verzweiflung, es hat sich eine Wärme entwickelt, ein Dampf um ihn herum. Er ist nicht so schwach, wie er dachte. So ein Regen bringt ihn nicht um. Er spürt sogar Fröhlichkeit in sich aufsteigen. Er fährt halb blind durch die Straßen, und in ihm klingt eine schwache Melodie. Er fährt langsamer und genießt sein Ausgeliefertsein, seine Schwäche, genießt jetzt sogar seine Nässe. Was kann mir schon passieren?, denkt er. Gar nichts. Er wird vielleicht nass. Aber schlimm ist das nicht. Nass werden, das ist sogar ein Genuss, man muss es nur anders ansehen, das alles, das ganze Leben, muss nur anders angesehen werden, das ist das Geheimnis.

Er kommt triumphierend zu Hause an, stellt das Fahrrad in die Garage, und dort trifft ihn, in seiner eben erwachten, sinnlichen Empfindsamkeit, die trockene, verstaubte Dunkelheit wie ein Parfüm. In seiner Wohnung steigt er aus seinen Sachen. Er lässt das Licht aus, damit sie ihn nicht sehen können, und nackt steht er jetzt in seinem Zimmer. Nackt dampft und atmet er in seiner Luft, in seinem Raum, er ist einsam, er ist mittelalt, aber er fährt jetzt Fahrrad. Er ist nicht so schwach, wie er dachte. Er lebt ein Leben voller Abenteuer. Und heut Nacht wird er sie haben.

Er ist auf dem Sofa eingeschlafen, in Jeans und dem hellblauen Poloshirt, nachdem er sich geduscht und eine Pizza gegessen hatte. Es ist halb eins, und sein Telefon klingelt auf dem Tisch. Er war tief im Schlaf, hat etwas geträumt, und er ist verwirrt wie ein alter Mann, als er den Hörer am Ohr hat.

«Ich bin fertig», sagt Nathalie, und er weiß erst gar nicht, was sie meint.

«Ja?»

«Schläfst du schon?»

«Nein.»

«Du klingst so.»

«Ich komme. Ich bin vollkommen wach. Ich komme.»

«Gut. Ich freue mich.»

Erst da hört er das Geräusch des Regens. Es regnet immer noch. Er hat es nicht gehört, weil es die ganze Zeit weitergeregnet hat, weil er eingelullt gewesen ist in diesen Regen. Alles, was wie immer ist, das ist gar nicht da. Nur das Neue, das andere, nur das ist wirklich da.

Helga sitzt am Fenster, das blasse Tageslicht fällt auf ihr Strickzeug. Der Hof liegt unter einem dicken, weißen Himmel. Alles ist gedämpft. Keine Schatten. Keine Töne. Nichts regt sich. Manchmal ist die Welt, die wirkliche Welt, sehr außerhalb von ihr. So muss es wohl sein, sagt sie sich, wenn man geht. Und dann tut es einem vielleicht gar nicht mehr leid. Die Nadeln klappern, sie fröstelt. Aber das kommt von innen. Sie sitzt ja direkt an dem glühenden Heizkörper. Sie sehnt sich einen Sommer herbei. Einen vergangenen. Die Sommer jetzt sind nichts mehr wert.

An Sommerabenden saß der Vater im Gasthof, in grauen Hosen mit weißen Nadelstreifen, wischte sich den Schaum aus dem Bart und diskutierte mit dem Schmedel das Tagesgeschehen. Helga wurde geschickt, ihn zu holen. Von der Mutter geschickt, und sie ging ganz langsam, sie öffnete die schwere Tür zum Lokal, wo es dunkel war, weil hinter der Tür noch ein schwerer Vorhang hing. Da stand sie kurz, zwischen Tür und Vorhang, und lauschte, den Vater hörte sie immer gleich. Sie kam aus der glühenden Hitze, vom Platz, wo sie eine Weile den Bismarck angestarrt hatte, weil sie es hinauszögern wollte, am Bismarck konnte sie aber gar nichts finden. Im vollen Gastraum sah sie erst gar nicht, wo der Vater saß. Hörte aber, wie er laut diskutierte mit dem Schmedel, den sie später umgebracht haben. So hieß es. Irgendwas ist gewesen mit dem Schmedel, weswegen sie ihn umbringen wollten.

Helga schüttelt den Kopf und schiebt die Maschen weiter. Sie strickt zu eng, es sitzt zu eng auf den Nadeln, sie muss die steifen Hände lockerer halten.

Im Gasthof war alles voller Qualm, und es stank nach Bier. Die Männer spielten Karten. Der Vater sah neben den anderen sehr fein aus, in seinem Anzug. Er saß da und trank einen Schluck, und sie stand eine Weile, schon aus dem Vorhang hinausgetreten, weil sie ihre Augen erst an die Dunkelheit gewöhnen musste. Denn dunkel war es hier, im Gegensatz zu dem heißen Platz, wo der Bismarck stand. Da hatte sie, beim Hochsehen, zu lange in die Sonne geschaut und sich alles verblitzt, bis sie nur noch Punkte sehen konnte.

Kommst du, Vater?, sagte sie dann, bei ihm, und zupfte ihn am Ärmel, wenn er nicht hörte. *Mutter hat das Abendessen fertig.*

Er legte seinen Arm um sie, er lachte.

Helgachen, sagte er, *bestell der Mutter, dass ich gleich komme.*

Aber sie konnte nicht gehen. Sie musste den Vater mitbringen. Das hatte die Mutter ihr eingeschärft. Sie musste so lange zupfen und bitten, bis er aufstand, seine Rechnung bezahlte, dem Schmedel die Hand schüttelte und den Hut nahm. Das war keine schöne Aufgabe, denn der Vater, der erst nett war und gut gelaunt, wurde dann langsam böse. Er sagte *freches Mädel* zu ihr, sehr streng, und *wirst du jetzt gehen? Freches Mädel! Ein Mann wird doch wohl in Ruhe sein Bier trinken können.* Aber sie musste hart bleiben, weil sie den Zorn der Mutter mehr fürchtete als den des Vaters. So musste man sich immer entscheiden, und leichte Auswege gab es nicht.

Nebenan, in der «Frühstückstuben», saßen am Nachmittag noch die Frauen aus der Bäckerei und feierten den Geburtstag der Frau Schmöck, die Mutter war auch da gewesen, sie hatte nur kurz gratuliert, einen Kaffee getrunken und war dann mit Helga zurück nach Haus gegangen, am Bismarck und am Hotel Graf Yorck vorbei. Sie trug eine weiße Bluse, ganz hart und kratzend von der Stärke, und einen blauen Rock. Sie hatte geflochtene Zöpfe, die sie selber morgens auf dem Bett flocht. Manchmal war der Scheitel nicht gerade, besonders hinten, wo sie es nicht sehen konnte. Manchmal flochten auch die Mutter oder Martha. Die Jungen zogen die Mädchen an den Zöpfen, und wenn Hans Johmichel hinter ihr saß, konnte es vorkommen, dass er ihren Zopf in sein Tintenfass tauchte, deshalb steckte sie die Zöpfe gerne hoch. Aber die Mutter mochte es nicht, sie wollte, dass sie die Zöpfe hängen ließ. Es sah ihr zu stolz aus, wenn sie hochgesteckt waren. Stolz sollte sie nicht sein. Stolz war nichts, was die Wondollecks sein wollten. Anständig wollten sie sein. Die schlimmste Angst war, nicht anständig zu sein.

«Anständig gibt es ja gar nicht mehr», sagt Helga mit ein bisschen Schadenfreude. Sie legt die Nadeln beiseite, den gelben Pullover. Sie massiert ihre Hände. Sagt man ja auch gar nicht mehr, anständig. Niemand sagt das mehr. Dabei ist es doch so wichtig gewesen. Sie schließt die Augen, sie brennen ein wenig, weil sie so angestrengt auf das komplizierte Muster gestarrt hat. Sie schließt die Augen und hält ihr blindes Gesicht in das weiße Licht dieses wattigen Tages.

Die Mutter an ihrem Frisiertisch, die langen Haare offen, in ihrem hellblauen Unterkleid, die Haarnadeln im Mund. Sie summt, während sie bürstet und bürstet und bürstet. Helga drückt ihr Gesicht an den Türrahmen und sieht ihr zu. Sieht sie im Spiegel der Frisierkommode, wie sie versunken dasitzt, bis die Mutter sie bemerkt und sich umdreht.

Was stehst du da?

Und Helga geht rasch in ihr Zimmer, um ihre Wäsche zu falten.

Wenn sie die Mutter so sah, an ihrer Frisierkommode

sitzend, so versunken und summend, wie sie zärtlich die Haare kämmte, viel zu lange kämmte, da war es ihr, als sei in der Mutter noch eine andere Frau drin. Eine Frau, die der Mutter nicht ähnelte. Dieses Viele, das in einem Menschen steckte, hatte sie ihr Leben lang verwirrt. Die verschiedenen Bilder, die zusammengenommen dann den Menschen ausmachten, die aber so widersprüchlich waren, dass sie gar nicht zu ein und demselben Menschen zu gehören schienen. Heute, so kommt es ihr vor, sind die Menschen mehr eins. Das kommt vielleicht daher, dass sie nicht so rücksichtsvoll sind. Es macht ja jeder, was er will.

Vom Vater blieb ihr am stärksten das eine Bild, wie er elegant in Werners Gasthof saß, in seinen Nadelstreifen, mit dem Schaum am Bart, und wie sie ihn am Ärmel zupfen und überreden musste, nach Hause zu gehen.

Wenn sie dann stumm nebeneinanderliefen, denn sie blieb stets, bis er mitkam, auch wenn er böse wurde, dann sprach er erst kein Wort. Denn er war ja wirklich böse. Nach einer Weile stellte er dann ein paar Fragen. *Geht es denn gut in der Schule, Helgachen?* Sie log ihn an. *Gut geht es, ich bin die Zweitbeste im Schreiben.* Vielleicht war sie in der Mitte oder auch dahinter. Aber was sie auch sagte, er vergaß es gleich. Er hatte seine eigenen Gedanken. Es sollte nur alles seinen ordentlichen Gang gehen, auch wenn es alles gelogen war.

Sie musste den Vater holen, immer sie, die Schwestern brachten es nicht fertig. Nur sie konnte den Vater holen, wenn sie es aber nicht schaffte, wenn sie ohne den Vater zurückkehrte, dann bekam die Mutter so einen Blick, dann presste sie die Lippen zusammen, dann war sie so enttäuscht, und das Abendessen wurde bitter in ihren Mündern. Die Mutter konnte ohne den strengen Vater nicht sein, aber der Vater, so kühl und abwesend er war, war auch wie ein Kind, das am Ende sich den Gefühlen der Mutter fügen musste. So, wie sie alle sich diesen starken Gefühlen der träumerischen, harten Mutter fügen mussten.

Ronald Park sitzt mit übereinandergeschlagenen Beinen vor dem Bäckerstand am Supermarkt und liest in einer Zeitung. Erst hatte sie noch gehofft, dass er sie nicht sehen würde, denn sie will mit diesem Mann gar nichts zu tun haben. Aber dann denkt sie, dass Ronald Park, wenn man ihn nicht kennt, doch ein attraktiver Mann ist. Relativ, denkt sie schnell hinterher. Relativ attraktiv. Also nicht so, dass man sofort hinsieht und denkt, was für ein gutaussehender Mann, so nicht. Nun gut, denkt sie, man würde auch nicht denken, dass er *nicht* attraktiv ist. Schließlich ist sie so verwirrt, weil sie nicht mehr zu wissen glaubt, wann ein Mann attraktiv ist, dass ihr fast die Tränen kommen. Aber sie atmet nur einmal schwer, stumm schluchzend, in sich hinein. Alles, denkt sie, geht verloren. Die Fähigkeiten. Die Klarheit. Die Sicherheit.

«Einen Kaffee könnte ich wohl auch vertragen», sagt Natascha.

Er schweigt.

«Ich setze mich einfach dazu.»

Er sagt immer noch nichts, nicht mal, dass er nichts dagegen hat. Das ist, denkt sie, aber schon unhöflich. Bei einem Mann, der sie einmal mit einem Einkaufswagen verfolgt hat. Der sie angefleht hat, sich mit ihm abzugeben. Sie stellt ihre Tasche am Tischbein ab und bestellt sich Kaffee am Bäckereitresen. Und weil sie immer noch erschüttert ist, bestellt sie sich zu ihrem Trost ein Stück Bienenstich.

«Den würd ich nicht nehmen», sagt die Frau hinter dem Tresen. Es ist eine andere als letztes Mal, dicker, älter, mit rosigem Gesicht und zusammengekniffenen Augen.

«Der ist trocken», sagt die Frau. «Wenn Sie was Saftiges wollen, dann besser Pflaume.»

«Ich mag Bienenstich», sagt Natascha. Sie wird die Erschütterung nicht los. Sie hockt immer noch in ihrer Kehle, und die Enttäuschung wegen des Bienenstiches kommt jetzt noch dazu.

Die Frau zuckt mit den Schultern. «Ich sag's nur.»

«Nett von Ihnen.»

«Soll's der nun sein? Manchmal machen sie ihn besser, aber heute ...»

«Wer macht ihn denn?»

Die Frau zuckt wieder mit den Schultern.

«Es wird ja alles zentral gemacht. Und dann kriegen wir das angeliefert. Wissen Sie, ich glaube», sie beugt sich her und flüstert, «sie machen den gar nicht mehr richtig. Der wird einfach produziert, von Maschinen.» Sie nickt bedeutungsvoll und stellt sich wieder hinter die Kuchen.

Natascha nimmt den Pflaumenkuchen. Die Frau zwinkert ihr zu.

Dann stellt sie ihren Kaffee und Kuchen auf den Tisch von Ronald Park.

«So trifft man sich.»

Er lässt die Hände mit der ausgebreiteten Zeitung sinken und schaut sie an. Und das, denkt sie plötzlich, ist wirklich nicht das, was sie gewollt hat. Aber was hat sie gewollt?

«Ich bin gerade nicht in Stimmung», sagt er. «Ich bin gerade überhaupt nicht in Stimmung für Konversation. Ich habe keinen guten Tag.»

«Das tut mir leid», sagt sie, «das konnte ich nicht wissen.»

«Natürlich nicht.»

«Wenn du willst, wenn du reden willst», sagt sie und ärgert sich augenblicklich darüber. Es kommt ihr vor, als ob er sie immer lenkt, als ob sich jedes ihrer zufälligen Treffen am Ende in die von ihm gewünschte Richtung neigt.

«Ach», er winkt ab und starrt eine Weile in die Luft, bevor er weiterredet, als fiele ihm das schrecklich schwer, aber sie weiß, dass es nicht so ist, dass er geradezu danach giert, von sich zu erzählen, von sich und seinen Gefühlen. «Es ist wegen dieser Frau, wegen der ich Charly verlassen habe. Sie hat geheiratet. Weißt du, ich habe nichts dagegen, soll sie heiraten, ist ja ihre Sache, auch wenn es mir etwas überstürzt vorkommt, aber wir sind nicht mehr zusammen, also was soll's. Aber dieser Typ, den sie da geheiratet hat – das kann ich nicht verstehen. Wenn sie so einen heiraten kann, wie konnte sie dann mit mir zusammen sein? Ich frage mich doch, ob ich mich vollkommen in ihr geirrt habe. Es ist beleidigend, dass sie so einen – Menschen heiraten kann. Was ist sie eigentlich für eine Frau?»

«Hat sie keinen Namen? Die Frau, die Frau! Sie heißt doch irgendwie?

«Ist das wichtig?»

«Ich weiß nicht, ich finde es komisch, das ist alles. Ich finde es komisch, wenn du über eine Frau redest, die dir so nahestand, als wäre es nur irgendeine Frau. Und nicht diese eine.»

«Meredith. Ich spreche ihren Namen nicht gerne aus. Es schmerzt mich einfach.»

Natascha nickt und steckt sich den ersten Happen des Pflaumenkuchens in den Mund. Er ist saftig. Sie sieht zur Verkäuferin hinüber, die sie beobachtet: Wird ihrer Kundin der empfohlene Kuchen auch schmecken? Und da überwältigt sie dieses Bild der zustimmend lächelnden Frau, die hinter diesem Tresen steht, als stände sie in einer hübschen, alten Bäckerei mit netten Leuten, die ein Brot kaufen, das soeben in der Backstube gebacken wurde von dieser rosigen Bäckerin. Aber die Frau ist keine Bäckerin, sie schaut den ganzen Tag auf die Kassen, in denen andere Frauen sitzen und piepsend Waren über den Scanner ziehen. Den ganzen Tag Leute, die Waren hinaustragen, hinausschieben, unter diesem weißen Licht, in diesen hallenden Räumen mit ihren Lautsprecherdurchsagen, *Frau Özer, Kasse elf.* Und Angebote, Angebote: Schweinerippchen, Damenhygiene, Grauburgunder, holländische Tomaten. Und trotz alldem will diese Frau sie vor dem trockenen Bienenstich bewahren. Und sie blickt dieses freundliche Gesicht an und spürt einen Drang, zu dieser Frau hinzugehen, sie zu umarmen. Sie wendet sich wieder Ronald zu.

«Kann es nicht einfach sein, dass du eifersüchtig bist?»

«Ich bin nicht eifersüchtig!»

«Das hört sich anders an.»

«Wenn ich liebe, dann nicht besitzergreifend. Aber dieser ... Mensch passt einfach nicht zu ihr. Er hat überhaupt keine Werte.» Bei dem Wort *Werte* wird er laut.

«Kennst du ihn denn so gut?», fragt Natascha.

«Hab ihn gesehen. Ich weiß genug.»

«Was weißt du?»

«Oh, er ist ein Grinser, ein Grinsetyp, immer witzig,

immer aufgeräumt, und er nimmt Raum ein, er breitet sich aus, verstehst du, er legt die Arme über die Lehnen und streckt die Beine aus, als würde alles ihm gehören. Ich hab ihn im Café gesehen. Er trägt so weiße Sachen, Pastelltöne, kannst du dir das vorstellen? Ein Mann in Pastelltönen, in der heutigen Zeit, in den Achtzigern wäre das ja vielleicht okay gewesen, obwohl, da auch nicht. Nein.» Er schüttelt den Kopf. Legt die Hände vor seine Augen. Dann nimmt er die Hände wieder runter und sieht sie an. «Er ist Mitglied in irgendeinem Club, ich weiß nicht, Lions Club oder sowas. Ich hasse solche Typen.»

«Sie hasst ihn nicht.»

«Es scheint, dass dir das Spaß macht?», sagt Ronald.

Sie lächelt.

Er legt den Kopf schief, überlegt. «Ich kann verstehen, dass du das so siehst. Du hast momentan eine Abneigung gegen Männer. Männer wie mich. Du bist von deinem Mann verlassen worden, und ich bin auch so ein Mann, der seine Frau verlassen hat. Deswegen freut es dich, dass ich jetzt auf diese Art leide.»

Sie schüttelt den Kopf. «Ich habe keine Abneigung gegen Männer. Ich finde nur, du bist sehr selbstgerecht. Und ich glaube nicht mal, dass du richtig leidest. Du bist nur gekränkt, das ist alles.»

«So, ich leide also gar nicht. Das weißt du. Das hast du erkannt. Ich leide nicht. Natürlich nicht. Und wie ist es denn mit dir, leidest du?»

«Nicht so besonders», sagt sie rasch, aber dann wird ihr klar, dass das stimmt. Dass ihre Gefühle einer ähnlichen Quelle entspringen wie seine. Sie ist gekränkt.

«Wir sind gekränkt», sagt sie. Das *wir* ist ein Angebot.

«Natascha», sagt Ronald Park plötzlich und legt seine Hand auf ihre. Er sieht ihr in die Augen. «Du bist eine schöne Frau. Du könntest wirklich etwas aus dir machen.»

«Bitte!», sie springt auf. «Das muss ich mir von einem Mann anhören, der ... Sandalen trägt! Hast du dir mal den Busch auf deinem Zeh angesehen?»

Sie verlässt Ronald Park, den Kuchen und den Supermarkt, und sie überlegt, ob sie nicht wenigstens der netten Bäckereifrau ein Abschiedsnicken schenken könnte. Aber das schafft sie nicht, zurückzusehen. Sie zittert ein bisschen, als sie versucht, ihre Wagentür aufzuschließen. Zitternd schiebt sie endlich den Schlüssel in das Schloss. Die Hitze steigt von dem Beton des Parkplatzes hoch, und die Wagenwand ist glühend heiß.

«Idiot», murmelt sie, «verschissener Idiot.»

Zu Hause betrachtet sie sich unsicher im Schlafzimmerspiegel.

Am Abend ruft Ronald Park sie an. Er sagt, sie soll nicht böse sein. Er entschuldigt sich.

«Ich wollte nicht sagen, dass du dich besser anziehen sollst, du bist sehr gut angezogen. Wirklich, sehr gut. Da gibt es nichts. Ich meinte es in ganz anderer Hinsicht. Ich habe mich ungeschickt ausgedrückt.»

«Ich welcher Hinsicht?», fragt sie, und sie versucht, ihre Stimme drohend klingen zu lassen. «In welcher Hinsicht, Ronald?»

«Nun», er zögert, er holt tief Luft, «in sexueller Hinsicht», sagt er rasch und ganz sanft. «Die Kinder sind groß. Der Mann vergnügt sich mit einer anderen. Du könntest dich ausleben. Jetzt ist die beste Zeit dafür. Es gibt so viele Möglichkeiten. Die Welt der Erotik ist bunt.»

«Deshalb rufst du mich an, damit ich die Welt der Erotik kennenlerne?»

«Und um mich zu entschuldigen. Entschuldige bitte, ich wiederhole mich. Ich würde mir niemals anmaßen, dein Äußeres zu kritisieren. Ich weiß, dass ich selbst relativ gut aussehe, aber mit den Haaren auf den Zehen, da hattest du recht. Ich habe sie soeben entfernt. Ich habe die ganzen Haare auf den Füßen entfernt. Es ist zwar nicht natürlich, aber schon ästhetischer, da gebe ich dir recht. Wie du siehst, ich kann Kritik annehmen.»

Sie lässt sich, mit dem Telefon in der Hand, in einen Sessel plumpsen.

«Es ist gut, dass du dich entschuldigst, ich nehme das an. Ich möchte aber nichts von Erotik hören, das habe ich wirklich nicht nötig. Am Ende läuft es doch nur auf eines hinaus.»

«Ja?»

«Du willst mit mir schlafen.»

Sie schämt sich. Er schweigt eine Weile. Sie schämt sich, er schweigt, und dazwischen strömt die Zeit. Atmen und Knistern.

«Also, wenn du das möchtest», sagt er schließlich.

«Nein», sagt sie, «das möchte ich gewiss nicht.»

Dann legt sie auf.

Dann denkt sie den ganzen Abend vor dem Fernseher darüber nach. Immer wieder schnaubt sie.

Am nächsten Morgen bekommt sie eine SMS von Ronald Park: «Ich glaube, das könnte ich nicht tun. Schon wegen Thomas, weil wir Freunde sind.»

Da wird sie zum ersten Mal in ihrem Leben wegen der Verweigerung von Geschlechtsverkehr sehr wütend.

Er braucht einen Platz. Er muss in Ruhe arbeiten können. Für ihn ist das alles zu viel, in dieser Unterkunft», sagt Nathalie. «Er ist sehr nervös, und er kann sich da einfach nicht konzentrieren. Ich habe es ihm spontan angeboten, ich habe ja Platz, vielleicht findet sich noch was anderes, aber erst einmal.»

Thomas hatte einen kleinen Schrank für ihre Küche dabeigehabt, ein Schränkchen, wie sie es sich gewünscht hatte. Er klingelte, sie drückte auf den Türöffner, oben war die Wohnungstür offen, er schlüpfte hinein, und da stand ein Mann vor ihm. Er zog sich gerade seine riesigen Schuhe aus. Er war ein Mann. Er hatte Männerarme und Männerbeine. Er roch nach Mann, und dieses Männliche in der Wohnung, das hatte ihn richtig angesprungen.

«Er heißt Arif», sagt Nathalie.

«Arif», hatte Arif gesagt und ihm die Hand gegeben.

«Wann hast du das denn entschieden?», fragt Thomas. Bisher ist von einem Arif nie die Rede gewesen. Ein Arif ist ja in ihren Gesprächen überhaupt nicht vorgekommen. Wie kann jetzt plötzlich ein Arif da sein? In ihrer Wohnung, in ihrem Leben und damit ja auch in seinem Leben? Denn er teilt ja ihr Leben auf gewisse Weise? Und hätte sie diesen Arif nicht vorher mit ihm absprechen müssen?

«Das habe ich gestern entschieden. Und es muss noch alles richtig geklärt werden. Aber im Grunde spricht nichts dagegen. Ich habe dieses Zimmer, da kann er wohnen. Erst mal. Er wird ja nicht für immer hierbleiben.»

«Aber warum?» Thomas ist erschüttert. Erst nach und nach wird ihm bewusst, was hier eigentlich los ist.

«Weil er ein Zuhause braucht, Thomas, das sagte ich doch schon. Das muss man doch einem intelligenten Menschen nicht erklären.»

«Aber er ist ein Mann!»

«Er ist siebzehn.»

«Siebzehn? Er ist doch nicht siebzehn. Hat er das gesagt? Nie und nimmer ist der siebzehn.»

Nathalie streichelt seinen Arm.

«Und wenn er neunzehn wäre? Was macht das für einen Unterschied? Bist du eifersüchtig, Thomas?»

«Eifersüchtig? Was für ein Quatsch. Ich mach mir nur Sorgen. Du kennst diesen Jungen doch gar nicht. Und da willst du mit ihm wohnen? Ihr teilt euch ein Bad und alles.»

Thomas flüstert, damit Arif ihn nicht hört.

«Er sieht dich nackt. Findest du das in Ordnung, dass so ein Junge, so ein Junge, der ist doch ganz anders sozialisiert, dass der dich nackt sieht? Ich meine ...»

«Er sieht mich nicht nackt. Er sieht mich auf gar keinen Fall nackt.»

«Und er kriegt dann Gelüste, was weiß ich, und dann, und dann, Nathalie? Dann hast du ihm sein Leben versaut. Mal ganz abgesehen von deinem, aber du bist ja erwachsen, du weißt, was du tust!»

«Gelüste? Wovon redest du?»

«Wenn du hier, mit deinem Körper und allem, so herumrennst, in der Nacht zum Beispiel. Und du bist eine schöne Frau, Nathalie, was soll der Junge dann tun? Er weiß doch gar nicht, ich meine, er kann doch gar nicht einschätzen, wie das gemeint ist. Du weißt doch, dass die ganz anders ticken als wir, weißt du denn das gar nicht?»

Nathalie lächelt ihn an.

«Thomas», sagt sie, «ich verspreche dir, ich werde auf keinen Fall nackt sein. Außer, ich dusche.»

«Du findest das lustig?»

«Es ist Unsinn. Und du weißt das. Du hast noch nie solchen Unsinn geredet, aber ich will es dir verzeihen, weil du eifersüchtig bist.»

«Ich bin eifersüchtig? Ich eifersüchtig? Ich bin nicht eifersüchtig. Oder kaum. Schließlich – hast du ihn dir mal angesehen? –, schließlich hat dieser *Junge* einen sehr männlichen Körper, falls dir das noch nicht aufgefallen ist. Er sieht nicht schlecht aus, oder?»

Nathalie presst die Lippen zusammen und legt den Kopf schief.

«Das schon», sagt sie, «das ist mir gleich als Erstes aufgefallen.»

«Und wann», sagt Thomas, das soll sein Trumpf werden, «sollen wir beide miteinander schlafen? Wenn dieser Junge immer hier ist?»

«Hast du Kinder? Du hast doch Kinder? Und du hast doch dennoch mit deiner Frau manchmal Sex gehabt, oder nicht? Trotz dieser beiden Kinder habt ihr es doch wohl getrieben, ab und zu?»

«So siehst du ihn also, als ein Kind? Ich bitte dich, er ist kein Kind mehr.»

«Ich habe mütterliche Gefühle, das will ich nicht abstreiten. Aber in erster Linie will ich ihm helfen. Er ist ein sehr kluger Junge. Und er hat gute Manieren. Du könntest von ihm was lernen, Thomas. Wirklich, wie du dich hier benimmst.»

«Ich fasse zusammen», sagt Thomas, «er sieht gut aus, also besser als ich, er hat bessere Manieren als ich, und vermutlich ist er auch klüger als ich. Mein Sohn könnte er nicht sein. Meine Kinder haben alles andere als gute Manieren. Meine Tochter hat es in den Untergrund gezogen. Ich werde sie vermutlich bald aus dem Gefängnis abholen können. Bis jetzt hat sie die Schule noch nicht geschmissen. Wird sie aber bald, ganz sicher. Wer geht schon zur Schule, wenn die G20-Staaten sich treffen? Und ihr Bruder verprügelt sie dann mit dem Schlagstock, da liegen seine Interessen. Siehst du, das sind meine Kinder. Und hübsch sind sie auch nicht. Doch, der Junge ist hübsch, aber er hat nicht meine Gene. Der kommt aus einer anderen Familie, ausländisch vermutlich. Dieses edle Gesicht, das ist kein Koschmieder, wir sehen alle aus wie Rosstäuscher. Verschlagen, mit dieser tiefen, breiten Stirn, unter der verkniffene Augen sitzen. So sehen wir aus, die Koschmieders.»

«Liebling», sagt Nathalie und zieht ihn zu sich heran und küsst ihn. Sie streichelt ihn so zärtlich, dass ihm heiß wird. Aber dieser Junge, denkt er. Dieser verflixte Junge.

«Ich liebe deine Rosstäuscherstirn, und deine verkniffenen Augen gefallen mir ganz besonders», sagt sie, als sie in ihrem Bett liegen und nachdem sie sehr leisen, verhaltenen Sex hatten. Er bekam einen Krampf im Bein, und er glaubt, dass das nur davon gekommen ist, dass er sich so beherrscht hat. Er kann sich so einfach nicht entspannen, nie wird er sich mehr entspannen können, solange dieser Junge hier wohnt.

Am nächsten Tag kauft er sich einen Druckbleistift. Und eine kleine Packung mit winzigen Minen, die man in den Druckbleistift einlegen kann, die vorrutschen und von dem Mechanismus festgehalten werden. Er kauft auch ein gelbes Notizbuch mit karierten Seiten und schreibt hinein: *Er hat sich einen Hund gekauft, und der Hund hat seinen Enkel in den Kopf gebissen.* Das war eine Mitteilung aus der Zeitung, die ihn aus irgendeinem Grund betroffen machte. Dann schreibt er: Wie sich herausstellt, *bin ich ein Rassist. Ich bin eifersüchtig und sexistisch. Ich kann es nicht verhindern.* Er weiß nicht, wozu diese Notizen gut sind, aber es tut ihm gut, sie machen zu können. Er steckt das Notizbuch in seine Hosentasche.

Als er neun Jahre alt war, hat sich sein Bruder Joachim in seinem Zimmer im Haus einer fremden Frau erhängt. Joachim war immer von einer erschreckenden Fröhlichkeit gewesen. Er hatte ihn bei jeder Gelegenheit geboxt und geschüttelt und gekniffen. Er hatte unvermittelt Leute auf der Straße angeschrien, wenn ihm etwas nicht richtig erschien, wenn Leute seiner Meinung nach ungerecht oder falsch handelten. Er war groß, hatte ein irgendwie hölzernes, langes Gesicht und war so zappelig und wild und laut, und dann war er auf einmal tot. *Das kann doch nicht sein*, hatte seine Mutter Tag und Nacht gesagt.

Ihm war es gar nicht so merkwürdig vorgekommen. Ihm war gewesen, als ob er schon immer gewusst hatte, dass der Tod in seinem Bruder saß und mit seiner grimmigen Fratze aus seinem hölzernen Gesicht herausgrinste.

Die dicke Frau, bei der Joachim zur Untermiete gewohnt hatte, in der Hoheluftchaussee, die hatte bei der Beerdigung geheult wie ein Hund. Sie hatte so laut und wild geweint, dass seine Eltern empört waren, wie eine fremde Frau so hemmungslos um einen Jungen trauern konnte, der ja nicht ihrer war. Ihr dünnes Haar war auf ihrem Schädel straff nach hinten gebunden, und ihr dickes Gesicht blühte auf im Schmerz, schwoll rot an, er *musste* sie einfach anstarren, er war neun Jahre alt und hatte so etwas noch nie gesehen, solch einen offenen, überwältigenden Schmerz. Seine eigenen Eltern standen stumm und stritten um irgendwas, was ihn beschämte.

Als die dicke Frau sich mit ihrer Patschehand ins Gesicht schlug, konnte er es nicht verhindern, dass er lachte. Und das gab ihm den Rest. Er brach endlich auch in Tränen aus, über sich selbst, weil er gar nichts konnte.

Nett, hat er gesagt, sie sei so nett, aber nicht auf so eine dumme Weise. Ja, ihr ganzes Leben ist Natascha nett gewesen, obwohl sie oft voller böser Gedanken war, voller Hass sogar. Und vielleicht hatten sich diese Gedanken, wer weiß, auch irgendwie einen Weg gebahnt? Man merkt ja gar nicht, denkt sie, welche Auswirkungen die eigenen Gedanken haben können. Man ist sich über seine eigenen Motivationen doch gar nicht im Klaren. Man irrt sich doch die meiste Zeit, und so irrt man durchs Leben wie ein Kind. Aber Kinder wissen wenigstens, was sie wollen. Kinder wissen auch manchmal, dass das, was sie wollen, schädlich für sie ist, und wollen es trotzdem. Sie wollen etwas Schädliches, weil sie auf eine natürliche Art gierig sind. Das wird einem dann ja ausgetrieben, denkt sie und lässt fast die Teller fallen, die sie aus dem Geschirrspüler nimmt, sehr viele auf einmal zusammen, das ist ihr Ehrgeiz, geschickt mit dem Geschirr zu sein. Das ist mein Ehrgeiz, denkt sie bitter. Möglichst viele Teller auf einmal aus dem Geschirrspüler zu räumen. Sie weiß, dass sie mehr Ehrgeiz hat, der mehr wert ist auch. Aber daran will sie gerade nicht denken. Sie schwelgt in ihrer Bitterkeit.

Vielleicht hatte auch sie ihren Mann verabscheut, wenn er am Frühstückstisch saß und sein Müsli aß? Sie will jetzt ehrlich mit sich sein. Will in sich graben. Thomas hatte früher kein Müsli gegessen, sondern sich jeden Morgen Brotscheiben bestrichen und in den Mund gestopft, dabei auf dem Laptop die Nachrichten gelesen, und eigentlich hatte sie das auch nur am Wochenende gesehen, am Sonntag oder im Urlaub, denn an den anderen Tagen hatte er nach ihr gefrühstückt. Am Anfang nicht. Am Anfang hatten sie alles zusammen gemacht. Da hatten sie, dem andern zuliebe, sogar das Gleiche gefrühstückt. Am Anfang, denkt sie, da verbiegt man sich so, nur, um es später zu bereuen, weil man dieses Verbogene beibehalten muss, weil der andere das ja erwartet, weil er es so gewohnt ist. Am Anfang neigt man sich dem andern ja so zu, dass es einem gar nicht wie ein Verbiegen vorkommt. Man neigt sich wie die Pflanze auf dem Fensterbrett dem Licht zu, es ist naturgegeben, denkt sie. Aber dann, denkt sie, was ist dann mit dem Licht? Ist es weg? Was ist das für ein Bild, denkt sie, ist denn das Licht plötzlich weg? Wird es einfach ausgeschaltet, oder vergeht es langsam wie am Abend? Es vergeht, denkt sie und lässt sich auf dem Küchenstuhl nieder, das Geschirrtuch in der Hand. Das Licht vergeht.

War sie verbittert darüber gewesen, dass Thomas es nicht für nötig hielt, ihr zuliebe früher zu frühstücken? Hatte sie sich dadurch gerächt, dass sie ihm keine Hingabe mehr entgegengebracht hatte? Sie hatte sich für vieles rächen müssen, für so viele kleine Enttäuschungen durch ihn, dass sie selbst die ehrliche Leidenschaft und Liebe ihrer Rache geopfert hatte. Das ist ihr jetzt ganz klar. Sie nimmt die Töpfe aus dem Geschirrspüler und knallt sie ins Schrankfach. Nie passen die Töpfe einfach geschmeidig in dieses Fach. Immer muss man sie schieben und stapeln, und die Deckel liegen im Weg, immer liegen die Deckel im Weg.

Sie hatte noch mit ihm geschlafen, wenn er wollte, zum Schluss öfter als davor, aber sie hatte sich ihm dargeboten wie eine Scheibe Mischbrot. Wie etwas, das sie ihm widerwillig gewährte und das deshalb nichts wert war. Soll sie sich jetzt weiter rächen, mit Ronald Park?

«Und warum probierst du nicht mal was ganz Neues aus?», hatte Hildi gefragt, ihre Freundin aus der Studienzeit. Hildi, ein Gesicht wie ein altes Gemälde, weiße Haut, aufgetürmtes schwarzes Haar. Sie liebt ihren Freund Rolf und betrügt ihn alle paar Jahre, ohne dass er es merkt. Oder vielleicht merkt er es auch und lässt es sich nicht anmerken. Vielleicht beruhen alle Beziehungen, die funktionieren, auf ein bisschen Vertuschung und Lüge.

«Ach, ich weiß nicht.»

«Du hast gesagt, dass er gut aussieht.»

«Er sieht nicht gut aus, wirklich nicht, also, nicht dass er schlecht aussieht, aber du würdest wirklich nicht denken ... obwohl, du würdest ihn vielleicht attraktiv finden, *dein* Typ könnte er sein. Aber mir sagt er nichts, höchstens bin ich amüsiert oder so.»

«Und hat er dir nun Sex vorgeschlagen?»

«Die *bunte Welt der Erotik*. Was ist das für ein Typ? Ich meine, was erzählt er mir? Die Welt der Erotik ist *bunt*. Was soll das heißen? Ist der verrückt oder nur exzentrisch?»

Sie schiebt die Entscheidung eine Weile vor sich her. Aber dann ist es ganz leicht. Sie wählt seine Nummer und schlägt ein Treffen vor. Zwar hatte er in der SMS geschrieben, er könne einfach nicht, aber wer so antwortet, der möchte nur, dass man ihm zuredet.

«Ich weiß nicht», sagt Ronald Park, «willst du dich an Thomas rächen? Bin ich ein Mittel zum Zweck?»

«Du musst nicht», sagt sie. «Wirklich. Ich dachte nur, du hättest vielleicht Lust. Aber dass du sowas denkst, ist beleidigend.»

«Leg nicht auf! Es tut mir leid. Darf ich dich zum Essen einladen?»

«Das mit dem Essen», sagt sie, «muss nicht sein.»

«Ach so.» Er schweigt eine Weile. «Dann geht es also wirklich um Sex?»

«Ja», sagt Natascha. «Wenn du nicht willst?»

«Schon. Aber romantisch ist es irgendwie nicht.»

«Nein.»

«Aber verlockend. Lass es uns tun.»

«Du findest es also verlockend?»

«Ich finde es verlockend.»

«Nicht romantisch, aber verlockend?»

«Sehr verlockend.»

«Gut.»

«Ja, weißt du, ich bin natürlich nicht so ein Typ, wie dieser ... Lions-Club-Mann.»

«Den du nicht kennst.»

«Den ich nicht kenne, über den ich mir aber ein Bild gemacht habe.»

«So einer bist du also nicht.»

«Nein, ich habe normalerweise, also, in meinem Liebesleben ... nichts gegen Gefühle, das wollte ich nur einmal betonen.»

«Aber du würdest es einmal mit gefühllosem Sex versuchen.»

«Ich würde nicht von gefühllos sprechen.»

«Ronald, ich kann dir versichern, dass ich rein gar nichts für dich empfinde. Aber ich habe nun jahrelang mit einem Mann geschlafen, den ich recht gern hatte, und nun wollte ich mal was anderes probieren. Auf deine

Empfehlung hin, falls du dich erinnerst: *Die Welt der Erotik ist bunt.*»

«Natürlich. Und ich fühle mich geschmeichelt», sagt Ronald Park.

«Und du hast ja sonst auch niemanden, wenn ich das richtig weiß?»

«Niemanden, im Moment», sagt Ronald Park.

«Dann ist es ja für uns beide eine gute Sache.»

Während des Telefonates regt sich in ihr der Verdacht, dass er das vielleicht doch gar nicht kann. Dass er das noch nie gemacht hat. Dass er sich das alles immer nur ausdenkt, seine Überlegenheit erfindet, wie ein Künstler – er ist ein Künstler, denkt sie, auf eine gewisse Art ist er ein Künstler, ein Schauspieler, der sich selbst dabei zusieht, wie er mit einer Frau redet und ihr Sachen empfiehlt, Sex zum Beispiel, oder der erzählt, dass er einen Mann zu kennen glaubt aufgrund seiner Gesten und pastellfarbenen Kleidung. Er ist ein Schwätzer, ein Erfinder, ein Spinner, ein Vielredner, warum hat sie sich nicht einen Besseren gesucht? Aber vielleicht ist er auch gut genug, für den Anfang, man weiß es ja gar nicht, ob solche nicht sogar gut sind, für sowas. Ob solche Erfinder und Künstler und Schwätzer für diesen Einfach-nur-Sex nicht sogar das Beste sind. Ob es nicht sogar die Voraussetzung für diese Art Sex ist, es mit so einem Menschen zu tun, und ob nicht auch in ihr etwas davon vorhanden sein muss. Etwas von diesem künstlerischen, schmausenden, genießenden Egomanen. Einfach nur Sex. Nicht nett. Einfach Sex. Aber je mehr sie das denkt, umso weniger versteht sie es. Was soll das sein, einfach nur Sex? Was soll das eigentlich sein? Worum geht es dabei überhaupt? Ist es ein Akt wie Essen und Trinken? Ist es nicht an Menschen gebunden, wie Freundschaft und Liebe es sind, Zuneigung und Attraktivität? Ist Sex vielleicht sogar weniger an alles gebunden, weniger sogar an Attraktivität, als sie bisher angenommen hatte? Und er ist ja gar nicht unattraktiv. Er ist vielleicht nicht ihr Typ, und sie weiß natürlich noch gar nicht, wie sein Körper aussieht, seine Brust, sein Bauch, das alles ist noch ein Rätsel, und unabhängig davon kann Einfach-nur-Sex stattfinden. Kann sogar gut werden, man weiß es nicht. Sie weiß es nicht. Sie weiß fast überhaupt gar nichts. Vielleicht sollte man es mehr wie einen künstlerischen Akt, eine Performance, betrachten, man sollte es machen und erst dann sehen, was es eigentlich ist; oder überhaupt gar nicht erst versuchen zu verstehen, was es ist, sondern frei von allem nur machen, sonst nichts. Vielleicht ist es gut, vielleicht nicht. Absichern kann man sich. Liebe ist jedenfalls nicht unbedingt notwendig, Attraktivität auch nicht, das sind nur bürgerliche Schranken, das ist ein Rahmen, in den man Sexualität im letzten Jahrhundert eingepresst hat, schön muss sie sein, lieben muss man ihn. Unsinn! Früher sollte eine Frau dem Mann gehören, mit dem sie schlief, ihm zugeordnet, mit ihm verheiratet. In ihrer Jugend hieß es, *du sollst ihn lieben.* Und wenn du ihn wirklich liebst, dann kannst du mit ihm schlafen. Die Liebe war die moralische Voraussetzung für die Hingabe. Und jetzt? Es gibt keine Barrieren mehr. Niemand wird mehr verurteilt, wenn er Sex hat mit jemandem, den er nicht liebt, einfach nur, weil er will. Außer, man ist religiös, dann ist das vielleicht noch eine Barriere, aber nicht für sie. Und in der Ehe, wenn sie darüber richtig nachdenkt, in der Ehe oder in der langjährigen Beziehung findet Sex oft nur aus einem Grund statt – wenn er noch stattfindet –, weil der andere nun mal da ist. Verfügbarkeit ist wohl der wichtigste Faktor für den sexuellen Akt, schon immer, in allen Zeiten.

Abends liegt sie in der Badewanne und streicht über ihren weichen, runden Bauch, betrachtet die Brüste, die ein wenig schlaff im Wasser liegen. Im Radio sagen sie, dass der Europäische Gerichtshof entschieden hat, dass Russland Pussy Riot eine Entschädigung zahlen muss. Sie lächelt. Sie fühlt sich plötzlich sehr verbunden.

Möchten Sie die haben?», hatte sie ihn gefragt, Frau Dewael, eine zerbrechliche alte Dame, die ihre dünnen, zitternden Lippen in leuchtendem Rot angemalt hatte. Sie war wunderschön, die Tänzerin. Er nahm an, dass sie von Agathon Leonard ist. Die Signatur war da und der Stempel der Kunstgießerei Susse Fondeur. Sie könnte um die fünftausend Euro wert sein.

«Ich müsste erst einmal ... Ich weiß gar nicht, was sie wert ist.»

Frau Dewael winkte ab. «Nehmen Sie sie einfach mit. All der Plunder. Mein Mann mochte diesen Kitsch.»

«Das geht doch nicht», hatte er gesagt und in sich schon nach den richtigen Worten gesucht, die es ihm ermöglichen würden, die Skulptur billig zu erwerben.

«Wenn Sie sie unbedingt bezahlen wollen, geben Sie mir irgendwas. Geben Sie mir fünfzig. Mehr ist sie doch nicht wert.»

«Und wenn doch?», sagte er vorsichtig.

Sie winkte ab.

Und damit hatte sie ihm die Erlaubnis gegeben, die Skulptur für fünfzig Euro mitzunehmen. Die vielleicht das Hundertfache wert war. Er hatte gedacht, dass er ihr später immer noch einen fairen Preis zahlen konnte. Er hat das Fairsein erst verschoben, und jetzt weiß er, dass er es nicht tun wird. Und vielleicht weil er sie so, auf diese Weise, und quasi wie ein Geschenk bekommen hat, steht sie nun nicht in seinem Laden, sondern auf dem Fensterbrett seiner Wohnung. Er kann sie nicht verkaufen, weil er sie geschenkt bekommen hat. Es wäre Betrug an Frau Dewael. Ein Betrug ist es auch so. Denn er hat gleich gewusst, dass die Bronze wertvoll war. Er hat sie schätzen lassen, auf Auktionen haben ähnliche Objekte fünftausend Euro eingebracht. Manche sogar mehr.

«Was hast du gesagt?», fragt Alexander.

«Warum klopfst du nicht?»

Alexander verzieht den Mund. Dann setzt er sich auf das Sofa.

«Ich muss mit dir reden.»

«So?»

«Es muss jemand was sagen. Sie schließt sich da Leuten an. Und dann kriegt sie Ärger, richtigen Ärger. Weißt du, wie es in Genua abging?»

«Wovon redest du?»

«Von G20. Im Juli. Sie wird da irgendwas machen. Sie hat es schon angekündigt. Das ist gefährlich.»

«Ich nehme an, du redest von Imke?»

«Ja doch.»

«Was soll ich da machen?»

«Du sollst es ihr verbieten. Von denen drüben tut doch keiner was. Die haben gar keine Macht über sie.»

«Alex», Thomas setzt sich zu Alex auf das Sofa und kommt sich klein vor, angesichts der großen Hände seines großen Sohnes, die auf seinen großen, eckigen Knien liegen. «Du glaubst doch nicht allen Ernstes, dass ich irgendeinen Einfluss auf Imke hätte? Ich meine, mehr als deine Mutter? Deine Mutter hat doch alle Entscheidungen über euch getroffen. Sie hat mich gefragt, das schon, aber hätte ich denn irgendetwas anderes sagen oder tun können als das, was sie für richtig hielt? Alex, du verstehst es vielleicht nicht, aber deine Mutter trifft keine falschen Entscheidungen über euch. Ich bin nur der Mann, und ich habe sie verlassen. Also, was kannst du von mir erwarten?»

Er lehnt sich zurück. Er hat sich gegeißelt. Er ist mit sich zufrieden.

Alex betrachtet ihn eine Weile, und Thomas betrachtet ihn. Sie sehen sich an wie Sohn und Vater, aber auch wie Mann und Mann. Thomas versucht, etwas in Alexander zu erkennen, ihn zu verstehen. Er hat keine Kinder, noch nicht einmal eine Freundin. Er ist noch gar kein richtiger Mann. Er ist etwas dazwischen. Kein Kind. Ein Polizist. Ein Liebender vielleicht. Was weiß denn er. Aber er ist noch kein Mann, der ein Leben in einer Familie verbringt und vieles falsch macht, weil er nicht anders kann. Weil er schwach ist, ein Mensch.

«Ich möchte ja nur, dass du einmal mit ihr redest», sagt Alexander.

«Ich weiß nicht, ob sie's dir gesagt hat: Sie geht zu Dr. Wörschredt. Wir haben einen Termin. Falls sie Probleme hat oder so. Reden kann ich natürlich mit ihr. Aber ich weiß gar nicht, ob ich auf deiner Seite stehe. Ich weiß ja nicht mal, um was für Seiten es geht. Du bist, nehme ich an, auch für das Demonstrationsrecht?»

«Sie treibt sich mit Leuten rum.»

«Mit was für Leuten?»

Alexander zuckt mit den Schultern.

«Zecken halt, Autonome.»

«Zecken, ja? Was soll das sein? Linke?»

«Irgend sowas. Verfilzte Kids.»

«Ich finde es gut, wenn sie sich für was einsetzt. Sie geht ja nicht mehr schwimmen. Soll sie sich politisch engagieren. Ist sie irgendwo Mitglied?»

«Nein! Was weiß ich? Die sind nicht Mitglied. So ein Quatsch! Mit Mitglied hat das gar nichts zu tun. Was hast du für Vorstellungen? Die hocken da zusammen und brüten irgendwas aus. Irgendwas mit Widerstand. Ich möchte nicht am Ende meiner Schwester auf der Straße mit einem Knüppel gegenüberstehen.»

«Das ist also das Problem? Es geht gar nicht um ihren Ärger, es geht um deinen Ärger. Du willst keine Probleme haben.»

Alexander steht auf.

«Wenn du's so sehen willst.»

«Was denkst du über den Gipfel?», fragt Thomas.

«Ich bereite mich seit letztem Herbst darauf vor.»

«Aber hast du dich politisch damit auseinandergesetzt?»

«Nein. Du?»

Thomas schüttelt den Kopf.

«Ich werde. Bevor ich mit ihr rede. Und ich denke, du solltest das auch tun. Du bist schließlich ein Vertreter der Staatsmacht. Du solltest wissen, was du da tust.»

«Und wenn ich's nicht gut finde? Muss ich's trotzdem tun.»

Thomas nickt.

«Musst du nicht», sagt er. «Was man nicht will, muss man nicht tun.»

Alex steht auf.

«Was bist du für'n Hippie?»

Und dann, mit einem Blick auf die Bronze: «Und wem hast du die abgeschwatzt? Aber mir wirfst du vor, dass ich für den Staat arbeite.»

«Ich werfe dir das nicht vor. Das habe ich noch nie getan.»

«Im Inneren schon», sagt Alexander und verlässt die Wohnung.

Thomas schaut ihm nach, wie er mit langen Schritten über den Hof geht.

Macht sich Sorgen um seine Schwester, denkt er. Und ist plötzlich gerührt. Eigentlich wäre es doch seine Aufgabe, sich um Imke zu sorgen.

Dann denkt er über die Autonomen nach. Autistisch kommen sie ihm vor. Sind immer nur mit sich selbst beschäftigt, wem wollen sie etwas sagen, ihm? Und immer geht es um die Gewalt des Staates. Was ist mit ihrer Gewalt? Sind sie nicht auch gewalttätig? Aber ihre Gewalt soll immer nur Gegengewalt sein. Gegen die Gewalt des Staates, des kapitalistischen Staates, der alles ausbeutet und kaputt macht, was für das Überleben der Menschheit wichtig ist. Gegen den wollen sie sich wehren, aber wenn sie erfolgreich wären, was wäre dann? Wie würden sie sich das vorstellen, wie würden sie sich dann schützen? Damit nicht irgendwelche anderen kommen und ihnen ihr schönes, gerechtes System wieder kaputt machen?

Thomas setzt sich aufs Sofa, betrachtet die Tänzerin, die jetzt wieder auf dem Fensterbrett tanzt, und verschränkt die Arme hinter dem Kopf. Am Ende geht es ihnen doch auch nur um die Lust. Sie haben einfach Bock auf Gewalt, auf das Rumgeschreie und den Kampf – aber wenn sie erfolgreich wären? Keine Macht für niemand? Ja? Er lacht laut in den Raum hinein.

Und wo steht er, Thomas Koschmieder, an welchem Platz in diesem großen Spiel findet er sich wieder, wo macht er mit? Welche Werte vertritt er, und wo tritt er ernsthaft dafür ein? Bleibt es ihm nur noch, sich lustig zu machen oder sich zu überheben, über Kinder, die immerhin ein moralisches Ziel verfolgen, auch wenn die Geschichte zeigt, dass dieses Ziel nicht zu erreichen, die Menschheit nicht bereit oder nicht gut genug ist, dass ihr Traum nur ein Traum und ihr ganzer Kampf eine anachronistische Kopie längst ausgekämpfter, alter Kämpfe ist? Auch Alexander setzt sich für etwas ein. Er verteidigt seinen Beruf, seine Überzeugung, auch wenn die schlicht, ja geradezu dumm ist, und er setzt sich für seine Schwester ein, auf die Art, die ihm möglich ist. Er gibt, was er kann, auch wenn er irrt. Aber er? Was tut er, Thomas Koschmieder?

Er nimmt die Tänzerin noch einmal in die Hand, dieses perfekte Figur, wie schön sie ist! Ist das die Antwort, alles, was ihn jetzt noch interessiert, die Schönheit der Dinge? Sie zu besitzen? Ist das sein ganzes Streben? Weil man sich mit jedem politischen Engagement, wenn man jenseits der fünfzig ist, sonst nur lächerlich macht?

«Es gibt doch keine Revolutionen mehr», sagt er laut zu sich selbst, stellt die Tänzerin auf das Fensterbrett und stellt den Fernseher an. Die Welt ist rettungslos verloren. Leben muss man.

Wollt ihr irgendwas gegen G20 machen?», fragt Imke beim Abendbrot die Mutter, die Oma und den Bruder. Alle kauen, außer ihr. Sie hat die Hände auf den Tisch gelegt und sieht die anderen forschend an. Sie hat sich vorgenommen, diese Frage zu stellen, und sie hat sich auch schon die Antworten vorher überlegt. Sie hat sich vorgestellt, wie ihre Mutter fragen würde: Was können wir schon dagegen machen?

«Wir wollen zu Hause bleiben!», sagt Alexander. Sorgfältig ordnet er geschnittene Zwiebeln auf seinem Salamibrot an.

«Aha», sagt Imke. Sie lehnt sich ein bisschen auf dem Tisch vor. Sie ist angespannt. Sie empfindet es als ihre Pflicht, diese Frage zu stellen. Sie fühlt sich wie jemand, der eine Verantwortung übernommen hat.

«Es könnte gefährlich werden», sagt Alexander und beißt in sein Brot.

«Und deshalb willst *du* zu Hause bleiben?»

«Ich meine dich, euch», er beschreibt mit der linken Hand einen Kreis, «die Familie.»

Imke sagt: «So? Tun wir das, wir Familie bleiben also zu Hause?»

«Streitet euch nicht bei Tisch!», sagt Helga und klopft mit ihrem Messergriff auf den Tisch. Ihre hellen Augen hüpfen von einem zum anderen. Sie versteht immer nur die Hälfte von dem, was zwischen ihr und Alexander ist.

«Ich werde jedenfalls nicht zu Hause bleiben», sagt Imke und steht auf, um ihren Teller in den Geschirrspüler zu räumen.

«Was ist das denn, mit diesem G20?», fragt Helga.

«Es ist ein Treffen von verschiedenen Staatsleuten», sagt ihre Mutter. Sie klingt gereizt, findet Imke, ihr ist im Moment alles zu viel. Sie antwortet auf fast alles in diesem neuen Ton, in dieser widerwilligen, abwehrenden Art. Als sähe sie sich gezwungen, diese Fragen zu beantworten, dieses Leben zu führen, als wären alle schuld daran, dass ihr Leben so ist.

«Die neunzehn wichtigsten Industrie- und Schwellenländer und die EU», sagt Imke. «Und verschiedene Organisationen.»

«Na, ihr wisst ja bestens Bescheid», sagt Alexander.

«Tja, für dich reicht es, zu wissen, dass es gefährlich wird», sagt Imke.

«Gefährlich?», fragt ihre Oma und reckt sich nach einer Scheibe Brot aus dem gelben Plastikbrotkorb, den sie schon haben, jedenfalls solange Imke denken kann. Wahrscheinlich hat noch nie jemand daran gedacht, ihn zu ersetzen, durch einen Korb aus einem natürlichen Material zum Beispiel.

«Sie treffen sich, um ein paar Probleme zu besprechen. Es geht um Afrika, um Protektionen, solche Sachen», sagt ihre Mutter.

«Wer?», fragt Helga.

«Trump wird kommen, Putin, Erdogan, die Chefs von zwanzig Ländern.»

«Warum denn hierher? Was wollen sie denn hier, ausgerechnet?»

«Warum denn nicht?», sagt Alexander. «Hier ist es doch schön, Oma.»

«Das sind doch alles Verbrecher», sagt Helga und winkt ab. Ihre Lippen glänzen von der Butter. In ihrem Ausschnitt liegt eine goldene Kette mit einer golden gefassten Perle als Anhänger.

«Genau», sagt Imke. «Es sind Verbrecher, und sie haben verbrecherische Absichten.»

«Du wirst jedenfalls dann zu Hause bleiben», sagt Alexander.

Imke lächelt ihn an. Sie fühlt sich überlegen. Sie ist jedenfalls kaum wütend über sein Verhalten. Er kann ja doch nichts tun. Er hat ja gar nichts zu sagen, auch wenn er sich so aufspielt.

Ihr Lächeln bringt ihn auf. Er isst zu schnell, er trinkt und verschluckt sich, dann knallt er das Glas hin und sagt: «Dafür werde ich sorgen.»

Als er weg ist, sagt Natascha: «Jedenfalls: Ich werde an einer Kunstaktion teilnehmen.»

«Es wird gefährlich», sagt Alexander, «wirklich.»

Wie er in ihrem Türrahmen steht, in seiner blauen Jogginghose und dem braunen Strickpullover, tut er ihr plötzlich leid, ihr Bruder. Immer ist er so empfindlich gewesen, so schnell verletzt, grollend und vor allem so leidend, voller überfließender Gefühle. Immer hat sie triumphiert. Egal, was sie gespielt haben. Immer hat sie am Ende gewonnen, selbst wenn er sich auf sie draufgesetzt hat und sie auf der Erde lag und schrie, damit ihre Eltern kamen und ihn wegzerrten, und während sie schrie wie am Spieß, lächelte sie in sich drinnen, denn sie wusste ja, dass nur seine Hilflosigkeit ihn trieb, dieses letzte Mittel anzuwenden. Es war wie ein Theaterstück, das sie immer wieder aufführten. Die Eltern konnten nicht wirklich böse auf Alexander werden, weil er adoptiert war, glaubte sie. Weil er adoptiert war, war ihre Wut immer mit Mitleid und Schuld durchmischt, und das wusste sie ebenso gut wie Alexander, und auch das hatte sie ihm also voraus. Dass ihre Eltern echte, unverfälschte Wut nur auf sie haben und sie mit aller Strenge bestrafen konnten, weil sie das Glück hatte, als ihr eigenes Kind geboren zu sein.

«Komm rein!», sagt Imke.

Er setzt sich auf die Kante ihres Bettes. Er riecht nach Deo oder Parfüm. Er benutzt immer solches Zeug und duscht andauernd. Feucht läuft er durch die Wohnung, mit einem Handtuch um die Hüfte, kämmt seine Haare mit einer runden Bürste, zupft sich vor dem Vergrößerungsspiegel winzige Haare aus dem Gesicht, operiert an unscheinbaren Pickeln herum. Und für wen?

«Das ist nicht so ein bisschen rumlaufen und Fahne schwenken und Blumen verschenken, das wird ’ne andere Nummer. Also halt dich da fern! Das sage ich dir als dein Bruder.»

Imke dreht sich vom Bauch auf die Seite.

«Als deine Schwester sage ich dir: Es ist wichtig, dass möglichst viele Leute auf der Straße sein werden.»

Alexander steht auf, seufzt, setzt sich schließlich auf den kleinen Schreibtischstuhl und dreht sich langsam im Kreis.

«Du plapperst doch nur irgendwas nach», sagt er schließlich, in der Drehung stoppend. «Was sind das eigentlich für Leute? Mit wem gibst du dich da ab?»

Imke starrt ihn an.

«Willst du Namen, Adressen? Soll ich eine Liste machen? Ich kann die Gespräche mit dem Handy mitschneiden, wär das nicht super?»

Alexander steht auf. Er starrt sie an. Eine ganze Weile steht er so, dann geht er langsam zu ihrem Bett rüber, packt sie am Kopf und gibt ihr einen Kuss auf ihre Haare.

«Ich mache mir doch nur Sorgen, Immi.»

Das kommt so unerwartet, dass ihr Tränen in die Augen steigen. Immi hat er zu ihr gesagt, als sie noch klein war. Als er mit ihr am Sonntagmorgen auf dem Teppich in der Diele aus Legosteinen Bahnhöfe baute, Häuser und Straßen, in denen die kleinen Legomenschen wohnten. Als er sie mit dem Handwagen die Straße lang gezogen hat, als er ihr Busfahrer war und sie sein einziger Fahrgast. Als er sie auf sich reiten ließ, auf allen vieren durch die Stube, und er wieherte wie ein Pferd, bis sie mal runterfiel und sich am Buffet die Stirn aufschlug.

Es ist grau und wird bald regnen, der Wind vom Tag hat sich gelegt. Helga sieht es an den Wipfeln der Bäume. Drüben in der Garage brennt Licht. Heimweh beißt ihr in den Bauch, Heimweh nach ihrem Sohn, der fremd dort drüben wohnt, Heimweh nach der alten Familie, die sie einmal waren.

Die kleine Imke konnte alles mit Alexander machen, er war so gutmütig, auch wenn er stärker war, er war so ein liebes, geduldiges Kind. *Kauft ihr doch einen Hund*, ermunterte sie Thomas immer wieder. Einen Hund hätten die Kinder gebraucht, ein Hund wäre für alle wundervoll gewesen, davon war sie überzeugt. Aber einen Hund wollten sie nie haben.

Sie geht in ihr Schlafzimmer, obwohl sie weiß, dass es noch zu früh ist und sie später dann nicht wird schlafen können. Aber sie fühlt sich so schwach heute Abend, dass sie sich noch angezogen auf die Überdecke legt und für einen Moment die Augen schließt.

Sie denkt an Pfiffi. Mit dem streiften sie durch die Johannisburger Heide, Vater, Mutter, Gretchen und Martha, und früher war manchmal noch der schüchterne Josef dabei, als er noch ein Junge war. Pfiffi bellte alles an, was raschelte und sich bewegte. Er jagte herum, bis Vater, der die ganze Zeit mit ihm schimpfte, weil die Hundeerziehung seine Aufgabe war, ihn an die Leine nahm. Aber da jaulte er und zog, bis Vater ihn mitleidig wieder von der Leine ließ. Pfiffi stürmte davon, blieb stehen, sah sich um, triumphierend, wie es ihnen schien, um das nächste Vöglein im Gebüsch aufzustöbern. Am Ende solcher Ausflüge war sein weißes Fell grau und voller Kletten, und Helga musste ihn später auskämmen. Manchmal musste sie mit der Nähschere der Mutter ganze Fellbüschel abschneiden, weil die Kletten einfach nicht abgingen und der Hund nicht stillhalten wollte. Er knurrte, klagte auf ihrem Schoß, und sie bekam Schrammen und blaue Flecken von seinen zappelnden Pfoten auf ihren Oberschenkeln.

Helga tastet mit geschlossenen Augen nach ihren Schenkeln, weil der liebliche Schmerz der scharfen Hundepfoten ihr plötzlich so präsent ist, als hätte Pfiffi eben erst auf ihren Knien gesessen.

«Sei nicht so dumm!», sagt sie in die Dunkelheit ihres Schlafzimmers hinein.

Als sie gehen mussten, brachte die Mutter ihn weg. Sie kam zurück, lächelte und sagte: *Der Hund ist gut untergebracht.* Aber Helga war misstrauisch, weil die Mutter es so komisch sagte. Später erfuhren sie von Frau Schliegfurt, die eine Weile mit ihnen in derselben Richtung auf der Flucht unterwegs war, dass die Mutter mit einem Schlachtermesser selber den Pfiffi getötet hatte. So, wie sie ein Huhn tötete, tötete sie den Hund. Und anschließend ging sie ins Haus, log die Kinder an und lächelte. Es war ja nur ein Hund.

Helga wusste schon vorher, dass ein Hund nicht viel wert war. Aber dass man wegen eines Hundes nicht einmal mehr traurig sein durfte, weil es noch viel schlimmere Dinge gab – das machte ihr erst bewusst, was vor sich ging. Natürlich war der Vater weg, natürlich war es das Schlimmste, dass sie ihre Sachen packen und ihre Heimat verlassen mussten. Aber dennoch schien es ihr, dass damals, als sie ein Mädchen von vierzehn Jahren war, das Schlimme erst zu ihr durchdrang, als ihr ungezogener Hund von ihrer Mutter mit einem Küchenmesser getötet wurde.

Helga denkt an Hedwig Wisnewski, die im Winter inmitten des ganzen Holzes erfroren war, an ihr Eichhörnchen und ihren Raben. Aber ein Hund war kuscheliger und freundlicher.

«Ein Hund ist besser», sagt Helga laut vor sich. Sie knetet sich jetzt das Knie. Sie hat bestimmt Wasser.

Tja, jetzt sind wir hier», sagt Ronald.

Blasses Abendlicht dringt durch die Scheiben, ein Hauch von Straßenlaterne, Verkehrsgeräusche, Menschenstimmen, erst lauter, dann leiser, orientalische Musik aus einem Auto.

«Das Einfachste wäre doch, wenn wir es einfach tun», sagt sie.

«Ist das dein Ernst?»

Er zuckt mit den Schultern, steht auf und geht ihr voraus ins Schlafzimmer. Dann stehen sie beide nebeneinander und starren einen Moment auf das ordentlich gemachte Bett. Hellblaue Bettwäsche, glattgestrichen, zwei aufgeklopfte Kissen, und alles duftet frisch und reinlich. Kein Staub, die Wände sind weiß, der Boden ist sauber; sie seufzt.

Ein anderes Leben ist möglich, denkt sie.

Sie zieht sich aus. Dann legt sie sich in das Bett. Es ist ein riesiges, ein wunderschönes Bett, das er bestimmt mit seinen eigenen Händen gebaut hat. Vielleicht könnte sie ihn fragen, ob er ihr auch so eines baut. Sie sieht ihm zu, wie er sich auszieht. Nackt sieht er sogar noch besser aus als angezogen. Er ist stark behaart auf der Brust, das gefällt ihr. Als er ins Bett kriecht, und bevor was dazwischenkommen kann, umarmt sie ihn. Nicht dass sie Lust darauf verspürt, aber irgendwas muss sie ja tun. Sie hat so viele Jahre Thomas' Körper angefasst. Und jetzt dieser knochigere Körper mit der ganz anderen Weichheit statt Thomas' festere Massigkeit. Sie schließt die Augen.

«Es geht alles so schnell», flüstert Ronald in ihr Ohr.

«Wieso?», fragt sie.

Ronald müht sich an ihr ab. Es ist wie ein Experiment. Weil sie sich immer wieder fragt, wie es ist. Ist es gut? Unangenehm? Manches ist schon angenehm. Das hält sie zurück, das stört sie selbst. Es sollte mehr wie bei einer Performance sein, aber eine Performance wird ja meistens eingeübt, das ist ja nun eine Premiere, eine Premiere ohne Probe. Sie kann sich von ihren eigenen Gedanken nicht befreien, sie hätte vielleicht was nehmen sollen, zur Entspannung, aber was? Oder meditieren. Er riecht ungewohnt, sicherlich normal, dass sie es ungewohnt findet, aber zum Glück riecht er nicht schlecht. Wenn er schlecht riechen würde, dann wäre er nichts für sie. Natürlich ist das ein hilfloser Gedanke, denkt sie, und dass sie jetzt schon ihre Gedanken überdenkt. Ich muss ja nicht kommen, redet sie sich gut zu, ich muss ja nicht, beim ersten Mal. Man sollte nicht so hohe Erwartungen haben. Und dann kommt sie auch nicht.

«Möchtest du was essen?», fragt Ronald Park. Sein Kopf liegt auf dem Kopfkissen wie ein Gegenstand für sich, losgelöst vom Körper, er bewegt sich ein bisschen, der Körper bleibt reglos. Er ist erhitzt, er sieht, von nahem, alt aus. Er hat ein zerfurchtes Gesicht, auf einmal. Vielleicht ist sie auch nur strenger mit ihm, weil sie ihn gerade in Besitz nimmt. Man soll das ja nicht, aber sie merkt, dass sie es tut.

«Ich würde uns jetzt doch was kochen», sagt Ronald Park.

Er kocht in Unterhosen und barfuß ein Curry. Seine langen Zehen, wie Glieder einer Hand. Die Haut wie weißes Gummi. Sie fasst ihn einmal, zärtlich, an seinen Hintern. Er ist irgendwie spitz, denkt sie, dieser Hintern, der jetzt ihr gehört. Dann sitzen sie auf seinem Balkon und sehen auf das Leben hinunter, auf die jungen Leute. Es ist schon fast dunkel, aber über den Dächern leuchtet noch ein heller, türkisblauer Streifen am Himmel. Sie sieht Ronald an, sieht ihr Essen auf dem Plastiktisch und ist voller Wehmut. Sie ist ein bisschen aufgelöst, wie man es wohl sein muss, wenn man einmal ganz etwas anderes macht, wie in einem ganz anderen Land, in dem man noch niemals gewesen ist. Und ist man dann nicht plötzlich auch, in diesem anderen Land, ein anderer Mensch? Und das, was dazwischenliegt, zwischen dem alten und dem neuen Menschen, das kann ein Zuwachs sein oder ein Verlust. Auf jeden Fall ist es verunsichernd, man kennt sich ja noch gar nicht, so neu. Aber sie ist eher glücklich als unglücklich. Oder vielleicht noch etwas anderes.

«Ich nehme an einer Kunstaktion teil», sagt sie.

«So?»

«Es ist anlässlich dieses G20-Treffens. Ich wurde gefragt, und ich fand es eine gute Idee. Also, ich denke, man sollte etwas tun. Es ist eine gute Möglichkeit, eine besondere Möglichkeit des Protestes.»

«Ja, wirklich?», fragt Ronald. «Ich nehme nämlich auch an einer Kunstaktion teil.»

Und dann stellt es sich heraus, dass sie beide an derselben Aktion teilnehmen. Und dann sitzen sie da, auf seinem Balkon über der Schanzenstraße, und reden darüber, sind auf diese Weise Verbündete, Kollegen, sie reden über die Formen des Protestes, über Kunst, sie sind plötzlich gar nicht mehr das, was sie vorhin waren. Keine Menschen, die sich zum Sex getroffen haben, ohne irgendeine andere Verbindung, jetzt sind sie auf einmal Menschen, die auf verschiedene Weise bereits verbunden waren, schon bevor sie es wussten, dass diese Verbindung existiert, als sie miteinander redeten, im Supermarkt in der Bäckereikette, ohne dass es ihnen bewusst war, es ist eine Art unbewusstes Wissen, ein Ahnen oder Erschnuppern vielleicht, wie bei Hunden, oder als ob sie sich schon lange kennen würden, und der Sex spielt kaum mehr eine Rolle, oder der Sex hat überhaupt nur stattgefunden, weil all das andere bereits vorhanden war.

Sie trinken Wein, unten auf der Straße liegen der Abend und die Nacht, und die jungen Menschen grölen und lachen und lassen Bierflaschen auf den Asphalt knallen, Musik dröhnt, Polizeiautos, Sirenen, der Mond glüht orange, aber nur fetzenweise, weil schnelle Wolken ihn immer wieder verdecken. Sie frieren, sie frösteln, verschränken die Arme immer öfter.

Dann schweigen sie.

Dann sagt Ronald: «Du bist aber nicht gekommen, oder?»

Lass uns doch mal einkaufen gehen!», sagt Helga, als sie Natascha so sieht, in ihren Jeans und dem zerknitterten Hemd mit den hochgekrempelten Ärmeln.

«Einkaufen?»

«Es wird doch jetzt wieder warm.»

«Was willst du denn einkaufen?», fragt Natascha.

«Für dich doch. Du könntest wirklich mal etwas Hübsches gebrauchen.»

«*Ich* könnte etwas Hübsches gebrauchen?»

«Immer nur Jeanshosen. Du könntest mehr aus dir machen.»

Natascha steht mit ihren Einkaufstaschen an die Haustür gelehnt. Schweiß auf der Stirn. Im Gesicht wird sie langsam alt, denkt Helga. Aber es geht noch, wenn sie den Kopf ein bisschen hebt, das Kinn anhebt. Vielleicht etwas Make-up.

«Was soll ich denn aus mir machen?»

«Na ja, Mädchen, ich will sowas nicht sagen. Aber die Männer mögen es nun mal, wenn die Frauen sich hübsch machen. Und nun wirst du es ja nötig haben.»

«Du verstehst da was falsch», sagt Natascha. «Ich habe gar nicht die Absicht, irgendwelchen Männern zu gefallen. Ich trage, was *mir* gefällt.»

«Sicher doch», sagt Helga.

«Ich möchte nicht –», sagt Natascha und lässt ihre Einkaufstaschen plötzlich auf den Boden gleiten, als wären ihre Arme auf einmal zu schwach. Sie lässt sie nicht direkt fallen, sie geht leicht in die Knie, damit die Taschen auf den Boden kommen, ohne dass etwas kaputtgeht.

«Weinst du?», fragt Helga nach einer Weile und packt Natascha am Oberarm, fest, aber mütterlich.

«Ich weine doch nicht», sagt Natascha, schüttelt Helgas Arm ab und greift nach ihren Taschen. «Ich möchte nur so etwas gar nicht hören. Mein Stil ist nun mal nicht deiner, Helga. Mein Stil ist einfach ein ganz anderer. Und ich denke, es steht dir nicht zu, solche Sachen zu sagen. Als wäre ich selbst schuld. So etwas sagen Frauen deiner Generation, weil es damals eben so war, dass die Frau schuld war, wenn der Mann nicht mehr an ihr interessiert war. Aber heute ist das anders. Und Thomas, der sieht auch nicht mehr so aus wie früher. Das ist dir vielleicht entgangen.»

«Das ist mir nicht entgangen», sagt Helga, die ihr in die Küche folgt, wo Natascha die Taschen auspackt. «Und deshalb wird die junge Frau auch nicht bei ihm bleiben. Es ist doch nur ein Geplänkel. Wie ich die Sache einschätze, kommt er bald zurück. Aber deshalb kannst du trotzdem mal etwas Hübsches für dich kaufen. Hellblau würde gut zu deinen Haaren passen.»

«Zu meinen Haaren?» Natascha greift sich unwillkürlich in ihre Haare.

«Geh zum Friseur! Das ganze Grau», sagt Helga, «ich kann einen Termin bei Margit für dich machen.»

Natascha hält inne und hebt den Zeigefinger.

«Das geht zu weit!»

«Ich gehe da immer in eine Bodik in der Stadt, da haben sie wirklich eine schöne Qualität, und sie beraten einen gut. Aber ich weiß nicht, ob es dir gefallen würde. Wie du schon sagtest, dein Geschmack ist anders.»

«Kein Interesse», sagt Natascha. «Weder an Margit noch an deiner Bodik, vielen Dank, aber meine Schränke sind voll.»

«Mit altem Zeug», sagt Helga und verlässt die Küche.

Helga öffnet den Schrank über dem Fernseher und nimmt eine Zeitschrift heraus. Ein dickes Heft aus dem Jahre 1957, *Film und Frau*, und obenauf ist sehr modernes, einstöckiges Haus abgebildet, darunter ein goldener Streifen: *Architektur, eine Sonderausgabe der Film und Frau*. Seit 1957 hat sie diese Zeitschrift aufbewahrt. Sie hat sie sich heimlich gekauft, sie hat drei Mark achtzig gekostet, und Walther hätte es nicht erlaubt, dass sie so viel

Geld für eine Zeitschrift ausgibt. Sie hat sie immer versteckt und sich nur angesehen, wenn er nicht da war. Sie blättert sie immer noch gerne durch. Sie enthält so viele ihrer Träume. *Gastfreundliche Stube mit bequemen Polstermöbeln und einem warmen Wollteppich. Der eingebaute Barschrank enthält alles, was Männerherzen erfreut; in Welleternitplatten lagern Flaschen mit köstlichem Inhalt.* Eine ganzseitige Anzeige: *Mehr als sechzig Sorten Trauben werden heute in Europa kultiviert. Nur wenige bringen Weine, die – nach unserem Rezept gebrannt, gehegt, gepflegt und gealtert – zugutallerletzt Asbach Uralt ergeben – den großen Deutschen Weinbrand aus Rüdesheim!* Eine gezeichnete Traube auf einem gealterten Stück Papier, ein Glas Asbach Uralt auf einem dunklen Holztisch, auf den, durch den Weinbrand hindurch, goldenes Licht fällt.

Helga legt das Heft auf den Couchtisch und geht noch einmal an den Schrank. Sie gießt sich den Schwenker halb voll. Dann blättert sie weiter. Blättert durch das Haus einer Malerin, das Haus eines Betriebsleiters, das eines Sammlers, blättert durch das Haus einer alleinstehenden Dame: *Im kühlen Dunkel steht Madame und lächelt: Willkommen!*

«Willkommen», sagt Helga und nimmt einen kleinen Schluck. Sie isst einen Vollkornkeks dazu, und es wird ihr behaglich. Das Haus der alleinstehenden Dame ist ihr Lieblingshaus. Es hat drei künstlerisch sehr schöne Tore. *Der Kunstschmied ist dem Lyriker vergleichbar – er treibt aus glühendem Stoff die Ornamente und das Filigran, so wie der Dichter aus heißen Gedanken den schönen Fluss der Worte formt.* Sie liest es leise vor sich her. Sie wischt sich die Augen. Sie stellt den CD-Player an. Jetzt muss es was Modernes sein, Udo Jürgens. Dann blättert sie auf

Seite 146 vor. *Bali 57. Eine exklusive Neuschöpfung für anspruchsvolle Musikfreunde.* Es ist eine Musiktruhe. Wie gerne hätte sie eine gehabt. Die im Heft sollte achthundertachtundzwanzig Mark kosten. Dazu war Walther nicht bereit gewesen. Sie hatten ein Radio in der Küche, später dann einen Plattenspieler. Aber sie hätte so gerne diese Musiktruhe gehabt. Sie hätte auch gerne ein Haus eingerichtet, so wie diese Häuser in der Zeitschrift, besonders, außergewöhnlich und exklusiv. Sie hätte gerne selber etwas von solch einem Leben abgehabt. Aber es ging nach anderen Kriterien. Es ging danach, was Walther besorgen konnte, auf seinen Streifzügen, und dann ging es danach, was er für praktisch hielt. Und für bezahlbar. Ordentlich sollte es sein und halten. Ein ordentlicher Tisch. Eine ordentliche Tapete, die auch mal was aushält, alles sollte auch mal was aushalten, Haltbarkeit war so wichtig damals, aber es gab ja auch anderes. Sie hätte so gern etwas anderes gehabt. Die Ornamente und das Filigran. *Im kühlen Dunkel steht Madame und sagt: Willkommen!* Helga seufzt. Gießt sich noch mal ein.

Sie fragt sich, ob Natascha wirklich eine hübsche Frau ist, sie ist sich plötzlich nicht mehr sicher. Vielleicht liegt es an den Jeanshosen und den grauen Haaren. Oder vielleicht ist sie mehr wie die Möbel, die Walther ausgesucht hatte, was Ordentliches, was was aushält. Nur den Herd, den durfte sie aussuchen, Junomatik, sie hatten ganz früh einen Junomatik-Herd mit Gas.

Sie fährt noch am Nachmittag in die Stadt, um sich in ihrer Bodik eine maigrüne Hose zu kaufen, schön bequem am Bauch und an den Fesseln schmal, der Stoff glänzt ein bisschen, die Bügelfalte soll auch beim Waschen nicht weggehen. Zu Hause, vor ihrem Kleiderschrank, fädelt sie einen schmalen rosa Gürtel in die Laschen. Dann steht sie vor dem ovalen Spiegel, besprüht sich ein wenig mit *Ô de Lancôme* und betrachtet sich. Sie ist siebenundachtzig. Ihr Gesicht ist groß und rund und großporig wie eine Apfelsine. Sie hatte schon immer ein großes, flaches Gesicht, aber im Alter ist es noch breiter und größer geworden, und ihre Augen funkeln wie kleine, blaue Glassteinchen aus ihren Höhlen. Früher war sie sehr stolz auf ihre blauen Augen gewesen. Ihr Körper. Sie seufzt. Ihr Körper ist wie Teig, ihre ganze Fülligkeit läuft ihr von den Knochen. Aber sie ist siebenundachtzig und gibt so viel Geld für die Schönheit aus wie nie zuvor in ihrem Leben. Sie fährt alle zwei Wochen zu Margit und lässt sich einen neuen, runden Helm von rotbrauner Frisur machen. Wie ein feinziseliertes Kissen sitzen ihre Haare auf ihrem Gesicht und machen sie stolz. Sie zieht die Hose wieder aus und legt sie sorgfältig zusammen.

Für Natascha hat sie einen hellblauen Pullover aus einem Baumwoll-Seidengemisch gekauft, mit einer weißen Kante an den Ärmeln und einem goldenen Anker über der Brust. Sie schlüpft in Nataschas Schlafzimmer und legt das in Seidenpapier gewickelte Päckchen auf Nataschas Seite des ungemachten Bettes. Sie sieht die andere, gemachte Seite, wie eine Schuld. Es erinnert sie an etwas.

Wenn Walther nicht nach Hause kam, über Nacht, wenn sie den Rock auszog und aus ihren hübschen Absatzschuhen stieg, wenn sie dann nach dem Bad in ihr Nachthemd stieg, denn stets trug sie ein Nachthemd, wenn sie dann das ordentlich gemachte Bett aufschlug und an ihrer Seite hineinstieg, wenn sie dann die Augen auf das Kissen richtete, auf dem sein Kopf nicht lag – dann hatte sie einen wiederkehrenden Gedanken gehabt, fast schon einen Wunsch, schmerzend, stechend, aber auch süß: Wenn er nicht mehr kommen würde, dann gehörte das alles, das Haus und die Kinder, ganz allein ihr.

«Es ist eine Schande», sagt sie.

«Was?», fragt Alexander.

«Dass du keine Frau hast. Zu meiner Zeit, wenn einer so gut ausgesehen hätte, und sauber und anständig.»

Sie kann sich nicht erklären, was mit ihm ist. Vielleicht ist er einfach zu anständig.

«Die Frauen mögen es, wenn man ein bisschen frech ist.»

«Ich weiß, Oma. Hast du mir schon gesagt.»

«Die Braven, die bleiben dann sitzen. Die will ja keiner.»

«Ich bin nicht brav.»

«Gehst du denn mal zu einer hin, wenn sie dir gefällt?»

Sie neigt sich ihm zu, mit ihrer ganzen gedanklichen, wünschenden, helfenden Hingabe.

«Ja.»

«Dann verstehe ich das einfach nicht.»

Sie nippt am Weinbrand. Sie seufzt. Sie sieht Alexander an und seufzt noch mal.

«Oder ist es vielleicht wegen Papa?», fragt Alexander. «Dass du hier Schnaps trinken musst?»

«Es ist doch wirklich eine Schande. Verlässt die eigene Familie.»

«Wir sind doch schon groß», sagt er.

«Denkt er denn, dass die nun besser ist?»

«Du konntest Mama doch noch nie leiden.»

«Es ist normal», sagt sie schließlich, «er ist mein Sohn, und sie ist seine Frau, es ist normal, dass ich vielleicht ein bisschen, na, eifersüchtig war, das ist normal, wenn eine fremde Frau in das eigene Haus kommt.» Sie hält inne. «Aber weißt du, das stimmt doch gar nicht! Ich kann sie leiden. Wirklich. Ich kann sie sehr gut leiden!»

Und in diesem Moment ist es plötzlich wahr. Vielleicht hat sie all die Jahre nur daran festgehalten, sie nicht leiden zu können, weil es am einfachsten war. Sie selbst war schließlich die erste Frau des Hauses gewesen, sie hatte geputzt, die Kinder erzogen und ihren Mann über den Hof zum Essen gerufen. Und dann hatte sie plötzlich keinen Mann mehr gehabt und keine Aufgaben. Sie war auf ihren eigenen Wunsch hin in ihr Ausgedinge unterm Dach gezogen und hatte Natascha all ihre Pflichten überlassen. Sie hatte sie nicht leiden *wollen*, aber sie hatte im Laufe der Jahre eigentlich keinen Grund mehr dazu gehabt. Das Haus war ja gar nicht mehr ihr Haus. Es war ein ganz anderes Leben, das dort unten stattgefunden hatte. Natascha hatte ihr nicht ihr Leben weggenommen, sie hatte ihr eigenes Leben gehabt – und das ist jetzt in gewisser Weise auch vorbei. Und deshalb kann sie mit Natascha nicht mehr böse sein. Weil es vorbei ist.

«Sie ist eine tüchtige Frau», sagt sie. «Sie sieht immer noch sehr gut aus, und sie hat es nicht verdient, dass er sie so behandelt.»

«Dann hat es ja sein Gutes», sagt Alexander, «wenn du sie jetzt auf einmal magst.»

Helga schüttelt den Kopf. Alexander schaltet zwischen den Programmen hin und her, und die Wortfetzen erreichen sie gar nicht.

«Du könntest noch mal mit ihm reden», sagt sie nach einer Weile.

«Ich soll mit ihm reden?», sagt Alexander. Er hat sich zurückgelehnt, die Arme über die Couchlehne gelegt.

«Du bist der Sohn.»

«Was soll ich ihm sagen?»

«Dass er vernünftig sein soll. Dass er die Familie nicht verlassen kann.»

«Und wenn er sie liebt?»

«Herrgott!» Helga schnappt nach Luft. «Red mir doch nicht von Liebe!»

Sie nimmt einen Schluck Weinbrand.

«Aber wenn er sie liebt, dann kann man nichts dagegen machen.»

«Natürlich denkt er, dass er sie liebt. Aber darum geht es nicht.»

«Worum dann?»

«Dass er das Richtige tut. Er hat doch Verantwortung. Er hat eine Familie. Wie stellt er sich das denn vor? Will er eine neue Familie gründen? Noch einmal von vorn anfangen? Er ist zweiundfünfzig! Er hat doch schon eine kleine Glatze. Und er sollte wissen, dass so etwas vorbeigeht.»

«Du meinst, man soll seine Gefühle unterdrücken?»

«Natürlich! Was denkst du denn? Gefühle. Alexander, Gefühle sind etwas für Kinder. Wenn du jung bist, dann musst du dich verlieben, damit du eine Familie gründest. Dafür sind die Gefühle da. Damit du dich um deine Kinder kümmerst. Du musst sie lieben, denn sonst könntest du dich nicht Tag und Nacht um vier Jungs kümmern. Du würdest irgendwann das Haus verlassen und die Jungs gleich mit. Es wäre dir egal. Du würdest einfach ein anderes Leben anfangen, ohne diese Kinder. Deshalb musst du sie lieben, damit du das nicht machst. Das hat die Natur so gewollt.»

Alexander sieht sie aufmerksam an.

«Und mich?», fragt er. «Welchen Zweck hat das? Mich musst du nicht mehr aufziehen. Wir sind nicht mal verwandt. Ich bin doch fremd, von fremden Eltern, die niemand kennt. Aber du liebst mich doch, oder, Oma?»

Helga kneift fest die Lippen zusammen.

«Red doch nicht!»

«Siehst du», Alexander steht auf und hält die Hände in die Luft wie ein Prediger. «Siehst du. Es ist ohne Sinn. Und trotzdem ist es so.»

Ohne Sinn. Und trotzdem ist es da.
Als Alexander gegangen ist, denkt sie nicht darüber nach, ob sie Alexander liebt, denn diese Frage ist so überflüssig wie nur irgendwas. Wenn sie an Liebe denkt, denkt sie an Reinhard Strom.

Er war ein Freund ihres Mannes und gierte nach ihr, nach Helga Koschmieder. Sie war Anfang zwanzig, Reinhard Strom war ein wenig älter. Er besuchte sie mit seiner vierjährigen Tochter Bärbel. Die Kindesmutter war tot, Helga fragte nicht danach. Niemand fragte damals solche Sachen. Es waren so viele Menschen gestorben, und man wollte es einfach gar nicht mehr wissen. Er lebte, und die kleine Bärbel lebte auch, ohne Mutter, an der Hand ihres flatterhaften Vaters. Er war ein Klassenkamerad von Walthers Bruder Max gewesen, sie hatten sich irgendwo wiedergetroffen. Und dann sang er Lieder und spielte bei ihnen im Garten Akkordeon, unter dem alten Apfelbaum: *Diesen Tango tanz ich nur mit dir*, das sang sonst Theo Lingen, aber Reinhard Strom sang es mit viel mehr Stimme, oder *Florentinische Nächte* von Rudolf Schuricke, und natürlich die *Caprifischer*, was war der für ein Sänger gewesen!, und Reinhard Strom hatte eine Stimme wie der Schuricke, direkt Sehnsucht bekam man dabei, Sehnsucht nach irgendwas, sie wusste es auch nicht, nach Italien? Sie war ja nie dort gewesen, es war ein bisschen wie das, was sie ankam, wenn sie Geschichten in *Mein Roman* las. Oder wenn sie in der *Film und Frau* blätterte. Erst aß Reinhard Strom das Essen, das sie gekocht hatte, und er lobte es immer, zu Recht, Walther lobte es auch manchmal, aber das war was anderes, Walther lobte, wenn es das gab, was er gerne aß, aber nicht, wenn sie mal ein Rezept aus der Zeitung ausprobierte, weil sie ja auch mal etwas anderes wollte, und weil sie auch so eine Sehnsucht manchmal hatte, nach dem Fremden, nach der Romantik, auch beim Kochen, aber Walther wollte nichts anderes, Neues, obwohl er das gar nicht kannte.

Du musst dich erst einmal daran gewöhnen, hatte sie einmal zu sagen gewagt, als sie ein wenig gekränkt war von seiner Unzufriedenheit. *Ich werde mich nicht gewöhnen, weil du solchen Mist nicht noch einmal kochen wirst!* Gebrüllt hatte er.

Während die kleine Bärbel im Garten herumlief und Schnecken in ihr altes Röckchen sammelte – sie trug immer dasselbe, nie saubere Röckchen, aber ihr konnte es egal sein, es war ja nicht ihre Tochter –, da saß Reinhard Strom unter dem abgestorbenen Apfelbaum und sang:

Bella, bella, bella Marie, bleib mir treu,
ich komm zurück morgen früh.
Bella, bella, bella Marie, vergiss mich nie.

Sie waren satt und hatten ein paar Schlubberchen getrunken, und sie saß auf einem Korbstuhl und legte den Kopf schief und unterdrückte das Weinen, wegen der Gefühle, die an solchen Abenden über sie kamen. Walther mochte das nicht, er sagte ihr ganz direkt, sie solle aufhören zu heulen. Das war ihr egal, wenn sie alleine waren, aber vor Reinhard Strom wollte sie es nicht hören.

Er kam oft zu ihnen, Walther lud ihn gerne ein, er hatte ja niemanden, der für ihn kochte, und sie dachte sehr genau darüber nach, was sie kochen würde. Sein Bruder Max war im Krieg gefallen, und sie unterhielten sich über früher, als die Familien noch in derselben Straße gewohnt hatten, dieselben Lehrer und Freunde hatten. Da konnte Helga nicht mitreden, sie hätte nur von ihrer Familie erzählen können, aber es war nicht so schön, davon zu reden, dass man ein Flüchtling war. Und ihr Vater ein Trinker, die Mutter irgendwo beerdigt, das war alles nicht zum Erzählen.

Manchmal war Walther nicht da, und da kam Reinhard Strom einfach so vorbei, als wüsste er nicht, dass Walther unterwegs sei.

Dann war er ein anderer Mann.

Er fragte sie nach den Heften, die sie las, und sie zeigte sie ihm. «Liebesidylle in der Waldhütte», zum Beispiel. Sie wurde schon rot, wenn sie sie nur vorzeigte.

Ach Gott, nein, es ist nur so, zur Unterhaltung, sagte sie. Von *Lady Chatterley* wollte sie ihm erst gar nichts erzählen.

Was gefällt dir daran?, fragte er, und sie sah auf den Fußboden, wo ihre Schuhe standen und seine Schuhe, und sie konnte nichts sagen, obwohl sie es schon gewusst hätte, aber nicht vor ihm. Er nahm ein paar der Hefte mit nach Hause. Da wollte sie plötzlich nicht mehr, dass er dieselben Zeilen las, die sie gelesen hatte, dass er denselben Gedanken folgte, und sie forderte sie zurück, als er wiederkam, während Walther unterwegs war. Manches hätte ihm gefallen, sagte er, manches nicht. Sie kam nicht umhin, ihm zuzuhören.

Es ist doch alles sehr ideal, sagte er.

Ideal ist es schon, sagte sie, obwohl sie dachte, dass es nicht richtig ideal sei, denn es passierten doch auch sehr dramatische Sachen in diesen Geschichten, aber auf eine Art waren auch diese dramatischen Sachen ideal, denn sie führten, am Ende, ja immer zu einer idealen Lösung hin.

Es ist ja nicht das wirkliche Leben, sagte Reinhard Strom.

Das wirkliche Leben ist es nicht. Aber es gefällt mir eben. Es muss ja nicht das wirkliche Leben sein, das wirkliche Leben ist ja so uninteressant.

Uninteressant?

Reinhard Strom hatte einen Schnurrbart, und sie sah, während er redete, die meiste Zeit auf diesen Schnurrbart, denn sie mochte nicht in seine Augen sehen.

Wünschst du dir, Helga, dass es interessanter wäre?

Manchmal stand sie in der Küche und horchte auf, weil sie dachte, sie hätte etwas gehört, weil sie dachte, dass er es sein könnte. Und dann konnte sie ihn nicht leiden, wenn er mit Walther Bier trank und mit der kleinen Bärbel sprach, als wäre sie seine kleine Frau. Aus irgendeinem Grund konnte sie das kleine Mädchen nicht leiden, aber das konnte sie natürlich nicht zeigen. Helga stellte neue Bierflaschen hin, und manchmal lachte sie, über die Scherze, die Reinhard Strom machte, aber innerlich war sie oft böse, sehr böse. Sie wusste selbst nicht, warum.

Mit einem alten Brauereiwagen fuhr Walther damals über das Land. Den Wagen zog Lotte, ein schmutzig weißes

Schleswiger Kaltblut, ein zähes Brauereipferd mit chronischem Husten. Walther kaufte den Leuten auf dem Lande Uhren, Ringe und Handtaschen ab, kleine Schatullen, Lampen, Sekretäre, Geschirr, Ölbilder, sogar Hüte, lauter altes Zeug, das die Leute irgendwo versteckt hatten. Er schleppte es alles stolz heran und stellte es im Laden aus. Am Anfang kaufte er nur, er kaufte und kaufte, und der Laden wurde voll, und sie fürchtete seine Gier nach dem Krempel, der sie noch ruinieren würde. Aber bald kamen die Jahre, in denen er verkaufte. Er hatte ein Gefühl für den Wert der Dinge, er konnte die Leute überzeugen, er war ein Redner, ein Schauspieler, ein Schacherer, ihr Walther. Er verkaufte die Dinge oft für das Zehnfache des Preises, den er den Leuten bezahlt hatte. Aus dem Trödler wurde ein Antiquitätenhändler. Aus Mitleid kaufte er den Leuten ihre Dinge ab, ihre Erbstücke, ihre Erinnerungen, aus Mitleid nahm er ihnen ihre Vergangenheit weg, die Vergangenheit stand zu der Zeit nicht hoch im Kurs, sie wollten sie alle loswerden. Aus Mitleid gab er ihnen ein paar Groschen dafür.

Aus Mitleid hatte er auch sie genommen, Helga Wondolleck, ostpreußisches Flüchtlingskind. Sie hatte in dieser ganzen Zeit nicht einmal geweint. Sie hatte nur ihre Arbeit getan. Im Hutladen, dann im Haushalt, mit den Kindern. Sie hatte das Nähen gelernt, Walther die Bücher geführt. Sie hatte ihn nicht mit Reinhard Strom betrogen. Sie hätte vielleicht in der Nacht mal daran gedacht. Beim Plätten. In der Küche, beim Kochen. Oder wenn sie ein Geräusch hörte, an der Tür. Seine Lippen unter seinem Schnurrbart hätte sie jederzeit auf einem Blatt Papier nachzeichnen können, weil sie so oft auf diesen Schnurrbart und die Lippen gestarrt hatte, um nicht auf die Augen sehen zu müssen. Aber niemals hatte sie diesen Lippen erlaubt, sich auf ihre zu pressen. Auch wenn es vielleicht doch Gelegenheiten gegeben hätte, das weiß sie.

Heute noch ist sie dankbar dafür. Dankbarkeit und Anständigkeit, das ist eine Aufgabe im Leben. Die Kinder erziehen, die weinerlichen und widerspenstigen Kinder, sie zu lieben und zu versorgen, das ist eine Aufgabe. Fröhlich sein, immer adrett, in selbstgeschneiderten Kleidern, das ist eine Aufgabe.

Im Roman ist das was anderes. Lady Chatterley ist eine ganz andere Frau als Helga Koschmieder, geborene Wondolleck. Ein Roman ist kein Leben, sondern ein Lied, das auf einem Akkordeon gespielt wird.

«Was soll das bedeuten?», fragt Natascha, sie hält den hellblauen Pullover in der Hand.

«Das ist ein Geschenk», sagt sie würdig und faltet die Hände über dem Bauch.

«Ein Geschenk?»

«Sehr gute Qualität. Wolle mit Seide. Man trägt es so groß heutzutage.»

«Heutzutage? Wann soll das sein?»

Natascha zieht den riesigen Pullover über ihren knochigen Körper.

«Du solltest etwas zunehmen. Im Alter macht sich das besser», sagt Helga.

«Das ist doch überhaupt nicht mein Stil», sagt Natascha. «Begreifst du es denn nicht? Niemals würde ich so einen goldenen Anker auf einem Pullover tragen. Goldene Anker sind nicht mein Stil.»

«Aber hübsch ist es schon», sagt Helga.

Natascha hebt die Arme zu beiden Seiten ein wenig an, wie ein müder Vogel.

«Kind, er ist zu groß, ich sehe es ja, er ist wirklich zu groß. Wir tauschen ihn um.»

«Ich will keinen neuen Pullover!», sagt Natascha mit einer schwachen, fast tonlosen Stimme. «Ich will einfach nur meine alten behalten.»

Alexander kommt herein.

«Was ist denn jetzt schon wieder?», fragt er.

«Sie möchte ihre alten Pullover behalten», sagt Helga, «und das kann ich ja auch verstehen. Aber es würde ihr auch nicht schaden, mal was Neues auszuprobieren.»

Zweiter Teil

Sie hatte sich gemeinsam mit Hildi auf der Website dafür angemeldet. Es war Hildis Idee gewesen, und sie hatte die Idee von Anfang an gut gefunden. Kreativer Protest. Legt eure Panzer ab! Sich von erstarrten Strukturen befreien. Sie selbst fühlt sich in erstarrten Strukturen gefangen, seit längerem schon. Alles, was man längere Zeit macht, führt vielleicht dazu. Selbst die völlige Befreiung kann vielleicht irgendwann zu einer Erstarrung führen, wenn man erstarrt vor lauter Freiheit. Aber was sollte das sein, die völlige Befreiung? Geht das überhaupt? Und sehnen sich die völlig Befreiten am Ende dann vielleicht nach etwas Abhängigkeit, nach Unterwerfung, nach festen Strukturen? Kinder sehnen sich ja oft nach festen Strukturen, ohne es selbst zu wissen, das hat sie oft selbst erlebt, an ihren eigenen Kindern und im Museum, Kinder kommen mit der Freiheit nicht besonders zurecht, obwohl es immer heißt: Lasst den Kindern doch ihre Freiheit! Als gehörte den Kindern die Freiheit. Aber Kinder, die in völliger Freiheit aufwachsen, die werden später zu Arschlöchern, der Meinung war sie schon immer. Ihr wird klar, dass sie sich schon im Vorfeld der Aktion in Gedanken verliert, die ins Nichts führen.

«Ich weiß schon», sagte sie zu Hildi, «dass ich es gut habe, vergleichsweise. Also, mit der Arbeit im Museum. Das ist ja nicht wie acht Stunden im Büro.»

«Du kannst es ja auch für mich tun, oder denkst du, es geht nur um dich?»

«Nein, es soll ja um eben das Gegenteil gehen, darum, dass die Menschen weniger an sich und mehr an die Gemeinschaft denken, also, sich begegnen, solidarisch handeln, so etwas.»

«Dann denk du mehr an mich», sagte Hildi, die einen Achtstundenjob als Museumsaufsicht hat.

«Du bist aber auch nicht so der Mensch, an den ich da denke, du machst Kunst, du kommst mir nicht so unfrei vor. Du hast ja nicht mal Kinder.»

«Kinder», Hildi seufzte tief, «die machen unfrei. Unfreier als der Kapitalismus. Die Frau wird wahrhaft versklavt erst durch die Mutterschaft.»

Sie treffen sich mit Ronald im Oberhafen, wo schon um acht Uhr morgens ein großes Gewimmel ist. Sie reihen sich in eine der Menschenschlangen ein, und es kommt ihr komisch vor, mit Ronald und Hildi dort zu sein, denn Ronald ist ihr noch gar nichts Richtiges, er ist ja nicht ihr Freund. Aber durch dieses Schlangestehen mit Hildi wird er es ein bisschen. Hildi beäugt ihn, und Natascha fragt sich natürlich auch, wie Ronald Hildi findet, ihre beste Freundin in dieser Welt. Die Hildi, eine Museumsaufsicht und hemmungslose Künstlerin ohne Anspruch auf Erfolg oder einen angemessenen Verdienst. Die Hildi, die wirklich eine große Künstlerin ist, in Nataschas Augen, auch wenn ihre Kunstwerke zweifelhaft sind. Natascha ist nie in der Lage gewesen, Hildis Kunstwerke objektiv zu betrachten. Es sind große, verschmierte Bilder, auf die sie Gegenstände klebt, die sie auf der Straße findet, sie ist eine Finderin, glücklich über jeden Fund und eigentlich zu glücklich für eine Künstlerin, aber auch so unabhängig, wie man als Künstlerin überhaupt nur sein kann.

«Das ist er also», sagt Hildi.

«Ronald», sagt Ronald und reicht ihr die Hand. Er

hat ein rotes T-Shirt an, denn sie sollen ja was Farbiges druntertragen, extra farbig haben sie sich alle in der Schlange gekleidet, damit es eine Wirkung hat, wenn sie sich ausziehen. Sie selbst hat ein gelbes T-Shirt an, aus dem Schrank von Imke. Imke hat an gelben T-Shirts derzeit kein Interesse, sie greift mehr zu Grau und Schwarz. Imke wäre mehr an der Kleidung interessiert, die sie hier in der Schlange jetzt gerade bekommen, denkt Natascha, ein etwas verwirrender Gedanke.

Ronald, der in der Sonne neben ihr steht, verwirrt sie auch. Er riecht ein wenig nach Schweiß. Sein Gesicht ist gerötet, seine Nase schält sich von einem Sonnenbrand, und er macht einen faltigen, alten Eindruck. Älter als auf seinem Balkon, wo die gnädige Abendsonne ihnen beiden vermutlich ein jüngeres Gesicht verlieh. Unter den ganzen anderen Menschen ist er ihr ein anderer. Größer, kantiger, sein Gesicht sieht unscheinbarer aus. Er ist vielleicht erschöpft, schon jetzt, um kurz nach acht, sieht er erschöpft aus. Sie fragt sich, ob er ein Problem hat, etwas Nagendes in sich, das sie bisher nicht wahrgenommen hat, weil sie ihn immer in entspannten, der Liebe gewidmeten Momenten gesehen hat. In einer Hülle, in einem Nest, von einer auf ein schönes Moment ausgerichteten, warmen Stimmung umhüllt?

«Ich finde es aufregend», sagt Hildi.

«Auf jeden Fall», sagt Ronald.

Sie zuckt zusammen. Auf jeden Fall?

«So viele Menschen!», sagt Hildi.

«Sie haben die Straßen alle absperren lassen», sagt Ronald.

«Alle?», fragt Hildi.

«Damit wir durchkommen, es dauert ja alles eine Weile, es geht ja nicht so schnell», sagt Ronald.

«Extra abgesperrt. Da fühl ich mich gleich ein wenig wie Donald Trump», sagt Hildi.

«Donald ist ein eigenartig passender Name», sagt Natascha und starrt Ronald an.

«Weswegen?»

«Na, ich dachte, wegen Donald Duck vielleicht?»

«Donald Duck ist doch was ganz anderes als Donald Trump», empört sich Hildi. «Wenn du Dagobert gesagt hättest, aber Donald ist sympathisch. Er ist wie du und ich. Durch und durch sympathisch. Ein Liebender.»

«Er ist faul», sagt Ronald.

«Faul ja», wiederholt Hildi, «und ich mag ihn am liebsten.»

«Das Faule würde dich nicht stören?», fragt Ronald.

«Das Faule? Du meinst an Männern?»

«An Männern stört es sie nicht», sagt Natascha.

«Wirklich nicht», sagt Hildi. «Es stört mich auch nicht an Frauen. Faulheit ist etwas, dem ich positiv gegenüberstehe.»

«Interessant», sagt Ronald, «ich denke, es stört die meisten Menschen an anderen Menschen. Dabei gibt es ja keine Verpflichtung zum Fleiß, oder?»

Dann bekommen sie ihre steifen, lehmverkrusteten Kleidungsstücke. Sie beschmieren sich die Gesichter. Über ihnen kreisen die Hubschrauber wie überdimensionale, bösartige Hummeln.

«Wenn man sich daran gewöhnen könnte, hätte ich mich schon dran gewöhnt», sagt Hildi und blickt zum Himmel auf.

«Man kann sich nicht dran gewöhnen», sagt Ronald, er hat ihr erzählt, dass er nachts immer wieder aufwacht, weil es in seinem Viertel besonders schlimm sein soll, in seinem Viertel ist ja auch der Gipfel angesagt.

Sie machen sich in verschiedenen Gruppen und von verschiedenen Straßen aus auf zum Burchardplatz. Hildi und Ronald und sie sind zusammengeblieben. Aber sie sehen sich nicht mehr an. Sie sollen starr gucken, reglos, fühllos, sie sind rücksichtslose und deshalb unglückliche Einzelkämpfer. Die anderen können sie dabei gar nicht sehen, die anderen sind nämlich egal. Sie gehen sehr, sehr langsam, wie in Zeitlupe bewegen sie sich, stetig auf diesen kleinen Metalldingern klickend, die sie bekommen haben, es ist ein schnelles Geklicke und ein langsames Bewegen. Natascha fragt sich, warum sie so langsam gehen, denn das Kennzeichnende der kapitalistischen Arbeitswelt ist doch die immer größere Schnelligkeit von Wachstum, Arbeitsprozessen, wechselnden Moden, Zurücklegen von Entfernungen, die Schnelligkeit ist es doch, die die Menschen krank macht, und nicht die Langsamkeit; aber eine größere Schnelligkeit würde die Aktion sehr schnell beendet haben, sie würden alle zum Platz rennen, und die Erstarrung und Verkrustung der Seelen könnten mit solch einem lebendigen Rennen nicht symbolisiert werden, und darum geht es ja. Sie stellt ein wenig zu ruckartig ihr linkes Bein nach vorne. Wie eingefroren soll es sein, oder als wären sie Maschinen, verlangsamte Arbeitsmaschinen, deren Räderwerk stetig dieses klickende Geräusch macht. Niemanden ansehen, nur nach vorne, und klicken, mit starrem Gesicht unter dem getrockneten Lehm, über ihnen Hubschrauber, die sehen direkt auf sie herab, diese scheiß Hubschrauber, die haben keinen Respekt vor lange vorbereiteten Kunstaktionen, es sind ja auch nur Soldaten da oben, nicht mehr und nicht besser als das, was sie hier darstellen, in diesen grauen Uniformen, schlammgetränkt. Sie weiß gar nicht mehr, ob Hildi und Ronald noch neben ihr sind. Genauso ist es eben, so funktioniert diese Metapher, die sie hier darstellen, denkt sie, etwas erleichtert, erfreut sogar, über die plötzlich doch nicht so schiefe Metapher. Nur mit der Schnelligkeit, da hätte sie Bedenken. Aber man kann halt nicht alles so sauber transportieren, in einer Performance. Es liegt gar nicht im Charakter einer Performance, etwas Eindeutiges auszudrücken, eine Botschaft etwa. Eine Botschaft kann man auf ein Schild schreiben. Aber bei einer Performance?

Der Burchardplatz im Zentrum des Kontorhausviertels taucht auf. Alles hier ist riesiges, rotes Klinker, der Platz selbst öde, ein leerer Parkplatz, an ihm das Chilehaus, der Meßberghof, der Mohlenhof und der Sprinkenhof. Von allen Seiten sollen die Gruppen jetzt kommen, mehrere Straßen laufen sternförmig auf den Burchardplatz zu, aber nicht auf jeder ist schon eine Gruppe zu sehen. Sie sind vielleicht zu schnell gegangen, ihre Gruppe, zu gehetzt trotz ihrer erstarrten Bewegung. Ihr kam es schon sehr langsam vor, aber andere konnten anscheinend noch langsamer.

Manche fallen, winden sich auf der Erde, kriechen, aber sie schleppen sich noch halbwegs aufrecht dahin, dreißig Zentimeter in zwei Sekunden, schlaff, mit hängenden Schultern, jetzt schon fast gar nicht mehr, sie zögern das Ankommen hinaus.

Aber irgendwann ist der Platz gefüllt. Jetzt sieht sie auch Ronald wieder an ihrer Seite, kurz hat sie ein klein wenig den Kopf gewendet, er ist noch neben ihr, sie hat es ja gewusst. Jede Menge Journalisten sind um sie herum, Fotografen, andere Menschen, Kameras klicken, Hubschrauber kreisen, angespannte Stille, nur das Klicken. Sie warten auf das Zeichen.

Und dann der Schrei. Natascha betastet ihr verkrustetes Gesicht, Bröckchen fallen ab, es zieht an den Härchen ihrer Haut, dann wendet sie sich zu Ronald hin, der auch sein Gesicht betastet. Die Schminke, bei ihm nicht so dick aufgetragen, ist ganz in seine Haut eingezogen, als wäre es seine natürlich gefärbte Gesichtshaut, sie berührt ihn, denn Berühren ist der Plan; auch die anderen Menschen berühren sich und befreien sich, erst langsam, dann schneller, aus ihren Lehmklamotten, von ihrem symbolischen Grau. Sie berühren sich, sie sehen sich endlich an, lächeln, lächeln einander zu, und dann sieht sie auch Hildi, die sich mit einer Frau betastet. Sie ziehen sich schließlich die Lehmklamotten vom Leib, ihr gelbes T-Shirt kommt hervor, und dann ist es plötzlich ein großes Händehochrecken, ein Freuen und Schreien und Umarmen, in einer Staubwolke von Lehm. Eine Welle der Euphorie erfasst sie, trägt sie mit. Sie küsst Ronald auf den Mund, sie küsst eine Frau neben sich, sie umarmen sich und schreien, es sind Glücksschreie, und Tränen laufen ihr über das Gesicht. Was für ein Ereignis! Wie schön, wie schön, aus der Lehmverkrustung und diesem erstarrten Laufen in ein Hüpfen und Freuen und Umarmen wechseln zu können! Es hat geklappt, denkt sie, es hat geklappt!

Die Menschen um sie herum klatschen und freuen sich mit ihnen, sie sieht sogar Polizisten lächeln, es sind doch Menschen!, denkt sie und schämt sich gleich für ihre Gedanken, die sie vorher über die Polizisten hatte, und sie nimmt Ronald an die Hand, als wäre er jetzt wirklich ihr Mann, als gehörte er zu ihr, so schön fühlt sich alles an.

Nach der Befreiung gehen sie, wie viele andere, am Oberhafen in die Elbe, die schmutzige alte Elbe, und es tut so gut, der Lehm aus ihren Haaren und Gesichtern treibt davon, das Wasser ist so kühl, und das Leben fühlt sich so gut an, so gut. Über ihnen die Hubschrauber.

«Künstlerisch sehe ich es kritisch», sagt Hildi, «aber als Erlebnis war es Megahammer! Wirklich, Megahammer!»

Sie wird müde. Sie schließt die Augen, nur ganz kurz, während sehr laut die Tagesschau läuft.

Bei einem Busunglück in Oberfranken ... sowie mehr Geld für Polizei und Bundeswehr ... der legalen Zuwanderung in Form von Fachkräftezuwanderung ... hat Kanzlerin Merkel Erwartungen an die Gespräche mit US-Präsident Trump gedämpft ... auf dem Gipfel jede Menge strittige Fragen, die nicht alle geeint beantwortet werden können ... In Hamburg hält der Streit um den geplanten Protest der G20-Gegner unterdessen an.

Bei dem Wort Hamburg wacht Helga wieder auf.

In der Tagesschau sieht sie Polizisten. Sie legt ihr Strickzeug weg und setzt die andere Brille auf. Sie blinzelt, ihre trockenen Augen brennen. Geschubse. Ein Polizist redet. Sie versteht nicht alles. Dann kommt Andy Grote ins Bild, den kennt sie, der ist ihr sympathisch. Sie neigt den Kopf, um ganz genau zu hören, was er sagt: ... *auch nicht vergessen, dass gerade dieses Camp, über das wir sprechen, maßgeblich organisiert wird von den Autonomen, die sich vorgenommen haben, den größten schwarzen Block, den wir je in Hamburg gesehen haben, hierherzuorganisieren. Mit diesem Camp, gerade mit der Frage Übernachtung, verbindet sich ein erhebliches Gefahrenpotenzial.*

Helga springt auf.

«Alexander!»

Sie eilt durch den Flur, am Treppenabsatz vorbei, klopft an seiner Tür, öffnet rasch. Aber sein Zimmer ist leer.

Das Bett ist gemacht. Der Stuhl steht am Schreibtisch, die Schuhe im kleinen Schuhregal an der Wand, kein bisschen Staub, nicht mal auf dem großen Fernseher, alles ist sauber. Obwohl er nicht da ist, geht sie ins Zimmer und setzt sich auf sein Bett. Sie streicht mit beiden Händen über die dunkelblaue Überdecke.

Dann geht sie seufzend in ihre Wohnung zurück und lässt sich im Sessel nieder. Ihr Herz klopft wild.

«Den größten schwarzen Block», wiederholt sie die Worte von Andy Grote und schüttelt den Kopf. Sie würde gerne ausspucken. Die Autonomen, die diesen schwarzen Block organisieren wollen – sie ist sich nicht sicher, ob die Autonomen das nicht selbst sind, der schwarze Block, oder ob das andere sind. Aber sie denkt sich, dass die es sind, mit denen er sich wird schlagen müssen, ihr Alexander. Sie öffnet das Fenster und spuckt auf den Hof, setzt sich wieder. Die in der Tagesschau tragen kurze Hosen und T-Shirts. Die sahen nicht gefährlich aus. Sie muss sich immer wieder vorstellen, wie Alexander sich mit den Autonomen schlägt, ohne ein klares Bild von diesen Autonomen, das macht es noch schwerer, das bringt sie sehr auf, und während sie versucht, sich irgendwas unter den Autonomen vorzustellen, wird sie wieder müde. Sie hört noch Satzfetzen wie ein tägliches Lied, sie starrt auf den Bildschirm, ihre Lider flattern wie die Flügel einer Motte.

Kosten der Zwischen- und Endlagerung des Atommülls ...

Ihr Kopf sinkt auf die Brust, ihr Mund öffnet sich. Sie schmatzt.

Die schönen Stockrosen. Brummende Hummeln umkreisen die blassrosa Stockrosen, die größer sind als Helga selbst. Sie wachsen meterhoch und drücken sich an die glühend heiße Hauswand. Im aufgeheizten Dachzimmer sitzt Gretchen auf ihrem Bett und stopft Helgas bestickte Kniestrümpfe. Sie kann es so gut, dass man es nicht sieht, als wäre da nie ein Loch gewesen. Sie geben ihr alles zum Stopfen, die Mutter und Martha und sogar die Nachbarn bitten sie. Kleider mit fransigen Mottenlöchern geben sie ihr. Flattrige helle Motten tanzen in Mutters Kleiderschrank, staubiges Gespinst, die schönen, teuren Röcke! Mutters rotgrüne Wollstola, löchrig zerfressen. Nebenan hebt Martha die Möbel auf den Teppich, sie hat ihn im Hof auf der Stange geklopft, die Dielen gescheuert, sie ist stark, Arme wie ein junger Mann, und dann geht sie, eingehakt, mit dem Josef weg, der ein Spieler ist und sie ins Unglück stürzt.

Bundesaußenminister Gabriel Golfregion ...

Helga schreckt hoch, da war ein nahes Geräusch. Es ist nicht der Fernseher, das war sie selbst. Ein Röcheln. Sie schmatzt. Der Nacken tut ihr weh, der Kopf lässt sich nur unter Schmerzen aufrichten. Speichel ist aus ihrem Mund auf ihre Bluse getropft. Wütend wischt sie ihn mit dem Taschentuch, das immer neben der Fernsehzeitung in der Sesseltasche steckt, ab. Aufrecht und mit trockenem Mund starrt sie auf den Bildschirm.

Martha! Sie lächelt ganz breit. Später heiratet Martha Fritz Stebner und wird eine anständige Frau. Sie kann die Teppiche klopfen wie keine und die Möbel ganz alleine wieder hinschieben, so stark ist sie. Kunststopfen kann sie nicht, das muss Gretchen machen.

Was kann ich?, fragt sich Helga plötzlich und fängt an zu zittern. Das kommt vor, ist nicht neu.

Was kann denn ich?, fragt sie sich, und ihre Gedanken rasen, sie durchkämmt ihre Erinnerung. Martha kann klopfen und räumen und jeden Mann für sich einnehmen. Gretchen kann stopfen.

Der Slowake Peter Sagan vom deutschen Team hat die dritte Etappe der Tour de France gewonnen.

Die Sportler erinnern sie an etwas. Schwimmen konnte sie, sie konnte ganz gewiss als einziges Mädchen über den Fluss schwimmen. Wohlwollend betrachtet sie die Radfahrer in ihren farbigen Trikots, mit ihren schmalen Rädern, wie sie ganz schräg auf der Straße fahren und alle gleich aussehen.

Sie schließt ihre Augen: Gretchens Brief, der goldene Fluss, durch den sie schwimmt wie ein Mann, wie sie in der Schule mit schmutzigen Fingernägeln auf sie zeigen, auf sie und Gretchen, die bösen Autonomen, Alexander, mein armer Alexander!, ein schwarzer Block aus Stein, umflattert von Motten, im kühlen Dunkel steht Madame und lächelt: Willkommen! Willkommen, Bernhard, klein ist er geboren, klein wird er in die Erde gelassen, Walther steigt auf den Kutschbock, das dicke alte Pferd, sie mag das Pferd lieber als das Auto, mit dem Pferd *muss* er immer nach Hause kommen, Reinhard Strom kommt nicht mehr, warum ein Slowake vom deutschen Team ist? Es taucht alles auf und verschwindet wieder, kommt an und geht weg, verwandelt sich, berührt sie kaum noch, während sie die Augen halb geschlossen hält und die Bilder sich angenehm abwechseln, und sie schüttelt immer nur den Kopf. Es gibt sehr viele Fragen, aber sie würde sie niemals stellen.

Am Nachmittag nach der Performance kniet sie auf dem Küchenboden, die Schrankschubladen sind herausgezogen. Der Boden unter dem Schrank wird nicht sehr oft gereinigt. Vielleicht einmal im Jahr, und danach sammelt sich dort wieder Dreck an. Brotkanten, Rosinen, schimmlige Paprikastreifen, eingetrocknete Flecken, Pfefferkörner, Staub, Geldstücke und was nicht alles da liegt. Direkt nach dem Saubermachen hat sie immer ein gutes Gefühl, auch wenn sie die Sauberkeit unter den Schubladen nicht sehen kann. Aber die meiste Zeit, wenn sie in der Küche zu tun hat und auf diese Schränke blickt, dann weiß sie, was da unsichtbar vor sich hin schmutzt. Sie war erst sehr euphorisch gewesen, nach der Veranstaltung, dann plötzlich nicht mehr, und das hat sie Ronald gesagt. Vielleicht hockt sie deshalb jetzt hier auf dem Boden.

Er hat gesagt, vielleicht in seiner eigenen Euphorie – obwohl sie sich nicht sicher ist, denn er hatte nicht sehr deutlich gezeigt, dass er sich freute, nur ein bisschen gelächelt hatte er und nur sie allein umarmt, sonst niemanden, was ihr auch eigentlich gefallen hatte –, er hatte jedenfalls plötzlich gefragt, ob sie sich vorstellen könne, sich mehr zu öffnen, für irgendwelche Sachen, die er gern mit ihr tun würde. Und wenn sie auch nicht weiß, was für Sachen das sein sollen, dann glaubt sie doch, dass er recht hat. Sie ist mit diesem ganz normalen Sex bisher zufrieden gewesen. Sie hat nie etwas anderes gewollt oder vorgeschlagen oder Unzufriedenheit gezeigt. Vielleicht hat sie sogar einmal zu oft ihre Zufriedenheit geäußert. Was er denn wolle, hatte sie ihn gefragt, während sie zusammen die heiße Straße entlangliefen, er schob sein Fahrrad, sie lief nebenher, während Hildi bei den anderen geblieben war, zu einem Essen oder so.

«Ich weiß nicht, Natascha», hatte er gesagt und sie freundlich, nicht verliebt, angesehen. «Ich möchte, dass wir es herausfinden. Dass *du* etwas möchtest. Ich möchte nicht, dass du mitmachst, sondern dass du etwas *willst*. Verstehst du, was ich meine?»

«Ich soll etwas wollen? Aber ich weiß doch gar nicht ...»

Jetzt muss sie das denken, und daran, wie es angefangen hatte mit Ronald: *Die Welt der Erotik ist bunt.* Noch nicht bunt genug, denkt sie jetzt, für ihn auf jeden Fall noch nicht bunt genug, während sie mit einem Handfeger den Schmutz unter dem Schrank hervorholt und wütend feststellt, dass ein zerlaufener Bonbon am Boden festklebt. Wütend ist sie, immer muss sie auf dem Boden knien, wie eine Putzfrau, und den ekligen Dreck wegmachen. Sie muss gleichzeitig an Ronald denken und an das, was sie sich wünschen soll, sexuell, und sie ist wütend, weil sie so unbedarft, so schlicht zu sein scheint. Die beiden Arten von Wut, die über ihre rücksichtslose Tochter und die über den Mann, der sich eine buntere Erotik wünscht, vermischen sich. Vielleicht sind sie auch gar nicht so verschieden, denn beide entspringen derselben Quelle, den Ansprüchen, die andere an sie herantragen. Jedenfalls hatte sie doch gedacht, dass sie in dieser Sache, in der körperlichen Liebe, jetzt einen mehr als zufriedenstellenden Status quo erreicht hat, und in dem wollte sie gerne verweilen, warum gab es schon wieder Unzufriedenheit, den Drang nach Steigerung, Verbesserung? Auch in der freien körperlichen Liebe gibt es anscheinend Ansprüche. Wenngleich die jetzt konkret darin bestehen, dass sie ihre eigenen Wünsche herausfinden soll.

«Aber ich möchte meine Wünsche gar nicht herausfinden», murmelt sie und klatscht den nassen Lappen auf den Boden. Sie holt dieses Spray aus der Kammer, das sicher sehr giftig ist, Helga hat es ihr mitgebracht, sie putzt damit alles, jetzt sprüht sie es auf den festklebenden Dreck. Sie wischt sich mit dem Ärmel über das schwitzige Gesicht.

«Bist du fleißig, ja?», sagt Thomas hinter ihr, und sie erschrickt.

«Ich habe geklingelt», sagt er.

«Du weißt, dieses Summen kann man nur hören, wenn es leise ist. Eine furchtbare Klingel, völlig nutzlos.»

«Ich habe dann auch geklopft», sagt er und lächelt.

«Was willst du?»

«Bist du schlecht gelaunt?»

«Ich hasse dieses Geschrubbe!»

«Aber sonst geht es dir doch nicht schlecht?», fragt Thomas. Er setzt sich auf einen Küchenstuhl. Sie kniet immer noch auf der Erde. Soll sie jetzt wegen ihm aufhören zu putzen?

«Ganz gut», sagt sie.

«Ich weiß, dass du jemanden hast», sagt Thomas.

Sie dreht sich nicht um, sie putzt einfach weiter.

«Es macht mir nichts aus. Ich meine, es musste ja so kommen, warum sollst du nicht auch jemanden finden? Ich hoffe nur, er ist es wert.»

«Was willst du?»

«Es geht um Imke. Sie ist jetzt immer mit diesen Leuten unterwegs.»

«Ich weiß.»

«Kennst du die? Weißt du, was das für Typen sind?»

«Elisabeth geht auf ihre Schule.»

«Gut. Ja. Und die anderen?»

«Ich kenne die anderen nicht. Sie ist siebzehn. Da ist das nun mal so. Aber ich denke, sie sind in Ordnung.»

«Wie kommst du darauf?»

«Sie erzählt von ihnen. Manchmal.»

«Aha. Ja, das ist gut.»

«Hört sich so an, als ob du lieber hättest, dass sie *dir* etwas erzählt.»

«Früher hat sie das getan. Sie war ein richtiges Papamädchen.»

«Glaubst du das? Du hast so getan, als ob ihr beste Freunde wärt. Aber jetzt ist sie kein Kind mehr, jetzt erwartet sie etwas anderes.»

«Das du ihr gibst.»

Natascha zuckt mit den Schultern und bricht den Bonbon mit den Fingern vom Boden ab.

«Es ist nicht weiter kompliziert. Wir reden miteinander. Ganz normal. Wenn sie etwas beschäftigt, dann erzählt sie es mir eben.»

«Meinst du, sie erzählt dir alles?»

«Nein, das glaube ich nicht.»

«Siehst du.»

«Was heißt *siehst du*?» Natascha dreht sich um. «Sie muss mir nicht alles erzählen, das erwarte ich gar nicht.»

«Aber ich meine, die Sachen, auf die es ankommt. Ich verstehe schon, du vertraust ihr, das ist auch gut so, man soll seinen Kindern vertrauen. Aber in jeder Hinsicht, vollkommen? Ich meine, sie könnte sich für etwas begeistern, das ihr am Ende schadet.»

«Und?»

Der giftige Schaum hat den Schmutz aufgelöst. Sie wischt mit dem Lappen, die weißen Fliesen werden sehr sauber. Es macht sie ein bisschen glücklich.

«Was heißt *und*? Ist dir das denn egal?»

«Was willst du denn nun eigentlich von mir, Thomas? Wir können Imke nicht davor bewahren, Fehler zu machen. Wir machen selber Fehler. Vielleicht ist das hier, im

Moment», sie wedelt zwischen sich und Thomas mit dem Lappen hin und her, «auch ein Fehler.»

«Du denkst, es ist ein Fehler?»

«Ich weiß es nicht. Ich meine nur.»

«Du hast nie gesagt, dass es ein Fehler ist. Du hast dich einfach damit abgefunden.»

«Wie denn nicht? Du hast doch diese Lehrerin. Du hast gesagt, du willst ausziehen, weil du diese Lehrerin hast. Sollte ich betteln? Ich bettele nicht, Thomas. Und ich habe auch nur gesagt, vielleicht. Vielleicht ist es auch alles ganz richtig so. Vielleicht ja auch für mich. Denn es geht mir gar nicht mal so schlecht.»

«Soso.»

«Bei den meisten Sachen weiß man einfach nicht, ob sie Fehler sind oder nicht. Man weiß es manchmal später, viel später. Währenddessen weiß man nichts. Und bei vielen Sachen weiß man es überhaupt nie. Man handelt einfach, aus verschiedenen Gründen. Und einige sind egoistischer, als man selbst glaubt.»

«Wir sind erwachsen», sagt Thomas, «aber Imke – wir wissen vielleicht einige Dinge besser als sie. Und wir müssen sie unterstützen und ihr manchmal auch den Weg zeigen.»

«Ja, wir sind erwachsen, und wir machen erwachsene Fehler. Sie ist jung, sie macht Jugendfehler. Aber darauf kommt es nicht an. Sie ist ein guter Mensch, sie macht sich viele Gedanken. Verstehst du das nicht? Imke ist nicht leichtfertig. Sie ist ein kluges und reflektiertes Mädchen. Sie bemüht sich, das Richtige zu tun. Und das meine ich im moralischen Sinne. Und da mische ich mich nicht ein. Denn ich weiß gar nicht, ob sie einen Fehler macht. Ich sehe das nicht.»

«Sie will morgen auf diese Demo. *Welcome To Hell!*»

«Woher weißt du das?»

«Das hat mir Alex gesagt. Er möchte auch nicht, dass sie da hingeht. Er sagt, dass es gefährlich sein könnte.»

«Ich werde mit ihr reden. Aber ich werde es ihr nicht verbieten, sie würde es sich auch nicht verbieten lassen, Thomas. Sie wird tun, was sie für richtig hält. Also, ich denke, unsere Arbeit ist soweit getan. Die Erziehung ist abgeschlossen. Unser Einfluss tendiert gegen null, akzeptiere das einfach.»

«Du machst dir das zu leicht, Natascha.»

Natascha hat die Schubladen wieder in den Schrank gerollt. Sie ist aufgestanden, den kleinen Eimer in der Hand, um ihn in die Toilette zu schütten.

«Ich rede mit ihr. Ich frage sie einfach, was das für eine Veranstaltung ist, warum sie dort hin möchte und wer dabei sein wird. Ich finde es großartig, dass sie sich engagiert. Du weißt, ich war heute auf dieser Kunstaktion, ich hatte Zweifel, die habe ich immer noch, aber dennoch war es richtig, und ich werde auch am Samstag auf die große Demo gehen. Ich finde es wichtig, in solchen Zeiten, auf die Straße zu gehen. Ich fühle mich besser, wenn ich teilnehme, ich möchte nicht mehr nur einfach ein Zuschauer sein. So ist das doch kein Leben.»

«Wenn du das so siehst. Du tust ja so, als ob dein ganzes bisheriges Leben falsch gewesen wäre. Und als ob das meine Schuld ist. Ja, so klingt das. Du konntest dein Leben nicht leben, weil du eingeengt warst.»

«Nein», Natascha schüttelt den Kopf. «Wenn es so war, dann ist es ganz allein meine Schuld.»

Sie sieht ihn an. Plötzlich tut er ihr leid. Er sieht hilflos aus. Er möchte, dass sie alle in Harmonie leben. Er möchte nicht schuld sein. Er möchte seine kleine Tochter wiederhaben.

«Du möchtest sie gerne wiederhaben, deine kleine Tochter?», fragt sie.

«Das ist doch Unsinn!», sagt er wütend und geht.

Sie kippt den Eimer in die Toilette, wäscht sich die Hände und geht in ihr Schlafzimmer, wo auf dem Nachtschrank die gute Handcreme steht, mit der sie sich abends vor dem Schlafengehen ihre geplagten Hände eincremt. Sie cremt und blickt raus auf den Hof und die Bäume, die Hecken, das Pampasgras, das wieder gut gekommen ist, und die kleinen Fenster über der Garage. Ganz in der Ferne knattert ein Hubschrauber.

Immer wieder haben sie sich anpöbeln, anschreien und beleidigen lassen, schubsen und sogar bespucken, alles, was vorkommt, in dieser verschissenen Welt. Es war eine merkwürdige Form von Training gewesen, oft unwirklich. Er hatte sich immer etwas abseits gefühlt, nicht zugehörig, obwohl er gemeint war, sie alle waren gemeint, wenn es *Bullenschwein* hieß, aber er hatte nicht nachvollziehen können, wie andere darauf ansprangen. Wie sie plötzlich wirklich sauer wurden, Fehler machten, sich nicht mehr beherrschen konnten. Es war doch nur eine Art Theaterstück. Ihn hatte es amüsiert. *Bullenschwein,* Herrgott, wenn ihnen nichts Besseres einfiel. Außerdem gehört ein Bulle zu den Rindern und kann kein Schwein sein, und Schweine gehören zu den intelligentesten Tieren auf diesem Planeten. Es waren ja die eigenen Leute, die sie anpöbelten, und manchen – Reschke zum Beispiel konnte man es anmerken – machte das direkt Spaß. *Niemand muss Bulle sein*, er kennt es. Er muss auch nicht, er *will*, hat es sich selbst ausgesucht. Er beschwert sich auch nicht, das ist der Punkt, dass er sich nicht beschwert.

Simon war bei diesem Schauspieltraining einmal ganz rot im Gesicht geworden und kam nicht davon runter und sagte schnaufend unter diesem verhaltenen Druck so Sachen wie: *Da soll mal einer kommen …*

Die anderen hatten ihn ausgelacht.

Was dann, Niederschick, rufst du deine Mama an?

Haust du dann, Schickie?

Dass sie über Simon lachen konnten, beruhigte sie selber. Simon bot ihnen oft genug Angriffsfläche für ihre eigene, verstecktere Wut. Denn irgendwas entstand da schon, wenn sie so angepöbelt wurden. Etwas daran war eben doch echt. Hatten sie es nicht schon oft gehört? Im Einsatz? In der Schule? Zu Hause? Hatten sie nicht alle in ihren Bäuchen solche blöden Sätze sitzen, die sie nicht loswurden, die sich prächtig entfalten, wachsen und sie quälen konnten, während solcher Übungen? Wie übel gefüllte Blasen, die endlich stinkend platzen durften. Sie sind gar nicht gemeint? Doch, sind sie. Immer schon sind sie gemeint.

Es geht dich nichts an, mein Alex, sagte Helga in seinem Kopf. Und es ging ihn nichts an. Wie kein anderer bewältigte Alexander diese Übungen, gleichgültig. Wenn das die Aufgabe war, sich nicht berühren zu lassen, seine Gefühle zu händeln, dann konnte er das gut. Darin hat er Übung. Wütend ist er fast nie. Wut ist ein kindliches Gefühl, das einem am Ende immer schadet, es nimmt einem die Möglichkeit, die Dinge zu ordnen, zu organisieren, seine Aufgaben zu erfüllen, sie machen einen klein und setzen einen der Lächerlichkeit aus. Wut ist nichts für ihn.

Die Worte, die ihn am meisten erschüttert hatten, waren welche, die sich lange vorbereitet hatten, in ihm, in dem Anderen, Worte, die unausweichlich waren, notwendig und vernichtend, sie wurden nicht geschrien, sie waren leise ausgesprochen worden, begleitet von einem freundlichen, mitleidigen Lächeln: *Geh nach Hause. Es wird mir hier zu viel mit dir.*

Weggeschickt werden, nicht dazugehören dürfen. Wenn sie einen nicht haben wollen, wenn sie sagen, du gehörst nicht zu uns. Aber in der Polizei gehört er dazu, selbst jetzt, auf der Straße, gehört er zur Demonstration, auch wenn er kein Teilnehmer ist. Er gehört dazu wie die Rückseite eines Gegenstandes zur Vorderseite. Eine Demonstration wird angemeldet und von der Polizei begleitet, *beschützt* wird sie. *Er* schützt mit seiner Anwesenheit *ihr* Recht auf Demonstrieren. Aber das kapieren sie nicht. Sie sehen ihn als Feind. Sie beschimpfen ihn, fast genauso, wie er es eingeübt hat. Und deshalb ist er dankbar für das Einüben. Simon wird es helfen. Ihn selbst betrifft es eigentlich nicht.

Nachdem er gestern zur Objektbewachung eingeteilt war – acht Stunden hatten sie in der Sonne bei den Messehallen gestanden, nichts war passiert in diesen langen, heißen, unspektakulären Stunden –, sind sie heute endlich bei einer großen, viel größer als erwarteten, aber recht harmlosen Demo. *Lieber tanz ich als G20.* Sie warten abseits. Nur einmal sieht er die Demo direkt vorbeiziehen. Seifenblasen in der Luft, rosa Nebel, stampfende Beats, glitzernde Hüte, Hosen, Kleider, flatternde goldene Erste-Hilfe-Decken, geschminkte Gesichter, Regenbogenfahnen, ein lila Drache auf einem Wagen, hochgerissene Hände, feiernde, glückliche, laute Menschen, von den Landungsbrücken über St. Pauli bis zum Gängeviertel.

Auch aus der Entfernung spürt er jetzt den stampfenden Beat, während sie neben den Wagen warten, die Musik dringt wie eine Erinnerung in seinen Körper ein.

Im letzten Jahr ist er beim *Nature One* gewesen. Er hat mit einem Jungen geschlafen, der die ganze Zeit high gewesen ist. Er hat selbst Pilze gegessen. Er hat niemandem erzählt, dass er auf der Polizeischule ist, auch nicht dem Jungen, mit dem er einen Tag und eine Nacht verbracht hat. Er hat getanzt und getanzt, allein ist er dort gewesen, mit einem kleinen Zelt und viel Angst noch am ersten Tag, dann einem größeren Rausch an den anderen Tagen. Tanzen, tanzen, tanzen, nichts anderes hat er in diesen Tagen mehr gewollt. Tanzen, und dann der Junge aus dem Saarland mit den großen Augen, er war ungewaschen, roch nach Schweiß und hat einen schönen Körper gehabt. Der zog ihn von der Tanzfläche weg, mit in sein Zelt, und alles immer im Rhythmus, das Stampfen, der Beat, der auch in der Nacht nicht aufgehört hatte. Wilde, bittere, ihn demütigende Sehnsucht steigt in ihm auf wie Sodbrennen. Er möchte gerne tanzen, er möchte – und der Gedanke ist vernichtend, und er verdrängt ihn sofort –, er möchte lieber auf ihrer Seite sein, er möchte mit ihnen tanzen, sie haben mit der Musik eine große, rhythmische Macht, sie beschallen ihn und seine Kollegen, und ihre Geräusche, ihre Worte gehen in ihre Ohren hinein, dringen in ihre Körper.

Die Ansagen bleiben entspannt. Wenig für sie zu tun. Gestern Abend hat es die ersten härteren Einsätze am Pferdemarkt gegeben. Und dann den Einsatz bei den Zelten, in Entenwerder. Er ist froh, dass er da nicht dabei gewesen ist.

«Alles klar?», fragt Simon.

Und er sieht, dass Simon mit dem Kopf nach dem Beat nickt.

«Halt den Kopp stille!»

«Alter, beruhige dich, ist doch nichts los.»

«Ist nicht deine Veranstaltung», sagt Alexander.

«Seh ich anders», sagt Simon. «Ich bin doch hier, oder?»

Es ist auch jetzt am Abend noch heiß. Schweiß steht in seinen Klamotten, sein Körper ist von einer heißen, feuchten Luft umgeben, die abwechselnd erst durch ihre verdunstende Feuchtigkeit kühlt, dann wieder Wellen von Hitze erzeugt. Sie sollen trinken, aber Getränke sind nicht immer zur Hand. Simon hat seine Halbliterflasche am Gürtel hängen.

Und dann sieht er plötzlich Imke aus der U-Bahn kommen und Richtung Reeperbahn laufen.

In einer Gruppe läuft sie, und der, der neben ihr geht, ein Junge, hält ein Plakat hoch, auf dem steht: *Kapital vernichten! G20 entern!*

Wenn sie den Kopf drehen würde, dann könnte sie ihn sehen. Imke legt ihren Arm um den Jungen und drückt sich einmal an ihn, er küsst sie auf die Wange, dann lassen sie sich wieder los. So glücklich sind sie also. Alle miteinander. Die eine fett, der andere ein Ausländerkind, die Kleine hat Pumuckelhaare, wie Zecken nun mal so aussehen, und Imke mittendrin. Auf einmal fürchtet er panisch, dass Simon sie erkennt.

Auf alles haben sie sie vorbereitet, seit dem letzten Jahr schon, auf das Anpöbeln, auf das Beschimpfen, das Anspucken, das Treten, sie haben sie auf Angriffe trainiert, auf Steinwürfe, das Störer-aus-einer-Gruppe-holen, das Zu-Boden-Bringen, Fixieren, Raustragen, sie haben immer und immer wieder Aus-der-Absperrkette-in-die-Zugformation geübt, bis er davon träumte, haben sie das alles geübt – aber was zu tun ist, wenn einen Wellen sehnsuchtsvoller Erinnerung treffen, wenn die eigene

Schwester mit den Zecken an vorderster Front unterwegs ist wie ein Feind, das konnten sie ihm nicht beibringen.

«Eigentlich voll meine Musik», sagt Meike, die neben ihm steht. Meike hat einen blonden Zopf und trainiert für den Marathon. Sie ist braun gebrannt und gesund und so voller Enthusiasmus, dass es ihn manchmal anwidert. Aber dann ist er auch wieder froh über Meike, über ihr Lächeln, ihre unbegründete Fröhlichkeit.

«Ja?», fragt er sie und lächelt zurück.

«Steh ich drauf», sagt sie und zuckt mit den Schultern.

«Warum nicht?», sagt er.

Als er wieder Richtung Imke sieht, kann er sie von den anderen nicht mehr unterscheiden.

«Die eine sah fast aus wie deine Schwester», sagt Simon plötzlich. Alle sehen ihn an. Er schüttelt den Kopf.

«Sah aber so aus», sagt Simon.

«Ich kenn wohl meine Schwester», sagt er.

«Sah aus wie deine Schwester als Zecke», sagt Simon.

«Ich möchte, dass diese Wortwahl unterlassen wird», sagt ihr Gruppenführer.

«Sie war es nicht», sagt Alexander, «sie ist zu Hause, du Arsch.»

Er war vormittags bei Frau Dr. Röder gewesen, der Zahn schmerzt immer noch, es wird auf eine Wurzelbehandlung hinauslaufen, hat sie gesagt und gelächelt, als könne ihn das freuen oder als freue es zumindest sie; und jetzt sieht er sich, in seinem Schmerz und in dieser Hitze, einer Straßensperrung gegenüber. Er steigt vom Fahrrad, will sich über den juckenden Kopf wischen, aber da ist der

Helm. Er kann sich nicht kratzen, und das macht ihn nervös. Er überlegt, den Helm abzunehmen, aber man kann nicht allem nachgeben. Ein Polizeiauto steht quer auf der Straße, ein Polizist lenkt auf der Kreuzung den Verkehr um.

«Was ist denn los?», fragt er den Polizisten, der immer mit seinem Arm wedelt, damit die Autos den anderen Weg nehmen, die Abbiegung, die nicht dahin führt, wo sie hinwollen.

Der Polizist sieht ihn gar nicht an, er wedelt mit dem Arm.

«Was ist denn los? Kann ich hier nicht lang?», ruft er lauter, damit der Polizist ihn versteht.

Der Polizist antwortet nicht. Vielleicht dürfen sie nicht, denkt er. Im Auto auf der Straße sitzt ein zweiter Polizist. Er schiebt sein Fahrrad an das Auto heran.

«Was ist denn hier los?», fragt er diesen zweiten Polizisten.

«Sie können den Radweg nehmen», sagt der Polizist durchs offene Fenster. Ein Hubschrauber nähert sich über ihnen, ein weiterer in einiger Entfernung, aber der über ihnen ist schnell unerträglich laut.

«Gut. Warum ist gesperrt?», schreit er, damit der Polizist ihn versteht.

«Den Radweg», schreit der Polizist.

«Die Gäste sind doch noch nicht da, die sind doch noch nicht angereist, oder reisen die jetzt an, sollten die nicht morgen erst anreisen?»

«Ich muss Sie bitten, sich jetzt vom Wagen zu entfernen. Benutzen Sie den Radweg auf dem Bürgersteig!», brüllt der Polizist aus dem Auto, der Hubschrauber kreist genau über ihren Köpfen.

Thomas nimmt sein Fahrrad und steigt auf. Über ihm

knattern jetzt schon drei Hubschrauber. Seit Tagen summt die Stadt wie ein Bienenkorb. Es knistert, es summt. Es ist eine Elektrizität in der Luft, die ihn verunsichert, weil er nicht weiß, woher sie kommt, wo sich etwas bewegt, was wer plant, er ist mittendrin und weiß doch nichts, er ist nirgendwo dabei, nirgendwo angeschlossen, er sperrt nur jeden Morgen seinen Laden auf, und jeden Abend lässt er das Rollo wieder herunter. Aber die breiten Straßen seines Arbeitsweges sind jetzt leergefegt, die Stadt wirkt entlebt. Die Bewegung, das Elektrisierende, das auch ihn erfasst, kommt von irgendwo, von Orten, die er nicht kennt. Er ist nervös und unruhig, wie ein Kind, dem sie nichts sagen, weil sie es schonen wollen, oder weil es ausgeschlossen ist, von allem ist er ausgeschlossen, wie ist das gekommen, oder ist es nicht schon immer so gewesen? Er war ja noch nie organisiert, er hat nie wo dazugehört, zu einer Gruppe, er war zwar immer gern gesehen, als Kind, als Student, als Kollege, aber er ging nie weiter hinein. Er hatte sich auch nie selbst eine Gruppe geschaffen, außer seiner eigenen, kleinen Familie.

Er tritt in die Pedale, er schwitzt, der Schweiß juckt auf seinem Rücken, während des Fahrens kommen ihm viele Gedanken, mittlerweile, er hat von den Zonen gelesen, er hat von dem achtunddreißig Kilometer großen Korridor gelesen, unterteilt in verschiedenfarbige Gefahrenbereiche, die Straßen von Westen nach Osten gekappt, es ist ja überall erklärt worden, dieser Korridor, die Sicherheitszone, in der nicht demonstriert werden darf, man sich nicht versammeln darf, obwohl es doch ein Festival der Demokratie werden sollte, wie Andy Grote es im Übermut genannt hatte. Und dann die Zonen, die rote Zone ist natürlich die entscheidende, da treffen sie sich, da ist die Messe, und drum herum die gelbe Zone, und direkt am Rand der gelben Zone ist nun ausgerechnet der Laden. Da kann man nichts machen. Er radelt über die leere Straße, Polizisten auf Motorrädern fahren in einer Reihe vorbei, Hubschrauber im Himmel, immerzu und überall Hubschrauber, sie kreisen über der Stadt wie eine Armee, und er kommt sich zunehmend vor wie ein Insekt, das von einem größeren Tier beäugt wird. Ducken will er sich unter diesen knatternden, kreisenden Hubschraubern, mal höher, mal tiefer, es kommt ihnen auf den Überblick an und dann wieder auf die Details, sie wollen es alles im Blick behalten, auch ihn, auch er ist ein potenzieller Störer und auf jeden Fall zu Beobachtender, er merkt ja selbst, wie aufsässig er geworden ist unter dieser Belagerung, diesen Hubschraubern und den Polizisten, die ihn ansehen, als ob er hier überhaupt nichts verloren hätte, in dieser Stadt in diesem Viertel und zu dieser Zeit. Er ist nur froh, dass sie in Marienthal wohnen, denn da kreisen die Hubschrauber kaum, man sieht sie höchstens in der Ferne. Über der Sternschanze, an der Lagerstraße, wo sein Laden ist, da kreisen sie ununterbrochen, und er duckt sich, unter diesem Kreisen, unter diesem Lärm, der auch in der Nacht nicht aufhört, hat er gehört, die ganze Nacht Hubschrauber, als wären sie im Krieg.

Zu allem schmerzt dieser Zahn, schmerzt der Nerv tief in den Kiefer hinein. Was hat sie damit angestellt? Es kann doch nicht sein, dass Schmerz das Ergebnis ihrer Behandlung ist, das Ergebnis müsste doch *kein Schmerz* sein, oder? Er fährt an zugeklebten Schaufenstern vorbei. Gullydeckel sind verplombt, das hat er gelesen, vielleicht haben sie Angst, da käme jemand rausgekrochen, eine ganze Mannschaft Schwarzgekleideter, um Donald Trump aus dem Auto zu zerren. Er lacht, auf seinem Fahrrad, aber dann erschrickt er, weil er so ganz alleine auf der leeren Straße lacht, er kommt ins Schlingern und fährt fast in ein Geschäft hinein. Manche Läden sind sogar mit Holz vernagelt, von oben bis unten. Und auf dem Holz kleben Plakate, oder es ist mit Farbe was aufgepinselt: *No G20! Fuck G20! Verpisst euch! Love Donald – Fight Trump!* Sowas. Er hat sich vorsorglich selbst was ins Schaufenster gehängt: *No G20!* Das haben die meisten im Schaufenster hängen. Das ist ja das Mindeste, so ein Statement.

Die Wiedners, die neben ihnen wohnen, sind verreist, Herr und Frau Bärweg auch, die Nachbarn gegenüber haben seit Tagen die Rollos heruntergelassen und gehen nicht mehr aus dem Haus, obwohl nicht anzunehmen ist, dass der Gipfel bis nach Marienthal kommt. Urs Wiedner hat gesagt, er wolle *das Theater* nicht miterleben. Sie wollten nicht mehr in der Stadt bleiben, schon wegen der Kinder, sie sind nach Hörnum gefahren, in *ihr* Hotel, ihr zweites Zuhause. Die Kinder sollen nur die freundliche, sie nicht beunruhigende Seite der Stadt kennen. Seine eigenen Kinder, Imke und Alexander, sind, wie es scheint, beide ganz scharf darauf, genau diese andere Seite der Stadt kennenzulernen. Aber ist es überhaupt eine Seite der Stadt? Ist es nicht vielmehr etwas von außen in die Stadt Hineingetragenes, so ein Gipfeltreffen? Und ist die Stadt nicht ohnehin den Kindern der Wiedners von verschiedensten Seiten her fremd? Seiten der Stadt sind Schießereien auf St. Pauli oder vom Vater aus dem Fenster geworfene Kinder in Lurup, Drogentote in St. Georg, ein verhungertes Kind in Wandsbek. Die Stadt ist so vielfältig und den Wiedner-Kindern so unbekannt, dass man eher davon reden könnte, dass die Wiedners es den Kindern überhaupt ersparen wollen, in ihr zuweilen grausames städtisches Gesicht zu sehen, die Wiedner-Kinder sollen nur ein freundliches Marienthal, den elterngeführten

Kinderladen und einen weißen Badestrand in Hörnum kennenlernen, das ja von den Wiedners und vielen anderen Hamburgern zweifellos zu Hamburg dazugezählt wird wie die ganze Insel Sylt. Er ist verwirrt von diesen Gedanken über Kindererziehung, und dann wird ihm klar, dass sie ihre eigenen Kinder nicht anders erzogen haben, sie waren mit den Wiedners im selben Kinderladen im Vorstand aktiv. Er radelt auf dieser leeren Straße nun sehr wackelig dahin, es kann auch von der Spritze sein oder von der Tablette, die er noch genommen hat, er fasst sich an die Wange, sie ist heiß, aber das ganze Gesicht ist heiß von der heißen Sonne, man kann es gar nicht unterscheiden.

Die Ludwig-Erhard-Straße ist leer. Die breite, lange, vielspurige, laute, brüllende, hupende, rasende, stinkende ehemalige Ost-West-Straße, sie ist so leergefegt, wie er sie noch nie, in keiner späten Nacht, je gesehen hat. Kein einziges Auto ist unterwegs. Unwirklich ist die Welt. Unwirklich ist der Tag. Seit er mit dem Fahrrad fährt, hat er sich immer den Straßenverkehr weggewünscht, den Gestank, den Lärm, er hat, obwohl er ja sein ganzes Leben davor selbst Autofahrer gewesen ist, die Autofahrer zu hassen begonnen. Es ist, denkt er, ja alles eine Frage der eigenen Position. Auf einmal hat man so eine schwache, verletzliche Position eingenommen, man wird wegen eines Helmes ausgelacht, man wird nass, mit Schmutz bespritzt und ist jeden Tag dem Tod ausgesetzt, weil ihre Fahrzeuge solche Rammböcke sind, weil sie einen, ohne jede Gefahr für sich selbst, töten können. Er radelt sich ein bisschen in eine Wut hinein, während eine ganze Reihe Wasserwerfer an ihm vorbeizieht. Wo fahren sie hin, wo stellen sie sich auf? Gegen diese Wasserwerfer sind die Autos winzig, und die Wasserwerfer, denkt er, sind ja tatsächlich gegen Menschen gedacht, sie sollen Menschen beseitigen. Und über ihm kreisen die Hubschrauber, ihr endloses Knattern nimmt ab und zu, und sie könnten seine Bewegung auf dem Fahrrad, seinen neongrünen Helm genau verfolgen, wenn sie wollten, aber sie hätten keinen Grund, er fährt nur zu seiner Arbeit, er hat eine Familie, und er ist nur ein Mann, der zu seiner Arbeit fährt. Sie könnten sich Gedanken über ihn machen, Thomas Koschmieder, was er hier auf der Straße zu suchen hat, im Rucksack die kleine Tänzerin, die er jetzt täglich hin und her fährt, damit sie zu Hause nicht gestohlen wird. Eigentlich glaubt er nicht, dass jemand in seinen Hof gehen, die Treppe über der Garage ersteigen, die Tür aufbrechen und die Tänzerin stehlen würde. Sie würden es doch sehen, seine Familie im Haus gegenüber, die würden diesen Einbruch doch verhindern. Aber seit Alexander es ihm gesagt hat, ein Polizist immerhin, dass die Tänzerin in dieser wenig gesicherten Wohnung von Diebstahl bedroht ist, seitdem nimmt er sie täglich mit zur Arbeit. Er hat sie gern dabei, in seiner Tasche, die ihm schräg über die Schulter hängt. Er weiß nicht, ob sie es ist, die fast gestohlene, auf jeden Fall nicht ganz fair erworbene Tänzerin, die ihm ein Gefühl von Schuldigkeit eingibt. Er fährt ja nur mit dem Fahrrad zum Laden, das muss ich ja, denkt er, es ist ja meine Arbeit, das ist doch wohl ein guter Grund, Arbeit ist immer ein guter Grund, was Anständiges, das versteht auch ein Polizist. Aber warum rechtfertigt er sich innerlich vor Polizisten, für sein Fahrradfahren auf den abgesperrten Straßen? Warum will er ihnen erklären, dass er sich völlig rechtmäßig hier auf dieser Straße aufhält? Und wenn er einfach nur so, ohne Ziel, ohne Laden, diesen Weg nehmen würde? Wenn er einfach nur mal Lust bekommen hätte, ausgerechnet jetzt diese

Straße entlangzuradeln? Wäre er dann nicht automatisch verdächtig, denn ohne rechtmäßigen Grund muss doch niemand an so einem Mittag, jetzt, unter diesen Umständen, wo sie die Gullydeckel verplombt haben, wo sie über ihnen kreisen, so einfach herumfahren? Würde es sie zufriedenstellen, dass er mit rechtmäßigem Grund und Ziel auf diesen abgesperrten Straßen unterwegs ist? Oder ist er vielleicht nicht doch, weil er, anders als Urs Wiedner auf Sylt, seinen Laden nicht zugesperrt hat, ist er da nicht schon irgendwie aufsässig? Automatisch verdächtig, weil er sich nicht zurückgezogen hat, sondern auf abgesperrten Straßen Fahrrad fährt, den geplagten Polizisten ein zusätzlicher Gefahrenfaktor? Ist nicht jeder, der hier auf den abgesperrten Straßen unterwegs und nicht den öffentlichen Empfehlungen gefolgt ist, zumindest diesen Teil der Stadt zu meiden, wenn nicht gar die Stadt ganz zu verlassen, in ihren Augen jetzt ein potenzieller Störer?

«Wohnen Sie hier?», fragt der Polizist, einer von dreien.

«Ich arbeite hier», sagt Thomas. «Das ist mein Laden, der da hinten, der Antiquitätenladen, das ist mein Arbeitsplatz.»

Und jetzt hat er genau das gesagt, was er selbst für die beste Rechtfertigung hält, sich auf der Straße aufzuhalten. Er hat nicht gesagt, dass er einfach so herumspaziert, er hat nicht gesagt: *Das geht Sie nichts an.* Es geht den Polizisten ja nichts an. Er ist kein Gefangener, er kann doch an einem gewöhnlichen Wochentag herumspazieren, wo er will, es ist doch nicht verboten. Er ist doch nicht in einer der Hochsicherheitszonen, der roten oder der gelben. Er ist nur dicht dran, er hat seinen Laden dicht an der gelben Zone. Die Lagerstraße grenzt an die gelbe Zone. Aber noch nicht da, wo sein Laden ist.

Der Polizist nickt langsam. Die anderen sehen irgendwo anders hin. Dann lächelt der Polizist gutmütig.

«An Ihrer Stelle würde ich den Laden für die Tage schließen.»

«An *Ihrer* Stelle ...», sagt Thomas rasch, aber dann fällt ihm nicht ein, was er sagen könnte, nichts, was nicht beleidigend wäre, und beleidigen will er den Polizisten jetzt auch nicht. Der Polizist hat ja gar nichts Verletzendes zu ihm gesagt.

«Der liegt einfach ein bisschen ungünstig», sagt der Polizist.

«Ja, das weiß ich wohl, aber ich weiß auch, dass ich als Bürger durchaus meiner Arbeit nachgehen kann, und das möchte ich. Mein Kollege steht im Laden und wartet auf mich.»

Der Polizist zuckt mit den Schultern: «Der Laden ist noch zu.»

Ludgar Frieling sollte den Laden heute Morgen öffnen. Jetzt sieht Thomas, dass der Rollladen noch unten ist.

«Wenn ich nun dürfte», sagt Thomas, und der Polizist rückt zur Seite. Er hatte eigentlich vorgehabt, den Laden tatsächlich diesen Freitag und Samstag zu schließen. In diesem Chaos würde sowieso keiner Antiquitäten kaufen, seine Stammkunden würden sich nicht auf Kilometerweite auch nur nähern, aber jetzt will er den Laden öffnen.

Die kriegen mich nicht, denkt er, die nicht. Und diesmal meint er einfach nur diesen Polizisten und die zwei Weggucker. Sie haben gar nicht das Recht, denkt er, aber sie wollen trotzdem etwas erreichen, auch ohne Recht, geben Empfehlungen. Wessen Laden ist das? Ihrer?

Er ruft Ludger Frieling zu Hause an, aber Ludger ist nicht zu erreichen. Ludger ist noch nie nicht gekommen.

Er ist so verlässlich wie niemand sonst, selbst wenn er krank ist, kommt Ludger angekrochen. Der einzig denkbare Grund, dass Ludger nicht kommt, wäre, dass er tot ist. Aber Ludger ist über seinen Telefonanschluss nicht zu erreichen, und Handy hat er keines. Es tutet lange, bei Ludger Frieling, in seiner dunklen, mit Schichten von Teppichen ausgelegten Hinterhofwohnung in Eppendorf, er sieht sie vor sich, dicke Sessel und ein Sofa, alles viel zu groß für die kleinen Zimmer, alles weich und dunkel und staubig. In dieser gedämpften und doch geordneten Welt ist alles auf Ludger ausgerichtet, auf seine kompromisslose Lebenshaltung, seine unversöhnliche Geradheit, die ihn bisher am Leben hielt, ihn mit dem Alter härter und steifer machte, aber brüchiger auch, die Geschmeidigkeit der Jugend ist hin. Ludger geht nicht ran. Alles ist anders. Die Stille. Die Leere. Kein Ludger.

Er schließt den Laden wieder zu und fährt nach Eppendorf. Er will nach Ludger sehen, und später muss er mit Imke reden. Sie kann da nicht hingehen.

Imke fährt schon am Vormittag zu Miguel. Ein paar Leute aus dem Camp auf Entenwerder haben seit Dienstag bei ihm auf dem Fußboden übernachtet, Marvin, Leon, Zoe, John und Janina. Das Camp war schon am Sonntag geräumt worden, sie waren erst noch dageblieben, dann aber in der Stadt herumgeirrt, von hier nach dort. Miguel hat sie mitgenommen, sie waren alle zusammen beim Cornern gewesen. Es war einfach so eine Aktion gewesen, wo sie alle rumgelungert hatten, obwohl das ja auch verboten war, oder *weil* es eben verboten war. Man sollte ja eben nicht rumlungern, sich nicht versammeln, nicht irgendwo in Gruppen sein, und dann gab es also die Idee, und die Leute stellten ihre Musik in die Fenster, es stand zwar auch überall Polizei herum, die Stimmung war angespannt, wegen der Polizei und wegen der Wasserwerfer, die dann später am Grünen Jäger die Leute vom Arrivati-Park bespritzten. Aber dann war es eben auch schön, sie standen rum, tranken Bier, wer sollte ihnen das verbieten? Es war ja keine Demonstration, es war nur ein Vor-die-Tür-Gehen; aber natürlich war es mehr, und natürlich fühlten sie sich widerständig und starrten die Polizisten an, sie tranken ihr Bier mit einer Anspannung im Bauch. Da, am Pferdemarkt, lernten sie Marvin, Leon, Zoe, John und Janina kennen.

Jetzt lungern sie, Fladenbrot kauend, mit hochgekrempelten Hosen und nackten Füßen, auf Miguels Fußboden herum, Paul, Elisabeth, Hannes und Maja sitzen auf dem Sofa. Die Fenster stehen offen, über den Fensterbrettern liegen Schlafsäcke zum Trocknen ausgebreitet. Die Sonne scheint, der Himmel ist blau. Es läuft *Fear* von Kendrick Lamar. Sie nicken alle dazu mit den Köpfen, und Imke murmelt den Text mit:

Why God, why God do I gotta suffer?
Pain in my heart carry burdens full of struggle
Why God, why God do I gotta bleed?
Every stone thrown at you restin' at my feet
Why God, why God do I gotta suffer?
Earth is no more, why don't you burn this mufucka?

Geil. Was ist das?», fragt Leon, von seinen Haaren tropft es, er muss den Kopf eben unter den Wasserhahn gehalten haben, Wasser läuft auch über sein Gesicht wie über eine hübsche Brunnenfigur. Er streckt die Hand unter sein T-Shirt und trocknet sich das Wasser mit dem T-Shirt ab, sein brauner Oberkörper straff und muskulös, Imke reißt die Augen auf, dann guckt sie schnell woandershin.

«Kendrick Lamar», sagt sie dann, weil Miguel nichts sagt. Sie hat *DAMN* auf ihrem Handy und kann jeden Titel auswendig.

Sie tunken trockene Fladenbrotscheiben in Olivenöl, das Miguel in eine Müslischüssel geschüttet hat, kauen Tomatenspalten und trinken Leitungswasser. Auf dem Tisch liegt noch ein Berg Fladenbrot. Sie haben kein Bier geholt, Paul hat gemeint, sie sollten jetzt nichts trinken. Nebenan, in Miguels kleinem Schlafzimmer, liegt Janina, hat Miguel Imke flüsternd erklärt, als Imke die Tür aufgerissen hatte, um, wie sonst, ihre Klamotten auf sein Bett zu werfen. Diese Janina lag zusammengerollt auf Miguels Bett und machte dabei ein Geräusch wie ein schnarchendes Baby.

«Erst sollte es im Stadtpark sein», erzählt Leon über das Camp, «keine Ahnung.» Sein Gesicht glänzt immer noch feucht. Er sieht aus wie ein Surfer oder Skater, seine viereckigen Knie sind aufgeschürft, im aufgerissenen Schorf glänzen kleine Blutperlen. Auf den großen Fußnägeln ein Rest von lila Nagellack.

«Der Stadtpark ist innerhalb der Zone», sagt Imke.

«Wir leben hier in ’ner Zone», sagt Elisabeth, grinst und reißt sich von dem Brot ab. «Die Zone ist riesig, vom Flughafen bis zum Hafen. Wir leben hier wie in ’nem Ghetto oder ’nem riesigen Knast.»

«Nur, wir können raus und rumlaufen», sagt Miguel. «Wir können eigentlich alles.»

«Ne», Elisabeth schüttelt den Kopf, und Krümel fallen von ihren Brüsten auf ihre Knie, «was verstehst du unter alles?»

«Und dann hieß es Entenwerder», sagt Leon.

«Arsch der Welt», sagt Zoe und streicht sich mit der Hand über ihr raspelkurzes Haar. Sie beißt in das ölige Brot, streut Salz drüber und beißt noch einmal ab. Sie ist so blass wie die Wand, sie hat riesige Augen, so groß und so hell, dass Imke sie kaum ansehen kann, unter diesem hellen, harten Blick ist sie verunsichert. Zoe verzieht verächtlich und gekonnt die Lippen, wenn sie etwas sagt, oder bellt, und man weiß genau, alle wissen genau, was sie gerade damit meint. Man kann sehr viele Dinge in einem Wort ausdrücken. *Fuck*, zum Beispiel, Zoe sagt oft *fuck*.

«Aber wir sollten nicht schlafen», sagt Leon.

«Was ist *das* denn für ein Scheiß?», sagt Elisabeth freundlich, obwohl sie das längst weiß, und verdreht die Augen. «Die sind doch nicht ganz dicht. Warum sollt ihr denn nicht schlafen?»

Imke weiß auch alles. Alle wissen es. Man konnte es überall nachlesen. Das *Antikapitalistische Camp* wurde trotz dieser Differenzen mit der Versammlungsbehörde angemeldet, es gab ja für die Anreisenden keine andere Möglichkeit mehr, unterzukommen. Direkt nach der Anmeldung verbot die Hamburger Behörde das Camp aber gleich wieder. Man wehrte sich auch dagegen, das Verwaltungsgericht gab ihnen recht, in letzter Minute. Dann durfte das Camp stattfinden. Eigentlich.

Als Marvin, Leon, Zoe, John und Janina mit ihren Zelten, Schlafsäcken, Rucksäcken, verschwitzt und müde von der Anreise, in Entenwerder, *Arsch der Welt*, ankamen, waren da schon Polizisten aufgereiht, die ihnen den Zugang zur Halbinsel versperrten. Niemand verstand es.

«Es war ja genehmigt worden. Inklusive der Zelte und allem?», sagt John.

John trägt eine Art seidige gelbe kurze Hose, die er sich vielleicht von jemandem ausgeliehen hat, denn die Hose kann einfach nicht zu ihm gehören. Aus den ballonartigen weiten Hosenbeinen ragen seine dünnen Beine heraus wie Knochen, fahl und muskellos wie sein ganzer Körper. Er hat ein rundes Gesicht, ein spitzes Kinn und wuscheliges braunes Haar. Ein Gesicht wie das einer Puppe. Imke muss ihn immer wieder ansehen. Sie ist hingerissen. Wie kann ein Mensch so aussehen? Wie eine Gliederpuppe, man möchte ihn, denkt sie, in ein Puppenbett legen, die Ärmchen vorsichtig neben seinen Körper betten und ihn mit einer gehäkelten Puppendecke (so eine hatte sie, für Muckie) zudecken. Man möchte ihn, in einer kleineren Ausgabe, immer in einer Hosentasche mit sich herumtragen. Aber manchmal blitzt etwas aus seinem Gesicht, ein nadelspitzer Zorn, etwas Unberechenbares.

«Sie ließen uns nicht rein, die Bullen», sagt Zoe, «die ließen uns nicht in unser Camp.»

«Na ja, dann hockten wir da erst so rum und diskutierten mit den Bullen, bringt selten was, aber was soll man machen, redet man halt, und dann, irgendwann, durften wir dann doch da rein, versteht keiner, aber die sagten dann, also, die ganzen Sachen, die Schlafsäcke, die Zelte ...»

«Wir sollten unsere Zelte nicht aufbauen, fuck! Die scheiß Bullen wollten uns unsere Zelte nicht aufbauen lassen. Und sie hatten überhaupt kein – fuck – Recht dazu!», sagt Zoe.

«Ja, also, wir bauten dann unsere Zelte auf?», sagt John und lächelt und zündet sich eine Zigarette an.

«Gerichtliche Genehmigung», sagt Zoe.

«Da griffen die Bullen dann an, die sind reingerannt,

so in Reihen, haben die Zelte eingekesselt, kannst du dir nicht vorstellen, und haben alles umgeprügelt, getreten, geschlagen, heyho!, machten unsere Zelte kaputt, und alle kriegten wir Pfeffer ab», sagt Leon und reibt sich die roten Augen.

«Janina ist damit nicht klargekommen?», sagt John. «Sie ist irgendwie auf diesem ...» Er macht eine Pause, stößt Rauch aus, zum Fenster und zum rosa Himmel hin, zur merkwürdig stillen Stresemannstraße, dreht sanft seine zarte Hand in den verschwindenden Rauch hinein. «... Ereignis – hängengeblieben?»

«Emotional», sagt Leon und zieht die Augenbrauen hoch.

«Hör doch auf mit dem ... Fuck!», sagt Zoe.

«Was?»

«Emotional? Was soll das heißen? Sie ist einfach fertig. Das hätte jedem passieren können. Dir auch. Denkst du, dir nicht, du Arsch? Fuck, Mann, Alter, Männer! Ärsche das!»

«Ja. Natürlich», sagt Leon sehr ruhig und sieht Zoe direkt ins Gesicht. Zoe sieht ihm ins Gesicht. Sie beruhigen sich.

Imkes Finger sind blutige Stümpfe, die sie interessiert vor ihre Augen hält, wie weit kann man gehen? Wie weit kann man seine Fingernägel abkauen, bis auf die Hand zu? Ob sie sich komplett abkauen lassen? Ob das schon passiert ist? Sie hat die Tage kaum geschlafen und es alles immer am Telefon mit Paul besprochen. Der meinte, schon am Telefon: «Die gehen davon aus, dass die Leute gar nicht erst herkommen, wenn die nicht wissen, wo sie schlafen sollen. Wenn sie denen das Protestieren nicht verbieten können, dann lassen sie sie halt nicht schlafen. Super Idee. Nur, die Leute lassen sich nicht von sowas aufhalten. Jedenfalls die meisten nicht. Die haben sich seit Ewigkeiten darauf vorbereitet.»

Nach der Auflösung des Camps in Entenwerder hatte es überall in der Stadt verteilt kleinere Camps gegeben, wie Fliegenpilze nach dem Regen waren sie gewachsen, das Schauspielhaus hatte seine Flure hergegeben, St. Pauli sein Stadion, Kirchen zeigten sich barmherzig gegenüber langhaarigen Jungs und verwilderten Mädchen, moralisch gefestigten Rentnern und tapferen, in-der-Mitte-des-Lebens-stehenden, sonnenverbrannten Frauen. Sie waren die, nach denen die Kirchen sich sehnten, Menschen, die für etwas eintraten, Engagement zeigten, die Welt retten wollten. Die Kirchen brauchten solche Menschen, auch wenn diese hier größtenteils gar nicht glaubten, nur an ihre aktuelle Bestimmung, und am Ende kam es darauf ja auch gar nicht an. Das Richtige war auch für Gott das Richtige. Menschenliebe. Schlafen lassen. Es war ein großes Öffnen in der Verbotszone entstanden, wie herrliche anarchische Löcher taten sich die Camps und Schlafflächen auf, quer durch alle Reihen einer frisch von einer Verbotszone verstörten Gesellschaft.

«Jedenfalls, die Leute haben jetzt nicht ein Camp, sie haben hundert Camps», sagt Leon.

«Und das», sagt Maja mit den pinken Haaren, «ist doch sogar besser.» – «Nö», sagt Paul, «ein zentrales Camp ist besser. Wo die Leute beieinander sind. Man darf sich nicht spalten lassen.»

«Würd ich auch sagen», sagt Elisabeth. «Und sowieso, in Camps hast du 'ne Versorgung, Toiletten, Essen und vor allem Sanis. Da wissen die Leute, wo sie hinkönnen, wenn sie was abgekriegt haben.»

Marvin, Leon, Zoe und John rappeln sich auf, sie rollen ihre halbtrockenen Schlafsäcke zusammen, setzen ihre

Rucksäcke auf. Es bleiben an Leons Platz ein Wasserfleck, in der Luft Rauchschwaden, überall Krümel.

«Wir wollen mal zum Volkspark, da kommen heute ja die Leute, die mit dem Sonderzug aus Basel, vielleicht können wir da auch unterkommen, aber war toll hier, echt groß von euch», sagt Leon.

«Wir sehen uns nachher vielleicht am Hafen? Und ihr bringt Janina mit?»

«Janina, mal sehen. Wir sind da», sagt John.

Sie umarmen alle nacheinander Miguel. Zoe küsst Miguel heftig und mit Zunge auf den Mund. Als sie weg sind, starrt Miguel ihnen aus dem Fenster, aus denen eben noch die Schlafsäcke hingen, nach. Als er sich wieder zu ihnen umdreht, sehen ihn alle an.

«Alles klar?», sagt Elisabeth.

Miguel presst die Lippen zusammen und lächelt angestrengt.

«Du hast dich doch nicht schon wieder verknallt?», sagt Maja.

Sie besprechen Janina. In der vorangegangenen Nacht hat sie immer wieder weinen müssen.

«Ich würde sie nur ungern mitnehmen», sagt Paul, «sowas kann die ganze Gruppe fertigmachen. Wenn sie nicht fit ist, muss sie hierbleiben.»

Irgendwann kommt Janina aus dem Schlafzimmer, blinzelnd, mit verfilzten Haaren.

«Mann, sind ja komplett andere Leute hier», sagt sie und lächelt, ein Lächeln wie aus sehr dünnem Porzellan.

«Imke, Paul, Lissi und Hannes», sagt Miguel und weist auf jeden, als wären sie jeder für sich ein Held. «Deine Leute sind in den Volkspark gefahren, sie kommen nachher zur Demo. Wollten dich schlafen lassen», sagt Miguel.

«Ich weiß», sie gähnt, verschränkt ihre Finger und

dehnt ihre Arme vor dem Körper. «Haben mir 'ne Nachricht geschickt. Voll okay. Ich war ja so fertig.»

«Wir haben's gehört», sagt Imke.

Janina schüttelt den Kopf. «Ey, ich kann's immer noch nicht glauben. Albtraum. Hätte ich wirklich nicht erwartet, sowas.»

«Was hast du denn erwartet?», fragt Paul.

«Dass sie das respektieren. Wenn ein Gericht etwas genehmigt, dass die Bullen das auch respektieren.»

Janina setzt sich, und schon kullern wieder Tränen über ihr Gesicht und auf das Polster. Imke versteht jetzt, warum die anderen sie nicht mitnehmen wollten.

Paul verdreht die Augen zur Decke hin. Imke streicht Janina über den Arm. Neuerdings hat sie angefangen, wie die anderen die Polizei als Feind zu betrachten, und darum war es meistens gegangen, innerhalb der ganzen Vorbereitungen, für die Sitzblockade zum Beispiel, mit welchen Mitteln man diesem Feind entgegentreten kann. Welche Mittel man rechtfertigen kann, darüber gab es viel Streit. Aber insgeheim, an einer Stelle, auf diesem tiefen kindlichen Grund ihres Selbst, hatte sie gar nicht aufgehört, an die gute Polizei zu glauben. An die Polizei aus einem Bilderbuch, das sie sehr oft angesehen hat, als sie klein war. Wenn aber nun diese Polizei den Weg der Rechtmäßigkeit verlassen kann? Wenn ihnen dieses Recht gar nichts bedeutet?

Sie hatte die letzten Nächte wach gelegen, telefoniert, überlegt, gelesen, telefoniert, gestritten, ist nun müde und hellwach.

Welche der beiden Polizeien ist das, die Menschen aus ihren Schlafsäcken zerrt und eine Janina mit Pfefferspray besprüht? Janina hat braungebrannte, stämmige Arme und Beine, ein verschmitztes Gesicht, Grübchen am Kinn. Ihre Augenbrauen wachsen wild wie Gras. Ihre Haare sind verfilzt, aber es sind keine richtigen Rastas, einfach nur ungekämmte Haare. Träge stapft sie ins Bad. Sie ist ein Mensch, der überall zu Hause ist, auf eine ganz natürliche, gar nicht unangenehme Art, sie vertraut ihnen, sie wischt sich die Augen aus und lächelt ihnen zu, mit diesem Porzellanlächeln, das sie alle erwidern müssen, ermunternd, freundlich.

Janina hat etwas erlebt, das ihnen vielleicht noch bevorsteht, das beschäftigt Imke, das beschäftigt die anderen sicherlich auch.

Imke hätte in den letzten Tagen gerne Alex gefragt, warum sie sowas machen, *diese* Polizisten. Aber sie hätte es auch deshalb nicht gekonnt, weil sie es nicht ertragen hätte, dass er wieder mit seinem Gerede über ihre Freunde und die Demo angefangen hätte.

«Warum machen sie das?», hat sie dann Paul gefragt, während sie in ihrem Bett lag und auf den lila Teppich starrte, der voller Teller, Tassen, trockener Vollkornbrotkanten, Ausgaben der *jungle world*, der *taz*, *Jugend-gegen-G20*-Stickern, Unterwäsche, Socken und T-Shirts war, und alles übersät von Alnatura-Kartoffelchips-Krümeln. «Ich meine, wenn es doch genehmigt war. Wie können sie dann dieses Camp räumen?»

Paul lächelte, sie konnte es vor sich sehen, wie er lächelte, auch wenn er nicht da war, er hatte nämlich seine lächelnde Stimme gehabt.

«Du hast doch schon amerikanische Filme gesehen, wo so Cops alle ihre Befugnisse übertreten und sich über alle Vorschriften und Gesetze hinwegsetzen, weil sie es einfach müssen! Weil sie den Mörder kriegen wollen, weil sie genau wissen, dass sie irgendwie im Recht sind? Verstehst du? Und wir sind doch in den Filmen immer auf der Seite dieser Cops? Denn die zeigen es den Kriminellen so richtig. Sie gehen fast dabei drauf, sie opfern sich, diese Cops, sie sind richtige Helden. Wie die Privatdetektive oder irgendwelche Kerle mit Muskeln oder Knarren, die für das Recht eintreten. Und Hartmut Dudde, unser Einsatzleiter G20, der ist auch so ein Cop. Der weiß, was richtig ist, und es interessiert ihn nicht, ob ein Gericht anderer Meinung ist. Denn ein Gericht *kann* gar nicht wissen, was *er* weiß. So ein Richter weiß doch gar nicht, was das echte Leben ist, nur der Cop weiß, wie das echte Leben mit echten, brutalen Autonomen ist. Wie die angepackt werden müssen, damit alles gutgeht. Damit die Menschen vor denen geschützt werden, vor uns, Immi, vor uns.»

«Woher willst du das wissen? Paul, du kennst den doch nicht, du kennst überhaupt keine Polizisten?» *Sie* kannte einen Polizisten.

Es kommt ihr zwar richtig vor, was Paul sagt, es hört sich richtig an, aber sie will nicht, dass es so ist, sie will, dass er sich irrt. Seine Sicht kommt ihr so hart vor, so unangenehm, und sie hat sich schon öfter gefragt, ob es nur eine Seite der Dinge ist, die er sieht, und ob es nicht auch noch eine andere, freundlichere Seite gibt. Und ob man sich vielleicht entscheiden muss, welche Seite man sehen will. Sie versteht die Dinge immer ganz schnell, wenn er sie erklärt, sie hat dann sogar das Gefühl, diese Gedanken schon gedacht zu haben, unter der Oberfläche, mehr wie ein schwammiges Gefühl als einen Gedanken. Und sie ärgert sich, dass sie nicht selbst all das so klar sehen kann, was er schon länger weiß und so klar sieht.

«Deshalb nehmen die das heldenhaft auf sich, gegen die Gesetze zu verstoßen. Sie tun es ja für uns – also nicht für uns, aber für die Bevölkerung. Weil sie wissen, was richtig ist. Und die Richter, die wissen es nicht. Die Presse weiß es nicht. Die Politiker wissen es auch nicht. Aber die Menschen, die Be-völ-ke-rung, die werden es ihnen danken. Lies ein paar Kommentare in den Tageszeitungen, und du wirst sehen, dass die Menschen ihnen diesen Mut, gegen einen Gerichtsentscheid dieses Camp zu räumen, danken werden.»

«Hab ich ja.»

Helden. Amerikanische Cops.

Es war ein Kinderbuch der Reihe *Wieso Weshalb Warum* gewesen. Es hieß: *Alles über die Polizei.*

Er ist schon einmal in Ludger Frielings Altbauwohnung am Lokstedter Weg gewesen. Sie mussten sein Asthmaspray holen, es war ihm nicht gutgegangen, er hätte ihn am liebsten ins Krankenhaus gebracht, aber Ludger hatte ihn keuchend und fiepend mit den Händen wedelnd davon abgehalten. Während Ludger in der Tiefe der dunklen Wohnung verschwand, hatte Thomas im Wohnzimmer gewartet. Dunkelgrüne, zugezogene Vorhänge, auf dem Fernseher das goldgerahmte Bild einer Frau mit einer Kappe auf dem Kopf, die die Hände gefaltet hielt und nicht in die Kamera blickte, sondern auf den Boden, wo eine Katze in einer spielerischen Bewegung merkwürdig erstarrt schien, als wäre sie tot. Auf dem Wohnzimmertisch stand ein riesiger kristallener Aschenbecher, in dem Hosenknöpfe, Nähnadeln, eine Packung Rasierklingen und mehrere verklebte Bonbons lagen, er beschwerte eine aktuelle Ausgabe der *TV Today*. Es hatte nicht direkt unordentlich ausgesehen, aber er hatte den Eindruck gehabt, dass alles, jedes Möbelstück, jeder Gegenstand in diesem Zimmer, von einer Schicht unsichtbaren, klebrigen Alters bedeckt war. Auf dem Fensterbrett standen Zimmerpflanzen, die nicht lebten und die nicht tot waren. In der Schrankwand bäumte sich ein Porzellanpferd auf, am hochgerissenen linken Vorderhuf hing ein goldener Ring. War Ludger verheiratet gewesen, mit der Frau mit der altertümlichen Haube, die eine vielleicht tote, ausgestopfte Katze anstarrte? Als er sich schließlich auf einem Sessel niederließ, weil Ludger nicht kam, konnte er das Gefühl nicht abschütteln, dass die unsichtbare Schicht nun an ihm haftete, an seinem Hosenboden, und es erschütterte ihn wie eine Vorahnung, ein Vorgefühl von etwas Höhnischem, das grinsend auf ihn wartete: das Alter. Es war eigentlich alles sogar erstaunlich aufgeräumt gewesen, *sie* waren ungeplant gekommen, aber alles war an seinem Platz gewesen.

Ordentlich hast du es hier, hatte er zu Ludger gesagt, der, wiederhergestellt, mit angefeuchtetem, gekämmtem Haar aus der Tiefe seiner Wohnung aufgetaucht war.

Wenn man keine Unordnung macht, dann bleibt es auch ordentlich, hatte Ludger streng erwidert.

Er hatte nicht gewagt, nach der Frau mit der Haube und nach dem Ring auf dem Pferdehuf zu fragen.

Jetzt schließt er sein Fahrrad an und klingelt bei *L. Frieling*. Es gibt ein weiteres Schild daneben, *S. Frieling*, auch etwas, das er Ludger fragen könnte. Aber jede Frage verwandelt sich in einen Angriff. Die Buchstaben sind (von Ludger?) mit einem Kugelschreiber auf einen Streifen Papier geschrieben worden. Feuchtigkeit ist in das Schild eingedrungen, die Kugelschreibertinte verlaufen. Klingelt wieder. Schließlich öffnet sich über ihm ein Fenster. Er tritt zurück, sieht nach oben. Eine Frau zieht ihren Kopf zurück.

Thomas blickt an der Fassade hoch. Welche Fenster müssen es sein? Wohnt er überhaupt zur Straße? Er weiß es nicht mehr. Krümmt sich Ludger dort oben jetzt in seinem Bett, keuchend, rasselnd, fleht er stumm nach Hilfe?

Er ruft Natascha an.

«Thomas?»

«Ich weiß nicht, was ich machen soll, ich stehe vor Ludgers Haus, er ist nicht gekommen, und ich kann ihn nicht erreichen. Keiner macht auf.»

«Ludger ist nicht gekommen?»

«Er sollte den Laden aufsperren, ich war beim Zahnarzt.»

«Du machst dir Sorgen?»

«Schon. Was denkst du, kann man tun? Die Polizei benachrichtigen? Dass sie vielleicht die Wohnung öffnen?»

«Er sollte um zehn den Laden aufmachen? Es ist grad eins, ich glaube nicht, dass sie, also nach so einer kurzen Zeit, dass sie da schon was machen würden. An deiner Stelle würde ich die Nachbarn fragen.»

«Die Nachbarn, meinst du also?»

«Ich würde die Nachbarn fragen.»

«Gut. Danke, Natascha. Ich dachte nur, weil du ihn ja kennst.»

«Schon klar.»

Er steht vor der Tür und starrt die Hauswand empor, das Telefon noch am Ohr Also klingelt er bei *S. Frieling*.

«Ja?», eine Frauenstimme.

«Ich wollte zu Ludger Frieling. Wissen Sie vielleicht etwas von ihm?»

«Wir sind nicht verwandt.»

Schnarren in der Sprechanlage. Dann eine Männerstimme.

«Worum geht es?»

«Um Ludger Frieling. Ich mache mir Sorgen.»

Der Türöffner summt. Er geht ins Haus und steigt die Treppe hoch. Im Treppenhaus trifft er auf Herrn und Frau S. Frieling, er mit blauer Nike-Jogginghose und im lässig aufgeknöpften Hemd, in der Hand eine Zigarette, sie in einem großen Jeanshemd und in einer Jeans im selben Blau, schmal wie ein zwölfjähriger Junge. Wie Federchen kleben die mit Spangen zusammengenommenen Strähnchen des farblosen Haares an ihrem Kopf und zaubern weiße Linien talgiger Kopfhaut wie ein Muster über ihren Schädel.

Beide lächeln ihn erwartungsvoll an. Im Hintergrund wird sich im Fernseher angeschrien, ein Kanarienvogel schimpft munter empört.

«Ist was mit ihm, mit Ludger?», fragt Herr Frieling interessiert und lehnt sich an den Türpfosten.

«Das ist es eben, was ich mich frage. Er ist nicht zur Arbeit gekommen, und das ist sonst nicht seine Art.» Er sieht zur Tür gegenüber.

«Da ist er nicht», sagt Herr Frieling. Frau Frieling nickt.

«Nicht?»

Beide lächeln, sie verschmitzter als er.

«Mittwoch ist er immer bei ihr», sagt Herr Frieling S., und Frau Frieling schaut jetzt nachdenklich gebannt auf Ludgers Tür.

«Bei ihr?»

«Bei Frau Berlichen», sagt Frau Frieling. «Er geht immer zu Frau Berlichen am Mittwoch. Bis Sonntag. Sonntagabend geht er dann wieder nach hier.»

«Das wusste ich nicht», sagt Thomas und merkt, dass er betroffen klingt, betroffen und gekränkt.

Sie nicken. Asche fällt von Herrn Frielings Zigarette auf den Abtreter: *Lass den Dreck hier*.

«Wir wissen aber nicht, wo sie wohnt», sagt Frau Frieling.

Ein Hubschrauber dröhnt über der Stadt, Polizeisirenen.

«Die machen mich komplett verrückt», sagt Herr Frieling, «'ne Bombe müsste man da reinschmeißen.»

«Stefan», sagt Frau Frieling.

«Die Herrschaften gehen mir so am Arsch vorbei. Sollen sich doch auch am Arsch treffen!», sagt Herr Frieling und stapft in seine Wohnung zurück.

Er stolpert die Treppe hinunter, schwingt sich auf sein Fahrrad, Hubschrauber, Sirenen, er fährt nach Hause, durch eine verdrehte, verbohrte, aufgeheizte Stadt. Eine Stadt wie im Fieber, voller Bosheit und klitzekleiner Feuer. Wegen ihm kann es ruhig knallen, richtig knallen, er hat jetzt langsam die Schnauze voll von den ungewohnten Ereignissen, den alltäglichen Einschränkungen, den emotionalen Zumutungen, dem Leben, das ihm staatlich aufgezwungen wird, als wäre er ein Kind, unmündig, dumm. Er hat es satt! Er fühlt sich beobachtet und aufs Korn genommen. Sein Körper fängt an, zu streiken. Er spürt ihn schon, ganz leise, zerfallen und zergehen. Sein Kopf schmerzt, die Gelenke sind steif, und er muss oft fast grundlos heftig nach Luft schnappen, während sein Herz dazu rast. Oft verschluckt er sich an dieser gespannten und heißen Luft, schluckt und schluckt, japst nach Luft, atmet sich nicht wieder in ein Gleichmaß hinein. Und er ist nur ein winzig kleines Teil dieser Stadt. Er ist nur ein Atom dieser Welt. Wie sind denn diese Zumutungen für alle einzuschätzen? Wie muss es denn für wirklich Alte und Kranke sein? Hat denn da mal einer drüber nachgedacht? Es ist ja schon passiert. Ludger ist nicht gekommen. Wenn Ludger tot ist, dann wird das Konsequenzen haben, dafür wird er sorgen. Er radelt wie ein Irrer und spürt seinen Körper wie eine Gefahr. Wenn sie so weitermachen.

Er stellt das Fahrrad in den Schuppen und klingelt, fleckig vom Schweiß. Natascha öffnet.

«Er ist bei seiner Freundin. Ludger.»

Erst scheint sie verwirrt. Dann versteht sie ihn.

«Er hat eine Freundin?»

«Sagen die Nachbarn. Er verbringt die halbe Woche bei ihr.»

«Das erklärt aber nicht, dass er nicht gekommen ist, oder?»

«Nein.»

«Süß ist das», sagt Natascha und lächelt, auf einmal eingenommen von der Süße dieses Sachverhaltes. Jede Liebe scheint ihr momentan zu gefallen. Sie trägt ein langes rotes Kleid, und ihre Zehennägel sind rot lackiert. Sie duftet nach Parfüm.

«Ich wollte noch einmal mit Imke sprechen.»

«Imke ist nicht da. Sie ist schon heute Vormittag weg.»

«Wo ist sie hin?»

Natascha zuckt mit den Schultern.

«Hast du denn gar nichts gesagt?»

«Was soll ich denn sagen? Bei ihren Freunden wird sie sein. Was soll ich da sagen?»

«Es geht doch nicht um die Freunde!»

«Thomas, ich habe mit ihr über diese Demonstration heute geredet. Wenn sie denkt, es ist richtig, dann muss sie es tun. Sie ist ja nicht allein unterwegs, und sie sagt, sie passen aufeinander auf.»

«Und das reicht dir?»

«Ja, das reicht mir.»

«Und wenn ihr was passiert?»

Natascha sieht ihn an, sie hat plötzlich etwas Genervtes und Erschöpftes in ihrem Blick. Sie streicht sich über ihr Haar, als wollte sie etwas Unangenehmes wegwischen, ihn, denkt er. Er geht ihr auf die Nerven.

«Was willst du denn machen?» Jetzt grinst sie boshaft. «Willst du sie ausrufen lassen? *Die kleine Imke soll bitte zu ihrem Papa kommen*?»

«Ich fahre hin», sagt er, er hat sich eben dazu entschlossen, «ich fahre hin und hole sie.»

«Viel Erfolg!»

«Ich weiß, du findest es lächerlich. Aber einer muss der Blödmann sein», sagt Thomas. Komischerweise versetzt ihn ausgerechnet diese Formulierung in eine bessere Stimmung.

Sie sehen sich in der 3sat-Mediathek einen kurzen Beitrag über die *1000 Gestalten* an. Sie haben sich schon viele solcher Beiträge angesehen. *Ein friedlicher und kreativer Protest*, endet er.

«Was sagst du?», fragt Ronald. Sie sitzen in seiner Wohnung, trinken einen Greco di Bianco und essen dazu knusprige Bruschette von einem blau-weißen Majolika-Teller.

«Ich bin froh, dabei gewesen zu sein», sagt Natascha mit verhaltenem Ton.

Ronald nickt. Sein kurzärmliges, mit Fischchen bedrucktes Hemd hat er weit aufgeknöpft, und ein Fitzelchen Tomate hängt in seinem grauschwarzen Brusthaar. Sie überlegt, ob sie es herausklauben soll, aber es kommt ihr zu mütterlich vor.

«Aber?», fragt er.

«Es erinnert mich an *Momo*. An dieses Kinderbuch mit den grauen Typen.»

«Die grauen Herren», sagt Ronald und beißt in eine Olivenbruschetta.

«Ich weiß gar nicht mehr, worum es da ging, ich glaube, sie symbolisierten die Kapitalisten oder die Erwachsenen. Aber der Kapitalismus kommt doch so bunt daher. Er ist fröhlich und bunt. Sieh dir nur die Werbung an, die schreit vor Farbe. Hat Farbe nicht auch etwas sehr Aggressives?»

«Jetzt spinnst du aber», sagt Ronald. «Warum soll Farbe aggressiv sein. Natur ist Farbe.»

«Nicht für Blinde. Und wer weiß, vielleicht auch nicht für Tiere? Können Tiere Farben überhaupt sehen? Die Natur ist doch in erster Linie Geruch. Farbe ist gar nicht so wichtig.»

«Was ist mit dem Pfau? Dieses prächtige Gefieder, denk mal daran? Und überhaupt diese ganzen prächtigen Vögel und Schmetterlinge in den Tropen, und selbst unsere, der Buntspecht, was ist mit dem Buntspecht? Wie kannst du da sagen, dass Farbe nicht wichtig ist?»

«Gut, Farbe ist vielleicht auch wichtig. Aber ich würde sagen, den Tieren ist Geruch wichtiger. Jedenfalls, ich weiß nicht mehr genau, wofür diese grauen Menschen ...»

«Die grauen Herren, sie stahlen die Zeit.»

«Das weißt du noch?»

«Ich mochte das Buch. Wir haben es den Kindern vorgelesen. Sie symbolisierten das Gehetztsein in der modernen Welt, verstehst du?»

«Was ist daran nicht zu verstehen?»

Ronald lehnt sich zurück. Hubschrauber knattern über dem Haus. Die Balkontür steht auf. Sie haben sich an die

Lärmkulisse gewöhnt, sie begleitet ihre Erregung, gibt ihr Gewicht.

«Insofern ist der Vergleich etwas schief. Unsere grauen Gestalten waren nicht gehetzt, sie waren langsam.»

«Siehst du!»

Natascha steht auf. Sie starrt auf das Tomatenstück in seinem Brusthaar. Aber sie kann sich nicht entschließen. Sie beugt sich über den Tisch, nimmt sich eine Bruschetta und schenkt Wein nach.

«Der Vergleich ist schief, so eine Symbolik kann man auch entgegengesetzt verstehen. Das ist eben das Problem, die Beliebigkeit. Hetzt die Gesellschaft die Leute, oder bremst sie sie aus?»

«Beides, würde ich sagen. Sie hetzt sie auf dem Pfad der kapitalistischen Produktion, sie bremst sie aus in ihrer individuellen Entfaltung.»

«Aber mehr hetzt sie sie doch, oder? Die Leute werden jeden Morgen zur Arbeit gehetzt und dann zur Bank, zum Sport, zum Kindergarten, zur Schule, überall sollen sie funktionieren, sie können gar nicht darüber nachdenken, ob sie das überhaupt wollen, es wird einfach erwartet!»

«Aber in einer anderen Hinsicht sind sie halt eingefroren. In dieser Hinsicht bewegen sie sich kaum.»

«Was meinst du denn?»

«Ich meine, dass sie sich nicht fragen, was sie wirklich wollen, vielleicht wollen sie lieber Schnecken züchten oder Bilder malen. Was sie wirklich glücklich macht.»

«Das ist so ein Unsinn! Das ist überhaupt nicht das Problem. Du kannst doch deine Vögel machen» – er macht in seiner Freizeit Holzskulpturen von Möwen –, «ich kann mich wochenlang mit Bildern beschäftigen, wir haben Bildung, wir haben Hobbys, es gibt die abartigsten Hobbys in diesem Land, Leute sammeln Nagellack oder nutzen ihren Körper als Leinwand, sind von Kopf bis Fuß tätowiert, als Ausdruck ihrer Individualität, wir können das alles ausleben, wenn wir Bock darauf haben, das ist wirklich nicht das Problem. Das Problem ist, dass wir nicht erkennen, dass uns das eben nicht weiterbringt, als Gesellschaft. Dass wir uns eben gar nicht *als Gesellschaft* denken. Die Hobbys werden ja gern gesehen, für alles gibt es Zeitschriften, fürs Mützenstricken, fürs Radwandern, fürs Gärtnern, fürs Bier-selbst-Brauen, die Leute können Yoga machen und Tantra, ihr inneres Selbst erkunden, aber ich glaube, je mehr sie danach suchen, umso mehr geht es ihnen verloren. Das Selbst ist nämlich gar nicht in uns drinnen, es ist nicht der Kern in einem Pfirsich, es ist mehr was Dynamisches, es entsteht im Zusammenspiel, während wir handeln. Wenn wir uns um jemanden kümmern, zum Beispiel, wenn wir das Außen nicht nur wahrnehmen, sondern was damit machen, in irgendeiner Weise. Dann kommt es hervorgekrochen. Wenn wir es suchen, dann zieht es sich zurück. Davon bin ich überzeugt.»

«Interessanter Gedanke», sagt Ronald und schlägt die Beine übereinander. Das Tomatenstück fällt in seinen Schoß. Interessiert nimmt er es und hält es vor seine kurzsichtigen Augen. «Und du meinst, diese gesellschaftliche Gestaltung würde einen dann glücklich machen?»

«Wer spricht denn von glücklich? Wer hat denn gesagt, dass wir glücklich sein sollen? Dieser Quatsch von Glücklichsein setzt uns doch nur unter Druck.»

«Natascha.»

Das Tomatenstück liegt jetzt am Rand seines Tellers. Sie ist zufrieden. Es hatte sie die ganze Zeit beunruhigt. Auf der Straße knallt es ohrenbetäubend.

«Ronald.»

Sie sieht ihn jetzt sehr liebevoll an. Sie ist sehr froh, dass sie diese Sätze sagen kann. Dass sie ihn überhaupt gefunden hat. Diesen merkwürdig ängstlichen Mann, der mit seinem kantigen Gesicht, seinem behaarten, schlanken Oberkörper mit dem weichen, kleinen Bauch, der sich beim Sitzen wie eine Kugel aus seinem Körper stülpt. Ronald, wird ihr klar, ist nicht nur ängstlich, er ist auch freundlich und, wegen seiner Unsicherheit und Unbestimmtheit, viel weniger aggressiv als Thomas, der sich in seiner Position als Mann und Vater niedergelassen hat wie ein Buddha, starr und selbstgefällig, in seiner zur Schau gestellten Gutmütigkeit. Thomas' Gutmütigkeit ist eine paternalistische Gutmütigkeit, sie lässt ihr großmütig die Freiheit, sich in der Familie auf eine weiblich mütterliche Art zu entfalten. Ronald ist ganz anders, er sieht sie jede Minute neu an. Er denkt sich alles, was er sagt und was er will, ständig neu aus, er plant nicht und manipuliert nicht. Er ist spontan und begeisterungsfähig wie ein Kind. Nervig auch, und unschuldig, auch mit seinem Wunsch nach sexueller Erfahrung. Heute ist sie erstaunt darüber, dass sie sich hatte verunsichern lassen, von ihm!

«Wenn wir uns aber die Symbolik von *1000 Gestalten*, und ferner von Momo, einmal betrachten», doziert sie wie vor ihren Jugendlichen, und sie fühlt sich sicher in dieser Art des freundlich belehrenden Vortrags, «dann sehen wir: Es gibt da also diese Art von Maschinenmenschen, die funktionieren, die grauen Menschen, und dann gibt es die, die bunt sind und also nicht funktionieren, sondern mehr – individuell sind oder sowas. Die mehr am Leben sind. Die grauen sind eingefroren, politisch handlungsunfähig, denken nur an sich, an ihre Karriere, sind egoistisch, und diese Menschen, die Grauen also, die interessieren sich nur für ihr eigenes Fortkommen. Und dann

– puff! – werfen sie das Graue von sich und sind andere Menschen, bessere, solidarischere. Die Bunten sollen die solidarischen sein, die eher weniger individuellen, weniger Selbstbezogenen, wenn ich das richtig verstehe. Es soll eine Möglichkeit aufzeigen. Damit man sieht, denke ich, wie es gehen könnte, wenn wir alle dieses Graue von uns werfen würden. Manche waren sogar nackt. Ja, die eine Frau links neben uns, die war doch plötzlich nackt.»

«Mir hat es gefallen. Ich war ganz berührt.»

«Berührt, ja, ich war auch berührt. Aber es war keine richtige Erlösung.»

«Nicht?»

Ronald streift ihren T-Shirt-Ärmel hoch und küsst sie auf die Schulter.

«Es hat sich gut angefühlt, ich war euphorisiert, aber darf man diesem Gefühl trauen? Ist so ein Gefühl ein sicherer Indikator für die Richtigkeit oder für die Relevanz?»

«Es gab gute Presse.»

«Gute Presse, ja.»

«Was willst du noch? Willst du in die Köpfe aller Menschen gucken, wenn du deinem eigenen nicht traust?»

Auf der Straße knallt es wieder, Hubschrauber, alles vibriert, der Wein im Glas zittert, sie muss einen Augenblick warten. Sie trinkt rasch einen Schluck.

«Ich hasse diese Hubschrauber, seit Wochen fliegen die über uns rum.»

«Bei dir, über Marienthal? Hier sind sie geflogen, ich habe kaum ein Auge zugekriegt, ich habe jede Nacht Stöpsel in den Ohren, und ich höre sie trotzdem, mein Bett vibriert. Und Drohnen sind auch schon rumgeflogen, so kleine, sirrende Dinger, das ist gruselig, sage ich dir.»

«Jedenfalls, ich kam mir plötzlich albern vor. Vielleicht

hätte es das nicht sollen, aber ich kam mir albern vor. Diese Hubschrauber, die flogen über uns und sind viel lauter und stärker als wir. Riesige Maschinen, Tonnen von Stahl über uns. Und wir kriechen auf der Erde rum.»

«Ich denke wirklich, die Leute waren bewegt. Es hat sie interessiert, es hat etwas in ihnen ausgelöst!»

«Ja, aber niemand hat uns aufgehalten.»

«Warum sollte uns jemand aufhalten?»

«Eben. Es hat gar niemanden gestört. Alle haben gesagt, das wäre mal eine gute Aktion. Sie war friedlich, und jeder hat sich gefreut, dass aus den grauen Gestalten diese bunten Leute rausgekrochen sind. Ich meine, das will doch jeder. Jeder will bunt sein. *Ich bin anders, ich bin ein ganz verrückter Vogel*, das sagen doch alle, niemand will normal sein. Alle wollen anders sein. Und deshalb sind am Ende vielleicht ...», sie steht auf und hebt den Zeigefinger, «die Grauen die *wirklich* anderen, die Dunklen, Traurigen die wahrhaft Besonderen, oder nicht? Ich verstehe schon, wofür die Aktion steht. Ich verstehe es vollkommen, und ich bin dafür. Die Gesellschaft *muss* solidarischer werden. Aber es ist absurd.»

Er umschließt ihren gereckten Zeigefinger mit seiner Hand und lächelt. Sie setzt sich wieder hin.

«Was ist absurd?»

«Ich weiß nicht mehr, was richtig ist. Im Moment zweifele ich an allem. Es hat vielleicht mit gestern Abend zu tun, mit dieser Demo, mit all diesen Sachen, die jetzt passiert sind. Dass sie dieses Camp geräumt haben. Weißt du, dass Imke und Alexander mittendrin sind, in diesem ganzen Chaos? Sie sind mittendrin, und ich fühle mich, als ob ich es nicht wäre. Ich fühle mich wie gelähmt, egal, was ich mache, egal, ob ich bei tausend Gestalten war und das auch wirklich etwas *war*.»

«Es war etwas, es war ganz bestimmt etwas!», sagt Ronald.

«Ich fühle mich, als ob ich auf einer Plattform stehe und die ganze Zeit immer nur zusehen *kann*. Ich kann mir was denken, aber ich kann nicht handeln, wie in einem Traum, man sieht es alles an sich vorbeiziehen, aber man kann einfach nichts tun.»

Er wirkt bestürzt, also muss er es auch sein, und das ist für sie tröstend, auch, dass er ihre Hand jetzt loslässt, um sich seinen bestürzten Gedanken zu widmen.

«Natascha.» Ronald verzieht sein Gesicht zu einer Leidensmaske, die ihn alt macht. «Ich kenne dieses Gefühl. Es hat vielleicht mit dem Alter zu tun. Ich kenne das, die Dinge scheinen mir nicht mehr so wichtig zu sein, sie scheinen es mir manchmal, wenn ich ehrlich bin, nicht mehr wert zu sein, etwas zu tun, etwas zu investieren, als könnte es gar nichts mehr geben. Ich meine, das Leben ist einfach so ... belanglos geworden.»

Natascha nickt heftig. Draußen wird gepfiffen. Etwas explodiert. Männer oder Jungen schreien herum.

«Aber das ist es nicht! Hörst du, das ist es nicht, nur wir sind aus ihm hinausgetreten. Und wenn man das kann, hinaustreten, dann kann man auch wieder hineintreten. Wenn man will. Das ist eine Frage der Einstellung, denke ich.»

«Eine Art altersbedingter Eskapismus, meinst du?»

«Vielleicht eher ein auf medialer Überforderung beruhender Eskapismus. Und der trifft vielleicht auch die Jüngeren, vielleicht sogar noch mehr.»

Natascha zuckt mit den Schultern. Sie leidet gar nicht so sehr, wie sie gerade sagt, sie kann das Leiden gar nicht so ernst nehmen, und das ist das Gute an diesem Aus-dem-Leben-Hinaustreten, wie er das nennt. Ihr behagt die entspannte und intelligente Art des Gespräches. Mit Thomas hätte sie sich jetzt schon längst gestritten. Und dann hätten sie beide, um es wieder in Ordnung zu bringen, ihre Position aufgegeben. Ihr Frieden hing immer mit Verzicht zusammen, mit Kapitulation. Auf diese Art häuften sie eine Menge stiller Konflikte an.

«Ich muss die ganze Zeit an dieses Bild denken. Es hängt in der Kunsthalle. *Landschaft mit Bauerngehöft* von Abraham Bloemaert. Es hat so einem Jungen gefallen, ein hoffnungsloser Fall, ein Idiot, tut mir leid, aber dieses Bild hat ihm gefallen. Ich mochte es nie besonders, aber jetzt habe ich einen Bezug dazu, und ich sehe es mir andauernd an. Ein typisches Genrestück, aber das spielt keine Rolle, ich sehe jetzt die Schönheit im Verfall. Vielleicht ist es romantisch, vielleicht kann man sich nur daran erfreuen, wenn man nicht selber dort leben muss, in so einem Verfall, aber Ronald, im Moment sehne ich mich», sie flüstert, die Augen weit aufgerissen, und sie ist sich der Dramatik und ihrer brüchigen Stimme bewusst, aber es ist nicht vollkommen gespielt, sie kostet es nur aus, ihre Ehrlichkeit, die zarte Brutalität dieser Offenbarung, «insgeheim nach der Zerstörung. Ich kann diese schöne, bunte Welt nicht mehr ertragen.»

Ronald zieht ihr das T-Shirt aus. Sie hebt die Arme über den Kopf. Es scheint ihr ganz natürlich. Sie denkt immer noch ihre Gedanken, aber zwischen sie schiebt sich die Lust.

Noch als das T-Shirt über ihrem Gesicht sperrt, an ihrer Nase hakt, redet sie weiter: «Deshalb mag ich das Graue vielleicht lieber als das Bunte. Ich ziehe den Verfall vor. Und das ist natürlich, wenn man eine Affinität zu Kunst hat. Die Kunst kann mit dem Verfall, mit dem Tod», ihre Lippe kommt unter dem engen T-Shirt-Rand hervor, sie schließt die Augen, dann ist der Kopf draußen, «sehr viel mehr anfangen als mit der Buntheit.»

Während sie sich selbst den BH auszieht, fallen ihr die Stillleben von August Macke ein, die Impressionisten, Matisse, van Gogh, die Landschaftsbilder David Hockneys, alle ganz bunt, was redet sie da eigentlich? Vielleicht ist der Tod sogar bunt?

Draußen tobt ein immer lauter werdender Kampf, es zischt, scheppert, es wird geschrien.

«Ich bin so froh, dass ich hier bin und nicht in Marienthal.»

«Scheint so, dass es hier heut noch richtig knallt», sagt er und schiebt sich in sie rein.

«Ja», stöhnt sie.

Am Hauptbahnhof steigt er in die U3 um. *Welcome to Hell! Was* ist das für ein Motto? Welcome to hell! Das ist doch ein schreckliches Motto, denkt er. Es fordert zur Gewalt ja geradezu heraus. Willkommen in der Hölle. Wie kann man sich denn so etwas ausdenken? Und während er aus dem Fenster in die Schwärze der U-Bahn-Wand blickt und im Glas sein eigenes Gesicht sieht, da denkt er die ganze Zeit: Welcome to hell! Meine Damen und Herren, welcome to hell!

Dann denkt er wieder an Ludger, der eine Freundin hat, die Frau Berlichen heißt. Ob Ludger Frieling mit seinen zitternden alten Lippen, seinem harten, krummen Körper, seiner wütenden Korrektheit, ob der eine Frau sanft in die Arme nehmen und küssen kann? Ihre Brüste streicheln kann? Er verzieht das Gesicht und schüttelt den

Kopf. Und dann drängen sich die Nachbarn, die Frielings, in das Bild, wie Ludgers schicksalhafte alte Familie. *Zu ihr,* hat sie gesagt, *da geht er zu ihr.* Und dieses *ihr* scheint ihm so intim zu sein, peinlich intim, dass er dankbar für den Namen Frau Berlichen ist. Besser, Ludger geht zu Frau Berlichen als zu *ihr.*

Könnt's ihr mir sagen, wie ich zu den Landungsbrücken komm?» Ein großer Junge mit orangefarbenem Rucksack redet sie an, mitten in der S-Bahn.

«Willst du zur Demo?», fragt Paul.

Der Junge nickt.

«Bist du alleine?»

«Ich treff mich da.»

«Gut. Nicht alleine bleiben. Vor allem, wenn man sich nicht auskennt.»

«Gefällt mir gut hier», sagt der Junge. «Ist 'ne schöne Stadt.»

Imke lächelt ihn an.

«Wo kommst du her?»

«München.»

«Da bist du also sozusagen als Tourist hier?»

«So ist es. Ich seh mir Hamburg an. Den Hafen. Der ist ja weltberühmt.»

«Heut ist ein super Tag dafür», sagt Paul.

«Denke ich auch. Ich bin schon ganz euphorisch.»

«Ich hoffe, du findest deine Freunde.»

«Ich komm klar», sagt der Junge und blinzelt. Er sieht so aus, als ob er besser klarkommt als sonst wer auf der Welt.

Sie sind am Mittwoch beim Demorave mitgelaufen, haben mitgetanzt, sie waren alle wie high, einfach weil sie so viele waren, weil es so viel Spaß gemacht hat. Paul hat getanzt wie ein Verrückter, und Imke und Elisabeth haben einen Lachanfall wegen Paul bekommen. Sie haben immer mal wieder auf der Erde gehockt, und Tränen sind ihnen das Gesicht hinuntergelaufen. Es war Imkes erste Demonstration, und die war unfassbar geil gewesen. Morgen wird der von ihnen, von Jugend-gegen-G20, mitvorbereitete Bildungsstreit stattfinden, und dann wollen sie beim blauen Finger mitmachen, bei ihrer erste Blockade.

Ist es hart?», fragt sie Alexander.

Alexander seufzt.

«Hart, na ja, es geht schon.»

«Ich hab's im Fernsehen gesehen. Schlimm ist das. Ich würde sie alle ...»

«Ja?»

«Einsperren. Das Packzeug!»

«Wen meinst du, Oma?»

«Die alle. Was haben die da zu suchen, die gehen mir so gegen den Strich!» Scharf saust ihr Zeigefinger durch die Luft. Ihre alten Wangen zittern.

«Ich verstehe dich, Oma, aber es ist ja auch ihr Recht.»

«Was soll denn da ihr Recht sein? Randalieren auf der Straße? Pack ist das.»

«Sie dürfen demonstrieren», Alexander lächelt.

Er sieht müde aus. Er ist ganz kaputt, der arme Junge, denkt sie. Aber sie hält dagegen: «Einen Dreck dürfen sie. Sollen ordentlich arbeiten gehen.»

«Sie haben sogar recht, in einer Hinsicht», sagt Alexander und runzelt die Stirn. «Sie demonstrieren ja auch gegen Trump und solche Arschlöcher. Da würde ich sogar auch mitdemonstrieren, wenn ich könnte. Na ja, vielleicht.»

Sie betrachtet Alexander interessiert. Sie sieht ihn an wie einen anderen Mann, einen, der demonstriert und automatisch zum Schwarzen Block gehört, in ihrer Vorstellung. Sie schüttelt den Kopf.

«Du doch nicht, mein Alexander.»

«Warum nicht?», sagt er. «Bist du noch nie gegen was gewesen, irgendwann mal in deinem Leben?»

Sie denkt nach. Sie denkt an Gretchen und als sie durch den Fluss schwamm. Sie denkt an Reinhard Strom, und sie denkt an den Vater, der einmal dem Schmedel geholfen hat. Er hat ihm geholfen, aber er hat ihn auch verraten. Es ging niemals gegen die Ordnung. Niemals nicht. Sie denkt immer weiter und weiter und versinkt mehr und mehr darin.

«Ich muss gleich los», sagt Alexander, «ich muss mich fertig machen, Oma.»

Hilflos sieht sie ihn an. Sie hat vergessen, wohin er muss. Hat er es erwähnt?

«Wo gehst du denn hin?»

«Das weißt du doch. Ich muss zur Arbeit.»

«Geh nicht», sie reißt ihre Augen auf, sie brennen, und Schlieren laufen über ihre Pupillen. «Sag, du bist krank. Man muss auch an sich denken.»

Alexander lächelt. «Ich bin nicht krank. Das macht man nicht, die Kameraden im Stich lassen.»

«Als mein Vater in den Krieg ging, war ich in der Schule.»

«Oma.»

«Wir sangen in der ersten Stunde ein Lied für die Soldaten. Als ich nach Hause kam, standen sie bei uns in der Küche, Frau Kasparczki und Frau Oldenbrodt und Anneliese von den Runges, weil unsere Mutter auf der Straße gelegen hatte, im Dreck, nachdem sie unseren Vater verabschiedet hatte. Sie war einfach zu Boden gegangen, ein Glück, dass die Leute es sahen und sie nach Hause brachten.»

«Oma, es tut mir sehr leid, aber ich muss.»

«Da gab es erst mal eine Weile kein anständiges Essen zu Hause, weil Martha noch nicht so gut kochen konnte. Nichts hatte die gelernt, nur den Josef immer im Sinn.»

Sie möchte weitererzählen, aber Alexander gibt ihr einen Kuss auf die Wange. Sie zieht ihn fest zu sich heran und drückt ihn.

«Es gab bald die erste Einquartierung, da lebte die Mutter wieder ein bisschen auf», ruft sie ihm hinterher, als er schon in der offenen Tür steht, als könne ihn dieser Sachverhalt der Einquartierung und des Auflebens der Mutter trösten. Dann ist die Tür zu, und sie bleibt allein, mit ihrer Mutter und Hannes und Konrad, zwei schmalen, jungen Unteroffizieren, die saßen auf dem Dach und hinter dem Schuppen und warteten auf die Front. Konrad legte in der Küche seine Arme um die Mutter, und sie ließ es eine Weile zu, weil es ja keiner sah. Nur Helga sah es, sah es hinter dem Vorhang, der die Küche von der Waschkammer trennte, und sie sah, wie ihre Mutter ihren Kopf an seine Brust sinken ließ, bevor sie ihn dann wegstieß.

Dir fehlt die Mutter, sagte ihre Mutter.

Nicht die Mutter, sagte Konrad.

Ich könnte es melden, sagte ihre Mutter.

Die fremden Männer rochen anders als ihr Vater, scharf und einfach fremd, die ganze Wohnung war von ihrem Geruch erfüllt und von ihren Worten, von ihren Gesichtern, ihren Körpern, ihrer Uniform, von ihren Angewohnheiten und ihrer Art zu scherzen. Sie legten ihre Füße samt Stiefeln auf den Tisch, sie rauchten in der Küche und fluchten. Sie lachten laut und machten Witze, waren fröhlich. Sie hatten vielleicht auch Angst. Aber das konnte sie damals nicht verstehen. Sie sah nur, wie sie auf dem Dach saßen, warteten, und das gefiel ihr nicht, weil nun alles anders war, als hätten sie es verursacht. Weil der Vater weg war und Josef nun seinen Arm um ihre Mutter legte, als wäre sie seine Mutter oder Frau. Weil auch die Mutter ihn manchmal ansah, als wäre sie seine Mutter oder Frau, weil die Mutter in ihrer Schwäche nur noch wie in einem Traum lebte und sich kaum noch halten konnte, aber trotzdem alles streng und korrekt erledigte. Aber ihren Frohsinn, den hatte sie verloren. Sie war brüchig geworden, und keiner merkte es außer Helga, sie beobachtete es mit Interesse. War die Welt denn wirklich so wandelbar?

Helga schaltet den Fernseher an. Ob sie da vielleicht Alexander sehen wird? Sie muss aufpassen. Sie hustet. Sie geht zum Fenster und wartet, bis er in sein Auto steigt und vom Hof fährt. Er geht weg, denkt sie. Immer gehen die Männer weg.

Ihm gegenüber sitzt eine Frau mit gichtigen Händen, die, aus den Ärmeln ihrer Steppjacke herauslugend, auf ihrer Handtasche liegen wie Wurzeln. Sie zieht einen Kalender aus der Tasche heraus und studiert stirnrunzelnd ihre Termine. Dann zückt sie einen Druckbleistift, drückt geschäftig die Miene heraus und trägt etwas in den Kalender ein. Ihre Füße quellen aus ihren Schuhen, obschon die Frau nicht dick ist. Er blickt verstohlen auf seine eigenen Hände, auf denen sich unter den Härchen unmerklich blasse braune Inselchen gebildet haben. Zeichen des Alterns. Er wünscht sich, er hätte auch ein kleines Buch, in das er etwas eintragen könnte. So mäandern seine Gedanken, er ist ihnen hilflos ausgeliefert. Hätte er doch einen Druckbleistift, den er so emsig und elegant benutzen könnte. Schmal und kühl läge der Metallstift in seiner Hand, etwas, woran er sich festhalten könnte. Er hatte immer leichte Bleistifte aus Holz bevorzugt. Er hatte den Vorgang des Anspitzens geschätzt, wenn die geringelten Späne fallen und eine stolze, graphitene Spitze hervorgeschält wird, scharf wie eine Waffe, die nach einer Weile wieder stumpf und breit wird, verwaschen, ungenau, mehr Fläche als Strich, und alles von vorne begann. Thomas streicht sich mit der flachen Hand erschöpft über das Gesicht. Er fühlt sich bestürmt von diesen kleinen, genauen Gedanken. Die Frau hat ihre Dinge wieder eingepackt und die Hände würdevoll und zärtlich über der Tasche gefaltet. Ihre Haltung gefällt ihm. Da sieht sie ihn an, und verwirrt sucht sein Blick einen Ausweg, flüchtet zum Bildschirm, zum Fahrgastfernsehen.

Ein Bild von Olaf Scholz. Er denkt an die, die in der Elbphilharmonie sitzen, an Hamburgs Bürgermeister und an die unprätentiöse Angela Merkel in ihren verlässlichen Hosenanzügen, an denen sie zupft und die sie immer gerade streichen will – er scheint sie plötzlich sehr gut zu kennen –, und die sich gegen diesen verräterischen Drang feit, indem sie ihre Hände fest gepackt hält, diese Geradestreichhände.

Er denkt an Emmanuel Macron und Theresa May, an

Justin Trudeau, an Putin, den er auf einem glänzenden, muskulösen Rennpferd einreiten sieht, er hat ja immer dieses Rotbäckige, Zufriedene eines Menschen, der gern in der Erde wühlt.

Er sieht Donald Trump, von kantigen Personenschützern umringt, mit seinen schlaffen, fiebrigen Wangen, grinsend, wie ein lebenslang sich rächendes Kind. Sie können alles. Sie können gelbe Haare haben, junge Frauen, die größer sind als sie selbst, sie können Kriege führen, ärmeren Ländern das Wasser abgraben, und jetzt sitzen sie in der Elbphilharmonie und sehen sich Kent Nagano an, wie er Beethovens neunte Symphonie dirigiert.

Thomas hat die Symphonien von Herbert von Karajan mit den Berliner Philharmonikern. Es sind acht Platten, ein alter Herr hat sie ihm geschenkt. Die zweite hat auf einer Seite eine Schramme und springt. Er hat alle Platten mehrfach gehört, und er hat sich die Symphonien ohne die erste Seite der zweiten Platte eingeprägt. Es fehlt ihm der erste Teil der Symphonie Nummer drei. Diese Unvollkommenheit hat ihn immer bedrückt. Er hatte sich extra für Beethoven und Karajan einen Plattenspieler, einen Verstärker und teure Boxen aus Kirschholz gekauft. Er hatte den Plattenspieler im Laden aufgestellt, er hat diese erste Platte aufgelegt, und es war ein unglaubliches Erlebnis gewesen. Ein wunderbarer Aufruhr in dem staubigen Laden, eine Lust wie von etwas Wildem, Lebendigem zwischen den alten Möbeln. An anderen Tagen, er spielte das dann oft, klang die Musik wie Geister, die zwischen seinen Möbeln wankten, dann war sie eine vergangene, eine tote Lebendigkeit, und das hing, hängt eigentlich nicht mit der Musik zusammen und auch nicht mit den Möbeln, es hängt nur mit ihm zusammen.

Die jüngeren Kunden finden es manchmal abgefahren,

dass er diese Platten spielt. Die Älteren schätzen es, weil Beethoven ihrem Verständnis nach solide ist, obschon das nicht stimmt. Die Platten sind verkratzt, und die Musik ist alles in allem nichts weniger als solide. Sie steht ja ganz über allem.

Er hat einen Film über Herbert von Karajan gesehen, und da hat Karajan ihm ganz gut gefallen. Eigentlich hat er ihn beneidet. Er war elegant und überlegen, sah gut aus und hatte eine interessante Frau, seine Familie war so stilvoll, und sie sahen aus, als kümmerten sie sich umeinander, als ständen sie sich in ihrer Exklusivität in nichts nach, selbst die Kinder. Sie waren so exklusiv, dass sie es sich leisten konnten, ganz auf das Einfache zu setzen.

Seine Karriere hatte Herbert von Karajan unter den Nazis begonnen, er soll ein Favorit von Hermann Göring gewesen sein, auch wenn er damals eine fast jüdische Frau gehabt hatte. Interessiert das noch jemanden? Ist so etwas von Bedeutung, wenn es um Kunst geht? Muss man aufhören mit der Kunst, wenn sie den falschen Leuten gefällt? Kann man Schönes feiern, während gleichzeitig Menschen leiden? Aber wenn nicht, wann hätte man dann jemals mit ruhigem Gewissen Schönes feiern können? An welchem Punkt der Geschichte sollte dieser Tag gewesen sein, oder wann wird er kommen? Als die Menschheit noch unschuldig war, oder wenn sie es wieder sein wird? Aber gab es da schon Kunst, oder fing Kunst erst an, als auch Schuld anfing?

Er wischt sich wieder über das ganze Gesicht, und die Frau in der Steppjacke schickt mit Blicken einen Vorwurf zu ihm rüber. Sie hat Gicht und weiß ihren Körper dennoch würdevoll im Zaum zu halten. Er schwitzt wie ein Schwein, und schon das überfordert ihn.

Kent Nagano ist auch ein großer Dirigent. Thomas

hatte sich gefreut, als er Chefdirigent in Hamburg wurde. Dieser John-Lennon-gesichtige Japaner. Man sieht ihm Anstrengung nicht an, der *ist* einfach, denkt er und muss seufzen. Die Deutschen müssen sich immer auf ihre Anstrengung berufen, auf ihren Fleiß und ihre Arbeit, als wäre das sexy. Als wäre Schweiß sexy. Die Japaner aber, denkt er und lächelt jetzt selbst, die lächeln nur.

Es kommt gut an, wenn er im Laden Beethoven hört. Er mag die fünfte Symphonie am liebsten, die Schicksalssymphonie.

Helga trifft Frau Marquart, mit ihrem Hund.

«Ach», sagt Frau Marquart.

«Geht's denn gut?», fragt Helga.

«Es geht», sagt Frau Marquart. Der Hund ist herangekommen, steht neben ihnen und bewegt matt den Schwanz.

«Es ist ja man was los», sagt Helga.

«Das könn' Sie sagen», sagt Frau Marquart.

«Der Junge ...», sagt Helga und fühlt, wie sie schwach wird.

«Geht's Ihnen nicht gut?», fragt Frau Marquart.

Helga starrt auf den Hund und auf Frau Marquart. Sie betrachtet die Gehwegplatten, sie findet keinen Punkt, an dem sie sich festhalten kann, sie entgleitet ihrem Blick.

«Was ist mit dem Jungen?», fragt Frau Marquart.

«Im Krieg», sagt Helga. Sie weiß, dass etwas daran falsch ist, dass es anders ist, aber sie weiß nicht, wie. Sie findet nicht die Worte, sie verliert vollends den Halt.

«Im Krieg? Was meinen Sie denn?», fragt Frau Marquart. Helga sieht schon, sie wird misstrauisch. Die alte Kuh. Aber sie kann es ihr nicht heimzahlen, denn ihr ist schlecht geworden. Ihre Kiefer verkrampfen sich, als wenn sie sich gleich übergeben müsste. Helga kann nur den Kopf schütteln, dann muss sie würgen.

«Mein Gott, was ist denn mit Ihnen los?», schreit Frau Marquart.

Etwas später sitzen sie auf Frau Marquarts Sofa. Sie hat nur ein bisschen auf der Straße gespuckt. Es muss vom Essen kommen, sie hatte was Aufgewärmtes.

«Nicht den Doktor, wirklich nicht», wiederholt sie. Sie fühlt sich immer noch seltsam. Ganz seltsam. Aber nicht richtig schlecht. Nur etwas durcheinander. Sie nimmt einen Schluck Wasser aus einem Glas, das nicht ganz rein in der Sonne glänzt. Schon wieder sitzt sie bei Frau Marquart. Das wollte sie nicht, es ist ihr nicht recht. Aber sie fühlt sich noch schwach, noch etwas unsicher. Sie muss sich erst erholen.

«Sie sind ja auch nicht mehr die Jüngste», sagt Frau Marquart und kratzt sich an der Innenseite ihres Unterarmes. Sie hat eine rote Stelle dort.

«Siebenundachtzig», sagt Helga.

«Siebenundachtzig.»

Frau Marquart nickt bedächtig. Sie kratzt sich weiter.

«Ja, irgendwann ist es so weit», sagt Frau Marquart.

«Ei, was reden Sie?»

«Sie sollten nicht mehr so alleine draußen herumlaufen.»

«Unsinn!» Helga steht auf, setzt sich aber gleich wieder hin. Sie will nicht vor Frau Marquart hinfallen. Am Ende ruft die blöde Kuh doch noch den Doktor.

«Ich mein ja nur», sagt Frau Marquart.

Sie schweigen eine Weile. Es stinkt, findet Helga, in Frau Marquarts Haus stinkt es. Der Hund vielleicht. Sie mag Hunde, aber diesen Hund von Frau Marquart mag sie nicht.

«Wie alt sind Sie denn?», fragt Helga schließlich.

«Einundachtzig.»

«Das ist ja noch jung!»

«Na ja, wie man's nimmt.»

Der Hund keucht auf seiner alten Decke, dreht sich auf den Rücken und streckt die Beine in die Luft.

«Er kommt sicher wieder», sagt Frau Marquart.

«Wer?»

«Der Junge.»

«Er ist Polizist.»

«Ach so.»

«Mein Vater war im Krieg.»

«Meiner auch.»

Lange schweigen sie. Eine Uhr schlägt vier. Frau Marquart setzt Kaffee auf. Schweigend trinken sie. Dann fragt Frau Marquart: «Macht es Ihnen was aus, wenn ich den Fernseher anschalte?»

«Machen Sie nur an.»

Im Fernsehen reitet eine Frau auf einem weißen Pferd an einer Meeresküste entlang. Ihre Haare wehen im Wind, und man sieht ihr an, dass sie Probleme hat, denn sie guckt ganz traurig, während ihre Haare unter dem Reiterhut hervorwehen.

«Solche Hüte sind ja nicht hübsch», sagt Frau Marquart, «sie machen den Kopf so klein.»

«Verstehen sie was von Hüten?», fragt Helga.

«Das würde ich nicht sagen», Frau Marquart senkt schüchtern den Kopf.

«Mein Schwager Poledschny, er war Rossschlachter,

wissen Sie, und er hatte einen Freund, der war Hutmacher in Flensburg. Zu dem kam ich in die Lehre als Putzmacherin. Ich hatte da so einiges zu tun bei ihm. Ich musste sein Kind versorgen, putzen und die Wäsche. *Kannst du mir schon einen Hut machen?*, hat Gretchen mich gefragt. Meine Schwester. Sie war die mit dem Rossschlachter. Poledschny hat ihn nur einmal scharf angesprochen, weil er gemeint hat, dass ich da nichts lerne.» Helga sieht Frau Marquart an. «Er hatte ihm nämlich Geld geliehen. Und dann lernte ich auch endlich ein wenig das Hutmachen.»

Frau Marquart lächelt.

«Was für ein schöner Beruf!»

«Ja, sehr schön», sagt Helga. Sie steht auf. Sie hat wieder Kraft. Sie streift sogar den Hund ein wenig mit ihrem Knöchel. Der Hund peitscht seinen dünnen Schwanz auf den Boden. Aber er bleibt so liegen, auf dem Rücken.

«Ich mach mich auf den Weg», sagt Helga.

«Wird's denn gehen?»

«Sicher doch», sagt Helga.

Frau Marquart folgt ihr zur Haustür.

«Er kommt bestimmt zurück», sagt sie und winkt Helga hinterher.

«Er ist ja nicht im Krieg», schreit Helga von der Gartentür. Dann muss sie an ihrem eigenen Erbrochenen vorbeigehen. Sie guckt schnell zur Seite.

Rödingsmarkt. Er hat einen Monitor-Bericht über die Afrikaförderung gesehen. Sie setzen jetzt auf private Investoren. Die sollen den Afrikanern helfen.

Die Bundesregierung will vorhandene Instrumente der

Außenwirtschaftsförderung und der Entwicklungszusammenarbeit besser miteinander verzahnen. Mit den geplanten Maßnahmen trägt die Bundesregierung dazu bei, Afrika als einen Schwerpunkt der deutschen G20-Präsidentschaft in den Fokus zu rücken.

Das ist ja gut, hatte er gedacht. Das ist grundsätzlich gut. Man muss etwas machen, man muss die Wirtschaft stärken. Man weiß ja, dass Hilfslieferungen die Leute nur noch unselbständiger machen. Es nützt doch nichts, einmal den Tisch zu decken. Die Wirtschaft muss laufen.

Eckpunktepapier Afrika. In dem Monitor-Beitrag hat er gesehen, wie Menschen durch die Förderung ihre Felder weggenommen wurden, wie ihre Existenz zerstört wurde. Schon eine merkwürdige Förderung, denkt er, Menschen ihre Existenz zu zerstören.

Welcome to Hell. So ein Motto? Kent Nagano dirigiert vielleicht etwas unkonventionell, hat er gelesen. Er schätzt das Konventionelle ja. Er ist gar nicht so dafür, alles zu ändern. Und das hat nichts mit dem Alter zu tun. Er hat schon immer eingesehen, dass nur Dinge, die wirklich nicht gut sind, geändert werden sollten. Aber man sollte erst einmal sicher sein, dass Dinge nicht gut sind. Davon sollte man sich erst einmal überzeugen.

An der Tür, mit dem Rücken zu ihm, steht eine Frau in einer dunkelroten Strickjacke, in die, über den ganzen Rücken, ein riesiger Adler gestrickt ist, der über grauen Bergen fliegt. Die Flügel ausgebreitet, die Krallen aus weißer Wolle, bereit, sich die Beute zu krallen, die wohl unten flüchten muss, wo der restliche Körper der Frau in einer grauen Leggins steckt. Unter den Gipfeln der Berge, deren Grau ganz harmonisch in das Grau der Leggins übergeht. Auf ihrem Kopf bewegt sich im Zug der überall geöffneten Fenster federweißes Haar. In der rechten Hand hält sie

– mit abgespreiztem kleinem Finger – eine Zigarette, die nicht brennt, in der linken eine Handtasche und einen lila geblümten Einkaufsbeutel. Am Rathaus steigt sie aus. Er sieht durch das Fenster, wie sie sich schon auf dem Bahnsteig die Zigarette anzündet. Er sieht auch, dass ein Mann sie anmotzt. Sie antwortet nicht, sie stößt den Rauch aus und geht zum Mülleimer und wühlt eine Flasche heraus, die sie in ihre lila geblümte Einkaufstasche steckt, die Zigarette in ihrem Mund.

Rathaus. Er ist auch auf Demos gewesen. Er ist auf einer *Schill-muss-weg*-Demo gewesen. Zweitausendeins oder zweitausendzwei, so in dieser Zeit. Da gab es viele Demos gegen Ronald Schill. Es ist doch erstaunlich, dass ein solcher Mann schließlich Innensenator und zweiter Bürgermeister geworden war. Das Motto dieser Demos hatte ihm damals nicht gefallen. Es war so – plump gewesen. *Schill muss weg.* Herrgott. Natürlich war man gegen ihn. Aber weg? Weg, das klang fast wie umbringen? Weg aus der Politik? Aus der Politik wählt man die Leute weg. Man demonstriert sie nicht weg. Das ist, denkt er zufrieden, doch das Mittel der Demokratie: die Wahl. Er erinnert sich an Ronald Schill im Promi-Big-Brother-Container. Das hatte er sich allein angeguckt, zwei Wochen lang. Natascha hatte sich geweigert. Er hatte im Schlafanzug auf dem Sofa gesessen, ein Glas Weißwein in der Hand, und sich an Ronald Schills Niedergang gelabt. War es eigentlich ein Niedergang gewesen? Er hatte den dritten Platz gemacht.

Die fünfte Symphonie ist doch die beste. Natürlich ist die neunte die berühmteste. Die fünfte aber, die fünfte macht ihn fertig. Manchmal muss er sogar weinen.

Es gab ein Lied damals, «Schill to Hell». Fettes Brot und Bela B. Schill to Hell. *Tanzverbot.* Er hat es mitgesungen.

Now I'm sending Schill to hell. Sending him to hell. Und dann dieses Filmchen, in dem er kokst. In kurzen Hosen und einem gelben Poloshirt. Wie er es sich nahm und es sich dann durch die Nase zog. Gekonnt. Lässig. Ronald Schill. Der aufräumen wollte, in Hamburg. Ronald Schill bei Sandra Maischberger, auch das hat er gesehen. Er sei ein Hedonist, hat er da gesagt. Lebt in Rio de Janeiro, in einer Favela. Als Hedonist. Als Hedonist in einer brasilianischen Favela.

Baumwall. Warum muss sie diesen Mann aufnehmen? Was soll das? Wenn dieser Mann ein Kind wäre. Er ist jung, aber er ist ein Mann. Er hat einen geradezu empörend kräftigen Körper. Wie kann eine Frau, noch dazu eine Frau wie Nathalie, mit einem Mann zusammenwohnen? Er ist natürlich dafür, Flüchtlingen zu helfen, aber sie kennt diesen Mann gar nicht. Arif. Das heißt *Der Gebildete*, hat sie gesagt. Als wenn dieser Junge gebildet wäre. Der ist alles Mögliche, aber nicht gebildet. Hübsch ist er, ein hübscher Junge. Aber warum will sie einen hübschen Jungen bei sich wohnen haben? Sie weiß überhaupt nichts über ihn. Wie ist er aufgewachsen, wie sozialisiert? Manche von denen, denkt er, die haben ein vollkommen anderes Verhältnis zu Frauen. Ist es rassistisch, sich zu fragen, ob so ein Mann für eine Frau, die ihn bei sich aufgenommen hat, gefährlich werden könnte? Das hat doch mit Rassismus gar nichts zu tun. Es ist einfach eine Überlegung.

Ronald Schill soll ja Hartmut Dudde zum Chef der Hamburger Einsatzbereitschaft gemacht haben.

Der Hafen und die Elbphilharmonie. Die U3 wird hier zur Hochbahn, es ist die schönste Linie, man könnte mit Gästen die U3 nehmen, wenn man ihnen was zeigen will.

Mit der U-Bahn durch die Stadt, das wäre unkonventionell. Die Gäste, denkt er. Wie sie das hier wohl alles sehen werden? Natürlich nicht von der U3 aus. Er empfindet ein bisschen Stolz. Er denkt an alle Gäste, die ihm einfallen, an Erdogan, an Trump. Er sieht Putin auf einem Pferd reiten. Welcome to hell, denkt er und nickt ganz leicht mit dem Kopf und lächelt. Wer weiß denn, was die Gäste eigentlich wollen? Er hat ja versucht, sich zu informieren, aber er ist nicht richtig weitergekommen. Was zur Hölle wollen sie? Wollen sie überhaupt irgendetwas, außer ihren Geschäften?

Letztendlich, er selbst macht Geschäfte. Er ernährt seine Familie mit diesen Geschäften. Er hat Frau Dawael um eine Bronze betrogen. Er schwitzt.

Landungsbrücken. Vor zwei Jahren ist er beim Christopher Street Day mitgelaufen, wegen Alexander. Der war selber nicht dabei. Aber er hatte gedacht, dass Alexander vielleicht schwul ist. Er hatte gedacht, dass ihm das helfen würde, wenn er wüsste, dass sein Vater auf einer Regenbogendemo mitläuft. Aber geoutet hat er sich nicht. Einen Freund hat er auch nicht. Vielleicht ist er auch nicht schwul. Soll er ihn fragen? Soll er seinen Sohn fragen, ob er schwul ist?

An den Landungsbrücken steigt er aus. Menschen, Menschen, Wasserwerfer, Polizisten. Eine feindliche Mauer, denkt er. Wie sie hier stehen, in dieser Montur. Er guckt und guckt, ob er irgendwo Imke sieht, er wandert herum, immer weiter bis zum Fischmarkt, da ist eine Bühne aufgebaut, auf der gerade *Die Goldenen Zitronen* spielen. Das hat er nicht gewusst. Er hat *Die Goldenen Zitronen* 1995 gesehen, er ist gerührt. «Das bißchen Totschlag» hat er zu Hause. Hört er eigentlich nie. Früher, ja, als noch diese Empörung in der Luft lag, wegen der angezündeten Flüchtlingsheime. Jetzt interessiert das ja keinen mehr. Jetzt hat man sich dran gewöhnt, es kommen ja auch viel mehr jetzt. Und dann wohnen sie in der Wohnung der eigenen Freundin, die einen selber nicht bei sich aufnehmen wollte. Der Gedanke schwelt in ihm. Sie hat ja nicht gewollt, dass er bei ihr wohnt. Nur deshalb wohnt er noch über der Garage, weil sie nicht gewollt hat. Aber ihn, diesen Arif, den lässt sie bei sich wohnen. Schorsch Kamerun in einem langen, farbigen Gewand reckt die Fäuste.

«Welcome to hell», sagt Ted Gaier. «Die Gemütlichkeit mancher ist die Hölle für andere.»

Die Sonne scheint, und er ist erfüllt von Gefühlen an eine frühere Zeit. Thomas Koschmieder streckt sich. Er sieht sich um. Direkt neben ihm steht eine Frau im rosa T-Shirt mit rotem Peace-Zeichen. Sie filmt mit ihrem Handy. Eine Frau in einem schwarzen T-Shirt-Kleid trägt eine pinkfarbene Sonnenbrille, ihre Haare sind grün. Schräg vor ihm steht ein sehr dünner Mann mit langen grauen Haaren, unter seinen mageren Schulterblättern hängt ein kleiner silberner Lederrucksack. Daneben ein Mann in bunt bedruckter Jogginghose, um den Kopf ein Frotteestirnband. Ein Mann in seinem Alter. Thomas schüttelt missbilligend den Kopf. Es sind viele Menschen um ihn herum. Einige tragen Caps, viele Sonnenbrillen, auch er. Grelles Sonnenlicht liegt auf dem Fischmarkt. Im Hintergrund liegt Dock 17 auf der Elbe, er hätte es nicht gewusst, wenn es nicht in Schwarz aufgepinselt wäre, in riesigen Buchstaben, und die unzähligen gelb-blauen Kräne recken ihre Köpfe. Hamburg, denkt er schwelgerisch, sehnsüchtig, als könne er es irgendwann verlieren, als bedeute ihm die hanseatische Romantik etwas, das Geld und die Kräne, die Fischereiromantik oder das bunte, vielvölkische Seefahrerpflaster, das ist Hamburg, ja, Hamburg. Am Durchgang hinter der Fischmarkthalle sind Polizisten aufgereiht. Polizisten sind überall.

Hippies, denkt Thomas über die Leute um ihn herum, das sind doch Hippies. Aber ihr Ton ist scharf, denkt er, wie sie reden, das ist nicht so friedlich, das hat eine Härte, die ihn beeindruckt. Die Transvestiten auf der Bühne interessieren ihn. Der jetzt spricht, der hat eine ganz hohe Stimme. Ob er die Stimme verstellt hat, oder ob er immer so spricht? Aber wenn er ein echter Transvestit wäre – aber was soll das sein, ein echter Transvestit, was ist an Transvestiten denn echt? –, dann wäre das auch praktisch, dass er seine Stimme so verstellen kann, denn einen echten Transvestiten, den kann man schlecht erkennen, wenn er ganz normal als Mann herumläuft. Und klar muss er wieder an Alexander denken. Als der als Junge mit der langen weißen Kette und den geschminkten Lippen in der Tür gestanden hatte. Und wie er dann merkte, dass ihnen das nicht gefällt, dass es sie sogar bedrückte. Warum nur, denkt er, hat es sie so erschreckt? Warum hat es ihn selbst so erschreckt? Was war denn dabei? Warum konnte so ein kleiner Junge, der sich ein bisschen verkleidete, sie so erschrecken? Und jetzt ist er Polizist, denkt Thomas, jetzt steht er hier, in einer Uniform, mit Helm. Jetzt sieht er nicht mehr aus wie ein Mädchen. Und dennoch, denkt er, steckt unter dieser Uniform, unter Schichten und Schichten und Schichten, irgendwo der kleine Alexander, mit einer weißen Kette um den Hals, und lächelt erwartungsvoll. Er kann die Transvestiten auf der Bühne nicht mehr ertragen. Er macht sich wieder auf die Suche nach Imke.

Dann kommen sie, die Schwarzen. Der schwarze Block. Wie Ameisen strömen sie herbei, auf Ameisenwegen. Ein mageres Ameisenmädchen stolpert, hockt sich nieder und bindet mit fadendünnen weißen Armen den Schnürsenkel an ihren dunkelroten Doc Martens zu. Sie springt auf wie ein Gummifrosch, läuft mit harten, knallenden Schritten weiter und fädelt sich wieder ein, in ihre Ameisenmannschaft.

Die Polizisten werden unruhig. Sie formieren sich, verfolgen die Ameisen hier und da. Aber die Ameisen strömen von verschiedenen Seiten in den Demonstrationszug hinein, sie sind aus irgendwelchen Löchern gekrochen, aus unterirdischen Sandlöchern, sie bohren sich flink in die anderen herein. Sie bilden schnell die Vorhut, Platz wird gemacht, sie verteilen sich aber auch zwischen die anderen, füllen die bunte Menschenmasse dunkel auf, machen sie dichter, schärfer, hitziger. Sie fügen sich ein in das Menschengewebe, das in der dumpfen Hitze schon auf sie gewartet hat wie auf eine Ankündigung, wie auf den Einheizer, und jetzt stecken sie wie eine Kappe vorne auf dem Schuh.

Es ist Abend geworden, und die Menschen, die seit dem Nachmittag in der Sonne zwischen den vielen Polizisten herumlungerten, die dem Programm auf dem Fischmarkt folgten, den pinken Sambatänzern, den Lampedusa-Leuten, den Aktivisten aus Mexiko, den USA und der Ukraine, die über ihren eigenen Kampf gegen Großflughäfen, Landräuber, Donald Trump und Diskriminierung sprachen, die den Bands und den schillernden Figuren auf der Bühne zuklatschten, während die Stimmung sich langsam erhitzte, während sich in der gleißenden Sonne etwas zusammenbraute, in den Bäuchen und den

Fäusten, während jedermann und jedefrau sich ausdehnten, zu einem angespannten, größeren Ich heranwuchsen, zu einem Faktor in etwas, das eine Bedeutung haben könnte, sie wissen nun eines genau: Ich bin hier, ich gehöre dazu.

Viel ist schon vorher entstanden, als es angekündigt worden war, als es öffentlich vorweg analysiert und als Bedrohung heraufbeschworen wurde, als sie schon wuchsen, die Aufregung, die Wut, genährt von Druck und Angst. Die Presse, die Zeitungsleser, Kommentierer, Abwarter, Spekulierer, Bürger und Steuerzahler, die Polizisten und die Wasserwerfer mit ihren kantigen Fressen, sauberes Hamburger Trinkwasser im Bauch, alle warten sie jetzt, und es steht schon klar in der diesigen blauen Luft geschrieben. Da wird nichts verpuffen, nichts wird vergehen oder versanden. Dafür ist die Luft zu dick, die Entschlossenheit zu groß, auch die Angst, vor dem Jetzt und dem Morgen, alte Kämpfe, neue Ungerechtigkeiten, auf dieser Versammlung wird nicht getanzt werden. Auch wenn sie noch tanzen, vereinzelt. Welcome to hell!

Gegen sieben Uhr abends haben sie sich endlich dann aufgestellt, hintereinander, nebeneinander, händehaltend, Fäuste ballend, lachend, aufgekratzt, mit rauen Stimmen, langsam in einen gemeinsamen Rhythmus findend, vom Fischmarkt Richtung Hafenstraße.

Immer noch steht der Schuh auf der Straße, bohrt sich seine Spitze spielend, scharrend in den Staub, es geht einfach nicht los. Ein riesiger schwarzer Ballonwürfel schwebt am Fischmarkt über ihnen wie eine Verheißung, ein riesiger Witz.

«Der schwarze Block», schreit Paul selig. «Guck doch! Wie geil!»

«Wie geil», sagt Imke, seine Seligkeit aufsaugend. Denn

ist es nicht unfassbar geil, dass so ein schwarzer Block über ihnen schwebt? Dass über ihnen allen ein schwarzer Block hängt?

«Am Sonntag ist er auf der Alster geschwommen», sagt Hannes. «War auch echt geil. Und weißt du, was da draufsteht?»

«Ich weiß es nicht», sagt Imke und verdreht die Augen unter ihrer Sonnenbrille.

«*Nur ein schwarzer Block ist ein guter Block.*»

Elisabeth lacht dröhnend.

«Kennt ihr welche vom schwarzen Block, welche, die da mitmachen?», fragt Imke.

Paul zuckt mit den Schultern.

«Es ist im Grunde nur eine Demonstrationsform, kein Verein oder sowas, da kann man nicht eintreten, das verstehst du einfach immer nicht. Die sind autonom, und autonome Gruppen agieren selbstbestimmt und selbstverantwortlich. Die haben keinen Anführer. Aber wer da am Ende unter der Vermummung steckt ... schwarze Klamotten kann sich jeder kaufen, nicht? Und für manche Kids ist es einfach so 'ne Statussache. Die kleben sich Antifa-Aufkleber auf ihre I-Phones und setzen sich 'ne Sturmhaube auf, weil sie cool sein wollen, sie finden's krass. Möglicherweise wären sie auch zum IS gegangen, wenn sie das gekonnt hätten. Nur kann man da halt nicht so am Feierabend nach Hause gehen und wieder der Alte sein.»

«Aber wenn du jetzt da vorne stehst – da musst du schon auch hart drauf sein», sagt Elisabeth, «die stehen direkt vor den Bullen, die sind die Ersten, die was abkriegen.»

«Wenn die da vorn zusammenstehen, in einer Gruppe, die müssen sich doch irgendwie absprechen.»

Elisabeth zuckt mit den Schultern: «Irgendwie halt schon.»

«Und wofür?»

«Sie laufen vorne. Sie laufen immer vorne. Als Schutz, sie sind da halt bereit zu, anders als wir, zum Beispiel», sagt Paul, «ich möchte da jetzt nicht stehen, das ist mir zu gefährlich. Vielleicht sind die auch anders drauf.»

«Anders drauf?»

«Na ja, militanter vielleicht, keine Ahnung. Und ich will mich nicht vermummen, obwohl man's wirklich tun sollte.»

«Wird ja alles abgefilmt», sagt Maja, «nicht nur von den Bullen. Und na ja, am Ende ist es vielleicht auch für was gut. Wenn alle alles filmen, gibt es nachher 'ne gute Dokumentation, was wirklich passiert ist. Wenn die Bullen schon filmen, sollen halt alle filmen.»

Elias schiebt seine Sonnenbrille von der Stirn auf das Gesicht. «Aber unsere Fressen sind dann überall mit drauf», sagt er, «und da sind wir dann registriert, Gesichtserkennung. Wer weiß, was die damit anfangen irgendwann, und dann kennen sie dich und können dich finden, überall, wo du rumläufst, wenn du aus 'ner Tanke kommst, bei Lidl, vorm Rathaus, überall Kameras, die finden dich, da kannst du dich dann nirgendwo mehr verstecken, falls du dich mal verstecken musst.»

«Und darum ist vermummen nicht das Schlechteste, eigentlich», sagt Paul.

«Na ja, immerhin haben wir Sonnenbrillen auf.»

Imke nimmt ihre Sonnenbrille vom Gesicht und putzt sie mit dem Rand ihres T-Shirts. Ihre Mutter wollte es wegwerfen, weil es alt und verblichen ist und einen Fleck hat. Jetzt trägt es Imke genau deshalb. Es ist nicht leicht, sowas zu kriegen, nicht mal im Secondhandladen.

Sie übersieht von hier oben auf der Mauer, wie sie sich aufgestellt haben, Transparente um sich gewickelt wie einen Rahmen, die den Block als Block noch verstärken, wie sie lachen und reden und wie sich alles im Warten bewegt und drängt und zu etwas erweitert. Und direkt vor ihnen, an der Mauer, die den Fußweg zum Fischmarkt hin begrenzt, stehen Polizisten aufgereiht, und vor der Demo stehen auch Polizisten, und Wasserwerfer stehen da. Die in der Demo warten darauf loszugehen, aber wie sollen sie gehen, wenn nur ein Stück entfernt die Wasserwerfer und Polizisten stehen, werden die denn einfach irgendwann weggehen? Werden die Polizisten zurückweichen, die Wasserwerfer sich in der engen Straße rückwärts entfernen, Richtung Landungsbrücken?

Auf der über die Straße gewölbten Fußgängerbrücke vom Pudelclub zur Elbe hin und auch oben auf dem *Park Fiction* wimmelt es von Menschen. Wie ein tausendarmiges Tier zappelt die Menge, die Arme über dem Geländer. Überall ist dieses vielarmige Menschentier und wartet und fotografiert und filmt, jeder hat sich einen Platz ausgesucht, eine eigene Rolle in diesem Spiel.

Die Polizisten sind dunkelblau oder schwarz. Manche haben weiße Helme, manche schwarze. Am Fischmarkt schwebt der schwarze Luftblock in einem blauen Himmel. In den Visieren der Polizisten direkt vor ihnen spiegelt sich die Sonne. Darunter tragen sie Sturmhauben.

Imke springt von der Mauer.

«Können Sie mich sehen?»

Der Polizist regt sich nicht.

«Können Sie sich mein Gesicht einprägen?»

Der Polizist bleibt stumm.

«Ja», sagt Imke, «ich kann mir Ihr Gesicht nämlich nicht einprägen. Das ist der Unterschied.»

Paul zieht sie weg.

«Hör auf mit dem Blödsinn.»

Ihr fällt auf, dass sie Angst hat, die ganze Zeit schon, aber es ist eine andere Angst als die alte Kinderangst, sie ist erregend. Ihr Mut blüht wie eine Blume unter dieser herrlichen, züngelnden Angst. Feuchte Hände, rote Wangen, ihre Augen flattern über die Welt. Sie lacht den anderen zu. Die scheinen alle ruhig. Elisabeth kaut Kaugummi und starrt ins Leere, wendet sich um, runzelt die Stirn über kreischende Mädchen, breitet ab und zu ihre schützenden Blicke wie Flügel über ihre kleine Gruppe. Macht euch keine Sorgen, ich bin ja da. Mit Elisabeth kann ihnen nichts passieren, sie ist eine Schildkröte, ein Fels, sie trägt sie am Ende alle auf ihrem Panzer nach Hause. Miguel diskutiert mit Maja über die Funktion von «Lautis», von Musik und Rhythmus. Janina kehrt immer wieder zu ihnen zurück, entmutigt von der erfolglosen Suche nach ihrer Gruppe.

«Vielleicht sind sie gar nicht gekommen? Vielleicht hängengeblieben?», sagt Elias.

Janina zuckt mit den Schultern. Ihr Handy funktioniert nicht. Alle ihre Handys funktionieren nicht, keine Anrufe, keine Nachrichten.

«Aber es war doch abgemacht.»

«Bleib jetzt hier. Geht gleich los», sagt Paul. Janina nickt. Sie zieht sich auf die Mauer zu ihnen hoch.

Die breite Flutschutzmauer hat in der Mitte einen Spazierweg. An der einen Seite, zum Fischmarkt hin, stehen die Polizisten reglos aufgereiht wie große Plastikfiguren und starren auf die direkt ihnen gegenüber, keinen Meter entfernt. Vielleicht starren sie auch nicht, man sieht ihre Augen ja nicht durch die in der Sonne sich spiegelnden Visiere, vielleicht gucken sie einfach, irgendwohin müssen sie ja gucken, sie können sich ja nicht blind machen, denkt Imke. Ihnen gegenüber sitzen Leute wie sie selbst auf der Mauer, manche liegen, starren in die Sonne, warten, trinken Limo. Kaum jemand trinkt Alkohol.

Auf der Straße unterhalb der Flutschutzmauer formiert sich die Demo immer noch weiter, vereinzelt tröpfeln Menschen hinein, schlängeln sich von hinten nach vorne durch, von links nach rechts, von vorne nach hinten. Der schwarze Block steht da, einheitlich in seiner schwarzen Entschlossenheit. Vor ihnen warten Reporter und Fotografen mit großen Kameras an Stäben und mit bunten Skaterhelmen auf dem Kopf, wie bunte Insekten, sie bilden einen farbigen Streifen zwischen Schwarz vor ihnen und Schwarz hinter ihnen. Hinter der Presse stehen ein schwarzer Block von Polizei und dahinter die Wasserwerfer mit ihren kantigen Fressen. Über allem strahlt die Sonne, leuchtet der abendliche blaue Himmel. Die Schiffe im Hafen strahlen, die Werften leuchten, die graue, schmutzige Elbe schimmert von Dreck und Fisch und versunkener Geschichte. Ein Transparent wird hochgereckt: *Hurra! Diese Welt geht unter!* Ein Basswagen, ein Lautsprecherwagen, ein Transporter, darauf ein Transparent mit den Worten: *We are FUCKING ANGRY*.

Die Polizisten, die direkt vor ihnen standen, sind weg. Es drängen sich alle am Eisenzaun bei der Mauer zur Straße hin, weil dort unten der Demonstrationszug steht. Imke ist immer noch auf der elbseitigen Mauer, die anderen drunten, auf dem Weg.

«Immi, komm zu uns runter!», sagt Elisabeth.

«Ich will gucken», sagt Imke.

Sie wollen warten, bis die Demo losgeht, auf der Mauer mitlaufen und sich dann später, in der Hafenstraße, in den Zug einreihen. Immer noch ist die Sonne am Himmel. Immer noch warten die Menschen. Aber es ist eng geworden auf dem Fischmarkt. Sie drängen sich auf der Brücke beim Pudelclub, sie drängen sich über dem Parkhaus am *Park Fiction.* Immer wieder gibt es Durchsagen, dass die Vermummten ihre Vermummung ablegen sollen, schließlich spricht auch Andreas Blechschmidt, den Paul ihr zeigt, der der Anmelder sein soll, er geht hin und her zwischen Polizisten und schwarzem Block. Die meisten Vermummten schieben zögerlich ihre Sturmhauben auf den Nacken. Polizisten richten sofort ihre Kameras auf die entblößten Gesichter.

Sprechchöre branden auf: «HAUT AB! HAUT AB! HAUT AB!»

Zu lange haben sie gewartet. Seit Stunden haben sie gewartet. Immer noch dürfen sie nicht losgehen, die Stimmung wird immer dunkler. Plötzlich, fast schon unerwartet, setzt sich der Zug in Bewegung.

«Mann, es geht los!», schreit Imke.

Hundert Meter, vielleicht zweihundert. Schon wird der Zug von Wasserwerfern gestoppt.

«HAUT AB! HAUT AB! HAUT AB!»

Dann laufen Polizisten auf die Demonstranten los. In einer breiten Reihe laufen sie mit hocherhobenen Schlagstöcken in den schwarzen Block hinein. Sie kommen von der Seite, und sie kommen von vorn, halten ihre Schilder vor sich und schlagen mit ihren Schlagstöcken auf die Menschen ein, treten mit den Stiefeln, schlagen und treten. Die Menschen schreien, stolpern, trampeln übereinander hinweg, es geht ein Wogen auch durch die hintere, vom schwarzen Block fast schon abgetrennte Menge, Gebrüll, Schmerzensschreie, Panik, die vorne wollen nach hinten, aber sie stehen dicht an dicht, eingekeilt, und Einzelne werden wahllos durch die anderen und gegen die Mauer getreten und geprügelt. Auch oben, auf der Flutschutzmauer, nehmen die Menschen die Bewegung auf, Geschrei, Panik, Imke lässt sich von der hinteren Mauer gleiten und drückt sich an ihre Gruppe. Paul ist mit anderen ganz vorn, wo die Gehetzten von unten nun versuchen, über die Mauer zu entkommen, sich an der glatten Mauer emporzustemmen, ausgestreckte Arme packen sie und ziehen sie hoch. Auch Pauls Oberkörper hängt über die Mauer nach unten, hinter ihm steht Elias und hält ihn fest, damit er nicht runterfällt. Menschen klettern hinauf, blutend, lächelnd, heulend. Immer mehr kommen über das Geländer der Mauer nach oben wie Wasser, das in Wellen über einen Damm schlägt. Und dann zuckt Paul plötzlich zurück und sackt zusammen. Elias hält ihn immer noch fest, und so sackt er nur langsam zu Boden. Elias hält ihn, er untersucht Pauls Kopf, dann läuft dickes Blut über Pauls Haare.

«Sanitäter», kreischt Maja. Aber um sie herum tobt ein Sturm. Viele bräuchten Sanitäter. Polizisten sind jetzt auch oben, prügeln von unten auf welche ein, die auf der elbseitigen Mauer stehen, Imke sieht, wie Menschen herunterfallen, zwei, drei Meter tief.

«Seid ihr bescheuert?», schreit sie. «Seid ihr bescheuert? Seid ihr bescheuert?» Sie kann gar nicht mehr damit aufhören. Sie schreit immer weiter, es ist wie ein Krampf. «Seid ihr bescheuert?» Es geht unter, in all dem anderen Geschrei, alle schreien.

Elisabeth umschlingt sie mit beiden Armen.

«Ist gut, Immi», sagt sie. «Ist gut jetzt.»

Elias und Miguel ziehen Paul über den Spazierweg auf der Flutschutzmauer, inmitten des Sturmes von Verfolgung und Geschrei und fliegenden Gegenständen, Steine, Flaschen, Prügel, Fallende und Liegenbleibende, Wolken von Pfefferspray, ihre Augen brennen wie Hölle, Paul kann nicht richtig laufen, er stolpert über seine Beine, sie müssen ihn von beiden Seiten stützen, seine Knie knicken immer wieder ein, er kann gar nicht laufen, ist benommen, aber nicht weggetreten, das Blut tropft auf seinen Pulli, seine Haare sind dunkelrot verklebt. Imke und Elisabeth gehen vor ihnen, großes Gedränge, sie werden immer wieder angerempelt, Bier spritzt auf ihre Sachen, scharfes Wasser von der Seite.

Der Kampf verteilt sich. Immer noch rennen sie auf der Straße herum, Wasserwerfer spritzen in alle Richtungen, auch hoch zum Park, wo die Leute nach unten gucken, Wasser fließt in Strömen die Straße hinunter, versickert am Rand, zwischen den Steinen, dann branden neue Wellen heran. Menschen mit hochgereckten Armen stellen sich dem Wasser in den Weg, setzen sich dem Wasser auf der Straße entgegen, mit eingezogenen Köpfen, zu dritt, zu viert, so nass wie das Wasser selbst.

Imke will sich ganz auf Paul konzentrieren, wie es ihm geht, die Wunde auf Pauls Kopf, die verklebten Haare, was sagt er?, aber sie sieht sich immer nur die ganze Zeit um, sie hat solche Angst, wenn sie angerannt kommen, in Gruppen, die schwarzen Plastikpolizisten in ihrer bedrohlichen Größe und mit ihren hocherhobenen Schlagstöcken. Sie will weglaufen wie die anderen, aber sie können nicht, sie müssen bei Paul bleiben, weil Paul nicht weglaufen kann.

Wie Schwärme von Vögeln rennen jetzt Grüppchen von Menschen herum, jetzt ist mehr Platz, jetzt können sie sich bewegen, flattern, lassen sich nieder, lassen sich verfolgen und lassen sich wieder nieder. Wassertriefende Menschen. Blutende Menschen. Auch flanierende, grinsende Menschen, die, Blut im Gesicht, den Polizisten den Mittelfinger zeigen. Bierflaschen nach ihnen werfen. Es ist unübersichtlich. Es ist alles, alles passiert und alles gleichzeitig. Imke atmet schnell, ihr ist schlecht. Paul, in Elias' Armen, seufzt ganz tief und dreht vorsichtig den Kopf. Das Blut in seinen Haaren ist schon trocken verklebt, aber immer noch sickert frisches nach.

Elisabeth zerrt einen Sanitäter herbei. Er runzelt die Stirn und sagt, er kommt gleich wieder. Sein Gesicht ist dreckverschmiert, an seinem Ärmel klebt Blut. Paul lächelt, als sie ihn auf der Bahre wegtragen.

Er sagt: «Mann, das ist aber echt ein Ding gewesen.»

Seine Augenlider flattern.

Rosa Nebel zischen auf dem glänzenden Pflaster des Fischmarktes. Wasserwerfer stoßen vor, klotzig und unbeholfen, aber es ist nur Wasser, einfach nur Wasser, sauber, und es ist ja nicht gesundheitsschädlich, beruhigt Thomas sich. Es ist immer noch warm, niemand wird sich erkälten. Man spritzt sie mit Wassergewalt aus dem Weg. Was soll man machen? Irgendwas ist ja da vorne, zur Hafenstraße hin, eskaliert. Jemand war unvernünftig, hat sich gehenlassen. Das ist ja das Problem mit diesen Demos, dass immer solche Chaoten dabei sein müssen. Deshalb ist es ja auch so schwierig, sich mit so etwas zu identifizieren. Wegen dieser ganzen Chaoten immer dabei. Er seufzt. Er fühlt sich dem durchaus verbunden, aber er wünschte sich, dass durch solche einzelnen Leute nicht immer alles verdorben würde.

Interessiert betrachtet er einen schwarz gekleideten Jungen, der sich mit hochgereckten Armen in den Wasserstrahl stellt. Der Strahl ist vermutlich hart. Aber möglicherweise geht es härter? Haben sie unterschiedliche Spritzhärten zur Verfügung? Wie wird das entschieden, die Höhe und die Richtung und die Spritzhärte?

Überall verschiedenste Leute, alle sind sehr in Bewegung, und diese Bewegungen sind für ihn nur schwer zu verstehen. Junge, sehr viele junge, wunderschöne, starke, zarte Mädchen mit nachlässigen, wuschelig hochgesteckten Haaren, in T-Shirts und hochgekrempelten Hosen, die jungen, glatten Gesichter widerspenstig und von sich überzeugt der Welt entgegengereckt, weil sie wissen, dass sie recht haben, das ist ihr ganzer und unbesiegbarer Vorteil, sie haben recht, sie sind Mädchen, sind klug, und sie haben recht! Niemand kommt dagegen an, kein Staat kann gegen diese Mädchen an. Viele Mädchen, aber Imke ist nicht dabei, sosehr er auch sucht, Imke sieht er nicht. Dann sind da auch Frauen, mit erschlaffenden, kräftig tätowierten Oberarmen, in ärmellosen T-Shirts, beherrscht und nicht aus der Ruhe zu bringen, nur die Gesichter sorgenvoll gefältelt, manche hübsch, in ihrer unverfälschten alten Mädchenhaftigkeit, und dann die ewig ausharrenden, alten Männer mit traurigen Pappplakaten an Holzlatten in der Hand, mit schmutzigen bunten Rucksäcken auf ihren gebeugten Rücken, in denen sie ihre Wasserflaschen und ihre Notfallpäckchen transportieren, sie geben nicht auf, niemals, weil das ihr Leben ist, ein anderes haben sie nicht. Junge Männer mit langen Zöpfen oder Wollmützen auf dem Kopf, der Hitze zum Trotz, oder mit bunten Caps, kräftige, braune Körper, groß und immer noch und trotz allem lachend über das ganze Gesicht, über die Zumutung dieses wilden Lebens, das sie sich genauso wünschen, weil sie dieses Leben noch in ihren kräftigen, unbeherrschten Händen halten – Thomas empfindet Neid wie eine Wunde, er neidet ihnen ihre Dummheit und ihren Mut, er neidet ihnen ihre starken, gesunden Körper –, aber auch ganz blasse dünne Jünglein in hochgekrempelten Flanellhemden, zerrissenen Jeans, aus denen spitze weiße Knie hervorlugen, rauchend und mit klugen Augen, die Löcher in dich brennen können. Diese ganzen unterschiedlichen Menschen aber eint etwas, und dieses Einende ist sichtbar. Es lässt sich nicht benennen, es ist mal in den Gesichtern, mal in der Art ihrer Kleidung, mal in den Frisuren. Es ist wie mit den Kunden in seinem Laden, sie haben etwas Gemeinsames, auch wenn jeder einzelne Kunde dieser Gemeinsamkeit einen anderen, neuen Aspekt hinzufügt. Es ist etwas Undefinierbares an Menschen, die in Antiquitätenläden einkaufen, mit solchen Menschen hat er in seinem Leben hauptsächlich zu tun. Es gibt zwischen dieser Gruppe und den Menschen hier kaum Überschneidungen, denkt er. Und fragt sich, wo er hingehört. Zu den Antiquitätenkunden, sicher, ich gehöre zu den Antiquitätenkunden. Dabei geht er gar nicht in Antiquitätengeschäften einkaufen, aber doch, er gehört zu ihnen.

Die meisten der Gruppe, der Menschen, die zu der Demonstration «Welcome to Hell» gekommen sind und die wohl eher selten in Antiquitätenläden einkaufen, obwohl man das nicht wissen kann, sind jetzt wild am Rumschreien und Rumlaufen. Die Dynamik ist ihm unverständlich, es scheint ja keine Logik dabei zu sein.

«A ... ANTI ... ANTIKAPITALISTA! A ... ANTI ... ANTI ... KAPITALISTA! A ... ANTI ... ANTIKAPITALISTA!»

Die Welt ist erregt. Er steht stumm. Die Gedanken überwältigen ihn. Die Bilder fesseln ihn. Der Sturm fasziniert ihn. Polizisten formieren sich, der erste sieht sich um, läuft ein paar Schritte, dreht sich um, dann laufen sie los. Immer laufen sie irgendwohin. Wozu? Wohin? Er versteht es nicht. Sie sind zu langsam, schwerfällig in den schweren Uniformen. Die anderen haben nur sich zu tragen.

«INTERNATIONALE ... SOLIDARITÄT! INTER ... NATIONALE ... SOLIDARITÄT! INTERNATIONALE ... SOLIDARITÄT!»

Dann wieder die Wasserwerfer, schwerfällig, böse, dumm, sie speien gegen die Menschen, in die Menschen hinein. Um ihn herum, am Rande des Fischmarktes, stehen viele, sie warten und gucken, genau wie er, er steht mittendrin, als gehöre er zu ihnen, zu ihrer Gruppe. Er ist gebannt von dem, was er sieht, er kann nicht wegschauen, nicht weggehen. Wie kommt es, fragt er sich, dass sie nichts Klügeres rufen? Wie kommt es, dass sie seit vielen Jahrzehnten dieselben Sätze sagen? Gibt es denn gar keine Entwicklung? Der aufblasbare schwarze Block, das hat ihm gefallen. Das ist mal was. Das muss ja sogar Geld gekostet haben, so ein schwarzer Block, der so groß ist, mit Luft gefüllt. Und wer gibt ihnen dafür Geld?

Gibt es solvente Leute, die so etwas finanzieren? Könnte *er* so jemand sein, der Geld, zum Beispiel der Antifa, gibt? Warum nicht, denkt er. Es kommt ihm plötzlich nicht abwegig vor, sondern frisch und mutig, der Antifa Geld zu spenden, einfach so, weil er es will, um etwas gegen die Rechten zu tun, zum Beispiel, denn die Rechten machen sich immer mehr bemerkbar, und das empfindet sogar er als Bedrohung, wenn auch nicht persönlich, für sich und seine Familie, sondern mehr gesellschaftlich, und es hat ihm schon mehrfach die Stimmung verdorben. Schon deshalb muss es eine Antifa geben, damit jemand etwas gegen die Rechten tut. Ob sie ein Konto haben? Ob die Antifa ein Konto hat? Aber wenn er etwas für sie tun sollte, dann bräuchten sie neue Plakate, neue Sprüche. Bloß welche? Er denkt nach, aber es wollen ihm keine einfallen. Man bräuchte mehr Zeit, denkt er, zu Hause vielleicht, in Ruhe.

«HAUT AB! HAUT AB! HAUT AB! HAUT AB!
HAUT AB!»

Ein Schwarzvermummter läuft in das Wasser hinein und wirft Steine oder Flaschen gegen den Wasserwerfer. Überall Schwarzvermummte, die irgendetwas machen. Sachen gegen die Polizisten werfen, die Arme hochgereckt, athletische Posen, kämpferisch, oder sich dem Wasserstrahl entgegenstemmen. Sie möchten sich direkt mit ihnen auseinandersetzen, mit der Polizei, dem Staat, möchten dem Staat am liebsten eine reinhauen, denkt er. Sie sind Kämpfer, sie wollen sich schlagen. Aber wie soll man den Staat schlagen? Der Staat, das sind wir, denkt er, der Staat, das bin ich. Aber wenn wir der Staat sind, sind dann nicht auch sie der Staat? Ist das das Problem, dass man immer schon bei allem dabei und für alles mitverantwortlich ist, ist das das Problem der Demokratie?

Einige Schwarzvermummte kommen hektisch in seine Richtung gerannt, er war kurz abgelenkt, wie im Auge des Orkans war er in eine innere Stille eingetreten, seinen Gedanken hingegeben, blickte auf den Hafen, denn hinten, bei den gelbblauen Kränen, ist plötzlich alles in Gold getaucht, der abendliche Himmel von einer herzzerreißenden Schönheit, und er war verzaubert, inmitten des Chaos, das ihm bis dahin auch unwirklich vorgekommen war, ihn nicht wirklich betreffend, denn er ist ja kein Beteiligter gewesen, bis jetzt. Die Schwarzvermummten kommen als Haufen in seine Richtung gelaufen, weichen dann wieder aus, schlagen Haken wie Hasen, hin und her, eine Frau prallt gegen ihn, weiche Brüste an seinem Körper, sie ist verschwitzt und erregt, er sieht sie gar nicht richtig, aber die Brüste unter dem schwarzen Pullover und den gegen ihn geschleuderten Körper spürt er, ihren Atem, ihre Hitze, die Energie, und das verwundert ihn. Bis jetzt ist er immer noch ein Unbeteiligter, ruhig, und es war ja nur ein Versehen, sie ist nur gegen ihn gedrängt worden, er ist nicht schnell genug ausgewichen. Aber hinter ihr läuft ein Polizist, mehrere Polizisten, und er merkt erst da, dass es zu spät ist, dass er woanders hätte sein, dass er sich hätte bewegen müssen, denn da sieht er die erhobene Hand, da schießt es ihm wie Feuer in die Augen, und er sieht trotzdem, für einen Moment, immer noch die Kräne und den goldenen Himmel über der Werft, obwohl er es alles gar nicht mehr sieht. Es kommt nicht vom ersten Polizisten, dem hinter der Frau, es kommt vom dritten oder vierten, die Frau ist längst weg, da ist ein Schmerz in seinen Augen, der ihn zutiefst erschüttert. Er hatte die ganze Zeit gedacht, er könne außen vor bleiben, alles als Beobachter sehen, und sein eigener Irrtum wird ihm so kalt und klar, so höhnisch bewusst, als wäre er ein Irrtum nicht nur in diesem Moment, sondern seines ganzen Lebens.

Die Beine knicken ihm ein, er findet auf dem nassen Boden Halt, die Hände auf die Steine gepresst, die Knie auf dem Boden, wie ein Hund, und jault auch wie ein Hund und hofft, in seinem Elend nicht allein zu sein, auf die anderen hofft er, die eben noch da waren, er kann sie ja nicht sehen, aber vielleicht sind sie auch alle weit genug weg gewesen, weil sie nicht so geträumt haben, nicht so naiv waren, die anderen, die sich besser auskennen mit sowas.

«IHR – SEID NUR – GUTBEZAHLTE HOOLIGANS! IHR – SEID NUR – GUTBEZAHLTE HOOLIGANS! IHR – SEID NUR – GUTBEZAHLTE HOOLIGANS!»

Thomas Koschmieder ist auf allen vieren auf der Erde und weint. Er schämt sich und weint. Vielleicht weint er auch nicht, nur seine Augen. Aber wo seine Augen schon weinen, gibt er sich ganz in Ruhe dem Weinen hin. Er ist blind. Er weiß, er wird nie wieder sehen können. Nicht die gelbblauen Kräne im goldenen Himmel, nicht die rosa Rauchschwaden auf dem nassen Asphalt und auch nicht die Tänzerin, die er sich angeeignet hat, diese wunderschöne kleine Tänzerin. Er denkt nicht an die geliebten Gesichter, die er nicht mehr sehen wird können. Denn das kann er sich nicht vorstellen. Und er weiß auch, dass er nicht blind ist. Er glaubt es nur so weit, als es ihm erlaubt, in diesem Ausmaß, wie es ihm geschieht, verzweifelt zu sein, diese Verzweiflung angemessen auf den nassen Pflastersteinen auszuleben.

Und das Komische ist, dass ihm durch diesen blinden Schmerz hindurch alles, die Welt und sein Leben, plötzlich recht deutlich vor Augen steht, kühl und sauber und unbarmherzig. Jetzt, muss er sich eingestehen, bin ich ein Beteiligter. Ich kann gar nicht unbeteiligt bleiben, obwohl ich das wollte. Als Unbeteiligter wollte ich auf eine Demonstration gehen, nur, um meine Tochter zu suchen. Aber jetzt bin ich beteiligt.

Ja, jetzt haben sie ihn wirklich drangekriegt.

Später, als die Sanitäter endlich mit Paul wegfahren konnten, denn es war erst kein Durchkommen gewesen, und da lagen einige blutend und verletzt herum, bleiben sie auf dem Fischmarkt zurück, verlegen, aus irgendeinem Grund, den sie selbst nicht verstehen, betäubt vom Lärm, aber auch irgendwie ausgeschlossen, weil sie nicht mehr laufen und nichts mehr tun. Die Ereignisse haben sie herauskatapultiert aus der Bewegung, dem gemeinsamen Willen, und sie fühlen sich schwach und ratlos. Rosa Rauchschwaden vernebeln die Szenerie auf eine romantisch nostalgische Art, wie sie es von alten Bildern kennen, die Aufruhr und Kampf zeigen. Böller explodieren, immer noch Geschrei da und dort, aber alles ist gedämpfter jetzt, die Bewegung hat sich zerfasert, verlagert, in andere Ecken. Ein Teil der Demonstration soll sich jetzt sogar wieder formieren, sagt Hannes plötzlich, wird wach und schüttelt sich benommen, als er auf sein Handy schaut, das plötzlich wieder Nachrichten empfängt.

«Es geht weiter», sagt er, und Imke ist klar, er will dabei sein. Maja und Elias schließen sich an.

«Passt auf euch auf!», ruft Imke.

«Selber!» Elias hebt die Hand. Wie sie sie gehen sieht,

hinein in den Rauch, fühlt sie sich schlecht. Warum gehen sie nicht mit, jetzt, nach allem, erst recht?

«Na ja, mir reicht's jedenfalls», sagt Elisabeth.

Immer noch laufen Polizisten hinter Menschen her, Menschen laufen weg und kommen von irgendwoher, aber die große Menge von zwölftausend ist verschwunden, hat sich in die Stadt hinein ergossen. In den Eingängen, auf den Balkonen, kann Imke jetzt sehen, stehen welche und halten ihre Handys auf das Geschehen. Männer im weißen Hemd und Krawatte, lachend, mit Handys. Frauen mit Kopftüchern lehnen neben Blumen über eine Balkonbrüstung. Aber die Show geht dem Ende entgegen. Auf dem Pflaster des Fischmarktes werden Verwundete behandelt und abtransportiert.

«Scheiße, Mann», sagt Elisabeth.

Janina starrt auf ihr schwarzes Handy-Display.

«Akku alle?», fragt Miguel.

Janina zuckt mit den Schultern.

«Okay, wir gehen zum Volkspark, wir finden sie schon», sagt Miguel.

Seine Hilfsbereitschaft, mehr noch seine Vernunft und sein Pragmatismus machen sie noch schwächer, sie geht in die Knie und sagt: «Ich drück euch *wirklich* die Daumen.»

«Hat da vielleicht einer Sehnsucht? Nach Zoe?», sagt Elisabeth.

«Ach halt die Fresse!», sagt Miguel.

«Also, ich hoffe», sagt Janina schwach, «dass mit Paul alles gut wird.»

Als sie alle weg sind, sagt Elisabeth: «Mein Gott, Janina geht mir wirklich auf die Nerven. Ich hoffe wirklich, für Miguel – na ja, und meinetwegen auch für sie –, dass sie ihre Leute finden.»

Imke nickt. Kraftlos stemmt sie sich wieder hoch.

«Ich hab echt keine Lust auf zu Hause», sagt sie zu Elisabeth, und ihre Stimme ist nicht so fest, wie sie es gern hätte, ihre Stimme vibriert ein bisschen.

Elisabeth zuckt mit den Schultern. «Komm mit zu mir.»

Sie stapfen die Treppe am Pudelclub hoch und gehen die Antonistraße entlang. Aufgeregt schreiende Menschengruppen laufen an ihnen vorbei, Polizisten folgen. Imke und Elisabeth drücken sich flach an die Wand. Etwas Hartes streift Imkes Hüfte, ihren Kopf. Sie reibt sich und sagt nichts. Elisabeth sieht sie an, stellt sich breitbeinig hin und grinst.

«Mann ey!», sagt Imke.

«Das kannst du laut sagen», sagt Elisabeth.

Ein Junge in Zimmermannshosen und mit nacktem Oberkörper kommt ihnen barfuß entgegengetänzelt. Er hält ein Pappschild hoch, mit dicken, bunten Buchstaben: «Liebe!» Er bleibt direkt vor ihnen stehen, zwinkert und macht eine schlangenartige Bewegung mit dem ganzen Körper.

«Lass mal», sagt Elisabeth. «Wir hatten heut echt schon genug.»

«Wollt ihr Gras?», fragt der Junge.

«Zeig!», sagt Elisabeth.

Er holt ein Tütchen aus der Tasche der Cordhose. Elisabeth öffnet es, riecht daran.

Auf der Straße laufen Polizisten vorbei. Sie drücken sich jetzt schon reflexartig an die Wand, der Junge nicht. In unmittelbarer Nähe explodiert etwas. Kurz sind sie taub. Der Junge bewegt sich noch schneller. Über ihnen werden Fenster geöffnet.

«Fickt euch! Fickt euch!», schreit jemand mit einer sehr rauen, ins Hohe kippenden Stimme.

«Gutes Zeug, Mann», sagt der Junge.

«Okay», sagt Elisabeth. «Was willst du haben?»

«Ich schenk es euch.»

Er lächelt, als hätten sie ihm eine Freude gemacht. Elisabeth steckt das Tütchen ein.

«Danke», sagt sie.

«Liebe!», ruft er und tänzelt mit seinem Schild Richtung Landungsbrücken.

«Pass auf dich auf, sonst kriegst du eins aufs Maul!», ruft ihm Elisabeth nach.

«Mann, war der breit», sagt sie, holt das Tütchen wieder raus und sieht noch einmal rein.

«Sieht wirklich gut aus, oder was sagst du?»

«Ich weiß nicht», sagt Imke. «Ich kenn mich da nicht aus. Hab noch nie gekifft.»

Elisabeth zuckt mit den Schultern. «Muss man auch nicht.»

«Ich würd's aber», sagt Imke schnell.

Auf dem Hein-Köllsch-Platz sitzt eine alte Frau in Lumpen auf einer Bierkiste, fuchtelt mit den Armen und kreischt: «Geht weg! Geht weg! Scheiß Bullen!»

Ein vorbeilaufender Polizist bleibt abrupt vor ihr stehen und starrt sie an. Ein anderer, hinter ihm, reißt ihn am Arm weiter mit. Von irgendwoher taucht eine Gruppe Schwarzvermummter auf und wirft halbvolle Bierflaschen auf die Polizisten, das Bier spritzt, die Flaschen gehen auf dem Pflaster zu Bruch, Scherben springen, Gebrüll, die alte Frau steht auf, weißlich gelbes Haar fällt ihr ins Gesicht, sie trampelt mit den Füßen, wie eine Beschwörerin, und schreit, als müsse sie sterben, die Hände von sich gestreckt: «Geht weg! Geht weg!»

Die Polizisten sehen sich nach allen Seiten um und laufen dann im müden Gleichschritt hinter den Schwarzen her, viel zu langsam, pflichtbewusst. Aus einem Lautsprecher auf einem Fensterbrett singt in allerlautester Lautstärke Helene Fischer über den ganzen Hein-Köllsch-Platz:

Die Hölle morgen früh ist mir egal
Egal, wie oft ich noch zu Boden knall
Für eine Nacht mit dir allein im Himmel
Mit dir allein im Himmel
Sterb ich noch tausend Mal

Imke und Elisabeth überqueren die Reeperbahn, die fast so aussieht wie immer am Samstagabend, viele aufgebrachte Leute, nur weniger als sonst und nicht betrunken; und überall Polizisten. Sie laufen die Große Freiheit hoch, ein paar Prostituierte haben ihr Oberteil ausgezogen und recken schmolllippig ihre Brüste Fotografen entgegen. Ein goldbetresster Weißhaariger spricht stakkatohaft in sein Handy. Aus einer Tür dringen karibische Klänge. Am Brunnenhof kommt ihnen eine ganze Menge Polizisten entgegengerannt, in gleichmäßiger Reihe wie Soldaten im Krieg. Während zwei kleine Jungs in gefleckten Tarnhosen mit offenen Mündern am Zaun stehen und mit dem Handy filmen. «Boah!», schreit der Kleinere, und es klingt, als wollte er weinen. Dann schlagen sie sich gegenseitig auf die Oberarme und treten sich mit den Füßen. Am Himmel knattern unzählige Hubschrauber. Sirenen und fernes Geschrei. Kleinere Gruppen von Jugendlichen schlendern herum, johlen, trinken Bier und werfen die leeren Flaschen gegen Hauswände.

Dann, in der Otzenstraße, fällt endlich die Haustür hinter ihnen zu. In der Wohnung ist es ruhig, und es duftet nach Minze, die in Bündeln zum Trocknen im Flur hängt. Elisabeth legt eine Platte auf.

«Elvis», sagt sie, «das beruhigt.»

Sie öffnet eine Flasche Rotwein und gießt zwei Gläser ein.

«So eine Scheiße!», sagt sie und schüttelt den Kopf. Dann holt sie das Gras heraus, schüttet etwas auf ein metallenes Tablett und betrachtet es.

Blue moon
You saw me standing alone
Without a dream in my heart
Without a love of my own.

Imke liest Elisabeth eine Nachricht von Paul vor: *Seid ihr OK? Bin in St. Georg. Macht euch keine Sorgen. Morgen bin ich wieder draußen.* ♥ *Paul*

Imke ruft ihn sofort an.

«Wir sind okay, Paul. Wir sitzen hier, bei Elisabeth ...»

«Was hört ihr da?»

«Elvis. Wie geht's dir?», fragt Elisabeth, Imke hat das Handy laut gestellt.

«Na ja, der Kopf tut weh.»

«Sollen wir vorbeikommen?», fragt Imke.

«Ne, lass mal. Morgen bin ich wieder draußen.»

«Gut.»

«Ich liebe dich.»

«Ich dich», sagt Imke.

«Ich dich», äfft Elisabeth nach. «Ich dich, ich dich, ich dich, Schnuckihasi.»

Sorgfältig baut sie einen Joint.

«Jetzt?»

Imke nickt.

«Erst mal ganz sachte ziehen, wenn du's nicht gewohnt bist.»

Eine Weile später liegen sie auf dem Sofa, hören immer noch Elvis und sprechen nicht. Irgendwann kichert Imke.

«Ich finde es so schön hier.»

«Ja?»

«Wirklich total schön. Ich würde auch gerne hier wohnen, genau hier.»

Elisabeth zuckt mit den Schultern.

«Jenny zieht wahrscheinlich aus.»

«Wirklich?»

«Du hast doch 'ne super Bude. Super Eltern.»

«So super sind sie nicht.»

«Klar sind sie super. Was stellst du dir denn vor?»

«Ich stelle mir vor ...» Sie überlegt, weiß aber gar nichts. Sie redet ins Blaue hinein: «Dass sie anders wären, also für sich, meine ich, nicht für mich. Dass sie anders leben würden. Sie sind irgendwie eingeschrumpelt. Ich glaube, sie sind nicht glücklich, wie es jetzt ist. Sie machen ihre Arbeit, gehen nach Hause, und jetzt haben sie dann noch ihre Affären.»

«Sie haben Affären?»

«Ja. Mein Vater doch mit Frau Börner, ne. Und meine Mutter hat da auch irgend so einen Spinner, glaub ich.»

Elisabeth lacht. Imke lacht mit. Eine Weile lachen sie.

«Wenn ich mir vorstelle, dass dein Vater mit der Börner ...» Sie lachen.

«Die ist so korrekt. Man kann sich kaum vorstellen, dass ... die bumsen.»

«Das will ich mir wirklich nicht vorstellen.»

«Na ja, eigentlich gibt's da ja nichts gegen zu sagen.»

Sie schweigen.

«Ich hätte vielleicht auch mal gerne jemanden.»

«Du?»

«Ich find's schön, wie du mit Paul, wie ihr zusammen seid.»

«Das hätte ich irgendwie gar nicht von dir gedacht.»

«Ich sehne mich nach Liebe», sagt Elisabeth, und dann liegen sie beide vor Lachen auf dem Sofa langgestreckt. Imkes Rippen tun weh, so heftig schüttelt dieses Lachen sie durch, Tränen laufen ihr aus den Augen.

«Warst du schon mal verliebt?», fragt Imke dann, nach einer Weile.

«Öfter», sagt Elisabeth. «Manchmal Frau, manchmal Mann.»

Irgendwann ist es Nacht. Der Rotwein ist alle. Im Fernseher läuft ganz leise ein Film, von dem sie nichts mitbekommen. Immer noch dringt das Rattern der Hubschrauber zu ihnen herein, immer noch Geschrei, immer noch Gelaufe in den Straßen.

«Weißt du immer, ob das alles richtig ist, was wir machen?», fragt Imke.

«Woher soll man das wissen?»

«Ich meine, wir haben doch drüber geredet. Wir haben uns doch vorbereitet. Und wir wissen doch, warum wir heute da waren. Warum wir morgen zur Schülerdemo gehen und zu den Blockaden. Wir haben doch unsere Gründe, oder?»

«Jo», sagt Elisabeth. Sie liegen sich auf dem Sofa gegenüber, die Beine aufgestellt, die Füße ineinander.

«Aber kann es trotzdem sein, dass wir was Falsches machen, dass wir uns einfach was Falsches gedacht haben?»

«Du bist echt immer am Zweifeln, was?»

«Ich weiß. Das macht mich fertig. Dass ich nie ganz für

irgendwas sein kann, weil ich mich immer frage, ob es wirklich richtig ist. Aber wenn man sich das immer fragt, wenn man sich für gar nichts entscheidet, dann macht man auch gar nichts, oder? Dann macht man doch nie irgendwas, nur die anderen machen was, und die sind dann die Bestimmer, oder?»

«Ich sag mal so, bei dem, was heute passiert ist, mit Paul, was soll da dran zweifelhaft sein? Paul ist echt ein friedlicher Typ, der überlegt sich alles hundertmal, und dann wollen irgendwelche Kriegerbullen ihren Frust loswerden. Er hat ja nur Leuten geholfen, sich in Sicherheit zu bringen, das ist doch kein Verbrechen, oder? Und da kriegt er dann was auf die Birne? Ist daran irgendwas unklar, Immi?»

«Ja, ja, aber ich meine alles. Was soll man denn machen, damit sich was ändert? Damit die Staatschefs ihre Politik ändern? Unsere Demos interessieren die doch nicht. Niemanden interessiert das, das ist doch das Problem. Während wir mit den Bullen kämpfen, hören die sich schön Musik in der Elbphilharmonie an, die kriegen uns gar nicht mit. Und was bringt es dann, uns und wem überhaupt?»

«Das hättest du vielleicht vorher mal fragen sollen.»

Imke zuckt mit den Schultern. Sie hat sich das noch nie so deutlich gemacht.

«Hör mal zu», sagt Elisabeth und rutscht im Sofa höher. Sie faltet die Hände und sieht Imke an. «Wir gehen auf die Straße, um denen zu zeigen, dass wir nicht einverstanden sind, okay? Das ist alles. Wir sind mit dieser ganzen Scheiße nicht einverstanden. Was das bringt? Dass sie es hören. Dass sie es merken, weil sie ihre ganze Bullenarmee hinschicken müssen. Weil ihre sauberen Straßen schmutzig werden, weil es brennt und knallt, daran merken sie es. Dass sie es wissen, weil wir es ihnen sagen, das ist das allerwenigste, was wir tun können. Ansonsten musst du halt wählen gehen.»

Imke entfleucht ein klitzekleines Lachen, ein Kicksen, wie von einem Baby.

«Und mehr kann man nicht machen?»

«Heute gerade nicht. Geh in die Politik!»

«Es gab einen Alternativgipfel, auf Kampnagel. Vielleicht hätten wir da hingehen sollen?»

«Vielleicht. Da reden Leute mit Leuten, und die haben vielleicht recht, aber sie haben auch nichts zu sagen in dieser Welt und sind mehr oder weniger einer Meinung.»

«Es ist alles so schwierig. Man muss sich so viel informieren.»

«Das ist die Scheiße.»

BAO Michel. Der bisher größte Einsatz in der Geschichte der Hamburger Polizei. Er sieht sich Sachen an, auf Facebook, Youtube, Twitter, es macht ihn fertig, sie schicken sich untereinander Links, sie sehen sich an, was sie so nicht gesehen hatten. Und er sucht abends auf seinem Bett danach, wenn er eigentlich schlafen sollte, aber nicht kann, dann sucht er nach allem, was er dazu findet, und es regt ihn auf. Simon ruft ihn nachts noch an, wegen Sachen, die ihn nicht interessieren, aber er hört ihm zu, denn Simon ist auf eine andere Art aufgeregt als er. Simon ist zu einer Art Kämpfer geworden, zum Beschützer seiner Gruppe, auch von ihm. Simon würde am liebsten die Truppe oder gleich die ganze Hundertschaft übernehmen und zu einem sicheren Sieg führen, mit ganz anderen Mitteln, als die sie haben. Simon ist immer wieder außer sich. Sie haben für G20 eine Fibel bekommen wie Erstklässler, da stehen Sachen drin wie: *Jede Polizeibeamtin und jeder Polizeibeamte leistet durch ihr/sein tadelloses Auftreten einen wichtigen Beitrag zum Gesamterfolg.* Dieses Buch steht jetzt in seinem Regal, aber es gefällt ihm, anders als die anderen Polizeibücher dort, nicht. Es scheint ihm eine Art Verarschung zu sein.

Die anderen, die Demonstranten, die Zecken, sie sind so viele, sie sind überall, sie sind jung und stark und frei. Sie sind nicht so aufgeturtlet, tragen nicht zwanzig Kilogramm Ausrüstung mit sich herum, Sturmmaske und Helm, kein Schweiß läuft ihnen übers Gesicht, es juckt sie nicht überall, hinter dem Ohr, am Kragen, am Bauch, überall, wo die Schweißrinnsale laufen. Wenn die nicht wären, dann würden sie nicht schwitzen, nicht laufen müssen. Die Zecken haben nur kleine Rucksäcke dabei und können sich jederzeit umziehen, einfach so, ruck, zuck, und sind nicht mehr schwarzer Block, sondern bunt. Sie sind Studenten der Literatur oder von was anderem, das man nicht braucht, und fühlen sich toll dabei, fühlen sich als was Besseres. Studieren irgendwas oder singen in Bands, und ein Teil von denen macht gar nichts. Sie glauben alle gerne, dass diese Ungewaschenen einfach gar nichts machen, außer sich mit ihm und seinen Kameraden zu schlagen. Hauptberuflich. Nichts sind sie, wertlos, nutzlos, und werden noch hofiert, von der Presse, den Politikern, die lieben doch diese ungewaschenen Kids, die kommen doch auch aus reichen Elternhäusern, Lehrerkinder oder was. Fühlen sich gut dabei, wenn sie die Helden spielen.

Er weiß irgendwie, dass das Unsinn ist. Es tut einfach

gut, sich in diesen Gedanken niederzulassen. Die Rufe hat er geschluckt. Sie rufen irgendwas, er hört gar nicht hin, das meiste kennt er, von anderen Anlässen. Aber wie sie hier auftreten, so unglaublich gut organisiert. So flink. So geschmeidig. Während er mit den Kollegen einen Körper bildet, eine Kette, die sich auf Anweisung bewegt. Schwerfällig sind sie, müde und erschöpft sowieso.

Mira ist schon ganz fertig. Die Frauen stören, die müssen zusätzlich noch beschützt werden. Aber auch das stimmt nicht. Sie denken es alle, aber die Frauen sind nicht erschöpfter als die Männer, es gibt solche und solche, wie unter den Männern.

«Geht's? Geht's?», fragt Simon sie immer wieder.

Und dann das Wasser. Sie kriegen es in den Rücken, werden ganz nass. Erst ist es eine Abkühlung, aber dann ist es demütigend, das Wasser macht die schweren Sachen noch viel schwerer. Denen macht das nicht viel aus, mit ihren T-Shirts, die sie sich ausziehen und schwenken wie nasse Lappen, denen tut es vielleicht noch gut in der verdammten Hitze, aber seine Stiefel sind voll mit Wasser, es quietscht beim Laufen, verdammt!

«Verdammt», schreit Simon, «Idiot!»

Er meint den im Wasserwerfer. Kann er nicht zielen? Aber wie soll er zielen? Überall sind alle. Und eben auch Kollegen.

Sie sind nass, sie können nicht pinkeln. Je nässer er ist, umso größer ist die Versuchung. Der Druck auf der Blase. Dabei immer wieder laufen.

«Stellungswechsel!»

Immer wieder Stellungswechsel. Chaotisch kommt ihm das vor. Aber es gibt keine klaren Bewegungen mehr.

Sie sollen andauernd irgendwo anders hin. Hierhin, dahin, sie stöhnen, sie sind verzweifelt, Stellungswechsel, Stellungwechsel, aber sie müssen. Das haben sie gelernt, jetzt ist es echt, das hat es ja noch nicht gegeben, so einen Gipfel, solche Dimensionen. Dieser Gedanke hat ihm auch immer Mut gemacht, Kraft gegeben. Wenn es das ist, was er lernen muss, dann lernt er es eben. Das haben ja alle vor ihm auch gelernt. Das muss man eben aushalten. Das ist die Anforderung.

«Idiot!», schreit Simon wieder den Wasserwerfer an.

Das sollte er nicht. Er denkt an die Kameraden, aber das ist der im Wasserwerfer auch. Man beschimpft nicht Kollegen.

«Mann, ich kann wirklich nicht mehr», wiederholt sich Mira.

Das denken sie alle, aber auch wieder nicht, weil sie es gar nicht dürfen. Es ist nicht hilfreich, es bringt nichts. *Ich muss*, muss man denken. Du musst eben.

«Geht's?», fragt Simon.

«Geht schon», sagt Mira.

Er nimmt einen Steinewerfer aus einer Gruppe heraus fest. Das ist sehr schwer, weil die anderen sie daran zu hindern suchen. Aber sie haben es geübt, er hat sich auf diesen Jungen festgelegt, er hat doch genau gesehen, dass er es war, oder nicht? Er ist sich ziemlich sicher, lässt sich nicht beirren, er geht auf ihn los, bringt ihn zu Boden, sehr schnell geht das, wie geübt, er fixiert ihn, zieht die Schnellfessel aus dem Gürtel und bindet ihm die Hände. Mit Bramke trägt er ihn raus.

Stöhnen immer und brüllen rum, diese Burschen, wie beim Fußball, Simulanten!, und die Presse hält immer gleich drauf, aber die anderen stellen sich drum herum, damit die Presse nichts zu filmen hat, auch das ist geübt. Man muss denen ja nichts auf dem Tablett servieren. Der Gefangenentransporter ist schon voll, sie müssen einen Moment warten, ein anderer ist auf dem Weg durch die Menschen, «Geht's?», fragt er den Gefangenen spontan, den Steinewerfer, aus einem Impuls heraus, weil sich da ein Vakuum auftut, plötzlich, zwischen dem Gefangenen und ihm, der Gefangene sieht ihm sogar ein bisschen ähnlich, aber der sieht durch ihn hindurch, antwortet ihm nicht, als wäre er irgendwie im Recht mit seiner Steinewerferei. Das ist das Schlimmste, dass sie sich noch im Recht fühlen, ganz stur.

Er schreibt seinen Kurzbericht, immer das Gleiche, immer die gleichen Formeln, dann ein Foto, Gefangener und Polizist, dann ab mit ihm. Aber sie müssen noch warten.

Er sieht auf die Hände des Gefangenen, man muss aufpassen, dass man, im Eifer des Gefechts, die Schnellfessel nicht zu eng anzieht, die Hände können dick werden, schlimme Sachen können da passieren, und das will man ja nicht. Er will das jedenfalls nicht, bei Bramke ist er sich da nicht so sicher. Bramke schätzt so ein bisschen Härte, aber ein bisschen Härte kann leicht zu viel sein. Da muss man aufpassen. Das sagt auch Simon immer. Simon mag das auch nicht, wenn einer so drauf ist wie Bramke, ein bisschen sadistisch schon fast.

Er soll's besser sexuell ausleben, hat Simon gesagt, und sie haben beide gelacht.

«Schön einsteigen», sagt der Kollege vom Gefangenentransporter. Dann sind sie ihn los, den stummen Steinewerfer.

Und dann sind da die Sachsen, die Berliner, die Bayern und die Österreicher, die kennen sich nicht aus. Die haben sich schon im Vorfeld ein paar Sachen geleistet, aus Unkenntnis. Die sind einfach drauflos, denken vielleicht, sie können es denen in Hamburg mal zeigen. Welche von den Berlinern haben es in Bad Segeberg ein bisschen knallen lassen und sind von Dudde gleich wieder nach Hause geschickt worden. Öffentlich vögeln und pissen, für sowas hat er nur Verachtung übrig. Trinken dürfen sie sowieso nicht, absolutes Alkoholverbot, eigentlich immer, während des Gipfels unbedingt. Er findet sowas widerlich, Simon auch. *Prollbuletten.*

Steine fliegen. Flaschen. Im Schanzenviertel wird der Aufstand geprobt. Sie ziehen tatsächlich Verkehrsschilder aus dem Boden, zu dritt, zu viert, und hebeln damit Steine heraus. Steine, mit denen sie sie bewerfen wollen. Sie. Ihn. Bullenschweine. Er ist ein Bullenschwein. Seine Oberlippe zuckt.

«WIR SIND FRIEDLICH, WAS SEID IHR? WIR SIND FRIEDLICH, WAS SEID IHR?»

So etwas rufen sie, friedlich, zum Lachen ist das.

«GANZ HAMBURG – HASST DIE POLIZEI! GANZ HAMBURG – HASST DIE POLIZEI! GANZ HAMBURG – HASST DIE POLIZEI!»

Trotz allem oder gerade deshalb funktioniert er. Er leistet sich kein falsches Wort. Er hat es alles ja geübt. Er funktioniert, als liefe er durch einen Film oder ein Computerspiel, man darf keinen Fehler machen, das ist die Aufgabe, so geht es, er ist vielleicht nass, und sie schreien ihn an, aber er funktioniert. Er ist stark. Er ist geübt. Er sagt es sich immer wieder vor, wie ein Mantra, es geht schon. Immer wieder, wenn jemand fragt, selbst wenn Simon ihm auf die Nerven geht, es geht schon. Er ist nicht am Ende. So schlimm kann es gar nicht kommen, dass er am Ende wäre. Und vielleicht, im Gegensatz zu den anderen, sieht er in ihnen, in der Masse von Wütenden, auch Imke.

Er sieht sie die ganze Zeit, sieht sie, wenn sie ihn anschreien, sieht sie, wenn sie ihn anrempeln, er sieht sie, wenn sie gegen die Demonstranten vorgehen, gegen den schwarzen Block. Sie gehört doch nicht zum schwarzen Block? Nein, das glaubt er nicht. Aber dann, vor den Schwarzen, da sieht er sie auch dort. Es sind ja auch kleine Mädchen dabei. Sie sind alle Imke. Sie sind seine Schwester. Sie sind seine Schwester, und sie hassen ihn.

Manchmal wünscht er sich, die Dinge würden anders laufen. Manchmal hätte er gerne die Befehlsgewalt. Er würde Dinge anders entscheiden. Er schüttelt den Kopf über manche Entscheidungen. *Die sind nicht ganz dicht*, sagt Simon, *die sollten selber mal hier sein*. Hartmut Dudde, er hasst ihn, mehr als den Schwarzen Block. Aber das sagt er niemandem. Es gibt welche, die verehren ihn, für seinen Stil. Bramke findet, dass Dudde Charisma hat. *Nur so kannst du was werden. Auf die harte Tour. Der weiß genau, was er tut. Dem ist egal, was die anderen sagen. Ein ganz harter Hund. Darum wird der auch angefeindet. Leute, die ihren Stil durchziehen, werden immer angefeindet. Normal.*

Am Hein-Köllsch beschimpft ihn eine alte Frau. Für einen Moment ist er entsetzt. Er hat der Frau nichts getan. Er möchte ihr gern sagen, dass er sich sehr um seine Oma kümmert. Dann zieht ihn Simon mit. Zecken werfen halbvolle Bierflaschen auf sie. Sie müssen hinterher. Aber sie kriegen sie sowieso nicht. Sie wissen es, aber sie müssen laufen.

Und dann ziehen sie sich endlich zurück, dürfen zum Feierabend, nach achtzehn Stunden im Dienst, dynamische Lage, andere waren schon länger im Dienst, achtzehn Stunden sind lang, aber keiner ist verletzt, da können sie schon froh sein, so reden sie miteinander, sie können auch froh sein, dass sie meistens in der zweiten Reihe waren, nur manchmal mussten sie die Tonkas schwingen. Sie sind schon fast am Wagen, da kommt ihnen ein Junge in die Quere. Ein dünner Rothaariger, grinsend, mit großen Schneidezähnen und Sommersprossen, in grüner Trainingsjacke und mit einem Rucksack. Zwischen den ganzen Polizisten bummelt der sorglos herum. Zwischen Polizisten, die nach Hause wollen, nach Hause fahren, erschöpft, schon ein wenig erschlafft, vielleicht haben sie die innere Disziplin schon weggepackt. Da verpasst Simon, im Vorbeigehen, diesem Jungen eine, vielleicht hat der Junge etwas gesagt, etwas Freches, und der Junge geht gleich zu Boden, und dann tritt Simon noch nach, mit dem Stiefel in seinen Bauch, einfach so, er tritt ein paar Mal, bis Alexander ihn am Arm wegreißt.

«Bist du denn komplett bescheuert?»

Der Junge liegt zusammengekringelt auf der Erde und hustet. Alexander beugt sich über ihn. Der Junge stöhnt.

«Kommt jetzt!»

Die Gruppe muss zusammenbleiben. Der Zug will nach Hause, will nicht auf eine Gruppe warten. Er läuft hinter den anderen her. Bis hierhin lief doch alles, es war schwer, aber es lief. Aber das? Das versaut ihm wirklich den Tag.

«Warum hast du das gemacht?», fragt er Simon, als sie fahren.

«Hat er was gemacht?», sagt Brahmke.

«Hat einer was gesehen, was Simon gemacht haben soll?», fragt Ronny.

Simon sieht ihn an. Er zuckt mit den Schultern.

«Belaste mich jetzt nicht», sagt er.

«Ich belaste dich nicht. Keine Angst. Ich hab mich nur gefragt ...»

«Du sollst dich halt nicht fragen, okay?», sagt Kevin Feldt.

«Was war denn?», fragt Mira, die es vermutlich wirklich nicht gesehen hat.

«Nichts war», sagt Ronny. «Und jetzt halten alle mal ihre Fresse!»

Sie schweigen. Das Schweigen stinkt. Es sind die Körper, der Schweiß.

Bist du hier, weil du sehen willst, was passiert, oder wegen mir?», fragt Ronald Park. Er sitzt auf seinem Sofa, die Hände zwischen den Knien gefaltet. Er hat eben geduscht, seine Haare sind noch nass, sein Laptop steht aufgeklappt auf einem Stapel von Zeitschriften und Zeitungen. Sein weißes T-Shirt ist nass, weil er sich nicht ordentlich abgetrocknet hat.

«Wegen dir.»

Ronald lächelt müde. Ein nächster Blick zum Laptop, wo er die Nachrichten überwacht, Twitter, Facebook, die Live-Ticker verschiedener Zeitungen. Er zieht hektisch die Nase hoch und zwinkert mit den Augen.

«Und weil ich sehen will, was passiert. Bei uns passiert nichts», sie legt ihre Hand auf seinen Oberschenkel, damit er sich mehr auf sie konzentriert, «als wohnte man in einer anderen Stadt. Was hier los ist, man kann es sich kaum vorstellen, und es ist keiner zu Hause, alle sind unterwegs, abgesehen von Helga natürlich.»

«Weißt du», Ronald scrollt sich nach oben, «das ist überall so. Die meisten Menschen wohnen so. In Poppenbüttel kriegen sie auch kaum was mit, es ist ja nur hier so extrem.»

«Wohnst du schon lange hier?»

Er lehnt sich zurück. «Wir sind vierundachtzig hergezogen, weil die Wohnung günstig war. Es war zentral, das hat uns gefallen. Nicht weit zur Werkstatt. Es war ruhig hier, es war ganz anders als jetzt. Ich habe manchmal überlegt, wegzuziehen, aber die Miete geht noch, und ich weiß gar nicht, wo ich hin sollte. Ich bin jetzt hier zu Hause, und ich hoffe, dass es sich auch mal alles wieder beruhigt, dass die Kids einen anderen Stadtteil entdecken. Die sind ja immer die Letzten, die irgendwo aufschlagen, erst die Studenten, dann die Werber, zum Schluss die Kids, wie Heuschrecken fallen sie hier am Wochenende ein, unter der Woche auch schon, Fünfzehnjährige aus den Vororten, die erhoffen sich irgendwas, und was finden sie dann? Sich. Nur solche wie sie selbst. Muss enttäuschend sein. Stehen in Rudeln rum und fotografieren sich. Sowas macht einen Stadtteil unattraktiv, die Leute ziehen mittlerweile nach Wilhelmsburg, auf die Veddel, nach Hasselbrook, zwischen die Büros und die Fabriken, da ist Platz, da ist Luft, und da ist es *dirty*, da gehen die Mieten noch, da wollen die Studenten jetzt hin. Und in ein paar Jahren hängen die Kids dann da rum. Da warte ich drauf. Bis dahin heißt es abwarten. Meine Miete kann auch nicht endlos steigen. Ich bin beim Mieterverein, ich lasse mir nicht alles gefallen. Im Übrigen ist es ’ne schöne Wohnung, oder? Ich finde sie schön, bin zufrieden. Wir haben ja zu viert hier gewohnt, aber jetzt wohne ich auch gerne allein hier. Ich habe gerne Platz.»

«Ja, ist schön, klar.»

Sie selbst hat mal ein halbes Jahr in der Oelkersallee gewohnt, bei Wilpert Tietsch, der Musik studiert hat. Das war dreiundneunzig oder vierundneunzig, da verkauften Dealer Drogen auf der Straße, und es gab keine Boutiquen. Es gab die Rote Flora und die Daniela Bar.

«Na ja, in Marienthal ist es auch schön. Ruhig jedenfalls. Und die Bäume. Die Natur fehlt mir hier.»

«Ruhig ja. Das alte Haus ist schön. Aber jetzt ... Es ist ja nicht mein Haus. Ich habe immer gedacht, dass es mein Haus ist, es hat sich einfach so angefühlt. Aber jetzt. Ich weiß es nicht.»

Draußen explodiert etwas. Geschrei.

«Ist es denn nicht auch zur Hälfte dein Haus?»

«Es gehört Helga. Und wenn sie tot ist, dann erben die Brüder zusammen, und Thomas muss die anderen wohl auszahlen. Und dann? Vielleicht ziehen wir dann weg. Also, Quatsch, was rede ich? *Ich* ziehe dann weg.»

«Sagt sie, dass du ausziehen sollst?»

«Überhaupt nicht. Sie wäre unglücklich, wenn ich es täte. Sie will ja, dass wir alle bleiben. Sie steht, im Moment, zu mir. Obwohl es diese ... Fronten ... eigentlich gar nicht gibt. Sie sieht es nur so. Thomas auf der einen Seite, ich auf der anderen. Und sie ist jetzt auf meiner Seite. Ich soll übrigens dankbar dafür sein. Sie denkt, ich wäre ein Opfer. Ich bin in ihren Augen die verlassene und betrogene Frau.»

«Das bist du doch.»

«Es ist ...»

Ein Schuss.

«Schießen sie jetzt etwa, die Idioten?», sagt Ronald.

«Es ist ganz anders», redet sie weiter. «Es ist einfach passiert. Ich meine, vorher schon. Wir haben es wahrscheinlich einfach nicht gemerkt. Es war nett, in dem alten Haus, es gab auch keinen Streit. Aber etwas ist passiert, still und unbemerkt. So ist das. Es ist passiert, bevor Thomas diese Frau kennengelernt hat. Ich denke, ich habe es schon gewusst, beide haben wir es gewusst, aber wir wollten es nicht wissen. Verstehst du? Wir hatten es gut. Und auch nicht. Denn wir waren nicht ehrlich. Ja. Wir haben uns verraten, weil wir nicht mehr ehrlich miteinander waren.»

Ronald lacht.

«Ist das dein Ernst? Meinst du wirklich, dass Ehrlichkeit die Beziehung zusammenhält?»

Sie nickt.

«Ich bin überzeugt ...», er liest etwas auf seinem Laptop: *«Ein Polizeibeamter wurde im Schanzenviertel massiv von Gewalttätern angegriffen und gab einen Warnschuss ab.* Twittert die Polizei.»

«Wovon bist du überzeugt?»

«Ich glaube», sagt Ronald, «die meisten Beziehungen vertragen nur sehr wenig Ehrlichkeit. Wenn du deinem Partner sagst, was dich an ihm anzieht, dann ist das gut für die Liebe, wenn du ihm aber sagst, was dich abstößt, dann ist es eine Katastrophe. Verkneif es dir. Das ist meine Meinung.»

«Nicht sehr romantisch.»

«Doch. Es ist das Romantischste überhaupt, seinen Partner auszuhalten.»

Natascha lacht. Sie streicht ihre Haare hinter das Ohr.

Sie schlägt ihre Beine über. Auf dem Wohnzimmertisch stehen Nüsse. Sie knabbert eine. Sie hätte gern ein Glas Wein, aber sie trinken immer, werden immer betrunken, wenn sie zusammen sind. Sofort gibt es schlechte Gewohnheiten. Kaum fängt es an, muss man Details korrigieren. Sie seufzt.

«Ich finde, du bist sehr großzügig, dass du es dir so erklärst, mit Thomas' Weggang. Sehr erwachsen», sagt Ronald und legt seine Hand auf die ihre.

Sie schnieft.

«So bin ich, nicht wahr? Ich bin siebenundvierzig.»

Sie küssen sich ein bisschen länger. Und auch das gibt es jetzt schon, diese Routine bei ihren Treffen – normalerweise würden sie jetzt gleich miteinander schlafen. Aber draußen wird es so laut, dass sie auf den Balkon gehen.

«Das war abzusehen, nach gestern», sagt Ronald. Unter ihnen tobt die Welt. Sie reißen Bretter von vernagelten Schaufenstern, rennen damit weiter. Polizisten laufen hinterher, im Zickzack, verfolgen, geben es auf, laufen, Gebrüll, Vermummte, kleine Jungs und große Jungs, mit nackten Oberkörpern, Tüchern vor dem Mund, kräftige und zarte, wilde und zögerliche, die Hände hochgereckt, Flaschen in der Hand, stemmen Steine aus dem Boden, ein paar Mädchen sind auch dabei, Rumsteher, Glotzer, so wie sie, bei der Roten Flora scheint es zu brennen, Qualm steigt in den Abendhimmel. Böller, Wasserwerfer, Pflastersteine.

«Und das war auch abzusehen.»

«Wie die Bilder», sagt Natascha irgendwann. «Horace Vernet, die Französische Revolution, Delacroix, die Auflösung, das Kleinteilige, Verrückte, Wahnsinnige von Bruegel und Bosch.»

«Du kannst in dem hier noch was Schönes sehen?»

«Das Feuer, die Wut, die verzerrten Gesichter, und ihre Posen, wie sie die Fäuste recken, wie sie sich inszenieren, als würden sie in den Kampf ziehen. Und auf der anderen Seite die Rumstehenden, die Äugenden. Wenn du es dir genau ansiehst, dann hat jede Figur auf diesem Spielfeld eine andere Position, eine eigene Meinung dazu.»

«Sind die bescheuert, da?», schreit Ronald.

«Wie sollte man das jemandem erzählen, was hier passiert? Man müsste jede einzelne Geschichte jedes einzelnen Menschen erzählen. Es wäre besser, wenn es ein Bild wäre, aber das müsste ein sehr, sehr guter Maler malen. Kennst du die Bilder von Pieter Bruegel? Die kann man sich wochenlang ansehen, jede Figur erzählt eine Geschichte, alles ist Handlung und doch starr. Es ist, als ob sie alle erstarrt sind, damit er sie malen kann, und nichts ist ihm zu klein, zu abstoßend, zu widerlich, zu unwichtig, genau das interessiert ihn, das Normale interessiert ihn nicht, vielleicht gab es das zu seiner Zeit auch gar nicht, diese Zeit war ja gewalttätig und abartig, aber bei alldem schön. Alles zusammen ergibt die schreckliche Schönheit des Lebens. Siehst du das?»

«Bist du verrückt, Natascha?»

Sie lächelt. «Vielleicht. Aber es passiert doch so selten etwas, findest du nicht? Es ist alles ohne Dramatik und Leidenschaft, alles wird vernünftig angegangen in unseren Leben. Nichts, was uns wirklich erregt. Keine Dynamik als die der Arbeitswelt und des Straßenverkehrs, keine wirkliche Erregtheit, kein wirkliches Leben. Es wird alles von jemandem gesteuert, nicht von uns, unseren Gefühlen, wir laufen nur in diesen Bahnen, wie auf Schienen, das ist das Problem. Es gibt keinen gerechten

Aufruhr, und dabei sollte es ihn geben, denn es gibt so viel Ungerechtigkeit, denk doch an die Ertrinkenden im Mittelmeer, aber wir machen einfach so weiter, weil wir ja nicht ertrinken. Ich überlege seit Wochen, ob ich vielleicht meine Haare abschneiden soll, aber ich kann mich einfach nicht entscheiden, das sind so meine Probleme.»

«Wünschst du dir das etwa? Echte Dramatik? Siehst du nicht, was hier passiert, die zünden alles an, die bringen noch jemanden um, es kann Tote geben, Natascha!» Seine Stimme vibriert, als wäre er ein alter Mann, der er bald sein wird. Man muss sich sehr gut überlegen, ob man sich im mittleren Alter noch an einen Mann bindet, der mit dem Altwerden schon begonnen hat.

«Nein, natürlich wünsche ich mir das nicht. Aber ...»

«Da gibt es kein Aber.»

«Ronald, es *gibt* schon Tote, das dürfen wir nicht vergessen. Sie ertrinken vor unserer Haustür, still und von uns unbemerkt gehen sie drauf, so viele verhungern, und dann die ganzen Kriege. Vielleicht sind wir nicht dafür verantwortlich, vielleicht aber doch. So sehe ich das, ich kann nicht anders. Kommt bestimmt vom Beruf. Ich betrachte die Dinge gerne auch als Bild und in einem größeren Zusammenhang.»

Ronald öffnet eine Flasche Rum. Er gießt in zwei breite, flache Gläser ein. Sie trinken rasch. Immer wieder müssen sie rausgehen und gucken. Der Apple-Laden wurde geplündert, der Rewe und der Budnikowsky, hat Ronald aus dem Internet erfahren. Sie lesen viel im Internet, und vom Balkon aus sehen sie die Leute mit den Mac-Books herumtanzen.

«Geiz ist geil», sagt Ronald.

«Sommerschlussverkauf. Die Preise purzeln», sagt Natascha.

«Und wenn wir sterben? Wenn unser Haus abbrennt, das ganze Viertel?»

Natascha zuckt mit den Schultern. Sie legt sich auf das Sofa und ihren Kopf in seinen Schoß. Er streichelt sie.

«Alexander steht heute an einem Hotel, das ist nicht so schlimm, sagt er, und Imke ist bei ihrem Freund im Krankenhaus, ich hoffe, sie fährt danach nach Hause. Ich weiß gar nicht mehr, was sie macht, wo sie ist, ich habe ihren Freund noch nie gesehen, und ich schreibe ihr immerzu Nachrichten, aber sie antwortet selten, sie ist irgendwie ganz woanders.»

«Sie hat nicht überall Empfang.»

«Das weiß ich, aber ich denke, sie will auch einfach nicht. Sie will ihr eigenes Leben leben. Zu spät fängt sie damit jedenfalls nicht an.»

Im Haus gegenüber schreien Leute um Hilfe. Andere kommen und löschen das Feuer am Eingang mit Wassereimern. Ronald ruft bei der Polizei an, dann bei der Feuerwehr.

«Wo bleiben die denn?» Ronald kratzt sich am Kopf. «Die fackeln hier alles ab, und keinen schert es.»

«Ich bin ganz verschwitzt», sagt Natascha, «ich gehe mal duschen.»

«Jetzt?»

«Warum nicht? Wenn wir abbrennen, dann sag mir Bescheid.»

Unter der Dusche fühlt sie sich ein bisschen besser. Sie schließt die Augen, lässt das Wasser über sich rinnen, aber durch das Rauschen hört sie Sirenen und Knallen und all die Geräusche weiter, sie setzen sich in ihrem Körper fort, wie eine gewalttätige Musik, die in sie eingedrungen ist. Sie ist jetzt genauso gereizt und hoch angespannt wie Ronald. Es wird langsam für sie alle zu viel.

Sie bleibt unter dem laufenden Wasser stehen, irgendwann stellt sie die Dusche ab und wickelt sich in seinen dunkelroten Bademantel. Barfuß und nass geht sie auf den Balkon, wo er sitzt.

«Ich weiß», sagt sie, «dass ich dadurch, dass ich die Sachen oft als Bild betrachte, auch einen Abstand wahre. Als wäre ich in einer Ausstellung. Ich weiß, das ist so eine Schutzreaktion. Die Kunst ist ja nicht dazu da, sie ist für überhaupt nichts da, wir können von der Kunst nicht erwarten, dass sie uns Antworten gibt. Sie zeigt uns nur sich selbst. Sie zeigt uns eine Farbe, Struktur, einen Ausdruck in einem Gesicht, Licht, Bewegung, Schmerz. Wenn ich das hier als Bild sehe, dann schaffe ich mir Neutralität, Abstand. Richtig?»

Sie sieht ihn jetzt erst richtig an und muss feststellen, dass er weint.

«Ronald», sie umarmt ihn. Er hängt in ihren Armen. Hilflos.

Sie zieht ihn ins Wohnzimmer.

«Ich finde nicht, dass ich abgebrüht bin», sagt sie.

Ronald gießt Rum in ihre Wassergläser.

«Ich rede vielleicht zu viel, aber ich bin aufgeregt, die Menschen reagieren nun mal verschieden. Ich mache mir Gedanken, das ist meine Art, die Dinge zu bewältigen.»

«So», sagt Ronald und schnaubt sich die Nase. «Was also denkst du über das, was dort unten passiert? Ist das noch eine politische Aktion?»

«Ja, doch, ich denke schon.»

«Meinst du, diese Kids da, die alle hergefahren sind, um ein paar Steine zu schmeißen, meinst du, die verfolgen irgendwelche Ziele?»

«Du tust richtig daran ...»

«Rede nicht so pädagogisch mit mir.»

«Du hast recht, das ist eine Angewohnheit ...»

«Du pflichtest mir immer erst bei, damit ich mich besser fühle.»

«Das tue ich nicht.»

«Das tust du. Am Anfang habe ich mich sogar besser gefühlt ...»

«Siehst du!»

«Aber jetzt sehe ich, dass es eine Masche von dir ist. Du willst mich beruhigen. Musst du aber nicht. Ich vertrage durchaus Widerworte.»

«Das weiß ich doch. Ich würde gerne jetzt mal sagen ...»

«Sag es, sag es doch einfach ...»

«Die Menschen dort unten, letztendlich sind sie alle hierhergekommen, um zu handeln. Werfen Pflastersteine auf Polizisten oder Scheiben ein, zünden Feuer an, all das. Die Schulknaben, die Muskeltypen, die Betrunkenen und die Hooligans, die sich hier, na ja, amüsieren, die wissen vielleicht nicht, was sie treibt, aber sie *haben* einen Antrieb. Sie wollen was, auch wenn sie's nicht wissen.»

«Da gehe ich mit dir mit. Und überhaupt, wissen wir, dass sie's nicht wissen?»

«Die Frage ist doch: Woher kommt der Hass?»

«Die Frage ist: Ist er berechtigt?»

Dritter Teil

Was macht ihr hier?», fragt Imke eine Frau, die ein Tuch um den Kopf gebunden hat und gelbe Gummihandschuhe trägt, in der Budapester Straße. Sie weiß es eigentlich schon. Sie haben es im Fernsehen und im Internet gesehen, die anderen angerufen und sich auf den Weg gemacht. Die Sonne scheint. Es hat gebrannt. Es ist einiges zu Bruch gegangen. Paul ist immer noch im Krankenhaus, er sieht gar nicht gut aus und hat immer noch Schmerzen. Aber nun scheint die Sonne, und da steht diese Frau mit dem Tuch – wo hat sie das gesehen? In einem Film? Im Geschichtsbuch? Trümmerfrauen? – und mit Handschuhen, gesund und schön, und da sind andere Frauen wie sie, mit Schaufeln und Säcken, und die Budapester Straße sieht sauber aus wie noch nie zuvor.

«Was soll das denn überhaupt?», fragt Imke die Frauen.

«Wir räumen auf», sagt die Frau und stützt sich auf den Besen, der aussieht wie ganz neu gekauft, aber es ist Sonntag, man kann nichts kaufen.

«Aber warum?», fragt Elisabeth. Ihr Gesicht glänzt fettig, sie hat Pickel auf der Stirn. Sie trägt Männerjeans, die zu eng sind. Sie fährt sich mit der Hand durch ihr strähniges Haar. Sie keucht. Sie hat auch im Schlaf gekeucht, nachts auf dem Sofa, gekeucht und gejapst wie ein kleiner Hund.

Die Frau sieht sie ratlos an. «Wir wollen uns das nicht gefallen lassen», sagt sie schließlich und sieht sich hilfesuchend um. «Uns alles hier zu zerstören. Wir wollten halt etwas tun. Es gab einen Aufruf. Also, was hier los war. Schrecklich.»

«Ja», sagt Imke. «Aber jetzt sieht man nicht mehr viel davon.»

Die Frau lächelt.

«Macht doch mit. Total viele Leute sind dabei.»

Imke sieht Elisabeth an. Die Jungs sind schon weitergegangen.

«Aber warum? Wofür soll das gut sein?», fragt Elisabeth.

Die Frau sieht sie erst mitleidig an, dann sagt sie streng: «Damit es sauber ist», und dreht sich weg, aber es gibt gar nichts mehr wegzuräumen oder zu putzen. Noch nie ist diese Straße so sauber gewesen.

«Warum soll es sauber sein?», fragt Elisabeth noch mal; sie ist wie ein störrisches Tier, ein Nashorn. Still und störrisch schiebt sie ihr Horn vor und wiederholt immer die gleichen Worte.

«Na, die Menschen, die hier wohnen», sagt Imke leise zu Elisabeth, «für die ist das vielleicht besser.»

«Ich wohne hier», sagt Elisabeth.

Imke zieht sie weiter. Elisabeths Augen suchen, mit stieren Blicken.

«Nichts. Nicht mal ’ne scheiß Flasche haben sie übrig gelassen.»

Sie haben Miguel und Elias eingeholt.

«Du willst ’ne Flasche, Lissi?», sagt Elias. «Schau mal.» Und er zieht eine Bierflasche aus seinem Rucksack. Eine volle Bierflasche.

«Die ist noch voll», sagt Elisabeth.

«Egal», sagt Elias. «Ich schenk sie dir.»

Elisabeth nimmt die Flasche in die Hand, sie betrachtet sie wie ein Baby, dann sieht sie sich um und schmeißt die

Flasche gegen eine Hauswand. Scherben fliegen, das Bier fließt. Elisabeth lächelt. Sie sieht sich um. Die Putzenden starren sie an. Elisabeth nickt ihnen zu.

«Jetzt bist du glücklich», sagt Elias.

Elisabeth presst die Lippen zusammen.

«Das war es mir wert», sagt Elias.

«*... unsere schöne Stadt wieder aufzuräumen!*», las Elisabeth vorhin von Facebook vor.

«Unsere schöne Stadt. Unsere schöne, schöne Stadt.»

«Na und», sagte Miguel, «es ist 'ne schöne Stadt.»

«*Bringt mit, was ihr gebrauchen könnt. (Mülltüten, Besen, gute Laune.)*»

«Gute Laune», sagte Elisabeth, «könnte ich gebrauchen.»

«Wenn sie alle ganz viel gute Laune mitbringen, dann können wir uns vielleicht ein bisschen was davon abholen», sagte Elias.

«Du hast doch schon gute Laune.»

«*Dies ist keine politische Veranstaltung*», las Elisabeth vor.

«Nicht?», sagte Elias. «Sauber machen ist nicht politisch, oder? Aber dreckig machen? Kaputt machen ist wohl politisch?»

«Ich finde, kaputt machen ist schon politisch. Also, Banken kaputt machen, das ist politisch.»

«Banken kann man nicht kaputt machen, du Idiot. Autos kann man kaputt machen, aber Banken nicht.»

«Man kann sie beschmieren. Das ist politisch.»

«Ja. Aber es nützt nichts.»

Sie laufen durch die Sternschanze und St. Pauli, bis sie es nicht mehr aushalten. Es ist ein schöner Tag. Die Sonne scheint, und alles ist sauber. Die Menschen haben gute Laune, tatsächlich, sie lächeln, alle. Es ist ein Film über gute Menschen, ein Bild von einer Welt, in der alle zusammen sich die Hände reichen und aufräumen. Graffitis entfernen, alle wütenden, bösen Wörter von den Wänden entfernen, mit junger, muskulöser Kraft, mit Freude und mit guter Laune. Pflaster auf die Wunden kleben, Scheiben zusammenfügen, Straßen reparieren, gefährliche Glasscherben aufsammeln, Staub und Blut und Tetra Packs. Familien, Vater, Mutter, Kinder mit Eimern, die Kinder tragen viel zu große Gummihandschuhe, Besen und Schaufel vom Hagebaumarkt, der sie für die Sauberkeit gestiftet hat.

Elisabeth ist verstimmt, weil sie keine Bierflaschen mehr haben, die sie werfen könnte. Ihr einziger Trost ist, dass es morgen wieder dreckig wird, denn sauber bleibt es hier einfach nicht lange. In ihrem schönen Hamburg St. Pauli.

«Du bist immer so negativ», sagt Miguel.

«Wenn Paul hier wäre», sagt Elisabeth.

Paul liegt immer noch im Krankenhaus, aber er lebt. Letzten Endes geht ja doch alles weiter. Und dann ist es vielleicht auch gar nicht so schlimm, denkt Imke, er hätte ja auch sterben können, aber man stirbt doch nicht so einfach. Wenn sie aufräumen wollen, sollen sie doch, denkt sie und empfindet kurz Erleichterung und eine Art anderen Nachgebens. So störrisch wie Elisabeth will sie nicht sein. Musste sie denn diese Bierflasche zerschlagen? Warum ist sie so wütend? Und für einen Moment wird ihr klar, wie einfach das Leben wäre, wenn man diesen Weg gehen würde, wenn sie sich dafür entscheiden würde, die Dinge auch mal von der anderen Seite zu betrachten. Sie ahnt, dass diese andere Seite gar keine andere Seite ist, sondern ein Kompromiss, und dass ein Kompromiss immer ein Verrat ist. Dass es ein Handelnmüssen gibt, in bestimmten Verhältnissen. Dann verwirft sie die Gedanken und umarmt Elisabeth.

«Paul hätte dir noch ein paar Flaschen besorgt», sagt sie ihr ins Ohr.

Aber Elisabeth schüttelt den Kopf.

«Er mag solchen Scheiß doch nicht. Er ist nur für richtig politische Sachen.»

Als sie schließlich vor Elisabeths Wohnungstür stehen, verharrt Elisabeth, den Schlüssel in der Hand.

«Was ist, schließ auf!», sagt Elias.

Aber Elisabeth schweigt. Dann dreht sie sich zu den anderen um. Mit dem Finger zeigt sie auf einen hellen Fleck am Türrahmen neben dem Schlüsselloch.

«Die Arschlöcher!»

«Was?», sagt Elias.

Und da passiert etwas Unvorhersehbares: Elisabeth bricht in Tränen aus.

«Da war unser alter Sticker», schluchzt sie, «der *Hafenstraße-bleibt*-Sticker. Immer war der schon da, immer!»

«Ist das denn jetzt so schlimm?», fragt Miguel.

«Scheiße, was geht die das an!», brüllt Elisabeth. «Das sind unser Haus und unser Sticker, die geht das, Scheiße noch mal, nichts an, wie wir leben! Wenn die es bei sich anders haben wollen, in ihren verpissten Pinnebergs und Eppendörfern, dann sollen sie, aber wir wohnen auf St. Pauli, weil wir nicht so leben wollen wie die, können die denn das nicht kapieren? Kommen hierher und putzen unsere Sticker weg, Arschlöcher!»

Elisabeth tritt mit ihrem Stiefel gegen die Türfassung.

Imke umarmt sie. Elisabeth schluchzt. Dann trotten sie hoch zur Wohnung.

«Irgendwo krieg ich so einen her», sagt Miguel, er will es gutmachen, «und dann kleben wir den genauso da wieder hin, Lissi?»

Elisabeth grinst schon wieder. Sie wischt sich die Augen aus.

«Ist schon gut. Nicht so wichtig.»

Ich zeige ihn an», sagt Thomas. Er fühlt sich immer noch krank. Er kann nicht richtig sehen, er fühlt sich schwach, und er hat sogar Angstgefühle, wenn er auf die Straße geht. «Ich zeige den an!»

«Wen willst du anzeigen?», fragt Alexander. Er sieht müde aus. In den Augenwinkeln hat er Fältchen, und das erschreckt Thomas. Kann es sein, dass seine Kinder schon Falten bekommen? Und wenn seine Kinder schon dabei sind, ihre Glätte, ihre Jugend zu verlieren, was ist dann mit ihm?

«Diesen Polizisten, der mir ins Gesicht gesprüht hat, vollkommen ohne Grund.» Sie stehen auf dem Hof. Seine Mutter ist dabei, Einkäufe aus Alexanders Wagen zu räumen. Gemeinsam waren sie einkaufen, seine Mutter und sein Sohn.

«*Welchen* Polizisten?», fragt Alexander.

«Ist es meine Aufgabe, herauszufinden, wer das war? Ich konnte doch nichts sehen, mit diesem Zeug im Gesicht. Da siehst du nichts und weißt auch nichts mehr. Das ist – schrecklich ist das. Das sollte verboten sein. Wusstest du, dass das im Krieg verboten ist, dieses Pfefferspray, das deine Kollegen benutzen?»

Alexander seufzt.

«Ja. Es steht überall, und alle sagen es. Aber uns ist es nicht verboten. Irgendetwas muss uns erlaubt sein. Schießen dürfen wir ja nicht.»

«Das hättet ihr wohl gern, rumballern, was?»

«Was willst du, Vater?» *Vater* sagt er nur, wenn er sich lustig macht, über ihn.

«Dass du mir hilfst. Ich kann mir das doch nicht gefallen lassen. Ich bin ja vollkommen außer Kraft gesetzt. Ich konnte nicht arbeiten. Und ich kann immer noch nicht richtig sehen. Ich will, dass das Konsequenzen hat. Was rätst du mir, wie soll ich vorgehen?»

«Ich rate dir», sagt Alexander und greift sich eine Getränkekiste aus dem Kofferraum, «gar nicht vorzugehen.»

«Gar nicht?» Thomas wird schwach. «Das rätst du mir?»

«Es hat keinen Sinn. Es kommt nichts dabei heraus. Außer dass du nachher registriert bist.»

«Wieso das denn? Was sollten die mich registrieren? Bin ich ein Gewalttäter?»

«Was hattest du da zu suchen, bei diesen Chaoten?», mischt sich seine Mutter ein. «Selber schuld. Wer bei sowas mitmacht.»

«Ich habe bei nichts mitgemacht, Mutter.»

«Woher sollen die das wissen? Du bist bei den Chaoten gewesen. Alles haben sie kaputt gemacht. Die Autos von den alleinstehenden Müttern haben die angezündet, sieht so die Revolution aus?»

«Was erzählst du für einen Unsinn?» Thomas wird laut.

«Die haben die Scheiben eingeschmissen, von den Geschäften. Alles kaputt! Und geplündert haben die. Wie im Krieg. *Willkomm tu höll!* Und du beschwerst dich noch, dass die Polizei dich mit so ein bisschen Spray ansprüht.

Die hätten noch ganz anders gekonnt, bei diesen Chaoten. Frag deinen Sohn, wie das war.»

Aber sein Sohn ist erstaunlich still geblieben, in diesen Tagen. Er hat lange arbeiten müssen. Er hat nur noch gegessen und geschlafen und kaum etwas erzählt. Wenn er ihn gefragt hat, hat er nur mit den Schultern gezuckt.

«Ich habe nichts getan, nur gestanden und geguckt. Und dieser Polizist, der auf mich zu gerannt kam, der muss das gesehen haben, wenn er Augen in seinem Kopf hatte. Aber er hatte das Spray in der Hand, und da ist ihn wohl die Lust angekommen, es zu benutzen.»

Alexander zuckt mit den Schultern.

«Pech für dich», sagt seine Mutter.

«Und wenn so etwas einmal vorkommt, dann kommt es auch öfter vor. Es ist kein Zufall, es hat was damit zu tun, wie es im Allgemeinen so ist, die Umstände. Sie waren wütend, die Polizisten, und sie haben auch geknüppelt. Sie haben auf die Leute eingeknüppelt.»

«Sicher», sagt Alexander. «Und die Leute haben Steine auf die Polizisten geworfen. So läuft das ab. Ganz normal. Was wunderst du dich?»

«Du bist auf einem falschen Weg», sagt seine Mutter. Und er weiß, sie meint nicht nur die Demonstration.

Sie schüttelt den Kopf und bringt mit Alexander die Sachen ins Haus. Und auch das trifft ihn, dass sie ins Haus gehen können, in *sein* Haus. Und er muss in die Garage. Über die Garage. Wo er nicht gern ist. Die Sonne heizt die Räume auf, weshalb er lieber im Schuppen sitzt. Da kann er den Hof sehen, die Bäume und die Einfahrt.

Am Abend liest er die Kommentare unter den Berichten des NDR und der Tagesschau. Er liest und liest, und er steigert sich in eine Empörung hinein. Und wenn er hätte demonstrieren wollen? Es wäre sein Recht gewesen. *Es ist mein Recht, auf eine Demonstration zu gehen.* Und je mehr er über dieses Recht nachdenkt, desto hilfloser fühlt er sich. Und die können ihr Pfefferspray herausholen und ihn ansprühen. Einfach so. Und dann kann man sie nicht anzeigen, weil man nicht weiß, wer es war. Und sie schützen sich, untereinander, bestimmt. Wenn der eine sieht, was der andere macht, dann zeigt der den doch nicht an. Die vertuschen das, das sind ja Kameraden, denkt Thomas. Korpsgeist, denkt Thomas, aber er ist sich nicht sicher bei dem Wort. Es ist ja eher etwas von der Armee, denkt er.

Und dann liest er noch mehr Kommentare, in denen steht, dass sie alle selber schuld sind, die was abbekommen haben. Dass es sie noch viel härter hätte treffen sollen und dass die Kommentatoren, wenn sie könnten, wie sie wollten, diese Demonstranten, also mindestens, töten würden. Auf jeden Fall zusammenschlagen. Sie sagen das nicht direkt, weil sie das nicht dürfen und es gelöscht werden würde, aber man weiß schon, was gemeint ist. Sie stecken alle in einen Topf, genau wie seine Mutter, die glaubt, dass alle Demonstranten automatisch schuldig sind und Autos von alleinerziehenden Müttern anzünden. Alles Autos von alleinerziehenden Müttern, die da gebrannt haben. Die Demonstranten, die vorgeblich für etwas Edles sein wollten, die zünden Autos von alleinerziehenden Müttern an. Da kann man mal sehen, wie diese Demonstranten in Wirklichkeit den Armen, nämlich den alleinerziehenden Müttern, schaden, indem sie ausgerechnet deren Autos anzünden. Noch lieber, denkt Thomas, wäre es ihnen gewesen, wenn es Autos von Obdachlosen gewesen wären, aber Obdachlose haben leider keine Autos. Autos von obdachlosen, alleinerziehenden Müttern, das wäre es gewesen. Thomas tobt. Er schaltet den Fernseher aus, den Computer, er schaltet alles wieder an und liest weiter. Die Antifanten, liest er, die Antifa-Chaoten, die Linksradikalen, gegen die jetzt endlich mal etwas gemacht werden müsse!

Er ruft Nathalie an.

«Liest du Kommentare?», fragt er sie.

«Was willst du?»

«Sie machen mich verrückt.»

Er war gestern frustriert von ihr weggefahren. Sie war die ganze Zeit besorgt, wegen Arif, seine Augen hatte sie nicht so wichtig genommen, seine Wut teilte sie nur bedingt. Aber Arif hatte an einer Schülerdemo mitgemacht und war seitdem nicht wiederaufgetaucht. Er saß vielleicht in Harburg, fürchtete sie. Sie bekam keine Auskunft, hatte alles versucht, aber sie waren ja nicht verwandt; ganz verzweifelt war sie. Und er fühlte sich verbittert, weil sie sein Leid so gering einschätzte. Sie hatten nicht einmal miteinander geschlafen.

«Dann lies doch diese Kommentare nicht.»

«Ich weiß, aber ich kann nicht anders. Und nicht mal meine eigene Mutter steht auf meiner Seite.»

«Du bist ein schlechter Sohn.»

«Vielleicht, aber sie könnte das alles besser wissen. Ich meine, sie waren damals in der NSDAP, ihr Vater war Mitglied, und sie selbst war im Jungmädelbund. Aber sie glaubt bis heute, dass sie für überhaupt nichts verantwortlich sind. Unsere Familie hat nichts Schlimmes gemacht, sagt sie, hat einfach nur getan, was alle getan haben. Dabei waren sie richtige Nazis. Wer Mitglied der NSDAP war, der ist doch wohl ein Nationalsozialist, oder nicht? Aber sie schüttelt nur den Kopf. Wenn einer macht, was alle machen, weil der Staat das verlangt, dann ist das in Ordnung. Opa war Beamter, der musste folgen. Aber gegen etwas sein, das ist dann ein Verbrechen. Eine Frau, die den Nationalsozialismus miterlebt hat, die ist immer noch schockiert über jede Art von Widerstand. Dabei ist das doch wohl ein Grundpfeiler unserer Demokratie. Das ist doch wohl das, was wir daraus gelernt haben. Dass man seine eigene Meinung haben darf. Sie muss doch gesehen haben, wohin das alles führte, dieses ... Folgen. Aber am Ende ist sie dann auch nur ein Opfer gewesen, ein Flüchtlingskind, so sieht sie sich. Und selbst davon leitet sie nichts ab, denn für die heutigen Flüchtlingskinder hat sie kein Mitgefühl. Hat diese Frau aus nichts etwas gelernt? Sie ist unverbesserlich. Sieh das mal so, ich stand am Rande einer Demonstration, einer angemeldeten Demonstration. Ich stand am Rande und habe Pfefferspray abbekommen. Er hat es mir mitten ins Gesicht gesprüht, dieser Polizist, einfach so, weil er Bock drauf hatte, weil er es konnte, weil ich nicht weggelaufen bin. Was ist das für eine Polizei?, frage ich dich. Was sind das für Leute, die bei uns als Polizist arbeiten dürfen?»

«Dein Sohn?»

«Ich hoffe sehr, Nathalie, ich hoffe wirklich sehr, dass er nicht so eine Art Polizist ist.»

«Ich habe inzwischen Nachrichten von Arif. Er ist in Harburg, in der Gefangenensammelstelle. Sie haben ihn wirklich eingesperrt.»

«Was hat er gemacht? Aber was frage ich. Er muss nichts gemacht haben. Einen Grund brauchen sie sicherlich nicht.»

«Ich weiß es nicht. Eine Anwältin vom anwaltlichen Notdienst hat sich heute Morgen gemeldet, die arbeiten rund um die Uhr, und es war nicht einfach, an Arif ranzukommen, denn sie brauchten ja seinen Namen. Die haben jede Menge Leute eingesperrt und ihnen nicht mal gesagt, was ihnen vorgeworfen wird. Eine richterliche Anhörung gab es erst nach fast einem Tag, das darf nicht sein. Es geht da drunter und drüber, wie es aussieht.»

«Bist du erleichtert, dass du ihn gefunden hast?»

«Nicht richtig. Solange ich nichts Genaueres weiß. Vielleicht ist er durchgedreht. Wer weiß, was in seinem Kopf vorgeht. Er hat schon so viel durchgemacht. Er musste sich ausziehen, hat die Anwältin gesagt. Das wollte er nicht, er hat sich gewehrt.»

«Ausziehen? Warum das denn?»

«Zur Durchsuchung. Nacktdurchsuchung, hat sie gesagt. Da schauen sie wohl nach, ob die nichts mit sich tragen. Und er sollte sich zweimal ausziehen. Einmal vor dem Gespräch mit ihr und einmal danach. Das ist doch übertrieben, oder?»

«Es kommt mir sowieso einiges übertrieben vor. Als wenn es alles nicht mehr so richtig funktioniert. Diese ganzen Rechte, die wir haben, wozu sollen die gut sein? Wenn man sie dann einfach so außer Kraft setzen kann? Mir kommt das alles so ... hilflos vor. Als ob dieses Konstrukt, die Demokratie, die Sicherheit, vielleicht nur etwas Gefühltes gewesen ist. Und wenn es mal brennt, wenn es so richtig heiß wird, dann schalten sie diese ganzen Rechte und Gesetze einfach aus. Gefahr, Gefahr, und schon regiert die Polizei. Im Grunde ist dieser Staat mit seinem Grundgesetz ein höchst fragiles Gebilde. Er funktioniert nur, wenn auch sonst alles funktioniert. Und wenn dir ein Polizist mal mit dem Knüppel auf den Kopf haut, dann hat sich's was mit Rechten. Dann liegst du da und wirst schon selber schuld dran sein. Lies dir die

Kommentare durch, Nathalie, die einen Knüppel auf den Kopf kriegen, die sind immer selber schuld. Der Pöbel feiert vor seinem Computer, wenn einer einen Knüppel auf den Kopf kriegt.»

Es klappert irgendwas in Nathalies Raum, und sie sagt: «Arif!»

Und dann hört er, wie Arif brüllt, in Nathalies Raum hinein: «Ich habe nichts gemacht. Sie haben mir einfach mitgenommen.»

Nathalie legt den Hörer irgendwo ab, und er stellt sich vor, wie sie zu Arif geht und ihn umarmt.

«Er lebt ja noch», sagt Thomas in den Hörer hinein, aber Nathalie sagt nichts. Nach einer Weile legt er auf.

Einmal hatte er ein kleines Segelflugzeug gehabt, selbst zusammengebaut, aus einem Baukasten. Als es eines Tages richtig windig war, wollte er es fliegen lassen, und es segelte auch ein paar Meter auf dem Wind, dann flog es in die Fichte und blieb hängen. Er wartete eine Weile, aber der Wind schüttelte es nicht wieder heraus, es wurde Abend, und er stand im Garten und schaute auf das weiße Fleckchen, das sein Segelflugzeug im Abenddämmer war. Sein Vater kam heraus, aber er half ihm nicht, das Flugzeug herunterzuholen. Er war dann zu seiner Mutter gestürzt und hatte sehr geweint, was nach dem Warten und Bangen sehr guttat, und dann hatte sie ihm das Flugzeug aus dem Baum geholt. Sehr gern hatte er sich bei seiner Mutter ausgeweint, sich in ihr getröstet, das tat er immer noch gern, sich in den Frauen trösten. Frauen tun gut, wenn es schwer wird im Leben. Er will zu ihnen gehen, seinen Kopf an ihren weichen Körper legen und sich ausweinen. Bei ihnen zur Ruhe kommen. Er weiß, dass sie das mögen, dass es ihr größter Wunsch ist, ihn zu trösten, seine Wünsche zu erfüllen und seine Enttäuschungen zu mildern.

Ronald?», sagt Thomas. «Du triffst dich mit Ronald Park? Schläfst du mit ihm?»

«Vielleicht.»

«Hättest du nicht jemand anderen ... Ich meine, muss es ausgerechnet Ronald Park sein?»

«Er ist nett, weißt du.»

«Nein. Bitte hör auf, solchen Unsinn zu reden. Das glaube ich nicht. Er ist ein ...»

«Was? Was ist er?»

«Ein Schaumschläger. Er will was hermachen. Tut so, als wäre er gebildet. Und er glaubt von sich selbst, er kommt gut bei Frauen an.»

«Vielleicht tut er das.»

Thomas schüttelt angewidert den Kopf.

«Frau Mersch, die hat euch gesehen. Ihr wart im Fernsehen. Bei dieser Kunstaktion, diesem Quatsch. Da hat sie euch gesehen. Es würde mich nicht wundern, wenn er sie auch angemacht hätte ...»

«Frau Mersch? Du denkst, er hätte es nötig, Frau Mersch anzumachen? Du erzählst ganz schönen Unsinn, Thomas. Ich glaube fast, du bist eifersüchtig.»

«Ich will, dass du glücklich bist, wirklich. Aber mit diesem Wildlederjackenträger?»

«Es war kein Quatsch.»

«Was?»

«Tausend Gestalten, die Kunstaktion. Es war überwältigend. Es ist gut angekommen.»

«Andere Menschen haben sich mit Polizisten herumgeschlagen.»

«Meinst du dich? Das Pfefferspray? Es ist absurd, dass du dich wegen dieser Sache rühmst. Du hast doch gar kein Engagement, für nichts.»

«Ich wollte mich um unsere Tochter kümmern. Das ist Engagement.»

«Willst du das jetzt immer machen? Den Rest ihres Lebens?»

Sie stehen auf dem Hof. Die Sonne scheint ihnen direkt auf den Kopf. Natascha hört sich selbst zu, bei diesem Dialog, und es kommt ihr nicht ganz echt vor. Als würde sie sich mit Thomas zusammen in einem Film befinden. Als wollten sie beide eigentlich ganz andere Worte sagen, die sie aber, wie in einem Traum, einfach nicht über die Lippen bringt. Sie kann nur diese Worte sagen, die sie gar nicht sagen will, weil sie belanglos sind. Alle Worte, die sie sagt, die er sagt, kommen ihr belanglos vor. Es sind die Worte, die gesagt werden müssen, von ihrer Seite. Von seiner Seite vielleicht auch. Sie wüsste auch gar nicht, welches die anderen Worte sein sollten, sie kennt diese Worte gar nicht, sie weiß nur, dass es sie gibt. Und vielleicht gibt es sie auch nicht. Vielleicht ist es mehr etwas Wortloses, das sie nicht sagen können.

«Sie hat uns im Fernsehen gesehen? Wirklich?»

«Im Fernsehen, ja. Sie hat gesagt, ihr hättet euch geküsst. Sie war ganz aufgelöst, sie ist sowas einfach nicht gewohnt.»

«Wir haben uns geküsst.»

«Ihr habt euch also geküsst.»

«Tja.»

«Das macht mich wütend, weißt du das? Ich kann kaum an mich halten.»

Natascha lächelt.

«Und dann gleich im Fernsehen. Herrgott! Damit es die ganze Welt sehen kann. Wie sich die engagierten Künstler küssen. Meine Frau und Ronald Park, die engagierten Künstler, die küssen sich im Fernsehen.»

Natascha lächelt immer noch.

«Du machst dich ja lächerlich», sagt Thomas.

Natascha lächelt weiter. Sie nickt ihm zu, verabschiedend.

«Ich habe zu tun.»

«Warte!»

Thomas packt sie am Arm.

«Ich möchte, dass das aufhört! Versteh mich nicht falsch, ich habe nichts dagegen, dass du dich umschaust. Ich bin sicher, dass dir das guttut. Aber du kannst es nicht mit einem Freund von mir treiben.»

«Warum nicht?»

«Weil ich mit ihm ... Ich *sehe* ihn doch. Ich habe doch beruflich mit ihm zu tun, ab und an.»

«Also bitte, Thomas.»

Sie befreit sich aus Thomas' Griff und geht hinein. Hinter der Tür bleibt sie stehen. Sie überlegt für einen Moment, ob er nicht recht hat.

«So eine Aktion ist überhaupt nicht politisch!», schreit Thomas auf dem Hof. «Denk nicht, dass du politisch bist. Es war nur für euch selbst!»

Sie öffnet die Tür wieder.

«Es war nicht nur für uns selbst», sagt sie. «Es hat die Menschen bewegt. Man musste *dabei* sein, dann hat es einen bewegt. Es war großartig. Du hättest dabei sein sollen. Manchen sind die Tränen gekommen.»

Thomas starrt sie an. Er ist so unglücklich, weiß sie plötzlich. Aber warum nur? Er *hat* doch alles, was er wollte. Aber vielleicht nicht. Vielleicht will er mehr. Vielleicht will er auch noch sie. Die Familie. Die Kinder. Und die Kinder sollen so sein, wie sie waren. Nichts soll sich ändern. Nur, dass er noch etwas dazuhaben wollte. Eine neue Frau, Abwechslung. Sonst soll alles so bleiben, die alten Gefühle, die wohlige Geborgenheit in der Familie, das soll bleiben.

«Machst du dir gar keine Sorgen?», sagt Thomas. «Um Imke?»

«Um Imke? Ich mache mir mehr Sorgen um Alexander.»

Er nickt. Sie weiß, in Sachen der Kinder spricht er ihr eine größere Kompetenz zu, da sieht er in ihr eine Weise. Dabei sagt sie Sachen öfter einfach so, damit jemand etwas sagt. Denn das Geheimnis ist, es mussten, in Sachen der Kinder, immer wieder Entscheidungen getroffen werden. Sie weiß, auch wenn man sich nicht sicher ist, man muss sich in eine Richtung neigen. Er hat gezweifelt, sie hat entschieden. Auf diese Art hat sie Fehler gemacht, er nicht. Er hat aus Angst, Fehler zu machen, nur den einen Fehler gemacht, gar nichts entschieden zu haben.

«Warum machst du dir Sorgen um Alexander?»

«Er ist depressiv, würde ich sagen. Ich bin keine Ärztin, aber ich finde ihn depressiv. Es hat ihn sehr mitgenommen.»

«Falsche Berufswahl, würde ich sagen», sagt Thomas.

«Sei nicht so zynisch. Er redet auch nicht drüber. Er hat so viel arbeiten müssen, und er ist angefeindet worden, hat er dir das erzählt?»

«Ich hab's gesehen. Ich habe auch die Konsequenzen gespürt.»

«Vielleicht ist was passiert? Irgendetwas, das ihn bedrückt?»

«Herrgott, was redest du denn da? Hast du nicht mitbekommen, was los war? Was ihn bedrückt? Er ist Polizist. Da muss er mit klarkommen. Das ist nun mal seine Arbeit. Er wollte das.»

«Vielleicht. Aber ich denke, es ist noch was anderes. Er

ist komisch. Er hat sich krankschreiben lassen. Er liegt nur noch auf seinem Bett, wie damals. Wird er jemals, also überhaupt jemals, ausziehen und ein eigenes Leben beginnen?»

«Das ist genau der Punkt. Du musst ihn, vielleicht, ein wenig schubsen. Wenn der Vogel nicht fliegen will, dann wird er aus dem Nest ... Er kann ja nicht immer hier wohnen.»

«Du weißt», sie verzieht das Gesicht, «da ist zum einen deine Mutter. Und überhaupt, so etwas können wir einfach nicht tun. Und schon gar nicht, wenn er krank ist.»

Ludger Frieling sitzt auf einem Stuhl, auf dem er nicht sitzen sollte.

Er hatte an dem Tag, an dem er dann nicht gekommen war, von Frau Berlichen aus zur Arbeit fahren wollen. Dann war er, in einer der gesperrten Straßen, die an der *Route* lagen, in einem gigantischen Stau stecken geblieben. Da saß er in seinem alten Wagen, den er 1994 persönlich aus Wolfsburg abgeholt hatte, hörte vielleicht Radio, und er konnte sich nicht dazu überwinden, sein Auto auf der Straße stehen zu lassen, wie es manche andere getan hatten. Er musste in seinem Volkswagen gesessen haben, die Hände am Lenkrad, geduldig und unbeugsam, wie er nun mal war, Stunde um Stunde, und irgendwann dehydriert auf seinem Sitz zusammengesackt sein. Jemand hat ihn gefunden und ins Krankenhaus gebracht. Darüber konnte Ludger Frieling nichts berichten. Im Krankenhaus hatten sie ihn gerettet, aber er ist jetzt nicht mehr der, der er vorher war.

Verstört sitzt er auf einem französischen Biedermeier-Armlehnstuhl, auf dem er nicht sitzen sollte, weil der cremefarbene Bezug empfindlich ist, was er wissen sollte.

«Ich weiß wirklich nicht ...», sagt er und schüttelt den Kopf.

«Ich weiß auch wirklich nicht ...», äfft Thomas ihn leise nach, er hat es schon öfter gesagt.

«Warum sie das getan haben», sagt Ludger Frieling.

«Das weiß niemand.»

Er stimmt ihm nur noch zu. Aber das ändert auch nichts daran, dass Ludger Frieling immer wieder die gleichen Sätze sagt. Er ist nicht mehr davon abzubringen.

Gegen Ende Ludgers ersten Arbeitstages nach dem Krankenhaus sind sie beide erschöpft.

«All die Toten», sagt Ludger Frieling.

Da wird ihm klar, dass er Ludger Frieling längst schon hätte entlassen müssen, in den Ruhestand schicken, irgendwie, jetzt wird es schwierig werden, wo er den Verstand verliert und so gekrümmt mit seinem alten Arsch auf einem Stuhl sitzt, den er für 1800 Euro verkaufen will.

«Hör mal, Ludger», sagt er, «wäre es nicht das Beste, wenn du dich jetzt erst einmal richtig ausruhst? Ein paar Wochen zu Hause bleibst? Dich vielleicht, von deiner Frau Berlichen, pflegen lässt?»

Ludgers Augen sind wässrig und von roten Adern durchzogen. Sein Rücken bildet einen runden Bogen, und er hält sich mit beiden Händen an den Mahagoni-Armlehnen fest.

«Rita soll mich pflegen?»

Er schüttelt den Kopf. Er lacht, ein brüchiges, von Husten unterbrochenes, spuckendes Altmännerlachen. Er erhebt sich mühsam, und das Lachen dünstet sein Inneres in den Raum, aus seinem alten Mund, aus seinem alten Bauch, dünsten Alter und Tod. Ludger Frieling ist dem Tod jetzt ganz nahe gekommen. Und alles wegen einer Straßensperre, alles wegen dieses verfluchten Gipfels.

Ludger Frieling geht mit würdevoll steif durchgedrücktem Rücken, aber schlurfend zum Büro und holt seinen beigen Herren-Trenchcoat. In der Hand trägt er seinen kunstledernen schwarzen Aktenkoffer, in dem er sonst was spazieren führt, niemand weiß es. An der Tür bleibt Ludger Frieling stehen, dreht sich um, sehr breit lächelnd, wie er noch nie gelächelt hat, und sagt: «Chef, du bist wirklich ein Arsch!»

Am nächsten Nachmittag kommt Frau Mersch. Direkt nach G20 ist sie wieder gesund geworden, als hätte es sie belebt. Sie ist vorübergehend immer wieder gesund, um dann wieder krank zu werden. Das Krank*werden* ist immerhin etwas, das passiert in ihrem Leben, das Krank*sein* ist ja nur ein Zustand und keine Veränderung, das Kranksein bietet ihr vermutlich kaum Abwechslung, denkt Thomas. Er macht sich manchmal Gedanken über sie, weil sie ihm tatsächlich fehlt, seit anderthalb Jahren, er muss ihre Arbeit mit übernehmen, und er hasst diese Arbeit, das ist der eigentliche Grund. Wenn Frau Mersch dann wiederkommt, arbeitet sie sofort los, als wäre sie nie weg gewesen. Er schätzt sie jetzt vor allem vielleicht deshalb so sehr, weil sie so selten da ist.

Frau Mersch ist zweiundsechzig Jahre alt, sie hat keinerlei Falten im Gesicht und eine rosige Haut, die manchmal fiebrig wirkt. Sie ist patent und nützlich – wenn sie da ist. Er wüsste nicht, dass sie je einen Mann gehabt hätte. Aber er weiß auch nicht so viel von ihr. Im Büro trägt sie Hosenanzüge, sie ist gepflegt und schlank, sie duftet immer nach etwas Frischem, Neutralem, vielleicht nach ihrer Gesichtscreme.

«Er stand ganz neben sich», sagt er zu Frau Mersch über Ludger Frieling, «ich wollte, dass er sich erholt, er war einfach noch nicht in der Lage zu arbeiten. Sie hätten ihn sehen sollen.»

«Er ist alt», sagt Frau Mersch, und er meint, Bitterkeit herauszuhören.

«Alt ist er ja schon lange.»

«Er wird sich wieder erholen.»

«Er kam mir sehr mitgenommen vor. Als ob er sich verändert hätte. Als ob das gar nicht rückgängig zu machen wäre. Ich meine, wir sind alle etwas mitgenommen, wegen dieser Tage, ich kann immer noch nicht wieder richtig sehen, und wer weiß, ob ich's jemals wieder kann, aber Ludger ..., er hat von *all den Toten* gesprochen.»

«Von Toten?»

Frau Mersch ist interessiert, während sie die Unterlagen sortiert und die ersten Zahlen in den Computer getippt hat.

«Ja, er ist überzeugt, dass es Tote gegeben hätte.»

Frau Mersch zuckt mit den Schultern.

«Na ja, ich würde das nicht so hoch hängen. Das konnte einem schon so vorkommen, diese Bilder, was man so gesehen hat, die Explosionen und alles, das kam ihm eben wie Krieg vor.»

«Aber liest er denn keine Zeitungen, sieht er keine Nachrichten?»

Frau Mersch zuckt mit den Schultern.

«Wie hat er denn reagiert?»

«Oh», Thomas runzelt die Stirn, «er war empört. Er ist direkt ausfallend geworden.»

Frau Mersch lächelt mit spitzen Lippen. Dann nimmt sie sich die nächsten Belege vor.

Später fällt ihm ein, dass er sie fragen sollte, wie sie es überstanden hat. Immerhin ist sie krank gewesen.

«Wie haben Sie die Tage überstanden?»

«Ich bin herumgelaufen», sagt sie.

«Herumgelaufen?»

«Ach», sie zuckt mit den Schultern, «es war alles so ... interessant. Manches war nicht schön, das muss ich schon sagen, aber vieles war doch sehr interessant.»

«Hat es Ihnen denn keine Angst gemacht?»

«Angst? Ich habe Angst, allein in meiner Wohnung zu sterben.»

D. I. E. – Dezernat Interne Ermittlungen. Alexander wälzt sich auf seinem Bett herum. Hat er vielleicht Fieber? Er muss mehr trinken. Aber er schafft es nicht, aufzustehen und sich etwas zu holen. Eigentlich könnte er das. Er hat vermutlich kein Fieber, es fühlt sich nur so an. Er ist wie gelähmt, die Arme und Beine sind ihm schwer, der Kopf, alles bleischwer. Er hat sich krankschreiben lassen. Es war ganz einfach, angesichts der Umstände. Manchmal kommt Helga, dann stellt er sich, als ob er schläft. Es klappt nicht immer. Aber sie stellt so viele Fragen, erzählt so viel. Sie bemitleidet ihn so sehr. Er kann es nicht ertragen.

D. I. E. Er muss ihn anzeigen. Es geht nicht, dass einer als Polizist einfach auf einen einschlägt. Es gab keinen Grund. Vielleicht hat der Junge etwas gesagt, vielleicht.

Aber was er auch gesagt hat, man darf ihn deshalb nicht schlagen. Und er hat ihn auch noch in den Bauch getreten.

Er muss ihn anzeigen. Egal, wie die anderen es sehen. Sie finden es gerecht, dass einer von denen was abgekriegt hat. Und wieso sind jetzt die *die anderen*? Wenn die Kollegen auch *die anderen* sind, wer bleibt dann noch übrig, wer ist dann noch bei ihm? Ist er dann alleine, und der Rest der Welt sind die anderen? Gibt es in Wirklichkeit nur ich und die anderen?

Alexander starrt im Liegen auf sein Regal und auf den Fußboden. Der Boden ist staubig. Seine Sachen liegen verstreut herum. Er kann es nicht ertragen, aber er kann auch nicht aufstehen und aufräumen. Er schafft es nicht. Er kann nur gerade so auf die Toilette gehen und sich dann wieder hinlegen.

«Eine Schande, was sie mit euch machen», sagt Helga, wenn sie ihn wach erwischt.

«Bitte», sagt er, «ich will mich nur ausruhen.»

«Es ist nur menschlich», hat einer gestern geschrieben, in der Facebook-Gruppe. Es gibt so Videos im Internet, da sieht man, wie Polizisten auf Leute einschlagen. Es ist natürlich nicht klar, wie es dazu kam, aber wie relevant ist das überhaupt, wenn es doch nicht anders aussieht, als ob welche ihre Wut rauslassen?

Es gab dieses Bild von dem Mädchen in den glänzenden Leggins, die stand auf einem Räumpanzer, und da haben sie von unten und gleich zu zweit gepfeffert. Das Mädchen stellte keine Gefahr dar. Natürlich waren in dem Chaos am Fischmarkt sowieso alle Nerven überangespannt. Und da klettert die da rauf, als wäre das nichts. Vollkommen respektlos. Warum macht die das? Was will sie beweisen?

Er seufzt, und er dreht sich zur Wand. Er will die Sachen auf dem Boden nicht sehen, sie schmerzen ihn, alles schmerzt ihn, er kommt sich vor wie einer, der es nicht mehr im Griff hat.

Sie hatten eh schon zu kämpfen. Sie wurden ständig angegriffen, und alle waren auf der anderen Seite, gegen sie, selbst die scheiß Journalisten, die sowieso. Und dann dieses Mädchen, die hat das Fass zum Überlaufen gebracht. Das ist doch klar. Da haben sie gekocht vor Wut.

Aber sie war keine Gefahr, hatte nichts in den Händen. Und dann gibt es halt so ein Bild. Es war überall zu sehen. Dieses Mädchen, unbewaffnet, keine Steine, nicht mal 'ne Kamera in der Hand, wie sie von zwei Leuten mit Pfeffer besprüht wird. Das gibt ein schlechtes Bild. Und das Netz ist schon voll von schlechten Bildern. Das macht ihn verrückt.

«Soll ich die Sachen wegräumen?»

Helga steht in der Tür. Sie trägt eine Schürze, duftet nach ihrem Parfüm. Ihre krummen Füße in ihren rührenden Pantoffeln mit den kleinen Absätzen, dabei würde sie in bequemen Pantoffeln viel besser laufen können. So stur, wie sie eben ist.

«Die Sachen räum ich selber weg.»

«Eine Schande!»

«Hör auf damit, ich räum sie schon weg.»

Er springt aus dem Bett. Er reißt ihr die Sachen aus der Hand.

«Ich weiß, dass du mir helfen willst, Oma, aber es muss nicht sein. Ich will einfach nur eine Weile meine Ruhe haben, okay?»

«Aber essen musst du doch.»

«Wenn ich Hunger habe, dann esse ich auch. Mach dir keine Sorgen.»

Vielleicht kann er es verstehen. Er hat selbst gedacht, *einfach draufhauen*! Das hat er immer wieder gedacht.

Einfach draufhauen. Das ist so ein schöner Gedanke, es ist so eine Lust dabei. Ja, Lust hätte er gehabt. Aber er hat *gewusst*, dass das nur ein Gefühl war, dass er diesem Gefühl niemals nachgeben darf. Nur Kinder geben ihrem Wutgefühl nach, Verbrecher und Kriminelle, aber Polizisten nicht. Polizisten können sich beherrschen, weil sie müssen, weil sie es gelernt haben.

Jetzt liegen die Sachen auf einem Stuhl. Das ist schon besser. Aber der Staub. Die Krümel und Flusen, Dreck um ihn herum, er runzelt die Stirn, es schmerzt ihn körperlich, die ganzen Anforderungen.

Er hat es gesehen. Wenn er es nicht gesehen hätte. Er wünschte, er hätte es nicht gesehen. Aber er hat. Er muss Simon anzeigen.

Den kenn ich.»

Sie betrachtet das Bild in der Bild-Zeitung, die Helga von der Tankstelle am Holstenhofweg mitbringt. Vielleicht war es gar nicht der Junge, er sieht nur so ähnlich aus. Hat eine Flasche Wein in der Hand. Wie kann sie sich so sicher sein, wo sie den Jungen doch nur einmal in ihrem Leben gesehen hat? Ist es ihr recht, dass so ein Junge ein Dieb ist? Sie hatte diesen Jungen nicht gemocht. Er war ihr so arrogant vorgekommen. Und sie hatte gewusst, was für eine Schwäche sich dahinter verbarg. Wie hilflos er gewesen war, als er erläutern sollte, warum ihm ein Bild gefiel. *Landschaft mit Bauerngehöft.* Das hatte ihm gefallen. Ein zerfallenes Haus, mit großem Loch im Giebel, alles kurz vor dem Einsturz. Und doch sitzt jemand darin, ein Gesicht ist im Fenster zu sehen. Zwei weitere schauen über die zerfallende Mauer. Im Vordergrund lümmeln junge Burschen. Eine Frau mit Korb beugt sich über sie. Den religiösen Bezug, den Reisenden Tobias und seinen Begleiter, den Erzengel Raphael an der linken Seite des Bildes, das hat er nicht gesehen. Davon weiß er nichts. Jungen wie er wissen von nichts was. Natürlich wissen sie was, aber es ist nur hohles Zeug, damit stopfen sie sich die Birne voll. Markennamen, Autos, Computerspiele, Klamotten, nichts mit Tobias oder mit Sara, die er lieben wird und nicht nur vögeln, aber das ist ja auch zu viel verlangt, das weiß kaum einer. Sie weiß es, weil sie auch sonst nichts zu tun hat, als sich mit solchen Sachen zu beschäftigen, die für nichts mehr relevant sind.

«Was?», sagt Helga.

Was aber hatte diesem Jungen, diesem offensichtlichen Plünderer und Dieb, an diesem Bloemaert-Gemälde gefallen? Das Gleiche, was ihr gefällt? Sie hatte sich erst gefragt, ob er zufällig auf irgendein Bild gedeutet hatte. Aber er hatte zu lange gezögert, zu ertappt reagiert, sein Unwohlsein hatte ihr für die Echtheit seiner Gefühle gebürgt. Sie fühlen sich unwohl, bei solchen Dingen, wenn sie zugeben sollen, dass ihnen was gefällt. Sie lehnen es ab, sich für etwas zu interessieren, für das sich nicht alle interessieren.

Das Gehöft geht in Landschaft über, es verwächst mit der Natur. Und während sie dieses Bild in ihrem Kopf herstellt, sieht sie sich gleichzeitig die Bilder in der Bild-Zeitung an. Diese Jungs, die den REWE ausräumten. Einer hat Heidelbeeren in der Hand und Himbeeren.

«Herrgott, Heidelbeeren.»

«Was?», sagt Helga.

Mag der Heidelbeeren? Sie sieht die brennenden Straßen in der Sternschanze, die schwarz gekleideten Jungs, die Steine werfen, das Feuer. Sie sieht es, von Abraham Bloemaert gemalt. In seinen Farben, denn Farbe, das war sein Ding, sie sieht es in Bloemaert-Farben gemalt. Es hätte ihm an Genie gefehlt, heißt es, er wäre zu manieriert gewesen, zu bunt, der Vater der Utrechter Schule. Aber das hätte er gekonnt – das Feuer, die Gesichter, die Bewegungen.

Der Junge vor dem Bauerngehöft, wie er einen anguckt. Er wäre so einer, der Wein aus dem Supermarkt räumt. Wie der Junge, den sie vielleicht kennt. Wie kommt er auf Wein? Die anderen haben Sixpacks Bier, ist der ein Weintrinker? Ist es egal? Nehmen sie irgendwas? Oder hängt es mit den Eltern zusammen, mit dem Umfeld, nehmen die einen Bier, die anderen lieber Wein, wenn sie plündern? In den Apple-Laden sind sie auch rein. Da haben sie die Computer gestohlen. Das ist was anderes, solche Computer sind was wert. Aber Heidelbeeren? Bier? Wein? Vielleicht trinken sie Wein, solche Jungs.

Wenn er der Junge *war*, den sie meint, sollte sie ihn dann anzeigen? Er ist sicher kein Politischer, er ist einfach nur ... ein Dummer. Ein Junge wie er interessiert sich nicht für Politik, der will nur Spaß. Und doch, dieses Bild hat ihm gefallen. Weil es so zerfallen ist, hat er gesagt. Sie kann es verstehen. Irgendwo in sich hat vielleicht jeder Mensch Gefallen am Zerfall. Vielleicht sogar eine Sehnsucht danach.

«Bitte, kannst du nicht antworten?», sagt Helga, zieht einen Stuhl hervor und setzt sich stöhnend hin, die Hände auf dem Tisch gefaltet.

Am Zerfall *und* an der Zerstörung? Denn die Ordnung, sie zwängt einen ein. Sie hindert einen, sich zu entfalten, so, wie man wirklich ist, Tier, Säugetier, Natur. Die Ordnung zwingt einen, Mensch zu sein. In der Ordnung, denkt sie, haben wir einen Schrank, in den wir reingehören wie die Kleidungsstücke von Thomas, die immer noch in seinem Schrank liegen, als gehörte er noch hierher. Sie kann die Ordnung nicht zerstören, sie kann nicht damit aufhören.

Und hier, sie betrachtet die Zeitungsbilder, hier haben wir die Zerstörung. Gemalt von Abraham Bloemaert. Kein Schlachtenmaler, ein Landschaftsmaler. Eine Landschaft der Zerstörung.

«Warum kaufst du diese Zeitung?», sagt sie zu Helga.

«Weil es da drinsteht, wie es ist. Du liest sie ja selber.»

«Das ist ein Schundblatt.»

«Das ist mir egal», sagt Helga. «Ich lese die Bild-Zeitung gern. Da stehen interessante Sachen drin, die woanders nicht drinstehen.»

«Hetze steht da drin», sagt Natascha.

«Findest du das Hetze?», fragt Helga. «Das sind Fotos. Fotos, was wirklich passiert ist. Die lügen nicht. Schlimm ist das, was sie aus unserem schönen Hamburg gemacht haben, diese Chaoten. Alle sollte man sie einsperren. Jeden würde ich anzeigen, wenn ich könnte. Wenn ich einen erkennen würde, dann würde ich den sofort bei der Polizei anzeigen. Deinen eigenen Sohn, den haben sie mit Steinen beschmissen. Weißt du überhaupt, wie es ihm geht? Ganz fertig ist er. Räumt nicht mal seine Sachen weg. Und du willst nichts machen.»

«Was soll ich denn machen?»

«Den Jungen da anzeigen. Den in der Zeitung.»

«Du meinst, wenn ich den anzeige, dann geht es Alexander besser?»

«Ja.» Helga nickt. «Dann geht es ihm besser. Er braucht Unterstützung. Er muss doch wissen, dass seine Familie hinter ihm steht.»

«Wir stehen hinter ihm. Was denkst du?»

Helga schüttelt den Kopf. «Er opfert sich auf, aber ihr kritisiert ihn nur. Selbst Thomas kritisiert ihn, der nimmt nur Imke in Schutz. Der arme Junge, er weiß schon nicht mehr weiter. Schlecht geht es ihm, ganz schlecht. Ihr wisst es nur nicht.»

Natascha seufzt.

«Ich weiß nicht, warum ich immer noch seine Hemden bügele.» Aber sie meint Thomas.

Am Abend liegt die Zeitung aufgeschlagen auf dem Wohnzimmertisch.

«Wenn du jemanden erkennst ...», sagt Alexander in der Tür stehend, lächelnd, in Jogginghose, eine Tüte Chips in der Hand.

Sie hat schon wieder den Jungen angestarrt. Soll sie diesen Jungen jetzt an *ihren* Jungen verraten?

«Der da war im Museum», sagt sie, «mit seiner Klasse.»

Alexander setzt sich neben sie.

«Welche Schule? Meinst du, du kriegst das noch zusammen?»

Sie zuckt mit den Schultern. «Er hat 'ne Flasche Wein gestohlen.»

«So einer, der hat nicht nur 'ne Flasche Wein gestohlen. Der hat auch Steine geworfen. So einer, der hat Spaß dran. Guck doch, wie der guckt. Der ist ganz glücklich. Der findet das alles ganz geil. Für den ist das 'ne Riesenparty. So ein Arschloch. Willst du den beschützen?»

«Ich will ihn nicht beschützen.»

«Was dann?»

«Das ist Denunziation. Tut mir leid. Ich weiß, wie schwer du's hast.»

«Denunziation? Und wenn das 'n Mörder wär? Würdest du's dann tun? Oder wenn du den dabei erwischt hättest, wie er dein Fahrrad klaut, würdest du ihn dann anzeigen?»

Ihr Fahrrad ist schon mehrmals geklaut worden, und sie hat jedes Mal sehr schlimme Gedanken gehabt. Gewaltphantasien.

«Sie werden ihn sowieso erwischen. Er ist in der Zeitung.»

«Aber du *weißt*, wer er ist.»

«Aber ich möchte kein Mensch sein, der einen wegen einer Flasche Wein bei der Polizei anzeigt. Es kommt mir nicht richtig vor, es war eben nur eine Flasche Wein. Das ist mehr ein Gefühl.»

«Ein Gefühl, ja?» Alexander wird höhnisch. «Weißt du, was sie die ganze Zeit schreien? *Ganz Hamburg hasst die Polizei.* Sie schreien es die ganze Zeit und überall. Sie reißen die Fenster auf und schreien es aus ihren Wohnungen. Sie hassen uns. Ich hab es noch beim Einschlafen gehört, als ich endlich einschlafen *konnte.* Sie hassen mich. Ganz Hamburg hasst mich. Aber weißt du was? Ich hasse sie nicht. Weil ich Polizist bin. Ich darf niemanden hassen. Ich muss mich zusammenreißen. Die ganze Zeit muss ich mich zusammenreißen. Sie bespucken mich. Aber ich – ich hasse sie nicht. Und du willst diesen Typen wegen *eines Gefühls* nicht anzeigen?»

«Du hasst sie nicht? Nicht ein ganz kleines bisschen?»

Natascha ist aufgestanden, hinter ihn getreten und legt ihre Arme um ihn, schmiegt ihre Wange an seine.

«Ein bisschen hasst du sie doch, oder? Du bist doch keine Maschine, mein kleiner Alex.»

Er macht sich los. Er steht auf.

«Nein. Ich bin vielleicht wütend. Aber ich hasse niemanden.»

Sie sieht ihn an, und sie glaubt ihm. Sie ist erstaunt. Sie könnte nicht so sein. Was für eine Anstrengung, denkt sie. Korrekt zu sein, es richtig zu machen. Sie selber hasst die Hälfte der Schüler, denen sie die Kunst näherzubringen hat. Sie hasst jeden Fahrraddieb und die Leute, die ihr die Vorfahrt nehmen. Sie hasst jede Menge Politiker und Prominente. Sie hasst ganz spontan und voller Lust. Sie hasst mit üblen Gedanken. Sie könnte Menschen, in Gedanken, quälen und demütigen. Aber trotz ihres Hasses, sie würde sie nicht denunzieren. Er hasst sie nicht, denkt sie, und würde es tun. Er wegen der Regeln, sie wegen sich selbst. Sie will einfach keine Denunziantin sein. Eine Hasserin zu sein, scheut sie sich nicht, sie hasst gerne und oft nur kurz, weil ihr Hass rasch in Gleichgültigkeit oder sogar Wohlwollen umschlägt. Aber eine Petze, eine Petze ist man nicht. Und politisch, historisch, da hat das Denunzieren schon viel Unheil angerichtet. Sie fragt sich, ob Leute, die andere Leute angezeigt und verraten haben, ob die einmal die Guten waren. Ob das Verraten auch mal eine Tugend war. Und ist es nicht jetzt eine Tugend, einen VW-Manager anzuzeigen? Gibt es nicht ganz große Aufdecker? Edward Snowden zum Beispiel? Aber hier richtet sich das Aufdecken, das Sichtbarmachen, das Beschuldigen gegen die Großen, gegen die Mächtigen. Das ist etwas anderes, und es ist gefährlich für den Enthüller. Einen Jungen anzuzeigen, der was im Supermarkt gestohlen hat, das ist nicht vergleichbar. Auch wenn er vielleicht Steine auf Polizisten geworfen hat. Aber das kann man nicht wissen. Man darf es ihm auch nicht unterstellen. Nur weil er ein Arschloch ist, muss er kein Steinewerfer sein.

«Es tut mir leid», sagt sie, «aber ich kann das nicht. So eine Mutter hast du einfach nicht.»

Helga quält sich die Treppe hoch. Sie muss die Pillen nehmen. Sie fasst sich mit der Hand an die linke Seite. Sie keucht. Sie schwitzt, und gleichzeitig friert sie. So geht es jetzt jeden Tag. Sie legt sich, die Arme ausgestreckt, auf ihr Bett. Sie liegt und lauscht, aber nichts ist zu hören, nur ihr eigenes Keuchen, das langsam schwächer wird. Sie schließt die Augen. Dann steht sie wieder auf und besprüht sich mit *Ô de Lancôme*. Dann legt sie sich wieder hin.

Beethoven aus dem Radio im Ruderboot, das Boot heißt Hertha, wie die Mutter.

Vom Fluss aus ruderten sie über die glänzende Fläche des Sees, zu dem der Fluss sich hier weitet, und in die masurischen Wälder hinein, wo die Mücken sie zerstachen und sie sich kratzte, bis die Stiche sich entzündeten. Sie hat heute noch Narben auf dem Rücken davon. Der Vater im hochgekrempelten Hemd. Die Mutter in Hosen. Es gab ein Foto davon. Helga weiß nicht, wo es geblieben ist, vielleicht bei Martha oder Gretchen. Sie weiß auch gar nicht, ob sie sich nicht vielleicht überhaupt nur an dieses Foto erinnert, denn sie sieht die Mutter in Hosen im Boot sitzen. Sie trägt ein Kopftuch gegen den Wind, und ihr Gesicht ist ganz schmal dazwischen. Mit den Hosen und dem Kopftuch sieht die Mutter wie ein Mädchen aus. Gretchen ließ ihre Hand durch das Wasser ziehen und starrte verträumt. Gretchen hatte immer gemacht, was die Eltern oder die Lehrer von ihr verlangten, bis das mit Maria Götz war. Sie war als Erste im BDM gewesen. Sie bekam eine weiße Bluse und ein schwarzes Tuch um den Hals und stand auf dem Marktplatz, wo der Gauleiter Schmidt zu Besuch gekommen war, die ganzen weißblusigen Mädels, die etwas vorführen sollten, Gymnastik zu Ehren des Führers und des Gauleiters. Gretchen hatte all dies immer brav getan. Helga hatte Gretchen einmal abends vor dem Schlafen gefragt, ob es Spaß mache, im BDM. *Eigentlich nicht*, hatte Gretchen geantwortet und an die Decke gestarrt.

Aber wenn es keinen Spaß macht ..., hatte Helga eingewandt.

Es ist nun mal besser, hatte Gretchen gesagt, und Helga hatte lange darüber nachdenken müssen. Der Vater hatte gewollt, dass Helga auch in den Jungmädchenbund eintritt. Sie wollte erst nicht, aber dann war sie doch eingetreten, denn alle Mädchen waren im Jungmädchenbund. Alle. Der Vater hatte eigentlich nicht darauf bestanden. Er hatte auf gar nichts bestanden. Er lebte in der Welt ohne rechte Überzeugung, aber auch ohne Auflehnung. Er saß mit dem Schmedel, dem Glumskopp Schmedel, wie die Mutter ihn nannte, im Gasthof Werner und redete. Sie hatte als Mädchen nicht wissen können, worum es in den Gesprächen ging, aber sie schnappte manchmal etwas auf, und sie bekam einen ungefähren Eindruck von dem Ungenauen in ihres Vaters Reden. Er redete gequält und doch auch so, als wäre es ihm alles ein Witz. Er war, dachte sie später, ein Ängstlicher. Er wollte die Mädchen im BDM haben, obwohl er es eigentlich nicht wollte. Als kleiner Beamter saß er an seinem Schreibtisch in einer kleinen Stadt und verhielt sich still. Vielleicht hatte er Wünsche gehabt, vielleicht wollte er über Dinge reden, über die er mit der Mutter und den Kollegen nicht reden konnte. Vielleicht war der Trödler Schmedel, der sonderlich war, verwahrlost gar, vielleicht war Schmedel der Mann, mit dem der Vater am freiesten seine Gedanken austauschen konnte. Vielleicht gründete sich darauf ihre

Freundschaft, die keine richtige war. Keine auf Vertrauen und Treue gebaute. Denn der Vater verriet den Schmedel, als die Polizei ihn verhörte, wegen der Sachen, die der Schmedel gesagt hatte, und daraufhin ging der Schmedel für sechs Tage ins Gefängnis. Als ein anderer kam er wieder heraus, als einer, der weniger redete, aber dem Vater vertraute er immer noch, obwohl der Vater dem Schmedel jetzt auswich. Einmal brachen sie beim Schmedel ein, irgendwelche jungen Männer, es war allgemein bekannt, wer es war, sie brachen seinen Laden auf und verwüsteten ihn. Alle Lampen zerschlagen, die Möbel hatten Kratzer und Einschläge von einer Axt. Genau an diesem Tag gingen sie beim Schmedel vorbei, er saß auf einem Stuhl vor dem Geschäft, rauchte eine Zigarette und starrte in die Sonne wie ein Blöder, fast sah es aus, als ob er lächelte. Da blieb der Vater stehen, er hatte noch nichts vom Unglück gehört, sonst hätte er sicherlich einen anderen Weg genommen, aber jetzt blieb er stehen und reichte dem Schmedel die Hand.

Was haben sie dir getan?, fragte er den Schmedel, und der zuckte mit den Schultern, sog an seiner Zigarette und starrte vom Vater weg in die Sonne.

Der Vater blieb beim Schmedel, er krempelte sich sein Hemd auf und sagte ihnen, sie sollten nach Hause gehen. Er half dem Schmedel beim Aufräumen und dann auch mit Geld, was sie in der Schule erst hörte. Und so ist es gewesen, dass der Vater einmal den Schmedel verraten und ins Gefängnis gebracht hatte, wegen einiger Worte, die der Schmedel ausgesprochen, die der Vater aber nur gedacht hat, vielleicht, und ein anderes Mal hat er dem Schmedel geholfen, wieder auf die Beine zu kommen, und ist ihm ein echter Freund gewesen. So ist der Vater gewesen. Er hat ein guter Mensch sein wollen, ohne die

Gesetze zu verletzen, und das ist ihm später noch sehr schwergefallen. Dann hat er in den Krieg gemusst. Ist es wohl richtig gewesen, den Schmedel wegen der Worte zu verraten?

«Man muss es doch», murmelt sie zu sich selbst und streicht sich einmal kräftig über das Gesicht.

Einmal, kann sie sich erinnern, da muss der Vater Urlaub gehabt haben, da saß er dünn und bärtig in seiner Uniform in der Küche, er starrte in die Luft wie der Schmedel, als er vor seinem Laden in die Sonne schaute, während hinter ihm sein Leben in Trümmern lag. So lag vielleicht auch des Vaters Leben in Trümmern, und er konnte nicht mehr zu seiner Familie schauen, er konnte sie nicht mehr ansehen und nicht mehr bei ihnen sein, auch wenn er beim Abendbrot saß und das Tischgebet sprach.

Später, viel später erst, hatte sie darüber nachdenken müssen, ob ihr Vater am Ende vielleicht feige war. Sie hatte das oft gedacht, jetzt will sie es nicht mehr denken. Solche Sachen sind sinnlos.

«Gretchen schrieb einen Liebesbrief an Maria Götz», sagt Helga unvermittelt und schiebt sich einen Löffel in den Mund.

«Ich nehme an, du willst etwas von früher erzählen», sagt Natascha und sieht nicht so aus, als hätte sie Lust darauf.

«Er wurde in der Schule vorgelesen.»

Helga lächelt schief, und das hängt mit der Geschichte zusammen, es ist nicht einfach, so etwas zu erzählen, das hat sie ja noch nie getan, da will die Geschichte nicht so einfach aus ihrem Mund heraus.

«Gretchen kam nach Hause. Sie war wie eine Puppe, so

steif und unbeweglich ... im Gesicht. Die Mutter schämte sich sehr. An Maria Götz ausgerechnet, die war die Tochter vom Ortsgruppenleiter Götz, das schönste Mädchen. Ich habe dann nicht mehr mit ihr geredet, wenn wir abends im Bett lagen. Aber Gretchen versuchte auch gar nicht, mit mir zu reden. Sie sagte einfach nichts mehr. Lange Zeit.»

«Das kommt mir sehr traurig vor», sagt Natascha, nimmt sich ein Brötchen und schneidet es auf.

«Aber dann», Helga hebt einen Zeigefinger in die Luft, «erzählten sie, dass Maria Götz mit Gretchen gesehen wurde, abends am Fluss, wie sie sich direkt umfasst haben.»

Helga spuckt auf den Boden.

«Spinnst du?»

Natascha steht auf, reißt Küchenpapier ab, um aufzuwischen.

«*Ist das wahr?*, hat unsere Mutter Gretchen gefragt. Und weißt du, was Gretchen gesagt hat?»

«Was hat sie gesagt?», sagt Natascha.

«*Wenn sie es sagen*. Mehr nicht, bloß, *wenn sie es sagen*.»

«Was sollte sie auch sonst sagen», sagt Natascha.

«Maria Götz wurde auf ein Internat geschickt. Damit war die Geschichte zu Ende», sagt Helga und reibt sich die Hände.

«Ich denke, es ist doch ziemlich bösartig», sagt Natascha, «wie du über deine Schwester redest. Sie war lesbisch, nun was? Das ist kein Verbrechen.»

«Damals schon!»

«Es wurde vielleicht so angesehen, aber das war es nicht. Du hättest doch auch merken können, dass es falsch war. Das muss man doch irgendwie spüren, Helga, das kann man doch nicht sich von anderen sagen lassen, was richtig und was falsch ist. Wenn deine Schwester sich verliebt, wie kannst du da so hart sein und sie verdammen?»

«Wir mussten uns alle mit schämen. Sie hätte doch an die Familie denken müssen. Und wenn sie solche Gefühle hatte, das hätte sie doch für sich behalten können. Da hätte sie doch den Brief nicht schreiben müssen, keiner hätte am Ende was erfahren, alles wäre gut gewesen. Du kannst einfach reden. Du weißt doch gar nicht, wie es war. Und damals war es halt falsch. Was meinst du, welche Sachen später mal falsch sind, die heute richtig sind? Und sie hat mir ja auch leidgetan. Aber ich hatte selbst zu leiden gehabt, die Mutter, wir alle. Wenn du den Brief gelesen hättest, ich weiß ihn heut noch wie auswendig. *Du bist für mich der schönste Mensch. Ich möchte deine Augen küssen. Ich möchte mit dir fortlaufen, wo uns keiner findet. Alles will ich für dich tun, und wenn du mich nicht liebst, dann will ich sterben.*»

«Das ist der Brief?», fragt Natascha.

«Das ist ein Ausschnitt.»

«Gott, das bricht mir das Herz, Helga!»

«Ja, aus heutiger Sicht ist das vielleicht modern, nicht?»

«Modern ist es nicht gerade. Aber siehst du nicht, wie sehr sie gelitten haben muss?»

«Sie hat immer solches Zeug geredet, als wäre sie nicht ganz normal. Und das meiste hat sie sich doch eingebildet. Vielleicht hat sie sich wirklich verguckt gehabt, das kann ja sein, aber das meiste hat sie sich dazugesponnen. Sie hat ja später auch ganz normal einen Mann gehabt. Ich denke, da hat es sich einfach gegeben.»

«Wie soll sich sowas geben, wenn man lesbisch ist? Man kann vielleicht bisexuell sein, aber man wird nicht einfach hetero.»

«Was redest du da für einen Schweinkram, da will ich gar nichts von wissen. Ich sage dir, das ist die Jugend, da geht manches drunter und drüber. Das wächst sich dann aus.»

Helga steht auf und stößt beim Rausgehen fast mit Alexander zusammen.

«Was stehst du hier im Dunkeln, mein Alexander? Erschreckt hab ich mich fast!»

Eine Weile steht er noch im Flur, er hat gelauscht, er wollte es gar nicht. Er hat in die Küche gehen wollen, sich etwas zu essen holen, und dann hat er eine Geschichte von Liebe und Qual gehört, von Gretchen und einem Brief. Er blieb stehen und lauschte. Jetzt stapft er langsam die Treppe hoch. Er hat keinen Appetit mehr. Er legt sich auf sein Bett und starrt die Decke an.

Als er siebzehn war, in der Ausbildung, ging er regelmäßig zu Clark, Clark war siebenunddreißig und wohnte in einer Dachgeschosswohnung in Lübeck an der Schwartauer Allee. Alexander machte in Lübeck eine Ausbildung zum Anlagenbauer. Es waren immer einige Jungs wie er in dieser Wohnung, manche hatten kein Zuhause oder waren dort weggelaufen und wohnten nun bei Clark im Wohnzimmer. Sie schliefen auf dem Teppich, und sie rauchten Joints. Ein Junge war dabei, den nannten sie Pissi, er war vierzehn und pinkelte manchmal ein. Pissi prügelte sich gern, vor allem, wenn er hörte, dass sie ihn Pissi nannten. Er war wie ein kleiner Stier, aber Alexander mochte ihn. Er war ja nur so wütend, weil er so verletzt war. Sie wussten so etwas, wussten eine Menge über diese Dinge, obwohl sie andererseits kaum etwas voneinander wussten. Sie sprachen über viele interessante Sachen, über Politik und Drogen und Musik, manchmal über Theaterstücke. Aber über sich selbst sprachen sie nicht. Er selbst redete wenig mit, denn was hätte er zu sagen gehabt, über diese Sachen? Er hörte zu und war froh, dass er bei ihnen sitzen durfte, als gehöre er zu ihnen, als könne er wie sie über Politik, Drogen oder Theater reden.

Mit Clark hatte er das erste Mal Sex. Es war ein bisschen komisch, aber da alle Jungen ab und zu mit Clark Sex hatten, war es irgendwie normal, und er war froh, es endlich gemacht zu haben. Er war in dieser Zeit ständig geil. Er onanierte mehrmals täglich, und er konnte kaum an etwas anderes als an Sex denken. Clark war klug, er las viele Bücher, komponierte, und er kümmerte sich um die Jungen. Er kochte ihnen Essen, erklärte ihnen das Leben, ließ sie bei sich schlafen, manchmal verschaffte er ihnen Jobs, und er hörte ihnen zu, ernsthaft, gab ihnen Tipps und verurteilte sie nicht, machte sich nicht über sie lustig. Sie alle waren so anders als die Jungen in seiner Ausbildung, dass er sich schizophren vorkam, denn auch er war dort ein anderer Mensch als mit den Jungs in seiner Ausbildung.

Mit Clark schlief er zwei Jahre lang immer wieder, er verliebte sich in ihn und entwickelte eine schlimme Anhänglichkeit. Er ertrug es nicht mehr, dass andere auch mit Clark schliefen. Manche der Jungs wollten auch mit ihm, mit Alexander, schlafen, aber er wollte es nicht. Er wollte niemand anderen als Clark. Clark spielte Gitarre und schrieb Songs. Tagsüber war er Sachbearbeiter in der Verkehrsbehörde. Er war nicht eigentlich schön, aber gut trainiert und achtete auf sich. Alexander liebte ihn, es hatte mit seinem Alter und Aussehen wenig zu tun. Als Clarks Interesse an ihm nachließ, ungefähr zu der Zeit, als seine Anhänglichkeit kaum mehr steigerbar war, da bemerkte er das sofort und versuchte, dagegen anzuarbeiten. Er trainierte seinen Körper mit Gewichten, er ging alle drei Wochen zum Friseur und benutzte Eau de Toilette. Die Eltern sahen es gern. *Gut siehst du aus*, sagte die Mutter immer wieder und drückte ihren *großen Jungen* an sich.

Der Vater fragte ihn, ob er eine Freundin hätte. Er gab nur ausweichende Antworten, er wollte ihn in dem Glauben lassen. Aber Clark wollte ihn nicht mehr, egal wie schön er wurde. Er war irgendwann in Clarks Wohnung nicht mehr so gern gesehen. Vermutlich gerade weil er sich so sehr bemühte, Clark zurückzubekommen, sich für alle möglichen Gefallen anbot. Die anderen machten sich über ihn lustig, Clark war genervt.

An einem Abend hatte Alexander gewusst, dass er nicht mehr erwünscht war, es gab einen kleinen Streit, wegen nichts. *Geh mal besser nach Hause*, sagte Clark endlich. *Du hast doch ein Zuhause. Es wird mir hier zu viel mit dir.*

Es war im späten Frühling, alles blühte, die Vögel sangen. Menschen schlenderten durch die warmen Straßen. Musik aus den geöffneten Fenstern. Gespräche und Gelächter. Der Himmel maigrün.

Er ging zum Lübecker Bahnhof und fuhr heim. Er hatte noch nie in seinem Leben solch einen Schmerz verspürt. Er konnte nicht verstehen, dass er, trotz dieses Schmerzes, immer noch am Leben war.

In den kommenden Wochen gewöhnte er sich an den Schmerz, und mit der Gewöhnung wurde er erträglicher.

Aber er wusste nicht mehr, wohin er gehörte. Er war in diesen zwei Jahren jemand gewesen, der mit Männern schlief. Er war in einer Gemeinschaft, in der das so war, nichts Besonderes. Sexualität fand so, ausschließlich so, statt. Aber jetzt war er zurückgekehrt in eine Gemeinschaft, die erwartete, dass er sich nach einem Mädchen umsah. Und tatsächlich sahen sich Mädchen nach ihm um. Er sah gut aus. Er hatte Muskeln und war immer noch geil, durch den Schmerz hindurch.

Er machte immer noch die Ausbildung, ab und zu musste er nach Kiel. Er lernte Mädchen kennen, er ging mit den Jungs von der Ausbildung in die Disco, und sie stellten ihm ihre Schwestern vor oder die Freundinnen ihrer Freundinnen. Es gefiel ihm, dass die Mädchen ihn mochten, und er versuchte es sogar. Das Küssen fiel ihm gar nicht schwer, aber ihre weiblichen Körper stießen ihn ab. Er wollte ihre Brüste nicht berühren. Er wollte ihr Gelächter und ihr Gehabe nicht. Er wollte, das musste er sich eingestehen, das Spröde eines männlichen Körpers. In der Berufsschule gab es keine Schwulen, zumindest wusste man es nicht.

Eine Weile, nachdem ihn Clark aus der Wohnung geworfen hatte, ging er nicht mehr in die Berufsschule. Er zog sich in sein Zimmer zurück, erklärte den Eltern, dass die Ausbildung nichts für ihn wäre, und sie sahen ein, dass sie ihn nicht zwingen konnten. Sie trösteten ihn sogar. Aber er konnte ihnen nicht erklären, dass es weniger die Ausbildung war, die ihn belastet hatte – obwohl es ihn tatsächlich nicht interessiert hatte –, als die Anstrengung, ein Leben zu führen, das jeglichen Sinn für ihn verloren hatte.

Die Eltern waren voller Verständnis, obwohl sie nichts verstanden. Aber was hätte er ihnen sagen sollen? Ich habe einen älteren Typen geliebt, der es mit Minderjährigen trieb? Denn all das war ihm jetzt klar. Aber das Schlimme daran war, es nützte nichts, er sehnte sich trotzdem zurück.

Er klopft an der Tür, leise erst, dann kräftiger.

«Alexander?»

Er hört ein Gemurmel, ein Brummen. Er öffnet die Tür. Alexander hat sich auf dem Bett aufgesetzt. Er sieht verstört aus.

«Alles in Ordnung?»

«Bestens.»

«Hast du geschlafen?»

«Nein.»

«Es sieht aus, als ob du geschlafen hättest.»

«Hab ich aber nicht.»

«Du bist erschöpft, das ist verständlich.»

«Was willst du?»

«Kann ich mich setzen?»

Alexander zuckt mit den Schultern.

«Ist dein Haus.»

«Na, so sehe ich das nicht. Es ist dein Zimmer. Und darum geht es auch nicht.»

Er setzt sich an den Schreibtisch. Dort steht der einzige Stuhl im sauberen, aufgeräumten Zimmer. Nur das Bett ist zerwühlt.

«Ich dachte, es wäre nicht so schön, wenn du es von jemand anderem erfahren würdest. Deshalb wollte ich es selbst sagen. Ich habe eine Anzeige gemacht.»

«Eine Anzeige?» Alexander lächelt ihn an.

«Wegen dieser Sache, mit dem Pfefferspray. Ich weiß, du hast gesagt, ich soll es nicht machen, aber ich sehe das anders.»

«Hm.»

«Es kann sein, es ist sogar wahrscheinlich, dass sie nicht herausbekommen, wer das gewesen ist. Und ich muss dir ehrlich sagen, die sind auch nicht sehr höflich gewesen, bei der Polizei. Und ein Typ da, so ein echt schon ein bisschen schmieriger Typ, der hat sich fast lustig über mich gemacht. Sie dachten, ich merk das nicht. Aber ich habe es direkt angesprochen, ich hab gesagt: Also, wenn Sie meinen, dass Sie sich über mich lustig machen können ...»

«Das hast du gesagt?»

«Jedenfalls, ich hab es getan, und jetzt weißt du Bescheid.»

«Jetzt weiß ich Bescheid.»

Thomas erhebt sich. Er zögert.

«Ich würde noch deine eigene, deine persönliche Meinung hören.»

Alexander lächelt wieder.

«Du findest es wohl auch lustig?»

«Ich weiß nicht, was du willst. Es ist 'ne ganze Menge passiert die Tage. Du hast Pfeffer abgekriegt.» Er zuckt mit den Schultern. «Du gehst also dahin und machst 'ne Anzeige. Das interessiert niemanden, und dabei kommt niemals was raus. Außer dass man sich über dich lustig macht.»

«Das weiß ich selbst alles. Ich will wissen, ob du das in Ordnung findest?»

«Ich war nicht dabei.»

«Hast du, verfluchte Scheiße, auch mal 'ne eigene Meinung, Alex?»

Alexander sieht ihm jetzt direkt ins Gesicht. Er sieht sehr müde aus.

«Weiß ich nicht», sagt er.

Unerklärlicherweise hat Thomas jetzt ein schlechtes Gewissen, als hätte er ihn erpressen oder ihm schaden wollen. Er hat schon immer ein schlechtes Gewissen gegenüber Alexander gehabt. Nicht, weil sie ihn adoptiert hatten, sondern weil sie danach noch ein eigenes Kind bekamen. Man liebt Kinder immer auf ganz unterschiedliche Art und Weise. Wenn Eltern sagen, dass sie jedes ihrer Kinder gleich lieben, dann ist das gelogen. Er ist sich ganz sicher, dass alle Eltern eines ihrer Kinder dem oder den anderen vorziehen, insgeheim. Man kann nicht gerecht sein, nicht in der Liebe, denkt er. Sonst würde er Alexander so lieben wie Imke. Sonst würde er vielleicht noch immer Natascha lieben. *Das* wäre gerecht. Aber Liebe hat mit Gerechtigkeit nichts zu tun. Und Elternliebe ist doch die egoistischste, die am wenigsten selbstlose überhaupt. Lieben nicht Eltern in ihren Kindern vor allem sich selbst?

Als Alexander ihnen sagte, dass er zur Polizei wolle, da hat er versucht, es zu verstehen. Wahr ist, dass Alexander immer ein ausgeprägtes Gerechtigkeitsempfinden hatte. *Es ist nicht gerecht*, hatte er als Kind schon geheult bei irgendwelchen Kleinigkeiten und es ihnen dann ganz genau erklärt. Sehr detailliert und umständlich, und am Ende mussten sie ihm sogar recht geben. Er akzeptierte jede Entscheidung, auch zu seinen Ungunsten, wenn er einsah, dass die Entscheidung gerecht war. Aber die Diskussionen waren sehr kompliziert, und besonders Imke war nicht gewillt, den schwierigen Verhandlungen immer zu folgen. Sie gab dann oft lieber nach, sie glaubte sowieso, dass ihr Bruder im Recht war. Solche Geschwister sind sie – gewesen, denkt er betrübt.

Ist er nicht zu weich für die Polizei?, hatte Natascha gesagt.

Er war nicht dieser Ansicht. Nachdem er die Ausbildung in Lübeck abgebrochen hatte, wurde er schwierig. Er lag herum und spielte Computerspiele, alles verschlampte; er wusch sich nicht, und er redete kaum mit ihnen.

An einem Tag war er zu ihm ins Zimmer getreten, hatte das Fenster geöffnet und in den blauen Himmel gestarrt. Draußen war eine Welt, hier drinnen lag sein Sohn auf dem Boden.

Nimm es dir nicht so zu Herzen. Es ist nichts dabei, eine Ausbildung abzubrechen. Jeder trifft mal eine falsche Entscheidung. Ich habe mein Studium abgebrochen, wie du weißt. Die wenigsten Menschen wissen schon in deinem Alter, was sie werden wollen, hatte er zu ihm gesagt.

Alexander hatte weiter in seinem Laptop geschossen. Er schoss Menschen ab, und Thomas fragte sich, auf wen er wütend war.

Kannst du vielleicht dieses Spiel unterbrechen, wenn ich mit dir rede?

Jetzt nicht. Sonst werde ich selber erschossen!

Thomas hatte sich auf den Stuhl am Schreibtisch gesetzt und gewartet. Irgendwann würde Alexander mit dem Schießen fertig sein, und dann würde er mit ihm reden müssen. Er hatte lange auf diesem Stuhl in diesem muffigen Dachzimmer gesessen. Er hatte die Luft geatmet, die sein Sohn atmete, er hatte seinen Körper gesehen, diesen kräftigen Körper, der bereits der eines Mannes war. Und da hatte er etwas begriffen. Wie es sich anfühlt, ein Sohn zu sein, in einem Dachzimmer. Wie es sich anfühlt, sein ganzes Leben in diesem Zimmer verbracht zu haben. Um ihn herum die alten Schulbücher im Regal. Die Legosteine in der Kiste. Der Kleiderschrank mit den Aufklebern aus der Kindheit, seit er vier oder fünf war. Bob der Baumeister, Spiderman. Er sitzt hier als junger Mann in seiner ganzen Kindheit drin und spielt, wie er Feinde erschießt.

Thomas saß auf dem Drehstuhl von Ikea, weil er gesagt hatte, dass er sitzen bleiben würde, bis Alexander fertig sein würde. Er saß und wartete, es wurde Nacht. Natascha kam nicht, um ihn zu erlösen. Sie wollte sich nicht einmischen, sie vertraute darauf, dass er sich aufraffen würde. Sie konnte das, einfach nur gut sein. Ihre Güte kotzte ihn an.

In der Nacht beendete Alexander das Spiel. Er klappte den Laptop zu und sah Thomas an. Seine Augen waren klein und rot. Aber Thomas wusste, dass er die ganze Zeit mit sich gekämpft hatte. Und mit ihm.

Ich weiß nicht, was ich machen soll, Papa, sagte er.

Bei der Erinnerung steigen Thomas Tränen in die Augen, wie damals. Er wischt sie mit dem Daumenballen weg und steigt zu seiner Wohnung über der Garage hoch. Er hatte damals solch ein Eingeständnis, solch einen Hilferuf von seinem Sohn nicht erwartet. Er hatte mit Widerstand, mit Bockigkeit gerechnet. Dass Alexander ihm Schwäche zeigte, das setzte ihn matt.

Du musst es nicht wissen. Nicht für mich. Du bist mir nichts schuldig, hatte er vorschnell geantwortet und gleich gedacht, dass der Junge ihm *doch* etwas schuldig war. Sie hatten ihm immerhin ein gutes Zuhause geboten, eine gute Erziehung, ein privilegiertes Leben. Konnte man dafür nicht auch etwas erwarten?

Also nicht sofort. Irgendwann muss man natürlich wissen, was man will. Man muss seinen Platz im Leben finden. Denn schließlich kannst du nicht immer hier liegen …

Ich weiß.

Aber vielleicht könntest du mal aufräumen. Und dich duschen.

Alexander hatte genickt und noch in der Nacht sein Zimmer aufgeräumt.

Kurz darauf dann, zwei, drei Wochen später, hatte er ihnen mitgeteilt, dass er zur Polizei wolle. Er hatte mit einem Jungen gesprochen, den er von der Schule her kannte. Der wollte auch zur Polizei.

Sie hatten ihn ermuntert, aber noch nicht einmal unter sich ausgesprochen, dass sie beide diese Berufswahl missbilligten, das gestanden sie sich erst später ein. Natascha war trotzdem stolz auf ihn, ist es immer noch. Sie ist stolz auf sein Aussehen, seinen Charakter, vielleicht sogar auf seine Uniform. Sie liebt diesen Jungen, seit sie ihn damals aus dem Krankenhaus nach Hause geholt haben, überrascht darüber, dass sie ihn liebt, da sie nicht richtig hatte glauben können, dass das möglich sein würde. Ein fremdes Kind zu lieben. Aber sie tut es, sie liebt ihn viel mehr als Imke. Das, denkt er, ist das Wunderbare an der Liebe. Und das Ungerechte, denn hat Imke diese Liebe nicht ebenso verdient?

Er legt sich auf sein Sofa und betrachtet im Liegen die Bronze, die so fein und wunderschön auf dem Fensterbrett in der Sonne leuchtet.

Bitte, das ist doch mal hübsch», sagt Helga und hält ein Kleid hoch, «und so gute Qualität.»

«Die Qualität mag gut sein», sagt Natascha. Sie nimmt Helga das Kleid aus der Hand und hängt es zurück auf die Stange. Hinter ihnen steht eine Verkäuferin in ihren späten Sechzigern, mit einem langen Zopf auf dem Rücken, der so blond ist wie die Sonne.

«Es gefällt ihr nicht», sagt die Verkäuferin. «Suchen wir etwas anderes.»

«Ich fürchte, wir werden nichts finden», sagt Natascha.

Helga lächelt, dunkle Schatten unter den Augen. Sie trägt, trotz der Hitze, eine Steppweste über einer Bluse, die am Kragen mit Alpenmotiven bestickt ist. Ein Edelweiß links, ein springender Bock rechts. Sie hat zu Natascha gesagt, sie braucht einen Rock für den Sommer. Sie hat nicht gesagt, dass sie etwas für Natascha kaufen will. In diesem Laden mit den lächelnden, älteren Verkäuferinnen, wo selbst die jüngeren Verkäuferinnen ältere Verkäuferinnen sind, fühlt sich Natascha wie in einem Hotelzimmer, in dem etwas mit der Einrichtung nicht stimmt und in dem man erstaunt feststellt, dass man in ihm wird wohnen müssen. Wie konnte sie nur hierherkommen?

«Du hast mich überrumpelt, Helga», sagt Natascha.

«Ich musste», sagt Helga. «Du wärst ja nicht mitgekommen.»

Natascha seufzt, sie nimmt Bügel von den Stangen, starrt auf die Kleidungsstücke, die ihr nicht gefallen, selbst wenn sie ihr, an einem anderen Ort und in anderen Zusammenhängen, möglicherweise gefallen könnten, sie weiß gar nicht, warum sie es überhaupt tut, vielleicht wegen der erwartungsvollen Verkäuferin mit dem blassgelben Zopf, der altmädchenhaft über ihren Rücken hängt. Sie hat sehr große Brüste unter dem weiten Jeanshemd, schmale Hüften und fadendünne Beine. Die glänzende, silberne Leggins schlabbert an ihren braunen Knöcheln, die in hochhackigen, weißen Strasssandalen stecken. Ihr Gesicht ist breit, die Züge sind scharf, ihr Blick ist freundlich. Sie versteht sie vollkommen, sie möchte ihr gerne helfen, mit ihrer Schwiegermutter und der Situation, auch wenn sie gar nicht wie Natascha ist. Es gibt solche Menschen, mit denen man nichts gemeinsam hat als die Menschlichkeit, und solche vollkommen verschiedenen und dennoch so freundlich zugewandten Menschen haben Natascha immer schon ganz schnell ganz weich gemacht. Die Verkäuferin fragt immer wieder, ob ihr dies oder das wohl auch nicht gefällt, in einem Ton, als schmerze sie dieser Umstand.

Natascha selbst möchte gerne etwas finden, möchte, dass ihr etwas gefällt, aber die Pullover und Blusen hängen da wie Dinge aus einer anderen Welt, aus einer anderen Zeit, wo bekommen sie so etwas nur her? Dann, ein Impuls, vielleicht ein Ausweg, fragt sie: «Haben Sie auch Dessous?»

«Dessous?», sagt die Verkäuferin und spricht es *De Suuus* aus.

«Was willst du denn mit *De Suuus*?», sagt Helga, die sich gerade Hosen ansieht.

Siebenundachtzig Jahre alt, denkt Natascha, und geht immer noch shoppen wie eine Siebzehnjährige. Stopft sich den Schrank voll mit Zeug, das kein Mensch nach ihr jemals wieder wird tragen können.

«Ein bisschen was schon», sagt die Verkäuferin und macht sich auf den Weg in eine andere Ecke des Ladens, bahnt sich mit ihren patschenden Händen eine Schneise durch die stickige und parfümierte Luft des teppichausgelegten Geschäftes, sie folgen ihr, auch Helga ist jetzt von den *De Suuus* magisch angezogen. Und da hängen in einer Ecke dann auch wirklich ein paar weiße, apricot, dunkelblaue und fliederne BHs, Slips dazu, in zarter Spitze, groß. Große Spitzenslips an kleinen, durchsichtigen

Plastikbügeln. Wie sich diese Spitze wohl an große, faltige Hintern schmiegen wird?, denkt Natascha. Und wie an ihren eigenen, auch nicht mehr ganz frischen? Sie kräuselt die Lippen, sie schämt sich, beobachtet aber noch etwas anderes an sich: Trotz. Empörung. Warum soll es einem faltigen Hintern nicht erlaubt sein, in einem zarten Fliederhöschen zu stecken? Warum soll alles immer nur den jungen, kindhaften Weibern vorbehalten sein? Muss denn alles Schöne immer nur den egoistischen Kindern dieser Welt gehören?

«Wir haben's auch kleiner», sagt die Verkäuferin und hält den apricot BH vor ihre eigene, wunderbar gewaltige Brust.

«Das ist doch nichts für sie», sagt Helga, zitternd vor Empörung oder Scham. Sie lässt sich umständlich auf einem Stuhl neben der Kabine nieder, umkrampft ihre Handtasche.

«Ich würde den in 75C probieren», sagt Natascha.

Die Verkäuferin eilt, um die richtige Größe zu suchen.

«Ich weiß nicht, was du damit willst. Das sieht doch keiner», sagt Helga nach einer unendlichen, verstockten Weile, in der die Missbilligung ihre Gesichtszüge wurzelartig zusammenkneift.

«Es ist auch für einen selbst», keucht die Verkäuferin, die wieder da und jetzt auf Nataschas Seite ist, den BH wie eine Fahne schwenkend. Natascha probiert ihn in einer Kabine an, die so groß ist wie ein Zimmer. Die Spitze ist sehr durchsichtig, sie verdeckt kaum die Brustwarzen.

«Das sieht an Ihnen aber sehr gut aus», sagt die Verkäuferin, die den Vorhang zur Seite gezogen hat.

«Mädel! Bist du denn verrückt!», schreit Helga.

«*Sie* kann das tragen», sagt die Verkäuferin.

«Niemand kann das tragen, das ist ja ein Nutten-BH», sagt Helga.

Natascha kauft den BH nebst apricot Slip. Die Verkäuferin wickelt ihn vergnügt in Seidenpapier. Helga kneift die Lippen zusammen, möglicherweise haben sie sie jetzt als Kundin verloren.

Als Helga sich umständlich neben Natascha angeschnallt hat, fahren sie eine Weile still durch die Stadt. Die Einkäufe, in Seidenpapier eingewickelt, liegen auf dem Rücksitz.

«Sowas wäre mir nie an den Körper gekommen», sagt Helga schließlich. Sie müssen die Sonnenblende runterklappen, es geht nur langsam voran, die Straßen sind voll, Kolonnen von Autos, die drängeln und hupen.

«Na ja», sagt sie dann, nach einer Weile, als Natascha immer noch nichts gesagt hat, was sie ein bisschen beleidigt. «Es hätte ihm auch nicht gefallen.»

«Wem?»

«Walther.»

«Woher willst du das wissen?»

«Er war mehr so ... für anständige Sachen. Er wäre verrückt geworden, wenn ich sowas getragen hätte.»

«Hast du mir nicht erzählt, dass er dich betrogen hat, jahrelang? Sind das die anständigen Sachen?»

«Das ist was anderes. Das war ja nicht bekannt.»

«Du wusstest es doch!»

«Ja, aber niemand sonst. Heute ist das alles anders, die Leute haben einfach keinen Anstand mehr. Sie vergucken sich, dann verlassen sie gleich ihre Familie, zack, aus. Es ist ja nicht mal mehr eine Schande. Es ist ja nicht einmal mehr die *Rede* von Schande. Das gibt's nicht mehr.»

«Zum Glück.»

Helga schüttelt den Kopf.

«Da verspricht man sich was, und dann hat das alles keine Bedeutung mehr. Was ist das denn schon, diese *Gefühle*? Es sind doch bloß Gelüste, meine Liebe, Gelüste, sonst nichts. Wenn ich heute Lust auf Erdbeerkuchen habe und morgen lieber Käsekuchen. Das war zu unserer Zeit doch auch nicht anders, aber wir haben dem nicht nachgegeben. Wir wussten, was unsere Pflicht war.»

«Von wem redest du, von dir oder von Walther? Der hat seinen Gelüsten doch ganz gut nachgegeben.»

«Er hat seine Familie nicht verlassen. Dem Mann!, Natascha, wird manches vergeben. Der Mann hat einen starken Trieb. Die Frau kann sich beherrschen.»

Natascha sagt nichts. Sie blickt ab und zu zu Helga, die wie ein altes, müdes Tier in der Ecke ihres Sitzes lehnt und leise keucht.

Ihre Kollegin Hilde brachte ihr einmal ein ganz zerlesenes, in Zeitungspapier eingeschlagenes Buch mit. «Lady Chatterley». Sie konnte nicht mehr aufhören, darin zu lesen. Sie verliebte sich in Oliver Mellors und hielt heimlich Ausschau nach Männern, Straßenarbeitern, denen in der Sonne der Schweiß über die magere Brust lief. Ihre eigene Verdorbenheit verursachte ihr Übelkeit. Sie war zuweilen ganz krank von diesen Zuständen, und sie fragte Hilde um Rat.

«Kindchen, das Gucken ist doch erlaubt!», sagte Hilde.

Dabei hatte auch Walther einen Körper, aber er gab ihn ihr nicht. Sie durfte ihn nicht streicheln oder gar nach ihm gieren, das stieß ihn ab. Einmal fragte er sie, ob sie eine Hure wäre, so, wie sie sich gebärde. Eine Hure wollte sie nicht sein, sie legte sich auf das Laken und drehte bescheiden den Kopf zur Seite. Als sie Lady Chatterley zu Ende gelesen hatte, weinte sie in der Wäschekammer, sie steckte den Kopf in die alte Bettwäsche, die nach Schlaf roch, nach altem, muffigem Schlafzimmer, und heulte wie ein Hund.

«Hast du denn nie dich in einen anderen Mann verliebt, Helga?»

«Nein», sagt Helga, lehnt den Kopf an den Sitz und schließt die Augen, «ich bin doch keine Hure!»

Sie fahren auf ihren stillen Hof, wo das Haus in der Sonne glüht und die Garage einen viereckigen Schatten wirft. In der Sonne steht Thomas, in einem hellen, kurzen Schlafanzug, den er sonst nie getragen hat, und reckt sich, die Fäuste der Sonne entgegen. Sie fragt sich, was eigentlich passiert ist, und ob sie nun niemals mehr zu ihm gehen und ihn fragen wird, was er dort tut und was mit ihm los ist. Nicht einmal mehr das Auto in die Garage fahren kann sie jetzt, denn die Garage hat er ja jetzt auch für sich.

Mit dem Päckchen Seidenpapier in der Hand winkt sie ihm zu. Er weiß nicht, denkt sie, was sie in der Hand hat. Er wird es nie erfahren. Warum sie das denkt, fragt sie sich. Sie wird noch verrückt, wenn er nicht bald hier wegzieht, denkt sie. So kann es doch nicht weitergehen.

«Verlieben», sagt sie zu Helga, während sie die Haustür aufschließt, «tut man sich einfach. Da kann man nichts gegen machen. Es ist wie eine Krankheit, man holt es sich weg.»

«Mein Gott», sagt Helga darauf und meint Thomas. «Der geht noch richtig den Bach runter, und dann soll er mal sehen.»

Ich halte das im Moment für keine gute Idee, dass du hierherkommst», hat Nathalie kühl gesagt. Sie hat es wegen des Jungen gesagt, weil *er* davor irgendwas wegen des Jungen gesagt hat. Es ist mit ihm durchgegangen. Er ist einfach wütend geworden. Ja, wütend soll man nicht werden. Immer nett bleiben. Immer nett. Er wischt sich mit den nackten Unterarmen den Schweiß von der Stirn. So wollen sie einen haben: nett. Frauen, Polizisten, der Staat.

Er steigert sich in letzter Zeit in diese Dinge sehr hinein. Er hat, zum Beispiel, diese drei Worte schon sehr oft für sich wiederholt, sogar vor sich hin gemurmelt: Frauen, Polizisten, der Staat. Unter denen soll er sich ducken, die wollen ihn kontrollieren. Er hat die Worte bereits in sein kleines, gelbes Notizbuch geschrieben. Eine Menge der Dinge stehen in diesem gelben Notizbuch. Es ist gut, dass er es angeschafft hat, es ist gut, Sachen zu notieren. *Aus der Opferrolle herauskommen!*, hat er auch in das gelbe Notizbuch geschrieben. Aber wie?

Es ist sechzehn Uhr. Er sitzt in dem kurzen, seidigen Pyjama mit den echten Perlmuttknöpfen in der Garage und raucht eine *Pall Mall Silver*. Das Ding war bestimmt teuer, hat er von seiner Mutter bekommen, hat er vor seinem Auszug nie getragen und vor einigen Tagen überhaupt erst wiedergefunden, als er nach letzten frischen Kleidungsstücken herumkramte, jetzt scheint ihm dieser Pyjama sowohl bequem wie auch elegant. Da er schon lange nicht mehr raucht, beißt ihm der heiße Rauch im Hals, er hustet. Auf dem Campingtisch steht ein Glas Rotwein. Er hat heute noch nicht geduscht, er riecht sich selbst, in dieser schattigen Hitze der aufgeheizten Garage. Nur ist es in seiner Wohnung oben noch wärmer. Er zieht an der Zigarette, raucht sie auf und steckt sich eine zweite an. Dann nimmt er die Flasche von der Werkbank und gießt sich ein zweites Glas nach. Er hat ein Bein über das andere gelegt und betrachtet seine Zehennägel: gelb und gewellt. Er kennt solche Zehen, es sind die Zehen von alten Leuten. Er ruft Imke auf dem Handy an.

«Ich kann es nicht glauben, dass du dich immer noch nicht gemeldet hast. Imke, du rufst jetzt zurück, oder ich gehe zur Polizei.»

Das Letzte hat er etwas lauter gesagt, zu laut. Er nimmt einen Schluck, greift dann nach seinem Fuß, aber als er versucht, ihn nah genug vor seine kurzsichtigen Augen zu ziehen, kippt er mit dem Campingstuhl auf den Beton. Es tut weh, viel zu sehr für so ein unscheinbares Ereignis. Tränen steigen ihm in die Augen, und er betastet seine Hüfte, auf die er gefallen ist, sucht nach Spuren. Aber es ist nichts zu sehen, nur ein paar kleine Steinchen am Oberschenkel. Da er nun einmal auf dem Boden sitzt, nimmt er die Sache mit dem Fuß noch einmal in Angriff, aber der lässt sich beim besten Willen nicht ohne größere Schmerzen dicht genug heranziehen, sodass er seine Fußnägel ohne die Brille scharf sehen könnte. So bleibt das mit dem Nagelpilz vorerst ein Verdacht.

Er stellt den Stuhl auf, setzt sich vorsichtig und ruft noch einmal Imke an. Wieder die Mailbox. Immer schon, seit Tagen nur die Mailbox.

«Ich gehe nicht zur Polizei. Es war nur so ein erster Reflex. Glaube mir. Ich würde niemals zur Polizei gehen ... Ich vertraue dir. Ich meine, du bist ein vernünftiges Mädchen. Du machst nichts, was irgendwie gefährlich ist. Du machst doch nichts Verbotenes? Ich kann mir eigentlich nicht vorstellen, dass du etwas Verbotenes machst. Aber wie auch immer, ich mache mir Sorgen. Wir alle. Nun ja, deine Mutter macht sich eigentlich nicht so viele Sorgen. Sie ist mit anderen Dingen beschäftigt, du weißt es ja wohl. Sie ist auf den Flügeln der Liebe unterwegs. Entschuldige, das geht mich eigentlich ja nichts an, aber die Familie bleibt die Familie. Ich würde nur gern wissen, was für Leute das sind, mit denen du da ... wo du bist. Alexander hat so etwas angedeutet. Er ist natürlich voreingenommen, ich ziehe auch die Hälfte von dem ab, was er sagt, ach, siebzig Prozent, aber der Rest? Der Rest macht mir immer noch Sorgen.»

Weiter kommt er nicht auf dieser Mailbox. Auf der Werkbank liegt eine zerknüllte Zeitung, irgendetwas wurde damit abgewischt, sie ist ganz ölverschmiert, er faltet sie auseinander, Ölgeruch steigt ihm in die Nase. Er liest, Angela Merkel war Ehrengast bei der Matthiae-Mahlzeit gewesen, schon 2016. Sie war eingeladen, als Ehrengast, er nimmt einen Schluck, sein rechtes Auge wird schlechter, das linke Auge sieht viel besser, und das verunsichert ihn, es kommt ihm vor, als würde ihm diese Ungleichheit gleich alles verzerren. Wenn wenigstens, denkt er, die Augen gleich schlecht werden. Er hatte ja, in dem Moment, als es passierte, einen Arm vor das linke Auge gehalten, weil ihn etwas geblendet hatte, und da hat es einfach nicht so viel abbekommen.

Auch Justin Trudeau, liest er, durch Ölflecke hindurch, ist Ehrengast gewesen, beim ältesten noch begangenen Festmahl, seit 1356 wird es jährlich wiederholt, mit Ausnahmen. Sie gab bekannt, liest er, dass das Treffen der G20-Staaten in Hamburg stattfinden wird. Auf dieser Mahlzeit. Er wirft die Zeitung zurück auf die Werkbank. Schön ist es draußen. Wenn er weniger ängstlich wäre, dann würde er sich mit dem Stuhl in die Sonne setzen. Er hat einen Schlafanzug an, na und? Er mag diesen blassen, seidigen, kurzen Schlafanzug. Berühmte Leute trugen Schlafanzüge in Filmen. Roger Moore und ... keine Ahnung. Sicherlich Tom Hanks, Schlafanzüge lassen Männer elegant erscheinen. Als er sich reckt, um die Zeitung wieder von der Werkbank zu angeln, kippt ihm der Rest des Rotweins vom Glas über den Bauch. Der eierschalenfarbene Schlafanzug bekommt einen dunkelroten Fleck. Es sieht aus, als wäre er erschossen worden. Amüsiert betrachtet er den Fleck. Dann ruft er Imke an.

«Ich bin erschossen worden, Imke, damit du es weißt. Ich liege in meinem eigenen Blut. Wusstest du, dass Angela Merkel beim Matthiae-Mahl die Leute alle zu uns eingeladen hat, die G20? Sie war mit Justin Trudoho bei diesem verdammten alten Mahl und hat eine Einladung ausgesprochen, an die Welt. So ist es passiert, die ganze Sache. Du siehst, ich beschäftige mich mit den Dingen. Ich habe politisches Interesse. Damit du nicht denkst, du bist die Einzige in dieser Familie. Die einen machen in Kunst, und die anderen spielen Recht und Ordnung, aber ich schlage mich mehr und mehr ... auf deine Seite.»

Die Mailbox beendet seinen Text.

«Gut», sagt er und verlässt den Schuppen. Er streckt sich und tritt in die Sonne, als der Citroën auf den Hof gerollt kommt. Seine Mutter und seine Frau steigen aus, seine Frau hebt die Hand, trägt ein kleines Päckchen. Er hebt seine Hand ebenso zum Gruß. Jetzt haben sie ihn gesehen, im Schlafanzug auf dem Hof. Na und, denkt er trotzig, na und! Die Sonne ist groß und weiß, der Himmel ohne Farbe, weil alles so hell ist, so glänzend und blendend. Das Haus scheint ihm plötzlich ganz alt. Es ist sein Haus, aber es ist auch ihr Haus, es ist das Haus seiner Mutter. Ein rotes Dach, ein Schornstein, hübsche, glatte Fenster. Es ist gar nichts wert. Es ist nur ein Haus. Er will Leben und Blut und Schenkel. Kein Haus. Er streckt sich. Er stöhnt. Er starrt auf die Erde, auf seine gelben, verschrumpelten Nägel. «Ich bin alt», sagt er zu sich selbst, «ich bin alt.» Dann geht er rasch in die Garage und schluchzt.

Seine Schultern beben. Es ist ein richtiges Geheule, was aus ihm rauskommt. Es ist das Pfefferspray, immer noch das Pfefferspray. Und dass sie diesen Jungen bei sich wohnen lässt, ihn aber nicht. Dass Natascha mit Ronald Park vögelt, diesem Penner. Das alles ist, zusammen mit seinen alternden Fußnägeln – hat er jetzt wirklich einen Nagelpilz bekommen? –, zu viel.

«Junge», ruft seine Mutter, «du kannst sie doch zurückbekommen, du musst dich nur bemühen.»

Er blickt durch seine Tränen auf seine Mutter, die in der Garagentür steht.

«Glaube mir, da ist doch Hoffnung», sagt sie, in ihren rosa Hosen, die am Knöchel ganz schmal sind und am Bauch ganz weit.

«Aber du hast es verdient», sagt seine siebenundachtzigjährige Mutter und lächelt milde und auch triumphierend.

Sie sitzen an der Alster, den Verkehr im Rücken. Schwäne und Segelboote auf dem Wasser, über allem ein blasser, mattleuchtender Himmel. Radfahrer in langer Kolonne, schweißüberströmte Jogger, Liebespaare, ein dicker Hund, der auf einem Fetzen herumkaut, den ihm ein Mädchen wegnehmen will, sie schreit: «Jerry, gib das her, du Bitch!»

«Ich wollte sowieso noch mit dir reden», sagt Simon mit düsterem Gesicht.

«War alles ein bisschen viel in letzter Zeit.»

Sie haben Becks in der Hand. Mehr Becks im Rucksack. Sie rauchen.

«Ja», Alexander nickt.

«Digger, dass alle zusammenhalten ..., dieses Gefühl, wenn es richtig schlimm ist, also, je schlimmer es wurde, desto mehr hatte ich dieses Gefühl. Das hat mir echt geholfen.»

«Ja, mir auch», sagt Alexander.

«Das ist echt wichtig, hätte ich vorher so nicht gedacht. Vorher war es so, dass wir ja schon zusammengehalten haben, irgendwie. Es ist ja auch die Aufgabe für uns als Truppe, wie 'ne Familie, sowas Ähnliches wie 'ne Familie jedenfalls. Zusammenhalten, weil es ja auch manchmal ziemlich scheiße ist, was wir da machen. Ich mein, es macht ja echt keinen Spaß, angespuckt zu werden und angebrüllt, von so Idioten, die können einen echt kirre machen, ja? Und es sind ja nicht nur die, auch die Pressetypen mit ihrem Presse-Schildchen, und dann meinen sie, sie wüssten Bescheid, wie es ist. Die Wahrheit. Die warten doch nur darauf, dass die uns drankriegen, dass die uns irgendwie bei was erwischen, dass wir einen Fehler machen, ja? Die hassen uns genauso wie die Zecken. Ich meine, ich hab mir das ausgesucht, ich will meinem Land gerne dienen, oder sowas, ich meine, nicht so, dass ich in den Krieg ziehen will oder so. Ich will nur das machen, wozu ich da bin, für Ordnung sorgen halt. Einer muss ja. Und sie würden sich ja auch alle schön beschweren, wenn es uns nicht gäbe.»

Er schweigt einen Moment. Er ist rot im Gesicht geworden. Er zwinkert, und es sieht kurz so aus, als wäre er gerührt und müsste gleich weinen.

«Ich habe es mir anders vorgestellt, ehrlich. Nicht dass es so unklar ist, dass man so viel rumsteht und hin und her rennt und gar nicht genau weiß, warum. Ich hab mir auch nicht vorgestellt, dass ich oft so wütend werde. Ich war ja eigentlich nie so der Typ, der sich aufregt.»

Drei Frauen laufen eingehakt an ihnen vorbei, sie gucken her. Eine hat lange, schwarze Haare, die ihr glatt auf den Rücken fallen und sich beim Laufen bewegen wie ein schillerndes Tuch. Ein Eichhörnchen holt sich ein Stück buntes Papier aus dem Mülleimer. Ein Kind stürzt mit dem Fahrrad. Die Mutter beugt sich, um es zu trösten. Ihre großen Brüste hängen über ihm. Das Kind tritt weinend gegen das Fahrrad.

«Ich habe hier schon richtig was drin», sagt Simon und fasst sich an das Herz. «Weil man sich ja immer zusammenreißen muss. Aber wenn ich abends im Bett liege, stelle ich mir manchmal vor, was ich mit ihnen mache. Diese Scheißer. Ich kann mich ganz genau an die Gesichter erinnern, weißt du? Ich bin da richtig gut. Und dann nehme ich sie mir vor. Genau die Gesichter, die ich gesehen habe. Aber glaubst du, dass es mich ruhiger macht?» Er schüttelt den Kopf. «Es ist wie eine Krankheit. Ich komme nicht davon los. Und was jetzt hier los war, das war nicht wie sonst, Digger, das war nicht wie ein Einsatz, das war wie hundert Einsätze, das hätte ich mir einfach nicht denken können, das war, ganz ehrlich, zu viel für mich.»

Er seufzt und wischt sich über sein rotes Gesicht, legt den Kopf nach hinten und sieht in den Himmel. Dann, mit einer ruckartigen Bewegung, sieht er Alexander an.

«Ich muss dich melden», sagt Alexander.

«Alex? Das machst du doch nicht?», sagt Simon. Flackern in den Augen, die Arme um sich schlingend, als wäre ihm kalt, und gleichzeitig steht ihm Schweiß auf der Stirn. Er öffnet ein Bier mit seinem Feuerzeug, der Deckel springt durch die Luft, er grinst.

Alexander schweigt.

«Ich weiß. Du bist so korrekt. Ehrlich, Mann. Du hast genau die richtige Linie. Du musst dir gar keine Gedanken machen, wie du was machst, du *weißt* es einfach. Du hast einfach, in deinem Gehirn, genau die richtigen Gedanken, wie wenn du richtig eingestellt bist, wie 'ne Uhr. Darum bewundere ich dich. Ich *bewundere* dich, ehrlich, Mann. Du bist echt 'n Vorbild für mich. Wenn ich so ruhig bleiben könnte und alles.»

Alexander zuckt mit den Schultern.

«*Bullenschwein*, hat er gesagt, einfach so, im Vorübergehen.»

«Und wenn.»

«Ist es wegen deiner Schwester? Willst du gerecht sein, oder was?»

«Ich geb mir Mühe.»

Simon nickt wieder. Sie trinken stumm die Biere aus. Alle Biere. Sie reden gar nicht mehr. Sie sehen nur den Menschen zu, die an ihnen vorüberziehen. Sie haben sich nichts mehr zu sagen. Es ist alles gesagt. Es ist jetzt zwischen ihnen gar nichts mehr übrig. Nur ihre Körper, die auf dem Rasen liegen. Der Himmel, der Verkehr. Dann, in der gelben, städtischen Dämmerung, schwer vom Bier, beugt Simon sich zu Alexander, beugt sich über ihn, sie sehen sich an, und da zieht Alexander ihn zu sich runter und küsst ihn, und Simon lässt es zu, und das Eichhörnchen holt sich neue verlockende Eichhörnchensachen aus dem Mülleimer, und ein Krankenwagen fährt stumm und mit blau flackerndem Licht über die Lombardsbrücke.

Im Bett denkt er an sehr viele Sachen. Er denkt an das, was vielleicht einmal danach kommen muss, nach dem Kuss, und er hofft, dass es kommt. Er denkt an das Eichhörnchen, das die ganze Zeit neben ihnen so beschäftigt war, mit diesen so wichtigen Eichhörnchensachen. Vorhin war ihm gar nicht bewusst gewesen, dass er das Eichhörnchen die ganze Zeit im Blickfeld hatte und beobachtet hat. Aber jetzt ist das Eichhörnchen ganz klar in seinem Kopf. Seine schnellen, ruckartigen Bewegungen, wie es sich von niemandem hat stören lassen, wie es ganz genau wusste, was es vorhatte, und dass es sich niemals würde ablenken lassen, außer, sein Leben wäre in Gefahr. Er denkt plötzlich an Jack Crow aus *Vampires* – er mochte alle John-Carpenter-Filme, auch die dämlichsten –, der seinen Freund Montoya töten müsste, weil er auch ein Vampir geworden ist, aber er tut es nicht. Er lässt ihn entkommen. Jack Crow tötet Montoya nicht, obwohl er ein Vampir und eine Gefahr für die Menschheit ist, weil er sein Freund ist und weil er ihm das Leben gerettet hat. Weil ihm diese Loyalität mehr bedeutet als die Menschheit.

In dem Film war es ganz einfach gewesen.

In Filmen sind Verräter Verräter und Freunde Freunde.

Simons Augen, Simons Stimme, Simons Lippen.

Alexander sitzt in der Küche, löffelt Müsli und starrt auf sein Handy, als Imke hereinkommt.

«Bäm! Bäm!», sagt er plötzlich und kichert. Es ist warm, er trägt Shorts und hat das rechte nackte Bein über das linke gelegt, die nackten Füße stecken in grauen Hauspantoffeln. Der rechte Pantoffel wippt auf der Fußspitze.

«Geht's dir gut?», fragt Imke. Sie nimmt eine Flasche Orangensaft aus dem Kühlschrank.

«Bestens», sagt Alexander, «und wie geht's im Zeckenland?»

Imke setzt sich an den Tisch, gießt den Saft in ein Glas und trinkt.

«Was meinst du?»

«Na nichts. Nur so.»

«Irgendwas meinst du doch damit? Sag schon.»

«Nichts.» Alexander starrt immer noch auf sein Handy. Er blinzelt müde.

«Was ich gerne wissen möchte: Hast du auch so einen Knüppel, wie sie alle haben?»

«Sicher.» Alexander blickt sie kurz an und dann gleich wieder auf sein Handy. «Jeder hat das.»

«Und hast du auch Pfefferspray?»

Er nickt.

«Aha.»

«Was glaubst du? Dass ich die Leute wegstreichle?» Er grinst.

«Schlägst du damit, mit diesem Knüppel?»

«Wenn es sein muss.»

«Wann muss es sein?»

Er zuckt mit den Schultern. «Wenn es muss, halt. Wenn's 'ne Ansage gibt.»

«Auf Befehl?»

«Richtig.»

«Hast du jemanden geschlagen, jetzt die Tage? Hast du da auf jemanden draufgehauen, mit deinem Knüppel?»

«Musste ich nicht.»

«Musstest du nicht?»

Er schüttelt den Kopf. Er lächelt sie jetzt offen an. Es scheint ihn zu belustigen.

«Hast du was abgekriegt?»

«Würde dir das leidtun?»

«Klar, was denkst du denn?»

«Aber du würdest glauben, dass ich's verdient hätte, oder?»

«Mann ...» Er verdreht die Augen.

«Gib's doch zu, du würdest denken – dass – ich's – verdient hätte.»

«Ich weiß ja nicht, was du gemacht hast. Wie die Situation war. Ich kann dir das nur in der Situation erklären. Die Situation verlangt es, verstehst du. Es gibt auch Gewalt *gegen uns*. Weißt du eigentlich, was los war, die Tage?»

«Ich war ja da.»

«Aber du weißt nicht *alles*. Du warst doch nicht überall, du hast vielleicht deinen kleinen Ausschnitt gesehen, aber woanders ... Die haben Sachen geworfen, da ging echt was ab. Das war echt die Härte.»

«Und du hast also den Überblick gehabt?»

Alexander löffelt den Rest Schokomilch aus der Schüssel, bis eine winzige Pfütze zurückbleibt, die er nicht weggelöffelt bekommt, sie fließt immer wieder auf den weißen Grund der Schüssel, obwohl er es mehrmals versucht. Dann lässt er es, er will keine Flecken auf dem hellbraun-blau gemusterten Pullover riskieren, von Oma gestrickt.

Er trägt ihre Pullover gern, denkt Imke. Er trägt auch die Schlafanzüge, die sie ihm gekauft hat, wenn er mit der Zahnbürste abends über den Flur schlurft. Sie kleidet ihn in warme Sachen, als würde er sonst frieren müssen, als wäre er ein Kleinkind. Als wäre Gemütlichkeit das, was er am meisten bedürfte, in dieser Welt. Möglich, vielleicht ist ihm diese Gemütlichkeit wichtig, vielleicht hat er es nicht geschafft, sich oben in seinem Zimmer eine eigene, von ihr unabhängige Gemütlichkeit herzurichten, einen Ort, an dem er sich so fühlt, gemütlich. Sie will nicht *geborgen* denken. Sie will eigentlich das alles nicht denken, aber Gedanken können störrisch wie Gefühle sein. Sie seufzt. Sie betrachtet ihn wie einen fremden Menschen, den sie aus irgendeinem verrückten Grund besser kennt als jeden anderen Menschen auf der Welt. Das wahnwitzig gezackte braun-blaue Muster des Strickpullovers und wie seine Arme aus den zu engen Ärmelbündchen herausragen, seine dunkel behaarten Unterarme. Dass er keine Freundin hat. Man kann es sehen, sie kann es sehen, dass er keine Freundin hat. Jeder könnte es wahrscheinlich sehen. Es hängt alles miteinander zusammen, dieses Pullovermuster, die Schlafanzüge, wie besessen er eine Kakaopfütze aus einer Müslischüssel löffelt, alles das verrät, dass er ein Omakind ist. Kein Mann – auch wenn die Haare an seinem Körper etwas anderes sagen –, sondern ein Omakind. Was ist los mit ihm, dass er keine Freundin hat, bei ihnen immer noch unter dem Dach wohnt, die Pullover von Oma Helga trägt, die Schlafanzüge und Pantoffeln? Dass er ständig putzt und fegt und wischt und aufräumt, obwohl es in seinem Zimmer nichts aufzuräumen gibt, wo alle Gegenstände aus der Kindheit stammen und einige wenige aus der Polizeischule. Was ist mit ihm? Was ist das Problem? Und sie trägt dieses Problem ja immer mit. Es kann ja in einer Familie keiner seine eigenen Probleme nur für sich allein haben. Eine Familie ist ja voller Probleme, die dann immer alle mittragen müssen. Und über *dieses* Problem kann man nicht einmal reden. Es würde ihn ja kränken, wenn sie ihm sagen würde, dass er einer ist, der ein Problem für sich ist und für sie, für Imke, weil er einfach kein erwachsenes Leben führen und keine Freundin haben will, weil er es vielleicht auch einfach nicht kann.

«Und was ist, wenn du was nicht richtig findest? Wenn du es voll scheiße findest, was du machen sollst? Leute prügeln, zum Beispiel?»

«Dann mach ich's nicht.»

«Dann machst du's nicht?»

«Hättest du nicht gedacht, was?»

Imke legt den Kopf auf ihre Arme und schließt die Augen. Sie fühlt sich spröde, ich bin so spröde, denkt sie. Das Gegenteil von geschmeidig. Geschmeidig, wie beim Schwimmen, ist sie nicht mehr. Sie kann sich den anderen nicht mehr anschmiegen. Ihre Handlungen, alles ist gefährlich geworden. Ein Ja oder Nein, eine Straße voller Entscheidungen. Richtig oder falsch. Wer hat recht? Wer hat unrecht? Wer lügt? Alles, woran sie sich bisher orientieren, worauf sie sich verlassen konnte, ist verlorengegangen. Sie misstraut allem. Sie weiß nicht, ob sie Alex glauben soll, wenn er das jetzt sagt. Er nimmt Befehle entgegen. Er weiß doch gar nicht, was richtig ist. Er will es nicht wissen. Paul weiß, was richtig ist. Er weiß es, wie ein alter Mann. Und ohne sich aufzuregen, ohne ihre ganze wilde und kindliche Wut, für die sie sich schämt.

«Ich kenn einen», sagt sie, den Kopf immer noch auf den Armen, «der hat einen Schlag auf den Kopf gekriegt, ihm geht's immer noch nicht gut.»

«Er wird's verdient haben», sagt Alexander und lächelt immer noch auf diese ihr vollkommen fremde Art, gelassen, überlegen, spöttisch.

Imke springt auf. Eine Flamme, in der Küche.

«Verdient?»

«Ich nehm's mal an.»

Sie schreit: «Er hat es – nicht verdient!»

«Dein Freund?»

«Ich hab auch was gesehen. Wie sie auf einen eingeschlagen haben, der lag schon auf der Erde, das Gesicht nach unten, und sie haben auf ihn eingeschlagen. Kannst du mir das erklären? Ist das okay? Macht man das so, bei euch?»

Alexander zuckt mit den Schultern.

«Hast du sowas auch gesehen, Alex?» Sie hat plötzlich eine harte Ruhe in sich. «Hast du was von solchen Schlägen gesehen? Musst du doch. Hast du gehört, was am Rondenbarg passiert ist, wie sie das Camp geräumt haben, in Entenwerder? Hast du gesehen, wie welche von euch ausgerastet sind und Sachen gemacht haben, die nicht okay sind, Alex?»

Er zuckt wieder mit den Schultern.

«Und wenn du sowas siehst, was machst du dann? Zeigst du die an? Sag mal, zeigst du die an? Ich will das gerne wissen, weil ... du bist mein Bruder, nicht? Und da will ich das einfach gerne wissen, was ich für einen Bruder hab.»

Alexander steht auf. Er spült die Müslischale und den Löffel, trocknet alles sorgfältig ab und stellt es in den Schrank. Dann wendet er sich um, verschränkt seine Hände und lächelt sie gütig an.

«Immi, reg dich mal ab. Wir haben doch alle unseren Spaß gehabt, bei G20. Ihr und wir. Und jetzt ist es vorbei. Jetzt geht das normale Leben wieder weiter, okay?»

«Gibt es irgendetwas, was dir wichtig ist?», sagt Imke. «Hast du eine Ahnung, wofür sich manche Leute einsetzen, wofür sie was riskieren? Dass die ganze Scheiße, wie wir leben, wie wir alles kaputt machen, den ganzen Planeten, damit ein paar Leute noch reicher werden und sich noch größere Häuser kaufen und größere Autos und damit die ganzen Doofis sich noch mehr und noch geilere Sneaker kaufen können – und andere Leute gehen dafür drauf, für uns –, dass diese ganze Scheiße endlich aufhört? Die setzen sich dafür ein, dass wir endlich aufhören, so zu leben, ohne Rücksicht und ohne Mitgefühl, Mann, Menschen ersaufen, jeden Tag! Die verhungern, vergiften sich, mit Sachen, die sie für uns herstellen, und immer muss es noch billiger sein, mehr Konkurrenz, mehr Zerstörung. Und diese Leute setzen sich dafür ein, dass das aufhört. Damit es irgendwann – besser wird. Auch für dich, Alex. Findest du das denn in Ordnung, wie wir leben? Auf Kosten anderer? Und wenn *die* sich treffen, diese ganzen Arschlöcher, die nichts Gutes vorhaben, nur ihre Geschäfte abwickeln, da soll man denen nicht mal zeigen dürfen, dass man da nicht einverstanden mit ist, wie die regieren? Und *wir*, *wir* sind dann die Chaoten und die Kriminellen? Und *die* sind anständige Menschen, ja? *Die* müssen beschützt werden? Und Leute wie wir, die müssen verprügelt werden?»

«Ich mach nur meine Arbeit», sagt Alex. «Ich lass mich von 'ner kleinen Zecke, die keine Ahnung von nichts hat, nur so Antifantenkacke nachplappert, nicht blöd anmachen, auch wenn sie meine Schwester ist.»

«Gut», sagt Imke, «gut. Ich bin nicht mehr deine Schwester. Vergiss es. Ich bin nicht die Schwester von so 'nem *scheiß Bullen*!» Das Wort brüllt sie.

Sie geht in ihr Zimmer, fällt auf ihr Bett. Man muss sich entscheiden, denkt sie. Man muss sich entscheiden, wo man steht. Wo steht sie denn plötzlich? Und wie ist sie dahin gekommen? Wo Alex? Und wie ist er dahin gekommen? Auf der Kommode steht ein Bild, da stehen sie und Alex in Hagenbeck, vor den riesigen schwankenden

Kamelen mit diesen weichen, dämlichen Gesichtern, da stehen sie Hand in Hand. Er schon ganz lang gewachsen, er sieht aus wie eine große, dünne Schlenkerpuppe mit seinen dunklen Augen, die in seinem Gesicht stecken wie Knöpfe, und sie, in ihrem Erdbeerkleid, sie gähnt, sie hat ihren Mund ganz weit aufgerissen und gähnt ganz ungeniert in das Bild. Sie hat wirklich einen großen Mund und gar keinen großen Kopf, einen eher schmalen Kopf um diesen großen Mund. Sie sieht aus wie eine Handpuppe, bei der man von innen den Mund auf- und zuklappt, als würde sie reden, aber sie gähnt. Sie ist vielleicht ein bisschen hässlich, aber sie ist auch stolz auf ihren großen Mund. Sie kann sich an die Müdigkeit in Hagenbeck erinnern, wie als wäre dies das Wichtigste, Schwerste und Bedeutungsvollste gewesen, in Hagenbeck – wo sie jetzt niemals mehr hingehen würde, die eingesperrten Tiere beglotzen, diese armen, gequälten, eingesperrten Tiere. Sie glaubt, sich an diese schwere Müdigkeit zu erinnern, aber vielleicht ist es nur die Müdigkeit, die sie eben zum ersten Mal erfahren hat. Eine Müdigkeit, die aus einer Endgültigkeit herrührt, aus einer Resignation, einem Abschluss und Ende. Dennoch erscheint ihr das Gefühl wie eine Erinnerung, ist es also nur Täuschung? Aber es muss doch etwas an der Erinnerung wahr sein. Ausgerechnet da hatte die Mutter abgedrückt, sie ist immer mit dem Fotoapparat herumgerannt, ihre ganze Kindheit hat sie abfotografiert, als hätte eine Kindheit nicht stattgefunden, wenn man sich nicht später anhand von Bildern daran erinnern könnte.

Sie gähnt also in die Kamera, und er hält ihre zappelnde Hand fest, um ein schönes Bild bemüht, das sie mit ihrem Gähnen zerstört, ohne dass er es merkt, und hinter ihnen das grinsende Kamelgesicht.

Sie reißt die Schranktüren auf, zieht alle Schubladen aus der Kommode, starrt auf ihre Sachen. Es sind viele Sachen, zu viele, manche passen ihr nicht mehr, die meisten zieht sie einfach nicht mehr an. Sie ist nicht mehr das Mädchen, das diesen rosa Baumwollpulli mit weißen Streifen an den Bündchen trägt, auch das Goldkettchen mit dem Fische-Sternzeichen-Anhänger mag sie nicht mehr, nicht die hellen Jeans mit den zerfetzten Knien, nicht die ganzen bedruckten T-Shirts, die Sweatshirts mit irgendwelchen Schriftzügen, alle diese bunten, albernen Sachen von H&M, von Zara und Orsay, New Yorker, Adidas und Nike. Sie starrt eine Weile auf den Schrank und die Schubladen, dann reißt sie die Sachen heraus, wirft die meisten auf einen Haufen, nur wenige stopft sie in ihren zerschrammten schwarzen Plastikkoffer, auf dem eine Menge Sticker kleben aus der Zeit, als sie auf alles Sticker klebte. Sie hatte eine Pappschachtel voll mit Stickern, die meisten aus Zeitschriften, aus der Bravo und Mädchen und anderen dämlichen Heften, die oft als Beilage Doppelseiten voller Sticker hatten, Bilder von Boybands, von Sängerinnen, Popstars und Serienstars, aber auch Ornamente, Herzchen und Rosen, tattooartige Muster, Tribels, Schriftzüge und comicartige Sprechblasen. Sie kaufte sich damals noch zusätzlich Sticker und klebte alles irgendwohin, das fand sie cool, als sie zehn, elf, zwölf Jahre war. Es gab damals für sie kaum etwas Schöneres, als einen frischen Sticker abzuziehen und auf eine unberührte Fläche zu kleben. Auf diese Weise hatte sie ihre Zimmereinrichtung und ihren sämtlichen Besitz verschandelt, denn diese Sticker konnten nur mit großer Mühe wieder entfernt werden und ließen klebrige, zerkratzte Oberflächen zurück, weshalb man sie besser kleben ließ. Das hat sie lange geärgert, aber jetzt betrachtet sie nachsichtig, liebevoll geradezu, all diese Spuren ihres kindlicheren Ichs. So ist das also, denkt sie. Plötzlich ist der Hass verschwunden, der Hass auf den Teppich, der Hass auf das Kinderbett, auf den hässlichsten aller Kleiderschränke, auf die ganze kindlich unwürdige Einrichtung. Es ist ja ein hübsches und liebes und warmes Zimmer. Sie starrt in sein verstörtes, unordentliches Gesicht. Dann schließt sie die Schranktüren, schiebt schuldbewusst die Schubladen zu. Sie schlägt sogar die Bettdecke zurück. Auf ihrem Kopfkissen liegt, seit sie denken kann, ein längst grauer, ziemlich mitgenommener und mehrfach geflickter Stoffhase. Sie nimmt Mucki in die Hand. Seine Plastikaugen haben Kratzer. An der aufgeklebten Nase ist der Stoff gerissen, weiße Füllung lugt heraus.

«Ach, Mucki», sagt sie. Sie öffnet ihren Koffer, Mucki unschlüssig in der Hand, dann schließt sie den Koffer wieder und legt den Hasen zurück. Es ist nichts, nur ein Gegenstand.

Dann schleift sie den Koffer polternd die Treppe hinunter, zieht die Schuhe an, die Jacke und geht Richtung Küche. In der Küchentür bleibt sie stehen. Ihre Mutter und Oma unterhalten sich, während sie zusammen kochen, wie sie es sich in letzter Zeit so angewöhnt haben. Es fehlt nur noch Alex, der gerne dabeisitzt und manchmal die Kartoffeln schält. Eine Familie, zwei Mütter, ein Sohn.

«Er tut mir nicht leid», sagt ihre Oma.

«Leid tut er mir auch nicht direkt», sagt Natascha.

«Aber du hilfst ihm», sagt Helga, «ich sehe es doch. Du hast für ihn gewaschen, alles wie früher, oder? Ich *spüre* das doch, Natascha! Am Ende bringt er uns die Wäsche rüber, und wir räumen dann noch drüben seine Wohnung auf. Wir sind nur zu seinem Wohlsein da, oder was?»

«Das ist doch Unsinn», sagt Natascha, «es ging ihm nur nicht so gut. Das ist alles.»

«Ich würde ja nichts sagen», sagt Helga, «wenn er nicht eine Neue hätte. Soll die ihm die Wäsche waschen.»

«Na ja», sagt Natascha, trocknet die Hände am Geschirrtuch ab und streicht sich übers Haar, «ich weiß gar nicht, ob er da noch hinfährt. Ich meine, er ist doch fast immer zu Hause? Ich sehe ihn gar nicht mehr wegfahren. Und dann – ich habe da ja auch jemanden.»

«Bitte?» Helga dreht sich um und sieht in diesem Moment Imke in der Tür stehen.

«Belauschst du uns?»

«Ich ziehe aus», sagt Imke.

«Das darf sie nicht», sagt Helga und sieht Natascha an. «Sie ist noch nicht achtzehn.»

Natascha lässt sich auf einen Küchenstuhl nieder.

«Wo willst du denn hin?»

«Ich ziehe zu Elisabeth. Es ist was bei ihr frei geworden, in ihrer WG. Für ein Jahr erst einmal. Die eine Frau, mit der sie zusammengewohnt hat, die geht für ein Jahr nach Spanien, Teneriffa, da hat sie einen Job, in einem Restaurant. Und sie will ein Fotoprojekt machen. Sie ist eigentlich auch Fotografin.»

«Aber ... Du hast doch gar nichts gesagt.»

«Das darf sie nicht», sagt Helga.

«Was willst du dagegen machen?», sagt Imke.

Natascha legt beide Hände über ihr Gesicht. Lässt sie bald wieder sinken und wischt sich mit den Daumenballen Tränen aus den Augen.

«Fang doch jetzt nicht an zu weinen!», sagt Imke.

«Es ist ja nur, weil ... irgendwie alles kaputtgeht.»

«Es geht doch nicht kaputt, was geht denn kaputt?»

«Die Familie», sagt Helga und lächelt boshaft.

«Ich kann mir schon vorstellen», sagt Natascha, «dass es dir jetzt hier nicht gefällt. Das ganze Durcheinander. Die Streitigkeiten.»

«Das ist es nicht», sagt Imke. «Ich möchte einfach – mein eigenes Leben führen.»

«Aber das kannst du doch. Später. Du bist doch erst siebzehn. Du hättest doch noch ein bisschen Zeit gehabt.»

«Na ja, ich weiß nicht. Ich möchte nicht mehr warten. Es hat sich halt so angeboten, mit diesem Zimmer.»

«Wie will sie das denn bezahlen?», sagt Helga.

«Ich werde mir einen Job suchen, ich kann vielleicht ein paar Stunden in einem Café arbeiten.»

«Du bekommst natürlich das Kindergeld», sagt Natascha, «und etwas Taschengeld ...» Sie schluchzt, sie zieht ein Taschentuch hervor.

«Das ist echt nett von dir», sagt Imke, «das hatte ich gehofft.»

«Wo können wir dich denn erreichen?»

«Ich möchte nicht, dass Alex das weiß.»

«Warum denn nicht?», sagt Helga.

«Ich möchte es nicht. Er spioniert herum. Es geht ihn einfach nichts an.»

«Dem eigenen Bruder nicht sagen, wo man wohnt!»

«Du willst uns nicht sagen, wo du wohnst?», fragt Natascha.

«Natürlich. Aber sie darf es nicht wissen», sagt Imke und sieht Helga an. «Sie steht nicht auf meiner Seite.»

«Ha», sagt Helga, «das ist ja lachhaft. Wo stehen wir denn auf verschiedenen Seiten?»

«Für Alex», sagt Imke, «machst du doch alles. Er ist doch der Einzige, der dir was bedeutet. Aber auch Alex, liebe Oma, ist ein Mensch. Und Menschen enttäuschen andere Menschen. Ich enttäusche meine Eltern, wenn ich ausziehe, du enttäuschst mich, weil du mich nicht unterstützt, dein Sohn hat dich enttäuscht, weil er seine Frau verlassen hat, er hat unsere Mutter enttäuscht, und irgendwann enttäuscht er seine Neue, oder hat es schon, weil er vielleicht wieder zur Familie zurückwill oder noch eine andere Frau hat oder weil es alles doch nicht so toll ist, wie sie es erst dachten, und am Ende sind wir alle ganz doll enttäuscht von allen, die wir lieben. Wir sind uns allen gegenseitig eine ganz große Enttäuschung, Oma. Dir steht die Enttäuschung von deinem liebsten Alex noch bevor. Freu dich schon drauf. Und wenn er dich so richtig enttäuscht hat, weil er nicht so ist, wie du dir das ausmalst, in deiner verrückten Phantasie, dann kannst du ihn auch so richtig zurückenttäuschen, dann sagst du ihm, du magst ihn nicht mehr so, wie er ist, weil du ihn lieber anders hättest.»

«Was redet sie denn da?», sagt Helga.

Imke umarmt ihre Mutter, Natascha schluchzt, Imke reißt sich zusammen, sie schluchzt nicht, aber das liegt daran, dass sie steif ist wie ein Brett, hart wie Beton. Unangreifbar ist sie, entschlossen, stark. Sie fühlt sich sogar richtig kalt und böse. Sie will überhaupt keine Gefühle. Diese ganzen dampfenden, schmierigen Gefühle in dieser dampfenden, schmierigen Küche, die will sie hinter sich lassen und ein anderer Mensch werden, ein Mensch voller Klarheit, ohne klebriges Gefühlschaos, so etwas in der Art denkt sie, aber es ist mehr eine Empfindung.

Und wünscht man sich nicht immer ungefähr das, wenn man seine Heimat verlässt, seine Familie, dass alles zwar härter wird, aber auch klarer, genauer und irgendwie einfacher? Aber dann, mit der Zeit, baut man sich selbst irgendeine Art von Familie auf, bestehend aus Freunden, Arbeits- und Studienkollegen, Geliebten und Freundinnen, und dann schleichen sich diese Komplikationen von Verbindlichkeiten, Schuldigkeiten, Anhänglichkeiten, Verlustängsten, Ausbruchssehnsüchten und ungeklärten Konflikten in die eigene frische, saubere Lebenswelt, und die Geschichte geht von vorne los. Aber das weiß Imke nicht, sie bricht gerade erst auf, fühlt sich kühl und der Sache gewachsen, sie geht aus dem Haus, über den Hof, überlegt kurz, dann steigt sie, zum ersten Mal, die Treppe über der Garage hoch. In der Wohnung ist ein wenig Licht, und schon im Hochkommen sieht sie durch die Scheibe ihren Vater auf dem Sofa, das Gesicht vom Fernseher beleuchtet. Sie hatte ein bisschen befürchtet, seine neue Freundin anzutreffen, aber er ist allein.

«Oh», sagt Thomas und erhebt sich erschrocken vom Sofa. Er trägt eine graue Jogginghose und ein bunt gestreiftes Poloshirt. Er sieht verschlafen aus, sein Gesicht ist einseitig zerknittert, wo er sich am Sofa angelehnt hatte, und seine Haare kleben am Kopf. Der Fernseher ist zu laut, wie bei alten Leuten, die nicht mehr richtig hören, denkt sie, und es riecht sogar ein wenig wie bei alten Leuten, ein wenig wie bei Oma oben, so ein eigener Geruch von Alter, aber vielleicht ist nur die Luft verbraucht, es müsste gelüftet werden. Auf dem Wohnzimmertisch stehen eine Schale mit zerbröselten Reiskeksen und zwei leere Flaschen Alsterwasser. Auf dem Boden verstreut ein paar Zeitschriften, Badelatschen, Socken, ein Handtuch, ein Auktionskatalog.

«Ich wollte dir nur Bescheid sagen», sagt Imke, «dass ich ausziehe.»

«Oh», sagt Thomas wieder und kneift die Augen zusammen und blinzelt, als wäre er sehr müde, gar nicht richtig da, und als verlange ihm das jetzt, ihr Dasein und ihre Mitteilung, sehr viel ab. Im Fernseher wird wild geschossen, eine Frau kreischt unnatürlich.

«Ich ziehe zu einer Freundin, bei ihr ist was frei geworden.»

«So. Dann wünsche ich dir viel Glück! Und wenn du Hilfe brauchst.»

«Geld könnte ich brauchen», sagt Imke.

«Natürlich», sagt Thomas, «ich regele das mit deiner Mutter.»

«Cool», sagt Imke. Sie drückt ihre Wange an die ihres Vaters.

Sie ist schon wieder an der Tür, da blickt sie zurück und sagt: «Willst du gar nichts dazu sagen? Dass ich hierbleiben soll, oder dass ich nicht ausziehen soll? Oder warum ich ...?»

Er runzelt die Stirn. Es strengt ihn so an, denkt sie. Er will sich nicht anstrengen. Er hat andere Sorgen. Er wohnt nicht mehr bei ihnen. Für ihn, das wird ihr plötzlich klar, zieht sie gar nicht aus, weil er nicht mehr mit ihr wohnt. Wenn er nicht mehr mit ihr wohnt, kann sie auch nicht von ihm wegziehen.

«Was soll ich sagen?», sagt Thomas. «Aber wenn du es wissen willst – ich finde schon, du solltest bleiben. Du hast es gut da drüben. Du hast ein nettes Zimmer, eine nette Mutter. Aber wie es aussieht, gefällt dir das nicht mehr. Du willst was anderes. Ich kann schlecht sagen, dass ich es nicht verstehen kann. Ich bin ja selbst ausgezogen.»

«Und», sie zögert, «geht es dir denn gut?»

Thomas legt den Kopf in den Nacken, pfeift durch die Lippen, grinst.

«Ach Gott, gut. Gut. Keine Ahnung. Aber schlecht geht's mir nicht. Ich glaube, die meisten Menschen, also, in meinem Alter, wenn die sagen, dass es ihnen gutgeht, dann meinen die, dass es ihnen halt irgendwie geht. Gut, das bedeutet irgendwie so dazwischen, zwischen allem. In deinem Alter, wenn es einem *da* gutgeht, dann geht es einem wirklich gut. Oder eben nicht gut. Das ist eine ganz andere Sache.»

«Ich muss jetzt gehen, Papa.»

«Ja, klar. Geh nur, und ich hoffe, sie wissen drüben, wo du wohnst.»

Als sie die Treppe hinuntersteigt, freut sie sich einerseits, dass er so entgegenkommend ist, andererseits kommt es ihr vor, als ob jetzt alle verrückt werden, und sie weiß nicht, ob das gut ist oder schlecht. Und sie weiß auch nicht, wie sie das alles findet, die Reaktionen ihrer Mutter, ihres Vaters, sie muss an sein Gefasel auf ihrer Mailbox denken, oder sogar ihrer Oma, die das sagte, was sie am meisten erwartete? Sie hatte doch mit stärkerem Widerspruch gerechnet.

Sie zieht ihren Koffer durch die alten Straßen, und diese Straßen, die sie so gut kennt, sie kommen ihr fremd vor, dunkel, falsch. Es sind gar nicht ihre Straßen, es ist gar nicht ihre Heimat, es ist alles nur ein Kompromiss gewesen, sie hatte nun mal keine anderen Straßen, denkt sie, und kommt sich dennoch vor wie eine Verräterin und muss aufpassen, dass sie nicht heult. Sie atmet ganz tief ein und aus, und einmal läuft doch eine blöde Träne ihre Wange hinab.

In der Bahn fühlt sie sich besser. Als sie in der Wohnung in der Otzenstraße ankommt, wartet Elisabeth schon auf sie, sie hat was mit Reis und Roten Beeten gekocht, und Paul ist da, Elisabeth hat heimlich Paul eingeladen, damit sie die erste Nacht nicht allein in ihrem neuen Bett schlafen muss, darüber freut sich Imke so sehr, dass sie fast schon wieder heulen muss oder sogar erst richtig, und sie heult erst mal in ihrem Zimmer und heult jetzt eigentlich nicht mehr darüber, dass Paul als Überraschung da ist, sondern heult in Wahrheit über den Verrat an ihrer Straße, ihrem Haus, ihrem Schrank, an den Stickern und an Mucki. Aber dann schnaubt sie sich entschlossen die Nase und setzt sich an den Tisch, mit Elisabeth und Paul und Mala, so heißt die andere Frau. Sie fühlt sich sehr erwachsen, sehr fest in sich selbst verankert, sogar ihr rot verheultes Gesicht kann sie den anderen zeigen, ohne sich zu schämen, und ihre Gedanken gehen ganz gerade und langsam, und alles ist ihr bedeutsam. Es ist ja ihre eigene Entscheidung gewesen, und jetzt kann ihr eigenes Leben anfangen. Wo man lebt, denkt sie und betrachtet den Antifa-Aufkleber auf dem Küchenbuffet, das ist entscheidend. Man redet ja ganz anders woanders, zwischen anderen Menschen. Das alte Zuhause hatte sie zu lange festgehalten, in diesem Kinderzustand. Und jetzt kommt es ihr so vor, als hätte sie das alles, die eigene Kindheit, die unauffällige, nette, dumme Imke, in ihrem alten Kinderzimmer zurückgelassen.

«Ich weiß nicht, ob es sich nicht nur so anfühlt, aber ich glaube, jetzt direkt fängt ganz viel Neues an, also, ich meine nicht nur die Wohnung. Ich glaube, so eine alte Umgebung, die macht einen irgendwie auch ganz ... schwach, ich bin froh, dass ich hier jetzt wohnen kann.»

«Na klar», sagt Elisabeth. «Willst du 'n Bier?»

Und Imke ist sich nicht ganz sicher, ob Elisabeth sich nicht ein bisschen lustig über sie macht. Das dämpft ihre Euphorie ein wenig.

Als sie erkennt, dass Ronald, der große Junge, so bedürftig wie ein kleiner Junge ist, stellt sich bei ihr für ein paar Tage ein Gefühl der Ernüchterung ein. Aber dann hält sie trotzdem an ihm fest. Er hat so etwas Hübsches an sich. Wie er sich kleidet, wie er riecht, und besonders gefällt ihr, wie er von einer absoluten Sicherheit in seinen Überzeugungen und Urteilen ganz unvermittelt in diesen Zustand von Erschütterung und trauriger Ratlosigkeit hinübergleitet. Sie ist überzeugt, dass nichts davon gespielt ist. Als ob er sich wirklich erst ganz sicher in vielen Dingen ist und dann aber plötzlich gar nicht mehr. Es genügt manchmal, dass sie etwas in Frage stellt oder über etwas, das er sagt, lacht. Sie fragt sich, ob er auch mit anderen Menschen so ist, so schwankend, aber wie sollte es anders sein? Und gerade sein Schwanken macht ihn für sie attraktiv. Auf diese Weise entstehen immer wieder Unsicherheiten bei ihrem Zusammensein, sie muss sich das alles ständig neu justieren und sich immer wieder neu orientieren, in ihren eigenen Urteilen, auch in dem, was ihre Beziehung sein soll.

Im August, sie haben vorhin in seiner heißen, vom Straßenverkehr lauten Wohnung miteinander geschlafen und trödeln nun müde und leer im Viertel herum, treffen sie Thomas, in einer karierten kurzen Hose, mit zu langen, etwas fettigen Haaren. Sein dicklicher Körper, der sich so sehr von dem kantigen, braunen Körper Ronalds unterscheidet, schwitzt.

«Nanu, wen haben wir denn da?», sagt Thomas und wischt sich Schweiß von der Stirn.

«Hallo, Thomas», sagt Ronald und hält ihm entschlossen die Hand hin.

«Das Liebespaar», sagt Thomas und schüttelt lässig

Ronalds Hand, mit der Hand, mit der er sich gerade die Stirn abgewischt hat. Dann betrachtet er erstaunt Natascha, als würde es ihn sehr wundern, dass er sie plötzlich so vor sich sieht.

«Lass doch den Blödsinn», sagt sie müde.

«Nein wirklich, ich freue mich, dass mein Freund und meine Exfrau sich gefunden haben. Beides Menschen, die ich sehr schätze. Na, ihr teilt die gleichen Interessen, das passt doch, das ist doch wunderbar. Lasst uns irgendwo einen Kaffee trinken, dann haben wir es hinter uns. Wir sollten damit umgehen wie erwachsene Menschen, oder, was meint ihr?»

Ronald, sieht sie, ist begeistert. Seine Freude, seine Erleichterung sind echt.

«Hast du nicht auch jemanden?», fragt er.

Thomas winkt ab.

«Ach, da wollen wir nun besser nicht drüber sprechen. Es irrt der Mensch, nun ja.»

«Seid ihr nicht mehr zusammen?», fragt Natascha.

Thomas zuckt mit den Schultern.

«Es hat nicht sollen sein. Es gab ... Differenzen. Wegen dieses Jungen, ich habe mich da wohl etwas unglücklich ausgedrückt, sie war erstaunt. Ich nehme an, sie hat mich erst erkannt, wie ich bin, sie hat mich vermutlich vorher etwas verklärt. Ist ja meistens so, ihr kennt das ja, wenn man verliebt ist, nicht wahr? Und na ja, ich habe einfach nicht mehr die *Energie*. Mir fehlt die Kraft, es wieder hinzubiegen.»

«Hört sich nach großer Liebe an», sagt Natascha.

«Aber wie auch immer, ich denke, dass ein Treffen zwischen uns», er wedelt mit der Hand, «fällig war.»

«Ich kenne deine Einstellung», sagt Natascha.

«Man sagt so manches, in der Erregung», sagt Thomas,

«aber seit einiger Zeit *sehe* ich anders, seitdem mir das zugestoßen ist.»

«Was ist dir denn zugestoßen?», fragt Ronald.

«Pfefferspray in die Augen. Ich weiß nicht, ob das so bleibt, mit der Sehkraft, ich weiß es nicht, aber das ist nur das eine, das andere ist, dass ich irgendwie auch anders zu den Dingen stehe. Verstehst du, es hängt miteinander zusammen, wie man die Dinge sieht und wie man zu ihnen steht.» Er grinst.

Natascha stöhnt. «Mein Gott, Thomas!»

«Tja, tut mir leid, ich wusste das von dem Pfefferspray natürlich, aber ich wusste nicht, dass es so einen Einfluss hat», sagt Ronald.

«Ist es das, was du besprechen willst?», fragt Natascha, während sie ein Café betreten. Sie fühlt sich müde. Aufgeweicht vom Sex. Dieses Zusammentreffen ist ein Überfall.

«Nein. Es geht mir um alles. Um das Ganze.» Thomas beschreibt einen Kreis zwischen ihnen in der Luft. «Wir hier, wie wir waren und wie wir gelebt haben, in dem Haus meiner Eltern, mit den Kindern, und es lief immer alles gut, die Kinder waren gesund, und wir hatten genug Geld, wir waren nicht reich, aber wir hatten genug, wir konnten uns einiges leisten, wir konnten nach Griechenland fahren, jedes Jahr, und dann den Herbst in Frankreich verbringen, in diesem kleinen rosa Haus, das deinem Bruder gehört, das ist doch was? Das war doch auch Wohlstand. Und das alles von dem bisschen, das der Laden abwirft, und dein Job natürlich.»

«Muss das alles vor Ronald ausgebreitet werden? Er hat doch gar nichts damit zu tun. Wir wissen doch noch gar nicht, was mit uns wird. Und jetzt soll ich vor ihm meine Ehe ausbreiten?»

«Nein, natürlich nicht.» Thomas hebt beide Arme wie ein Beschwörer, und die Bedienung des Cafés sieht interessiert zu ihnen hinüber.

«Kommen Sie ruhig», sagt Thomas und winkt sie mit einer großen Geste heran. Natascha fragt sich, ob er gerade verrückt wird oder ob er sich tatsächlich nur zu einem lässigeren, in größeren Maßstäben denkenden Thomas entwickelt hat. Wie ist er so verlottert geworden, so großspurig, so schlampig philosophierend? Und sie kann sich nicht entscheiden, ob sie das erschreckend, verachtenswert oder nicht doch auch ein bisschen attraktiv finden soll.

Die Kellnerin ist ein Mädchen mit zu engen schwarzen Jeans und einer weißen Bluse, die ein riesiges Männerhemd ist, das sie in die Jeans gestopft hat und das sich aus dem engen Bund entfaltet wie eine dicke Blüte. Ihr Gesicht ist hübsch und glatt und nichtssagend. Sie hat große, helle Augen, die so erschreckend offen und einfältig wirken, dass Natascha fast die Tränen kommen, so haben auch ihre Kinder mal geguckt, als sie klein waren. Und nun sind sie so fern von ihr, alle beide, nun sind sie abgetrennt von ihren Gedanken und sind vielleicht sogar klüger oder mutiger oder radikaler als sie. In mancher Hinsicht haben sie sie sogar schon überholt. Vielleicht sollte man sich ein solches Mädchen nach Hause holen, oder einen kleinen Flüchtling, denkt sie, jemanden, der das große Haus füllt und einem eine Aufgabe gibt. Aber dann denkt sie an die Pubertierenden, die sie missmutig und albern, überheblich und frech an den Kunstwerken entlangführen muss. Die ihr so sehr auf die Nerven gehen. Sie wäre verrückt, wenn sie sich so etwas nach Hause holen würde, freiwillig, ohne die natürliche Hingabe eines Elternteils zu besitzen.

Als sie später in den Kuchen beißt, der so frisch und saftig schmeckt, dass sie es gleich bedauert, dass das Stück so klein ist, sagt sie, mit vollem Mund kauend: «Du willst doch nicht sagen, dass sich dein ganzes Leben verändert hat, weil du ein bisschen Pfefferspray abbekommen hast?»

«Doch, schon», sagt Thomas. «Ich will es mal so erklären: Mein ganzes Leben lang habe ich gedacht, dass es doch im Großen und Ganzen alles ganz okay so ist, wie ich, wie wir leben. Dass wir gute Menschen sind und gute Eltern und einen guten Job machen. Ich hätte mich politisch eher links von der Mitte eingeordnet, ich bin für Umweltschutz und für Gerechtigkeit und alles. Aber das war ja auch kein Problem. Das durfte ich alles ruhig denken und sein. Ich war ...», er macht eine theatralische Pause, in der er seinen Kaffee schlürft, er stößt einmal auf, schiebt den Stuhl zurück, öffnet breit die Beine und lehnt sich zurück, «ein Schlumpf.»

«Was?», fragt Ronald, der angesichts Thomas' Vorstellung sehr still geworden ist.

«Ein Schlumpf», sagt Thomas fröhlich. «Diese kleinen blauen Männchen, weißt du nicht mehr?»

«Und was soll das heißen?», fragt Ronald.

«Frag ihn doch nicht!», sagt Natascha ärgerlich. «Er will doch nur, dass wir ihn fragen, aber er kann doch seinen Unsinn auch so erzählen!

«Ein Schlumpf», sagt Thomas unbeeindruckt und kratzt sich am Oberschenkel. «Harmlos, freundlich, blau.»

«Könnte ich noch ein Stück von dem Kuchen bekommen?», ruft Natascha der Kellnerin zu, die sie ganz gewiss belauscht. «So lecker», sagt Natascha. Die Kellnerin grinst.

«Wir sind alle Schlümpfe, egal, wie wir denken und wählen und im Kindergarten Einfluss nehmen.»

«Im Kindergarten?»

«Wir waren Teil einer Elterninitiative», erklärt Natascha.

«Das ist ja das Gefährliche an einer Demokratie», sagt Thomas, «sie erzeugt Menschen wie uns, Schlümpfe. Wir denken, wir hätten allen Einfluss, den wir haben wollen. Die Welt, die Gesellschaft, ist in Ordnung, wenn sie demokratisch ist. Wir können ja Einfluss nehmen, wir können was ändern, nicht wahr? Wir können Einfluss auf die Verkehrspolitik nehmen, auf die Schulpolitik, auf die Steuern. Wir können unsere Hände ganz tief hineinstecken, in diesen Teig, der unsere Gesellschaft ist. Aber das ist nur eine Sicht auf die Dinge.»

Wieder macht er eine künstliche Pause, aber diesmal fragt niemand, was die andere Sicht, seine, sei. Die Kellnerin bringt den zweiten Kuchen, den Natascha dankbar verspeist. Sie fragt sich, wie sie diesen Teig so leicht und saftig hinkriegen. Gerne würde sie immer in ihrem Leben über so ein Stück Kuchen verfügen können, wenn ihr danach ist. Sie fürchtet jetzt schon, dass, wenn sie das nächste Mal in dieses Café kommt, kein solcher Kuchen da sein oder er nicht mehr so perfekt sein wird.

«Ich weiß nicht», sagt Ronald schließlich, «ich bin ganz froh über die Demokratie, wenn man sich andere Länder ansieht, wie es da zugeht.»

«Unsere Demokratie», Thomas nimmt seinen Vortrag wieder auf, «ist nur eine Blase, die jeden Moment platzen kann. Wir werden aber von Mächten beherrscht, die viel stärker sind. Sie haben nichts gegen die Demokratie, solang sie darin gut ihren Geschäften nachgehen können. Aber wenn du dich gegen die wendest, dann findest du dich plötzlich außerhalb dieser netten demokratischen Gesellschaft wieder. Dann kriegst du auf die Mütze. Dann musst du dir einen Anwalt suchen, und dein Name steht in irgendwelchen Listen, ja? Wir sind eine demokratische Gesellschaft, und da kann einer eine Demonstration anmelden, und dann kann ich da – ohne Auflagen! – auch als Schlumpf, als Bürger der Bundesrepublik Deutschland hingehen, oder nicht? Und dann gehen wir da hin, und die Demonstration darf nicht losgehen. Sie darf einfach nicht losgehen.»

«Es gab Vermummte», sagt Ronald.

«Ja», Thomas lächelt, «natürlich. Es gab also Vermummte. Die Polizisten waren vermummt, alle durchweg waren vermummt. Aber die Autonomen, die sollen die Vermummung ablegen, die Polizisten sagen das, die selber vermummt sind. Warum sollten die das tun?»

«Aber haben die doch eben gar nicht», sagt Ronald.

«Am Ende waren immer noch welche übrig, die die Vermummung nicht abgelegt haben», sagt Thomas, «und da hatten sie dann den Grund, dass sie diese Demonstration gar nicht erst laufen ließen. Da waren also zwölftausend Menschen am Fischmarkt, die demonstrieren wollten, viele waren von irgendwo angereist, manche wollten die Bands sehen, da standen *Die Goldenen Zitronen* auf der Bühne, verstehst du! Und dann dürfen die Leute nicht losgehen, stundenlang, und immer wieder gibt es irgendwelche Ansagen der Polizei. Na klar fühlen die sich verarscht, wenn ihre ordentlich angemeldete Demonstration nicht losgehen darf. Die haben was zu sagen, und währenddessen lassen die Verbrecher sich in der Elbphilharmonie was vorsingen. Da ist die Demokratie am Ende. Die Ordnung der Dinge, die soll nicht verändert werden. Und Ordnung heißt hier, dass die einen hofiert und die anderen verarscht werden. Diese Demonstration, so sieht es nämlich aus, die sollte nie stattfinden. Nur deshalb haben sie sich gar nicht die Mühe gemacht, über Auflagen nachzudenken, weil sie längst beschlossen hatten, die Leute zu verarschen. Und wenn sich die Vermummten nackig gemacht hätten, dann wären noch ein paar Polizisten unter ihnen gewesen, die vermummt geblieben wären – so regelt man das nämlich, da geht man kein Risiko ein. Und am Ende dann Randale, damit auch dem letzten Schlumpf klarwird, wer die Bösen sind. Die Demonstranten.»

«Es ist doch alles etwas komplexer, Thomas, da sind doch sehr verschiedene und auch gewaltbereite Gruppen dabei gewesen, wie ich gehört habe.»

«Ja, natürlich, klar. Gewaltbereit. Ich weiß nicht, ob du das auch gehört hast: Mir wurde Pfefferspray in die Augen gesprüht, ich rannte nicht, ich warf nicht, ich stand nur da am Rand, und die sprühten mich an, einfach so und mit Absicht. Hast du das Mädchen in der Leggins gesehen? Das war ja überall. Sie stand auf einem dieser Räumpanzer, und sie hatte nichts Gefährliches an sich, sie war nur auf diesem Wagen, und von allen Seiten haben sie sie mit Pfefferspray beschossen, einfach so. Vielleicht war sie übermütig, vielleicht frech, aber sie hat niemandem weh getan.»

«Es sind halt auch nur Menschen», sagt Natascha, und im selben Augenblick findet sie diesen Einwand hohl und weiß, sie ist eine Stichwortgeberin, genau wie Ronald.

«Natürlich sind es *auch nur Menschen*. Das ist ja das Problem. Sie sind vermummt, in Schutzkleidung und bewaffnet. Wenn sie den Demonstranten nicht menschlich in jeder Hinsicht überlegen sind – das gilt natürlich insbesondere für die, die das Sagen haben –, und das sind sie nicht, das zeigt sich doch, zumindest vereinzelt, an solchen Racheaktionen, wenn sie also *auch nur Menschen* sind, wie können wir sie dann auf andere, unbewaffnete, ungeschützte Menschen loslassen?»

«Na ja, da bräuchte es eine moralische Polizei, emotional starke, moralisch einwandfreie Polizisten, aber wo hat es sowas jemals gegeben?», sagt Ronald, sichtlich bedrückt. Er ist so ein weicher Mensch, denkt Natascha zärtlich. Sie legt ihm die Hand auf den Arm. Sie ist überzeugt, dass Thomas, in seiner kämpferischen Stimmung, damit umgehen kann.

«Zur Polizei und zur Armee gehen Menschen, die sich nach Führung sehnen. Nach Ordnung, die sie nicht in Frage zu stellen brauchen. Nach Strukturen, die ihnen Festigkeit geben und sie nach außen hin zu Überlegenen machen. Schwache Menschen.»

«Du agitierst. Alexander ist Polizist, du warst sogar dafür. Und er *ist* ein guter Mensch.»

«Ja, ja, er ist ein guter Mensch», sagt Thomas.

«Das kommt, wenn man verallgemeinert», sagt Natascha, «dann wird man ungerecht.»

«Vieles von dem, was ich sage, stimmt auch für Alexander. Er sehnt sich nach Ordnung, und, da musst du doch objektiv zustimmen, er sehnt sich auch nach Macht. Er ist ja irgendwie gar nicht so gut zurechtgekommen in der Pubertät, er hatte ja gar keine richtigen Freunde. Und nie eine Freundin. Ich denke, er möchte irgendwo dazugehören, zu einer Gemeinschaft.»

«Er ist keine schwache Persönlichkeit.»

«Er ist nicht gefestigt, ich weiß nicht, vielleicht ist es wegen der Adoption, vielleicht wegen uns.»

«Vielleicht ist er schwul», sagt Ronald.

Thomas und Natascha starren ihn an.

«Du kennst ihn doch gar nicht», sagt Thomas.

«Ich habe ihn einige Male gesehen, als ich über eurer Garage gewohnt habe.»

«Tja, dann ist er bestimmt zur Polizei gegangen, weil er schwul ist, sind da ja viele», sagt Thomas und lacht laut und hässlich.

«Ich würde jetzt gerne gehen», sagt Natascha.

«Mich würde noch interessieren», sagt Ronald, «inwiefern du jetzt ein anderer Mensch geworden bist.»

Thomas runzelt die Stirn, stellt die Beine noch weiter auseinander und rutscht mit dem Stuhl etwas näher. Schweiß steht auf seiner Stirn, und Natascha riecht ihn sogar ein wenig, es ist ein vertrauter Geruch.

«Wenn man erst mal diese angenehme, sichere Schlumpfwelt verlässt, dann ist da noch eine andere Welt. Die ist etwas ungemütlicher. Immer wenn ich mich sonst mit was konfrontiert sah, das irgendwie unversöhnlich war, radikal, unbestechlich, dann habe ich mich darüber lustig gemacht. Mein Gott, in *unserer* Welt, habe ich gedacht, ist das doch albern. Aber albern ist es nicht. Wenn du dich für Gerechtigkeit einsetzt, dann kriegst du auch hier aufs Maul, in unserer netten Demokratie.»

«Na, ich weiß nicht», sagt Natascha, «ob es wirklich diese zwei Welten gibt. Es engagieren sich doch Leute, *innerhalb* deiner Schlumpfwelt und auf ganz legale Weise, und die erreichen mehr als du, ich weiß ja nicht, was du dir da so vorstellst. Da sind Anwälte, die sich für Geflüchtete einsetzen oder Stromkonzerne verklagen, Tierschützer ...»

«Tierschützer», mischt sich Ronald ein, «die brechen auf gar nicht legale Weise in Ställe ein.»

Thomas springt auf und hebt den Zeigefinger: «Ein sehr gutes Beispiel. Sie brechen in Mastanlagen ein und filmen die armen Tiere. Die machen sich strafbar. Die werden angezeigt, und die müssen vor Gericht. Aber – die machen das trotzdem.»

«Tja», sagt Natascha, «dann geh doch unter die Anarchisten.»

Thomas lächelt, geht vor zum Tresen, bezahlt die ganze Rechnung und zwinkert ihnen zu. Er ist ein Snob, ein Spinner, denkt Natascha, er wird nie ein Radikaler werden. Aber sie ist sich nicht ganz sicher.

Als sie sich draußen verabschiedet haben, sagt Ronald: «Er beeindruckt mich. Er sollte sich wirklich politisch engagieren, in einer Partei, zum Beispiel. Er kann die Leute mitreißen.»

«Ist das dein Ernst?»

«Ich fand, er wirkte attraktiv», sagt Ronald, und sie verspürt eine Regung, die sie als Eifersucht registrieren kann.

Vier verpasste Anrufe, alle von Simon. Das Handy liegt neben ihm auf dem Bett. Es summt auf der Tagesdecke, summt und summt. *Simon,* steht auf dem Display, er ist ein grauer Symbolschattenkopf, Alex hat ihn nicht als Foto gespeichert, natürlich nicht, zum Glück, sonst würde nicht der Symbolschattenkopf anrufen, sondern Simon selbst würde ihn vom Display ansehen mit seinen braunen Augen und ihn fragen, mit diesen Augen und diesem Gesicht, warum er nicht rangeht.

Er kann nicht rangehen. Er kann nicht mit Simon sprechen.

Er starrt das Handy an, das summt, dann ist es wieder still. Fünf verpasste Anrufe. Er nimmt das Handy, vielleicht schickt ihm Simon eine Nachricht, die er dann lesen kann, denn lesen kann er schon. Er würde gerne etwas von Simon lesen, verschiedene Dinge würde er gerne lesen, und er malt sie sich aus, es sind dieselben Dinge, die er Simon gerne sagen würde, aber auch eine Zeile, eine einzige Zeile, könnte ihn freuen, aber Simon schickt keine Nachricht. Simon will keine Nachricht schicken, er will mit ihm sprechen, und sprechen kann Alexander jetzt nicht mit ihm. Denn Simon will ihm gar nichts sagen, Simon will ihn etwas fragen, und er weiß nicht, was er Simon darauf antworten soll.

Er sieht sich in seinem Zimmer um, sieht hoch zur Decke, an den Wänden entlang, zum Regal, dem Schreibtisch, auf den Boden. Er stellt sich vor dem Regal auf, streicht mit dem Finger über die Bretter, aber die Bretter sind sauber. Dann streicht er mit dem Finger über die Bücher, Staub klebt am Finger. Er nimmt die Bücher heraus, die DVDs, die CDs, die Star-Wars-Figuren, und stapelt alles auf dem Boden. Dann füllt er den blauen Eimer und putzt das Regal, wischt die Bücherrücken, die CDs und DVDs und Star-Wars-Figuren ab, er putzt den Schreibtisch, das Fenster, er saugt das Zimmer, verschiebt das Bett und saugt darunter. Er reißt das Laken weg, saugt die Ritzen der Matratze aus, dreht die Matratze um und saugt auch die andere Seite, es ist alles voller Staub und Schmutz, und je mehr er putzt, desto mehr dringt der Schmutz ein. Selbst auf dem Regal, das bereits getrocknet ist, sieht er schon wieder Staubspuren, ein Haar, ein paar Krümel. Er gießt das Wasser in die Toilette und lässt frisches, heißes einlaufen, nimmt einen neuen Lappen aus dem Schränkchen und wischt das Regal ein zweites Mal. Er bezieht sein Bett neu, macht alles frisch, er keucht und schwitzt. Dann öffnet er den Kleiderschrank, nimmt alle Sachen heraus und legt sie auf sein Bett. Falsch, denkt er, jetzt fällt der Staub seiner Sachen auf die Tagesdecke. Er wischt den Schrank aus, trocknet ihn mit einem Handtuch und legt alle Kleidungsstücke ordentlich neu gefaltet wieder hinein, dann betrachtet er die Tagesdecke, tatsächlich ist dort jetzt Staub zu sehen, ein ganzer Staubkringel sogar, ein paar Haare, ein Fitzelchen Papier. Wütend reißt er die Tagesdecke herunter und läuft vor das Haus, wo er sie ausschüttelt. Wieder im Zimmer, scheint es ihm sauber. Aber der Schmutz ist wie eine Krankheit, die dieses Zimmer und damit auch ihn befallen hat, er lässt sich einfach nicht entfernen, es bräuchte ein neues, ein nagelneues Zimmer, mit ganz neuen Wänden und neuen Stoffen und neuen Möbeln, die sich einfach reinigen ließen, aber hier, in diesem alten Zimmer, mit den alten Sachen, da wird er immer da sein, der Staub, die Haare, Sandkörner, Hautschuppen, Bestandteile seines Selbst, denn auch aus ihm heraus breitet der Schmutz sich aus.

Er lässt sich auf das Bett fallen. Er schwitzt, er wird die Tagesdecke vollschwitzen. Er starrt an die Decke. Das Handy summt auf dem Nachtschränkchen. Er nimmt es in die Hand und starrt auf den grauen Symbolbild-Simon. Dann legt er es unter das Kopfkissen und die Tagesdecke drüber.

Dann legt er sich wieder hin.

Dann steht er auf und geht zu Helga rüber.

«Oma?»

Helga sitzt im Bademantel in ihrem Sessel und sieht fern.

«Bist du noch gar nicht angezogen? Alles in Ordnung?»

Helga sieht ihn an, als könnte sie in seinem Gesicht den Sinn seiner Worte finden.

«Was?»

«Weil du im Bademantel bist. Macht ja nichts.»

«Im Mantel?»

Sie starrt eine Weile auf den Fernseher, sie reißt mit aller Kraft die Augen auf und starrt, als könnten sich ihre Augen nicht mehr bewegen, als wäre es alles, auch die Augäpfel, so steif wie ihr ganzer Körper am frühen Morgen.

«Wenn es dir gemütlich ist», sagt Alexander.

Es läuft eine Sendung, in der sich Leute unterhalten, es ist Samstagmittag, aber er hat seine ganze Aufmerksamkeit auf sie gerichtet, besorgt, wie sie ist, was mit ihr ist.

«Die Sachen sind in der Wäsche, es ist ja alles schmutzig», sagt Helga.

«Alle? Alle deine Sachen sind in der Wäsche?»

Sie reagiert nicht.

Er setzt sich auf das Sofa. Er streckt die Beine aus, legt die Hände auf den Oberschenkeln ab.

«Ich wollte mit dir reden.»

«Du redest doch immer mit mir.»

«Kannst du den Fernseher vielleicht ausmachen?»

Sie greift in die Seitentasche des Sessels, die Unterlippe vorgestülpt, sie fischt die Fernbedienung heraus und schafft es, im zweiten Anlauf, nachdem sie erst etwas verstellt hat, den Fernseher auszuschalten.

«Hast du ordentlich gewühlt da bei dir?», sagt sie und lächelt ihn an.

«Sauber gemacht.»

Sie nickt.

«Immer so ordentlich. Deine Frau kann sich freuen.»

«Darüber wollte ich reden.»

«Über deine Frau?»

Sie lächelt wie ein Kind, ihre Unterlippe hängt immer noch so weit vor, seltsam willenlos.

«Mein Gott, wie viel von dem Zeug sprühst du dir an?», fragt er.

«*Öde Lakoom*», sagt sie, «das ist wirklich das Beste. So frisch.»

«Ist es dir vielleicht ausgelaufen? Die ganze Wohnung stinkt.»

«Ich hatte ja mal was anderes probiert, aber das mochte ich nicht so.»

«Ich habe keine Frau, Oma.»

«Was redest du denn dann von einer Frau?»

«Das habe ich gar nicht, du hast davon angefangen.»

«Erzähl doch nicht!»

Ihre Arme liegen reglos auf den Lehnen, sie müht sich, ein Bein über das andere zu schlagen. Ihr Nachthemd und ihr bläuliches altes Knie kommen zum Vorschein.

«Du hast doch sicher noch was zum Anziehen, Oma, soll ich dir vielleicht was raussuchen?»

«Ja, das wäre schön», sagt sie.

«Geht es dir wirklich gut?»

«Mir geht es gut!», fährt sie ihn plötzlich an, das Gesicht wutverzerrt. «Was willst du denn? Warum musste ich denn den Fernseher ausschalten? Es war doch sehr interessant.»

«Weil ich dir was sagen wollte.»

«Was denn?»

Er sieht sie an, ihr altes Knie, in der Hand hält sie die Fernbedienung, ihr Kopf wackelt ein bisschen, ihr Parfüm dampft im Raum und vermischt sich mit allem, was sie ist, was ihr Alter ist, ihre Erinnerungen, ihre Starrköpfigkeit, ihre Liebe zu ihm.

«Nichts», sagt er und steht auf. «Ich stelle mal die

Waschmaschine an. Hast du deine Pillen heut schon genommen?»

Er denkt, er müsste ihr die Pillen zuteilen, als er zurück in sein Zimmer geht, sie hat bestimmt den Überblick verloren bei der Schachtel mit den Wochentagen, hat zu viel oder zu wenig genommen, das muss man überwachen.

Auf dem Handy unterm Kopfkissen sind jetzt sieben verpasste Anrufe.

Er ruft Simon an.

«Alter, Mann, ich ruf dich die ganze Zeit an.»

«Ja.»

«Ich wollte nur gern wissen, ich meine, ich wollte einfach hören ... ob du's schon gemacht hast. Ob du beim D. I. M. warst.»

Alexander atmet in den Hörer.

«Alter, nun sag doch was, Mann.»

«Ich mach's nicht, ich zeig dich nicht an.»

«Echt? Ich wusste es doch, dass du nicht so einer bist ... Mann, Alex, ich bin echt glücklich drüber. Ich geb dir 'n Bier aus.»

«Können wir uns heute Abend sehen?»

«Heute Abend ist schlecht, die ganze Woche ist schlecht. Nächste Woche sieht es besser aus, diese hab ich ein bisschen viel auf dem Plan, weißt du.»

«Okay.»

«Vielleicht sehen wir uns ein Spiel an, hätte ich mal wieder Lust zu. Schön Samstagnachmittag in 'ner Kneipe.»

«Simon, ich würde gerne wissen, was das war, an der Alster. Als wir uns geküsst haben. Wie du das siehst, Simon.»

«Wir haben uns geküsst? Also, gut, kann sein, ist doch nicht schlimm, oder? Wir war'n besoffen, oder was? Und na ja, ich war bisschen schräg drauf. Keine Ahnung. Ich würde da jetzt einfach nicht so ’n Fass aufmachen. Ich mein, wir sind doch jetzt nicht schwul, oder? Ich bin bestimmt nicht schwul, Alter, du doch auch nicht, oder? Das waren einfach so Gefühle. Wir waren halt durcheinander, nach der ganzen Scheiße mit G20 und so. Oder, Alex?»

«Ja.»

«Aber du zeigst mich nicht an, hast du gesagt, oder, machst du doch nicht?»

Er wirft Helgas Sachen in die Waschmaschine, sie riechen nicht gut. Er geht runter zu Natascha und sagt: «Mit Oma stimmt was nicht. Sie ist irgendwie durch den Wind.»

Natascha bringt ihm einen Brief. Sie legt ihn vor ihm auf den Tisch.

Heute gefallen ihm ihre roten Hippiehosen, die sie immer zum Bügeln anzieht und zur Hausarbeit. Wie es alles sich immer wandelt, was einem gefällt oder nicht, was man schön findet oder nicht, richtig und gut oder nicht, das macht ihn verrückt. Die Hosen machen einen schönen Po. Vielleicht liegt es auch am Po, weil der Po schön ist und weil ihm das einfach nicht mehr aufgefallen ist, in den Jahren, weil er diesen Po ja jeden Tag gesehen hat, und plötzlich, da er sie nicht mehr jeden Tag sieht, hat sie einen schönen Po. Einen schöneren Po als Nathalie, wenn er das recht bedenkt, denn Nathalies Po war so hart, und das mag er eigentlich gar nicht so sehr. Nathalies Po ist sportlich, und der von Natascha, der ist sinnlich. Sinnlich.

«Post von der Polizei», sagt Natascha.

Er lächelt.

«Ich hab eine Anzeige gemacht.»

«Was für eine Anzeige?»

«Wegen des Pfeffersprays. Ich habe den angezeigt.»

«Wen?»

«Den Polizisten.»

«Weißt du denn, wer es war?»

«Nein, ich konnte den doch nicht erkennen, mit der Sturmhaube überm Gesicht, das ist ja Teil des Problems, dass die gar nicht erkennbar sind. Und ich meine, die dürfen das, sich vermummen ...»

«Thomas, ich weiß, dass dich das sehr beschäftigt, und sicher zu Recht.»

«Was? Findest du mich albern?»

«Nein, ich wollte dir nur den Brief bringen. Ich bin mit was anderem beschäftigt.»

«Beschäftigt. So. Natürlich. Wenn du beschäftigt bist.»

«Ja, das bin ich. Ich möchte nämlich ... also, ich bin auch deshalb hier, um dir zu sagen, dass ich vielleicht ausziehen werde.»

«Ausziehen?»

«Ja. Es ist nicht mein Haus, und ich möchte gerne neu anfangen. Etwas Neues anfangen. Ich werde ja hier nicht mehr gebraucht. Und dann kannst du vielleicht wieder drüben einziehen.»

«Aber du musst doch deshalb nicht ausziehen!»

«Ich überlege das ja nur. Eigentlich ... also ich bin eigentlich fest entschlossen. Ich sehe nicht, warum ich dort, im Haus deiner Mutter, wohnen bleiben soll.»

«Aber ich dachte, dass jetzt ... ich meine, es ist doch nichts Endgültiges gewesen, bis jetzt, und ich dachte sogar, dass ich vielleicht, irgendwann, also, dass es eine große Krise war und dass ich wieder ...»

«Dass du zurückkommen kannst? Du kannst zurückkommen, aber nicht mehr dahin zurück, wo wir einmal waren. Weil wir alle, Thomas, da gar nicht mehr sind. Es ist dir vielleicht nicht aufgefallen, aber es hat sich eine Menge verändert. Das Familienleben ist beendet. Die Familie ist vorbei.»

«Es macht dir wohl Spaß, jetzt so hart zu sein? Jetzt kannst du triumphieren, was?»

Natascha lächelt.

«Was gäbe es denn da zu triumphieren?»

«Ich habe niemanden mehr, ich will vielleicht sogar zurück, und du, du hast Ronald, den netten, schicken Ronald, wirklich, klug auch, sieht gut aus und alles, ich mag ihn, wirklich. Da hast du einen guten Fang gemacht. Zieht ihr zusammen, wollt ihr euch was Neues aufbauen?»

Natascha legt ihre Hand auf seinen Oberarm, es gefällt ihm, es ist warm und mitfühlend.

«Ich will jetzt nicht mehr hier so weiterleben. Es ist auch einfach nicht mehr richtig. Und es hat wirklich nicht so viel mit Ronald zu.»

«Wenn du meinst.» Er müht sich, gerecht zu sein, es gerecht zu empfinden, aber er ist verletzt, er ist eifersüchtig und wütend auf sie. Er hasst sie, weil sie wegwill, das ist der eigentliche Verrat.

«Ich habe mich beworben, woanders, an ein paar Museen, vielleicht gehe ich weg, aber vielleicht bleibe ich auch in Hamburg. Mal sehen.»

«Du gehst weg?»

«Ich weiß es noch nicht.»

«Du hasst das wohl alles hier? Du hast es immer gehasst, was?»

«Nein.»

Sie sieht erstaunt aus.

«Ich habe es niemals gehasst, wie kommst du darauf? Aber jetzt ist es vorbei, und ich habe das Gefühl, dass ich etwas tun muss. Wir können nicht mehr so weiterleben, Thomas. Sieh dich um, was hier passiert, in diesem Land und auf der Welt, wir haben die Pflicht, etwas zu tun, wir müssen uns für etwas einsetzen. Die Kinder brauchen uns nicht mehr, und ich bin fest entschlossen, jetzt meinen Teil zu tun.»

«Du willst dich politisch engagieren?»

«Ja. Ich weiß noch nicht, wo und was, aber ich möchte nicht mehr nur Nachrichten gucken und immer hilfloser in Traurigkeit versinken, weil alles immer schlimmer wird. Das ist kein Weg. Ich will jetzt diesen neuen Abschnitt.»

«Ein neuer Abschnitt, ja?»

«Ja, das ist ein neuer Abschnitt, ich dachte nicht, dass es so schnell passieren würde, weil Imke ja erst siebzehn ist ...»

«Aber nun ist sie weg.»

Sie sehen sich an. Dann kommt Natascha ein Stück auf ihn zu, umarmt ihn. Er will sie an sich drücken, er will sie zu sich heranziehen, aber er kann es nicht, er kann sie nur auf diese fremde Art umarmen, wie sie ihn umarmt, sie hat, von ihrer Seite, den Faden abgeschnitten, und da kann er nicht, von seiner Seite, daran ziehen, das geht gar nicht.

Er sieht ihr hinterher, wie sie den Hof überquert, in ihrer roten Bügelhose. In dieser schönsten aller Bügelhosen, denkt er und wischt sich eine Träne weg. Er setzt sich auf das Sofa, er ist außer sich, er steht vollkommen neben sich, er zittert sogar. Nichts hat ihn bisher so erregt, so aus der Bahn geworfen wie dieses Gespräch. Sie hat ihn verlassen. Niemand hatte niemanden bisher verlassen, er nicht sie, er nicht die Kinder, die Kinder nicht ihn und sie schon gar nicht ihn, denn sie war ja immer drüben und hatte darauf gewartet, dass er zurückkommen würde. Und zurückgekommen wäre er ja auf jeden Fall, das musste sie doch gewusst haben. Aber jetzt, wo sie ihn verlassen hat, haben alle alle verlassen. Alle Fäden sind gekappt. Er bleibt allein zurück. Auf seinem Sofa. Auf dem Tischchen liegt der Brief der Polizei. Er öffnet ihn.

Vorladung

Sehr geehrter Herr Koschmieder,
die Polizei ermittelt derzeit gegen Sie wegen folgender Straftat:
Unterschlagung nach § 246 StGB
Ich bitte Sie daher, am 01.08. um 11.00 Uhr
LKAHH721, Bruno-Georges-Platz 1, 22297 Hamburg, Zimmer 5 051
zur Vernehmung / Anhörung zu kommen und diese Vorladung und den Personalausweis bzw. Reisepass mitzubringen.

Es muss irgendwie was durcheinandergekommen sein», sagt er am ersten August zu dem Polizisten, der ihn mustert.

«Warum?», sagt der Polizist.

«Ich hatte eine Anzeige gemacht, wegen einer Sache, die mir passiert war.»

«Sie hatten eine Anzeige aufgegeben?»

«Ja, aber das hatte nichts mit Unterschlagung zu tun.»

«Womit hatte sie zu tun?»

«Das hatte mit dem Gipfel zu tun, da hat mir einer Ihrer Kollegen Pfefferspray ins Gesicht gesprüht, grundlos, nur so, aus Spaß.»

«Aus Spaß?»

«Ich war eine ganze Weile nicht arbeitsfähig. Ich hätte gerne gewusst, wer mir diese Zeit ersetzt, denn ich bin selbständig, und der Laden muss offen sein, das Geschäft muss laufen, ich lebe nämlich davon, wissen Sie.»

Der Beamte betrachtet ihn durch seine Brille, ein älterer Herr, der durchaus nett aussieht, aber das kann eine Maske sein.

«Und Sie meinen also, die Kollegen hatten Spaß bei G20?»

«Das habe ich nicht gesagt. Es war nur so, dass es keinen Grund gab, mir Pfefferspray in das Gesicht zu sprühen.»

«Nun», sagt der Beamte und kneift müde die Augen zusammen, «darum geht es heute ja nicht.»

«Dann frage ich mich, warum ich heute hier bin und schon wieder meine wertvolle Arbeits- und Geschäftszeit verschwende.»

«Es liegt eine Anzeige wegen Unterschlagung gegen Sie vor. Es geht um eine Antiquität, eine Bronze-Figur, die der Familie Dewael gehören soll.»

Thomas sieht den Beamten an, der jetzt fast ein wenig grinst, als freue er sich, dass er ihn so aus dem Konzept bringen kann, dass er einen Mann, der sich über die Kollegen beschwert, sie sogar angezeigt hat, jetzt drankriegen kann, vielleicht. Unterschlagung, das ist nichts Ehrenrühriges, das ist nicht wie von einer Demonstration weg eingesperrt werden, weil man für die gute Sache kämpft.

«Also», Thomas räuspert sich, er hat Schmerzen im linken Ohr und im linken Zahn, der Zahn hat in all den Tagen gar nicht aufgehört weh zu tun, seit der Behandlung tut er weh, wenn auch sehr wenig, gerade so, dass er den Schmerz nur spürt, wenn er mit sich alleine ist oder in Bedrängnis. Sein Körper lässt ihn im Stich, immer dann, wenn es drauf ankommt, ist auch das eine Erscheinung des nahenden Alters?

«Frau Dewael hat mir die Bronze, nebst einem Schrank, ganz offiziell verkauft.»

«Haben Sie einen Beleg dafür?»

«Ich bin Antiquitätenhändler, ich habe Belege für alle meine Ankäufe.»

Der Beamte massiert sich mit der Hand das Genick.

«Ich habe mir so etwas gedacht. Wie viel haben Sie bezahlt, wenn ich fragen darf?»

«Nun, für den Schrank habe ich sechstausend Euro bezahlt, für die Bronze fünfzig.»

«Fünfzig Euro? Die Rede war von achttausend.»

«Achttausend? Niemals, allerhöchstens vier- oder fünftausend», sagt Thomas und kneift sofort wütend die Augen zusammen, weil er so schnell geredet und so wenig nachgedacht hat.

«Aber Sie haben sie für fünfzig gekauft?»

«Also gut. Die Sache war so. Ich wollte den Schrank haben. Deshalb war ich da, ich habe den Schrank gekauft, für einen reellen Preis, für einen guten Preis. Und da habe ich zufällig, an diesem Tag, die Bronze gesehen, und da wollte mir die alte Dame diese Bronze schenken. Sie wollte sie mir schenken, ja? Sie können sie selbst fragen.»

«Die alte Dame ist verstorben. Ihre Kinder haben die Anzeige gemacht.»

«Sie ist tot?»

«Ja.» Der Beamte hebt die Hände. «Sie wollte sie Ihnen also schenken?»

«Aber ich wollte das nicht. Das ist immer so eine Sache, und da hat sie mir vorgeschlagen, dass ich ihr fünfzig Euro dafür bezahle. Und so haben wir das dann auch gemacht. Ich habe einen Kaufvertrag über diese Bronze.»

«Und wussten Sie denn da, was die wert ist? Haben Sie das der alten Dame gesagt, wusste die das?»

Thomas zuckt mit den Schultern.

«So genau kann man das, auf den ersten Blick, nie sagen. Und das habe ich ihr auch gesagt: dass ich erst mal ermitteln müsste, wie viel die wert ist.»

«Verstehe», sagt der Beamte. «Ich schlage vor, Sie suchen diese Kaufverträge mal raus, und für uns ist das eigentlich dann damit erledigt.»

«Und die Erben, die Dewaels?»

«Die haben sicher einen Anwalt. Und Sie nehmen sich vielleicht besser auch einen.»

Die Verträge hat er, die Verträge sind alle von Frau Mersch in der Buchhaltung abgeheftet. Das sollte ihn beruhigen, aber es beruhigt ihn nicht. Er sitzt auf dem Sofa und betrachtet die kleine Tänzerin auf dem Fensterbrett. Er betrachtet die offene Vorladung, die wieder auf dem Tisch liegt, im Raum ist immer noch etwas von Natascha, die ein neues Leben will, und ein schwaches Bild von Frau Dewael mit ihren schmalen roten Lippen, die so rührend mit ihm geflirtet hat und die jetzt tot ist. Die Ereignisse und die Menschen. Das Bewegliche und das Starre. Die Bewegung und der Stillstand.

Putin war dann ja zu spät in die Elbphilharmonie gekommen und ohne sein Pferd. Erdogan gar nicht. Die Trumps saßen neben den Macrons. Das Konzert hatte fünfunddreißig Minuten später begonnen. Am Ende gab es stehenden Applaus. Und Kent Nagano ist Amerikaner, nicht Japaner, Thomas hat es gegoogelt. Er sieht auch nicht aus wie John Lennon, eher wie Yoko Ono. Im Radio gab es am Morgen diese Meldung, dass ein Mann sich einen Hund gekauft hat und der Hund dann seinen Enkel in den Kopf gebissen hat. Der Junge ist schwer verletzt, vielleicht sogar tot. Tiere sind unberechenbar. Er kann sich gar nicht vorstellen, wieder zurück in das Haus zu ziehen. Aber kann er denn hierbleiben, in der Zwischenwelt?

Sie fühlt sich nicht gut. Hat sie die Pillen schon genommen? Sosehr sie darüber nachdenkt, sie weiß es nicht mehr. Es passiert ihr in letzter Zeit öfter, eigentlich andauernd, dass sie nicht mehr weiß, ob sie die Pillen genommen hat. Sie hat so eine Schachtel, wo man für jeden Wochentag eine Pille reinsteckt, die hat ihr Alexander geschenkt, aber sie hat die Schachtel irgendwann verlegt. Wenn sie mit der Pille nicht mehr sicher ist, dann nimmt sie immer eine, denn ohne diese Pillen könnte sie einen Schlaganfall kriegen. Grete Karr hatte einen Schlaganfall, sie sitzt jetzt in ihrem Stuhl wie ein schiefes Häufchen Fleisch, kann den Mund kaum noch bewegen und ist auch gar nicht mehr zu verstehen, Sabber läuft ihr aus dem Mund, sie ist in einem Heim, sie haben sie da besucht, aber nur einmal, Natascha und sie, Grete Karr ist ja lange ihre Nachbarin gewesen. So will sie nicht enden. Sie drückt die Pille aus der Verpackung, legt sie hinten auf die Zunge, nimmt einen Schluck Wasser. Danach ist sie unsicher. Hat sie diesen Gedanken, ob sie die Pille genommen hat, nicht vorhin schon gehabt, und hat sie da nicht ganz genauso am Küchentisch gesessen und ganz genauso die Pille geschluckt wie jetzt? Und würde das bedeuten, dass sie dann möglicherweise schon die zweite oder dritte Pille genommen hat statt einer, die sie nehmen soll? Sie schüttelt den Kopf. Gestern muss das gewesen sein, als sie das dachte, oder sogar vorgestern. Jeder Tag ist gleich, die gleichen Abläufe, die gleichen Pillen, und sie kann gestern und heute nicht mehr unterscheiden, sie weiß oft nicht mehr, ob sie schon gegessen, schon getrunken hat, sie *fühlt* es auch nicht mehr, keinen Hunger, keinen Durst, nur beim Fernsehen ist ihr wohl, wenn sie anderen zusehen kann und nicht über sich selbst nachdenken muss, über die Pillen, wie es ihr geht, das will sie gar nicht wissen.

Denn sie fühlt sich im Moment einfach nicht wohl. Ihr Kopf tut weh, der Rücken auch, ihr Herz klopft oft schneller, wenn sie an manche Dinge denkt, was sie gar nicht will, aber es lässt sich einfach nicht verhindern. Sie hat keine Macht über ihre Gedanken, sie machen mit ihr, was sie wollen, als wäre sie nicht die Beherrscherin dieser Gedanken, sondern ihnen ausgeliefert. Und das macht sie wütend und lässt ihr Herz schneller klopfen. Und dann nimmt sie immer schnell eine Pille, aus Angst vor dem Schlaganfall. Sie weiß, sie soll die Tabletten nicht einfach so nehmen, aber sie hat nun mal Angst, und Angst ist was Schlimmes, und dafür sind die Pillen doch da, für was Schlimmes. Sie atmet schwer, sie hat eine Erkältung, ihr tut alles weh, und übel ist ihr auch. Sie nimmt den Asbach Uralt aus dem Schrank, gießt sich mit zitternden Händen ein Glas ein und trinkt. Das ist gut, das schmeckt gut und fühlt sich gut an. Das ist fast wie die Pillen, aber durch ihren in letzter Zeit häufigen Gebrauch ist die Flasche auch fast schon wieder leer, sie muss Alexander Bescheid sagen, dass er ihr eine neue mitbringt. Sie sieht die Kekse auf dem Tisch liegen, vielleicht sollte sie einen Keks essen? Aber sie hat wirklich keinen Appetit. Man soll ja nicht essen, wenn man keinen

Appetit hat. Sie zieht den Bademantel aus und legt sich in ihr Bett. Sie kann sich nicht mehr gegen die Erschöpfung wehren, gegen die Kälte in ihren Beinen und den Armen, sie zieht das Federbett über sich, sie denkt, es ist Sommer, es sollte nicht so kalt sein, und sie liegt eiskalt unter der dicken Decke, schläft halb und fühlt einen Schmerz, als hätte jemand ihr etwas in die Schultern gerammt, eine starke Verspannung in der Schulter, sie schließt die Augen, sie wartet auf die Wärme, sie müht sich um schöne Gedanken, aber die Gedanken lassen sich nicht zwingen. Sie kommen von allein, als Bilder. Gretchen fährt mit dem Fahrrad des Vaters gegen den Zaun. Sie steht auf den Pedalen, weil ihr der Sitz zu hoch ist, sie haben versucht, sich das Fahrradfahren selbst beizubringen, sie und Gretchen, und Gretchen hat es schneller gekonnt, und das hat sie sehr geärgert, aber dann ist Gretchen mit dem Fahrrad des Vaters gegen den Zaun gefahren. Helga sieht es schon eine Weile vorher kommen, dass Gretchen nicht wird bremsen können. Gretchen rumst gegen den Zaun, das Fahrrad knirscht, und Gretchen liegt auf dem Boden. Aus ihrem staubigen Knie bahnt sich ein dunkelroter Streifen Blut seinen Weg. Gretchen zieht das Fahrrad mühsam wieder hoch, Helga fragt: *Warum hast du nicht gebremst?*, Gretchen sieht sie an, sie weint nicht, sie ist ganz verschrammt, sie blutet auch am Ellbogen, und es wird Ärger geben, denn auch die Lampe vorne am Fahrrad ist kaputtgegangen. Gretchen sagt nichts und weint nicht. *Warum hat sie nicht gebremst?*, fragt sie sich. *Warum hat sie nur nicht gebremst?*

Sie versucht, die Beine anzuziehen, die immer noch sehr kalt sind, sie werden nicht warm, sie können gar nicht warm werden, weil das Bett nicht warm ist, das Bett kann sich nur durch sie selbst erwärmen, aber sie hat ja keine Wärme in sich, überhaupt keine. Sie zittert ein wenig, alle Knochen tun ihr weh.

Sie sieht jetzt Joachim vor sich, ihren zweiten Sohn. Er tanzt auf dem Hof zur Musik aus dem Radio mit einer hölzernen Schneiderpuppe. Die Puppe hat nur einen Körper, keinen Kopf, keine Arme und Beine, stattdessen einen hölzernen Ständer, aber Joachim drückt sie an sich und tanzt, die Sonne scheint, und die anderen Jungen stehen herum und lachen und feuern ihn an. Er hüpft und springt und wiegt sich und streicht zärtlich über den Puppenrücken, und die Jungen lachen und beneiden ihn auch, weil er so etwas kann, sie sieht es, und sie ärgert sich. Sie hat sich sehr geärgert, aber sie weiß gar nicht mehr, warum. Wie sie ihn jetzt vor sich sieht, Joachim mit der Schneiderpuppe tanzend, muss sie selber lachen. Aber eigentlich nur in ihren Gedanken, doch in ihren Gedanken lacht sie doll, und es ist nicht ganz klar, was wirklich ist und was nicht, denn Gedanken sind auch wirklich, und wenn man in Gedanken lacht, dann lacht man eben, das muss doch keiner hören, damit es wirklich ist. Sie steht hinter der Scheibe und sieht ihm zu und lacht. Vielleicht tritt sie sogar auf den sonnigen Hof hinaus und tanzt selbst. Wenn sie gewusst hätte, dass er sich eines Tages umbringen würde, dann hätte sie ihn gelassen und hätte gelacht, sie hätte ihn alles machen lassen, was ihn gefreut hätte, aber sie hat es ja nicht wissen können. Das mit Peter hat man auch nicht wissen können, dass er so einer ist. Und das mit Hans hat man nicht wissen können, dass er Schulden macht, mit seinem Autohaus, überall Schulden, und ist nur nach außen immer was gewesen, aber nach innen war er schwach, nie wie sein Vater. Es ist sowieso keiner von den Jungen nach dem Vater gekommen. Auch wenn Thomas das Geschäft weitergeführt hat. Aber Thomas ist kein Walther. Er betreibt das Geschäft wie eine Wissenschaft. Er hat gar nicht den Willen, den Walther gehabt hat. Walther hat den richtigen Willen gehabt, denkt sie stolz, sie ist jetzt plötzlich ganz stolz auf Walther und sogar auf ihr Leben, das sie mit ihm gelebt hat, als seine Frau. Er hat immer nur arbeiten wollen, weiterkommen, was schaffen. Und sie hat ihn darin unterstützt. Thomas will nichts schaffen und will auch gar nicht weiterkommen, das liegt ihm einfach nicht im Blut. Vielleicht hängt das auch mit der Zeit zusammen, vielleicht ist es einfach nicht die Zeit zum Weiterkommen? Aber warum soll es nicht die Zeit sein? Ist es nicht in jeder Zeit wichtig, weiterzukommen? Sie grübelt, die Gedanken verschwimmen. Sie kann nicht mehr richtig denken. Denkt sie überhaupt noch, oder wird sie gedacht? Die Bilder kommen ganz von alleine. Wenn es nur nicht so weh täte. Ihr ist übel, sie keucht, sie ringt nach Luft.

Reinhard Strom steht in der Veranda. Er lächelt.

«Wünschst du dir, Helga, dass es interessanter wäre?»

«Ja, das wünsche ich mir», sagt sie, «ich wünsche es mir von *dir*, Reinhard.»

Sie setzt sich mühsam auf, sie hat solche Schmerzen, sie keucht, sie muss ruhiger werden. Sie will jemanden rufen, Alexander, aber sie kann nicht, sie hat keine Stimme mehr. Sie erkennt es, akzeptiert es, sinkt in das Bett zurück. Ihr ist sehr kalt, sie will zurück, zu Reinhard Strom, zu Walther, zu Gretchen mit dem Fahrrad, zurück zum Hof, auf den die Sonne scheint, während sie alle zusammen tanzen, Reinhard Strom und Joachim, Hans und der kleine Thomas, der kleine Pfiffi springt herum und bellt ganz wild, und sie natürlich, sie ist jung, sie ist ein Mädchen, und sie tanzt mit Reinhard Strom, er wirbelt sie herum, sie lächelt jetzt wirklich, der Schmerz lässt nach, sie wird ruhiger, sie wirbelt mühelos in etwas Schönes hinein, in einen Weg, gesäumt von jungen Bäumen an Stützpfählen, es ist dunkel geworden, aber am Ende des Weges brennt ein Licht, und wo das Licht ist, da ist auch die Wärme, sie schreitet tapfer aus, sieht gar nicht mehr zurück, und wer wartet da, in diesem strahlenden Licht, sie muss vor Freude doch jetzt weinen, es ist der liebe Karl Wiemer von Friedland, eine Stulle in der Hand, dick mit Butter beschmiert, ganz für sie allein. Er wartet auf sie, nur auf sie.

Im kühlen Dunkel steht Madame und lächelt: Willkommen!

Einen Tag, nachdem er erfahren hat, dass Ludger Frieling gestorben ist, sitzt er im Büro, den Kopf in den Händen, und denkt über Ludgers letzte Worte nach: *Chef, du bist ein Arsch.*

Keine schönen letzten Worte. Aber an so einem Punkt, denkt er, kann man nichts mehr ändern. Und wenn er Ludger nicht beurlaubt hätte, dann hätte das doch an Ludgers Ende sicher nichts geändert. Ludger war der Zeitpunkt seines Todes sicherlich schon bestimmt gewesen. Der Tod muss an diesem Tag schon in ihm dringesessen haben, hat schon aus ihm gesprochen, er hat ihn stolpern lassen, ist ihm auf dem Buckel gesessen, er war ja so gekrümmt, und hat ihn niedergedrückt, und Thomas hatte doch damit nichts zu tun. Er hatte Ludger doch nach Hause schicken *müssen*, weil Ludger zum Arbeiten gar nicht mehr fähig gewesen war. So in Auflösung, wie er sich befunden hat.

Aber egal, wie oft er sich vor sich selbst rechtfertigt, im Hintergrund lauert noch ein anderer Gedanke, ein hinterhältiger, bösartiger Gedanke – er kann nicht aufhören zu denken, dass er ihn mit seinem Wegschicken getötet hat. Denn hat er nicht eine ganze Zeit schon geglaubt, er könne Ludger nicht wegschicken, weil er Ludger durch dieses Wegschicken *ganz* aus dem Leben schicken würde? Hatte er ihn nicht nur deshalb ausgehalten und dagelassen? Und jetzt ist Ludger, nachdem er ihn nach Hause geschickt hatte, tatsächlich gestorben. Das ist der Punkt, darum drehen sich seine Gedanken, und er versucht, sich ihnen zu entwinden. Aber die Rechtfertigungen taugen nichts, wenn es um Gefühle geht. Wenn man sich schuldig fühlt, dann ist man schuldig. Unschuldig ist man sowieso nie. Wenn er irgendwas in seinem Leben gelernt hat, dann, dass man niemals unschuldig ist. Es geht allerhöchstens um den Grad der Schuld, ob die Schuld gering oder vernachlässigbar ist, und bei einem vernachlässigbaren Grad der Schuld spricht man gemeinhin von Unschuld. Er ist gewiss nicht *ohne* Schuld. Er hat Ludger Frieling nach Hause geschickt und die Fürsorge dabei nur vorgetäuscht, empfunden hat er aber weniger Sorge um Ludger als um seinen Biedermeier-Armlehnstuhl.

Und dann gibt es da noch einen anderen Gedanken, der ein wenig Schuld von ihm weg und auf andere wälzen könnte. Hat denn die Verwirrtheit von Ludger nicht begonnen, als er im Auto in diesem Stau dehydriert war? Natürlich war Ludger länger schon seltsam und störrisch, aber richtig verstört ist er nach diesem Ereignis gewesen. Und weshalb war er ins Krankenhaus gekommen, weshalb hatte er im Stau festgesteckt, war er nicht zur Arbeit gekommen, war dehydriert? Wegen des Gipfels. Der Gipfel, denkt Thomas, hat Ludger umgebracht. Alte

Menschen vertragen es nicht mehr, wenn man ihnen ihr Leben wegnimmt, alles, was sie kennen, und sei es nur für vier Tage. Sie vertragen es einfach nicht, man kann sie allein dadurch umbringen. Und so ist es geschehen. Nicht er hat Ludger umgebracht, der Gipfel ist es gewesen, Angela Merkel, die G20-Staaten, Olaf Scholz. Nicht nur sein Auge, das immer noch plötzlich tränt und nicht mehr ganz so gut sieht, ist ein Opfer dieses Gipfels, auch Ludger Frieling ist ihm zum Opfer gefallen, aber darüber wird niemand berichten. Niemanden interessiert das. Er schlägt mit der flachen Hand auf den Tisch. Fühlt sich ein wenig belebt.

Aber dann rollt die alte Schuld wieder heran, er hätte Ludger ja Hilfe anbieten, ihn nach Hause oder gleich zu einem Arzt fahren können. Er hat einfach gar nichts getan, als ihn sich vom Leibe zu schaffen.

Und als er an diesem bitteren Punkt der Erkenntnis angelangt ist, klingelt das Telefon, es ist Natascha, und sie sagt: «Thomas, deine Mutter ist gestorben.»

Ludgers Beerdigung findet einen Tag vor der Beerdigung seiner Mutter statt, und sie wird von dieser bevorstehenden Beerdigung natürlich überstrahlt. Oder eher überschattet. Es ist ein Ende, denkt Thomas, wie eine Geburt ein Anfang ist, das eine ist Glück, das andere Unglück. Und doch ist es beides die Begrenzung von ein und demselben Leben, das eine ist vorne, das andere hinten. Und im Grunde, denkt er auf dem wunderschönen Friedhof Ohlsdorf, wo Ludger beigesetzt wird, ist man nicht dankbar gegenüber dem Leben, wenn man angesichts seines Endes so eine Bitternis empfindet. Das Leben ist ja fast die einzige Sache, wo man sich nicht darüber freut, dass sie *vollbracht* ist.

Er bekommt zum ersten Mal Frau Berlichen zu Gesicht. Sie ist eine derbe Frau mit einem harten Gesicht, sie weint nicht, sie gehört zu den Frauen, die alles aushalten, weil sie schon früh gelernt haben, dass man manche Dinge besser hinnimmt, Hauptsache, man lebt weiter. Sie trägt schwarze Jeans, die ihr am Bauch zu eng sind. Sie schaut ihm offen ins Gesicht. Er schämt sich, weil er ihr keine Schönheit zusprechen kann.

«Es war gut, dass Sie ihn beurlaubt haben. Es ging ihm ja gar nicht gut», sagt sie und drückt ihm warm die Hand.

Da schämt er sich so sehr, dass er vollkommen in der Scham aufgeht und seine Persönlichkeit verliert. Charakterlos steht er da, Schweiß unter den Armen, spürt seine Schwäche an sich hängen, fühlt sich alt.

Die Nachbar-Frielings, Herr und Frau S., sind gekommen, beide in identischen schwarzen Sweatshirts. Dicht nebeneinander stehen sie, starren auf ihre dicken Turnschuhe, sie raucht verstohlen. Sie nicken ihm kaum merkbar zu. Er erwidert das Nicken. Er fühlt sich in nichts mehr ihnen überlegen.

Frau Mersch steht neben Natascha, die natürlich auch gekommen ist. Sie hat sich die Zeit genommen, Natascha, obwohl sie beide auch sehr von der anderen Beerdigung in Anspruch genommen sind. So sagt er es anderen, aber in Wirklichkeit ist er gar nicht in Anspruch genommen. Tatsächlich erledigt das Beerdigungsinstitut alles, sie haben es einmal abgesprochen, und jetzt machen die alles, und sie müssen nur noch hingehen.

Frau Mersch weint die ganze Zeit still vor sich hin, und er beneidet sie ein wenig um diese natürliche wie tröstliche Hingabe an den Schmerz. Sie hält ein zerknülltes Taschentuch in der Hand, und Natascha streicht ihr ab und zu über die Schulter.

Als sie dann am nächsten Vormittag in denselben schwarzen Kleidungsstücken auf dem Tonndorfer Friedhof erscheinen, kommt ihm alles wie ein Scherz vor, den *die* sich mit ihm erlauben. Zwei Beerdigungen hintereinander? Ludger Frieling *und* seine Mutter? Konnten sie nicht getrennt voneinander, in Abständen, in verträglichen Abständen zueinander, sterben? Wie soll man sich angemessen mit dem einen *und* dem anderen auseinandersetzen? Aber auseinandersetzen kann er sich sowieso nicht. Er hat noch nicht mal geweint, weder über den Tod Ludgers noch über den seiner Mutter.

«Hast du denn gar keine Gefühle?», hat ihn Natascha gefragt.

«Natürlich habe ich Gefühle. Sie ist meine Mutter!», hat er gesagt.

Es sind viele Leute vor der Kapelle auf dem Tonndorfer Friedhof, viel mehr als bei Ludger, das vermittelt ihm den Eindruck eines geselligen Ereignisses, und es lenkt ihn von dem eigentlichen Vorgang ab, oder vielleicht lenkt auch er sich selbst von diesem Vorgang ab, dessen Sinn er nicht richtig fühlt.

Seine Brüder sind da, sie stehen mit ihren Familien beieinander, Peter mit einem Freund, beide in teuren dunklen Anzügen, und er nimmt an, dass der Freund sein Lebensgefährte ist. Über sowas reden sie ja nicht, sie reden eh kaum.

Hans mit seiner extravaganten Nutte, natürlich ist sie keine Nutte, aber er kann jetzt nicht an gedanklichen Feinheiten feilen, die Kinder, sein Neffe, mit diesem feisten, dummen Kopf, die kleine Nichte, die pfiffig wirkte, als sie klein war, und dann später einen hinterhältigen Eindruck auf ihn machte, aber niedlich ist sie immer noch, vielleicht ist sie ja gar nicht hinterhältig, vielleicht versucht sie nur, sich durchzubeißen. Dicht bei ihnen steht seine alte Cousine Annemarie mit Tante Martha aus München. Annemarie muss über siebzig sein, sie hat den Münchener Schick, dunkelblaues Kleid, das weiße Haar blond eingefärbt, Hermes-Tuch, dicke Ringe an den Fingern, sie hat ein hübsches, puppenhaftes Altdamengesicht, gepudert und geschminkt, es gefällt ihm, merkt er, er muss an Frau Dewael denken, sie war auch so eine, stolz und würdevoll, gerade wegen ihres dramatisch überschminkten Gesichtes. Das Alter gibt uns die Möglichkeiten der Jugend wieder zurück, denkt er, die Übertreibung, die kindliche Freude an den materiellen Dingen, den verzeihlichen Irrtum, die Überschätzung. All das wird gemeinhin nicht geschätzt, es wird sogar verurteilt, alte Leute sollen weise sein, und Weisheit wird im Verzicht gesehen, in der Zurückhaltung, im Aufgeben. Ganz langsam sollen sie verschwinden, die Alten, sollen mit allem aufhören, aber tun sie es nicht, müssen wir sie, sogar gegen unseren Willen, in ihrer grotesken Kindlichkeit lieben, vielleicht bewundern. Nie wirkt der trotzige, anmaßende Lebenswille auf uns so rührend wie im hohen Alter. Wer sich nicht besiegen lässt, folgert er, wird auch nicht besiegt. Das sind gute Aussichten. Tante Martha, zweiundneunzig Jahre alt, die älteste wie letzte der Schwestern, die noch lebt, hält mit beiden Händen eine große Handtasche vor sich wie einen Schild, Tränen laufen ihr unentwegt aus den roten Augen, aber sie scheint es nicht zu merken, sie wischt sie nicht ab, sie hält nur die Tasche fest. Sie trägt ein Kleid aus einer Art Schürzenstoff oder Tüll, er kennt sich da nicht aus, sie ist ganz mager. Zweiundneunzig Jahre, was sind das für Frauen, was ist das für ein Leben gewesen? Erst ein Jude, dann ein SS-Mann, jetzt das Heim, aber steht da mit ihrer Tasche, verknöchert, verhärtet, vom Tod vergessen.

Rechts davon Nataschas Familie, ihre einigermaßen hübsche Schwester Caroline – er denkt das immer, dass sie *einigermaßen* hübsch ist, denn irgendwas fehlt ihr, etwas, das sie wirklich hübsch machen würde –, und die beiden Nichten, Karla und Rosemarie, kleine Frauen schon, haben sich für die Beerdigung aufgehübscht, und ähnlich wie bei alten Damen wirkt es auch bei sehr jungen Mädchen, die auf ihre vollkommene Haut, ihre vollkommenen Lippen und faltenlose Gesichter eine dicke Schicht billiger Farbe auftragen, ihre Jugend verzerren, das Groteske des Alters vorwegnehmen, verstörend und rührend zugleich. Neben den Mädchen stehen Pierre, Carolines französischer Mann, der bei der Lufthansa arbeitet, und Nataschas verhuschte Mutter nebst ihrem kahlköpfigen, immer etwas ungepflegten Lebensgefährten Ralph, der als alter Aushilfslehrer in einer Schule in Eppendorf stundenweise Geographie und Geschichte unterrichtet. Alle warten sie, sind nicht besonders bedrückt, sie mochten Helga nicht so besonders. Überhaupt war Helga, das weiß er nun mal, nicht sonderlich beliebt.

In der äußersten Ecke steht Imke mit ein paar Freunden – und ihrem Freund, vermutlich. Er hat ihm die Hand gereicht, als sie ankamen, und der Junge hat ihm *herzliches Beileid* gewünscht. Imke und ihre Freunde tragen keine besonderen dunklen Sachen, sie tragen ihre ganz gewöhnlichen Sachen, aber die sind eh nicht besonders farbig. Er meint erst, es stört ihn, wie können sie in ihren ganz gewöhnlichen Sachen zu einer Beerdigung kommen? Aber er merkt, dass diese Empörung sehr künstlich ist. Es empört ihn nämlich gar nicht. Im Gegenteil, es erleichtert ihn. Wenn sie in ihren gewöhnlichen Sachen kommen, dann muss dies ein gewöhnlicher Vorgang sein. Ein Mensch stirbt. Ein alter Mensch.

So stehen sie alle in Grüppchen beisammen, er mit Natascha, als wären sie noch ein Paar, und sie sind es auch, an diesem Tag, nur Alexander steht für sich. Er will zu Alexander gehen, aber die Leute kommen auf ihn zu, irgendwelche Leute, Nachbarn, sie schütteln Hände, sie reden Worte. Dann geht es los, die Zeremonie. Es ist keine kirchliche Beerdigung, denn sein Vater war aus der Kirche ausgetreten. Sein Vater war immer ein Feind der Kirche, seine Mutter eigentlich nicht, aber sie war ihm in die Konfessionslosigkeit gefolgt, und nun ist sie hier und wäre vielleicht lieber woanders, bei ihrem Gott. Aber dafür kann er wirklich nichts. Thomas seufzt. Die Familie setzt sich auf die erste Bank in der Kapelle. Nur Imke bleibt bei ihren Freunden ganz hinten. Es wird von Helga geredet und doch wieder nicht. Natascha weint, er weint nicht. Er vergleicht diese Beerdigung mit der Ludgers. Er legt seinen Arm um Natascha, die ganz außer sich ist, vom Weinen.

Dann setzt die Musik ein.

Land der dunklen Wälder
und kristallnen Seen
über weite Felder
lichte Wunder geh'n ...

In den hinteren Reihen gibt es Unruhe. Thomas sieht sich um. Einer von Imkes Freunden verlässt den Saal.

Die Tür fällt ins Schloss.

«Was *ist* das für ein Lied?», flüstert Thomas.

Natascha zuckt mit den Schultern.

«Hast du das ausgesucht?», fragt sie Alexander.

Alexander steht auf und singt mit.

Starke Bauern schreiten
hinter Pferd und Pflug,
über Ackerbreiten
streicht der Vogelzug ...

Zwei, drei brüchige Stimmen fallen zögernd ein. Thomas sieht sich in der Kapelle um, alte Leute, die da mitsingen, er weiß gar nicht, wer sie sind. Das Tuscheln ebbt nicht ab, ist wie das Flattern kleiner Flügel, flattert um den Gesang der alten Stimmen herum, und vor ihnen, aufrecht, wie ein Anführer, singt falsch, mit dem Text manchmal etwas zu spät, Alexander, trotzig, böse, mit Tränen in den Augen, wie ein wütender, kleiner Junge.

Und die Meere rauschen
den Choral der Zeit,
Elche steh'n und lauschen
in die Ewigkeit.

Er singt, und die brüchigen Stimmen singen, und das Flattern wird lauter, es wird zum Grummeln.

«Seien Sie doch ruhig, nehmen Sie Platz! Ich bitte Sie!»

Es ist der Redner am Mikrophon.

Alexander singt die letzte Strophe, er singt jetzt sehr laut und sehr falsch, er muss gegen die Unruhe ansingen.

Es kommt überraschend und plötzlich über Thomas – wie ein Anfall. Man lacht nicht auf der Beerdigung seiner Mutter, das ist alles, was er dabei denken kann, dass er gar nicht lachen darf. Aber wenn es so als Anfall über einen kommt, dann nützt das Wissen nichts, im Gegenteil, es verstärkt den Drang, und der bricht nach außen und zerstört alles, was dem dabei im Wege steht: Anstand, Benehmen, den eigenen Willen. Es ist schmerzhaft, eruptiv, es hätte auch ein Weinen sein können, das hätte natürlich besser gepasst, aber es ist ein Lachen geworden. Er lacht und lacht, und sie sehen ihn an, als wäre er ein Monster, der Mann am Mikrophon müht sich ab, hebt beschwörend die Hände, dann ist das elende Lied endlich zu Ende. Und auch er kommt irgendwann dahin, sackt auf der Bank in sich zusammen, wischt sich die Tränen aus den Augen, ist ganz leer und weich geworden. Er fühlt sich rein, als hätten sie ihn aus dieser Welt der Konventionen und der Regeln entlassen, als wäre er nun frei. Aber dies ist nur ein kurzer Moment einer zweifelhaften Erleichterung, dann kehren Schuld und Schmerz zurück, die Zeremonie geht weiter.

Die Urne muss beigesetzt werden, das Tageslicht ernüchtert ihn.

Die Gesellschaft sammelt sich unter einer Ulme, da ist das Loch schon ausgehoben, beim Grab seines Vaters und Joachims. Sie sind alle eingeäschert worden. Schon zweimal stand er hier. Tröstlich ist das, dass sie zusammen sind, wie ein Zuhause, will er denken, spürt aber nichts, weder die Trauer noch den Trost. Der Trost braucht ja auch eine Trauer.

Und als sie die dunkelblaue Urne in die Erde lassen, ist er dennoch erstaunt und verwirrt, und vielleicht ist diese Verwirrung ja die Trauer.

Seine Mutter, was sie war, ihre Essenz, die Frisur, die Haarspray-verklebt ihren Kopf umhüllte wie ein feingesponnener Turban, ihr dicker Bauch, den sie mit bunten Gürteln stolz noch betonte, ihre breiten, wütenden Gesichtszüge, ihre albernen Weisheiten, ihre Vorwürfe, ihre Parfümfahne, ihre Sehnsucht nach Eleganz, alles in diesem kleinen Pott?

Elegant wollte sie immer sein. Mein Gott, elegant. Er schluchzt, ein einziges Mal, es steigt in ihm hoch, wie eine Luftblase. Ist das Mitleid, fragt er sich, jemanden zu sehen, wie er ist, ist das Mitleid? Ist das Liebe? Ist das Liebe, jemanden mit Abscheu zu betrachten, ihn zu erkennen, wie er sich sehnt nach den falschen Dingen, nach albernen Dingen, nach etwas, das nur in seiner Verblendung existiert?

Die Verwandtschaft reist ab. Natascha packt ihre Sachen, Alexander hockt in seinem Zimmer und hört Ostpreußenlieder. Thomas sitzt vor der Garage in einer recht angenehmen, etwas gedämpften Hitze, ein Schleier liegt in der Luft, in seinem Kopf, vor seinen müden Augen, und starrt auf das Haus. Natascha lädt Gepäck in den Kofferraum. Dann schlendert sie zu ihm hinüber.

«Was ist, fährst du mich rüber? Ich will Alex nicht fragen, er ist so labil.»

«Du willst also wirklich zu Hildi ziehen?»

Während der Fahrt kommt er ins Reden, er kann nicht anders, er muss ihr das alles jetzt unbedingt noch sagen. Und vielleicht sogar noch viel mehr.

«Die Welt ist so unübersichtlich geworden. So zerfallen. Früher waren die Leute arm oder reich, und sie *wussten* es. Und damit war es gut. Aber wir wissen gar nicht mehr, wer wir sind. Die Freiheit zwingt uns zu so vielen Entscheidungen. Wir sind gestresst. Ich kann die Menschen verstehen, die sich freiwillig beschränken. Aus moralischen Gründen. Oder in eine Religion flüchten. Sie wollen weniger Abzweigungen. Wer bin ich denn, wenn ich mich ständig entscheide? Ein Chamäleon, ständig bereit, mich zu verändern. Ich bin es leid. Wie war das zu der Zeit, wo jeder auf seinen Platz gestellt war? Ob Schuhputzer oder Köchin, Gräfin oder Hufschmied? Die Menschen wussten, wer sie waren, und sie konnten es nicht ändern. Nicht dass ich mir das wünsche, aber wie *beruhigend* das für sie gewesen sein muss. Deshalb spielen die Menschen solche Rollen bei diesen blödsinnigen Mittelalterspielen. Sie sind ein Ritter. Nichts sonst. Sie sind ein Henker. Sie sind sogar gerne ein Henker. Der Henker bringt nur sauber in den Tod. Das ist anständig, oder nicht? Und was tue ich? Ich verkaufe den Leuten alte Möbel. Aber sie brauchen keine alten Möbel. Sie glauben, diese alten Möbel verändern ihr Leben, weil sie etwas von diesem beständigen und besseren *Früher* in ihre Wohnungen stellen. Aber sie sitzen ja nicht an diesem alten Sekretär und schreiben Briefe. Niemand schreibt mehr einen Brief. Das ist vorbei.»

Natascha zuckt mit den Schultern, sie lächelt, sie hat Mitleid mit ihm, er sieht es in ihrem Gesicht, aber er ist ihr sogar dankbar dafür.

«Ich finde es nett, dass du mich fährst.»

«Das ist das Mindeste, was ich tun kann.»

«Weißt du, es ist müßig, sich ein anderes Leben zu wünschen, uns bleibt ja nichts anderes übrig, als dieses zu leben. Und ich denke, die Welt, wie wir sie kannten, die ist vorbei. Sie ist schon länger vorbei, aber wir haben's jetzt erst gemerkt. Wir müssen diese unglaublich vielen

Entscheidungen treffen, und sogar noch mehr als bisher, viel wichtigere Entscheidungen, wir müssen etwas tun. Wir können nicht mehr so weiterleben.»

«So? Was soll ich tun? Ich bin zweiundfünfzig Jahre alt, meine Frau hat mich verlassen, meine Freundin bin ich los, meine Tochter ist ausgezogen, meine Mutter ist gestorben, mein Angestellter – tot, mein Sohn hört sich Ostpreußenlieder an, und ich sitze in Badelatschen und rosa Shorts vor der Garage und fürchte mich, in mein Haus zurückzukehren! Ich fürchte mich vor meinem Haus! Ich fürchte mich vor meinem Leben, und ob du's glaubst oder nicht, Natascha, ich fürchte mich auch vor meinem Land, wie es jetzt vielleicht wird!»

Sie halten vor Hildis Haus. Er nimmt die Koffer aus dem Kofferraum. Hildi kommt heraus, grinsend, bekleidet mit einem sehr kurzen, bekleckerten Malerkittel und schamlos ihren alternden Körper zeigend, die Haare unordentlich oben zusammengebunden.

Natascha umarmt ihn.

«Red vielleicht mal mit Alex, wegen dieses Ostpreußenzeugs. Er macht sich da eine etwas falsche Vorstellung von. Das ist etwas, was du tun kannst.»

Allein bleibt er auf der Straße zurück. Schwacher Wind kommt auf. Es ist immer noch diesig, und eine dünne Schicht Wolken hat einen Schatten auf den Tag gelegt.

Weitere Titel

Das Dorf

Eheroman

Eine Nacht und alles

Runterkommen

Sicherheitszone

Katrin Seddig

Das Dorf

304 Seiten

Der Sommer verspricht schön und langweilig zu werden. Immer öfter nimmt der siebzehnjährige Maik die erst zwölfjährige Jenny auf seinen Mopedtouren mit; schließlich sind sie die einzigen Jüngeren in ihrem norddeutschen Dorf. Von der Zukunft wissen sie nur eins: So wie die Erwachsenen wollen sie nicht leben, in der kleinen Welt, in der niemand mit sich im Reinen ist – nicht Jennys unzufriedene Mutter, nicht der seltsame Geschäftsmann mit seiner Familie, auch nicht die schöne Verrückte, die alle «die Nackte» nennen.
Doch dann entdecken die beiden, dass Jennys Mutter eine Affäre mit dem Großbauern hat, dessen Stieftochter, die Nackte, den Geschäftsmann ein bisschen näher kennt – sie stoßen in ein Dickicht aus Lügen und sogar auf ein Verbrechen.
Mit ironischem Blick erzählt Katrin Seddig vom gar nicht so idyllischen Landleben – und von der Freundschaft zweier junger Menschen, die begreifen, dass sie sich ihre Freiheit selbst erkämpfen müssen.